任晳宰全集 ②

韓國口傳說話

平安北道 篇 Ⅱ

任晳宰全集 ②

韓國口傳說話

平安北道 篇 Ⅱ

평민사

책 머리에

여기에 收錄된 說話는 編者가 1931년에서 1940년까지 10년간 宣川 信聖學校에 在職中 採集한 것이 그 주축을 이루고 있다. 그중에 編者가 동료, 知友, 학부형에게서 聽取한 것과 隣近各處를 답사하여 採錄한 것도 있으나 信聖學校 학생들이 방학 때마다 고향에 돌아가서 채록하여 제공한 것이 압도적으로 多量을 占하고 있다.

說話의 記述은 提報者가 口述한 그대로 記述하는 것을 원칙으로 하였다. 그런데 記述한 결과는 원칙대로 되지를 못하였다. 녹음기가 없었던 그 시절에는 제보자의 口述을 그대로 記述한다는 것은 능숙한 速記士 외에는 평상인으로서는 불가능에 가까왔다. 口述 그대로를 비교적 올바르게 文字化하는 방법이란 口述을 청취한 후 기억이 사라지기 전에 그를 회상하여 기술하는 방법이었다. 그런데 이렇게 해서 이루어진 것은 아무리 충실하고 정확하게 했다 해도 많은 變貌가 있는 것이었다. 구술자가 說話의 본 줄거리와 벗어나게 한 敍述, 口述者가 간간히 삽입하는 私見이나 解釋이나 敷衍한 것, 同一敍述의 중복 등은 생략해 버리는 수가 많았다. 口述者의 구술 중의 時制의 誤用, 能動 · 被動의 착오 등을 올바르게 하느라고 제나름대로 整齊하기가 일쑤이고, 語尾를 '했다' 나 '하였읍니다' 로 끝막아서 표시하는 수가 있기 때문이다.

학생들이 작성하여 제공한 說話資料는 그들이 정성들여 충실히 採錄했다 해도 여러 가지 欠點을 내포하고 있어서 만족스럽지 못한 것이 많았다. 그것은 학생들의 불성실에서 생긴 것이 아니고 학생들의 國語知識이 부족해서 緣由한 것으로 보여졌다.

日政治下의 우리나라 학교 교육의 수업시간은 初等·中等學校에서는 週當 34시간이었다. 그중에서 국어교육시간은 2시간이었다. 국어교육은 朝鮮語漢文의 名目下에 이루어졌으므로 純國語教育은 이것보다 훨씬 줄어든 시간이라 하겠다. 국어교사는 교원자격증이 없어도 國漢文을 해득할 수 있는 사람으로 學校長이 任意採用하여 충당되는 人士였다. 이러한 教師 중에는 높은 識見과 해박한 학식이 있다 하여도 국어교육의 정규적 교육은 하지 못했다. 문법·철자법·띄어쓰기·作文 등의 교육은 염두에 두지 않고 교과서의 讀解에만 그쳤다. 朝鮮語漢文 教科書는 日政教育 當局者가 편찬한 것으로 내용은 새로운 지식을 얻게 하는 것보다는 偉人의 德行의 逸話나 교훈적 사항에 관한 것이었다. 이러한 교재 내용은 학습의욕을 부풀어 올리지 못했다. 朝鮮語는 상급학교 입학시험과목에서 제외되었기 때문에 朝鮮語(國語) 教育은 학생들의 짐이 되고 있었다. 학교교육의 교과서는 朝鮮語를 제외하고는 日語로 되어 있고 그 수업도 日語로 이루어졌다. 그러므로 학생들은 日語로만 교육받고 수업시간 외에나 國語로 會話하여 의사소통을 할 뿐이었다. 그러므로 학생들은 학교의 국어교육을 통하여 국어의 묘미·興趣·예술성 등을 習得하지도 못했고 感得하지도 못했다.

이러한 국어교육을 받은 학생들이 채록한 설화자료는 그대로는 만족할 만한 것이 극히 드물었다. 띄어쓰기는 전혀 볼 수 없고 철자 맞춤법도 익숙지 못했다. 우리 말로 口述되었을 것을 품격 높이기 위해서인지 '先生曰, 金風이 蕭蕭한 秋夜長에, 明月이 滿乾坤한데' 등의 記述이 있고 方言을 서울식으로 바꾸어 쓰느라고 '떡'을 '쩍'으로, '동대문'을 '종재문'으로, '사이'를 '새'(鳥)로, '가이'를 '개'(犬), '피양'을 '平壤', '이사'를 '의사'(醫師)로, '되센'을 '조선'(朝鮮) 등등으로 變調·歪曲·誤記한 것이 많았다.

학생들이 채록한 설화자료는 위에서 말한 것과 같이 變調·誤記·歪曲이 있어 口述 그대로의 記述은 아니었다. 그렇지만 그것들은 구술 그대로를 추정할 만한 것이기 때문에 소중한 자료임에는 틀림없었다. 학생들이 채록한 자료 안의 變調·誤記·歪曲 등을 修正하고 訂正하면 녹음기가 없는 시절의 口述 記述로서는 더 이상 바랄 수가 없는 것이었다. 그래서 編者는 학생들이 제공한 자료의 修正·訂正의 작업을 하게 되었다. 수정·정정의 작업을 한다고 해서 보다 나은 문장으로 整齊하기 위하여 改作·變作한다든가 加筆·添加·削除·補完 등은 하지 않았다. 다시 말해서 학생들이 제공한 자료는 될 수 있는 대로 손상하지 않고 그 記述을 十分 살려 두려고 애썼다. 그러한 탓으로 說話의 記述이 매끄럽고 流麗한 문장으로 되지 못하게 되었다.

여기에 수록된 설화 중에 1927년에 수록된 것이 섞여 있는데 그것은 다음과 같은 事由에서이다.

畏友 咸秉業 學兄이 일본 東京帝國大學 大學部 國文學科(日語學科)에 재학 중 우리나라 名地의 설화를 수집하는 작업을 벌여 전국 각지의 公立普通學校에 의뢰하여 많은 자료를 취득하였다. 이에 응하여 자료를 제공한 사람은 보통학교 학생들이었다.

1927년 2월 하순경에 編者는 咸秉業 兄과 우연히 화합하여 설화에 대하여 언급하게 되어 編者가 설화에 관심을 가지고 이를 수집하고 있다는 것을 말하자, 咸兄은 자기가 다년간 간접수집한 資料를 고스란히 넘겨 주며 이것도 함께 연구자료로 써 달라고 했다. 그는 그 귀중한 자료를 아무런 보수도 요구하지 않고 아무런 조건도 내세우지 않고 넘겨주었다. 이 자료는 보통학교의 연소한 소년들이 記述한 것인데도 설화의 내용을 충분히 了得할 수 있게 기술한 것들이었다. 각 설화에는 제보자의 성명은 명기되어 있었고 採集地에 대해서는 더러는 해당 지명이 명기되어 있는 것도 있었으나 대부분은 通學하는 소속학교명을 표시한 것이었다. 그런데 採集年月日은 빠뜨리고 있었다. 그래서 이런 설화의 채집일자는 編者가 咸兄에게서 인수한 달을 채집일자로 삼기로 했다.

編者는 수많은 설화를 수집하여 놓기는 했으나 게으름과 주변 없는 탓으로 이를 50~60년이 훨씬 넘게 오랫동안 잠재우고 있었다. 근래에 이르러 우리나라 민속에 관한 관심이 사회적으로 높아짐에 따라 설화에 관심을 가진 崔來沃 教授, 金仁會 教授, 金秀男 學士, 黃縷詩 碩士 등 少壯學者들이 이것의 出版을 위하여 활동을 벌였다. 그러던 중 평민사의 李甲燮 사장과 漣繫되었다. 編者가 所藏한 설화를 모두 다 出版한다는 것은 한두권의 것이 아니고 이십여 권이나 될 방대한 것이다. 이것의 出版은 수익성이 별로 없을 것이다. 그런데 李社長은 이것의 출판을 快諾하셨다. 編者는 李社長의 각별한 厚意에 敬意어린 感謝를 올린다. 崔來沃 教授, 金仁會 教授, 金秀男 學士, 黃縷詩 碩士 등 여러분들이 열렬한 好意的 활동으로 말미암아 이 설화집의 출판 기회를 마련하여 준 데 대하여 감격적인 감사를 드린다.

이 책자를 특색 있게 꾸미기 위하여 字體選定, 조판양식 모색, 교정 · 색인 · 分布圖 작성 등 중요하면서도 돋보이지 않는 귀찮고도 지루 한 숨은 雜務를 도맡아 주신 姜金希 學士를 비롯하여 編輯部 諸位의 숨은 노고에 고마운 인사를 드린다.

이 册子에 담겨 있는 설화의 제공자는 모두 다 10代의 어린 소년이었는데 그들이 작성한 說話記述을 近 60년이 지난 이제 와서 출판하게 되어 그 제공자들은 지금에 와서는 60~70의 노인이 되어 있고 개중에는 幽明을 달리한 人士도 있을 것이다. 소년들이 애써 작성해 준 原稿를 近 50~60년이나 잠재웠다가 이제 와서 출판하는 데 대해서 編者는 제공자들에게 송구함이 앞선다. 이 册子를 對하고 소년시절의 原稿를 새삼스럽게 보게 될 人士가 있을 것이라는 것을 생각하면 감개가 무량하기도 하다.

1986년 8월 編者 識

일러두기

1. 說話의 배열은 소위 分類法으로 하지 않고 類話 위주로 하였다.

2. 우리나라 說話는 說話題名이 없는 것이 常例이다. 그런데 여기서는 설화에 각각 특정 題名을 붙였다. 說話題名은 編者의 판단 내지 査定에 의하여 설화 내용을 어렴풋하게나마 파악할 수 있게 便法的 假定題目으로 하였다. 설화의 내용이나 구성이 비슷하여도 그 전체에서 풍기는 意義나 興趣가 다른 것은 다른 題名으로 붙였고 또 그와 반대로 설화의 내용이나 구성이 다르더라도 兩者자 풍기는 의의나 興趣가 같아 보이는 것은 같은 제명을 붙였다.
   說話題名은 표준어로 표기하였다.

3. 各說話의 末尾에는 採集年月, 採集場所, 採集者 姓名을 付記하였다.
   敍述이 약간 달라도 내포한 사항·意義·興趣 등이 별차이가 없는 것은 同一話로 간주하고 일괄하여 同一題名을 붙이고 채집년월, 채집장소, 채집자 성명을 末尾에 付記했다. 同一題名의 설화 중 특이하게 다른 점이 있는 것은 그것을 명시하기 위하여 略述하였다. 同一題名의 설화의 서술내용은 최초에 입수한 것을 대표로 제시하였다.

4. 方言 중 同義語가 여러 가지 있는 것은 그중 하나로 대표화하지 않고 모든 것을 전부 다 표시하기로 하였다.
   例 1. 내기 : 내기상 / 내기새
   例 2. 묶는다 : 꽁진다 / 동진다
   例 3. 옷 : 입성 / 닙성 / 우테
   例 4. 거짓말 : 거짓뿌리 / 거리뿌리 / 겁소리 / 겁쏘리
   例 5. 떠든다 / 큰소리친다 : 과틴다 / 곤다

5. 표기는 한글 맞춤법에 따랐으나 맞춤법대로 하였을 때 그 발음이 方言대로 되지 않는 것은 맞춤법에 따르지 않고 지방의 방언대로 하였다.
   例 1. 꽃이 : 꼿시 / 꼬시
   例 2. 닭이 : 달기 / 닥이

平安北道 篇 Ⅱ/차례

호랑이의 報恩

넷날에 한 사람이 있었드랬넌데 놈[1]에 빚을 많이 지구 갚을 길이 없어서 죽을 수밖에 없다 하구 죽으레 높은 산으루 올라갔다. 어니 만큼 올라가느라느꺼니 범 하나이 앞길을 막구 있었다. 이 사람은 이거 야단났다 하구 가디 못하구 범을 바라보구 있느라느꺼니 범은 잔등을 내밀구 타라는 지냥[2]을 하구 있었다. 이 사람은 아무래두 죽을 목숨이느꺼니 될 대루 되라 하구 범에 잔등에 올라탔다. 범은 날래 뛔서 암펌[3]있넌 데꺼지 와서 이 사람을 내리놨다. 암펌은 입을 벌리구 고생하구 있어서 이 사람이 암펌 입 아낙[4]을 드리다보느꺼니 목구넝에 비네[5]레 하나이 걸레 있어서 이걸 빼내 주었다. 그랬더니 범은 고맙다구 절을 몇 번이나 하구 돈과 금은을 많이 주었다. 그래서 이 사람은 잘 살게 됐다구 한다.

※1936年 12月 龍川郡 外上面 停車洞 李元春

1) 남, 다른 사람　2) 시늉, 흉내　3) 암호랑이　4) 안　5) 비녀

호랑이의 報恩

넷날에 센첸[1]에 車姓 쓰는 넝감이 있었드랬넌데 하루는 이 넝감이 나드리해서 길을 가구 있넌데 범 한 마리가 길을 떠억 막구 있었다.

차넝감은 “네레 날 잡아먹을라구 그라구 있네?” 하구 말하느꺼니 범은 아니라구 머리를 좌우로 흔들었다. 넝감은 “고롬 어드래서 길을 막구 있네?” 하구 말하느꺼니 범은 입을 쩌억 벌리구 목구넝을 보라는 지낭을 했다.

차넝감이 범에 목구넝을 딜다보느꺼니[2] 목구넝에 동곳[3]이 걸레 있어서 그거를 빼내 줬다. 그랬더니 범은 어디메론가 가삐렜다.

그 후 몇 년 후에 이 차넝감이 죽었넌데 장세[4]를 디낼라구 하넌데 범

한 마리가 와서, 차넝감에 상예를 메구 가서 돟은 멩당[5]에다 묻었다. 그랬더니 그 넝감에 자손들은 잘되구 범은 車姓 개진 사람을 해티지 안했다.

지금 센첸에 살구 있는 車姓 개진[6] 사람들은 이 車넝감에 子孫이라구 한다.

※1932年 7月 宣川郡 山面 砂橋洞 李弘泰

1) 선천 2) 들여다보니까 3) 남자의 상투 끝에 꽂는 적, 비녀 같은 것 4) 장사
5) 명당 6) 가진

호랑이의 報恩

넷날에 한 사람이 길을 가구 있느라느꺼니 큰 범 하나이 나와서 길을 막구 있었다. 이 사람은 범한데 잡히워 먹히갔다 하구서 벌벌 떨구 있넌데 범은 잡아먹디 않구 저에 잔덩을 내밀구 타라는 지낭을 하였다. 그래서 이 사람은 범에 잔덩에 올라탔더니 범은 뛔서 저으 굴루 들어갔다. 굴 안에는 암펌이 있넌데 입을 쩌억 벌리구 있었다. 숫펌은 이 사람과 암펌에 목구넝을 봐 달라는 지낭을 해서 이 사람이 범에 목구넝을 들다보느꺼니 커다만 사람에 뻬다구가 걸레 있었다. 이 사람은 손을 넣서 이 뻬다구를 빼내 주었더니 범은 이 사람을 업구 굴 밖으로 나와서 전에 만났던 자리에다 놔 주었다. 이러한 일이 있은 후 수넌[1]이 지내서 이 사람은 죽게 됐넌데 장세 지내는 날 이 범이 와서 상예를 메구 가서 좋은 머이[2] 자리에다 묻어 주었다. 그랬더니 이 사람으 자손덜은 대대루 잘되구 가문두 번성하게 됐다구 한다.

※1937年 7月 義州郡 枇峴面 替馬洞 金泰鏞

1) 수년 2) 뫼

까치의 報恩

넷날에 한 사람이 산둥에 들어가서 중에 도를 한 삼넌 닦구서 집으루 돌

아오넌데 한 곳에 오느꺼니 구렝이가 높은 낭구[1]에 있넌 까치 둥지에서 까치알을 꺼내 먹구 있어서 "난 삼넌 동안 새끼츨라구[2] 까 놓은 알을 채 먹넌 넘을 보디 못했다. 그런데 너는 어드래서 그따우 짓을 하는가?" 하구 나무랬다. 그랬더니 구렝이는 그 말을 듣구 니어[3] 그 자리서 죽구 말았다.

이 사람은 그걸 보구 또 가드랬넌데 날이 저물어서 잘 곳을 얻어 보넌데 마층 외딴 초가집이 있어서 그 집이 찾아가서 하루밤 자리 좀 붙자구 말했다. 그러느꺼니 젊은 낸[4]이 나와서 들어오라구 했다.

이 집은 단간집이 돼서 방이 하나밖에 없어서 저낙을 먹구 자게 됐넌데 이 사람은 아랫굳에 누어 자구 낸은 웃굳에서 삼을 삼구 있었다. 이 사람은 자다가 눈을 뜨구 얼핏 보느꺼니 낸에 헤때기[5]가 둘루 갈라데서 뱀에 헤때기 같아서 이거 이 낸은 사람이 아니갔다는 이심[6]이 나서 도망갈 생각으루 밖으루 나갈라구 했다. 그러느꺼니 낸이 구렝이가 돼개지구 이 사람에 몸을 칭칭 감구서 "너는 나에 원수다. 너는 나에 서나[7]가 까치 알을 먹을라 하는 것을 먹디 못하게 하구 줙엤으니꺼니 너는 나한테 죽어야 한다"구 하멘 입을 벌리구 달라들었다.

이 사람은 잘못했으느꺼니 용사[8]하고 살레달라구 빌었다. 그래두 낸은 듣디 않구 입을 벌니구 달라들었다. 이 사람은 잘못했다 용사하구 살레달라구 자꾸자꾸 빌었다. 그러느꺼니 낸은 너는 중에 도를 닦았다 하느꺼니 도술루 더어기 있넌 덜[9]에 있넌 종에 소리를 나게 하문 살레 주갔다구 했다. 이 사람은 닦은 도에 도술루 종소리를 나게 할라구 하넌데 도무디 하디 못했다. 그런데 뜻밖에 종소리가 뗑뗑 두 번 났다. 그 소리를 듣자 구렝이는 풀구 어드메론가 가삐렜다. 이 사람은 죽을 뻔하다 살아나서 덜있는 데루 갔더니 종에 까치 두 마리가 조그만한 주둥이를 꽂구 죽어 있었다구 한다.

※1936年 12月 宣川郡 新府面 大睦洞 金信永

1) 나무 2) 새끼 치려고 3) 곧 4) 여자 5) 혀 6) 의심 7) 남편 8) 용서 9) 절

구렁이의 報恩

녯날에 원[1] 아레 글방[2]에 다니드랬넌데 한밥[3]을 먹을 때에는 당창[4] 글방 뒤에 있는 운두란[5]으 큰 돌팡구[6]에서 먹군 하넌데 먹을 때에는 맨제[7] 밥 한 숟갈과 즐개[8] 한 숟갈과를 떠서 그 팡구 아래에다 두군 했다. 그러문 그 팡구 밑에 사넌 큰 구렝이레 이 밥과 즐개를 먹군 했다.

이 아레 커서 당개가게 됐넌데 하루 나즈[9]는 꿈에 커다란 구렝이레 나타나서 “나는 네레 당창[10] 준 밥과 즐개를 먹구 컨 구렝이다. 이제 메칠 있으문 당개가게 됐넌데 그 가시오만네[11] 집이는 이상한 거이 있어서 이거이 너를 죽일라구 하느꺼니 내레 따라가서 그놈을 죽이갔다. 난 네에 눈에만 보이구 다른 사람 눈에는 보이디 안하게 해서 따라가갔다”구 말했다. 이상한 꿈두 다 있다 하구 있드랬넌데 당개가넌 날 구렝이레 나타나서 이 새시방을 따라왔다. 색시집에 다 오느꺼니 구렝이는 색시방으루 들어가서 펭풍 뒤에 가서 새리구 있었다.

재밤둥이 돼서 뜨락에서 뭐이 쿵하멘 소리내더니 방문을 열구 들어오넌데 보느꺼니 가이[12]인데 이 가이레 둘우와서 새시방한테 뎀베들어 물라구 했다. 이때에 펭풍 뒤에 새리구 있던 구렝이는 쏜살같이 뛰어나와서 가이 모가지를 물어서 죽였다. 그래서 새시방은 무사했다.

이 가이는 이 집에 큰애기와 당창 사랑하드랬넌데 이 큰애기가 딴데루 시집가게 되느꺼니 화가 나서 새시방을 죽일라구 달라든 거이다.

구렝이는 이렇게 해서 새시방을 살레 주구 늘 따라다니멘 보호해 줬다구 한다.

※1935年 1月 宣川郡 山面 香山洞 劉準龍

1) 어떤 2) 서당 3) 점심 4) 늘 5) 뒷마당 6) 바위 7) 먼저 8) 반찬 9) 밤
10) 항상 11) ‘가시 오마니네’ 각시 어머니네의 訛語. ‘장모’ 라는 뜻 12) 개(犬)

뱀의 報恩

넷날에 한 아레 글방에 다니넌데 하루는 글방에 가는 길 넉[1]에 있는 파우[2] 우에 조그마한 뱀 한 마리가 배가 고파서 입을 낙작낙작 하구 있넌 것을 보구 불상해서 개지구 가넌 밥을 절반 쯤 덜어서 주었다. 뱀은 그 밥을 받아 먹었넌데 그담보타는 매일 거기를 지나가멘[3] 보문 그 뱀이 나와서 입을 벌리구 낙작낙작하구 있었다. 그래서 이 아는 개지구 가던 찬밥[4]을 절반 덜어서 주구 주구 했다. 그랬더니 이 뱀은 차차 커서 밥두 많이 먹게 돼서 밥 절반 개지구는 모자라게 됐다. 그래서 이 아는 저 오마니과[5] 글방에 가난한 집 아레 찬밥을 개저오디 못하느꺼니 그 아와 나누어 먹게 밥을 많이 담아 달라구 했다. 오마니는 기렇게 하라 하구 큰 복깨[6]에다 밥을 가뜩 담아 줬다. 이 아는 그 밥을 개지구 가서 절반은 뱀에게 주구 자기레 먹다 남으문 그 남은 것두 주군 했다. 이렇게 해서 몇 해를 지냈넌데 조그만하던 뱀은 커서 큰 집채만큼 큰 구렝이가 됐다. 이렇게 되느꺼니 이 아는 구렝이와 이형데[7]를 뭐 개지구 구렝이를 형님이라구 불렀다.

하루는 구렝이레 이 아보구 너는 아무날 아무가이 정승[8]에 집이루 당개간다구 말했다. 이 말을 듣구 이 아는 "형님, 거 무슨 말이가. 내레 어드렇게 그런 큰 부재집이루 당개간다니 그게 무슨 말이가?" 하구 말하느꺼니 "두구 보라구, 난 볼세 다 알구 있다. 꼭 가게 된다"구 했다. 그런데 그 후 그 정승에 집이서 사람이 와서 혼사 묻자구[9] 했다. 그래서 이 아는 그 정승 집이루 당개가게 됐넌데, 잔채날 이 아레 말 타구 갈라구 하넌데 이 구렝이레 와서 자기는 맨제 그 집이 가서 집 뒤에 샛단머리[10]에 숨아 있갔으느꺼니 너는 떡이랑 국이랑 갲다 달라구 말했다.

새시방은 말을 타구 색시집이 가서 네를 지내구 큰상을 받아먹구서 구렝이한테 떡을 한 광지[11] 담아다 주었다.

첫날밤에 새신랑과 신부는 불을 죽이구 자구 있넌데 돌중 한 넘이 담을 넘어들어와서 새신랑을 죽이구 신부를 빼틀어다 살갔다구 칼을 숫돌에다 슬그렁슬그렁 갈구 있었다. 그러구 있넌데 구렝이가 나와서 이 돌 중을 깍깍 몸을 동세레서 쥑였다. 이렇게 해서 구렝이는 실랑을 구해주었다.

이 아는 그 후에두 글방에 다니멘 공부를 하넌데 하루는 구렝이레 와서 과거를 보문 꼭 급데하갔으니꺼니 과거를 보라구 했다. 그래서 이 아는 과거를 봤더니 급데를 해서 큰 베슬을 하게 됐다.

그르구르 지내드랬넌데 하루는 구렝이레 "난 이젠 되셴[12]서 델루 높은 고개에 올라가서 거기 지나가는 사람을 잡아먹갔다. 그르문 되셴 전테가 벌떡 뒤끌어서 구렝이 잡아죽이야갔다구 야단티갔넌데 나라에서는 그 구렝이를 잡아죽일 사람을 뽑갔다구 하갔으느꺼니 그때 네레 나가서 내래 그 구렝이 잡아죽이갔으느꺼니 사람 백 명과 달구지 백 틀하구 큰 검 한 자루 달래 개지구 나 있는 고개루 와서 나를 잡아서 내 몸둥이를 백 토막으루 끊어서 달구지 한 틀에 한 토막식 싣구 王한테 개저다 받히라"구 말했다. 새실랑은 이 말을 듣구, "형님 그게 무슨 말입니까. 형님 아니문 나는 볼세 죽었을 거인데 형님까타나[13] 나는 이제두 살구 있넌데 그러한 형님을 날과[14] 죽이라니 내레 어드렇게 형님을 죽이갔소. 나는 못하갔소" 하멘 그건 못하갔다구 말했다. 구렝이는 네레 날 안 죽이갔다문 내레 너를 죽이갔다 하구 위협했다. 그러느꺼니 실랑은 할 수 없이 그러갔다 하구서 둘이는 헤뎄다.

그 후 얼메 안 가서 아무데 고개에 큰 구렝이가 나타나서 사람을 많이 잡아먹군 했다. 그러느꺼니 나라에서는 이 구렝이를 잡아죽일 사람을 뽑는다는 광고를 내 붙엿다. 이 새시방은 왕한테 가서 내레 그 구렝이를 잡아죽이갔으느꺼니 사람 백 명과 달구지 백 틀과 큰 검 한 자루를 달라구 했다. 王은 그카라 하구 사람 백 명과 달구지 백 틀과 큰 검 한 자루를 주었다. 새시방은 사람 백 명과 달구지 백 틀과 큰 검 한 자루를 들구 그 고개에 가서 형님 나 왔수다 하구 말하느꺼니 구렝이레 나와서 날레 날 떡으라구 했다. 그래서 새시방은 큰 칼루 구렝이를 떡어서 백 토막을 내서 달구지 한 틀에 구렝이 한 토막식 해서 달구지 백 틀을 끌구 왕한테 개지다 받혔다. 왕은 기뻐서 나와서 그 구렝이레 얼매나 크구 긴가 보갔다구 백 토막 난 거를 부테[15] 보라구 했다. 새시방은 구렝이으 토막난 거를 한 토막식 한 토막식 내레다[16] 부테놨넌데 그 토막난 거이 착착 홀딱 붙더니 큰 구렝이레 돼서 왕한데 달라들어 잡아먹구 이 새시방을 왕으루 삼았다. 이 새시방은 왕이 돼서 잘살다가 무진넌에 달구다리 뻗두룩 했다구 한다.

※1935年 1月 宣川郡 深川面 古軍營洞 金勳用

1) 옆 2) 바위 3) 가면서 4) 점심밥 5) 어머니에게 6) 주발 7) 의형제 8) 여기에서 쓰이는 정승은 큰 부자라든가 그 지방의 세력있는 집을 말함 9) 혼인 맺자고 10) 땔나무를 쌓아 놓은 곳 110 한 광주리 12) 조선 13) 형님 때문에 14) 나더러 15) 붙여 16) 내려다가

구해 준 개미·돼지·벌의 報恩 |

넷날에 한 아레 있넌데 탕수[1]가 나서 이 아이는 저에 아바지 머이[2] 넢에 있는 소낭구가 뽑헤서 떠나레 가는 것을 타구 둥둥 떠내리가구 있었다. 소낭구는 이 아보구 떠내리 가는 거이 있으문 머이던지 건데서 이 우에 올레서 살레 주라구 했다. 하하 떠내리 가넌데 멧돼지레 한 무리 떠내리와서 이 아는 그 멧돼지를 건데서 소낭구 우에 올레 놨다. 그리구 또 떠내리가넌데 버리[3]가 한물커니[4] 떠내리와서 이것두 건데서 소낭구 우에 놔두었다. 하하 가넌데 개미레 한물커니 떠내리와서 이것두 건데 놨다.

이러문서 떠내리가드랬넌데 눅디레 나와서 이 아넌 멧돼지랑 버리랑 개미랑 항께 내렸다. 거기에는 동네가 있어서 이 아는 어떤 부재집에 가서 그 집에 일을 해주구 밥을 얻어 먹구 살았다.

이 집에는 글을 배우구 있는 아레 있었넌데 하루는 이 집 부재넝감은 두 아를 불러서 이 아보구는 좁쌀 한 섬 헤테딘 거를 모두 줏어 담아서 한 섬지기 밭에다 다 갈구 오라 하구, 글 일넌 아보구는 너는 천자 한 권에 글씨를 똑똑히 다 써라 하구서 너덜 둥에 이 일을 맨제 한 아를 내 사우삼갔다구 했다.

이 아는 한 섬이나 되는 좁쌀이 헤테딘 거를 줏어모아서 한 섬지기 밭에 심을 재간이 없어서 왕왕 울구 있었다. 그때 멧돼지 한떼와 개미 한물커니레 와서 와 우능가 물었다. 우리 집 넝감이 이러이러하라구 하넌데 난 그런 재간이 없어서 울구 있다구 말했다. 그러느꺼니 멧돼지와 개미는 일없다, 우리가 다 해주갔다 하구서 개미들은 헤테데 있는 좁쌀 한 섬을 다 줏어 모으구 멧돼지떼는 밭을 주뒹이루 파서 일궈 놨다. 이 아는 한 섬가리 밭에다 좁쌀을 다 심구 집이루 왔다. 글 일넌 아두 천자 한 권의 글씨를 똑똑히 다 써개지구 왔다. 이렇게 되구 보느꺼니 부재 넝감은 어느 아레 더 재간이 있구 어느 아레 재간이 덜 있넌디 분간할 수 없구 어느 아를 사우삼아야 할디 알 수가 없었다. 그래서 저에 딸과 똑같이 생긴 종을 다리구 와서 딸과 항께 세워 놓구 "이 체네 둘 등으 하나를 골라잡아라. 내 딸을 골르는 아는 내 사우되갔다"구 말했다.

두 체네가 똑같이 생겨서 어느 거이 넝감에 딸이구 어느 거이 아닌디 알 수가 없어서 골라잡을 수레 없넌데, 버리가 이 아에 귀밑게 와서 외이외이하구 소리를 했다. 이 아는 왼켄에 있넌 체네레 넝감에 딸이란 거 같다 하구 왼켄에 서 있는 체네를 골라 잡았다. 그 체네레 넝감에 딸이 돼서 이 아는 부재넝감에 사우가 돼서 잘 살았다구 한다.

※1936年 12月 定州郡 郭山面 鹽潮洞 卓炳珠

1) 홍수　2) 뫼　3) 벌　4) 한떼

구해 준 개미 · 돼지 · 파리 · 사람

넷날에 과부 하나이 있었드랬넌데 이 과부는 아레 없어서 칠성기도두 하구 산에 가서 산신에게 빌기두 하멘 아들 하나 낳게 해 주시요 하구 빌었넌데두 아를 낳디 못했다. 그런데 어니 날 그집 운두란에 있넌 큰 밤나무 밑에서 오종을 누었더니 아를 개지게 돼서 열 달 만에 아덜을 낳넌데 이 아덜이 일간 옥동재레 돼서 여간만 기뻐하디 않구 잘 키웠다. 열 살이 돼서 글방에 보냈더니 글방 아덜이 이 아보구 아바지 업슨 아 아바지 업슨 아 하멘 놀레서 이 아는 증이[1] 나서 집이 돌아와서 장두칼을 갈아 개지구 오마니 앞에 가서 글방 아덜이 날보구 아바지 업슨 아 아바지 없슨 아 하멘 놀리넌데, 나넌 왜 아바지가 업넌가, 아바지레 누구인가, 아바지를 대달라구 조루멘 만일에 대주디 않으문 이 칼루 죽갔다구 했다. 그러느꺼니 오마니는 내레 운두란에 있넌 밤나무 밑에다 오종을 누었더니 너를 배서 낳게 됐으느꺼니 밤나무레 너에 아버지다구 말했다. 이 아는 그 말을 듣구 도와라[2] 하구 동무덜한테 가서 우리 아바지는 밤나무다구 말했다. 그러느꺼니 동무덜은 밤나무가 어드레 아바지가 되간, 하멘 또 놀렜다.

이 아는 그 후보탄 당[3] 밤나무에 가서 놀멘 자기 이름을 밤손이라구 했다. 그러구 지내는데 하루는 비가 왔다. 비레 너머너머 와서 밤손이는 오마니와 항께 밤나무 있넌 데루 갔더니 밤나무는 "이제 비레 많이 와서 탕수레 나서 여기서는 살 수 없게 되갔으니 다른 데루 가야 하겠다. 내 우에 올라 타라"구 말해서 밤손이는 오마니와 항께 밤나무에 올라탔다. 비는 자꾸 와서 밤나무는 뿌리가 뽑헤서 물에 떠서 둥둥 떠내레갔다. 하하 떠내레 가넌데 멧돼지레 한물커니 떠내리오구 있어서 밤손이는 이거이 불상해서 건데서 밤나무 우에나 올레 놨다. 또 하하 떠내레가넌데 이번에는 개미레 한물커니 떠내리오구 있었다. 이것두 불상해서 건데서 밤나무에 올레 놨다. 또 떠내레가넌데 파리레 한물커니 떠내리와서 이것두 건데서 밤나무 우에 올레 놨다. 고다음에는 아레 떠내리오멘 살레달라구 고구[4] 있었다. 밤손이는 이 아두 건딜라구 하느꺼니 밤나무는 건데서 살리 주문 그 은공을 악으루 갚으느꺼니 살레 주디 말라구 했다. 오마니두 그 아는 살레 주디 말라구 했다. 그런데두 밤손이는 듣디 않구 물에서 건데서 밤나무 우에다 올레 놨다. 그리구 또 떠내리가넌데 하하 떠내레가다가 섬이 하나 나와서 밤나무는 그 섬에 가 멈추구다 내리라구 해서 밤손이와 아와 개미 · 멧돼지 · 파리는 다 내렜다. 밤나무는 밤손이 오마니를 태우고 또 떠내레갔다.

개미와 멧돼지와 파리는 섬에 내레서 어데론가 가삐렜다. 밤손이와 아는 어데로 갈가 하구 있다가 앞에 있는 산을 넘어가문 마을이 있갔디 하구 산을 넘어가기루 했다. 산을 넘어가느꺼니 마을이 있어서 글루루 가서 큰 기와집으루 찾아가서 쥔을 찾았다. 쥔영감이 나와서 너덜은 웬 아덜인가 물었다. 우리는 물에 떠내레온 아덜인데 갈데두 없구 하느꺼니 넝감에 집이서 시굼불이[5]나 하구 살게 해주시요, 하구 말하느꺼니 그카라해서 이 두 아덜은 그 집에 있게 됐다.

밤손이와 물에 떠내리온 아는 그 집이서 시굼불이를 하멘 살구 있드랬넌데 하루는 물에 떠내리온 아는 쥔넝감과 "시굼불이야 머 둘이서 할 거 있갔소, 밤손이는 농세일을 여간만 잘하딜 않으느꺼니 밤손이는 농세일만 시키시디요" 하구 말했다. 넝감은 거 돟은 말이다 하구선 밤손이에게 큰 호무를 주멘 뒷산에 가서 산경[6]을 일궈 노라구 했다. 밤손이는 할 수 없이 뒷산에 가서 산경을 일구넌데 힘이 여간만 많이 들어서 나무 구루터기 서너너덧 개를 뽑아내구서 앉아서 울구 있었다. 그랬더니 멧돼지레 한물커니 와서 쥐둥이루 산경을 쑤세 그레서 밭을 잘 일궈놨다.

밤손이는 집이 와서 넝감과 산경을 다 일궈 놓구 왔다구 말했다. 넝감은 기뻐서 너는 예네 아레 아니구나 하멘 칭찬했다. 그러느꺼니 물에 빠졌던 아는 안쌀질[7]이 나서 밤손이를 골탕먹게 하갔다구 넝감과 좁쌀 한 섬을 다 심게 하라구 말했다. 그러느꺼니 넝감은 밤손과 좁쌀 한 섬을 다 심으라구 했다. 밤손이는 좁쌀을 다 심구 집에 돌아왔넌데 물에 빠졌던 아는 그 조고만 밭에 조 한 섬을 어드레 다 심갔능가, 그 좁쌀을 다 버린 것 같으느꺼니 다 줏어오라구 하라구 했다. 넝감은 그 말을 듣구 밤손과 좁쌀 한 섬을 다 개지오라구 했다. 밤손은 밭에 가서 좁쌀을 줏을라 하넌데 줏을 재간이 없어서 울구 있었다. 그러느꺼니 개미레 한물커니 와서 좁쌀을 다 주워서 한 섬 다 담아 주었다. 밤손은 그 좁쌀 한 섬을 개지구 와서 넝감에게 주었다. 넝감은 너 재간 참 용타구 칭찬했다.

물에 빠졌던 아는 밤손이를 애 멕이갔다구 이렁데렁 방법을 다 써봤넌데두 하나두 되디 않구 밤손이레 칭찬만 받게 됐다.

하루는 넝감은 저에 딸과 얼굴이 똑같은 종을 저에 딸과 똑같게시리 닙혜[8] 놓구 딸과 항께 나란히 세워 놓구 밤손이와 물에 빠졌던 아보구 "너덜 이 두 체네를 맘대루 골라서 잡으라. 내 딸을 골라 잡는 아는 내 사우가 되구 종을 골른 아는 종이 된다"구 말했다. 물에 빠졌던 아는 이켄 체네를 골라 봤다 데켄 체네들 골라 봤다 하멘 왔다갔다 하넌데 밤손이는 어떤 체네를 골라야 할디 몰라서 가만 서서 보구 있드랬넌데 파리레 날라와서 밤손이 귀에다 대구서 "동켄에티 동켄에티" 했다. 그래서 밤손이는 그 소리를 듣구 동켄에 세 있던 체네를 골라잡았다. 동켄에 세 있던 체네레 쥔 넝감에 딸이 돼서 밤손이는 쥔넝감에 사우가 되구 물에 빠졌던 아는 종을 골라잡아서 종이 됐다구 한다.

※1932年 8月 宣川郡 深川面 目谷洞 金勵殷

1) 화가　2) 좋아라　3) 늘　4) 소리치고　5) 심부름　6) 산의 묵정밭　7) 질투심
8) 입혀

구해 준 벌과 개미의 報恩

넷날에 한 아레 있넌데 오마니와 둘이서 살구 있었다. 이 아는 글방에 다니구 있드랬넌데 글방에 가문 다른 아덜이 이 아를 보구 아바지 업슨 아 아바지 업슨 아 하구 당창 놀레서 하루는 저에 오마니과 아바지는 어드메 있능가 물었다. 오마니는 아무 말두 않구 아무것두 대주디 안했다. 이 아는 오마니레 암쏘리 않구 대주디 안해서 안타까워서 자꾸자꾸 물었다. 그러느꺼니 오마니는 뒷산에 범한데 가서 물어보라구 했다. 이 아는 뒷산에 가서 범과, 우리 아바지는 어데메 있은가 하구 물으느꺼니 "요 아레 돌파우 앞에 있는 소나무레 너에 아바지다" 하구 대주었다. 그래서 이 아는 글방에 갈 적에나 올 적에나 그 소나무에다 절을 했다.

그러던 둥 어니 날 글방에 갔다가 돌아오넌데 비가 오기 시작해서 이 소나무 밑에 가서 비를 멈추구 있었다. 그르느꺼니 소나무는 이젠 큰 탕수가 나서 사람이 많이 죽게 되갔으니 너는 나에 올라타서 다른 곳으로 가야 한다구 말했다. 이 아는 오마니두 함께 가야 하갔으느꺼니 오마니를 불러와야갔다구 말하느꺼니 소나무는 "그만둬라, 너 오마니꺼정 가문 너꺼지 죽넌다"구 했다. 그래서 이 아는 할 수 없이 함자 올라탔다.

소나무는 뿌리가 뽑히느꺼니 물에 떠서 둥둥 떠내레갔다. 가넌데 개미와 버리가 한물커니 허우적거리멘 떠내레오구 있어서 이 아는 그 개미와 버리를 건데서 소나무 우에 올레놨다. 또 가넌데 이번에는 하낭[1] 글방에 다니던 아레 떠내레와서 이 아이두 건데서 소나무 우에 올레 놨다. 그리구 가넌데 몇날을 떠내레가다가 소나무는 어떤 섬에 닿게 되느꺼니 거기 멈추구 다 내리라구 했다. 그래서 이 아는 동무아이하구 개미하구 버리하구 하낭 내렜다. 다 내리느꺼니 소나무는 또 떠내레갔다.

그 섬에 내리느꺼니 개미와 버리는 저 갈데루 가구 이 아와 글방동무는 하낭 가다가 어떤 말에 가서 어떤 부재집에서 일을 해주구 밥을 얻어먹구 있었다. 그런데 이 아덜이 있넌 집 쥔넝감은 소나무 아덜을 잘 봐서 그랬넌디 이 아를 사우 삼을라구 하넌데 글방 아는 자기두 함께 이 집이서 일하구 있넌데 어드레서 나는 사우 삼으레 하디 않능가 하구 야단텠다. 그러느꺼니 쥔넝감은 밭에다 좁쌀을 두 말을 뿌레 놓구 한 말식 맨제 줏어온 아를 사우 삼갔다구 했다. 그래서 두 아덜은 뿌레딘 좁쌀을 줏넌데 소나무 아덜한테는 개미가 한물커니 와서 주워 줘서 다른 아보다 맨제 다 줏게 됐다. 글방 아는 이걸 보구 개미레 줏어 둬서 데 아레 맨제 줏게 됐다구 퉅퉅거렜다. 그러느꺼니 쥔은 "고롬 이카자.[2] 똑같은 농을 둘을 놓고 하나에는 내 딸을 넣구 하나는 빈 대루 두갔으니 너덜은 십리 밖에서 달레와서 체네가 들어 있넌 농을 열어보는 아레 사우 삼갔다"구 말했다. 그러느꺼니 두 아덜은 그카갔다 하구 십리 밖으로 가서 있다가 오넌데 소나무 아덜은 잘 뛰디 못하구 글방 아는 빨리 뛔서 맨제 와서 체네레 들어 있넌 농을 열을라구 했다. 이때 버리가 날라와서 이 아를 쏴서 다른 농을 열었다. 소나무 아들은 체네가 들어 있던 농을 열어서 부재넹감에 사우가 돼서 잘 살았다구 한다.

※1934年 7月 鐵山郡 鐵山面 嶺洞 崔元丙

1) 함께　2) 이렇게 하자

구해 준 하루살이 · 돼지 · 사람 |

녯날에 오마니와 아덜이 살구 있드랬넌데 이 아덜이 서당에를 가문 서당 아덜이 아바지 업슨 아 아바지 업슨 아 하멘 자꾸 놀리군 해서 집이 와서 오마니과 와 서당 아덜이 날 보구 아바지 업슨 아라구 놀리는가 하구 물었다. 오마니는 이 말을 듣구두 암말두 하디 안했다. 그랬더니 하루는 이 아는 칼을 갈아서 들구 오마니 앞에 가서 아바지레 누군지 대주디 않으문 이 칼루 목을 찔러서 죽갔다구 했다. 그러느꺼니 오마니는 겁이 나서 운두란에 있넌 배나무레 너에 아바지다구 대줬다. 이 아는 이 말을 듣구 인차 운두란에 배나무한테 가서 "아바지" 하구 불렀다. 그러느꺼니 배나무는 "와" 하구 대답했다. 이 아는 아바지를 찾았다구 기뻐서 그 담보타는 당 배나무 우에 올라가서 놀군 했다.

하루는 배나무레 너에 서당 앞에 있넌 비석에 절대루 띠를 발르디 말라구 하멘 만일에 비석에 띠를 발르문 큰 벤이 일어난다구 말했다. 이 말을 듣구 이 아는 서당에 가서 동무덜과 서당 앞에 있넌 비석에 절대루 띠를 발르디 말라, 띠를 발르문 큰 벤이 난다구 했다. 그랬더니 벨난소리 다 한다 하구서 한 아레 비석에다 띠를 발랐다. 그랬더니 하늘에 검은 구름이 몰레오구 비가 오기 시작하넌데 도무디 멎디 않구 자꾸자꾸 와서 탕수레 났다. 이 아는 배나무에 올라가 있넌데 비레 너무너무 많이 와서 배나무는 뿌레기레 뽑헤서 떠내레갔다. 하하 떠내레가넌데 돼지레 떠내리오멘 꿀꿀 소리하멘 울구 있었다. 배나무 아덜은 배나무과 떠내리오는 돼지를 건데서 살리자구 하느꺼니 배나무는 건데서 살리라구 했다. 그래서 배나무 아덜은 돼지를 건데서 배나무에 올레 놨다. 그리구 떠내리가넌데 하루살이레 떠내리오구 있어서 배나무 아덜은 데것두 건데서 올레 놀까 하구 물으느꺼니 배나무는 그카라 했다. 그래서 하루살이를 건데서 배나무 우에 올레 놓구 떠내리가넌데 아 하나이 떠내리오문서 살레 달라구 과티구 있었다. 배나무 아덜은 그 아를 건딜라구 하느꺼니 배나무는 데 아를 건데서 살리 주문 너에 앞길을 해틴다, 건데 주디 말라구 했다. 배나무 아덜은 돼지랑 하루살이 같은 거를 건데서 살리 주먼서 어드레서 사람은 살리디 말라구 하능가 하멘 배나무 말을 듣디 않구 그 아를 건데서 배나무 우에 올레 놨다.

배나무는 돼지 · 하루살이 · 아이덜을 태우구 떠내레가다가 섬이 나타나서 배나무는 거기 가서 멈추구 다 내리라 했다. 그래서 돼지 · 하루살이는 내레서 갈 데루 가구 두 아덜은 산골채기루 갔다. 하하 가느꺼니 큰 기애집[1]이 있어서 그 기애집이 가서 보느꺼니 얼굴두 똑같구 입성두 똑같은 거를 입은 체네 둘이 세 있었넌데 이 두 체네는 하나는 이 집에 딸이구 다른 하나는 이 집에 종인데 쥔집 딸을 골라잡아서 색시를 삼으문 이 집 쥔이 되구 종을 골라잡으문 종이 되넌데 어니 체네레 쥔집 딸이구 어니 체네레 종인디 알 수 없어서 바재구[2] 있넌데 하루살이가 와서 배나무 아덜에 귀에다 대구 앵앵 했다. 그 앵앵 소리는 다른 사람에게는 앵앵 소리로만 들렸디만 배나무 아덜 귀에는 "동켄 동켄" 하는 소리루 들렸다. 그래서 배나무 아덜에 동켄에 세 있넌 체네를 골라잡았다. 이 체네레 이 집에 쥔네 딸이 돼서 배나무 아덜은 쥔이 됐다. 그리구 살레 준 아는 종이 됐다.

배나무 아덜은 쥔이 되구 살려 준 아는 종이 돼서 사넌데 살레 준 아는 맘씨레 나쁜 아레 돼서 배나무 아덜을 없애구 쥔네 체네를 빼틀구 싶어서 한 게구를 페개지구 하루는 배나무 아덜과 더기 아랫섬으루 왁새 잡으레 가자구 했다. 배나무 아덜은 가자구 해서 살레 준 아와 하낭 배를 타구 그 섬으루 갔넌데 배나무 아덜이 섬에 올라가자 살레 준 아는 배나무 아덜을 섬에 낭게두구 배를 저서 가삐렜다. 배나무 아덜은 할 수 없어서 거기서 고기를 낚구 있넌데 고기 세 마리를 잡았다. 가만 보느꺼니 큰 구렝이레 왁새 새끼를 잡아먹갔다구 나무에 올라가구 있어서 배나무 아덜은 돌을 팽개테서 내쫓았다. 그랬더니 왁새는 기뻐서 앙커[3]는 앞에 세구 숫커[4]는 뒤에 세구 해서 배나무 아덜을 태와서 배나무 아덜이 사넌 섬으루 날아갔다. 하하 날아 가넌데 앙커이 힘이 들어서 헐떡헐떡 하멘 알루루 떠러 딜라구 했다. 배나무 아덜은 이걸 보구 잡았던 고기 한 마리를 멕였더니 다시 힘을 내서 날랐다. 하하 가넌데 이번에는 수커이 헐떡헐떡 해서 고기 한 마리를 줬다. 수커는 그 고기를 먹구 힘을 얻어서 날아가넌데 거진 다 와서 왁새는 두 마리다 헐떡헐떡해서 길은[5] 고기를 나누어 멕였더니 힘을 내서 날라서 배나무 아덜이 사는 데루 오게 됐다.

집에 와보느꺼니 종만 있구 저 색시두 없구 살레 준 아두 없구 해서 다들 어드메 갔능가고 물으느꺼니 종은 살레 준 아레 쥔 색시를 데리구 어데메론가 가삐렀다구 했다. 배나무 아덜은 색시를 찾갔다구 집을 나서서 가넌데 하하 가다가 어떤 말에 이르렀넌데 그 말에 앞에 있넌 움물에서 물을 길넌 색시레 있어서 보느꺼니 저에 색씨레 돼서 어드래서 여기 와 있넝가 하구 물었다. 색시는 그 아레 이리루 데불구 와서 여기 있게 됐넌데 그 아는 산적이 돼서 도죽질을 하구 있다구 말했다. 배나무 아덜은 색시과 날래 여기서 도망가자 하느꺼니 색시는 안 된다, 산적은 낼 도죽질 나가느꺼니 그때 도망가자구 했다. 다음날 산적이 도죽질 나간 담에 거기 있넌 숱한 금은보화를 개지구 천리마를 타구 도망가넌데 한 살골체기에 오느꺼니 산적덜이 자구 있었다. 배나무 아덜과 색시는 거기를 지나갈라구 하넌데 말이 지나가멘 자구 있넌 산적에 발을 밟아서 이놈이 놀라서 깨서 보구 저덜 보물을 싣구 가느꺼니 벅짝 과서 다른 산적덜을 다 깨와서 뒤쫓아왔다. 배나무 아덜은 말을 빨리 몰아서 가넌데 한 산골체기에 와서 집이 있어서 말보구 갈대루 갔다가 가케[6]오라구 하구 놔 주구 그 집이 가서 돈을 많이 줄건 좀 숨게 달라구 했다. 그 집 쥔은 그카라 하구 배나무 아덜과 색시를 숨게 줬다. 숨자마자 산적들이 쫓아와서 쥔과 여기 말 타구 가넌 넘 못 봤능가 하구 물었다. 쥔이 못 봤다구 하느꺼니 산적들은 그렁가 하구 갔다. 다들 간 담에 두 사람은 쥔에게 고맙다 하구 돈을 많이 주구 말과 이리 오라 하구 보물을 싣구 집이 와서 잘살았넌데 잘살다가 달구다리 빳두룩 했다구 한다.

※1934年 7月 宣川郡 山面 香山洞 劉準龍

1) 기와집 2) 망설이고 3) 암컷 4) 수컷 5) 남은 6) 이따가

동냥을 잘해서 왕 아들이 된 사람 |

넷날에 가난하게 사넌 사람이 있드랬넌데 이 사람에 집에 하루는 중이 와서 권선[1]을 달라구 했다. 이 사람은 가난해두 그카라 하구 권선을 잘 줬더니 중은 받아 개지구 갔다. 그 후 몇 날을 지나서 그 중이 와서 이거는 왕너나 씨인데 이거를 심어서 잘 가꾸어 키우문 할레[2] 한 마디씩 자라넌데 그렇게 되문 왕에 아덜이 된다 하구 씨 한 알을 주구 갔다. 이 사람은 그 씨를 받아 개지구 심어서 잘 가꾸넌데 왕너나는 잘 자랐다.

그때에 왕에 색씨레 병이 났넌데 그 병에는 왕너나 이슬을 먹어야 낫넌 병인데 그래서 왕은 왕너나를 구하갔다구 신하를 사방에 내보내어 왕너나를 구하고 있었다. 한 신하가 이 집에 와 보느꺼니 왕너나가 있어서 이 왕너나를 달라구 했다. 이 사람은 개지가라 하구 줬다.

신하는 그 왕너나 씨를 개지구 와서 왕에 뜰악에 심었넌데 왕너나에 잎에 내린 이슬을 왕에 색시에게 받아 먹였더니 왕에 색시에 병은 깨끗이 나았다. 왕은 기뻐서 왕너나를 준 사람을 불러다가 아덜을 삼았다. 왕너나 하나루 귀한 몸이 됐다는 넷말이디요.

※1935年 1月 宣川郡 台山面 圓峰洞 朴根葉

1)동냥 2) 하루에

효자와 호랑이

넷날에 부모에게 효자노릇을 잘하는 사람이 있드랬넌데 이 사람은 부모가 돌아가느꺼니 산에다 머이를 쓰구 그 머이 넢에[1] 움막을 짓구서 거기서 삼넌 동안이나 살구 있었다. 그런데 밤이문 범이 와서 이 상제를 디케 주군 했다. 삼넌이 지나서 이 사람은 집으루 돌아가게 돼서 범과 헤어디게 됐넌데 하루는 이 상제레 밤에 자멘 꿈을 꾸었넌데 꿈에 그 범이 와서 지금 나는 아무 산에 함정에 빠데서 죽게 됐으느꺼니 날래 와서 살레 달라구 하멘 만일 날이 새문 나는 사람한테 잽히워 아주 죽넌다구 했다. 이 사람은 밤둥인데두 바루 그곳으루 뛔 갔다. 뛔 가보느꺼니 날은 볼쎄[2] 밝아디구 동네 사람덜은 많이 모여서 범을 잡을라구 소리티구 있었다. 이 사람은 "그 범을 죽이디 말라, 그 범은 나에 범이다" 하멘 먼곳에서부터 큰소리 디리멘 달려갔다. 사람덜은 어드래서 당신 범이가 하멘 물었다. 이 사람은 자기레 부모 머이 넢에서 삼넌을 살구 있넌 동안 나를 디케 주던 범이라구 하구 범에 값을 내레 낼터이느꺼니 다 물러가라구 했다. 동네 사람덜은 "당신 말이 정말이라문 함정에 들어가 보라. 함정에 들어가서 범이 해티디 않으문 그 범은 당신으 범으루 알갔소" 하구 말했다. 그래서 이 사람은 함정으루 들어가서 범을 안았넌데두 범은 눈물을 흘리멘 꼬리를 티멘 해티디 안했다. 사람덜은 이거를 보구 감탄하구 그 범을 죽이디 않구 살레 줬다.

※1936年 7月 義州郡 枇峴面 替馬洞 崔尙振
※1938年 1月 鐵山郡 扶西面 石山洞 鄭聖則
1) 옆에 2) 벌써

효자와 天桃

넷날에 한 열두어 살 난 아레 오마니와 깊은 산둥에서 살구 있드랬넌데 어니 해에 서리가 일직 와서 곡석[1]이 말라 죽구 해서 먹을 거이 없게 돼서 어드메루 얻어먹갔다구 산둥에서 나와서 여기더기 돌아다녔다. 돌아다니다가 어떤 말에 와서 큰 기애집에 찾아가서 그 집 쥔과 "우리는 깊은 산둥에 살드랬넌데 서리가 일직 와서 농사가 안 돼서 굶어 죽게 돼서 얻어먹으레 돌아다니느꺼니 반넌만 우리 오마니 먹에 줄 수 없갔능가" 하구 말했다. 쥔넝감은 "우리두 먹을 거이 부족해서 곤난하다. 그런 말은 왕한데 가서 말해 보라"구 했다. 이 아는 할 수 없다 하구 오마니를 대불구 왕한데 가서 자기네 사정을 말하구 오마니를 반넌만 멕에 달라구 했다. 왕은 이 사정 말을 듣구 하늘에 있는 天桃를 세 알을 따오문 너에 오마니를 반넌 먹에 주갔다구 했다. 그래서 이 아는 天桃를 따레 가갔다구 하구 나와서 하늘루 가갔다구 산으루 산으루 올라갔다. 하하 가느라느꺼니 해는 지구 밤이 돼서 어데메 잘 곳이 없갔나 하구 사방을 바라보느꺼니 데켄 먼 곳에 불이 반짝반짝한 곳이 있어 글루루 찾아가서 자리 좀 붙자구 했다. 쌔한[2] 넝감이 나와서 둘오라 해서 들어갔더니 어드른 아레 돼서 이 깊은 산둥에 왔능가 물었다. 그래서 자기에 사정 니애기를 말하구 天桃 따레 하늘루 가느라구 여기꺼정 왔다구 말했다. 그러느꺼니 넝감은 이 집 뒷산에 꽃밭이 있구 그 꽃밭 안에 큰 늪[3]이 있넌데 그 늪에는 날마다 하늘서 팔 센네가 내리와서 맥을 감으느꺼니 그 센네에 입성을 감추어 두었다가 天桃를 따오문 주갔다구 하라구 대줬다.

다음날 이 아는 그 늪에 가서 센네가 옷을 벗구 맥을 감을 때 센네 옷을 감추어 뒀다가 天桃 세 알 따오문 옷을 주갔다구 했다. 센네는 天桃를 세 알 따다 줘서 이걸 왕한데 올렜더니 왕은 기뻐서 많은 돈을 줘서 오마니와 같이 잘 살았다구 한다.

※1927年 2月 楚山郡 板面 板坪洞 黃在英
1) 곡식 2) 하얀 3) 늪, 연못

효자와 겨울 잉어

넷날에 효성이 지극한 효자가 있더랬넌데 이 사람에 아바지가 하루는 이웃집 잔채집이 가서 국수를 먹구 온거이

탈이 나서 병이 나서 장세지내게 될 헹펜에꺼정 됐다. 이 사람은 혹게 걱정이 돼서 복술[1]한데 가서 물어보느꺼니 니어[2]를 두 마리를 먹어야 낫갔다구 했다. 이 사람은 복술에 말을 듣구 니어를 구하레 다니넌데 그때는 삼동[3]이 돼서 살 수두 잡을 수두 없었다. 그래서 이 사람은 강가에 나가서 엉엉 울멘 강가를 올라갔다 내리갔다 했다. 그랬더니 갑재기 강에 얼음이 꿩하구 소리나더니 얼음에 구넝이 생기더니 그 구넝에서 니어 두 마리가 뛰어나왔다. 이 사람은 그 니어 두 마리를 아버지한테 대레멕에서 병을 나께 했다.

※1927年 2月 楚山郡 江面 龍里洞 李甲禧

1) 점장이　2) 잉어　3) 겨울

아들을 묻으려다 보물을 얻은 효자 |

녯날에 한 사람이 있드랬넌데 이 사람은 부모에게 효도를 잘했다. 이 사람에 어린 아는 당 큰아바지[1] 밥상 머리에 앉아서 큰아바지 상에 있넌 맛있넌 반찬을 빼틀러 먹어서 큰아바지는 맛있넌 반찬을 먹을 수레 없었다. 이 효자는 이걸 보구 이 아레 없으문 아바지레 맛있넌 반찬을 많이 자시같디, 하구 하루넌 저에 댁내과 데 아까타나 아바지레 맛있넌 반찬을 먹디 못하느꺼니 데 아를 산에 갲다 묻자구 했다. 댁내두 그카자 해서 이 사람은 아덜을 묻갔다구 산으루 가서 따를 팠다. 그랬더니 거기서 돈이 많이 나왔다. 이 사람은 그걸 보구 이거는 아무래두 이 아에 주는 하늘에 복이갔다 하구 그 아를 묻디 않구 다시 집으루 데리구 오구 따에서 나온 돈으루 부모를 잘 모셨다구 한다.

※1927年 2月 碧潼郡 雲峙面 峙下洞 朴昌彬

1) 할아버지

효부

넷날에 한 과부레 있넌데 이 과부는 늙은 시오마니를 모시구 살구 있었다. 집이 가난해서 낮에는 삯바느질두 하구 서답품두 팔구 밤에는 물레질을 하군 했다. 이 과부는 드러누워 발루 물레를 돌레서 물레질두 잘했다.

하루는 암행어사레 밤 깊이 그 동네를 돌아다니멘 동네 사정을 살페보드랬넌데 이 과부에 집에 오느꺼니 밤이 깊었넌데두 물레 잣는 소리가 나서 문틈으루 들다보느꺼니 낸이 드러누워서 물레를 잣구 있어서 이상해서 문을 열구, 나는 지나가던 나그낸데 하루밤만 자구 가자구 했다. 과부는 그카라 하구 이 어사를 방으루 둘오라 했다.

어사는 방안에 들어가서 집안 헹펜을 살페보구 과부에 일하는 재간과 맘씨를 보느꺼니 남펜두 없이 늙은 시오마니를 잘 모시구 있넌 것을 알구 나라에 보해서 많은 상을 내리게 했다구 한다.

※1935年 1月 新義州府 梅枝町 高昌浩

아들을 삶아서 약으로 쓴 효자

넷날에 사람 하나이 있드랬넌데 이 사람은 부모에게 지극히 효도를 잘했다. 그런데 한번은 아바지레 병이 나서 약을 여러 가지루 써 봤넌데두 도무디 낫딜 안했다. 하루는 중이 와서 권선을 달라구 해서 권선을 주구 아바지으 병을 보이구 병을 낫게 하는 약이 없갔능가 하구 물었다.

중은 아바지에 병을 보구 나서 니어 세 마리를 대레[1] 먹이문 낫갔다구 했다. 이 사람은 니어를 구하갔다구 하넌데 그때는 겨울이 돼서 살 수두 없구 잡을 수두 없어서 강 녁에 가서 앙앙하구 울구 있었다. 그랬더니 얼음장이 툭 하구 빠개디멘 거기서 니어 세 마리가 뛰어나왔다. 이 사람은 그 니어를 개제다 대레서 아바지를 드렸더니 아바지 병은 깨끗이 나았다.

그 후 아바지레 또 병이 났다. 여러 가지 약을 썼넌데두 도무디 났디 안했다. 또 그 중이 와서 권선을 달라구 해서 권선을 하구 아바지에 병을 낫게 하는 약이 무엇인가 물었다. 중은 아바지에 병을 보구 나서 아바지는 이 병으루 죽을 거라구 했다. 어드래서 그러능가, 낫게 할 약이 없어서 그러능가 하구 물었다. 중은 약은 있긴 있어두 그 약을 말할 수가 없다구 했다. 이 사람은 그 말을 듣구 약이 영 없다문 몰라두 있다문 그 약 이름이나 대달라구 졸랐다. 중은 사람에 아를 가매[2]에다 삶아서 그 국물을 먹이문 낫는다구 했다.

이 말을 들은 이 사람은 저에 색시과 "우리는 나이 삼십밖에 안 됐으느꺼니 아는 또 날 수가 있다. 아바지는 한번 돌아가시문 다시 볼 수레 없으느꺼니 우리 아를 삶아서 아바지 병을 낫게 하자"구 말했다. 색시두 그카자 해서 아레 서당에서 와서 밥 달라구 조루넌데 이 아를 가매다 쓰레닣구 삶아서 그 국물을 아바지한테 드렜다. 그랬더니 아바지 병은 다 나았다. 그런데 좀 있다 이 사람에 아덜이 들어왔다. 이 사람은 깜작 놀래서 이거 어드렇게 된 노릇인가 하구 가매를 열어보느꺼니 아는 없구 큰 나무 뿌레기[3]가 있었다.

※1935年 1月 新義州府 梅枝町 高昌浩

1) 달여 2) 가마솥 3) 뿌리

효자 흉내내다가

넷날에 한 사람이 있었드랬넌데 이 사람에 아바지레 돌아가서 늘쌍 상복을 입구 지냈다. 그에 오마니는 생선을 돟와하넌데 집이 가난해서 돈을 주구 생선을 사다 들릴 수레 없어서 강에 가서 낚시질해서 고기를 잡아다 드리군 했다.

하루는 겨을 추운날인데 이 사람은 강에 가서 찬바람을 쐬멘서 낚시질을 하구 있었다. 이때에 세종대왕이 여네 사람터럼[1] 차림을 차리구 民間을 돌아다니다가 추운날에 상복을 입구 낚시질하는 이 사람을 보구 가까이 가서 어드래서 추운날 상복을 입구 낙시질하능가 물었다. 이 사람은 돌아가신 아바지 때문에 상복을 입었다 하구 늙은 오마니레 생선을 둏와하넌데 집이 가난해서 돈을 주구 생선을 살 수가 없어 이렇게 낚시질해서라두 오마니께 생선을 드릴라구 낚시질하구 있다구 말했다. 세종대왕은 이 말을 듣구 그렁가 하구 이런 말 데런 말 하멘 해[2]를 보내구 저낙때가 되느꺼니 당신집이서 하루밤 자게 해달라구 했다. 이 사람은 자기 집은 너줄해서[3] 손님을 재울 수가 없다구 했다. 그래두 대왕은 일없으느꺼니 재와 달라구 해서 할 수 없이 같이 집이루 대빌구[4] 왔다.

대왕이 이 사람 하넌 행동을 보느꺼니 참으루 효자였다. 이 사람은 밥상을 오마니 앞에 차레다 놓구 이거는 밥이요 이거는 고기요 요곤 가시요 하멘 오마니 밥시중을 하구 있었다. 대왕은 크게 감동하구 왕궁으루 돌아와서 그 사람을 불러다가 많은 상금을 주었다.

그 동네에 한 사람이 이런 말을 듣구 자기두 상금을 받구파서 상복을 입구 겨울날 추운날 강가에 나가서 낚시질을 하구 있었다. 세종대왕이 전과 같이 미복[5]을 하구 지나다가 이 사람을 보구 어드래서 추운날 낚시질하능가 물었다. 오마니가 생선을 둏아해서 드릴라구 그른다구 말했다. 세종대왕은 또 감탄하구 이런 효자네 집에 가 보구파서 그 집이루 갔다. 그리구 이 사람에 하는 행동을 지켜봤다. 이 사람은 임석[6] 상을 오마니 앞에 차레 개지구 가서 오마니과 요거는 밥이요 요고는 고기요 하구 있었다. 그러느꺼니 오마니는 "어제는 개고기 닷돈에치 사다 둔거 혼차서 다 먹었다구 욕질하더니 오늘은 와 이라네? 날 멕에 놓구 때릴라구 그라네?" 하멘 울었다. 세종대왕은 이거를 보구 다음날 불러다가 에이 불효한 놈, 하구 매질을 많이 했다구 한다.

※1935年 7月 博川郡 南面 孟中里 李明赫

1) 여느 사람처럼 2) 시간 3) 너절해서, 누추해서 4) 데리고 5) 보통 사람의 옷차림 6) 음식

효녀 노릇 하려다가

넷날에 한 넝감이 딸 삼 형데를 두었넌데 이 딸들을 다 살리구서리 하루는 딸네 집을 한본 가 보갔다 하구 집을 나왔다. 윈첨에[1] 맏딸한데 갔더니 이 딸은 "아바지 온 거이 반갑수다마는 입이 무섭수다"구 했다. 이 넝감은 그 말을 듣구 나와서 둘채[2] 딸네 집이를 갔다. 둘채 딸은 그때 떡을 하드랬는데 다 해놓구두 저 서나가 와야 먹갔다구 하멘 아바지한데 떡 하나 주딜 안했다. 넝감은 거기서 나와서 마주막 딸네 집이 갔다. 이 딸은 집이 가난한데두 아바지 오셨다구 조팝을 해서 주었다.

넝감은 세 딸네 집을 다 돌아보구 돌아와서 죽었다구 딸한데 부고를 보냈다. 맏딸이 와서 요 가지[3] 우리 집에 왔일 적에 달국을 끓에 주었더니 맛있게 먹구 가더니 죽었다구 하멘 슬프게 울었다. 둘채 딸은 아바지가 와서 떡을 해서 주었더니 달게 먹구 가더니 볼세 죽었다구 하멘 울었다. 마즈막 딸은 "너덜은 한이 없갔다. 나는 가난해서 조팝밖에 해주디 안해서 한이 된다" 하멘 울었다.

넝감은 딸덜이 우는 소리를 듣구 있다가 와다닥 나르세서 "요년덜 머이 어드레 날 달국 끓에 주었다구? 그리구 넌 떡 해 주었다구?" 하멘 큰 소리루 과텟다. 그러느꺼니 맏딸과 둘채 딸은 고만에 혼이 나서 다라나 빼리구 말었다구 한다.

※1936年 7月 宣川郡 南面 三省洞 桂徹源

1) 맨 처음에　2) 둘째　3) 얼마 전에

메뚜기 · 왁새 · 개미

넷날에 개미하구 메뚜기하구 왁새하구 서이 있었넌데 하루는 서이 모여서 노드랬넌데 배레 고파오느꺼니 개미는 밥을 개저오기루 하구 메뚜기와 왁새는 반찬을 개지오기루 하구 서루 헤데서 나갔다. 개미는 밥광지를 니구 가는 낸에 다리를 깍 물어서 낸이 놀래서 너머디멘 쏟힌 밥을 물어다 놓구 둘이 오기를 기다리구 있었다. 그런데 메뚜기와 왁새는 오딜 않아서 이거 원 노릇인가 하구 있넌데 왁새레 고기 하나 들구 함자 왔다. 어드런 노릇인가 물으느꺼니 왁새레 말하는데 둘이서 강가에 나가서 고기를 잡넌데 메뚜기레 고기를 보구 잡갔다구 물 속에 탁 뛔 들어가더니 암만 기다레두 나오딜 안아서 이걸 잡아 개지구 이자야 왔다구 했다. 개미와 왁새는 배레 고프느꺼니 우선 먹구 메뚜기를 찾아보자 하구 왁새레 잡아온 고기 배를 쨌다. 그랬더니 그 고기 배 아낙에서 메뚜기레 뛔 나오멘 니마를 활작 쓸멘 이 고기는 내레 잡은 고기다 하구 말했다. 왁새는 이 말을 듣구 증이 나서 아니 내레 잡아온 고기를 머라네 하멘 둘이서 쌈을 했다. 개미는 아까 메뚜기레 고기 배 안에서 뛔 나오멘서 니마를 스처서 니마가 활랑 베꺼딘 거이 웃웁구 또 왁새레 증이 나서 입을 뾰쭉해서 입이 길다랗게 뾰쭉해딘 거이 웃으운데 또 둘이서 쌈을 드립다 하느꺼니 웃음이 나서 너무너무 웃으멘 허리를 잡구 웃다가 고만에 허리가 잘숙해뎄다.

※1932年 8月 新義州府 彌勒洞 金春德
※1937年 7月 宣川郡 宣川邑 川北洞 韓成國
※1937年 7月 定州郡 觀舟面 草庄洞 鄭聲源
(단 동물 이름은 촉새 · 개미 · 빵아다리로 되어 있음)
※1938年 1月 鐵山郡 站面 東川洞 安泰祿
(단 동물 이름은 촉새 · 매미 · 메뚜기로 되어 있음)

개미와 메뚜기

개미가 길을 가구 있누라느꺼니 풀섶에서 김이 문문 나구 있어서 와 그러능가 하구 거길 가보느꺼니 메뚜기레 아를 낳구 멕국[1]을 끓에 먹느라구 불을 때구 있었다. 그런데 메뚜기레 불을 다 때구 더워서 땀이 나서 니마를 쓰티는데 고만에 니마[2]가 벤벤해뎄다. 개미가 이걸 보구 웃음이 나서 웃었넌데 너무너무 웃어서 허리가 잘룩해뎄다구 한다.

※1933年 7月 宣川郡 宣川邑 川北洞 韓成國
1) 미역국 2) 이마

방아개비·촉새·개미

넷날에 방애다리[1]와 촉새와 개미레 동무드랬넌데 어니 날 개미는 동무덜과 오늘은 내레 한탁 쓸 거이니 요담에는 너덜이 한탁 쓰라 하구서리 밖으루 나갔다. 그때 어떤 낸이 밥광지를 니구서 가서 개미는 그 낸에 다리를 물었다. 낸은 아이쿠 하멘 뛰는 바람에 밥광지를 쏟트렸다. 그래서 방애다리와 촉새와 개미는 그 쏟틴 밥을 잘먹었다.

고담에 촉새가 한탁 쓴다구 하구서리 동무를 대불구 강가에 갔다. 그때 메사구[2]가 있어서 촉새가 메사구를 쏴 잡아서 한탁 잘 썼다.

고담에 방애다리가 한탁 쓸 차례가 돼서 동무덜을 강가루 데불구 갔다.

메사구레 둥둥 떠다니구 있으느꺼니 방애다리래 이걸 잡갔다구 후루루 날라서 메사구 잔등에가 올라앉으느꺼니 고만 메사구가 꿀걱 삼켰다. 이거 야단났다 하구 촉새레 날라가서 메사구를 쏴 잡았다. 그리구 먹갔다구 배를 째느꺼니 방애다리레 나오멘, "님제덜 나까타나 한탁 잘 먹갔습메" 했다. 개미와 촉새는 이 말을 듣구 하하 웃었다.

※1935年 1月 宣川郡 深川面 古軍營洞 申潤德
1) 방아개비 2) 메기

서스레기·지렁이·물새

넷날에 섬스래미[1]하구 디렝이하구 부체레 돼서 살드랬넌데 하루는 디렝이는 섬스래미한데 "궈리[2]는 발이 노무노무 많아서 그 많은 발에 신을 삼아 신길라기에 게를[3]이 없애 죽갔다" 하구 말했다.

그러느꺼니 섬스래미는 "궈리 키레 노무노무 길어서 닙성 해대기레 힘이 든다"구 말했다. 넢에서 물새가 이 말을 듣구 있다가 웃음이 나서 웃다가 노무노무 웃으멘 주둥이를 붙에 잡구 웃었더니 고만에 입이 길게 됐다구 한다.

※1937年 7月 昌城郡 昌城面 甲岩洞 姜學道
1) 서스레기, 돈벌레 2) 당신 3) 틈, 여가

개미 · 지렁이 · 서스레기 |

넷날에 개미레 디렝이와 서스레기를 둥매해서 둘이는 부체레 돼서 같이 사넌데, 서스레기는 남덩인 디렝이 닙성을 해줄라 해두 디렝이 몸이 줄었다 늘었다가 해서 닙성을 맨들어 입힐 수레 없어서 바누질을 못하구 있구, 디렝이는 색시인 서스레기 신을 삼아 줄라넌데 발이 너무너무 많아서 그 신을 다 삼아 신길 수가 없어서 신을 못 삼구 있었다.

개미는 이걸 보구 노무노무 우스워서 자꾸 웃었더니 고만에 허리가 잘숙해뎄다구 한다.

※1932年 7月 鐵山郡 雲山面 椵島洞 張明翰
※1935年 1月 昌城郡 昌城面 坪路洞 姜英老
※1936年 7月 龍川郡 東下面 法興洞 金洪寬

지렁이와 서스레기 |

디렝이와 서스레기는 부체가 돼서 사는데 디렝이는 색시 신을 삼아 주구 서스레기는 새시방 닙성을 해주구 하드랬넌데, 하루는 디렝이레 서스레기과 "님제레 신을 노무노무 터티르느꺼니 신 달렌에 못 견디갔음메" 하구 말했다. 그러느꺼니 서스레기는 "님제레 우물우물하멘 닙성을 터테서 난 님재 닙성 달렌에 못 견디겠슴메" 하더라구.

※1934年 7月 鐵山郡 鐵山面 嶺洞 崔元丙
※1934年 7月 宣川郡 宣川邑 川南洞 崔順國
(단 末部에 "개미가 이 말을 듣구 너머너머 웃다가 고만 허리가 잘숙했다"가 첨가 되어 있음)
※1934年 7月 鐵山郡 站面 西部洞 安鳳麟
(崔順國이 提供한 것과 같음)
※1937年 7月 宣川郡 水清面 古邑洞 李庸逸
(단 '서스레기'는 '왕지네'로 되어 있고 敍述 내용은 崔元丙의 것과 같음)

개미 · 지렁이 · 노래기

넷날에 개미가 노래기한데 가서 디렝이와 혼사하라구 했다. 노래기는 디렝이 키레 늘었다 줄었다 해서 납성 지어 주기가 힘들어서 싫다구 했다. 개미는 디렝이한데 가서 노래기와 혼사하라구 하느꺼니 노래기 발이 노무노무 많아서 신 삼아 주기가 힘드느꺼니 안 하갔다구 했다. 개미는 이 말을 듣구 웃음이 나서 노무노무 웃다가 고만에 허리가 잘룩해뎄다구 한다.

※ 1934年 7月 宣川郡 山面 下端洞 金國柄
※ 〃 〃 〃 南面 汶泗洞 高日祿
※ 〃 〃 〃 深川面 東林洞 金宗權
※ 〃 〃 定州郡 觀舟面 觀揷洞 長腰里 崔栢淳
※ 〃 〃 碧潼郡 碧潼面 二洞 金雲彬
※ 〃 〃 龜城郡 沙器面 新市洞 金致載

이 · 벼룩 · 모기의 시

넷날에 베리디[1] · 니[2] · 모구[3] 이렇게 서이 모여서 글을 지었다. 맨제 모구는 '歌飛人之耳傍하니 己手以打己耳라.' 그 뜻은 사람 귀 밑에 앵앵 소리 내멘 날아가문 제 손으루 제 귀통을 때리드라는 말이 된다. 고담에 니는 '潛行人之傍腰하니 人則皆而片目이라.' 그 뜻은 사람에 허리춤을 몰래 기여 가문 사람에 눈은 왼눈이다라는 것이다. 마감[4]에 베리디가 지은 글은 '跳步人之前

方에 人皆接吻己手라' 사람 앞으루 깡충깡충 뛔가문 사람은 모두 자기 손을 입에 댄다는 말이다.

이렇구 니 · 베리디 · 모구가 글을 짓구 빈대보구 어느 글이 잘됐능가 봐 달라구 했다. 빈대는 그 글을 다 보구나서 일등에 모구, 이등에 베리디, 삼등에 니라구 했다. 니는 이 말을 듣구 증이 나서 어드래서 내 글이 삼등이 되간? 하멘 달라들었다. 빈대는 그 행위가 나쁘다구 니를 한대 텠다. 모구와 베리디는 와 니를 티능가 하멘 빈대를 깔구 앉구 험벅 때렜다. 그랬더니 빈대 몸은 납작해뎄다.

그러구서리 모구 · 베리디 · 니는 제각기 일등상을 갖갔다구 서루 쌈하게 됐넌데 모구는 허리를 채와서 허리레 잘룩해지구 베리디는 허리가 까불리우구 니는 부랄을 뽑헤서 몸이 스러디게 됐다구 한다.

※1934年 7月 義州郡 古舘面 堂谷洞 劉昌惇

1) 벼룩 2) 이 3) 모기 4) 끝

이 · 벼룩 · 모기의 시

넷날에 어니 곳에 베리디하구 모구하구 니하구 서이 모여서 글을 짓구 있었넌데 베리디는 발목재기 하나 있는 사람을 본다구 짓구 모구는 제레 제 귀퉁이를 때리는 사람을 본다구 짓구 니는 입이 삐뚜루딘 사람을 봤다구 지었다. 그리구선 서이는 서루가락 자기가 진 글이 델루 잘 지었다구 자랑했다. 그러다가 막판에 쌈이 돼서 빈대는 밑에 깔리워서 납작해뎄다구 한다.

※1936年 7月 宣川郡 郡山面 長公洞 桂昌沃

이 · 벼룩 · 모기의 시

넷날에 니와 베리디와 모구가 모여서 글을 짓드랜넌데 니가 맨제 '슬슬 腰邊過하니 不見正口人

이라' 구 짓구, 담에 비리디레 '툭툭 張板去하니 但見一指人이라' 짓구 모구는 '앵앵 耳邊過하니 可笑打頰人이라' 구 지었다구 한다.

※1936年 7月 宣川郡 南面 汶泗洞 高日祿

이·벼룩·빈대

니에 가심에 파랗게 멍든 거는 넷날에 베리디하구 쌈하다가 베리디한테 채어서 멍든 땜이구, 빈대레 납작한 거는 베리디·니한테 깔리워서 납작해딘 거구, 베리디가 뾰쪽한 거는 쌈할 적에 델 우에 있었기 때문이라구 한다.

※1937年 7月 宣川郡 宣川邑 川北洞 韓成國

범·토끼·벌의 봉변

넷날에 한 사람이 밭을 가넌데 노랑 소는 잘 가넌데 검은 소는 잘 갈디 않구 있어서 회차리루 때레두 잘 갈디 안했다. 그래서 이 사람은 혼재 말루 노랑 소는 부랄을 밝가서 잘 가구 검은 소는 부랄을 안 밝가서 못 가누만 했다. 그때 넢에 범 한 마리가 와서 있다가 이 말을 듣구 밭 가는 사람과 "난 뛴적슨 숨이 차구 해서 그러넌데 당신 말을 듣구 보니 부랄을 안 밝아서 그러넝 건가? 부랄만 밝으문 잘 가갔능가?" 하구 물었다. 이 사람은 부랄을 밝아 내문 숨 안 차구 잘 뛰어갈 수 있다구 말했다. 범은 고롬 내 부랄 좀 밝아 주구레 했다. 이 사람은 "부랄 밝아내다 아프문 네레 날 잡아 먹갔디. 난 못 밝아 주갔다"구 했다. 범은 든든한 바루 자기를 꽁지구 밝아 달라구 했다. 그래서 이 사람은 바루 범을 세과데 꽁제 놓구 부랄을 밝았다. 범은 첨에는 아파두 참구 있었넌데 견딜 수가 없어서 아이캬 하멘 바를 터티구 산으루 뛔 달아나멘 "아이 부랄이야 아이구 부랄이야" 하멘 울구 갔다. 토깽이레 보구 와 우능가 물었다. 범은 부랄 밝으문 뛔두 숨이 차디 안한대서 밝았넌데 아파 죽게서 그른다구 말했다. 토깽이는 범에 말을 듣구 그건 사람한테 속았다구 하멘 고놈에 사람 잡아먹어야 한다구 하멘 사람 있넌데루 갔다. 그때 사람은 참밥을 먹구 있드랬넌데 토깽이레 오넌걸 보구, 요넘 바라, 놈 참밥 채 먹으레 오는구나. 한본 죽어봐라 하구 회차리루 씩근 때렜다. 그러느꺼니 토깽이에 긴 꼬랭이가 갱게서 나들나들했다. 그걸 탁 나꾸채느꺼니 꼬랭이는 쪽 뽑헤서 토깽이는 아파서 “아이구 꼬랭이야 아이구 꼬랭이야” 하멘 범 있넌 데루 갔다. 범은 “거 봐라, 가디 말라넌데두 가서 혼나구 왔다” 하멘 범은 아이구 부랄이야 하구 토깽이는 아이구 꼬랭이야 하멘 울구 있었다.

이때 버리 한 마리가 와서 보구 와 우능가 물었다. 범과 토깽이는 우리는 사람한테 혼나서 그런다구 말했다. 버리는 그 말을 듣구 내가 가서 원수 갚아 주갔다 하멘 사람 있넌 데루 가서 쏠라구 했다. 사람은 이걸 보구 요놈 멀 날라와서 아이 멕이네, 요놈 죽어 바라 하멘 회차리루 탁 때렜다. 그러느꺼니 버리에 허리가 맞아서 짤드묵 해뎄다. 버리는 아이구 허리야 아이구 허리야 하멘 범과 토깽이가 있넌 데루 가서 서이서 아이구 부랄이야 아이구 꼬랭이야 아이구 허리야 하멘 울구 있었다.

그런데 범은 뛔두 숨이 안 차구 잘 뛰게 되구 토깽이는 꼬랭이레 짧게 되구 버리는 허리레 짤드묵 하게 됐다구 한다.

※1935年 1月 宣川郡 南面 三峰洞 朴炳敦
※1936年 7月 宣川郡 南面 三省洞 桂徹源
(단 범이 부랄을 발기고 山으로 달아난 部分만 있음)
※1936年 12月 義州郡 威化面 上端洞 黃昌煥
(단 桂徹源의 것과 같음)

범 · 토끼 · 앵벌의 봉변

넷날에 한 총각이 있었넌데 어니 집이서 밭을 잘 갈아 주문 딸 주갔다구 해서 그 집이 가서 밭을 잘 갈아 줄거이느꺼니 딸 주갔는가 하구 물었다. 그런다구 해서 이 총각은 연장을 지구 소 두 마리를 끌구 밭에 가서 오르차라 내리차라 하멘 벅작 꼬멘 밭을 갈구 있넌데 범 한 놈이 산에서 내레와서 다래 넉줄[1] 밑에 숨어서 보구 있다가 데놈이 와 벅작 고누 하멘 사람모양을 하구 밭갈이하는 총각 있는 데루 가서 "여보시 와 그리 고멘 밭을 가우?" 하구 물었다. 총각은 난 이렇게 벅작고아야 잘 간다구 했다. 그러느꺼니 범은 고롬 나두 한번 갈아보자우 해서 총각은 나 가는 걸 보구 갈라구 하구선 오르차라 내리차라 하멘 채떡을 후리멘 갈다가 범 앞에 와서 채떡을 후레서 채떡 끝에 맨 노끈이루 범에 좆을 깍 잘라 매서 잡아 홀텠다. 그러느꺼니 범은 좆이 뽑헤서 아파서 아이구 살레 주구레 하멘 빌었다. 놔주느꺼니 범은 다래 넉줄 아래루 가서 아이구 좆이야 아이구 좆이야 하멘 울구 있었다.

토깽이가 범한데 와서 보구 와 우능가 물었다. 범은 더기 밭 가는 놈한데 맞아서 운다구 했다. 토깽이레 "그릉가. 내레 이제 가서 범님 원수를 갚아 주갔다" 하구서 총각 있는 데루 가서는 소 앞에서 왔다갔다했다. 총각이 이걸 보구 채떡으루 탁 티느꺼니 토깽이 꼬랭이가 맞아서 뚝 불거뎄다. 토깽이는 범한데루 달라와서 다래 넉줄 아래서 아이구 꼬랭이야 아이구 꼬랭이야 하멘 울구 있었다. 그러구 있넌데 앵두아리레[2] 와서 범과 토깽이가 울구 있는 거를 보구서 와들 울구 있능가 하구 물었다. 우리들은 더기 더 밭 가는 놈한테 채떡으루 맞구서 운다구 했다. 앵두아리는 고롬 내레 가서 너덜 원수 갚아 주갔다 하구선 가서 총각 눈앞에서 앵앵 하멘 돌아갔다. 총각은 이놈으거이 머이가 하멘 채떡으루 탁 텠다. 앵두아리는 허리가 불거데서 범과 토깽이가 있넌데 와서 다래 넉줄 아래에 앉아서 아이구 허리야 아이구 허리야 하멘 울었다.

그런데 그 후보탄 범에 좆은 까불까불해디구, 토깽이 꼬랭이는 짧아디구, 앵두아리 허리는 잘숙해뎄다구 한다.

※1938年 1月 龍川郡 東上面 泰興洞 車寬善

1) 다래라는 넝쿨지는 식물의 넝쿨　2) 앵벌

게와 원숭이

넷날에 궈이[1]하구 잰내비[2]하구 팔월 가웃날 만났드랬넌데, 팔월 가웃날 밤에는 집집마다 떡덜을 털터이느꺼니 우리 같이 가서 떡을 채 먹자구 하구선 둘이서 어니 집이 갔다. 그 집 언나는 집안에서 자구 다른 사람들은 밖에서 떡을 티느라구 분주히 하구 있어서 궈이는 집안에 들어가서 자는 언나를 깍 물었다. 언나는 죽는 소리를 하멘 악악 울어서 떡 티던 사람들은 벤났다구 모두 집안에 뛔 들어갔다. 이 짬에 잰내비는 떡 한 모테를 잡아들구 산으루 뛔갔다. 궈이두 산으루 뛔갔넌데 잰내비과 항께 갈 수가 없어서 하낭 가자구 과테두 잰내비는 근낭 달아 뛔갔다. 궈이는 땀을 뻘뻘 흘리멘 따라갔넌데 잰내비는 이무[3] 떡을 개지구 나무에 올라가서 먹구 있었다. 궈이는 나무 밑에서 떡 좀 달라구 하넌데두 잰내비는 주덜 않구 지 함자만 먹구 있었다. 그런데 바람이 갑자기 불어서 떡이 따우루 떨어뎄다. 밑에 있던 궈이는 얼릉 집어 개지구 돌팡구 사이루 들어가서 떡을 먹구 있었다. 잰내비가 뛔와서 떡좀 같이 먹자 하넌데두 궈이는 듣디 않구 근낭 먹구 있었다. 잰내비는 증이 나서 궈이 구넝에다 띠를 싸갔다 하멘 밑구넝을 궈이 구넝에다 댔다. 궈이는 이거 야단났다 하구서리 잰내비 밑구넝을 깍 물었다. 잰내비는 놀라서 달라뛨넌데 밑구넝 털이 떨어데서 궈이 엄지발에 가 붙었다. 그래서 잰내비 밑구넝에는 털이 없구 새빨개지구 궈이 엄지발에는 털이 나게 됐다구 한다.

※1933年 8月 義州郡 加山面 玉江洞 劍大里 趙貴輔
※1935年 1月 定州郡 觀舟面 近潭洞 金英甲
※ 〃 12月宣川郡 深川面 古軍營洞 張翼昊
※1936年 〃 龍川郡 楊光面 龍溪洞 李東昱
※ 〃 〃 龍川郡 内中面 堂嶺洞 李汝橄
※ 〃 〃 定州郡 觀舟面 觀揷洞 長腰里 崔栢淳
※1937年 7月 龍川郡 東上面 泰興洞 車寬善
※ 〃 〃 宣川郡 新府面 院洞 桂明集
※ 〃 〃 宣川郡 宣川邑 川南洞 朴英三

1) 게 2) 원숭이 3) 벌써

게와 원숭이

넷날에 거이하구 잰내비하구 친한 친구레 돼서 하루는 놀러 나갔드랬넌데 거이는 떡을 얻구 잰내비는 감씨를 얻었는데 깜즉한 잰내비는 거이과 이 감씨를 뚤악에 심으면 삼사 일 후엔 감나무가 나서 감을 많이 따먹게 된다구 하멘 떡과 감씨과 바꾸자구 했다. 거이는 잰내비레 속넌 줄두 모르구 감씨와 떡과 바꿨다. 잰내비는 떡을 개지구 나무 우루 올라가서 떡을 먹으멘 거이과 "감씨를 이제 심어 개지구 원제 따먹간" 하멘 놀리멘 떡을 먹었다. 거이는 그제야 잰내비한데 속은 줄 알구 후회했디만 어칼 수가 없어서 그냥 그 나무 밑에 있었다. 그런데 잰내비는 떡을 먹다가 실수해서 떡을 따에 떨어트렜다. 거이는 얼룽 떡을 주워 개지구 자기 구넝에 들어가서 떡을 먹구 있었다. 잰내비는 나무서 내리와서 거이 구넝에 꼬랭이를 넣구 밑구넝으루 막았다. 거이는 증이 나서 엄지발루 잰내비 꼬랭이를 깍 물었다. 잰내비는 놀래서 뛰어 달아났넌데 꼬랭이를 잘리우구 말았다.

거이는 이때보탄 잰내비가 미서워서 밖에 나오딜 못하구 물속에서만 살구 밤에나 갸우 나오게 됐다구 한다.

※1933年 12月 鐵山郡 栢梁面 道岩洞 洪載衡

게와 원숭이

넷날에 잰내비 하나이 산둥에 있노라느꺼니 심심해서 들넉으루 나오드랬넌데 나오다가 궈이를 만났다. 잰내비는 궈이보구 우리 이렇게 만났으느꺼니 떡이나 해먹자구 했다. 궈이두 거 돟다구 하구 둘이서 논에 가서 베를 비구 베알을 찧구 해서 떡을 했다. 떡을 다 해노느꺼니 잰내비는 혼자 먹갔다구 떡을 다 개지구 나무에 올라가서 먹구 있었다. 거이는 올라갈 수레 없어서 나무 밑에 있어가주구 바람이나 불어서 낭구나 불거데라 하구 있넌데 정 바람이 불어서 낭구가 불거지멘 떡이 따루 떨어뎄다.

그런데 떡은 궈이 뒷장뎅에 떨어데서 고만에 궈이 잔등은 납작하게 됐다. 궈이는 떡을 줏어개지구 돌팡구 사이루 들어가서 먹구 있었다.

잰내비는 쫓아와서 궈이레 들어 있는 돌팡구 안악으루 들어갈라구 했넌데 구넝이 너머 좁아서 들어갈 수레 없어서 증[1]이 나서 돌팡구 구넝에다 대구 방구를 꿨다. 궈이는 증이 나서 잰내비 앵둥이[2]를 깍 물었다. 잰내비는 깜짝 놀라서 뛔 달아났넌데 잰내비 앵둥이 살덤이 떨어디구 그 살덤은 거이 엄지 발에 가 붙었다. 그래서 지금두 궈이 엄지 발에는 털이 나 있구 잰내비 앵둥이에는 털이 없구 샛빨가게 돼 있다구 한다.

※1932年 12月 龍川郡 外上面 楊市洞 崔英欽

※1932年 12月 定州郡 定州邑 城內洞 趙尙伯

1) 화　2) 엉덩이

게와 원숭이

넷날에 거이와 잰내비가 있었드랬넌데 하루는 둘이서 만내 개지구서 떡해 먹자구 하구서리 거이는 팍얕[1]이 가서 팍[2]을 개오구 잰내비는 논에 가서 베알을 개저와서 니차 떡을 만들었넌데 떡을 다랑치[3]다가 넣어놓느꺼니 잰내비는 저 혼자 먹고푼 욕심이 나서 떡다랑치를 개지구 높은 낭구에 올라가서 먹었다. 거이는 잰내비과 내리와서 같이 먹자 해두 듣디 않구 저 함자만 먹구 있었다. 거이는 떡을 못 먹어서 안타가와서 한 게구를 피워 개지구 떡다랑치를 죽은 나무가지에 걸어 놓구 먹으문 맛이 더 있다구 했다. 잰내비는 그 말을 듣구 떡다랑치를 죽은 나무가지에 걸어 놓구 먹구 있었다. 그런데 바람이 불어서 가지가 뚝 불거디멘 떡다랑치가 따루 떨어뎄다. 거이는 얼릉 떡다랑치를 주어서 자기 굴루 들어가서 먹구 있었다.

잰내비는 나무에서 내리와서 떡을 같이 먹자구 하넌데 거이는 들은 테두 않구 함자서 먹구 있으느꺼니 잰내비는 증이 나서 거이 구넝에 밑구넝을 대구 띠를 쌀라구 했다. 거이는 엄지 발루 잰내비 밑구넝을 깍 물었다. 잰내비는 깜작 놀래서 달아뛨넌데 잰내비 밑구넝은 살덤이 떨어데서 피가 나구 해서 잰내비 밑구넝에는 털이 없구 빨가뎄다. 그리구 거이 엄지 발에는 잰내비 밑구넝에 털이 붙어서 지금두 거이 엄지발에는 털이 나게 됐다구 한다.

※1935年 1月 義州郡 光城面 麻田洞 安俊瑞

1) 팥밭 2) 팥 3) 바구니

게와 원숭이

거이와 잰내비레 항께 길을 가드랬는데 가다가 거이는 떡을 한재박[1] 얻구 잰내비는 감씨를 한알 얻었다. 잰내비는 배가 고파서 얼레 개지구 감씨와 떡과 바꽈서 먹었다.

거이는 감씨를 개지구 저네 집에 가서 심었넌데 이거이 자라서 감이 많이 열게 됐다.

잰내비가 와서 보구서 올라가서 감을 따 주갔다구 했다. 거이가 그카라구 하느꺼니 잰내비는 감나무에 올라가서 감을 따서 저 함자만 먹구 거이한테는 주딜 안했다. 거이는 안타가와서 잰내비과 감 하나 따서 내리보내라구 했다. 그래두 잰내비는 저 함자만 따먹구 있었다. 거이는 밑에서 자꾸 하나 따서 내리보내라구 성화를 멕이느꺼니 잰내비는 익디두 않은 선 감 하나를 던데 주었다. 그런데 거이는 그 생감에 맞아서 죽구 말았다.

거이 새끼는 엄지가 죽었다구 울구 있었다. 이때 덜구통·밤·버리가 와서 와 우능가 물었다. 거이 새끼는 잰내비가 우리 엄지를 생감으루 때려 죽였다고 말했다. 덜구퉁·밤·버리는 우리가 원수 갚아 주갔다 하구서 밤은 화루 안에 들어가서 숨구 버리는 동애[2] 안에 들어가서 숨구, 덜구통은 지붕 우에 올라가서 숨어 있었다.

잰내비가 거이 집에 와서 아이 추과[3] 아이 추과 하멘 화루에 와서 불을 쪼이갔다구 하넌데 밤이 탁 튀어나와서 잰내비 상[4]을 텠다. 잰내비는 놀래서 물동이 있는 데루 갔다. 물동이 안에 숨어 있던 버리가 나와서 쏘아 댔다. 잰내비는 급해마자서 밖으루 퉤테나가는 데 지붕에 있던 덜구통이 굴러내리와서 잰내비를 깔아 죽엤다.

※1934年 7月 宣川郡 宣川邑 川南洞 李贇基
※1935年 1月 朔州郡 外南面 淸溪洞 李信國
※1936年 12月 宣川郡 水淸面 古邑洞 李基植
※1936年 12月 定州郡 郭山面 鹽潮洞 卓炳珠

1) 조각 2) 동이 3) 추워 4) 얼굴

게와 원숭이

넷날에 궈이하구 잰내비하구가 친구레 돼서 길을 가다가 궈이는 차랍[1]을 얻구 잰내비는 감씨를 얻었넌데 잰내비는 차랍이 먹구파서 궈이를 살살 꼬에서 감씨를 주구 차랍을 바꾸어 먹었다. 궈이는 감씨를 개지구 집이 와서 심었넌데 이 감씨는 싹이 나서 자라서 감이 많이 열게 됐다. 궈이는 감을 따먹구푼데 감나무에 올라갈 수레 없어서 감나무 밑에서 테다보구만 있었다. 이때에 잰내비레 와서 내레 올라가서 감을 따 줄간? 하구 말했다. 궈이레 그카라 하느꺼니 잰내비는 올라가서 맛있넌 거는 제가 따먹구 익디 않구 단단하구 떨분[2] 감만 따서 궈이한데 내리 보냈다. 그러다가 궈이는 단단한 감에 맞아서 죽구 말았다.

궈이가 죽으느꺼니 궈이 새끼는 앙앙 울구 있넌데 달갤[3]이 와서 와 우능가 물었다. 잰내비레 우리 오마니를 감으루 때러 죽에서 운다고 말했다. 그러느꺼니 달갤은 내레 너에 오마니 원수를 갚아 주갔다 하구 벽[4] 아궁지 재 속에 가 숨었다. 고담에 버리레 와서 와 우능가 물었다. 잰내비레 우리 오마니 쥑에서 운다구 하느꺼니 내레 너에 오마니 원수 갚아 주갔다 하구서 볔문에 가 숨었다. 고다음엔 덜구레 와서 와 우능가 물었다. 잰내비레 우리 오마니를 쥑에서 운다구 하느꺼니 내레 너에 오마니 원수 갚아 주갔다 하구 대문에 가 숨었다.

잰내비레 감을 따먹으레 와서 아이 춥다 아이 춥다 하멘 볔으루 들어가서 볔아궁지루 가서 불을 쪼이구 있넌데 달걀이 툭 퉤나와서 놀라서 볔에서 나갈라구 하느꺼니 버리레 나와서 탁 쏘았다. 쨘내비는 고만 놀래서 대문으루 달아뗐넌데 덜구가 내리와서 쨘내비를 쥑엤다.

※1936年 12月 宣川郡 宣川邑 川北洞 李在瑄

1) 찰밥 2) 떫은 3) 달걀 4) 부엌

게와 원숭이

넷날에 궈이하구 쨘내비하구 있드랬넌데 하루는 길을 가다가 궈이는 차떡[1]을 언구 쨘내비는 감씨를 언었다. 쨘내비는 궈이를 쐭에서[2] 감씨과 차떡을 바꿨다.

궈이는 감씨를 집에 개지구 와서 심었더니 이 감씨레 싹이 돋아 커서 감이 많이 열리게 됐다. 궈이는 이 감을 따먹구푼데 올라갈 수레 없어 테다보구만 있었다. 이때에 쨘내비레 와서 "내레 올라가서 감을 따줄터이니 절반은 나 주간?" 하구 말했다. 궈이레 그카라구 했다.

쨘내비는 나무에 올라가서 감을 따는데 맛있는 거를 따먹구 맛없는 선 것만 따서 궈이한데 던데 주었다. 그러다가 궈이는 생감에 맞아서 죽어삐렀다.

궈이 새끼들은 엄지가 죽은 걸 보구 왕왕 울구 있었다. 덜구꽁이레 와서 보구 와 우능가 물었다. 궈이 새끼는 쨘내비가 생감을 엄지 궈이한데 던데서[3] 맞아 죽어서 운다고 말했다. 덜구꽁이는 고롬 내레 너에 오마니 원수를 갚아 주갔다 하멘 텅납새[4]에 가 숨어 있었다.

고담에 밤이 와서 와 우능가 물었다. 쨘내비레 생감을 던데서 엄지가 맞아 죽어서 운다구 했다. 밤은 내레 원수 갚아 주갔다 하구 화루에 가서 숨어 있었다.

고담에 개똥이 와서 와 우능가 물었다. 쨘내비가 생감을 던데서 엄지가 맞아 죽어서 운다구 했다. 개똥은 내레 원수 갚아 주갔다 하구 물독앞에 가서 숨어 있었다.

고담에 버리가 와서 와 우능가 물었다. 잿내비가 생감을 던데서 엄지가 맞아 죽어서 운다구 했다. 버리는 내레 원수 갚아 주갔다 하구 물독 아낙에 들어가 숨어 있었다.

잿내비레 또 감 따먹으레 와서는 춥다 하멘 화루에 가 불을 쪼였다. 이때 밤은 화루에서 탁 튀나와서 잿내비 눈에 들어갔다. 잿내비는 눈을 싰갔다구 물독에 가서 물을 뜨갔다구 손을 넣다. 버리는 잿내비 손을 칵 쏘았다. 그러느꺼니 잿내비는 혼이 나서 뛰다가 개똥에 미끄러데서 넘어뎄다. 그러느꺼니 덜구꽁이레 내리와서 잿내비를 테서 죽였다.

※1936年 12月 定州郡 玉泉面 文仁洞 金珽鴻

1) 찰떡 2) 속여서 3) 던져서 4) 헛간

참새 원수를 갚아 준 벌과 개구리

넷날에 참새 한 마리가 있었드랬넌데 이 참새가 하루는 먹을 거를 얻으레 나갔다가 와 보느꺼니 곰이 깃들이구 있는 나무를 흔들어서 새끼를 내리트레서 이거를 밟아 쥑엤다. 참새는 이걸 보구 슬퍼서 울구 있었다. 그때 버리가 지나가다가 보구서 님제 와 우능가 하구 물었단 말이다. 참새는 곰이 내 새끼를 떠러티리개주구 밟아 쥑에서 운다고 하느꺼니 버리는 내레 원수 갚아 줄 거이니 우디 말라 하구서는 멕자구[1]와 딱딱구리한데 가서 곰이란 놈이 참새 새끼를 밟아 쥑에서 참새레 슬피 운다구 말하구 우리 참새 원수를 갚아 주자구 했다. 멕자구와 딱딱구리가 그카자구 찬성했다.

버리는 곰에 귀 아낙에 들어가서 왕왕 소리내구 있으느꺼니 곰은 그 소리를 듣구 졸음이 와서 잤다. 자는 짬에 딱딱구리레 와서 곰에 눈알을 빼 먹었다. 버리는 자기 동무를 많이 끌구 와서 곰에 머리통이며 등을 마구 쏘았다. 곰은 아프구 급해서 일루루 뛰구 델루루 뛰멘 다라났넌데 다라나다가 목이 말라서 물이 먹구파서 강 있는 데루 뛔 갔다. 그때 멕자구는 큰 구덩이 아낙에 있다가 개굴개굴하구 우느꺼니 눈이 안 보이는 곰은 고기가[2] 강인 줄 알구 물 먹으레 글루루 들어갔다. 그래서 곰은 깊은 구덩이에 빠자서 나오딜 못하구 죽구 말았다.

※1933年 7月 宣川郡 深川面 古軍營洞 桂基德

1) 개구리 2) 거기가

여우 누이

넷날에 한 노친네레 있드랬넌데 큰 기애집을 짓구 잘사는 노친네드랬는데 이 노친네는 아들은 닐굽 형데나 있어두 딸이 하나두 없어서 딸 하나 났으문 하구 늘 원하구 있었드랬는데 하루는 원한대루 딸을 낳게 됐다. 딸을 낳으느꺼니 여간만 도와하딜 않구 딸만 귀여워하구 아들 같은 거는 죽어두 돟다구 했다. 그런데 이 딸이 낳은 담부터는 이 집에 소와 말이 자구나문 죽구 죽구 해서 아 이거 조화다 하구서리 맏아들과 어드래서 밤 사이에 소와 말이 죽는가 디케 보라구 했다. 그래서 맏아들은 제낙을 먹구 마구깐 한 구세기에 가서 숨어서 디케 보구 있었다.

야밤둥이 되느꺼니 자기 어린 뉘[1]가 방문을 살그머니 열구 나오더니 벽에 들어가서 챙기름을 손과 팔에 발르구 간장을 들구 나와서 외양간에 둘우와서 말 미꾸넝에 손을 디밀어 말에 간을 빼서 간장에 꼭 딕어 먹었다. 그리구는 가만히 방안으루 들어갔다. 말은 털석 너머데 죽었다.

맏아덜은 이걸 보구 집에 들어가서 오마니과 본 대루 말을 했다. 오마니는 이 말을 듣구 증이 나서 뉘 하나 있는 걸 못 쥑에서 허튼 소리 한다구 욕지꺼리하멘 당당[2] 나가라구 내쫓았다.

다음날 오마니는 둘째 아들과 디케 보라구 했다. 둘째 아들은 저낙을 먹구 마굿간에 숨어서 디케 보구 있넌데 한밤둥에 뉘가 나와서 벽에 가서 챙기름을 손과 팔에 발라개주구 말에 미꾸넝에 디리밀어 말에 간을 빼서 먹구 그리구 방으로 들어갔다. 말은 죽었다.

둘째 아들은 본 대루 뉘가 그래서 말이 죽었다구 말하느꺼니 오마니는 이 말을 듣구 또 증이 나서 뉘 하나 있는 거 줘이딜 못해서 허튼 소리 한다 하멘 내쫓았다.

그 후 이 뉘는 소와 말의 간을 빼먹구 수타 많은 소와 말이 다 없어디느꺼니 이제는 오마니두 잡아먹구 아바지도 잡아먹구 다른 오래비두 잡아먹구 동네 사람두 잡아먹구 자기 함자 살멘 아무가이던디 오기만 하멘 잡아먹구 그러멘 살구 있었다.

내쫓긴 맏아들은 지향없이 돌아다니는데 하루는 아이들이 거북이 한 마리를 잡아서 노는 데루 왔다. 거북이가 불상해서 이거를 사서 바다에다 넣어 주었다. 거북이는 죽을 거를 살레 줘서 고맙다 하멘 신세 갚갔다구 옥으루 만든 함 하나를 줬다. 그리구 이 함은 나오나 하문 머이던지 원하는 거이 다 나오는 함이라구 대줬다.

맏아들은 그 함을 받아 개지구 집두 짓구 색씨두 얻구 해서 잘살드랬는데 전에 살던 집 생각이 나서 그래서 한본 가보갔다구 색시과 말을 하느꺼니 색시는 가디 말라구 말렸다. "와 말리네. 내레 꼭 한본 가보구 오갔다"구 세게 말했다. 그러느꺼니 색시두 텅 그렇게 가보구푸믄 갔다 오라구 했다. 그러멘 쌔한 단대기[3] 노란 단대기 빨간 단대기 이렇게 서리를 주멘 무슨 급한 일이 있으문 이 단대기 하나식 던디라구 했다.

맏아들은 단대기 서이 개를 개지구 전에 살던 집에 찾아갔다. 가보느꺼니 동네두 없구 사람두 없구 저에 집두 없구 그런데 어드메서 구무여우가 나오더니 아이구 오래비 온다 하멘 반가히 맞았다. 그리구 집에 들어가자구 했다. 오래비는 집안으로 끌레서 들어갔더니 뉘는 오라바니 밥 짓갔다구 하멘 볍에루 들어갔다. 오래비는 가만히 살페보느꺼니 암만 해두 데 뉘가 자기를 잡아먹을 거 같아서 이거 야단났다 하구 집안에서 뛰테나왔다. 그리구 마구 뛨다. 그러느꺼니 뉘두 뛰테서 자꾸 딸아왔다. 그래서 거이거이 딸아붙게 됐다. 오라비는 쌔한 단대기를 팡가텠다. 그러느꺼니 가시넝쿨이 쫙 깔레서 구무여우는 가시넝쿨 사이 파묻헤서 딸아오딜 못하게 됐다. 이짬에 오래비는 멀리 뛔가게 됐다.

그런데 뉘는 그 가시넝쿨을 벗어나서 도 딸아왔다. 그래서 거이거이 딸아붙게 됐다. 오래비는 이젠 노랑 단대기를 팡가텠다. 그러느꺼니 그 아근은 물바다가 됐다. 뉘는 물에 빠데서 딸아오디 못하게 됐다. 오라비는 그짬에 멀리 달레가게 됐다. 그런데 뉘는 그 바다물을 헤티구 나와서 달아뛔서 오라비를 쫓아갔다. 거이거이 딸아붙게 됐넌데 오라비는 이번에는 빨간 단대기를 팡가텠다. 그러느꺼니 불이 활활 타올라서 그 아근은 불바다가 됐다. 구무여우는 그 불에 타서 죽구 맏아들은 집에 돌아와서 잘살았다구 한다.

※1935年 7月 宣川郡 宣川邑 川南洞 李明常
※1936年 〃 義州郡 義州邑 弘西洞 金濟浩
※ 〃 〃 宣川郡 郡山面 長公洞 金燦建
※ 〃 〃 龜城郡 天麻面 塔洞 朴承郁
※ 〃 〃 龍川郡 楊光面 龍溪洞 李東昱
※ 〃 12月 宣川郡 山面 保岩洞 金聖濬
※1937年 7月義州郡 古津面 孔上洞 盧永順
1) 누이 2) 당장 3) 단지

여우 누이

한 네적에 어떤 곳에 한 부체[1]레 살구 있었더랬는데 이 부체는 아들이 삼형데 있어두 딸은 한나두 없었다. 그래서 딸 낳기가 소원이라서 하루는 서낭님한데 가서 딸 낳게 해달라구 빌었다. 서낭님은 아들 낳게 해달라는 사람은 있어두 딸 낳게 해달라구 비는 사람은 없넌데 이 사람은 딸 낳게 해달라구 빌어서 이 사람 하는 짓이 지뚱무러워서[2] 구무 여우를 사람에 형상을 해서 낳게 해줬다. 이 집이서는 그거를 모르구 잘 키우넌데 이 딸이 점점 자라멘 이 집에 말과 소가 자꾸 죽군죽군 했다. 이거 조화다 하구 오마니는 큰 아덜을 불러서 와 말과 소가 죽는가 디케 보라구 일렀다.

큰아덜은 마긋간에 가서 디케 보구 있누라느꺼니 자밤에 자기 뉘레 집에서 나오더니 볔에 들어가서 기름 단대기에다 손을 디리밀어서 손과 팔을 미낀미낀 해개지구 말 미꾸넝에다 디리밀어서 말에 간을 꺼내먹구 집으루 들어갔다. 그러느꺼니 말은 죽구 말았다.

큰아덜은 본 대루 저에 오마니과 말했다. 오마니는 아덜 말을 듣구 "겁소리 말라. 뉘 하나 있는 거 못 잡아 먹어서 고따위 겁소리 하네?" 하구 과때티멘[3] 집을 나가라구 했다. 그래서 큰아덜은 말을 타구 집을 나갔다.

다음날 오마니는 둘째 아덜과 말이 와 죽능가 디케 보라구 했다. 둘째가 디케 보구 있누라느꺼니 형이 말한 거와 같이 뉘가 자밤에 나와서 말에 간을 내서 먹어서 말이 죽었다. 오마니과 본대루 말하느꺼니 뉘 하나 있넌 거 못 잡아먹어서 겁소리한다구 하멘 나가라구 내쫓았다.

다음날 오마니는 세째 아덜과 디케 보라구 했다. 세째가 마굿간에서 디케 보느꺼니 뉘가 자밤에 나와서 팔에다 기름을 칠하구 말에 미꾸넝에 디리밀어 말에 간을 내먹으느꺼니 말이 죽었다. 오마니과 본 대루 말하느꺼니 오마니는 증이 나서 뉘 하나 있는 것 못 잡아먹어서 고따위 허튼 소리 한다구 하멘 내쫓았다.

큰아덜은 집을 쫓게나서 덩체없이 돌아다니다가 한곳에서 쌔한 넝감을 만났다. 이 넝감은 큰아덜을 보더니만 "님재레 위태한 디경에 빠지갔다. 그때에는 이거를 하나식 내리테서 살아나라" 하멘 바늘쌈지하구 물병하구 바람병하구 주었다. 맏아덜은 이거를 받아 개주구 또 덩체없이 돌아다녔넌데 하루는 저에 집에 가구팠다. 그래서 집으루 찾아갔넌데 집에는 뉘가 말이랑 소랑 모주리 잡아먹구 오마니와 아바지두 다 잡아먹구 눈이 새빨해 개지구 집넝둥[4]에 올라가 있었다. 오래비레 오는 거를 보더니마는 집넝둥에서 내리뛔와서 옆으루 달레왔다. 오래비는 이걸 보구 잽혔다가는 잡아먹히갔다 하구 고만에 달아뗐다. 뉘이는 구무여우레 돼개지구 오라바이 오라바이 하멘 자꾸 뒤쫓아왔다. 구무여우레 거이거이 딸아붙게 돼서 오래비는 급해마자서 바늘쌈지를 탁 내리텠다. 그랬더니 바늘이 혹게[5] 많이 쏟아데나와 구무여우를 꼭꼭 꼈다. 구무여우는 몸에 께인 바늘을 다 뽑아 내누라 고생을 했다. 이짬에 오래비는 멀리 달아났넌데 구무여우는 또 다라뛔서 쫓아와서 거이거이 붙잡게 됐다. 오래비는 급해서 물병을 내리텠다. 그러느꺼니 큰 강이 됐다. 여우는 물에 빠데서 하우적하우적하구 있었다. 그러다가 강물에서 빠데나와 개주구 다라뛔서 딸아잡게 됐다. 오래비는 바람병을 탁 팡가텠다. 그러느꺼니 찬바람이 불어서 어름이 얼구 구무여우는 대구리만 얼음 우루 내놓구 얼어붙었다. 오래비는 이걸 보구 구무여우 대구리를 탁 차느꺼니 구무여우 대구리는 떠러데서 얼음 우를 벵그르르 돌았다. 이거이 세루[6]인데 세루는 그적보타[7] 생겼다구 한다.

※1935年 1月 宣川郡 山面 香山洞 劉準龍

1) 부부 2) 밉상스러워서 3) 큰소리 치면서 4) 지붕 말랑이 5) 퍽 6) 팽이 7) 그때부터

여우 누이

넷날에 한 집이 있넌데 이 집에는 아들이 삼형데 있었다. 이 집에 낸은 성공광지라는 광지를 니구서 산에 올라가서 산신과 딸 하나 낳게 해달라구 빌었다. 산신은 이 낸이 딸을 낳게 해달라구 비느꺼니 아들 낳게 비는 사람은 봤어두 딸 낳게 해달라구 비는 사람은 첨 본다 하구서 구미여우[1]를 낳게 해주었다. 그런데 이 낸은 그런 줄 모루구 딸을 낳으느꺼니 기뻐서 구무여우가 딸루 낳은 거를 잘 키우넌데 이 집이서는 딸이 난 담보타는 매 나주[2]마다 소와 말이 죽구죽구 했다. 아 그래 이거 조화다[3] 하구서리 하루 나주는 어드래서 소와 말이 죽능가 디케 보구[4] 있누라느꺼니 재밤에[5] 갓난 딸이 악악 울더니 집안에서 발깍발깍 잡아뛰멘 나와 개지구 마굿간에 가서 말 미꾸넝에 손을 네서 말에 간을 꺼내서 먹었다. 그러느꺼니 말은 죽었다.

이거 야단났다 하구 그 집 사람은 딸을 고게 놔두구 다른 곳으루 이사 가삐렜다.

그 후 이 집에 맏아덜이 전에 살던 집에 가볼라구 하느꺼니 어떤 중이 거저 가문 죽는다 하멘 불 뒝치[6] 물 뒝치 앙개 뒝치 이렇게 뒝치 서

이 개를 줬다. 그리구 급할 때는 이 뎅치를 하나식 팽가티라구 대줬다.

맏아들은 뎅치 서이 개를 개주구 말을 타구 전에 살던 집으루 갔다. 갔더니 구무여우는 오래비 왔다구 달레와서 넓구리에 달라붙테서 떠나딜 안했다. 오래비가 야 나 밥좀 해달라구 하느꺼니 구무여우는 밥 짓갔다구 볍으루 내리갔다.

맏아들은 암만해두 여기 있다가는 죽을 것 같아서 집에서 나와서 마구 다라뛨다. 구무여우는 밥을 하다가 이걸 보구 와 가능가 하멘 뒤쫓아왔다. 그래서 거진거진 다 딸아와서 잽히우게 됐다. 오래비는 급해서 불뎅치를 탁 팽개텠다. 그러느꺼니 고기는 전부 불이 났다. 구무여우는 그 불을 벗어나갔다구 애를 썼다. 이짬에 오래비는 멀리 다라뛨다.

구무여우는 불에서 벗어나갔다구 애를 쓰다가 불에서 벗어나 개주구 또 다라뛔서 거이거이 달라붙게 됐다. 오래비는 급해서 물뎅치를 탁 팽가텠다. 그러느꺼니 그 아근[7]은 물바다가 됐다. 구무여우는 물에 잠겨서 헤테 나가갔다구 애를 썼다. 오래비는 그짬에 멀리 달아났다. 구무여우는 어드르케 해서 물바다에서 기어나와서 또다시 다라뛰었다. 거이거이 오래비한테 다라붙어서 잡히우게 됐다. 이때 오래비는 앙개 뎅치를 탁 팽개텠다. 그랬더니 그 아근에는 앙개가 캉캄하게 쩌서 어데가 어덴지 알 수 없게 됐다. 그래서 구무여우는 딸아오디 못하게 됐다.

오래비는 이렇게 해서 집에 돌아왔다. 고담에 또 있넌데 고거는 닞어삐러서 더 쓰딜 못하갰읍니다.

※1936年 12月 定州郡 玉泉面 文仁洞 金珽鴻

1) 九尾狐 2) 밤 3) 이상하다 4) 지켜 보고 5) 한밤중에 6) 조그마한 박
7) 근방

할머니를 잡아 먹으려던 호랑이

넷날에 한 노친네레 팍알을 메구 있누러느꺼니 백호 한 마리가 내리와서

잡아먹갔다구 하거덩. 그러느꺼니 노친네는 나는 죽을 델루[1] 도와하느꺼니 죽이나 쒀 먹은 담에 잡아먹어라 하구 말했대. 그러느꺼니 백호레 그카라 하구서리 갔다 말이디.

노친네는 집에 와서 죽을 한 가매 쒀 개지구 먹을라 하넌데 백호한테 잽혀워 멕힐 거를 생각하니 슬퍼서 먹디두 못하구 울구 있었어.

그때 막대기가 둘오더니 와 우능가 물었어. 백호레 날 잡아먹갔다구 해서 슬퍼서 운다구 했디. 그러느꺼니 막대기레 나 죽 한 사발 주먼 못 잡아먹게 하갔다구 하거덩. 그래서 노친네레 죽을 한 사발 줬어. 막대기는 죽을 다 먹구 샛문 우에 올라가서 있드래.

고담에 몽석이 와서 노친네보구 와 우능가 하구 물었어. 백호레 날 잡아먹갔다구 해서 운다구 하느꺼니 죽 한 사발 주먼 못 잡아먹게 하갔다구 그러거덩. 그래서 죽을 한 사발 주었디. 몽석이는 죽을 다 먹구 뜰악에 가서 페테 있드래.

고담에는 지게레 와서 와 우능가 물어서 백호레 날 잡아먹갔다구 해서 운다구 하느꺼니 죽 한 사발 주먼 못 잡아먹게 하갔다구 해서 죽을 한 사발 줬더니 지게는 죽을 다 먹구 뜰악에 가서 세 있었어.

고담엔 송곳이 와서 와 우능가 물어서 백호레 날 잡아먹갔다 해서 운다구 하느꺼니 죽 한 사발 주먼 못 잡아먹게 하갔다구 한단 말이야. 그래서 죽을 한 사발 주느꺼니 먹구 볔 바닥에 가 세 있드래.

고담에 달갤이 와서 와 우능가 물어서 백호레 잡아먹넌대서 운다구 하느꺼니 죽 한 사발 주먼 못 잡아먹게 하갔다구 해서 죽을 한 사발 주었디. 달갤은 죽을 먹구선 볔 아구리[2]에 가서 그 아낙에 들어가서 있드래.

고담에는 자라레 와서 와 우능가 물었어. 백호레 잡아먹는다구 해서 운다구 그러느꺼니 죽 한 사발 주먼 못 잡아먹게 하갔다구 한단 말이야. 그래서 죽을 한 사발 주었디. 자라는 다 먹구서는 함지에 가 숨어 있었어.

고담에는 개똥이 와서 와 우능가 물어서 백호레 잡아먹갔다구 해서 운다구 하느꺼니 죽 한 사발 주먼 못 잡아 먹게 한다구 그래서 죽을 한 사발 주느꺼니 다 먹구 구막[3]에 가 앉아 있었디.

조금 지나서 백호레 와서 "에 추과 에 추과" 하멘 볔 아구리루 가서 불을 쪼이레 했어. 그랬더니 달갤이 탁 튀테 나와서 범에 눈에 가 맞았거덩. 백호레 깜짝 놀래서 볔 바당에 물레나다가 고만에 송굿에 끼웠어. 백호는 또 놀래서 구막을 탁 덮으느꺼니 가이 띠레 물큰 묻어서 "에이 티과[4] 티과" 하멘 가시함지에다 신갔다구 손을 넿디. 네느꺼니 자라레 손을 칵 물었단 말이야. 백호는 또 놀래서 샛문턱에 앉으레 하느꺼니 막대기가 내리와서 범에 골사박[5]을 마구 까서 고만에 죽구 말았대. 백호레 죽으느꺼니 몽석이 와서 뚜루루 말아서 지게레 지구서 항강에다 갲다 버렜대.

※1934年 7月 宣川郡 山面 香山洞 劉準龍

1) 제일　2) 부엌 아궁이　3) 부엌 바닥　4) 티껍다, 더럽다　5) 머리통

호랑이를 쏜 포수

넷날에 白포수라는 포수가 백두산 밑에서 살구 있었넌데 이 포수는 여간만한 명포수가 아니라서 백두산에 있는 즘성은 모두다 쏘아잡구 범두 많이 잡았다. 그런데 큰 범 하나만은 잡딜 못하구 있었다.

그런데 하루는 이 큰 범이 사람으루 벤헤개주구 白포수한테 와서 이 뒷골에 있는 大虎를 쏘레 가자구 꾀었다. 白포수는 그러자 하멘 따라나섰다. 그런데 사람으로 변한 대호는 대호루 벤해서 포수를 잡아먹구 그 목을 잘라서 끈에 매서 白포수네 집 기둥에다 매달았다.

白포수에게는 어린 아들이 있었다. 이 아덜은 차차 자라서 철이 들게 되느꺼니 자기 오마니과 우리 아바지는 어드메 있능가 하구 물었다. 오마니는 너에 아바지는 뒷산에 사는 백호란 놈이 쐬켜서[1] 데불구 나가서 고만 잡아먹어서 돌아가셨다구 말했다. 그러느꺼니 이 아는 아바지 원수 갚갔다구 하멘 그날보탐 매일 총 쏘기 넌습을 했다.

매일 총 쏘기 넌습을 해서 머이던지 잘 마추게 되느꺼니 이 아는 저 오마니과, 난 이자는 아바지를 잡아먹은 백호를 잡아서 아바지 원수를 갚으레 가갔다구 말했다. 오마니는 이 말을 듣구 "야 너에 아바지는 십 리 밖에 바늘을 달아 놓구 그걸 쏴서 떨어테리는 재간이 있었넌데두 그 놈에 백호한데 잽히워 먹헸넌데 네 총쏘는 재간 개주구는 어림없다" 하구 말했다. 아덜은 이 말을 듣구 나두 한본 쏴 보갔다 하멘 십리 밖에 바늘을 달아놓구 총을 쐈다. 그리구 바늘을 맞추구, 이만하먼 나두 대호 잡으레 갈 만한 재간이 있다구 했다. 오마니는 할 수 없이 가라구 했다.

이 아는 범 잡으레 집을 떠나서 산둥으루 산둥으루 자꾸 들어갔다. 고개를 수없이 넘어서 가넌데 데켄에 고래등 같은 기애집이 있었다. 마침 해는 지구 밤은 가까와와서 데 집에 가서 하루밤 자리 좀 붙갔다구 글루루 찾아갔다. 그 집 대문간에서 쥔을 찾았넌데 아무 대답이 없었다. 다음 대문에 들어가서 쥔을 찾았다. 또 대답이 없었다. 또 대문 하나를 더 들어가서 쥔을 찾았다. 또 대답이 없었다. 이렇게 해서 열두 대문을 더 들어가서 쥔을 찾으느꺼니 그제야 체네 하나가 나왔다. 자리좀 붙자구 하느꺼니 우리 집엔 자리를 못 붙갔으니 다른 데루 가라구 했다. 와 못 붙갔능가 하느꺼니 "우리 집에는 본시 인간이[2] 설흔이 넘는 큰 집이드랬넌데 이 뒷산에 있는 대호레 와서 우리 집 식구를 다 잡아먹구 이자는 나 함자 남았넌데 온나줘는[3] 내가 잽헤 먹게 된 날이 돼서 그런다"구 체네가 말했다.

이 아는 체네 말을 듣구, "나는 대호 잡으레 나온 사람이느꺼니 내가 그 대호를 잡갔다. 일없으느꺼니 자리좀 붙에 주구레" 하구 말했다. 체네는 고롬 붙으라 하멘 둘오라 했다.

저낙밥을 먹구 하하 있누라느꺼니 대호는 각색[4] 즘성을 데불구 대문 앞꺼정 왔다. 대호는 토깽이과 오늘 運이 어드릉가 점테 보라구 했다. 토깽이는 흥흥행행 하멘 점을 테보더니, "대호님은 감당콩알을 먹구 죽구 사슴은 화루불을 쓰구 죽구 다른 즘성두 다 죽갔수다" 하구 말했다.

대호는 이 말을 듣구 무슨 말을 하능가 하멘 대문 안으루 들어갔다. 대문 뒤에 숨어 있던 이 아는 대호에다 대구 총을 한방 탕 쐈다. 토까이가 점틴 것겉이 대호는 감당콩알, 다시 말해서 총알을 먹구 죽었다. 그리구 따라왔던 사슴은 파투불을 쓰구 죽구 다른 즘성은 모두 다 총알을 맞구 죽었다.

이 아는 저에 아바지 원수를 갚구 이 집 체네와 부부가 돼서 잘살았다구 한다.

※1927年 1月 楚山郡 江面 龍星里洞 姜時漢
※1936年 12月 龍川郡 外上面 停車洞 李元春
※ 〃 〃 〃 楊光面 龍德洞 金明甲
※ 〃 〃 宣川郡 山面 保岩洞 李熙洙
※ 〃 〃 〃 郡山面 長公洞 安龍檝
※1937年 1月 鐵山郡 扶西面 石山洞 鄭聖則
※ 〃 〃 〃 西林面 化炭洞 金景龍
(단 대호가 처녀를 잡아먹으러 올 때 여러 즘성을 데리고 온다는 서술은 없고 대호는 중으로 둔갑해서 온 것으로 되어 있다)
※1937年 1月 定州郡 觀舟面 近潭洞 金英甲
(金景龍의 것과 같음)
※1937年 7月 定州郡 郭山面 鹽潮洞 卓炳珠

1) 속여서 2) 식구가 3) 오늘 밤에는 4) 各色, 여러

호랑이를 쏜 포수

네날에 어떤 사람이 범 한번 타봤으먼 좋갔다구 해서 이 사람에 아들 삼형데가 아바지 소원을 풀어 주자 하구서리 하루는 깊은 산둥으루 들어갔다. 마침 자구 있넌 범이 있어서 삼형데는 가만가만 범 가까히 가서 범에 부랄을 놓이루 깍 홅에맸다. 범은 음즉 못하구 잡혔다. 삼형데는 이 범을 집으루 끌구 와서 아바지를 태우구 떨어디딜 않게 하느라구 아바지를 범에 등에 깍 잡아맸다. 그리구 일루루 덜루루 끌구 다니구 있었다.

하루는 형이 오종[1]이 매리와서 저그나[2] 보구 이 범을 잡구 있으라 하구 오종 누레 갔었넌데 그 사이에 범은 저그나를 탁 테티구 고만 달아났

다. 형은 저에 아바지를 잃어서[3] 그 범을 잡아오갔다구 집에 돌아와서는 총쏘기를 넌습했다. 총쏘기 넌습이 되느꺼니 산둥으루 들어갔다.

작은 고개 큰 고개를 수없이 넘어서 깊은 산둥으루 들어갔다. 가다가 날이 저물어서 어드메 쉬어갈 데가 없간나 하구 사멘을 둘러보느꺼니 데켄에 큰 고래등 같은 기애집이 보여서 그래서 그 집이루 찾아가서 대문 밖에서 쥔을 찾았다. "온나줘 하루밤만 자구 갑시다레." 이렇게 몇 번 말하멘 찾아두 아무 말이 없었다. 그래서 형은 다음 대문으루 들어가서 "날이 저물어서 그러니 하룻나주 자구 갑시다레" 하구 쥔을 찾았다. 그런데두 또 아무 말이 없었다. 또 다음 대문에 들어가서 쥔을 찾았다. 또 대답이 없었다. 이렇게 해서 열두 대문을 다 들어가서 쥔을 찾으느꺼니 그제서야 한 낸이 나와서, "우리 집에는 자리를 못 부티갔수다"구 말했다. 와 그러능가 하구 물으니꺼니 우리 집에는 인간이 열둘이나 있었넌데 날마다 범이 와서 다 잡아가구 지금은 나 혼자 남았넌데 온나줘는 나를 잡아먹을 날이 돼서 그런다구 했다. 이 사람은 "난 범 쏘레 나온 사람이느꺼니 내가 그 범을 잡갔으니 자리를 부테 주구레" 하구 말했다. 그 낸은 고럼 자리붙으라 했다.

밤이 이슥하게 되느꺼니 우르루 퉁탕 하구 요란한 소리가 났다. 이거 무슨 소리가 하느꺼니 범이 들어오는 소리라구 했다. 이 사람은 총에다 화약을 재구 기다리구 있는데 범이 마당으루 뛰어들어왔다. 보느꺼니 범에 잔등에는 사람에 뼈다구가 묶여 있었다. 범이 뛸 적마다 뼈다구는 들석들석하멘 삐거닥빼거닥 소리를 냈다. 이 사람은 이걸 보구 데 범이 우리 아바지 신구 달아난 범이구나 하구 총을 쐈다. 그랬더니 범은 앙 소리를 티구 고만 죽었다.

이 사람은 이렇게 해서 아바지를 신구 달아난 범을 잡구 아바지의 뼈를 찾아서 잘 묻었다. 그리구 이 집 낸과 함께 잘살았다구 한다.

※1934年 8月 義州郡 光城面 豊下洞 張炳煥

1) 오줌　2) 동생　3) 잃어서

호랑이 잡은 포수

넷날에 총을 여간만 잘 쏘는 유명한 총배치[1]레 있었넌데 하루는 산으루 사냥 나갔넌데 하루 종일 돌아다네두 토깽이 한 마리 잡디 못했다. 날이 저물어서 어떤 집에 찾아가서 자리 좀 붙자구 했다. 그 집에는 체네 함자 있넌데 이 체네가 나와서 우리 집에는 자리붙일 수 없다구 했다. 와 자리붙일 수 없다구 하는가 하구 물으느꺼니 "저에 집에는 원래 인간이 많았넌데 날마중 범이 와서 하나식 잡아먹어서 이젠 나 혼자 남았넌데 온나줘는 내가 잡혀먹게 됐다. 그래서 못재우갔다"구 말했다. 이 총배치는 체네 말을 다 듣구 나서 "넘네[2] 마시라구요. 난 범 잡으러 다니는 사람이느꺼니 그 범 내 쏘와잡갔소." 하구 말하고서는 체네는 큰 방안에 가두어 두구 이 사람은 문깐에 숨어서 범 오기만 기두루구 있었다.

이즉만 하더니 범이 오넌데 범은 함자만 오는 거이 아니구 다른 즘성두 많이 데불구 왔다. 범은 데불구 온 토깽이 보구 오늘 나줘 運이 어떤가 점테 보라구 했다. 토깽이는 뭐라구 쑹얼쑹얼하더니 대장님은 총알을 맞아 죽갔구 다른 짐성덜은 제김에 다 죽갔다구 말했다. 범은 이 말을 듣구 벨난 소리 다 한다 하멘 근낭 집 안으루 들어갈라구 했다. 이때 이 사람은 총을 탕 쐈다. 범은 맞아죽구 다른 즘성들은 모두 놀라서 뛰다가 넘어데 죽었다.

이 사람은 그 범과 즘성을 다 팔아서 부자가 돼서 이 체네와 잘 살았다구 한다.

※1934年 7月 宣川郡 山面 下端洞 金國柄
※ 〃 〃 〃 宣川邑 川南洞 李賛基
※1936年 12月 寧邊郡 球場 金仁國
1) 포수 2) 염려

명포수

넷날에 벽동골 성남면에 김포수라는 유명한 총배치가 있었드랬넌데 이 총배치는 평생 소원이

푸원[1]을 한 자리 하넌 거이드랬넌데, 그때 서울서 각 도에 유명한 포수를 뽑아올리라는 명넝이 내리와서 그 골 사뚜레 이 김포수를 뽑아서 서울루 보냈다.

그때 서울서는 백호레 두 마리 나타나서 돌아다니멘 사람을 잡아먹구 하느꺼니 이 백호를 쏴 잡을레구 각 도에 명포수덜을 뽑아올린 거인데 벽동에 김포수는 다른 도에서 뽑혜온 포수덜과 같이 백호를 잡으레 갔다. 가설라믄에 어떤 주막에서 모두 자게 됐넌데 이 김포수는 다른 포수덜이 다 자넌데두 잠이 안 와서 가만 누워 있었다. 그런데 밤이 깊은데 방문이 방싯 열리멘 한 체네가 둘오넌데 손에 방울 달린 꽂을 들구와서 김포수 넢에 자넌 포수 머리맡에다 꽂구서 나갔다. 김포수는 이걸 보구 이상하다 하구 그 꽂을 뽑아 치우구 가만히 경우[2]를 살페봤다. 조금 있더니 이번에는 큰 노친네가 문을 열구 들어와서 입을 벌리구 여기더기 둘러 보구선 문을 닫구 나갔다. 김포수는 그 노친네레 아마두 백호갔디 하구 총을 재 개지구 가만히 있누라느꺼니 체네가 다시 문을 열구 둘우와서 방울 달린 꽂을 그 포수 머리맡에 꽂구 나갔다. 김포수는 또 그 꽂을 뽑아 치우구 총을 재개지구 있누라느꺼니 노친네가 문을 열구서 방안을 디리다봤다. 고 담에 머이 있넌데 닞에뿌레서 모르갔읍니다.

※1935年 1月 昌城郡 東倉面 大楡洞 金信雄

※1936年 12月 宣川郡 東面 延峰洞 金致淳

(단 "벽동골 성남면에 김포수라는 유명한 포수"라는 대목은 "넷날에 어떤 곳에 유명한 총배치"라고 되어 있고, 末部에는 다음과 같은 이야기가 더 첨가된다.

"이 총배치는 이걸 보구 얼릉 총을 갖다 대구 쐈다. 그랬더니 노친네는 커다란 백호가 돼서 죽었다. 총배치는 얼릉 나가서 범에 쉐미[3]와 꼬리를 잘라서 개지구 방에 들어와서 든누어서[4] 자넌 테 하구 있었다. 그랬더니 다른 총배치덜은 니러나서[5] 그 범을 자기가 쏴 잡았다구 벅작고구 있었다. 그러더니 날이 밝아지느꺼니 그 범을 싣구서 왕한테 가서 제각기 자기가 쏴 잡았다구 말했다. 왕은 여러 포수가 저마다 지가 쏴 잡았다 하느꺼니 정말 쏴 잡은 포수를 알 수가 없어서 누구한데 상을 주어야 할지 몰라서 어드르카문 도캈능가 하구 있넌데 가만 보느꺼니 범에 쉐미하구 꼬리가 없어서 범에 꼬리와 쉐미 개진 총배치 나오라 했다. 그런데 아무가이두 나가디 안했다. 그래서 왕은 상을 주딜 못하구 있드랬넌데 이즉만해서 이 총배치레 왕 앞으루 나가서 범에 쉐미와 꼬리를 내놨다. 그러느꺼니 왕은 이걸 보구 이 총배치가 정 범을 쏴 잡은 사람이라 하구 상을 많이 주었다구 한다.)

1) 風憲 2) 상황 3) 수염 4) 드러누워서 5) 일어나서

아버지 잡아먹은 호랑이 잡은 아들

넷날에 어니 곳에 유명한 총배치레 있었넌데 이 총배치는 가랑닢우루 가두 바자작 소리 하나 내디 않구 가는 그런 총배친데 하루는 고개 넘어 덜에 중이 와서 어니메 잔채집이 있으느꺼니 글루루 술 먹으레 가자구 해서 총을 메구 따라 나섰드랬넌데 중은 "잔채집에 가는데 총은 와 메구 가능가. 총은 집에 놔 두구 글루루 가자" 해서 총배치는 그렇갔다 하구 총을 집에 놔두고 갔다.

그런데 이 중이란 것이 사실은 중이 아니구 중을 잡아먹구 중에 입성[1]을 입구 중으로 벤한 백호인데 이 총배치가 너머나 총을 잘 쏴서 잡아먹을 수레 없어서 이렇게 중으루 변해서 꾀어내 개지구 가는 것이다. 그래서 중으루 벤한 백호는 하하 가다가 고만 이 총배치를 잡아먹었다.

이 유명한 총배치는 이렇게 해서 백호한테 잡헤먹혀서 죽었넌데 이 총배치으 댕내는 그 후 아들을 나서 키워서 글방에 보냈다. 글방 아덜은 이 아이를 보구 범에 맥기 범에 맥기하멘 놀레댔다. 그래서 이 아는 집에 돌아와서 저 오마니과 "글방 아덜이 날보구 범에 멕기 범에 멕기라구 놀레대넌데 난 와 범에 멕기갓네?" 하구 물었다. 오마니는 이 말을 듣구 암말 않구 그런 건 알 것 없다. 암말말구 글방에나 잘 다니멘 공부나 잘하라구만 말했다. 이 아는 더 묻디 않구 근낭 글방을 다니는데 그래두 아덜은 자꾸 범에 멕기 범에 멕기하구 놀레줘서 하루는 칼을 시퍼렇게 갈아 들구서 오마니 앞에 가서 내레 와 범에 멕긴가 대주딜 않으문 이 칼루 죽갔다구 말했다. 그러느꺼니 오마니는 할 수 없이 너에 아바지는 유명한 총배치드랬는데 고만에 백호한데 잽헤멕헤서 그런다구 말했다.

이 아는 그 말을 듣구 오마니과 콩을 한 말 닦아[2] 달라구 했다. 오마니가 콩을 한 말 닦아 주느꺼니 이 아는 그 콩을 개지구 글방에 가서 아덜한데 나눠 주멘 너덜 쇠자박지를 개오너라 했다. 그러느꺼니 글방 아들은 그 콩을 얻어먹구 제각기 쇠자박을 개저다 줬다.

이 아는 그 쇠자박으루 총을 하나 베레서 글방에는 가딜 않구 총쏘기 넌습만 열심히 했다. 총쏘기 넌습이 잘돼서 잘 쏘게 되느꺼니 오마니과 난 이젠 아바지 원수 갚으레 백호 잡으레 가갔다구 했다. 오마니는 안 된다구 하멘 못 가게 했다. 그래두 아들은 가야 한다구 했다. 그래서 오마니는 “네가 꼭 가야 한다문 네 총쏘는 재간이 어드른가 한번 봐야갔다” 하멘 “물 길러개지구 올 적에 물동이에 바가지를 띠우구 바가지 우에 바늘을 꽂아놀터이니 총을 쏴서 그 바늘 구멍으루 총알이 나가게 해보라”구 했다. 이 아는 그라갔다구 하구 오마니가 물동이에 물을 길러 올 적에 물동이 우에 바가지에 꽂아 논 바늘을 쏴서 바늘 구멍으루 총알이 나가게 했다. 이걸 보구 오마니는 고롬 가라구 허락했다.

아들은 백호 잡으레 나가멘 디팡이 하나를 뜰악에 꽂아 놓구 이 디팡이레 살문 내가 살아 있는 줄 알구 죽으문 죽은 줄 알라구 오마니과 말했다.

이 아는 집을 떠나서 자꾸 가서 시미 산둥[3]에 들어갔다. 한곳에 가느꺼니 백호가 아가리를 짜악 벌리구 넉적넉적하구 있었다. 총을 한방탕 쏘느꺼니 이놈으 백호레 처억 니러세더니 앞발루 그 총알을 척 받아 막구서 이 아이 있넌 데루 어저어적 왔다. 이 아는 백호에다 대구 빵빵빵 넌거퍼 총을 쏘아 대넌데두 백호는 앞발루 총알을 받아막으멘 왔다. 이때에 이 아에 집에서는 뜰악에 꽂아 놨던 디팡이에 닢파리가 나서 피었던 거이 죽었다 살았다 했다. 오마니는 이걸 보구 우리 아덜이 백호와 싸우멘서 죽는가 하구 제발 우리 아덜이 무사하게 해주시요, 하구 빌었다.

이 아는 총을 넌거퍼 자꾸 쏘는데 백호는 앞발루 척척 받아내서 암만 쏴두 죽디 않구 앞으루 가까히 다가왔다. 그러더니 “야 네 총쏘는 재간이 이만데만 아니구나. 그런데 나두 이와같이 총알을 잘 막아낸다. 우리 이렇게 싸울 거 없이 우리 내기나 하자” 하구 말했다.

“무슨 내기를 하자구 그러네?” 하느꺼니 백호는 꼬랑지를 뚝 버티구 있을 거이니 그 꼬랑지 우에 붙은 당털[4] 하나를 쏴서 맞추면 제가 죽구 못

맞추면 네가 백호한데 잽히워 먹히는 내기라구 했다. 이 아이는 그카자구 했다.

백호가 꼬랑지를 뚝 버티구 있는 것을 쏴서 우에 당털 하나를 마췄다. 그랬더니 백호는 과연 너는 총을 잘 쏜다 하멘 아가리를 벌리구 쏘라 했다. 이 아는 백호가 벌리구 있넌 아가리에다 대구 쏴서 백호를 죽엤다.

이 아는 이렇게 해서 아바지 잡아먹는 백호를 죽예서 원수를 갚구 집에 돌아와서 그 백호 깍대기를 팔아서 잘살다가 달구다리 빳두룩 했다구 한다.

※1935年 1月 宣川郡 深川面 古軍營洞 金鼐用
※1936年 〃 〃 新府面 淸江洞 洪永燦
※1937年 7月 〃 〃 安上洞 深成熙
※ 〃 〃 〃 〃 院洞 桂明集
1) 옷 2) 볶아 3) 산중 4) 긴털

명포수와 이상한 매의 털

넷날에 어떤 곳에 한 동네레 있넌데 이 동네서는 해마다 정월 십일쪼슴[1] 되면 동네 사람 하나식 없어디군 없어디군 해서 동리 사람덜은 이러한 일이 없게 하갔다구 뒷동산에 제를 지내기루 했다. 그래서 소를 잡구 돼지두 잡구 떡두 하구 해서 뒷동산 큰 팡구 우에다 차레 놓구 제를 지냈다. 그런데 산신녕이 나와 보구서리 "이런 건 내게 다 소용없다. 이거 너덜 다 갖다 먹구 십칠팔 나는 체네나 갲다 놔라" 하구선 없어뎄다.

동리 사람들은 이 말을 듣구 제물을 다 걷우어 개지구 말로 내리오다가 주막에 들레서 어트가문 돟을가[2] 하구 서루 황눈[3]을 하다가 그 주막에서 자게 됐다. 이 주막에는 한 총배치 총각이 들어 있었넌데 밤에 다른 사람들은 자넌데 이 총각은 자딜 않구 있었다.

 이즉만하더니 원 고온 체네가 방문을 가만히 열구 들어와서 어떤 사람한데 기를 꼽구 나갔다. 총배치 총각은 이걸 보구 이상하게 생각하구 그 기를 뽑아서 자기 무릎 밑에 깔구 있었다. 그랬더니 또 체네가 들어와서 기를 또 꼽구 나갔다. 총각 총배치는 이 기두 뽑아서 무릎 아래에다 넣구 깔구 앉아 있었다. 그리구 동리 사람을 깨와 개지구 체네가 기를 꼽구 나가서 내레 그걸 뽑아서 깔구 있다구 말했다. 그러느꺼니 동리 사람은 그 체네는 범인데 기를 꼽으문 그 사람이 문밖으루 나가구파서 나가넌데 그때 그 사람을 잡아먹는다구 말했다. 총각 총배치는 이 말을 듣구 얼른 총을 메워 개지구 체네가 또 둘오넌 걸 쏴서 쥑였다. 그랬더니 그 체네는 범이 돼서 죽었다. 동리 사람덜은 이걸 보구 범을 쏴 죽였다구 도와하멘 또 딴 범이 와서 우리를 잡아가갔넌데 이거 야단났구나 맘을 졸이구 있었다. 총각 총배치는 이걸 보구 내레 그 놈두 쏴 잡갔다 하구서리 총을 메구 나갔다. 하하 가느라느꺼니 산길에 딸기 넉 줄이 많이 우거딘 곳에 큰 돌팡우가 있넌데 그 팡구 우에 마이[4] 한 마리가 날개쭉지를 불거트리구 날디 못하구 있었다. 마이레 이 총배치를 보더이만 "당신 피를 좀 먹으문 난 낫갔소" 하구 말했다. 그래서 총각은 손가락을 째서 피를 내서 마이 입에다 네주었다. 그랬더니 마이는 자기 털 하나를 뽑아 주멘 "일루루 가다가 멀 만나문 이 털을 눈에 대구 보시요. 그러멘 범이문 범으루 보이구 그라느문 다른 거루 보입니다." 이렇게 말하구 날라갔다.

총각 총배치는 마이 털 하나를 받아 개지구 산속으루 들어가누라느꺼니 한 노친네가 망을 쪼구 있었다. 총배치레 마이 털을 눈에 대구 비처 보느꺼니 그 노친네가 노친네가 아니구 늙은 백호레 돼서 총을 쏴서 잡아 쥑였다. 그러느꺼니 녚에 있던 다른 범덜이 몰케 와서 이 총배치를 잡아먹갔다구 달라들었다. 총배치는 얼릉 나무에 올라가서 나무 우에서 총을 쏴서 모주리 쥑였다. 그리구 나무서 내리와서 범에 굴에 들어가 봤더니 굴 아낙에는 사람에 뻬다구며 즘성[5]으 뻬다구며 산같이 수타 싸여 있었다. 총각은 마이털을 눈에 대구 비테 보니꺼니 그 수탄 뻬다구 속에 저 아바지 뻬다구가 있어서 그걸 개지구 집에 돌아와서 잘 묻었다구 한다.

그 후보타는 그 마을은 아무 일 없이 무사히 지내게 됐다구 한다.

※1935年 1月 鐵山郡 站面 龍堂洞 白天福

※1936年 12月 博川郡 嘉山面 東文洞 李成德

1) 쯤 2) 좋을까 3) 의논 4) 매 5) 짐승

이상한 곰의 털

넷날에 한 집이서 아덜 형데를 대빌구 사넌데 형을 당개 보내구 저그니는 당개 보내지 안했더니 저그니레 어드래서 형은 당개 보내구 나는 당개 안 보내능가 하구 불평했다. 그러느꺼니 부모는 우리 집이 가난해서 너꺼정 당개 보낼 헹펜이 못 돼서 그른다구 했다. 그러느꺼니 저그니는 "그르문 돟수다. 난 나가서 당개를 가갔수다" 하구 집을 뛰어나왔다. 뛰어나와서 어디만치 갔드랬넌데 곰 한 마리가 너머데 있었다. 가까히 가서 곰에 부랄에 털을 세 낱을 뽑아서 개지구 가드랬넌데 한 곳에 오느꺼니 모캐[1]밭에서 혹게 곱게 생긴 체네레 모캐를 줍구 있었다. 저그니는 이 체네를 보구 있었넌데 체네는 모캐를 줍다가 밭모캥이루 가서 오좀을 졸졸 누구 저에 집으루 갔다. 저그니는 체네 오좀 눈 자리에 가서 곰에 부랄에 털 세 낱을 꽂아 두구 체네레 집으루 갔다. 체네네 집은 큰 고래등 같은 집인데 그 집 대문 앞에 가서 "밥시키무다"구 했다. 그러느꺼니 쥔넝감이 나와서 "어드런 놈이가? 우리집 체네가 보지레 아파서 생야단났넌데 와 와서 부나시레이[2] 그르네" 하멘 과텟다. 저그니는 쥔 넝감에 말을 듣구 "아 머이 어드래요? 체네가 보지가 아파요? 그거 잘됐수다. 내레 체네 보지 앓는 거 고티레 다니는 사람이우다. 내가 고테 보갔수다"구 말했다. 그러느꺼니 쥔넝감은 "그렁가. 고롬 고테보라" 하구서 이 사람을 체네 있넌 데루 데리구 갔다. 저그니는 체네를 한참 이리 보구 델루루 보구 하다가 나와서 달 한 마리 잡구 소곰좀 개오라구 했다. 달과 소곰을 주느꺼니 밭으루 가서 실컨 먹구 체네 오종 눈 자리에 꼽았던 곰에 부랄털을 하나 뽑구 돌아왔다. 그리구 쥔 넝감과 체네 병은 좀 어떤가 하구 물었다. 쥔넝감은 좀 낫다구 했다.

다음날 이 저그니는 또 달 한 마리 얻어먹구 곰에 털을 하나 뽑구서 왔다. 좀 어떵가 하구 물으느꺼니 많이 돟아뎄다구 했다. 다음날 달을 또 한 마리 얻어먹구 곰에 털을 마자 뽑았더니 이저는 다 낳았다구 했다.

쥔넝감은 딸에 보지 않는 병이 다 나아서 기뻐서 이 저그니보구 님제 같은 재간 돟은 총각 첨 봤다 하멘 사우되라구 했다. 그래서 저그니는 넝감에 사우가 돼서 고래당 같은 큰 집이서 살게 됐다.

저그니는 부재집 사우가 돼서 잘사넌데 하루는 멈과[3] 건너켄 말에 가서 새카만 소를 끌구 오라구 했다. 그래서 멈이 가서 감당소[4]를 끌구 왔넌데 소 임재레 달레와서 와 남에 소를 채가능가 하멘 과텠다. 저그니는 얼릉 소에 밑구넝에다 곰에 부랄털을 세 낱 꽂아 놓구 소 임재보구 "이 소는 내 소우다"라구 말했다. 소 임재레 "아니 머이 어드래? 내 소를 끌구 와서 네 소라구?"하멘 둘이는 내 소다 네 소 아니다 하멘 마구 쌈을 했다. 그러다가 저그니는 "당신 소는 입으루 우메하구 울디요?" 하구 물었다. 소임재레 그렇다구 하느꺼니 "내 소는 미꾸넝으루 우매하구 웁니다. 이 소레 어드메루 우능가 봅시다" 하구서 몽둥이루 소를 텠다. 그러느꺼니 소는 입으루 우매하구 울디 않구 미꾸넝으루 우매 하구 울었다. 소 임재는 이 소리를 듣구 이 소는 내 소가 아닝가 하멘 갔다. 이렇게 해서 이 저그니는 남에 소를 자기 소루 했다.

※1935年 1月 宣川郡 南面 三峰洞 朴炳敦

1) 목화　2) 시끄럽게　3) 머슴보고　4) 까만소

이상한 곰의 털

넷날에 어느 집이서 밤에 언나레 너머너머 울어서 오마니레 아이 울음을 끄치게 하느라구 승냥이 왔다, 도깨비 왔다, 머이 왔다 해두 그냥 울었다. 범이 왔다 해두 그냥 울더니 두워[1] 왔다구 하느꺼니 울음을 딱 끄쳤다. 이때에 범이 밖에 와 있드랬넌데 범 왔다 해두 울음을 끄치디 안하던 언나레 두워 왔다하느꺼니 울음을 끄체서 범이 생각하기를, 두워라는 놈은 나보다 힘두 세구 무서운 놈이갔다. 두워한테 잽혔다가는 야단나갔다 하구 두워가 오기 전에 다라나갔다구 가만가만 걸어나왔다. 이때 이 집에 소도죽놈이 소를 채레 들어오드랬넌데 어두운데 머이 가만가만 가구 있는 걸 보구 이거이 소이같디 하구 이거이 잔덩에 올라탔다. 범은 나같이 힘이 세구 무서운 거에 거텀없이 올라탄 거는 아무래두 두워 같다 하구 혼이 나서 이거를 떨구갔다구 힘껏 막 뛰여갔다. 도죽놈은 떨어디디 않갔다구 범에 잔덩에 깍 붙에잡구 있었다. 범은 밤새두룩 이리 뛰구 델루루 뛰구 했넌데 날이 밝았넌데 도죽놈이 보느꺼니 자기레 타구 있넌 거이 소가 아니구 범이 돼서 이거 야단났다 뛰어내리야갔넌데 하구 있드랬넌데 그때 마침 구세먹은 고목나무 밑이루 범이 지나가서 이넘은 얼릉 그 나무가지를 부뜰구 네레서 구세먹은 나무 안에 들어가서 숨어 있었다. 범은 잔덩에 탔던 두워레 떨어데 나가서 옳다 됐다 하구 두워레 다시 달라붙기 전에 다라빼야 하갔다구 자꾸 뛔갔다. 한참 뛰어가넌데 토깽이하구 곰하구 보구서 어드레서 그렇게 숨이 차게 다라뛰능가 하구 물었다. 범은 "아이구 나 혼났다. 이자꺼 두워레 내 뒷잔덩에 붙었드랬넌데 더기 데 구세먹은 낭구에서 떨궈서 또 다시 달라붙기 전에 뛰구 있다"구 말했다. 곰은 범에 말을 듣구서 "야 두워레 어드메 있갔네. 그거느 아무것두 아닌 사람이야. 우리 함께 같이 가서 그놈 잡아먹자"구 하멘 범을 잡아끌었다. 그래두 범은 안 가갔다구 했다. 곰은 그럼 나 함자서 잡아먹으레 가갔다 하구서 구세먹은 낭구 있넌 데꺼정 왔다. 나무 밑 너꾸리[2]에 조고마한 구넝이 있어서 곰은 글루루 제 좆을 디리밀구 이리데리 휘둘렀다. 도죽놈은 이걸 보구 허리띠를 풀어서 곰에 좆을 잘라매구서 힘껏 잡아당겼다. 곰은 죽갔다구 크게 과티멘 놔달라구 빌었다. 그래두 놔주디 않구 자꾸 더 힘차게 잡아당겠다. 곰은 내레 곰털 세 개를 뽑아줄건 놔달라구 했다. "그가짓 거 어데 쓰갔네? 일없다" 하멘 자꾸 잡아당겠다. 곰은 곰에 좆털을 개지구 고개를 넘어가문 곻은 사이[3] 털 서이 떨어데 있을 터이니 그걸 줏어 개지구 또 고개 하나를 넘어가문 큰 고래덩 같은 집이 있넌데 그 집에 곻은 체네레 있다. 그 체네가 밖에 나와서 오종을 싸구 들어가문 그 오종 싼 자리에 이 털하구 사이털을 세 낱식 다 꽂아 두문 체네레 병이 나서 앓게 되넌데 이 병은 아무가이두 고티디 못하는 병인데 당신이 그 집이 가서 체네병 고티갔다구 하구서 곰털과 사이털을 하나식 뽑으문 병은 낫넌 거라구 말했다. 도죽놈은 이 말을 듣구 곰에 좆털 세 낱을 받구 놔줬다.

도죽놈은 곰에 좆털 석 대를 개지구 가넌데 한 고개를 넘으느꺼니 고흔 사이털이 서이 있어서 이걸 줏어개지구 고개를 넘어갔더니 큰 기애집에 체네레 나와서 오종 싸구 들어가서 오종 싼 곳에다 곰에 털과 고흔 사이털을 꽂아놨다. 그랬더니 체네는 시루렁뎅뎅 공알공알 하멘 보지레 쏜다구 과티멘 앓구 있었다. 그 집이서는 이술[4]을 이 사람 데 사람 불러다가 고티넌데 아무가이두 고티디 못했다. 그래서 이 집이서는 딸에 병을 낫게 해주는 사람이 있으문 이 사람을 사우 삼갔다구 광고를 내 붙엤다. 도죽놈은 그제서야 그 집이 가서 내레 낫게 해보갔다구 했다. 그 집이서는 "이술이란 이술이 모두 다 낫게 하딜 못했넌데 네레 멀 안다구 낫게 한다구 하네?" 하멘 가라구 했다. 도죽놈은 나는 이런 병을 낫게 하레 다니넌 사람이라구 하멘 체네 병이나 한번 보게 해달라구 했다. 그러느꺼니 그 집이서는 밑디야 본전이라구 그럼 보라구 해서 이넘은 체네방에 들어가서 맥을 보구 머 약 같은 거 주구 나와서 체네 오종눈 데 와서 거기 꽂아논 곰털과 사이털을 하나식 뽑아놨다. 그랬더니 체네는 공알 아픈 거이 낫구 시르렁뎅뎅 소리만 했다. 이놈은 다음날 체네 맥을 보구 머 약 같은 거 주구 나와서 곰에 털과 사이털을 하나식 뽑아놨다. 그러느꺼니 체네 공알서 시르렁 소리는 없구 뎅뎅 소리만 났다. 다음날은 곰에 털과 사이털을 다 뽑았더니 체네 공알서는 뎅뎅 소리두 나디 않게 됐다. 그래서 이넘은 체네 병을 다 낫게 했으느꺼니 사우 삼으라구 했다. 그런데 쥔넝감이 가만 보느꺼니 이넘이 어드메서 온 놈인디 알 수레 없구 허줄하게 생긴 놈이 돼서 사우 삼을 수가 없어서 돈이나 많이 줘서 보낼라구 했다. 그러느꺼니 이넘은 사우삼기 싫으문 그만 두구레 하구 나와서 체네 오종 눈 자리에다 곰에 털과 사이털을 꽂아놨다. 그랬더니 체네는 또 공알이 아프다구 하구 시르렁뎅뎅 소리를 내구 있었다. 그래서 쥔넝감은 이넘보구 정 사우 삼갔으느꺼니 병을 낫게 해달라구 빌었다. 그래서 이넘은 그 털을 하나하나 뽑아서 체네병을 다 낫게 해주구 그 집에 사우가 돼서 잘살다가 무진넌 회통에 달구다리 빼뚜룩 했다구 한다.

※1937年 7月 義州郡 枇峴面 替馬洞 崔尙振
※ 〃 〃 昌城郡 昌城面 甲岩洞 姜學道
※ 〃 〃 龍川郡 楊光面 龍溪洞 韓炳一
※ 〃 〃 定州郡 郭山面 鹽潮洞 卓炳珠

(단 위의 것에 다음과 같은 부분이 계속된다. "사우가 돼서 잘사넌데 하루는 건넌집 소를 풀어다가 저에 집에 운두란에다 매어 놓구 곰에 털과 사이털을 소 오종 싼 데다가 꽂아 놨다. 그랬더니 소 님재레 와서 와 우리 소를 채왔능가 하멘 도루 끌구 갈라구 했다. 그러느꺼니 이넘은 이거는 우리 소다 어드래서 채왔다구 그러네 하멘 둘이는 내 소다 네 소 아니다 하멘 쌈을 했다. 쌈을 하다가 사뚜한데 가서 재판하자 하구서 둘이 가서 사뚜한데 말하구 재판해 달라구 했다. 사뚜는 두 사람 말을 듣구 너는 어드래서 남에 소를 채갔능가. 동네 사람두 다 이 사람에 소라구 하넌데 어드래서 네 소라구 하능가 하멘 그 소를 소 님재에게 돌레주라구 했다. 그러느꺼니 이넘은 아닙니다. 이 소는 분명히 내 소입니다. 이 소는 입으루두 아 하구 울구 미꾸넝으루두 아 하구 웁니다라구 말했다. 사뚜는 소 님재 보구 너에 소두 그렇게 우는가 하구 물으느꺼니 아니라구 했다. 그래서 소를 끌구 와서 사뚜 앞에서 소를 짓모으느꺼니 소는 입으루두 아 하구 소리내구 미꾸넝으루두 소리를 냈다. 사뚜는 이거를 보구 이거는 너에 소다 하구 이넘에게 주었다. 이넘은 이렇게 해서 남에 소를 제소루 삼았다.")

1) 아마 가상 동물인 것 같다 2) 옆구리 3) 새 4) 의사

이상한 범의 털

넷날에 누걸래치[1] 하나이 밤에 잘 데가 없어서 큰 고목낭구 구세통 안에서 자구 있었넌데 자다가 잠을 깨서 들어보느꺼니 제가 들어 있넌 나무 옆에서 머이 메라구 메라구 하멘 떠드넌 소리가 나

서 밖을 내다보느꺼니 여러 즘성덜이 많이 모여서 사람내가 난다 사람 잡아먹자 하구 있었다. 그러더니 범 한 놈이 꺼끕세서[2] 구세먹은 데루 기어올르구 있었다. 누걸래치레 가만 보느꺼니 데놈이 올라왔다가는 야 단나갔다 하구 있넌데 보느꺼니 범에 부랄이 늘러데서 덜렁덜렁 하구 있어서 농이낀[3]으루 범에 부랄을 깍 동제매서[4] 힘껏 잡아댕겼다. 그러느꺼니 범은 갑재기 아악 소리를 티멘 죽는다구 과텠다. 그러느꺼니 다른 즘성들은 겁이 나서 다 다라났다.

범은 내 부랄에 털을 세 대 뽑아 줄거이니 놔 달라구 했다. 누걸래치레 그거 머이기에 놔달라구 하네? 하느꺼니 범은 내에 부랄털 서 대를 체네 오종 싼 데다 꽂아 놓구 또 북 안에 넣서 북을 티먼 돟은 수가 생기넌 거라구 했다. 누걸래치는 범에 부랄에 털 서 대를 받구서 놔줬다.

다음날 이 누걸래치는 길을 가구 있드랬넌데 데켄 모캐밭에서 모캐 줍는 체네가 있었다. 모캐를 줍다가 오종을 싸구서 집이루 갔다. 누걸래치는 체네 오종 눈 자리에다 그 범에 부랄 털을 세 낱을 꽂아 놓구 체네에 집이루 가봤다. 그랬더니 체네네 집이서는 체네레 갑재기 앓구 있다구 벅작 고구 있었다. 누걸래치는 그 집 대문간에 가서 밥 시키무다[5]구 큰소리루 말했다. 그러느꺼니 그 집에서 사람이 나와서 이 집에 체네레 갑재기 아파서 경왕이 없넌데 넌 어드래서 밥시키무다구 분주시리구 네? 하멘 날래 가라구 내쫓을라구 했다. 누걸래치는 “예? 체네레 아파요? 어드렇게 아파요?” 하구 물었다. 이러이러하게 아푸다구 하느꺼니 “그래요 그라문 내레 고테 보갔시다. 내레 그런 체네병을 많이 고테 봤시요” 하구 말했다. 그러느꺼니 쥔이 이 말을 듣구 그럼 들어와서 고테 보라구 했다. 그래서 누걸래치는 체네가 앓구 있넌 방에 들어가서 밥알을 비베서 약이라구 주어서 먹이구 밖에 나와서 모캐밭에 가서 범에 털을 뽑아놓구 돌아왔다. 그랬더니 체네 병은 났다.

쥔넝감은 딸에 병이 나으느꺼니 기뻐서 이 누걸래치를 사우를 삼았다.

누걸래치는 이렇게 해서 그 집에 사우가 돼서 잘살드랬넌데 하루는 세상 구경을 떠나야갔다 하구서 북을 하나 만들었다. 북을 만들 때 북 안에다 범에 부랄털을 넣구서 만들어서 이거를 메구 집을 떠났다. 하하 가다가 한곳에 이르러 산에 올라가 산 아래를 내리다 보느꺼니 전쟁이 일어나서 사람덜이 많이 쌈을 하구 있었다. 그래서 누걸래치는 그 쌈터루 내리가서 북을 바른켄을 쾅하구 텠다. 그랬더니 싸우던 군사덜은 쌈을 하디 않구 춤을 둥실둥실 췄다. 대장이 이걸 보구 증이 나서 춤추디 말구 쌈하라구 호령하넌데두 군사덜은 춤만 추구 있었다. 누걸래치는 대장한데 가서 나는 군사덜이 춤을 멈추구 쌈할 수 있게 할 수 있다구 말했다. 그러느꺼니 대장은 돈을 많이 주갔으느꺼니 어서 춤을 멈추구 싸우게 하라구 했다. 누걸래치는 북 왼켄을 쾅하구 티느꺼니 군사덜은 춤을 멈추구 다시 쌈을 시작했다.

누걸래치는 돈을 많이 받아 개주구 거기서 또 가넌데 하하 가누라느꺼니 멘당[6]이 저에 댕내하구 나와서 있어서 누걸래치는 북 아루켄을 쾅하구 텠다. 그랬더니 멘당은 저 댕내하구 앵둥이를 맞붙이구 있었다. 멘당은 이거이 챙피해서 뗄라구 하넌데 뗄라구 암만 애를 써두 떨구디 못했다.

누걸래치레 멘당한데 가서 나는 이런 거 뗄 수 있다구 말했다. 멘당은 떼주기만 하문 멘당자리를 주갔다구 했다. 그래서 누걸래치는 북에 왼켄을 쾅하구 텠다. 그랬더니 멘당 부체에 앵둥이가 떼레뎄다. 이렇게 해서 누걸래치는 돈두 벌구 멘당이 돼서 잘살았다구 한다.

※1936年 12月 定州郡 定州邑 城内洞 卓時德

※1937年 7月 〃 觀舟面 草庄洞 鄭聲源

(단 범은 곰으로 되어 있다. 그리고 처녀하고 결혼해서 잘살았다로 끝맺고 세상 구경 나가는 부분은 없다.)

1) 거지 2) 물구나무 서서 3) 노끈 4) 동여매서 5) 平安道에서는 거지가 밥을 얻어먹을 때 얻어먹을 집에다 '밥 한 상 시키무다' 라고 한다. 6) 면장

아버지 잡아먹은 호랑이 잡은 아들 |

넷날에 한 아레 있었드랬는데 글방에를 다니드랬넌데 다른 아들이 이 아를 보구 아바지 없은 아 아바지 없은 아 하멘 놀레 줘서 하루는 집에 돌아와서 저 오마니과 "글방 아덜이 날과 아바지 없은 아라 자꾸 놀레 주는데 난 와 아바지가 없네" 하구 울멘 물었다. 오마니는 이 말을 듣구 "너에 아바지는 유명한 총배치드랬는데 고만에 데 앞산에 범한테 잽헤멕헤서 아바지가 없다" 하구 말했다.

이 아는 오마니 말을 듣구선 오마니과 콩을 닦아 달라구 하구서 이 닦은 콩을 글방으루 개지구 가서 아덜과 내레 이 콩을 줄 거이니 너덜 무쇠자박을 개오너라 했다. 아덜은 콩을 얻어먹구 모두 쇠자박을 갲다 주었다.

이 아는 그 쇠자박으루 총을 한 자루 베레 개지구 총 쏘기 넌습을 매일 했다. 총쏘기가 잘되느꺼니 오마니과 난 이전 아바지 원수 갚으레 데 앞산으루 가갔다구 했다. 그러느꺼니 오마니는 "야 거 무슨 소리가. 원수 갚으레 갔다가 너마자 죽으먼 난 어텋가란 말이가. 안 된다" 하멘 못가게 했다. 그래두 자꾸 가야 한다구 하느꺼니 오마니는 물동애에 물바가지 띠우고 이구 오는 거를 멀리서 쏴서 마추먼 가라구 했다. 이 아이는 오마니가 물동이에 물을 길러서 바가지를 띠우구 오는 걸 멀리서 쏴서 잘 맞췄다. 오마니는 또 배 우에 밥알을 논 거를 쏴서 잘 마추어야 간다구 했다. 이 아이는 오마니 배 우에 논 밥알을 쏴서 마추었다.

오마니는 아들으 총쏘는 재간이 여간만 하디 않아서 이젠 더 말릴 수가 없어서 가라구 했다.

이 아는 범 잡으레 떠나는데 떠나면서 잔에다 물을 가득 담아 놓구 "오마니 이 잔에 물이 말라서 없어디문 내레 범한테 잽헤 멕히운 줄 알구 그라느문[1] 살아 있는 줄 알라"구 말했다. 이 아는 집을 떠나서 심에 산둥으루 자꾸 들어갔다. 한 곳에 가느꺼니 큰 산 밑에 큰 파우가 있는

데 그 파우 우에 쌔한 사람에 頭骨이 있었다. 아하 데거이 우리 아바지 삐갔다 하구 그 파우 가까이 가서 숨어서 범이 나오기를 기다리구 있었다. 이즉만하더니 머이 쿵 하더니 범 한 마리가 나타났다. 이 아는 잽새게[2] 총을 메워 개지구 그놈을 겨누구 한 방 쾅 하구 쐈다. 범은 앙 쏘리 한번 크게 디르구 고만 넘어데서 죽었다. 그런데 총쏘리를 듣구 범이란 범은 다 나와서 이 아 있는 데루 자꾸 몰레왔다. 이 아는 오는 쪽서루 쏴서 죽이구 죽이구 하는데 어찌나 혹게 많이 몰레오던지 망판에는[3] 총알이 없어데서 할 수 없이 나무 우루 올라갔다. 범들은 이 아를 잡아먹갔다구 저마다 날뛰어서 나무 우루 올라올라구 했다. 그러다가 무슨 게구[4]를 피우는지 한 놈이 꺽급 세서[5] 어깨 우에 다른 범을 올레 놓구 그 우에 꺽급 세우구 그 어깨에 다른 범을 올레서 꺽급 세우구 또 그 우에 다른 범을 올레 놓구 꺽급 세워서 그 우에 또 다른 범을 세우구 이렇게 해서 자꾸 범을 올레세우구 해서 그 아 있는 데꺼지 밋게[6] 됐다. 이 아는 이걸 보구 이거 야단났다, 이거 죽갔구나 하구 에라 죽는 바에는 피리나 한번 불어 보구 죽갔다 하구서리 나무 니파리를 하나 따서 피리를 만들어 불었다. 그랬더니 피리소리를 듣구 왼 아래 있던 큰 범이 신이 나서 엉둥이를 껀득껀득 하멘 춤을 추었다. 그러느꺼니 그 우에 올라탔던 범들은 고만에 아래루 떨어데서 죽었다. 이 아는 그걸 보구 나무에서 내리와서 모주리[7] 깍대기[8]를 베게서 집으루 개지구 왔다.

오마니는 잔에 물이 없어디디 안해서 아덜이 죽딜 않구서 살아 있는 줄 알았는데 이렇게 범에 깍대기를 산데미만큼 혹게 많이 짊어지구 둘오는 걸 보구 기뻐서 마주나왔다.

이 아는 수태 많은 범에 깍대기를 팔아서 잘살다가 무진넌 홰통에 달구다리 빠뚜룩 했다구 한다.

※1935年 7月 龍州郡 外上面 做義洞 張錫寅

※1936年 12月 宣川郡 水淸面 嘉物南洞 車道豊

1) 그렇지 않으면 2) 재빨리 3) 나중에는 4) 계교 5) 물구나무 서서 6) 미치게 7) 모조리 8) 껍데기

아버지 잡아먹은 호랑이 잡은 아들

넷날에 총배치 하나이 있었드랬는데 하루는 범새낭[1]하러 나갔다가 잘못 돼서 고만 범한테 잽히워 멕히구 말았다.

이 총배치에 색씨는 그 뒤에 유복동을 나서 키워서 글방에를 보냈는데 글방 아덜은 이 총배치으 유복동이를 아바지 없는 아 아바지 없는 아 하구 놀리느꺼니 이 아레 집에 돌아와서 저 오마니과 나는 와 아바지가 없능가 하구 물었다. 그러느꺼니 오마니는 “너에 아바지는 총배치드랬는데 잘못해서 고만에 범한데 잽히워 멕헤서 그래 아바지가 없단다”구 말했다. 아들은 오마니 말을 듣구 고롬 나는 아바지 원수를 갚아야 갔다 하구 오마니과 콩을 많이 닦아 달라구 했다. 오마니가 콩을 닦아주느꺼니 이걸 개지구 글방에 가서 아덜과 너덜 쇠자박지를 개오문 이 콩 닦은 거 준다구 했다. 그러느꺼니 아덜은 모두 다 쇠자박지를 개지구 와서 콩을 얻어 먹었다.

이 아는 그 쇠자박지루 총을 하나 베레 개지구[2] 그날보탐 총쏘기 넌습을 열심히 했다. 몇날 메칠이 지나서 총을 잘 쏘게 되느꺼니 오마니과 난 이자는 아바지 원수 갚으레 가갔다구 말했다. 오마니는 “네가 잘못 하다가 죽으면 나는 어카라구 그러네” 하멘 못 가게 했다. 그래두 이 아는 아바지 원수 갚으레 가야 한다구만 말했다. 그래서 오마니는 “난 너에 총쏘는 재간을 보구서리 허락하갔다. 내레 물동이에 물을 길러올 적에 물동이에 바가지를 엎어 놓구 바가지 우에 바늘을 꽂아 놓구 올터이니 그 바늘을 쏘아 맞아야디 그라느문 못 간다”구 말했다. 이 아는 그랗 가갔다구 하구서리 오마니가 물 길러올 적에 물동이에 바가지 엎어 놓구 바가지 우에 꽂아 놓은 바늘을 쏘아서 맞였다. 이걸 보구 어머니는 그만하면 됐다 하구 웬수 갚으러 가는 거를 허락했다.

이 아이는 집을 떠날 적에 병 안에 두터비 한 마리를 네두구 “이 두터비레 죽으문 내레 죽은 줄 알구, 살아 있으문 내레 살아 있는 줄 아시요" 하구 말하구 떠났다.

집을 떠나서 심에 산둥[3]으루 자꾸 들어갔다. 암만 가두 범을 보딜 못했다.

해가 저서 자리붙을라구 하는데 데켄 먼 곳에 불이 히미하게 보여서 글루루 찾아갔다. 대문에서 쥔을 찾으느꺼니 아무 대답이 없었다. 이즉만 해서[4] 한 체네가 나오더니 우리 집에는 자리를 못 붙는다구 했다. 와 못 붙능가 하구 물으느꺼니 뒷산 범이 내리와서 우리 집 人間을 다 잡아먹구 나 함자 남았는데 온나줘는 내가 잽헤 멕히게 돼서 그런다구 말했다. 이 아는 나는 범 잡으레 다니는 사람이느꺼니 일없다 하구 그 집이서 자기루 했다.

자밤둥쯤 되느꺼니 백호레 둘와서 체네를 잡아먹을라구 하는 걸 총을 쏴서 잡아죽였다.

담날 이 아는 뒷산에 올라가서 거기 있는 범을 다 쏴서 잡아 죽였는데 그 둥에 범 한 마리가 살아남아 개지구서 이놈이 무슨 자를 개지구 오더니마는 죽은 범을 하나하나 일루루 재구 델루루 쟀다. 그러느꺼니 죽은 범들이 모주리 다시 살아나서 또 잡아먹갔다구 앙앙 과타티멘 달라들었다. 이 아는 또 쏴서 모주리 다 잡아 죽였다. 그리구 그 이상한 자를 개지구 범에 굴아낙에 들어가 보느꺼니 거기에는 말 뻬다구 사람 뻬다구가 산덤이같이 쌓여 있었다. 이 아는 그 자루 뻬다구에다 대구 일루루 재구 델루루 재구 하느꺼니 뻬다구는 모주리 살아났다. 저에 아바지두 살아나서 체네와 항께 집으루 돌아왔다. 와서 보느꺼니 병은 혹게 커지구 그 아낙에 있는 두터비는 농작만하게 커 있었다.

※1936年 12月 義州郡 光城面 豊下洞 張炳煥

1) 범사냥 2) 만들어 가지고 3) 깊은 산중 4) 한참 있다가

아버지 잡아먹은 호랑이 잡은 아들

넷날에 한 아레 있넌데 서당에를 다니는데 다른 아들이 이 아보구 아바지 없는 아 아바지 없는 아 하멘 자꾸 놀레 줘서 이 아는 하루는 저에 오마니과 "와 나는 아바지가 없어서 서당 아덜 한데서 아바지 없은 아라구 놀림을 받게 되능가" 하구 물었다. 오마니는 "그렁 거 와 묻네? 알 것 없다" 하멘 대주딜 안했다. 그러느꺼니 이 아는 큰 칼을 새파랗게 갈아 개지구 와서 오마니과 "아바지가 있나 없나 대주딜 않을 것 같으문 나는 이 칼루 찔러 죽갔다"구 했다. 그러느꺼니 오마니는 할 수 없이 말했다. "너에 아바지는 유명한 총배치드랬넌데 너에 아바지는 범을 너무 많이 잡아서 백호 하나가 사람으루 변해 개주구 찾아와서 더기 뒷산에 백호레 있으느꺼니 함께 잡으레 가자구 꾀어 나가서는 고만에 너에 아바지를 잡아먹었다. 그래서 너에 아바지는 없게 됐다"구 말했다.

이 말을 들은 이 아는 오마니보구 콩을 한 말쯤 닦아달라구 하구서 이걸 개지구 서당에 가서 아덜한테 나눠주멘 너덜 쇠자박을 모아다 달라구 했다. 서당 아덜은 닦은 콩을 얻어먹구 모주리 쇠자박을 많이 갲다 줬다.

이 아는 그 쇠자박으루 총을 하나 베리구 총알두 많이 만들어 서당에는 가덜 않구 총쏘기 넌습만 했다. 그래 개지구 나퀘[1]는 먼데 바늘을 세웨서 쏴서 맞추기두 하구 오마니 배곱에 팍알을 놓구 쏴서 절반이 쪼각나게 하기두 했다. 이만하문 되갔다 하구서리 하루는 오마니과 이제는 나는 아바지 원수 갚으레 가야갔다구 말했다. 오마니는 범 잡으레 갔다가는 범한테 잽히워 먹힐가 봐서 가덜 못하게 하누라구 "야 너에 아바지는 데 운두란에 있는 큰 낭구에 조고만한 구넝을 쏴 맞추었는데두 범한테 잽히워먹혔는데 너는 그 구넝을 쏴 마출 재간이 있간?" 하구 말했다. 아들은 이 말을 듣구 운두란에 나무에 조고만한 구넝에다 대구 총을 쐈다. 열 번 쐈는데 열 번 다 쏴 마추었다. 오마니는 이걸 보구 할 수 없이 가라구 했다.

이 아는 뒷집에 사는 넝감을 찾아가서 난 이제 아바지 원수 갚으레 가는데 어드르게 하면 아바지 잡아먹은 범을 잡아죽이겠능가 하구 물었다. 뒷집 넝감은 백호 잡는데 주의해야 할 거과 범이 있는 데는 어드런 데 있다구 말해줬다.

이 아는 넝감에 말을 듣구 깊은 산속으루 들어갔다. 하하 가누라느꺼니 큰 산밑께 큰 팡구가 있넌데 그 큰 팡구 우에는 큰 백호가 있었다. 이 아는 그 백호에다 대구 총을 한 방 쐈다. 백호는 사람으로 벤해 개주구 달라들었다. 그리구 뒷집 넝감으로 벤해 개지구 "와 날 쏠라 하네" 해서 이 아는 총을 쏘딜 못하구 있었다. 그런데 뒷집 넝감이 백호라는 거는 사람으루 벤했다 넝감으루 벤했다 하는 거이느꺼니 그런 건 생각 말구 그저 골통을 쏴야 한다는 말이 생각나서 골통을 쏠라 하느꺼니 백호는 배때기를 내놓구 총알을 받았다. 백호는 배때기에 총알을 맞구 앙앙하멘 큰소리를 디르멘 달라들었다. 이 아는 백호가 앙앙 소리를 티멘 입을 벌리구 달라드는데 그 벌린 입에다 대구 또 한 방 쐈다. 그랬더니 백호는 고만 꺼구러데서 넘어뎄다. 이 아는 골통에다 대구 쐈더니 이번에는 백호는 꼼작없이 총에 맞아 죽구 말았다. 이 아는 이렇게 해서 백호를 잡아서 깍대기를 벡게서 집으루 돌아왔다.

이 아레 아바지 원수 갚갔다구 나갈 적에는 나이가 열 닐굽 야듭[2)]이 드랬는데 돌아왔을 적에는 수물 대여섯이 됐다. 키두 크구 온몸에 때가 새카맣게 끼구 거기다가 백호 깍대기를 뒤집어 쓰구 들어오느꺼니 오마니는 한본 보구 귀신이 둘온다구 고만에 놀라서 까무라텠다. 이 아는 팔다리를 주물은다 밈을 쑤어먹인다 해서 살레 놓구 세수두 하구 목욕두 하구 해서 때를 베끼구 백호 깍대기두 벗구 오마니 나 돌아왔수다 하멘 인사를 하느꺼니 그제서야 알아보구 기뻐했다.

이 아이는 백호 깍대기를 팔아서 오마니와 함께 잘살았다구 한다.

※1934年 7月 宣川郡 山面 香山洞 劉準龍

※1935年 7月 定州郡 觀舟面 舟鶴洞 元義範
※1936年 12月 朔州郡 朔州邑 東部洞 李順柱
1) 나중에는 2) 열 일곱 여덟

신랑과 怪賊

넷날에 어떤 정승에 아덜이 당개를 가서 색시를 대불구 물레까라 치어까라 하멘 오드랬넌데 어드런 큰 고개를 넘넌데 큰 바람이 불더니만 갑재기 색시가 없어디구 말았다. 새실랑은 한심해서 함자서 집이루 왔넌데 암만해두 색시를 찾아내야 하갔다 하구서 하인 몇 사람을 대불구 색씨를 찾이레 집을 떠났다.

여기더기 돌아다니멘 얻어보넌데 어드런 바닷가에 와 보느꺼니 큰 발자죽이 있어서 이거이 아매두 우리 색시 채간 놈에 발자죽이갔다 하구 그 발자죽을 따라서 배를 타구 가서 어드런 섬에 올라가 보느꺼니 고기 발자죽이 또 있었다. 새실랑은 하인덜과 "너덜은 여기 있거라. 내레 가서 색시를 찾아보갔넌데 한 달이 넘어두 안 오문 너덜은 돌아가라."

이러구 말하구서 새실랑은 그 발자죽을 따라서 갔다. 하하 가느꺼니 고래등 같은 기아집이 즐펀하게[1] 있는 곳이 나타났다. 옳다, 고놈이 사넌 데가 여기 같다 하구서는 그 집 가까히 가서 움물역께 세 있는 큰 버드나무에 올라가서 경우를 보구 있었다.

조금 있더니 이 새시방에 색시가 물동이를 니구 나와 움물에서 물을 뜨구 있었다. 새시방은 버드나무 닢파리를 뜯어서 물동이에다 뿌리느꺼니 바람두 안 부넌데 웬 닢파리가 떨어디누 하멘 우를 올레다 봤다. 거기 저에 새실랑이 있으느꺼니 기뻐서 어드렇게 돼서 여기 왔능가 하구 물었다. 궈리[2] 찾으레 왔수다레 하구 말했다. 그러느꺼니 색시는 "여기는 사까도티라는 조죽놈이 사는 곳이 돼서 잘못하다가는 죽으느꺼니 우선 골간에 가 숨어 있다가 경우를 봐서 어드룽게 해봅시다레" 하구서 새시방을 골간에다 숨게 두었다.

사까도티란 조죽놈이 나갔다가 돌아오느꺼니 색시는 우리 오래비레 찾아왔다구 하멘 새시방을 사까도티 앞에 대불구 왔다. 이넘은 그렁가 하멘 여기서 항게 살자구 했다. 새시방은 그러구루 거기서 살구 있었넌데 하루는 사까도티한데 독한 술을 멕에서 자게 하구서 쥑일라구 했넌데 이넘에 몸 전테가 어찌나 단단하던디 칼이 들어가딜 안했다. 가만 보느꺼니 모가지 밑에 비늘이 있어 개지구 이거이 숨쉴 적마다 들떴다 내리앉았다 하구 있어서 그 비늘이 들뜰적에 발루 짓누루구 칼루 목을 찔러서 쥑였다. 그리구 색시를 대불구 하인덜이 기다리구 있는 곳으루 왔다. 와보느꺼니 하인들은 다 가구 없어서 사까도티가 타구 다니는 배를 타구 바다를 건너올라구 했다. 그런데 이 배는 암만 해두 떠나디 않했다. 이 배는 사까도티가 타야만 가는 배라는 걸 알구 얼른 사까도티에 각을 떠 개지구 와서 배에다 실어놨더니 그때에야 배는 저절루 싱싱하멘 달아났다. 그래서 눈 깜작하는 사이에 바다를 건너서 저 집이 와서 둘이는 잘살다가 달구다리 뻗두룩 했다.

※1937年 12月 定州郡 郭山面 鹽潮洞 桂昌沃

1) 즐비하게 2) 당신, 자기 마누라를 호칭하는 말

신랑과 怪賊

넷날에 새실랑 하나이 색시를 대불러다논지 석 달 만에 떡이며 술이며 달고기며 많이 말에다 싣구 가싯집으루 가구 있드랬넌데, 그때 장수 조죽놈이 색시를 구하레 하늘루 날라서 돌아다니다가 이 색시를 보구 여지꾸 본 색시 둥에서 델루 곻은 색시레 돼서 이 색시가 욕심이 나서 갑재기 하늘서 내리와서 채개지구 날라서 가삐렀다. 새시방은 색시를 갑재기 빼틀리워서 가싯집에를 가딜 못하구 도루 저에 집에 돌아와서 자기 오마니과 가싯집에 가다가 갑작이 하늘서 이상한 놈이 내려와서 색시를 채갔다구 말하구 이제부터 색시 찾으러 가야갔다구 말했다. 오마니는 "내레 나이 칠십에 너 하나밖에 없는데 네가 가문 나 혼자서 어드룽게 살간? 가디말라"구 하넌데두 이 실랑은 자꾸 찾으레 가갔다구 했다. 오마니는 할 수 없이 가라 하멘 오 넌 안에는 돌아와야 한다구 말했다.

이 새시방은 보따리를 해서 메구 집을 나왔넌데 어드메 가서 찾아야 할디 알 수가 없었다. 여기더기 돌아다니넌데 세월은 벌서 삼 넌이 지났다.

어니 날 개울서 서답하는 노친네가 있어서 이 노친네보구 하늘을 날르는 장수네 집이 어드메 있는디 아능가 하구 물었다. 노친네는 와 묻능가 물어서 자기 색시를 그 장수가 채가서 찾으레 갈라구 그런다구 말했다. 노친네는 그런가 하멘, 이 큰 산을 넘어가문 그 장수네 집이 있넌데 그 장수레 삼 넌 전에 색시를 하나 얻어와서 볼세 아를 개저서 이십 일만 있으문 낳게 돼서 지금 가야 소용없갔다구 말했다. 실랑은 그래두 가봐야 갔다 하느꺼니 잘못하문 죽게 되느꺼니 조심해서 가라구 말해 주었다.

새실랑은 노친네가 대준 대루 그 큰 산을 넘어가는데 길은 베랑당길이 돼서 험하구 잘못하면 떨어데서 죽을 것만 같았다. 그런 길을 갸우갸우 해서 올라가 넘으느꺼니 고래 같은 큰 기애집이 있구 그 앞에 움물이 있넌데 움물 곁에는 큰 버드나무가 있었다. 실랑은 그 나무에 올라가서 경우를 살페보구 있넌데 색시에 종이 물 뜨레 나왔다. 종이 물을 동애에다 뜨구 이려구 할제 새실랑은 버들닢파리를 따서 훌 뿌렜다. 종은 바람두 없는데 닢파리레 와 떨어디네? 하멘 우를 테다봤다. 나무 우에 새시방이 있으느꺼니 깜짝 놀라멘 여기가 어데라구 왔능가 했다. 색시 찾이레 왔으느꺼니 장수에 집에 들어가게 해달라구 말했다. 종은 군사가 집을 둘러싸구 디키구 있어서 들어갈 수 없다구 했다. 새시방은 그래두 들어가게만 해달라구 자꾸 말했다. 그러느꺼니 종은 자기 초매 안에 신랑을 네서 들어갔다.

종은 색시한데 가서 새시방이 왔다구 말했다. 색시는 그 말을 듣구 벨노무 새끼레 다 왔다구 하멘 고놈 갖다 가둬 두라구 했다. 종은 새시방한데 와서 색시레 실랑이 왔다구 해두 반가와하딜 않구 돌루 짠 옥에 다 가두라 한다구 하멘, 할 수 없으느꺼니 옥에 가 들어 있으라구 했다. 그리구 옥에 들어가문 구세기에 있는 검이 스르르 나와서 목을 툭 잘을 라구 할터이느꺼니 옥에 들어갈 적에 손에 침을 뱉아 개지구 검이 나올 적에 귀퉁이를 한대 멕이멘 이놈으 검아, 사람이 둘오넌데 목을 떡을라 구 하네? 하면 고만 검은 도루 스르르 들어간다. 고담에는 그 검을 잘 지니구 있다가 쓸 때 되문 잘 쓰라구 말하구 갔다.

새시방이 옥에 들어가느꺼니 검이 스르르 내리와서 목을 찍을라구 했다. 새실랑은 종이 대준 대루 손에 침을 탁 뱉어서 이놈에 검! 사람이 들어오넌데 목을 찔르려구 해! 하면 귀퉁이를 때렜다. 그러느꺼니 검은 스르르 들어갔다. 새실랑은 이 검을 품에 품구 옥 안을 살페보느꺼니 숫탄 사람이 죽은 시테가 태산같이 싸여 있어서 자기두 잘못하다가는 죽게 되갔다 하구 생각하구 있었다.

종은 새시방이 돌옥에 가치워 있는 거이 안타까와서 쇠경한데 가서 장수레 언제찌슴 오갔능가 물었다. 쇠경은 점을 테보더니 한 보름 있으문 오갔다구 했다. 종은 쇠경과 우리 집 장수는 어드렇게 해서 글럭쓰는 장수가 됐능가 물었다. 쇠경은 아무데 있는 굴아낙에 십니찌슴 들어가문 장수가 되는 샘물이 있넌데 그 물을 먹으문 장수가 된다구 대줬다.

종은 이 말을 듣구 굴아낙에 있는 장수가 되는 샘물을 떠다가 새시방한데 주멘 이거를 마시문 글럭을 쓰는 장수가 된다구 말했다. 새시방은 이걸 마시구 옥에 돌문을 열어 볼라구 했다. 첨에는 음즉두 안하던 거이 조오금 열리게 됐다. 종은 그 후루 장수되는 샘물을 떠다가 주었넌데 새시방은 그 샘물을 마시구 해서 마감에는 옥에 돌문을 연에 문을 열 만큼 글럭을 쓰게 됐다.

종은 새시방을 대불구 굴아낙의 샘으루 가서 샘물을 자꾸 마시게 해서 힘이 세게 했다. 그리구 여기 장수는 낭켄에 사람 하나식 들구 공둥에 솟아올라 빙빙 돌다가 내리오넌데 새시방두 한번 공둥으루 올라가

보라구 했다. 새시방은 낭 손에 큰 팡구를 하나식 들구 공둥으루 푹 솟아올라 봤다. 그랬더니 공둥에 올라가서 한참 돌다가 내리왔다. 종은 이걸 보구, 장수보단 더 높이 올라가구 더 오래 있다 왔다구 하멘 이젠 됐다구 기뻐했다.

그러구 있넌데 하루는 하늘이 쌔카맣구 왕왕하는 소리가 나서 이거 어드런 노릇인가 물으느꺼니 장수레 사십 리 밖에 와서 마주나오라구 큰 팡구를 팽개테서 그 팡구레 날라오느라구 하늘이 쌔카맣구 왕왕 소리가 난다구 했다. 새시방은 그릉가 하구 그 집 뜰악에 나가서 있다가 공둥으루 날라오는 큰 팡구를 받아서 도루 장수 있는 데루 팽개텠다. 장수레 팽개텠던 팡구가 도루 날라오느꺼니 "이거 조와다. 어드런 노릇이가?" 하멘 날레 집이 와 보느꺼니 색시는 오느냐는 인사두 없이 새파래개지구 있었다. 와 그릉가 하느꺼니 전에 새시방인디 머인디가 와 있어서 그른다구 했다. 장수는 이 말을 듣구 증이 나서 왼 아래 나졸보구 그 놈을 잡아오라구 했다. 이 나졸이 가서 새시방을 잡아올라구 하넌데 새시방은 이거 머이가 하멘 새끼손가락으루 튕겨 줙엤다. 장수는 새시방 잡으레 간 나졸이 돌아오딜 안해서 힘 좀더 쓰는 나졸을 보내서 잡아오라구 했다. 이넘이 옥문을 열구 잡아갈라구 하느꺼니 새시방은 한손으루 칵 밀테서 줙엤다. 새시방을 잡으러간 나졸이 돌아오디 안으느꺼니 장수는 좀더 힘센 나졸을 보냈다. 새시방은 이놈을 훌 던데서 줙엤다. 장수는 또 좀더 힘센 나졸을 보내구 이거이 돌아오디 않으느꺼니 더 힘센 나졸을 보내구 이렇게 더 힘센 나졸을 자꾸 보내는데두 다 돌아오디 안해서 마감에는 장수 자기레 새시방을 잡으레 갔다.

새시방은 옥에서 나와서 이 장수와 쌈하게 됐넌데, 둘이서 쌈을 하멘 따 위서는 할 수 없구 하느꺼니 장수레 공둥으루 솟아올라 갔다. 새시방두 공둥으루 솟아올라 갔넌데 장수보다 더 높이 올라갔다. 둘이는 공둥서 쌈을 하넌데 종과 색시는 뜰악에 나와서 초매를 벌리구 공둥에서 떨어디멘 받갔다구 하멘 공둥에서 쌈하는 걸 보구 있었다. 하하 쌈을 하넌데 색씨 초매 우에 다리가 떨어데 나레오구 팔이 떨어데 나레오구 또 대구리가 내레오구 몸둥이가 떨어데 내레와서 다시 붙을라구 했다. 이때 종은 매운 재를 모가지 떨어딘 자리다 뿌렜다. 그랬더니 모가지는 붙을라다가 고만에 붙디 못하구 떨어데서 장수는 죽구 말았다.

새시방은 공둥에서 내리와서 색시과 “넌 이래두 나와 살갔다구 하간?” 하구 물었다. 색시는 잘못했다구 하멘 다시 살갔다구 했다. 새시방은 “머이 어드래? 너 같은 화냥년에 간나새끼는 장수놈한데루 가라” 하멘 검으루 배를 쨌다. 그러느꺼니 뱃속에서 핏덩이가 하나 튀어나오멘서 “아이 분해. 사할만 참았더면 내레 이 원수를 갚갔넌데” 하멘 마당으루 오뚝오뚝 뛔다녔다. 새시방은 이걸 보구 머이 어드레? 하구 검으루 툭 테서 팽개텠다. 그리구 장수네 골간에 싸여 있는 숫탄 金銀寶貝를 다 실어 가지구 와서 그 종을 색시루 삼아서 잘살았다구 한다.

※1932年 7月 宣川郡 深川面 月谷洞 金勵殷
※1936年 〃 〃 水清面 古邑洞 李庸逸
※ 〃 〃 〃 山面 保岩洞 李熙洙
(단 ‘장수조죽놈’은 ‘머리가 아홉 돋힌 조죽’으로 되어 있다)
※1936年 12月 定州郡 玉泉面 文仁洞 金珽鴻
(李熙洙의 것과 같음)

신랑과 怪賊

넷날에 한 사람이 밤에 다락에서 저 색시와 같이 자구 있드랬넌데 갑자기 거츨해서[1] 눈을 떠 보느꺼니 옆에 자던 색시가 보이디 안해서 밖을 내다보느꺼니 원 게드랑에 지차구[2]가 난 놈이 저 색시를 업구 달아나구 있었다. 이 사람은 깜작 놀래서 다락에서 뛰어내려 그놈 뒤를 따라가멘 “이놈아, 어더메 사는 놈이가? 너에 집은 어드멘가?” 하면 과티멘 따라가넌데 이넘은 “나 사는 데는 까마구 까치 사는 데구 내 집은 코 찔 풀어 내던딘 데다” 하구서는 근당 달아냈다. 이 사람은 그 말을 듣구 더 따라갈 수가 없어서 대관절 까마구 까치 사는 데가 어드메 있능가, 코

찔 풀어 내던딘 데레 머이가 하멘 생각해 봤넌데 아무리 생각해 봐두 알 수가 없었다. 그래서 관가에 까마구 까치 사는 데가 어드메 있능가. 코 찔 풀어 내던딘 데가 머이가 물었다. 그런데 관가서는 그런 데레 도무디 알 수 없다 해서 이 사람은 할 수 없이 함자서 그런 곳을 찾아보갔다구 하구서 길을 떠났다. 여기더기 헤매멘 다니넌데 하루는 한 곳에 가느꺼니 길가에서 아덜이 감사놀이를 하구 있었다. 이 사람은 그 아덜 노는 데 가서 절을 하구 "감사님, 까마구 까치 사는 데가 어드메 있소?" 하구 물었다. 감사는 "이네 그것두 몰으능가? 가마구 烏字 까치 鵲字하멘 烏鵲이느꺼니 그곳은 烏鵲洞이란 골이다" 하구 말했다. "그러문 코 찔 풀어 내던딘 곳은 어드메요?" 하느꺼니 높은 산에 올라가서 질펀한[3] 곳이다 하구 말했다.

이 사람은 그 말을 듣구 그 지차구난 놈은 烏鵲洞에 높은 산 우에 질펀한 곳에 사는 놈이가꾸나 하구서 烏鵲洞이란 곳만 찾아갔다. 한곳에 가느꺼니 과연 烏鵲洞이 있는데 그곳에 높은 산에 올라가느꺼니 질펀한 데가 있구 큰 기애집이 많이 있는 동네가 있었다. 이 사람은 그 동네에 들어가서 동네 앞에 있는 움물 역에 가서 거기 있는 미루나무에 올라가서 있었다.

이즉만하더니 한 색시레 나와서 움물에서 물을 길렀다. 이 사람은 미루나무에 닢파리를 뜯어서 내리보냈다. 낸은 가마구가 닢파리를 떨어틴다 하멘 물을 버리구 또 물을 길렀다. 이 사람은 또 닢파리를 뜯어서 떨어트렜다. 그러느꺼니 색시는 우를 올레다 보구 원 사람인가 내리오라구 했다. 이 사람은 내레가서 자기는 지차구 달린 놈이 저 색시를 채가서 그 색시 찾이레 여기 온 사람이라구 말하구 우리 색시는 어드메 있능가 하구 물었다. 그러느꺼니 그 색시는 님제레 살갔으문 날레 집으루 가구 죽갔으문 여기 있으라구만 했다. 이 사람은 나야 죽던 살던 내가 알아서 할 거이느꺼니 우리 색시한데 가서 내가 와서 찾는다구만 말이나 해달라구 했다.

이 색시는 집에 가서 대장과 데 움물 역게 색시 새시방이 색시 찾갔다구 와있다구 말했다. 대장은 이 말을 듣구 "머이 어드래? 여기가 어드메라구 그놈이 와?" 하멘 졸개보구 그놈을 날래 잡아다가 골간에 테넿구 쇠문에 쇠를 채와 두라구 했다. 그러느꺼니 졸개 여러 놈이 달레와서 이 사람을 잡아다가 골간에 테넿구 쇠문을 닫구 쇠를 채우구 갔다. 이 사람은 조죽놈하구 쌈할라구 했넌데 이와 같이 갇히구 보니 어트칼 재간이 없어서 그냥 갇히우구 있었다.

이놈들은 조죽놈들이 돼서 그 다음날보탄 도죽질하레 나갔다. 이놈덜은 도죽질 나가문 석 달 만에 돌아오드랬넌데 이 사람 색시는 장수되는 물을 매일 갖다가 저에 새실랑에게 멕이구 해서 두 달 만에는 큰 힘을 쓰게 됐다.

조죽놈들은 나간 지 석 달 만에 돌아오넌데 십니 밖에서 쿵하구 한방 쏘구 오리 밖에서 또 쿵하구 한방 쏘구 뜰악에 들어서서 쿵하구 쏘넌데 이놈덜이 들어오는 거이 혹께 빠르느꺼니 그 소리는 쿵쿵쿵하구 연대서[4] 났다. 조죽놈 대장은 색시에 전 새시방을 죽이갔다구 골간으루 갔다. 그리구 그 사람을 꺼낼라구 쇠문을 여넌데 이 사람은 얼른 나와서 조죽놈에 쫄병을 모주리 죽이구 대장 조죽놈두 죽엤다. 그리구 조죽놈한데 잽히워 온 사람이 숫태 있넌데 이 사람들을 다 내주구 조죽놈이 도적질해서 모아논 숫탄 金銀寶貝를 말에다 싣구 색시하구 집이루 돌아와서 잘살았다구 한다.

※1935年 1月 宣川郡 山面 香山洞 劉準龍

1) 텅 빈 것 같아서　2) 날개　3) 평평한　4) 연달아서

신랑과 怪賊

넷날에 한 새실랑이 혹게 곱게 생긴 색시과 결혼하구서 그 색시를 싱게[1]에 태와서 하인을 많이 대불구 왈랑장랑하멘 저에 집이루 가드랬넌데 한곳에 오느꺼니 하늘서 우드락닥닥하더니 지차구 개진 사람이 내

리와서 색시가 타구 있는 싱게 문을 열구 색시를 채 개지구 달아났다. 새시방은 색시가 채 간 줄두 몰으구 근낭 가서 저 집이 와서 싱게 문을 열구 보느꺼니 색시레 없어데서 고만에 맥이 빠데서 어텋갈 줄 몰랐다. 그러다가 정신을 차레 개지구 이거 안 되갔다, 색시 찾이레 가야 하갔다구서 명 잘 보는 점바치집이 가서 어드르카문 색시를 찾갔능가 물었다. 점바치는 점을 테보구서 이러이러한 곳에 가보라구 말했다.

새실랑은 점바치 말을 듣구 구달먹은 당나구[2]를 타구서 색시 찾이레 길을 떠나서 가는데 하하 가누러느꺼니 길은 없어디구 험한 벼랑때기가 나왔다. 벼랑때기 우를 올레다 보느꺼니 그 우에 조구마한 초개집이 하나 있어서 글루루 당나구를 몰구 갔다. 갸우갸우 해서 그 벼랑 우에 올라가서 초개집에 가서 쥔 좀 붙자구 말했다. 노친네가 나와서 둘오라 해서 들어갔더니 여기를 어드래 왔능가 물었다. 색시를 어드런 놈이 채가서 그 색시를 찾으레 왔는데 색시 채간 놈을 봤능가 하구 물었다. 노친네는 그렁가 하멘 색시 채간 놈은 가마구란 아조 무서운 조죽놈[3]인데 거기 갔다가는 잽헤 죽을 꺼이느꺼니 가디 말라구 말했다. 새실랑은 죽어두 일없다, 난 색시 찾이레 꼭 가야 한다 하멘 그놈 사넌 데가 어데멘가 대달라구 자꾸 말했다. 그러느꺼니 노친네는 가마구란 조죽놈이 사는 데는 데 높은 산을 넘구 험한 베랑을 타구 하하 가문 큰 기애집이 있는 동네가 나오는데 거기가 가마구가 사는 집이다. 그른데 그 집이 들어갈라문 열두 대문을 지나야 하넌데 대문에는 대문마다 가마구가 있어 낯선 사람이 지나가문 마구 달라들어 쫘 죽이느꺼니 여간만 해서 들어갈 수가 없다. 그래두 가갔능가? 정 가갔다문 떡을 열두 모태[4]를 해개지구 가서 대문을 지날 때마다 떡 한 모태를 던데 줘서 가마구레 그 떡을 쪼아먹는 짬에 얼릉 담 대문으루 가구 또 거기서 떡을 던데 줘서 가마구가 떡을 쪼와 먹게 하구 그짬에 다음 대문으로 들어가구 이렇게 해서 열두 대문을 무사히 들어가문 그 집에 들어갈 수가 있다구 말했다. 새실랑은 이 말을 듣구 돈을 줄꺼이니 떡을 열두 모태 해 달라구 노친네보구 말했다. 노친네는 그카라 하구 떡을 열두 모태 해줬다.

새실랑은 그 떡을 구달먹은 당나구에다 싣구 노친네가 대준 대루 높은 산을 넘구 베랑을 타구 가서 가마구 조죽놈이 사는 골루 갔다. 큰 기애집이 있넌데 대문이 열두 대문이나 있구 대문에는 가마구가 디키구 있었다. 대문에 들어갈라구 하느꺼니 가마구가 달라들어 쫄라구 했다. 새실랑은 노친네가 말한 대루 떡을 한 모태 던져 줬다. 가마구레 그 떡을 쪼아먹갔다구 떡 있는 대루 가서 그짬에 얼릉 지나서 담[5] 대문으루 들어갔다. 가마구가 쫄라구 달라드는 거를 떡을 줘서 담 대문으로 갔다. 이렇게 떡을 줘서 열두 대문을 무사히 지나서 조죽놈에 집에 들어갔다. 들어가서 쥔을 찾으느꺼니 색시 하나가 나와서 보느꺼니 저에 색시레 나와서 기뻐서 가까히 가느꺼니 색시두 저에 새실랑을 보구 기뻐하멘 이거 어드렇게 왔능가 했다. 내레 님제 찾갔다구 왔다구 말했다.

색시는 새실랑을 데리구 방에 들어가서 여기는 무서운 조죽놈에 집인데 지금은 새냥 나가구 없넌데 조금 있으멘 돌아온다 하멘 조죽놈이 돌아오문 죽이구 도망하자구 말했다.

저낙 때가 되느꺼니 쿵 하는 소리가 나구 니여 조죽놈이 졸개를 많이 대불구 들어왔다. 들어오자마자 조죽놈은 이거 웬 사람내가 나능가 물었다. 색시는 우리 아즈바니가 와서 그런다구 하니까 조죽놈은 그렁가, 고럼 아즈바니한데 인사하갔다구 하구 아즈바니레 여기꺼정 왔으느꺼니 우리 재간 좀 봐라구 하멘 사이[6]가 돼 보기두 하구 범이 돼 보기두 하구 벨에벨거이 다 돼 보기두 하구선 내중엔 다른 재간을 보라 하더니 배켄에[6] 나가서 내 목을 잘라 보라 하멘 큰 칼을 줬다. 새신랑은 그 칼루 조죽놈에 목을 탁 티느꺼니 목이 달랑 떨어디구선 도루 가서 붙을라구 했다. 이때 색시는 초매에다 매운 재를 싸개지구 와서 목 짤린 데다 매운 재를 뿌렜다. 그러느꺼니 목이 붙을라 하다가 못 붙구 덜렁 떨어뎄다. 이래서 조죽놈은 죽었넌데 새신랑은 조죽놈에 집안을 다 뒤져 봤다. 어떤 골간에는 색시가 많이 갇혀 있구 어떤 골간에는 金銀寶貝가 많이 싸여 있구 해서 색시덜은 모두 다 저으 집이루 가라 하구 내주구 金銀寶貝는 말에다 싣구 집이 돌아와서 저 색시와 잘살았다구 한다.

※1936年 1月 宣川郡 山面 香山洞 劉準龍

※1937年 7月 龍川郡 內中面 堂嶺洞 李汝檝

(단 도적이 사는 집의 열두 대문에는 가이가 지키면서 새신랑보고 짖고 있어서 떡을 한덩이씩 던져 주고 들어 갔다고 되어 있다)

1) 가마 2) 보잘 것 없으나 일단 힘을 내면 千里라도 쉽게 가는 당나귀 3) 도둑놈 4) 덩이를 세는 단위 5) 다음 6) 새(鳥) 7) 밖에

신랑과 怪僧

녯날에 어떤 사람이 있었넌데 어니 날 가라도치중[1]놈이 와서 이 사람에 색시를 채서 달아났다. 이 사람은 색시 찾갔다구 집을 떠나서 그 가라도치 중놈이 어드런 섬에 사는 걸 알구 그 섬에 들어가서 가라도치 중에 큰댕내[2]과 우리 색시 있넌 집이 어데멘가 물었다. 가라도치 중에 큰댕내는 거기 갔다가는 죽으느꺼니 가디 말라구 했다. 그래두 이 사람은 일없다 대달라구 하느꺼니 대줬다. 이 사람이 대준 곳에 가보느꺼니 저 색시가 있넌데 이 사람을 보구두 기뻐하딜 안했다. 이 색시는 가라도치 중이 나들이 갔다 돌아오느꺼니 전에 새시방넘이 다 찾아왔다구 했다. 가라도치 중놈은 그렁가 하멘 새끼손가락으루 이 사람을 집어올레서 공둥으루 올렜다 내렜다 하며 놀리더니 밥이나 먹구 죽이갔다 하구 골방에다 갖다 가두었다.

골방 안에는 이 사람에 옆에 집이서 살던 낸두 잽히워 왔었넌데 이 낸은 이 사람에게 광주리 같은 거를 하나 주멘 가라도치 중이 문을 열구 들어올 적에 이 광주리를 네티멘 "이넘 너 맞아 죽으라"구 하라구 말해 주었다.

이 사람은 그 광주리 같은 거를 받아 개지구 있누라느꺼니 중이 문을 열구 들어왔다. 이 사람은 그 광주리 같은 거를 내티멘 "너 이넘 너 맞아 죽으라"구 큰소리루 과텠다. 그랬더니 중은 머리를 맞구 연기가 돼서

없어뎄다.

이 사람은 이렇게 해서 중을 쥑이구서 또 저 색시두 칼루 목을 따서 쥑이구 가라도치 중에 큰댕내를 색시 삼구 광주리를 준 낸은 첩으루 삼구 잘살다가 엊그제 죽었다구 한다.

※1937年 7月 碧潼郡 加別面 加下洞 士智里 李秉煥

1) 힘이 세고 험상궂게 생긴 중　2) 本妻

신랑과 怪賊

넷날에 김정승이 있었넌데 이 김정승에 색시는 혹게 곻은[1] 미인이 돼서 김정승은 이 색시는 함자 집에 나두구 당에 가서 일을 볼 수가 없어서 당창 집에만 있었다. 그러느꺼니 색시는 이거이 안타가와서 자기 얼굴을 쇠경에 비치워서 꼭 같은 그림을 그려서 주멘 이걸 개지구 당에 일 보레 가라구 했다. 김정승은 그리하갔다구 하구서 그 그림을 개지구 당으루 가드랬넌데 가다가 갑자기 돌개바람이 불어와서 그 색시 그림을 날리워 버렜다.

이 그림은 날라서 어떤 섬에 사는 도죽놈 대장에 손에 들어갔다. 도죽놈 대장은 이 그림을 보구 혹게 곱게 생긴 미인이느꺼니 이러한 미인을 색시 삼갔다구 배를 타구 나와서 사멘 돌아다니멘 찾다가 김정승에 집에 와서 김정승에 색시가 그 그림과 꼭 같아서 이 색시를 채 개지구 배에다 신구 섬으루 갔다. 김정승은 이걸 보구 배를 모아서 그 섬에 갔다. 그 섬에 올라서 하하 가넌데 큰 고개가 있어서 그 고개를 갸우갸우 넘어가느꺼니 어드런 새한[2] 넝감이 나타나더니 님제 색시 찾을라문 욜루루[3] 가라구 길을 대줬다.

김정승이 대준 길루 가느꺼니 고래당 같은 큰 기애집이 있어서 대문 안으루 들어가 보느꺼니 저 색시가 토당에 앉아서 바누질을 하구 있었다. 기뻐서 얼떵[4] 색시한데 가서 나 왔음메 하는데두 색시는 눈을 빨멘[5] "요놈으 새끼 와 왔네?" 하구 시큼둥해 개지구 말두 않구 골간에다 가두었다.

도죽놈 대장은 도죽질 나갔다가 돌아왔넌데 색시는 나가서 맞아들이디 않으느꺼니 대장은 와 나와서 맞아들이디 않능가구 물었다. 본 가당[6]이 와서 그른다 하멘 그놈을 골간에 가두어 두었다구 했다. 잘했다 하구서 좀 나두었다 죽이갔다구 하멘 무 같은 거를 자꾸 먹었다.

김정승이 대불구 온 하인이 몰래 이 무 같은 거를 채다가 김정승한데 줬다. 김정승은 그걸 먹으느꺼니 힘이 세데서 숨을 내쉬먼 골간문이 열리구 들에쉬먼 문이 닫히구 했다.

하루는 도죽놈 대장이 왼밑에 부하보구 골간에 가두어 둔 김정승을 잡아오라구 내보냈다. 밑에 부하레 골간 문을 열라구 할 적에 김정승은 흥하구 숨을 내쉬느꺼니 그 부하는 고만 넘어데서 죽었다.

도죽놈 대장은 김정승 잡으러 내보낸 부하가 돌아오디 않으느꺼니 좀 힘쓰는 부하를 보냈다. 김정승은 요놈두 숨을 내쉐서 죽였다. 도죽놈 대장은 고담에 힘쓰는 부하를 보냈다. 김정승은 요놈두 흥하구 숨을 내쉐서 죽엤다. 도죽놈은 부하레 안 오느꺼니 또 힘 쓰는 놈 또 더 힘쓰는 놈 이렇게 더 힘 쓰는 놈을 보내서 잡아오게 했넌데 가는 놈마다 모주리 죽어서 마감에는 대장놈이 잡으레 갔다. 골간 문을 열라구 할 적에 김정승이 숨을 흥하구 내쉬넌데두 대장놈은 달삭달삭하기만 하구 넘어지디 안했다. 대장놈은 야 요놈 힘깨나 쓴다, 하멘 낼[7] 우리 쌈 하자 하구선 갔다.

그날 밤 김정승에 꿈에 그 쌔한 넝감이 나타나서 낼 도죽놈이 쌈하자 하멘 큰 검과 작은 검 그리구 큰 말과 작은 말을 내 보이멘 어느 거를 갖겠능가 하거던 작은 검과 작은 말을 갖갔다구 하라구 말하구 갔다.

다음날 아침에 도적놈 대장이 큰 검과 작은 검과 큰 말과 작은 말을 가지구 와서 어느 거를 갖갔는가 물었다. 김정승은 쌔한 넝감이 말해준 대루 적은 검과 적은 말을 가지겠다구 했다. 그리구서 쌈을 하넌데 김정승에 하인은 삼태기에다가 매운 재를 담아서 보구 있구 김정승에 색시는 초매다가 매운 재를 싸 들구 있구 서루가락 대구리가 떠러디먼 뿌릴라구 기다리구 있었다. 두 사람은 한참 쌈을 하넌데 맨제 도죽놈 대장으 대구리가 떨어뎄다. 떠러딘 대구리는 팔닥팔닥 뛰어서 다시 가서 붙을라 했다. 이때 김정승에 하인은 매운 재를 도죽놈 대구리에다 뿌렜다. 그랬더니 대구리는 다시 붙을라다가 붙디 못하구 떨어데서 죽었다.

김정승은 도죽놈이 죽은 걸 보구서 저 색시한데 가서 요놈에 에미나 죽어 봐라 하멘 검으루 색시 배를 째서 밸[8]을 꺼냈다. 밸을 꺼내 보느꺼니 저에 색시는 볼세 도죽놈에 아를 개저서 그 아레 밸 안에서, 사할만 참아라 사할만 참으멘 내래 원수갚갔다 하구 있었다. 김정승은 그걸 꺼내서 말리워서 담배 주머니에다 넿다. 그리구 가싯집에 갔다. 가스오마니레 김정승이 힘 쓰던 걸 보구 어드렇게 해서 그같이 힘을 쓰능가 물었다. 김정승은 색시 밸에서 꺼내서 말리운 걸 주멘 이걸 먹어서 힘이 세다구 하멘 힘이 세디구푸먼 이걸 먹으라구 줬다. 가스오마니레 그걸을 먹갔다구 씹었넌데 씹히딜 않구 볼다구니만 다 달아뎄다구 한다.

※1937年 7月 宣川郡 南面 三峰洞 朴璿圭

1) 고운 2) 하얀 3) 이리로 4) 얼른 5) 흘기며 6) 家長, 신랑, 본서방 7) 내일
8) 창자

怪賊을 치다

넷날에 어떤 곳에 삼형데가 살구 있었넌데 형 둘은 공부를 썩 잘해서 과개보레 서울루 간다구 해서 저그나는 같이 딸아가갔다구 나섰다. 그런데 형들은 오디 말라구 했다. 그래두 저그나는 근낭 딸아가갔다구 하느꺼니 형들은 돌팽개질을 하멘 못 오게 해서 저그나는 더 딸아갈 수가 없어서 멍하구 서 있었넌데 그때 발이 아홉 개 돋은 장수가 체네 하나를 잡아 개지구 공둥으루 날아가구 있넌 걸 봤다. 저그나는 그 장수가 가는 곳을 잘 봐두구 있었넌데, 좀 있다가 원 사람 하나이 달레와서 발 아홉 개 돋힌 장수가 체네 잡아가넌 거 못 봤능가 하구 물었다. 봤다 하

멘 덜루루 갔다구 간 곳까지 대주었다. 그러느꺼니 그 사람은 같이 가자구 했다. 저그나는 그카자 하구 그 사람과 같이 장수가 간 곳으루 갔넌데 한 백니쯤 가느꺼니 큰 팡구가 있넌데 그 팡구 밑에 발자죽이 있어서 팡구를 들체서 볼라구 하는데 팡구는 달삭두 하디 안했다. 저그나는 그 사람과 일단 집이 가서 돌쪼시[1] 이백 명과 장수 다섯 사람을 데불구 오라구 했다. 이 사람이 이내 집이 가서 돌쪼시 이백 명과 장수 다섯 사람을 데불구 왔다.

돌쪼시가 팡구를 쫓구 장수는 그 팡구를 들테냈다. 팡구를 들테내구 보느꺼니 그 아낙에는 큰 고래등 같은 기애집이 숫타 있어서 글루루 갈라 하넌데 거길 갈라문 천길 만길 내리가야 했다. 그래서 말 가죽으루 동애줄를 꼬와서 그걸 타구 내리갔넌데 내리가 보느꺼니 큰 누펭이가[2] 있구 그 넢엔 큰 버드나무가 있었다. 저그나는 그 낭구에 올라가서 춤을 탁 밷구 있으느꺼니 체네가 나와서 이 사람을 보구 자기 집으루 가자구 했다. 그래서 저그나는 체네를 딸아가넌데 딸아가멘서 자기는 장수를 쥑이레 온 사람이느꺼니 당신은 장수 쥑이는 방법을 알아봐 달라구 했다.

체네는 장수한테 술을 많이 멕에서 취하게 해놓구 "장수님, 당신같이 글럭쓰는 사람두 죽는 수가 있읍니까?" 하구 물었다. 장수는 "난 머이 와서 죽일라 해두 절대 죽디 않는다. 그렇지만 말가죽 동애줄만 갖다 내 몸에 대면 죽는다"구 말했다.

체네레 그 말을 듣구 니여 자그나한데 가서 그 말을 했다. 고롬 됐다 하구 개저온 말가죽 동애줄을 개지구 가서 술이 취해서 자는 장수에 몸에 댔다. 그랬더니 장수는 죽구 말았다.

저그나는 거기 있는 숫탄 금은보배를 개지구 체네와 항께 전에 내리왔던 곳으루 와서 체네와 금은보배를 줄에 매워서 우루 올레보내구 다시 줄이 내리오기를 기두루고 있었다. 그런데 암맘 기둘러두 줄이 내리오디 않았다(가). 이 사람은 고기 암만 기둘러 봐두 소용없갔다 하구 그

굴안낙 세상을 구경하갔다구 여기더기 돌아다니구 여러 가지를 살페보드랬는데 한곳에서 어떤 젊은 새신방이 보땅[3]에 각구리 매달리워서 사람 살리라구 소리질르구 있어서 저그나는 그 새실랑을 풀어 주었다. 그랬더니 새시방은 고맙다 하멘 자기 집으루 가자구 했다. 그래서 이 저그나는 새시방을 딸아갔더니 어떤 고래 같은 큰 기애집이루 들어가서 저에 아바지과 도죽놈이 돈 안 준다구 보땅에 까꾸루 매달아 죽게 된 걸이 사람이 살레 줘서 데불구 왔다구 말했다. 그러느꺼니 새시방 아바지는 기뻐서 은혜를 갚갔다구 머이던디 개지구푼 거를 주갔다구 했다. 새시방은 저에 아바지과 데 사람한데 은혜 갚겠으문 아바지레 델루 귀하게 애끼넌[4] 영이를 주문 어떤가 하구 말했다. 아바지는 "그건 안 된다. 금을 주구두 못 사는 거인데 그걸 주면 어떻가간? 다른 걸 주자" 했다. 새시방은 "고롬 아바지는 아덜보단 영이를 더 귀하게 생각합니까" 하구 물었다. 아바지는 "그거야 네가 영이보다 더 귀하디" 했다. 새시방은 "내레 죽게 된 걸 살레 준 사람에게 영이를 안 주갔다면 어텋갈 작정이요" 하구 말했다. 그 말을 듣구 새시방 아바지는 할 수 없이 영이를 저그나에게 주었다. 저그나는 영이를 받기는 했넌데 머하는 거인디 몰라서 그러구 있넌데 새시방은 이거는 돈 나오라 하면 돈 나오구 밥나오라 하문 밥 나오구 집 나오라 하문 집 나오는 머이던디 원하는 거는 다 나오는 寶貝라구 대줬다.

저그나는 영이를 개지구 그 집 문밖에 나와서 싱게하구 사람 둘 나오라 하느꺼니 싱게하구 사람 둘이 나왔다. 저그나는 그걸 타구 굴밖으루 나와서 집으루 가넌데 가넌데 가다가 날이 저물어서 어떤 네관[5]에 들었다. 그런데 두 사람꺼지 네관에 들멘 거티장시러워서 싱게와 두 사람을 도루 영이 안에 들에보내구 함자서 네관에 들구 밥두 안 사먹구 잠만 자갔다구 했다. 네관 쥔이 이상해서 "밥 안 먹구 어드렇게 살간?" 하느꺼니 "난 밥 안 사먹구두 살 니치[6]레 있다" 하구 네관에 들어서는 영이보구 밥 나오라 찔게 나오라 해서 밥을 잘 먹었다. 네관 쥔이 이걸 보구 그거이 욕심이 나서 이 사람이 잠든 담에 목을 베어 죽이구 그 영이를 체개지구 외딴 곳에 가서 돈 나오라 했넌데두 돈이 나오덜 안했다. 밥 나오라 했넌데두 밥두 안 나왔다. 네관 쥔은 집이루 와서 죽은 저그나 있넌데 가서 베어낸 목을 갖다 대구 붙이라 하느꺼니 떨어뎄던 모가지가 도루 딱 붙었다.

저그나는 니러나 앉으멘 아아 잠을 과히 잤다 하멘 그 영이를 개지구 집이 와서 잘살다가 무진년에 죽었다구 한다.

※1937年 7月 義州郡 枇峴面 替馬洞 金洸旻

(金洸旻은 다음과 같은 類話도 제공했다. 즉 설화의 初頭는 上記 설화와 같고, 上 說話의 (가) 部分 以下는 다음과 같이 되어 있다.

"이 사람은 거기 있는 누펑이서 고기를 낙구 있었다. 하기[7] 한 마리가 날라와서 고기를 주먼 이 굴에서 굴 밖으루 업어다 주갔다구 했다. 이 사람은 고맙다 하구 고기를 많이 잡아서 하기으 등에 타구 가기루 했다. 그런데 하기는 사람을 등에 태우구 날르면 힘이 드느꺼니 가다가 캑하구 소리하문 고기를 한 마리 입에 너 달라구 했다. 그렇가라 하구 등에 타구 가넌데 하하 날아가다가 하기가 힘이 들어서 캑 했다. 이 사람은 고기 한 마리를 하기 입에 넣어 주었다. 하기는 그걸 먹구 또 힘을 내서 날랐다. 또 하하 날아가다가 캑 해서 또 고기를 주었다. 이렇게 캑 할 때마다 고기를 하기 입에 넣어 주었넌데 고기가 다 없어진데두 하기는 또 캑 했다. 이 사람은 줄 고기가 없어서 자기에 무릎에 살을 베어서 주었다. 하기는 그걸 먹구 갸우해서 굴 밖으루 날라 나왔다. 이 사람은 하기에게 고맙다구 하구 작별하구 구해준 체네네 집에 찾아갔다. 그런데 항께 갔던 사람이 체네를 구해냈다구 하구서 그 체네와 결혼해서 살구 있었다. 이 사람은 그 사람이 자기가 체네를 구해냈다구 사람을 속인 것을 모든 사람에게 알리우고 내쫓구서 그 체네와 다시 결혼해서 잘 살았다구 한다."

1) 石手, 석공 2) 늪이 3) 대들보 4) 아끼는 5) 여관 6) 이치, 방법 7) 鶴

怪賊을 치다

넷날에 한 총각이 있넌데 날마다 새[1]를 해서 서울 가서 팔아서 오마니와 먹구 지냈다.

어니 날 서울 당에 가서 새를 다 팔구 대궐 앞에서 쉬구 있넌데 공둥에 이상한 즘성이 날라오더니 대궐루 들어가서 공주를 채개지구 공둥을 날라서 어떤 높다란 베랑 꼭대기에 있는 큰 팡구 구멍으루 들어갔다.

총각은 이걸 보구 서울루 돌아와 보느꺼니 공주가 머한데 잽히여 갔다구 사람덜이 떠들구 있구 이 공주를 찾아오는 사람에게는 나라서 많은 상금을 준다구 했다. 이 총각은 대궐에 들어가서 자기는 공주가 잡혀 간 곳을 보구 왔다 하면 돌조시 수십 명을 달라구 했다.

총각은 돌조시를 데불구 공주를 채간 즘성이 들어간 높은 베랑에 와서 돌조시과 베랑을 올라가는 층대를 만들라 했다. 돌조시가 여러 날을 쪼아서 층대를 만든 담에 총각이 우루 올라가 보느꺼니 조그마한 집이 하나 있구 그 집에는 넝감이 살구 있었다. 넝감이 이 총각을 보구 여기 멀 하레 왔능가 물어서 날르는 즘성이 공주를 채가서 공주를 찾이레 왔다구 말했다. 넝감은 그릉가 하멘 무슨 열매를 하나 주멘 먹으라 했다. 총각이 그 열매를 먹으느꺼니 힘이 단번에 쎄어뎄다.

총각은 거기서 앞으루 앞으루 가느꺼니 큰 기애집이 많이 있넌 데가 나왔다. 기애집 옆에는 큰 나무가 있어서 총각은 그 나무에 올라가서 아래를 내리다 보멘 경우를 살페보구 있느라느꺼니 공주가 나와서 나무 아래에 있는 움물에서 물을 뜨구 있었다.

총각은 나무닢파리를 따서 물동애[2]다 뿌렜다. 공주는 나무 우를 올레다 보구 원 사람인데 여기가 어데라구 왔능가 물었다. 총각은 공주를 머이 채가서 나라서는 야단나서 내가 공주를 찾으레 왔다구 말했다. 공주는 그렁가 하구 데불구 집으루 들어가서 농 안에다 숨게 놨다.

이즉만 해서 그 무서운 즘성이 나들이 갔다 돌아오느꺼니 공주는 독한 술을 많이 멕에서 취해서 잠들게 했다. 이짬에 총각은 농에서 나와서 즘성에 목을 테서 죽엤다. 그리구 골간을 열어보구 숫탄 네자들이 갇테 있구 해서 이 여자들두 모두 다 데불구 거기서 나왔다.

즘성이 사넌 데서 나가는 문에는 나라에 군사들이 많이 와 있었다. 총각은 공주랑 숱한 네자랑 맨제 내보내구 자기는 뒤에 나갈라구 했넌데 공주가 문밖으루 나가자 그 문은 닫티구 말았다. 총각은 그 문을 열라구 힘을 써봤넌데두 문은 음쪽 않구 열리디 안했다.

총각은 할 수 없이 도루 굴 안으루 가서 돌아다니구 있넌데 한곳에서 사람 살리라는 소리가 났다. 총각이 소리나는 데루 가보느꺼니 새시방

하나이 나무 가지에 까구루 매달레서 사람 살리라구 소리를 질르구 있었다.

총각은 이 새시방을 나무가지서 끌러 내리우구 어드래서 나무에 매달렜는가 하구 물었다. 새시방은 자기는 농왕[3]에 아덜인데 몹쓸놈에 즘성한데 잡히워서 그렇게 됐다구 말했다. 그리구 새시방은 총각보구 자기를 살레 준 은인이다 하멘 저으 집으루 가자구 했다. 그리구 새시방은 붕어루 변해서 총각을 태우구 농궁으루 들어갔다. 총각은 농궁에서 여러 날 쉬구 집이루 돌아가갔다 하느꺼니 농왕은 보물을 하나 주었다. 이 보물은 개지구 싶은 거는 머이던지 원하는 것은 다 나오는 보물이 돼서 이 총각은 집에 돌아와서 잘살다가 그저께 죽었다구 한다.

※1934年 8月 宣川郡 水清面 牧使垈洞 金光俊

※1935年 1月 宣川郡 水清面 古邑洞 李 鐵

1) 땔감 나무　2) 물동이　3) 용왕

特才 있는 의형제

넷날에 어느 곳에 한 부체레 살구 있었넌데 아를 낳디 못해서 안타가와 하다가 아를 개지게 됐넌데 이 아래 오마니 뱃속에서보탄 엄매야 압바야 밥 달라 하구 말을 해서 야 이거 벨난 아래 다 있다구 좋와했다.

그러구루 아를 났넌데 이 아를 노랑두대구리라구 이름을 지어서 불렀다.

이 노랑두대구리는 나이 세 살 나서 글럭[1]깨나 쓰게 되느꺼니 세상 구경 나가갔다구 집을 나갔다. 나가서 하하 가드랬넌데 동네 하나이 있어서 거기 들어가보느꺼니 동네 사람들은 넌지[2]를 고티갔다구 모여서 벅작고구 있넌데 보기가 안타가와서 내레 고테주갔습메 하구 가까히 갔다. 동네 사람들은 이 아를 한본[3] 보구 "야 델루루 가라, 너 같은 조고마한 아레 고티갔네" 하멘 밀테냈다. 이 아는 그러딜 말구 나 고티는 걸 보라 하구 넌지를 본대있게[4] 고테 줬다.

그리구 또 길을 갔넌데 하하 가누라느꺼니 바람두 없넌데 나무가 흔들리우구 있어서 이거 조화다 하구 가보느꺼니 어떤 사람이 그 나무 밑에서 자구 있넌데 이 사람에 코김에 나무가 흔들리우구 있었다. 노랑두대구리는 그 사람보구 닐나보라구 하넌데 도무디 니러나딜 않아서 귀퉁이를 한대 티멘 닐나라 했다. 그러느꺼니 그 사람은 잠을 깨구서 와 놈자넌데 와서 성화가? 했다. 노랑두대구리는 통성을 하구서 "님제 글럭깨나 쓰는 사람이구만. 나하구 씨름해서 이기문 나에 형이 되구 지문 내레 저그나레 되능 거이 어텋가간?" 하구 말했다. 그 사람은 내 이름은 코샘생인데 님자 말대루 씨름해서 이기는 사람이 형이 되구 지넌 사람이 저그니 되자구 했다. 그래서 노랑두대구리와 코샘생이는 씨름을 했넌데 한참 하다가 코샘생이가 저서 저그나가 됐다.

그리구 둘이서 세상 구경 하자구 항께 가넌데 한 고개를 넘어가느꺼니 그 고개 아래가 강이 됐다 안 됐다 하구 있어서 이거 벨나다 하구 글루루 가보느꺼니 한 사람이 오종을 누구 있었다. 야 이거 벨난 사람 다 있다 하구 통성을 하느꺼니 그 사람은 오종소티기라 하멘 오종을 누먼 강이 된다구 했다. 그래서 노랑두대구리와 코샘생이는 우리 이형데레 돼서 항께 세상 구경 가자구 했다.

오종소티기두 돟다구 하구서 서이서 길을 가넌데 하하 가느꺼니 집이 하나 있어서 쥔 게시우 하멘 들어갔다. 노친네레 나와서 이 집엔 둘오디 말구 날레 다른 데루 가라구 했다. 와 그렁가 하느꺼니 우리 아들은 사람잡아먹는 거이 돼서 당신네들 들어왔다간 잽히워 멕힌다구 했다. 노랑두대구리와 코샘생이와 오종소티기는 일없다 하구 그 집에 들어가서 학갑[5]에 들어가 있었다.

이측만해서 북소리가 쿵하구 나서 이거 무슨 소리가 하느꺼니 노친네는 아덜이 십니 밖에 왔다는 소리라구 했다. 그러구 있넌데 또 니여 북소리가 쿵 났다. 이건 무슨 소리가 하느꺼니 오리 밖에 왔다는 소리라구 했다. 그러자 니여 또 소리가 났다. 이건 무슨 소리가 하느꺼니 아덜이 대문 밖에 왔다는 소리라구 했다. 그러자 니여 사람이 와글와글 하멘 들어오넌데 보느꺼니 삼형데가 들어왔다. 삼형데는 들어오자 마자 코를 킹킹하멘 사람내가 난다구 했다. 그리구 집안을 여기더기 살페보더니 학갑에 있는 세 사람을 찾아내구 이놈덜 잡아먹자 했다. 노랑두대구리는 이 말을 듣구 힝 하멘 그 삼형데를 테서 바람뚝에다 깍 붙에 놓구 어데다 대구 그따위 버릇없는 말을 하능가 하멘 큰소리루 과텠다. 그러느꺼니 그 삼형데는 잘못했다구 빌멘 살려달라구 했다.

그날밤은 그대루 지내구 다음날 그 삼형데는 우리 내기 한번 하자구 했다. 노랑두대구리는 좋다, 하자 하느꺼니 새를 누구레 많이 하능가 내기하자구 했다. 그카자하구 새를 하넌데 이 집에 삼형데는 노랑두대구리네 절반두 못하구 지구 말았다. 삼형데는 증이 나서 다시 내기하자구 했다. 무슨 내깅가 하느꺼니 삼형데레 저덜이 던데 주는 샛단[6]을 너덜서이서 받아서 쌓기 내기라구 했다. 그카자 하구 새를 쌓는 내기를 하넌데 삼형데가 팡개테 주는 샛덤을 노랑두대구리 삼형데가 받아서 싸아올렜다.

샛덤[7]머리가 높이높이 싸올레데서 노랑두대구리 삼형데는 높다란 셋덤머리 우에 있게 됐다. 이걸 본 이 집 삼형데는 샛덤머리다 불을 질렀다. 불이 활활 타서 불길이 세과데 타올라서 노랑두대구리의 삼형데는 타죽게 됐다. 오종소태기는 이걸 보구 오종을 쏴 싸느꺼니 불은 다 꺼디구 그 아근은 그만 물바다가 되구 그 집 삼형데는 물에 잠겨서 목만 내놓구 허우적허우적하구 있었다. 코샘생이는 이걸 보구 씨잉하고 코김을 내쉬었다. 그러느꺼니 물이 얼어서 삼형데는 모가지만 내놓구 얼어붙어 버렜다. 노랑두대구리는 샛덤머리서 내리와서 삼형데에 모가지를 툭툭 찼더니 모가지는 얼음 우루 데굴데굴 굴러갔다.

노랑두대구리 삼형데는 이렇게 해서 그 집 삼형데를 죽이구 집에 돌아와서 잘살았다구 한다.

※1933年 7月 鐵山郡 鐵山面 東部洞 鄭元河
※1936年 7月 義州郡 枇峴面 替馬洞 崔尙振
1) 힘 2) 연자방아 3) 한번 4) 볼품있게 5) 벽장 6) 나무단 7) 나무단을 쌓아 올린 것, 나무가리

特才 있는 의형제

넷날에 한 장수가 있었드랬넌데 이 장수는 돌구주[1]를 신구 세상 구경이나 하갔다구 집을 떠났다. 하하 가다가 한곳에 오느꺼니 무쇠구주를 신구 누워서 자는 사람이 있어서 야아 이거 벨스런 사람 다 있다 하구 그 사람을 깨우갔다구 몸을 흔들어 봤다. 그런데 아무리 흔들어 봐두 닐나딜 않아서 귀쌈을 세과데 넝거대느꺼니 그제야 이거 원 베리디가 와서 문다 하멘 귀를 슬적슬적 긁으멘 니러났다.

돌구주 신은 장수는 이 사람과 통성[2]하구서 어드런 사람이간데 여기서 자구 있능가 하구 물었다. 그러느꺼니 무쇠구주 신은 사람은 힘깨나 써서 세상 구경하레 나와서 여기서 좀 쉬다가 잤다구 말했다. 그렁가 나두 세상 구경 나왔넌데 우리 같이 다니자구 했다. 거 돟다구 하구 둘이는 항께 세상 구경하레 나가기루 했는데, 둘이서 씨름해서 이기는 사람이 형이 되구 진 사람은 저그니가 되기루 하자구 했다. 그래서 둘이는 씨름을 했넌데 돌주구 신은 사람이 제서 저그나가 됐다.

하하 가느라느꺼니 어드런 사람이 나무 아래서 자구 있넌데 그 사람 숨 쉬는데 따라서 나무가 둔눴다 니러났다 해서 이거 벨난 사람이구나 하구서 그 사람을 깨와서 통성하느꺼니 그 사람은 난 코김센이란 사람인데 세상 구경하갔다구 떠난 사람이라구 했다. 고롬 잘됐다, 우리두 세상 구경 나온 사람들인데 우리 이형데[3] 무어[4]개지구 같이 세상 구경하자 했다. 코김센이는 아 그거 잘됐다 하구서 씨름을 해서 진 사람이 저그니가 되구 이긴 사람이 형이 돼자 했다. 맨제 돌구주 신은 장수하

구 씨름했넌데 돌구주 신은 장수레 졌다. 무쇠구주 신은 장수하구 씨름했넌데 무쇠구주 신은 장수두 제서 코김센이가 데일 큰형이 됐다. 그리구서 서이서 가넌데 물 하나 내리가디 않던 개굴에 비두 안 오넌데 각중에[5] 퍼런 물이 해리한거토럼[6] 밀레와서 이거 조화다 하구 서이서 그 개굴을 거슬러 올라가 봤다. 그러느꺼니 한 사람이 오종을 싸구 있었다. 야이 이거 벨난 사람 다 있다 하구서 가까이 가서 통성했다. 그 사람두 세상 구경 나온 사람이라구 해서 고롬 잘됐다, 우리두 세상 구경 나온 사람들이느꺼니 같이 가자 하구 이형데를 묻기루 했다. 씨름을 해서 형데를 덩하기루 했넌데 이 사람이 이겨서 델 큰형이 됐다.

네 사람이 항께 가넌데 날이 어두워데서 어떤 산골작이에 불이 빤작빤작한 집이 있어서 글루루 찾아가서 자리 좀 붙자구 했다. 그 집이서 새한 넝감이 하나 나와서 이 네 사람을 우아래루 훑어보더니 자리붙으라구 했다. 네 사람은 구둘루 들어가서 쉬넌데 고만 곤해서 잠이 들었다.

이즉만해서 끝에 동생이 잠을 깨서 앉아 있누라느꺼니 그 집 아덜덜이 노루며 꿩이며 토깽이며 산즘성을 많이 잡아개지구 들어와서 마루에다 캉하구 내리놨다. 그러느꺼니 넝감은 “너덜 하루 종일 나가서 잡아온 거이 이거뿐인가? 난 가만히 집에 앉았어두 큼직한 거 네 놈이나 잡아놨다” 하구 말했다. 저그나는 이런 말을 듣구 그 집 사람들을 가만히 살페보느꺼니 이 집 사람덜은 사람이 아니구 백호레 돼서 이거 가만 있다가는 야단나갔다 싶어서 형덜을 모주리 깨와개지구 그 집이서 빠져나와서 집 앞에 있는 높은 낭구에 올라가 숨어 있었다. 그리구 있다가 백호덜을 그냥 두었다가는 안 되갔다 하구서 코김센이가 그 집에다 대구 숨을 크게 내리 쉤다. 그랬더니 백호네 집이 왈가닥 달가닥 하멘 허물어뎄다. 백호덜은 자다가 집이 갑자기 허물어디느꺼니 겁이 나서 모두 백켄으루 뛔 나왔다. 이걸 보구 델 큰형이 오종을 좔좔 쌌다. 그러느꺼니 그 아근은 바다같이 되구 백호덜은 목만 내놓구 허우적허우적하구 있었다. 이걸 보구 코김센이가 흥 하구 숨을 내쉬느꺼니 물이 깡깡 얼어서 백호털은 얼음 우루 머리만 내놓구 얼어붙엤다. 쇠구주 신은 장수와 돌구주 신은 장수레 나무에서 내리와서 발루 백호 머리 두상을 툭툭 찼다. 그러느꺼니 백호네 머리통은 얼음 위루 데굴데굴 굴러나갔다.

네 사람은 이걸 보구 거기서 떠나서 또 길을 떠났다.

※1935年 1月 宣川郡 水淸面 古邑洞 李熙銓
※1935年 7月 宣川郡 宣川邑 越川洞 梁勝裕
※1936年 12月 博川郡 嘉山面 東文洞 李成德
※1937年 7月 龍川郡 楊下面 新倉洞 金成珠
※1938年 1月 宣川郡 郡山面 長公洞 金龜煥

1) 돌로 된 구두 2) 姓名을 대고 첫 인사하는 것 3) 의형제 4) 맺어 5) 갑자기 6) 해일처럼

特才 있는 의형제

넷날에 어떤 곳에 한 장수레 있었넌데 하루는 세상 구경을 하갔다구 집을 떠나서 길을 가드랬넌데 어떤 골채기서 나무가 둔넜다 니러났다 하구 있어서 글루루 가 보느꺼니 어떤 사람이 둔너서 자넌데 그 사람에 코김에 나무가 둔넜다 니러났다 하구 있거덩. 그래서 이 사람을 깨와 개지구 통성을 하구서 우리 이형데 뭇자구 하느꺼니 이 사람은 그카자 해서 둘이서 이형데를 무어개지구 세상 구경하레 항께 갔단 말이디. 하하 가느꺼니 어떤 곳에서 쫄쫄 소리가 나구 있어. 그래서 둘이서 소리나는 데루 가보느꺼니 한 사람이 물을 먹구 있넌데 물을 한없이 먹구 있단 말이야.

와 물을 그렇게 많이 먹능가 하구 물으느꺼니 이렇게 물을 많이 먹어 두었다가 흉년이 돼서 농세를 못 짓게 되면 그때 오종을 싸서 농촌에 물을 줘서 농세를 잘 짓게 할라구 그런다구 하드래.

그래서 이 두 사람은 그 사람과 우리 이형데 무어 개지구 같이 세상 구경 나가자 하느꺼니 그 사람두 돟다구 하드래. 그래서 이형데를 무어 개지구 가넌데 하하 가다가 날이 저물어서 어떤 산 밑게 불이 빤작빤작 한 곳이 있어서 글루루 찾아가서 쥔을 찾으느꺼니 쌔헌 넝감이 나오더

래. 쥔 좀 붙자 하느꺼니 둘오라 하드래. 그래서 세 사람은 들어가 앉어 있느라느꺼니 이 넝감이 저낙을 갖다 주넌데 저낙이라구 보느꺼니 밥이 아니구 사람에 뻬다구드래. 그래서 이거 사람에 집이 아니구 범에 집이구나 하구 저낙을 먹넌 테 하구 그걸 몰래 쏟애버리구 있누라느꺼니 넝감이 벡에 나갔다가 범이 돼개지구 둘와서 내레 배가 고프던 참에 너덜이 와서 일 잘됐다 하멘 잡아먹갔다구 달라들거덩. 그래서 코김센이 장수레 흥 하멘 숨을 내쉤디 뭐야. 그러느꺼니 범이 나가 자빠디는데 처음 장수레 가서 주먹으루 냅다 티느꺼니 범은 죽구 말았어.

이렇게 해서 범을 잡아쥑이구 그날 밤은 고기서 자구 다음날 세 사람은 가넌데 가다가 날이 저물어서 산 밑께 불이 빤짝빤짝한 집이 있어서 글루루 찾아가서 하루밤만 붙에달라구 말하느꺼니 새헌 넝감이 나와서 둘오라구 해서 들어가 있느라느꺼니 머이 쿵쿵 하멘 소리가 나서 이거 머이가 하구 물으너꺼니 넝감이 우리 아덜이 새낭 갔다가 돌아오넌 소리라구 그리구선 넝감이 백켄에 나가더니 "난 집에 가만 있으멘서두 세 마리나 잡아놨다. 그런데 너덜은 머이가? 새낭 나갔다두 한 마리두 못 잡아오누만." 이 사람들은 이 말을 듣구 놀래서 밖에 나가 보너꺼니 넝감은 범이 돼있구 아덜이란 것두 모두 범이여서 장수는 이거 야단났다 하구 넝감 범을 잡아서 메따꼰데서 쥑엤단 말이야. 그러너꺼니 아덜 범덜은 살레 달라구 빌드래. 그래서 이 사람덜은 그카라 하구 거기서 하루 밤을 잤넌데 다음날 범덜은 이 사람덜과 내기를 하자구 하거던. 그래서 내기를 하기루 했넌데 만제 산에 가서 나무를 뽑아다 쌓기 내기를 하기루 했넌데, 장수덜은 산에 가서 나무를 숫태 뽑아다가 쌓넌데 나무단이 하늘 높이 올라가넌데 범덜은 나무를 많이 뽑디 못하구 또 쌓아 논 거이 보잘 것 없단 말이야. 그러느꺼니 범덜은 나무단 밑에서 세구[1]를 나무단에다 쏟구서리 불을 놨어. 그러느꺼니 나무단은 앙앙 불이 타 올라가넌데 장수덜은 나무단 우에서 타 죽게 됐단 말이야. 이거 야단났다 하넌데 오종을 많이 싸는 장수레 오종을 싸느꺼니 불은 다 꺼디구 그 아근은 물

바다가 되구 나무단 우게꺼정[2] 차 올라오드래. 범덜은 물에 빠데서 고개만 내놓구 허우적허우적 하구 있넌데, 코김 센 장수레 흐응 하구 코김을 내리쉬너꺼니 물은 깡깡 얼구 범덜은 대구리만 내놓구 빳빳이 얼어붙텄어. 장수덜은 그 범에 대구리를 발루 툭툭 차너꺼니 범에 대구리가 얼음판 위루 굴러가더래.

※1935年 1月 龍川郡 外上面 做義洞 張錫寅
※1936年 7月 鐵山郡 西林面 化炭洞 金正恪
※1936年 7月 宣川郡 郡山面 長公洞 安龍檝
1) 석유　2) 위에까지

特才 있는 의형제

넷날에 어떤 넝감 노친네레 있더랬넌데 이 넝감 노친네레 아들이 없어서 근심하구 있더랬넌데 아레 하나 낳게 돼서 기뻐서 여간만 돟와하딜 안했어. 그른데 이 아레 낳서 따에 떨어디자 마자 바루 어드메루 가구 말았단 말이야. 넝감 노친네 이거 어드룽게 된 노릇인가 하구 사면으루 찾아 보넌데 아 이 아래 보땅 우에 붙에 있지 않갔어.

이 아레 이런 아레 돼놔서 넝감 노친네는 이 아들 당디손이라구 이름을 지어 주었어. 이 아레 잘 자라서 나이 세 살 나느꺼니 마구 아무데나 다니구 해서 부모는 당디손과 "암데 있넌 큰 참대나무 있넌데 가디 말라. 갔다가는 그 참대나무가 쓰러지문 너 죽넌다" 하구 말했넌데두 당디손이는 그 참대나무레 어드룽게 생긴 나문가 보구파서 거기를 찾아갔어. 보느꺼니 과연 참대낭구가 혹게 크거던. 당디손이는 야아 그 참대낭구 크기두 크다 하멘 한손으루 쭉 뽑아서 메구 집이 와서 가장구는 다 따서 집을 한 채 짓구 참대통은 자기가 쓰갔다 하구 이걸 메구서 세상 구경하레 가갔다구 집을 떠났단 말이야.

하하 가누라느꺼니 한 고개가 있어서 이 고개를 넘넌데 거기 한 조고만한 아레 부랄을 슬슬 쓸구 있어. 당디손이는 벨난 아두 다 있다 하구 그냥 지나가는꺼니 이 아레 하낭 가자 하멘 따라오드래. 안 된다 따라오딜 말라구 하넌데두 그래두 이 아넌 하낭 가자구 하멘 따라오거던. 그래 당디손이는 할 수 없어 하낭 가자 하구서리 이 아를 참대통에다 네개지구 갔디. 하하 가넌데 한 고개에 오느꺼니 한 아레 줡이를 한머산이[1] 걷어 놓구 있드래. 당디손이가 너 이름이 머가 하느꺼니 줡이선이다 하거던. "너 우리와 하낭 세상 구경 안 가간?" 하구 말허느꺼니 줡이선이는 가갔다구 했어. 그래서 당디손이는 줡이선이두 참대통에다 네서 지구갔디. 가다가 배선이란 아를 만내개지구 이 배선이두 참대통에다 네개지구 가드랬넌데 한곳에 오느꺼니 한 사람이 자구 있어. 이 사람이 숨을 디리쉬면 먼데 산이 앞으루 오구 숨을 내쉬면 산이 물러가구 하거던. 야아 조화다 하멘 당디손이레 참대통을 그 사람 앞에 갖다 대느꺼니 참대통이 그 사람 코에 가 착 달라붙어서 코맹맹이가 되드래. 그러느꺼니 이 사람이 잠을 깨서 "요 조고만한 놈이 와서 침노한다" 하멘 욕을 드립다 한단 말이야. 그래서 당디손이는 "와 날보구 조고만한 놈이라 그라네? 너 고롬 이 참대통을 처들어 보간?" 하구 참대통을 그 사람 앞에 내밀었어. 그 사람이 참대통을 들라하넌데 어찌나 무겁던지 갸우 무룦팍꺼정밖에 들어올리디 못하드래. 당디손은 이걸 보구 님제두 이 참대통 안에 들어가라 하구 그 사람두 참대통에 너개지구 짊어지구 갔디.

하하 가누래느꺼니 모자를 바루 쓰먼 비레 오구 기울게 쓰먼 해가 나는 너석을 만났서. 당디선이는 이놈두 참대통에다 네서 지구 가드랬넌데 한곳에 가느꺼니 큰 고래 같은 기애집이 있어서 그 집이서 하루밤만 자리 붙갔다구 쥔을 찾으느꺼니 쥔이 나와서 "우리 날이 저물어서 하루밤만 자리 좀 붙자구" 하느꺼니 쥔은 못 붙넌다구 그라거덩. 와 못 붙능가 물으느꺼니 "우리 집에는 매일 밤 범이 와서 사람 하나식 잡아 먹군 해서 안 된다. 우리 집은 인간[2]이 수태 많았넌데 몹쓸놈에 범이 와서 다 잡아먹어서 인자는 나 함자 남았넌데 오늘 나주는 내레 잽헤 멕킬 참이다"구 말한단 말이야. 당디선이는 이 말을 듣구 나 담당할 꺼이니 염네 말구 자리 좀 붙자구 말하느꺼니 쥔두 그카라구 해서 그래서 그날 나주 고기서 자게 됐넌데, 밤 열두 시쯤 되느꺼니 북 치는 소리가 났서. 이거 무슨 소리가 하느꺼니 범이 오는 소리라구 그래. 당디선이 일행은 범 오기를 기두루구 있넌데 범이 들어오넌데 숫탄 범털이 몰케 오군 해서, 그 수를 다 헤질 못하갔드래. 그런데 당디선이레 쥙이를 한머산이 걷어개지구 와서 대문에 숨어서 범이 들어오넌 걸 꽁데서 다 잡아삐렜대.

※1934年 1月 宣川郡 深川面 古軍營洞 金龘用
※1938年 〃 〃 〃 淸江洞 洪永燦
※ 〃 〃 〃 南面 汶泗洞 崔根柱
1) 여기서는 '한짐 잔뜩' 의 뜻, 또는 '엄청나게 많이' 의 뜻　2) 식구

特才 있는 의형제

넷날에 어떤 골에 호래비가 있넌데 이 호래비넌 아를 하나 개지구파서 점바치한데 가서 어드르카문 아를 갖갔능가 물어봤다. 점바치레 낼 당에 가문 곤 단대기[1]레 있을 거이느꺼니 그걸 사다가 오좀을 누어서 볘 구세기에 묻어두면 석 달 만에 원하는 대루 된다구 말했다. 그래서 이 호래비넌 다음날 당에 갔더니 점바치가 말한대루 곤 단대기레 있어서 이걸 사개지구 집이 와서 오좀을 눠서 볘 구세기에다 묻어 뒀다. 그리구 석 달 만에 단대기를 파내 개지구 열어보느꺼니 아레 있어서 호래비넌 기뻐서 이 아를 잘 키웠다. 글방에 갈 나이가 돼서 글방에 보냈넌데 글방 아이덜이 이 아를 보구 "이름 없는 아 이름 없는 아" 하멘 놀리군 해서 이 아는 집에 와서 저 아바지과 "내 이름은 와 없능가. 아덜이 날 보구 이름 없는 아라구 놀레요" 하구 말했다. 호래비는 이 말을 듣구 이름을 지어 주어야갔다 하구 단디서 났으느꺼니 단디손이라 하야갔다 하구, "야 네 이름은 단디손이다. 아덜이 이름 없은 아라 그라거던 난 단디손이다 라구 하라"구 했다. 이 아는 기뻐서 글방으루 달레가서 아덜과 내 이름은 단디손이다 하구 말했다. 그래서 이 아는 단디손이라구 부르게 됐다.

그 후 단디손이 아바지는 늙어서 일두 할 수 없게 돼서 단디손이는 공부두 그만두구 김두 매구 새도 해오구 하멘 집안 일을 돌봤다. 그리군 아바지과 지게 하나 만들어 달라구 했다. 아바지가 지게를 조고맣게 하나 맨들어 주느꺼니 단디손이는 “요곤 머가. 요따위레 어드메 쓰간?” 하멘 내팽개티구 누둥나무 큰 거를 떡어다가 잔가지를 다 떼내구 굵은 통나무루 커다만 지게를 만들었다. 그리구 새하러 가서는 큰 샛같[2]을 한 머산이 떠다가 집에 쌓아 놓구 또 부잿집 골간을 떠다간 집 앞에 세워 놓쿤 했다.

단디손이는 글럭이 이만큼 세느꺼니 집에만 있을 수 없다 하구 세상 구경을 나가보갔다구 하구 어드메서 큰 참대통을 얻어다가 그 아낙에 쌀을 가뜩 네개지구 메구서 갔다.

하하 가느라느꺼니 큰 고개가 있어서 좀 쉬었다가 넘갔다 하구 쉬구 있넌데 원 사람 하나이 내리오넌데 그 사람은 한켄 고롬에 큰 배를 매구 또 한켄 고롬에는 큰 황소를 매구 있었다. “당신 어드런 사람이요?” 하구 물으느꺼니 세상 구경 하레 나온 사람이라구 했다. 단대손이는 나두 세상 구경 나온 사람인데 잘됐다, 같이 가자 하멘 통성하느꺼니 그 사람은 자기 이름은 배손이라구 했다. “우리 이형데를 묻자” 하구 씨름을 해서 이긴 사람이 형이 되구 진 사람이 저그나 되기루 했넌데 단디손이가 이게서 형이 됐다.

그 고개를 넘어서 하하 가넌데 원 사람 하나가 자구 있넌데 그 사람이 숨을 들이쉬면 나무가 둔눕구 내쉬면 나무가 니러세구 해서 배손이가 그 사람 자넌데 가서 깨우갔다구 몸을 흔들었다. 암만 몸을 흔들어두 닌나딜 않아서 귀퉁을 세과디 톘다. 그러느꺼니 그 사람은 원 베리디레 살랑 그리네 하멘 귀퉁을 긁으멘 닐나디두 안했다. 배손이는 증이 나서 발루 차느꺼니 그제야 원놈이 놈 자넌데 와서 발루 차네 하멘 닐났다. 배손이는 “우리는 세상 구경 가넌 사람인데 님제는 뭘 하넌 사람이가” 하구 물었다. “난 코김손이란 사람인데 세상 구경하레 돌아다니구 있다”구 했다. 고롬 우리 하낭 세상 구경 나가자 하구 이형데를 묻자 했다. 코김손이두 돟다구 하구서 배손이과 씨름을 해서 저서 저그나가 됐다.

고기서 서이서 하낭 가넌데 하하 가다가 날이 저물어서 어떤 집에 찾아가서 자리를 붙게 됐넌데 그 집이서 저낙밥이라구 갲다 주넌 갲걸 보너꺼니 쇳덩이래 돼서 먹을 수가 없넌데 단디손이는 갸우 한덩이만 먹구 배손이는 반덩이만 먹구 코김손이는 니삐디 자리만 내놓구 먹덜 못했다. 그래서 쥔 보기가 점적해서 우린 이자 막 밥을 먹어서 더 먹덜 못하갔소 하구서 밥상을 내놨다.

조금 있으느꺼니 그집 아덜 삼형데가 들어오멘 에이 오늘은 노루는 못 잡구 토깽이밖에 못 잡았다 하멘 마루에다 쾅 내리놓구 밥 달라 하더니 그 쇳덩이 밥을 한바리 무뚝[3] 담운 걸 거저 빠적빠적 깨밀어서 먹었다. 밥을 다 먹구 나더니 단디손이 삼형데한데 와서 통성을 하구 뒷산에는 큰 범이 많으느꺼니 범잡기 내기를 낼 하자구 했다.

다음날 날이 밝아서 모두 뒷산에 올라갔넌데 이 집 삼형데는 산 우에서 범을 내리몰구 단디손네 삼형데는 산 아래서 내리오는 범을 잡기루 했다.

쥔집 삼형데가 범을 모느꺼니 범은 큰 아가리를 벌리구 앙앙 소리지르멘 뛔 네레왔다. 이걸 보구 코김손이가 코김을 디리쉈다 내쉈다 하느꺼니 범은 둘으왔다 나갔다 하멘 하넌 걸 단디손이는 범에 뒷다리를 잡아서 맨주먹으루 테서 쥑에놓먼 배손이는 가죽을 베께 놓군 했다. 이렇게 해서 숱한 범을 잡아서 가죽으루 주머니를 만들어 차구 범에 고기는 쥔네 집이 줬다.

이집 삼형데는 새낭에 진 거이 분해서 동쌈[4]을 하자구 했다. 단디손이 삼형데는 돟다 하구서리 다음날 동쌈 내기를 하넌데 쥔네 삼형데는 강 웃쪽에서 쌓구 단디손네 삼형데는 강 아랫켄서 쌓기루 했다. 서루가락 산을 떠다 막구 집채만한 팡구를 갲다 막구 하드랬넌데 쥔네 삼형데는 물이 세 길이 고이너꺼니 단디손에 형데를 쥑이갔다구 막았던 동을 칵 테났다. 그러느꺼니 넝똥같은 물이 거세게 왕왕 내리가서 단디손네 형데는 고만에 물에 무테서 죽게 됐다. 단디손네 형데는 이걸 보구 야단 났다 하멘 차구 있던 범에 가죽 주머니를 벌레서 그 숫탄 물을 다 담아 넸다. 그래서 물에 묻테서 빠자 죽딜 안했다.

쥔네 형데들은 집이루 와서 그놈덜은 이자는 다 물에 빠자 죽었갔다 하멘 좋아하구 있넌데 단디손네 형데들이 와서 "너덜 와 동쌓기 내기하다 둘왔네" 하느꺼니 쥔네 형데는 이걸 보구 놀래멘 증이나서 이번에는 새하기 내기하자구 했다. 그카자 하구 다음날 산에 올라가서 새를 하넌데, 서루가락 새를 산데미만큼 했다. 그런데 쥔네 형데는 단디손네 형데 만큼 못해서 또 졌다.

쥔네 형데는 우리는 이 샛단을 밑이서 던져 줄꺼이니 너덜은 이것을 받아서 쌓아 올리라구 했다. 단디손네 형데는 그카자 하구 샛단을 쌓기루 했넌데 쥔네 형데는 샛단을 던지넌데 이거야말루 어드룹게 빨리 던지넌디 샛단이 꼬리에 꼬리를 물구 날라왔다. 단디손네 형데는 이것을 근낭 받아서 쌓았넌데 샛단데미레 까아맣게 하늘 높이 올라갔다.

쥔네 형데는 이걸 보구 샛단데미에 불을 질렀다. 그러느꺼니 불은 왕왕하멘 새과데 타 올라갔다. 불이 볼세 우에꺼지 타올라가 단디손에 형데는 고만에 불에 타 죽게 됐다. 이때 단디손네 형데는 물을 잡아네 두었던 범에 주머니를 풀어났다. 그러느꺼니 세과데 타 올라오던 불은 다 꺼지구 단디손네 형데는 살게 됐넌데 아래는 강이 돼서 쥔네 형데는 물에 빠져서 죽었다. 단디손네 형데는 배손이가 고롬에 차구왔던 배를 차구 물 흐르는 대루 내리갔다. 그런데 이 물은 흘러서 압록강이 됐다구 한다.

※1932年 8月 宣川郡 深川面 月谷洞 金勵殷

※1933年 1月 宣川郡 郡山面 長谷洞 金燦連

※1937年 7月 義州郡 枇峴面 替馬洞 金洸旻

1) 단지 2) 나무가 무성한 林野 3) 가뜩 4) 물을 막아서 겨루는 놀이

特才 있는 의형제

넷날에 어떤 넝감 노친네레 사드랬넌데 이 넝감과 노친네는 아레 없어서 아 하나 개지구파서 하루는 골에 가서 곻은[1] 단데기를 하나 사다가 토당에 파묻구 넝감 노친네레 고기다가 오종을 누구서 떠께이루[2] 꽉 덮어 두었다. 그랬더니 한 일넌 만에 열어 보느꺼니 단데기 안에 아레 하나 있어서 넝감 노친네는 야아 우리두 아덜 하나 얻었다구 기뻐하멘 이 아레 단데기서 나왔으느꺼니 단득선이라 이름 짓자 하구 이 아를 잘 길렀다. 그른데 이 아레 힘이 여간만 쎄딜 않아서 대여섯 달 나느꺼니 봄이 돼서 밭을 가넌데 열손꾸락으루 갈았다. 그러문 아바지와 오마니는 단득선이 뒤를 따라가멘 씨를 뿌렜다. 단득선이는 또 재간이 많아서 벌판에 가서 갈[3]을 베다가 이걸 엮어서 씨를 뿌린 밭에다가 페테두구 갈 사이루 싹시[4] 나서 커서 이삭이 여물어서 갈하게[5] 될 때는 그 이삭을 뚝뚝 잘라개지구 갈발[6]을 뚤뚤 말아서 집에 개지구 와서 뜰악에다 페테놓구 도리개 열한 개를 얻어다가 하나는 아바지 줘서 도리개질하라 하구 열 개는 자기 열손꾸락에 하나식 자매개지구 도리개질을 했다.

단득선이는 힘두 세구 재간두 있구 하느꺼니 세상 구경이나 해보갔다구 대장간에 가서 검 하나를 베레서 이 검을 차구 집을 떠났다.

하하 가누라느꺼니 한곳에 오느꺼니 비도 안 왔넌데 가분자기 강이 돼서 벌건 물이 왕왕 흘러나가구 있었다. 이거 무슨 조화가 하구 그 물줄기를 타구 올라가 보느꺼니 어떤 사람 하나이 오종을 싸구 있었다. 그 오종 줄기가 강이 돼서 흘르구 있어서 님제 어드른 사람인가 하구 물었다. "난 오종선이란 사람이다. 세상 구경 하레 나온 사람이다"구 말해서 단득선이는 자기두 세상 구경 하레 나가는 길인데 우리 항께 가자 하멘 우리 형데 묻자 했다. 오종선이두 돟다구 하구 형데 묻기루 했넌데 씨름해서 이긴 자가 형이 되구 진 자가 저그니 되기루 했다. 그래 둘이 씨름을 했넌데 단득선이가 이게서 형이 됐다.

고기서 둘이 길을 가넌데 한곳에 오느꺼니 나무가 너머뎄다 니러났다 하구 있어서 이거 무슨 조화가 하구 자세히 보느꺼니 산골재기에 언 사람 하나이 둔눠 자는데 그 사람이 숨을 들이쉬먼 나무레 둔눕고 내쉬먼 니러나군 했다. 그래서 이 사람을 깨와서 통성하구 멀 하는 사람인가 물었다. 그 사람은 난 바람선이라는 사람인데 세상 구경 나왔다구 했다. "우리두 세상 구경 나온 사람인데 우리 형데를 무어개지구 같이 세상 구경 나가자" 하느꺼니 바람선이두 거 돟다우 하구서리 형데를 무었넌데 씨름을 해서 오종선이한테 제서 바람선이레 델 저그니가 됐다.

고기서 서이서 가넌데 가다가 단득선이레 목이 말라서 바람선과 냉수 좀 개오라구 했다. 그래서 바람선이레 아근에 있넌 집이 가서 냉수를 달라구 하느꺼니 쥔은 내다보디두 않구 "물이 먹구푸먼 둘우와서 먹갔디 누굴 보구 물 개저오라 마라 하네" 했다. 바람선이레 이 말을 듣구 치뚱무러워서[7] 코김으루 그 사람을 흥 하구 불었다. 이 사람은 고만에 혼이나서 잘못했다멘 물을 주멘 당신은 어드런 사람이가 하구 물었다. 나는 바람선이란 사람인데 더기 두 사람과 세상 구경 나가는 사람이다구 말했다. 그러느꺼니 그 사람두 나두 하냥 세상 구경 가갔다 하멘 딸아나왔다. 그리구 형데를 뭇구 바람선이와 씨름을 해서 제서 저그니가 됐다.

네 사람은 항께 산길을 가넌데 산 아래켄에서 언 사람 하나이 배를 끌구 산우루 올라오구 있었다. 단득선네 형데들은 그 사람한데 가서 넌 어드런 사람이기에 배를 산으루 끌구 가네? 하구 물었다. 그러느꺼니 그 사람은 난 배선이란 사람인데 배를 끌구 다니멘 세상 구경 하레 다닌다구 말했다. "우리두 세상 구경 나온 사람인데 하냥 가자" 하느꺼니 배선이두 돟다 하멘 같이 세상 구경 나가기루 하구 형데를 무었넌데 물 안 주갔단 사람과 씨름을 해서 데일 저그니가 됐다.

이렇게 해서 단득선이는 다숫 형데가 돼서 오형데레 길을 가넌데 날이 저물어데서 어떤 산골재기에 있넌 집에 찾아가서 자리 좀 붙자구 했다. 그 집에는 쌔한 노친네 하나밖에 없었넌데 이 노친네레 물레질을 하구 있다가 자리 좀 붙자구 하느꺼니 붙으라 하멘 웃간으루 들어가라 했다. 단득선네 오형데가 웃간에 들어갈라구 하넌데 갑재기 쿵쿵 하는 소리가 났다. 이거 무슨 소리가? 하느꺼니 노친네레 우리 아덜 아홉이 새냥 나갔넌데 이제 집에 오갔다구 새냥터에서 떠나는 소리라구 했다. 그런데 조금 있다가 쿵 소리가 더 크게 났다. 이건 무슨 소리가 하느꺼니 절반쯤 왔다는 소리라구 했다. 또 더 크게 쿵 하는 소리가 나서 이거는 무슨 소리가 하느꺼니 거진 다 왔다는 소리라구 했다. 그러더니 인차 쿵 하멘 문을 열구 사납게 생긴 놈 아홉이 들어왔다. 노친네는 이 사람덜 보구 "너덜 새냥 얼매나 해왔네?' 하구 물었다. "토깽이 한 마리과 돼지 한 마리밖에 못 잡았수다" 하느꺼니 노친네는 "야 그걸 새냥이라구 해오네? 난 집에 가만 앉아 있어두 다슷 마리 잡아 놨다" 하멘 아덜덜과 욕을 했다. 그런데 이 노친네레 백호구 아들 아홉은 그 새끼범이드래.

단득선네 오형데는 그날 나즈는 근냥 그 집이서 잤넌데 아즉에 밥이라구 갲다 준 걸 보느꺼니 밥이란 건 날고기구 물이란 건 피드래. 그래 먹을 수가 없어서 그대루 내놨다.

이 집 쥔네 구형데는 단득선네 형데과 오늘 새 이백 바리 비기 내기 하자구 했다. 단득선네 형데레 돟다구 하구선 새 베기 내기를 하게 됐넌데 쥔네 구형데가 일백여든[8] 바리나 벴넌데두 단득선이는 잠만 자구 있어서 나머지 사형데는 갸우 오십 바리밖에 베놓딜 못했다. 쥔네 형데가 거진 다 비여 가는데 단득선네 패는 안타갑구 급해마자서 오종선이가 단득선이한데 가서 얼른 닌나서 새를 베라구 깨우너꺼니 단득선이는 놈자넌데 와서 멀 성화멕이네? 하면 증을 내구 있었다. 오종선이는 할 수 없어 그냥 나왔넌데 쥔네 아홉 형데네는 다섯 바리만 비먼 다 비게 됐다. 그런데 이켄에서는 갸우 야든 바리밖에 비딜 못했다. 바람선이는 단득선이한데 가서 깨와서 "우리는 야든 바리밖에 못 베었넌데 데켄에는 다슷 바리만 비멘 다 벤다. 헝님은 그것두 모르구 잠만 자멘 어카갔네?"

했다. 그러느꺼니 그제야 단득선이는 니러나서 새 베넌 데 와서 내레 빌건 너덜은 묶기만 하라 하구서리 비기 시작하넌데 비는 솜씨레 어찌나 빠른지 눈깜작할 사이에 다 비었다. 그런데 쥔네 형데는 송구두[9] 세 바리가 남았다. 이렇게 해서 새 베는 내기는 단득선네가 이겠다.

쥔네 구형데는 뒷산에 있는 큰 구렝이 잡기 내기하자구 했다. 단득선네는 그카자 하구 구렝이 잡기 내기를 하게 됐넌데 쥔네 형데는 산 우에서 몰구 단득선네 형데는 산 아래서 내리오넌 걸 잡기루 했다. 구형데가 과따티멘 모느꺼니 구렝이는 쏜살같이 단득선네 켄으루 내리왔다. 단득선네두 과따티멘 잡을라 하느꺼니 구렝이는 다시 구형데켄으루 달레갔다. 그러기를 한 서너 번 했넌데 구렝이가 다시 단득선네 있는 켄으루 내리오는 걸 단득선이가 구렝이 모가지를 잽싸게 잡아 쥐구 깍대기를 베께서 허리에 자맸다. 산 우에 있던 구형데는 구렝이가 올라오딜 안하느꺼니 이거 어드렇게 된 노릇인가 하구 산 아래루 내리왔다. 단득선이가 허리에 자맨 구렝이 깍대기를 보이며 우리가 이렇게 구렝이를 잡았다구 했다. 그러느꺼니 구형데는 우리가 졨다 하멘 항복했다.

구형데는 물 동[10] 막기 내기를 하자구 했다. 단득선네 형데두 그카자 하구 물 동 막기 내기를 하게 됐넌데 구형데는 강 웃켄에서 막구 단득선네 형데는 강 아래켄에서 막기루 했다.

단득선이는 이번에두 물 동 쌓넌데 나오딜 않구 잠만 자구 있었다. 구형데는 한솟 다 막아 가넌데 이켄에서는 아즉두 손두 못 대구 있었다. 그래서 물 동 쌓기 내기에 지게 돼서 배선이가 단득선이한데 가서 "형님, 늘당 잠만 자문 어카갔읍니까. 날래 닐나구래" 하구 잠을 깨우레 하넌데 단득선이는 "야 잠 좀 더 자야갔다" 하멘 닐나딜 안했다. 구형데는 동을 거이거이 다 쌓게 되느꺼니 바람선이레 급해마자서 단득선이한데 달레가서 "형님, 날래 나와서 동을 막아야디 그라느문 우리가 지게 되갔수다" 이렇게 말하느꺼니 그제서야 단득선이는 닐나서 바람선이과 "내레 산을 처들건 넌 바람으루 날레 보내라. 그리구 너덜은 그 산을 받아서 막기만 하라" 하구선 큰 산을 이 산 데 산 처들었다. 바람선이는 그 산을 코김으루 흥 하구 날렸다. 오종선이랑 배선이랑 물 안 주갔단 사람은 이걸 받아서 동을 막았다.

구형데는 동을 다 막구 물이 넝동같이 고이느꺼니 막았던 동을 칵 테놨다. 그러느꺼니 넝동같은 물이 왕왕 하멘 세과데[11] 흘러내리와서 단득선네가 막은 동을 넘어가게 됐다. 이때 단득선이는 허리에 자맸던 구렝이 깍대기를 끌어서 동을 넘어가는 물을 다 잡아네서 물이 한 방울두 동을 넘어가딜 안했다. 그래서 구형데는 또 제서 항복했다.

이번에는 앞서 베어논 샛더머리[12]를 가리기 내기 하자구 했다. 그카자 하구서리 샛더머리를 가리는데 구형데는 샛단을 날라다 주먼 단득선네 형데는 이걸 받아서 쌓아올리기루 했다. 그래서 샛더머리를 가리는데 그 숫탄 샛단을 쌓아올리느꺼니 샛더머리는 하늘 끝거정 닿게 되구 단득선네 형데는 그 샛더머리 우에 있어서 아래서는 잘 볼 수레 없게 됐다. 이때 구형데는 샛더머리에다 불을 놓구선 달아났다. 불이 왕왕 타올으넌데 단득선네 오형데는 샛더머리서 뛔내릴수두 없구 고만에 불에 타죽게 됐다. 이거 정 야단났넌데 단득선이는 구렝이 깍대기를 뒤집어서 그 안에 네 둔 물을 모주리 쏟혔다. 그랬더니 불은 다 꺼지구 그 남은 물은 구형데 있넌 데루 흘러갔다. 구형데는 물을 피해서 달아나는 걸 오종선이가 오종을 싸느꺼니 그 아근은 물바다가 돼서 구형데는 모가지만 내놓구 허우적그렜다. 배선이는 배를 띠우구 단득선네 오형데는 그 배를 타구 가넌데 구형데는 살레 달라구 빌었다. 우리를 불 태워 죽이갔다 하넌 놈을 멀 살레 주간 하멘 근냥 가느꺼니 구형데는 백호루 변해 개지구 딸아왔다. 바람선이는 이걸 보구 코김을 흥 하구 부느꺼니 물이 고만에 꽁꽁 얼었다. 백호네 구형데는 대구리만 내놓구 몸은 얼음 속에 얼어붙어서 옴쪽을 못하구 있었다. 단득선이는 차구 있던 검으루 백호에 대구리를 탁탁 티느꺼니 백호에 대구리는 얼음 우루 세루[13]터럼 뱅뱅 돌멘 굴러갔다.

※1936年 7月 宣川郡 台山面 圓峰洞 朴根葉
※1937年 7月 宣川郡 南面 三峰洞 朴瓚圭
1) 고운 2) 뚜껑으로 3) 갈대 4) 싹이 5) 추수하게 6) 갈래로 엮은 발 7) 아니꼬와서 8) 백팔십 9) 아직도 10) 보(洑) 11) 힘차게 12) 나무단 13) 팽이

特才 있는 의형제

녯날에 어늬 산골에 한 부체레 살구 있드랬넌데 이 부체는 아레 없으느꺼니 아를 낳게 해달라구 맨날 아츰마다 산에 올라가서 하느님과 아덜 낳게 해달라구 빌었다. 그랬더니 이 넌 만에 아들을 하나 낳게 됐넌데 이 아는 낳을 때보탐 채떡[1]을 하나 개지구 나왔다. 그래서 이름을 나저울이채떡이라구 져 줬다. 나저울이채떡이는 커서 나이 이십이 되느꺼니 세상 구경 나가갔다구 하느꺼니 부모레 울멘 "우리가 늦게 너를 나서 키우넌데 우리를 놔두구 어드메 가갔다구 그라네? 못 간다" 하멘 못 가게 했다. 그런데두 나저울이채떡이는 가갔다구 해서 부모두 할 수 없이 가라구 했다. 그러느꺼니 나저울이채떡은 물 한 사발을 떠서 주멘 "내레 집을 떠나서 십 년 안에 돌아오갔넌데 내가 죽던디 하문 이 물이 없어디갔구 내가 살아서 잘되면 이 물이 넘테흐를 게우다. 그러느꺼니 그렇게 알구 잘 게시우다" 하구선 집을 떠나갔다.

나저울이채떡이는 집을 나와서 하하 가누라느꺼니 한 사람이 자구 있넌데 그 사람에 코김에 따라서 나무가 든누었다 니러셨다 해서 그 사람으 몸을 흔들어 깨웠다. 암맘 흔들어두 깨나딜 안해서 귀퉁을 한대 세과데 멕이느꺼니 그때야 니러나멘 원 베리디레 문다 하멘 귀따귀를 슬슬긁구 있었다. 나저울이채떡이가 통성하자 하멘 난 나저울이채떡이요 하느꺼니 그 사람은 난 홍선이요 했다. 난 세상 구경 나왔다구 하느꺼니 그 사람두 나두 세상 구경 나왔다해서 고롬 잘됐다, 우리 형데를 무어개지구 같이 가자 했다. 좋다구 하구서 형데를 무었넌데 씨름을 해서 이긴

사람이 형이 되자 해서 씨름을 해서 나저울이채떡이가 이게서 형이 되구 홍선이는 저서 저그나가 됐다.

나저울이채떡이와 홍선이는 이형데가 돼서 가넌데 하하 가누라느꺼니 비와 눈을 맘대루 오게 하는 사람을 만났다. 이 사람두 세상 구경 나왔다구 해서 이 사람두 이형데로 무어 개지구 같이 갔다.

하하 가다가 날이 저물어데서 한집이 가서 문앞이서 쥔을 찾았다. 암만 찾아두 아무 기척이 없어서 대문을 세과데 두들기느꺼니 그제야 갸우 쥔이 나왔다, 자릴 좀 붙자 하느꺼니 못 붙는다구 했다. 와 못붙능가 하구 물으느꺼니 이 집에는 본래 인간이 열두 사람이나 있었넌데 뒷동산에 있던 범이 맨날 나주 와서 사람을 하나식 잡아먹어서 이젠 딸하구 나하구 둘만 남았넌데 오늘은 내레 잽히워 먹힐 날이라 하멘 이런 데 있다간 당신덜두 범에 밥이 되갔으니 딴데루나 가라구 했다. 세 사람은 이 말을 듣구 "그런 념레는 그만 두시오. 우리 서이서 그까진 범을 잡아 없애갔소" 하구선 그 집이루 들어갔다. 그 집은 열두 대문이나 있는 고래 같은 기애집인데 홍선이는 아르간에 가 숨구 비와 눈을 맘대루 오게 하는 사람은 대문간에 숨구 나저울이채떡은 뜰악에 가 숨어 있었다.

밤이 돼서 어두워지느꺼니 쿵쿵 하는 소리가 났다. 이거 무슨 소리가 하구 물으느꺼니 쥔은 범이 오넌 소리라구 했다. 그렁가 하구 서이는 범이 둘오넌 거를 기다리구 있다가 범이 들어오넌 거를 홍선이가 센 코김을 내쉬어서 범을 까꾸레텠다. 나저울이채떡은 날적보탄 개지구 나온 채떡으루 범을 테서 쥑엤다. 세 사람은 범에 가죽을 벡게서 옷을 해입구 다음날 아침에 쥔과는 훗날 또 오갔다 하구서는 거기를 떠나서 갔넌데 하하 가다가 또 날이 저물어서 먼데 불이 빤작빤작하는 집을 찾아갔다. 가서 쥔을 찾아서 자리 좀 붙자구 했다. 쥔은 붙으라 해서 세 사람은 집으루 들어가 있었다. 이즉만하더니 젊은 사람 너이서 들어왔다. 그러구 밥을 달라 하구서 밥을 먹넌데 이넘덜이 밥 먹는 걸 보느꺼니 큰 버치[2]에 한나 담은 밥을 우적우적 잽싸게 먹구 있었다. 세 사람은 그 젊은 사람 너이는 장수갔다 하구 다음날 통성하구서 우리 어느 켄 사람이 힘이 더 센가 내기해 보자구 말했다. 그랬더니 젊은 네 사람두 그거 놓다구 하멘 내기 하자구 했다. 그래서 몬재 풀 베기 내기를 하기루 했다. 낭켄 사람은 각각 갈라세서 풀을 베넌데 젊은이 네 사람이 보느꺼니 나저울이채떡네한데 지게 생겼거덩. 그러느꺼니 증이 나서 그 새를 쌓기 내기하자구 했다. 어드릏게 내기를 하는구 하면 사형데가 아래서 샛단을 던져 주넌 걸 나저울이채떡이 형데는 이걸 받아서 쌓는 내기를 하기루 했다. 나저울이채떡네 형데가 샛단을 받아 쌓넌데 샛단이 우루 우루 쌓아 올라가서 하늘 높이 새카맣게 쌓아 올라갔다. 젊은이 사형데는 이걸 보구 밑에서 샛단에다 불을 질렀다. 불이 왕왕 하멘 타 올라가넌데 우에 있던 삼형데는 내리오디두 못하구 야단났다 하구 있넌데 비와 눈을 맘대루 오게 하는 사람이 비를 오게 했다. 그랬더니 비가 많이 와서 탕수가 나서 고만에 물바다가 됐다. 샛단 아래에 있던 사형데는 물에 빠저서 모가지만 내놓구 허우적거리구 있었다. 비와 눈을 오게 하는 사람은 이걸 보구 이번에는 눈 오게 해서 물을 깡깡 얼게 했다. 사형데는 모가지만 내놓구 얼어붙어서 나저울이채떡은 채떡으루 사형데네 목을 탁탁 티느꺼니 모가지레 세루터럼 얼음판 우루 굴러갔다. 이렇게 해서 그 사형데를 없애구 전애 범을 잡아죽인 집에 가서 그 집 딸과 나저울이채떡이와 결혼해 개지구 나저울이채떡이네 집이루 돌아왔다. 그 뒤에 홍선이와 비와 눈을 마음대루 오게 하는 사람두 당개들어 개지구 나저울이채떡이와 항께 잘살았다구 한다.

※1933年 7月 龍川郡 外上面 南市洞 金載元

1) 채찍 2) 자배기

공부 잘한 아이

녯날에 한 과부가 어린 아덜을 대리구 사넌데 이 아덜을 공부시키구푼데 집이 가난하느꺼니 서당에를 보낼 헹펜이 되지 안했다. 이리 생각 더리 생각 하다가 하루는 서당에 훈당님을 찾아가서 "내래 선생님의 서답을 빨아 줄 거이느꺼니 우리 아덜 글 좀 배와 주시구레" 하구 말했다. 훈당두 이 말을 듣구 그카라 해서 이 아는 글방에 다니게 됐넌데 이 아레 여간만 재주가 있디 안해서 한 재를 배와 주문 열 재를 알구 두 재를 배와 주문 수무 재를 알구 했다. 그래서 선생은 이 아를 귀엽게 여기넌데 다른 아덜은 안살질[1]해서 이 아를 어카야 골탕 먹이갔누 하구 있었다.

서당 아덜이 과개보갔다구 서울루 가게 됐넌데 이 아두 과개보레 가야 하겠넌데 집이 가난하느꺼니 갈 수레 없었다. 오마니는 서당 훈당한데 가서 우리 아덜두 과개 보레 보내야 하갔넌데 집이 가난해서 보낼 수 없으느꺼니 선생님이 말해서 부재집 아에 짐을 지워서 항께 따라가게 해줄 수 없갔능가 하구 말했다. 선생은 이 과부에 말을 듣구 어데 한번 말해 보갔다구 했다.

선생이 어떤 부재집 아에 짐을 지구 가두룩 주선해 주어서 이 아는 부재집 아덜으 짐을 지구 서울루 가게 됐다. 동무 아덜덜은 가면 심심하느꺼니 길당개 드는 노릇을 하멘 갔다. 길당개란 길을 가다가 만난 것을 색시루 삼구 그것과 결혼한다 하구 결혼했으느꺼니 한탁[2] 해 먹인다넌 장난이다. 이럴테면 가다가 가이를 만나문 그 가이를 색시라 하구 가이하구 결혼했으느꺼니 한탁한다 하구 먹을 거를 내넌 거이다. 이러멘 가드랬넌데 이 아에 차례가 왔다. 가넌데 하루 종일 가두 아무것두 만나디 안했넌데 저낙때쯤 되느꺼니 웬 싱게가 가구 있넌 거를 만나게 됐다. 싱게 안에는 곻은 체네가 타구 있구 싱게 좌우에는 하인이 많이 따라가멘 물레가라 체가라 하면 가구 있었다. 동무덜은 야 요놈 상당한 데루 당개든다 하멘 날래 한탁 내라구 과대텠다. 그런데 이 아는 가난해서 한탁 낼 것두 없구 해서 내디 못하느꺼니 동무덜은 이넘 길당개들구 탁두 내디 못하넌 놈 죽어 봐라 하구 이 아가 지구 가는 짐을 배틀구 큰 나무에다 꽁제 놓구 다라났다. 그래서 이 아는 나무에 꽁진 채 울구 있었다.

싱게에 타구 가던 체네는 어느 대감의 딸인데 오래간만에 외가집이루 갔드랬넌데 외가집에는 넘병이 들어서 그 집에 들어가디 못하구 도루 집으루 돌아오드랬넌데 오다가 보느꺼니 큰 나무에 어드런 총각이 꽁제 개주구 울구 있어서 하인과 데 총각이 어드래서 울구 있능가 가보구 오라구 했다. 하인이 갔다 와서 이러이러해서 그른다구 말하느꺼니 체네는 그 총각을 데불구 오라구 했다. 하인이 가서 이 아를 체네 앞에 데불어 오느꺼니 체네는 외가집에 개주구 갔던 떡이랑 과자랑 고기랑 여러 가지 먹을 거를 다 주멘 이걸 개주구 가서 동무덜한테 한탁 하라 하구 토시 한짝을 벗어 주멘 이걸 잘 간수하라, 뒷날 만날 때가 있갔다 하구 갔다.

이 아는 그 떡과 과자와 고기를 개지구 동무들한테 쫓아가서 한탁 잘 먹엤다. 그리구 또 항께 가는데 하하 가느라느꺼니 어떤 대감에 집이 있넌데 그 대감에 집에는 배나무가 있구 배나무에 배가 많이 열려 있었다. 동무덜은 이 아보구 더기 있넌 배를 따오라, 따와야 데불구 가디 그라느문 안 데불구 가갔다구 했다. 그래서 이 아는 배를 따올라구 했넌데 그 집에 담장이 너머너머 높아서 그 집에 들어갈 재간이 없었다. 동무덜이 받들어 주구 부둥켜 줘서 갸우갸우 해서 높은 담을 넘어가서 배를 따개주구 오느꺼니 동무덜은 다 가구 없어서 담장을 내려오디 못하구 거기 앉아서 울구 있었다.

밤이 돼서 대감이 자넌데 꿈에 운두란 담장 우에 농이 걸터 있넌 꿈을 꾸구서 이상해서 하인을 불러서 운두란에 가보라구 했다. 하인이 갔다와서 어드런 아레 있다구 해서 데불구 오라 했다. 대감은 이 아를 보구서 어드래서 담장 우에 올라가 있었능가 하구 물었다. 이 아는 이러이러해서 그랬다구 사실대루 말했다. 대감은 그렁가 하구 네레 과개에 급데한 담에 내 딸하구 결혼하갔능가 하구 물었다. 이 아는 그거는 못하갔다구 했다. 어드래서 그렁가 하구 물으느꺼니 토시짝을 내보이멘 이 토시짝을 준 체네하구 말한 거이 있어서 그런다구 했다. 대감이 그 토시짝을 보느꺼니 저에 딸에 토시짝이 돼서 더 말할 것 없이 사우를 삼았다.

이 대감에 딸은 얼굴은 곱게 생겼넌데 손은 꽉 쥐구 페딜 못해서 벵신이 돼놔서 시집두 보내디 못하구 걱정하구 있었드랬넌데 이렇게 둏은 총각을 사우루 맞게 돼서 대감은 여간만 기뻐하디 안했다.

대감에 딸은 이 아와 결혼하구 첫날밤을 지내구 났더니 꽉 쥐었던 손이 페데서 아버지 대감한데 보였다. 페딘 손을 보느꺼니 손에는 아무가이 색시라구 씨여 있었다. 대감은 더욱 기뻐서 이거는 하늘이 지여 준 연분이라 하구 더욱 기뻐했다.

과개에는 다른 동무는 하나두 급데하지 못했넌데 이 아만이 급데해서 높은 베슬을 해서 잘살았다구 한다.

※1935年 1月 宣川郡 新府面 院洞 金光俊

1) 시기 2) 한턱

공부 잘한 아이

넷날에 가난한 집 아레 있넌데 공부를 하구파서 글방에 가서 공부를 하갔다구 하느꺼니 선생이 불이나 때주구 공부하라구 했다. 이 아는 기뻐서 서당에 불을 때주구 공부를 하넌데 공부를 여간만 잘하디 안했다.

공부를 많이 해서 과개를 보갔다구 하넌데 다른 동무 아덜은 말을 타구 서울루 가넌데 이 아는 가난하느꺼니 그냥 걸어서 가기루 했다. 그런데 동무 아덜은 말두 못타구 가는 아 하구는 항께 갈 수 없다 하멘 따라오디 못하게 했다. 그래두 이 아는 숨어서 뒤따라 가넌데 얼매쯤 가느꺼니 어드런 큰 기애집이 나타났다. 그 집에 담장 안에는 배나무가 있넌데 그 배나무에 배가 많이 열레 있었다. 동무 아덜은 이 아보구 데 집에 들어가서 배를 따오문 항께 가갔다구 해서, 이 아는 높은 담장을 갸우갸우 해서 넘어가서 배를 따개지구 와 보느꺼니 아덜은 모두 다 가삐리구 없었다. 이 아는 빨리 달레가서 배를 주느꺼니 이 아덜은 할 수 없이 데불구 가넌데, 하하 가느꺼니 모캐[1] 밭에서 모캐를 따넌 체네가 있으느꺼니 동무덜은, 네레 더기 모캐 따는 체네한데서 가서 체네 입을 마추구 와야 항께 가디 그라느문 못 간다구 했다. 그래 이 아는 모캐밭에 가서 차마 입을 마출 수레 없어서 메캐[2]밭 고랑에 세서 체네만 보구 있었다. 그러느꺼니 체네레 어드레서 거기 서 있능가 물었다. 이 아는 이러이러해서 서 있다구 하느꺼니 체네는 와서 입을 마추구 동곳[3]을 절반 불거띠레서 절반 주구 과개급데해서 돌아올 적에 나에 집에 들르라구 했다.

이 아는 체네와 입을 마추구 가느꺼니 동무덜두 입맞춘 거를 봐서 할 수 없이 항께 서울루 갔다.

서울에 와서 과개를 봤넌데 다른 아덜은 하나투 급데를 하디 못했넌데 이 아만은 급데를 했다.

이 아는 과개에 급데해 개지구 집으루 돌아가멘 그 체네네 집으루 갔다. 그런데 이 체네네 집이서는 이 체네를 시집 보내는 잔채를 하구 있었다. 이 아는 체네에 저그나를 불러서 동곳 불거 띤거 절반을 주멘 이 거를 형한테 개저다 주라구 했다. 체네는 그 동곳 절반을 받아 보구 기뻐서 나와서 보구 당개올 실랑에게는 사촌 동생을 주구 이 체네는 이 아와 결혼해서 잘살다가 감기레 들어서 날송침 열댓단 때구 맹긴[4] 쓰구 땀내다가 달구다리 뻿두룩 했다구 한다.

※1936年 1月 義州郡 枇峴面 替馬洞 洪懋根

1), 2) 木花, 솜　3) 남자의 상투 끝에 꽂는 적, 비녀 같은 것　4) 망건

공부 잘한 아이

넷날에 한 아가 있넌데 집이 가난해두 서당에 다니멘 글공부를 하넌데 이 아넌 여간만 재주가 있디 않아서 한 재를 배와주문 두 재를 알구 두 재를 배와 주문 열 재를 아넌 그런 재주가 있넌 아이드랬다. 글을 많이 배와 개지구 서울서 과개를 본다구 하느꺼니 여러 아덜과 항께 과개 보레 나섰다. 그런데 동무 아덜은 이 아를 안쌀질해서

항께 안 갈라구 했다. 그래두 이 아는 동무덜을 따라서 가넌데 한번은 동무덜이 이 아보구, 네레 더기 있넌 정승네 집 안에 있넌 배나무서 배를 따와야 항께 가디 못 따오문 항께 못 간다구 했다. 이 아는 정승집의 담장을 타구 넘어가서 배나무에 올라앉아서 배를 따구 있었다. 이때 이 집 정승은 사랑에 앉아서 졸다가 꿈에 운두란으 배나무에 농이 한 마리 걸테 있넌 꿈을 꾸구 나가서 보느꺼니 웬 아레 있어서 이 아를 데불구 사랑으루 와서 어드런 안데 배나무에 올라가서 배를 따구 있었는가 하구 물었다. 이 아는 이러이러해서 배를 따구 있었다구 말했다. 정승은 이 아에 말을 다 듣구나서 네레 과개에 급데하문 사우 삼갔다구 했다.

이 아는 배를 따개지구 가서 동무덜한데 주구 서울루 갔다. 서울에 가서 과개를 봤넌데 다른 동무는 하나투 급데를 못했넌데 이 아만이 급데해서 이 정승에 사우가 돼서 잘살았다구 한다.

※1937年 7月 龜城郡 梨峴面 吉祥洞 金道英
※ 〃 〃 宣川郡 台山面 圓峰洞 朴根葉
※ 〃 〃 定州郡 郭山面 造山洞 金鐘亨

산골에서 호랑이 잡는 법 |

산골 범 많은 곳에서 범 잡으레멘 이렇게 합니다. 즉 말하면 갈[1]에 담은 깍두기는 겨울내 먹다가 남은 거이 따듯한 봄철이 되문 시어데서 먹을 수레 없게 돼서 버치[2] 같은 그릇에 담아서 운두란 구석재기 담모캉이에 나[3] 둔다. 범이 먹을 거 없나 하구 산에서 내리와서 이걸 보구 여지겻 없던 거이 새로 나와 있으느꺼니 버치 안에 있넌 시여빠딘 깍둑이를 먹어 본다. 그런데 그 깍둑이가 혹께 시느꺼니 아이 시다 하구 눈을 감구 머리통을 자우루[4] 흔들흔들 흔든다. 이때 사람이 가만히 가서 산들산들 잘 드는 칼날을 범에 상판에다 갯다 대구 있으먼 범에 상판이 오리갈기 째딘다. 그런 담에 범에 꼬리를 깍 딮고 망치루 범에 대굴통을 세과데 탁 박아 주문 범은 놀래서 와다닥 뛔나가는데 알몸만 뛔나가구 범에 깍대기는 남게 된다. 사골에서는 이렇게 해서 시어빠딘 깍두기루 범을 잡는다.

※1937年 1月 龍川郡 外上面 停車洞 李菖奎

1) 가을 2) 버럭지 또는 널벅지 3) 놓아 4) 좌우로

산짐승 잡는 법

산골 사람은 겨울에 곰이나 멧돼지를 잡을 때에는 다음과 같은 여러 방법을 써서 잡습니다.

그 첫재 방법은 이러합니다.

사람 칠팔 명이 참나무토막을 한 짐식 지구 산으루 올라갑니다. 곰이 들어 있는 굴에 가서 참나무토막을 하나 굴 안으루 처디레넙니다. 그러문 굴 안에 있넌 곰은 그 참나무토막을 받아서 제 넢에다 끌어다 놉니다. 그러문 또 나무토막을 디레넙니다. 곰은 또 받아서 끌어서 넢에 싸놉니다. 이렇게 해서 얼매던디 디레넿구 디레넿구 하문 곰은 이거를 다 받아서 싸놓넌데 그러문 굴 안에 나무토막이 많이 싸여서 곰은 굴 입구꺼지 나오게 되구 몸을 움직이디 못하게 됩니다. 이때에 사람들은 곰을 창으루 찔러서 잡습니다.

곰이나 멧돼지 잡넌 데에는 또 이런 방법두 있습니다. 창을 개지구 산으루 가서 곰이나 멧돼지가 들어 있넌 굴 안으루 기다만 창을 쑤욱 디레넣문 미욱한 곰이나 멧돼지는 그 창을 발루 웅케 쥐구 쑤욱 잡아 당깁니다. 사람은 굴밖이서 잡아당깁니다. 곰이나 멧돼지두 창을 빼틀리디 않갔다구 힘차게 잡아당깁니다. 한참 서루 잡아당기다가 사람이 창을 확 놓습니다. 그러문 창이 곰이나 멧돼지 가심[1]에 가 쑥 들어가서 죽습니다. 이렇게 해서 곰이나 멧돼지를 잡습니다.

또 낫이나 도끄 개지구 잡넌 법두 있습니다. 산에는 기백 넌이나 기천 넌 된 큰 나무가 있습니다. 이런 나무에 구세먹은 데에 곰이 들어가 있습니다. 곰이 들어가서 숨을 쉬구 있던데 그 숨쉰 김이 겨울 찬 바람

에 얼어서 나무 구세통에 북성에가 쌔하게 붙습니다. 이 쌔하게 붙은 북성에를 보구 구세먹은 통나무에 곰이나 멧돼지가 들어 있넌 걸 압니다. 그래서 통나무에 도꾸로 구넝을 뚜릅니다. 그러문 곰이나 멧돼지는 그 구넝으루 발을 쑤욱 내밉니다. 사람은 이 발을 도꾸루 떡어 버립니다. 그러문 곰이나 멧돼지는 그 발을 끌어 넣구 다른 발을 내밉니다. 이 발을 도꾸루 떡습니다. 곰은 그 발을 디러보내구 다른 발을 내밉니다. 이렇게 해서 발 너이를 다 떡구서 나무통을 떡어서 네 발 잘리운 곰이나 멧돼지를 잡습니다.

또 다른 잡는 법이 있습니다. 이거는 눈이 온 담에 잡는 방법입니다. 눈이 온 다음에 사람이 여러이 산으루 가서 곰에 발자구[2]를 보면 몇 사람은 거기 남아 있구 몇 사람은 발자구를 따라서 갑니다. 가문 곰이 나타납니다.

가던 사람은 거기서 곰을 몰읍니다. 곰은 산 우루 올라갑니다. 즘성은 무슨 즘성이든디 산에서 가장 높은 데 올라가문 세서 한참 사방을 살페보넌데 곰두 세서 사방을 살페봅니다. 이때에 창을 개진 사람들이 올라가문 곰은 사람들 앞으루 달라듭니다. 이때 창으루 곰에 앞가심에다가 띠르문 미욱헌[3] 곰은 그 창을 앞으루 잡아당깁니다. 그러문 창은 곰에 가심에 깊이 들어가서 곰은 죽게 됩니다. 이렇게 해서 곰을 잡넌 법두 있습니다.

※1935年 1月 宣川郡 郡山面 蓮山洞 金應龍

1) 가슴　2) 발자국　3) 미련한

사람을 미끼로 하여 범을 잡는다

넷날에 소곰당시[1] 하나이 당나구에다 소곰을 잔득 싣구 팔레 산골루 가드랬넌데 저물어서 살막[2]에 있넌 어떤 집에 들어가서 자리붙게 됐다. 그집 쥔은 이 소곰당시에 니팝[3]에 고기국에 잘 차레서 주었다. 그래서 소곰당시는 잘먹었다. 그리구 잤넌데 자다가 눈을 떠보느꺼니 쥔은 구레기[4]를 결구[5] 있었다.

다음날 저낙때즘 되느꺼니 쥔은 소곰당시과 우리 항께 돈 좀 벌디 않갔능가 하구 물었다. 소금당시가 그렇게 하자구 하느꺼니 쥔은 소곰당시를 구레기 안에 넣구 메구서 산으루 올라갔다. 소곰당시는 궁금해서 "어두루[6] 가능거요?" 물으느꺼니 "요 조곰만 가문 다 가무다" 하멘 갔다. 베랑땡이[7] 있넌 데꺼정 와서는 거기 서 있는 높은 나무가지에 소곰당시가 들어 있는 구레기를 달아매 놓구 가삐렜다. 슬슬 해가 넘어가구 어둑어둑해지느꺼니 사방에서 범들이 모여들어서 나무에 매어달레 있는 소금당시를 잡아먹갔다구 추기[8] 시작했다. 그런데 범들이 아무리 추어두 구레기 있는 데꺼정 올라오디 못했다. 그러느꺼니 범털은 왼 큰 범은 델루 밑에 있구 그 우에 좀 작은 놈이 올라세구 그 우에 좀더 작은 놈이 올라세구 이렇게 해서 범덜이 차차 올라와서 거진거진 소곰당시가 있넌 구레기에꺼지 올라와서 달락말락하게 됐다. 소곰당시는 이걸 보구 고만 급해 먹어서 방구를 뽕뽕뽕 하구 니어서 꿨다. 그랬더니 왼 밑창이 있넌 거이 무당범이 돼서 뽕뽕하는 방구 소리를 듣구 춤을 들석들석 추었다. 그랬더니 우에 올라셌던 범덜은 모두 다 떨어데서 죽구 말았다.

날이 밝아서 쥔이 와서 구레기를 내리놓구 소곰당시를 꺼내 놓구 지난 나즈 수구[9] 했수다레 하구 말하구 범에 가죽을 베께서 노나[10] 줬다. 소곰당시는 그 범에 가죽을 집이루 가주구 와서 팔아서 큰 부재가 됐다.

근체 집 사람 하나이 소곰당시레 갑재기 부재가 된 걸 보구 어드래서 부재가 됐는가 물었다. 이러이러해서 부재가 됐다구 대주느꺼니 이 사람두 소곰을 싣구 그 산골에 가서 그 집에서 자리를 부텠다. 쥔은 니팝에 고기국을 해서 주었다. 쥔은 밤새두룩 구레기를 엮어개지구 항께 돈 벌자구 했다. 이 사람은 그카자 하느꺼니 쥔은 이 사람을 구레기에 넣서 매구서 베랑넉게 있는 높은 나무에다 매달구 갔다. 밤이 되느꺼니 범덜이 수타 모여와서 어흥어흥 하면서 추기 시작했다. 이 사람은 그걸 보구 데것두 내것 요것두 내것 하멘서 구레기 안에서 뛰멘 몸을 욜루루 델루루[11] 움지겠다. 그랬더니 구레기를 매논 낀이[12] 끈네데서[13] 알루[14] 떨어뎄다. 범덜은 이거 웬 밥이나 하멘 달라들어 뜯어먹었다.

※1937年 7月 龍川郡 文學範

1) 소금장수 2) 산마루턱 3) 이밥, 쌀밥 4) 구럭, 망태기 5) 엮고 6) 어디로 7) 벼랑 8) 뛰어오르기 9) 수고 10) 나눠 11) 요리조리 12) 끈이 13) 끊어져서 14) 아래로

사람을 미끼로 범을 잡는다

넷날에 소곰당시 하나이 소곰 팔레 산골루 갔넌데 가다가 날이 저물어서 웬 집에 들어가서 자리를 부텄넌데 저낙밥을 먹구 나느꺼니 그 집 쥔이 우리 몰가자구[1] 해서 이 소곰당시는 따라나섰다. 쥔은 이 사람을 데불구 어떤 집에 들어가더니 돌개떡을 주멘 이걸 먹구 있으라 하구 나갔다. 그리구 조금 있으느꺼니 방이 좀 오물어디더니 울루 올라갔다. 가만 보느꺼니 들어 있넌 방이 방이 아니구 가죽포댄데 이거이 나무가지에 높다랗게 매여 달레 있었다. 바깥은 캄캄하구 쥔은 가삐리구 없구 해서 소곰당시는 미서워서 돌개떡두 먹디 않구 앙앙 큰소리루 울구 있었다. 그러느꺼니 범들이 사방에서 몰레 왔다. 소곰당시는 이걸 보구 더욱 더 미서워서 더 크게 소리내서 울었다. 범덜은 이 소곰당시를 잡아먹갔다구 뛰어올으는데 거기까진 닿디 않구 알루루 떨어데서 그 아래에 있넌 돌팡구에 대굴통을 맞구 죽군 했다.

다음날 아침에 쥔이 와서 소곰당시가 들어 있넌 가죽포대를 내리우구 이 사람을 내놓구 "수구했수다, 당신 덕분에 범을 수타 많이 잡게 됐수다" 하구 말하구 범에 가죽을 베께서 절반을 주었다. 소곰당시는 그 범에 가죽을 개지구 집이로 와서 팔아서 잘살앗다.

근체에 사람 하나이 이 사람이 갑재기 부재레 된 거를 보구 어떻게 해서 갑재기 부재가 됐넌가 물었다. 산골루 소곰 팔레 갔다가 쥔네레 이레 이레 해서 범을 잡아서 줘서 부재가 됐다구 말했다. 그러느꺼니 이

사람두 나두 그 산골에 가서 범을 잡아서 부재가 돼보아야갔다 하구 소곰짐을 지구 그 산골루 소곰 팔레 갔다. 그 집이를 찾아가서 자리를 붙구 저낙밥을 먹었는데 쥔이 몰가자구 했다. 이 사람은 소곰당시한데 들은 말대루 돼가느꺼니 동와라구 따라나섰다. 웬 집이루 들어가서 돌개떡을 주멘 먹구 있으라 하구 쥔은 밖으루 나갔다. 조금 있더니 그 집이 쭐 홀티더니 울루 올라갔다. 이거 소곰당시가 말한 대루 잘돼 간다, 하멘 소리내서 울디두 않구 돌개떡만 옴질옴질 먹구만 있었다. 그러느꺼니 범이 한 마리두 오디 안했다.

날이 새서 쥔이 와서 보느꺼니 범이 한 마리두 죽은 거이 없거덩. 쥔은 이상하다 하구 가죽포대를 내레놓구 보느꺼니 이 사람은 돌개떡만 옴질옴질 먹구 있어서 증이 나서 "이 못된 쌔끼! 돌개떡만 처먹구!" 하멘 욕질을 하구 돌개떡 값을 내라구 해서 이 사람은 혼이 나서 다라뛔서 왔다구 한다.

※1936年 12月 宣川郡 水清面 古邑洞 李 鐵
※ 〃 〃 〃 台山面 仁岩洞 金興善
※ 〃 〃 龍川郡 外上面 停車洞 金珍英
1) 마을로 놀러가자고

사람을 미끼로 해서 범을 잡는다 |

녯날에 한 사람이 소곰을 팔레 산골루 갔드랬넌데 날이 저물어서 어떤 집에 자리붙게 됐다. 저낙밥[1]을 먹구 조금 있누라느꺼니 밖에서 쿵 하는 소리가 나더니 무섭게 생긴 더벅머리 총각이 하나 들어오더니 아무 말 않고 다짜고짜루 큰 망태기에다 집어넣구 둘러메구 뒷산으로 갔다. 그 뒷산에는 큰 두리[2]레 있넌데 그 두리 가에는 큰 나무가 있구 그 나무 가지가 두리 복판으루 뻗어나가 있었다. 총각은 소곰당시가 들어 있넌 망태기를 그 뻗어 있넌 가지에다 달아매 놓구는 가삐렸다. 밤이 깊어가구 사방은 고요하구 아래를 내리다보니 큰 두리가 있구 해서 소곰당시는 미서운[3] 생각이 나서 앙앙하구 큰소리루 울었다. 그러느꺼니 사방에서 범덜이 떼를 지어서 몰레와서 이 사람이 들어 있는 망태기를 보구서 뛰어올랐다. 그런데 범덜은 망태기 있넌 데꺼정 미치디 못하구 떨어데서 두루에 빠져 죽구 빠져 죽구 했다.

날이 새서 총각이 긴 장대를 개지구 와서는 두루에 빠져 죽은 수탄 범을 다 건제 놓구서 이 소곰당시를 망태기서 꺼내 놓구 어제 나즈 수고했수다 하멘 잡은 범을 절반 나눠 주었다.

※1936年 12月 龍川郡 龍川面 德峰洞 李錫泰

1) 저녁밥　2) 못　3) 무서운

범의 통가죽

녯날에 한 사람이 당에 가서 술을 많이 사먹구 집으루 돌아오넌데 오다가 큰 고개를 넘게 됐넌데 너무너무 취해서 고만 고개서 둔눠 잤다. 얼매를 잤넌디 모르디만 한참 자구 있넌데 얼굴이 써늘해디구 척척해서 눈을 떠보느꺼니 발쎄[1] 주위는 어두워뎄넌데 무엇이 얼굴에다 물을 뿌리구 있었다. 가만 보느꺼니 큰 범이란 놈이 꼬랑댕이다 물을 묻헤 개지구 뿌리구 있거덩. 이러디 안해두 밤이 돼서 무서운데 범꺼지 나와서 그러구 있으느꺼니 더욱 무서워서 이제 난 꼭 죽었다 하는 생각이 들었다. 그런데 죽는 바에야 범과 싸우다가 죽갔다 하는 생각이 나서 범이 다시 꼬랑댕이에다 물을 묻헤서 뿌릴 적에 재빨리 범에 꽁댕이를 붙잡구 범에 잔등을 올라타구 범에 낭귀[2]를 꽉 붙헤잡구 있었다. 범은 갑재기 사람이 올라타느꺼니 혼이 나서 막 뛨다. 일루루 델루루 뛰드랬넌데 새박녘[3]에 되느꺼니 범은 저에 굴루 들어갈라구 했다. 이 사람은 굴루 끌레 들어갔다가는 야단 나갔다 하구서 들어가디 않갔다구 낭발루 범에 굴에 낭 언덕을 꽉 딛구서 범에 낭귀를 붙잡구 세과디 잡아당겠다. 범은 범대루 굴아낙에 들어가갔다구 낑낑거렜다. 그라구 있넌데 갑자기 씽 하멘 무엇이 굴 안으루 뛔 들어갔다. 들어간 담에 보느꺼니 범은 가죽을 통채로 남게 두구 알몸만 굴루 들어갔다.

이 사람은 대단히 기뻐서 그 범에 통가죽을 개지구 집이 와서 싼값[4]으루 팔아서 부재레 됐다.

같은 말에 사람 하나이 이 사람이 갑재기 부재레 된 걸 보구 어떻게 해서 부재가 됐넌가 물었다. 이러이러해서 범에 통가죽을 얻어서 팔아서 부재레 됐다구 대 주었다. 그러느꺼니 이 사람은 당에 가서 술을 많이 사서 먹구 그 고개에 와서 누워서 잤다. 밤이 되느꺼니 범이 와서 꼬랑댕이다 물을 뭍에 개지구 와서 얼굴에 뿌렜다. 이 사람은 됐다 하구 얼렁 범에 꼬랭이를 붙잡구 범에 잔등에 올라타구 낭귀를 깍 붙에잡았다. 범은 놀래서 마구 뛰넌데 이리 뛰구 덜루루 뛰구 밤새두룩 뛰어 다니다가 새박녘에 되느꺼니 저에 굴루 들어갈라구 했다. 이 사람은 낭발루 굴에 낭 언덕을 딛구 버티구 있었다. 범은 들어갈라구 낑낑거리다가 통가죽을 남게 놓구 알몸만 들어갔다.

이 사람은 좋와라구 그 범에 통가죽을 개지구 와서 당에 가서 팔라구 했다. 가죽 사는 사람이 이걸 보더니만 "통가죽이 돼서 좋긴 좋수다마는 再벌이 돼서 값이 아조 안갑네다. 그래두 팔갔다면 닷냥이나 받아 개지구 술값이나 하구레" 했다. 이 사람은 그 말을 듣구 고만 낙심했다구 한다.

※1933年 7月 定州郡 大田面 雲田洞 安光翼
※ 〃 〃 龍川郡 外上面 上虎洞 李致河
※1934年 〃 宣川郡 東面 路下洞 朱廷範
※1935年 1月 鐵山郡 站面 龍堂洞 白天福
1) 벌써 2) 양쪽 귀 3) 새벽녘 4) 비싼 값

범의 통가죽

넷날에 한 사람이 당에 가서 술을 많이 사먹구 집이루 돌아오다가 고개마루턱에서 췌해서 자구 있드랬던데 자다가 얼굴이 축축해서 눈을 뜨구 보느꺼니 범 한 놈이 꼬랑댕이다가 물을 무테다가 뿌리구 있드래.

야아 이거 정 죽었구나. 이거 어카누? 에라 죽을 바야 이놈과 쌈을 하다가 죽갔다 하구 범에 꼬랑댕이를 꽉 붙에잡구 두 발루 범에 앵둥이를 밟구 힘주어서 잡아댕겼단 말이야. 기러니꺼니 범은 놀라서 그 사람을 달구서 마구 다라뛰었넌데 뛔가다가 범은 범에 굴루 들어갈라구 했넌데 이 사람은 범에 굴에 끌려 들어갔다가는 야단나갔다구 하구서 범에 굴에 낭 옆 언덕에다 발루 힘주어 들어가디 않을라구 버티구 있었단 말이야. 범은 범대루 굴 안으루 들어갈라구 힘을 썼넌데 너머너머 힘 주어서 알몸만이 들어가구 범에 통가죽만이 남아 있게 됐단 말이야. 이 사람은 그 범에 통가죽을 개지구 와서 멫 만냥 받구 팔아서 큰 부재가 돼서 잘 살다가 넝감 꼬감 달그다리 양감이 돼서 밥숟갈을 놓았대.

※1933年 7月 寧邊郡 梧里面 松湖洞 宋昇泰
※ 〃 〃 宣川郡 宣川邑 川北洞 張膺植
※1935年 1月 〃 〃 宣川邑 川北洞 朴昌植
※1936年 12月 鐵山郡 鐵山面 東部洞 李壽榮

호랑이를 뒤집어 잡다

넷날에 한 아레 있었넌데 일이라군 하는 거이 아무것두 없구 맨날 구들에 처백혜서 바쿠[1] 새낭만 하구 있었다. 그러느꺼니 오마니레 증이 나서 하루는 “야 이놈아, 다른 집 아덜은 돈두 많이 벌구 하넌데 너는 맨날 구둘에 처박혜서 바쿠 새낭만 하구 있으니 이거 어드릏게 살갔네!” 하구 말했다. 그래두 이놈은 들은 테두 않구 이자는 머리깔[2]루 홀티[3]를 만들어 뛰는 베리디를 나꿔채 잡군 했다. 이렇게 해서 베리디를 한 마리두 놓티디 않구 다 잡게 되느꺼니 이만하문 산즘성 새낭 나가두 쓰갔다 하구, 굵은 밧줄을 개지구 깊은 산둥으루 들어갔다. 날이 저물어서 한집에 들어가서 자리 좀 붙자 하느꺼니 그 집 노친네레 나와서 여기는 범이 많이 나오는 데레 돼서 재울 수 없다구 했다. 이 아는 “일없다. 나는 범새낭하레 온 사람이느꺼니 잘됐다” 하멘 그 집이서 자기루 했다. 다음날 아침에 밧줄 끝을 고투

맷구서 뜰악에 나가서 서 있으느꺼니 큰 범이 지붕을 뛰여 넘어와서 뜰악에 웅쿠리구 서서 사방을 둘러보구 있었다. 이 아는 밧줄을 범에게루 던데서 범에 목에 걸구 잡아다니는데 범은 증이 나서 달레들어 이 아를 통채루 집어삼켔다.

이 아는 범에 뱃속에 들어갔넌데 보느꺼니 범에 뱃속에는 캄캄하구 더웁구 숨이 막히구 해서 이거 어데 나갈 데가 없갔나 하구 두루 살페보느꺼니 데켄에 구넝이 있어서 글루루 기어가느꺼니 범에 똥구넝으루 나오게 됐다. 그래서 그 똥꾸넝으루 나와서 손에 쥐구 있던 밧줄을 큰 낭구에다 잡아맸다. 범은 더욱더욱 증이 나서 이리 뛰구 델루루 뛰구 하넌데 범에 모가지는 입으루 들어가구 망판에는 그 모가지레 똥구넝으루 나와서 뒤집헤뎄다.

이 아는 이렇게 해서 범을 잡아 개지구 집이루 돌아와서 범을 팔아서 잘살았다구 한다.

※1936年 12月 宣川郡 深川面 古軍營洞 金慰角

1) 바퀴 2) 머리카락 3) 홀치기

호랑이를 꿰여 잡다

녯날에 어늬 골에 오마니와 아들과 두 식구가 사는 집이 있었다. 이 아들은 열두 살 났넌데 하루는 마당을 깊이 파구 거기에다 가이똥을 많이 모아다 넣구 오마니과 깨를 한 말 사달래 개지구 그 깨를 파논 구뎅이다 다 씰어네었다. 그랬더니 깨나무가 많이 쓰러 나와서 이거를 다 한데 묶어서 한나무루 해놨다. 그랬더니 이 깨나무는 무수히 깨가 많이 열레서 가을게 따서 그걸루 기름을 짜서 개지 한 마리 얻어다가 기름을 반질하게 무테개지구 기인 참바[1] 끝으루 메구 또 참바 한끝은 큰 나무에다 잡아매 놨다.

개지한데서 고소한 내가 나느꺼니 범들이 많이 모여와서 이 개지를 먹갔다구 집어 삼켔다. 그러문 개지는 반질반질하느꺼니 그 범에 밑구넝으루 나왔다. 다른 범이 이걸 보구 개지를 집어삼키는데 개지는 또 그 범에 밑구넝으루 나왔다. 그렇게 범이 먹는 개지가 나오문 다른 범이 먹구 나온 개지를 또 다른 범이 먹구 이렇게 해서 숱한 범들이 그 기다란 참바에 모주리 끼어서 잡혔다. 이 아는 그 범에 깍대기를 베께서 팔아서 숫탄 돈을 벌어서 큰 부재레 돼서 잘살다가 무딘넌 날리에 달구다리 뻐뚜룩 했다구 한다.

※1936年 12月 宣川郡 古寧面 西古洞 金文國
※ 〃 〃 鐵山郡 鐵山面 東部洞 李壽榮
※ 〃 〃 宣川郡 水淸面 古邑洞 李基植
※ 〃 〃 親義州府 梅校町 高昌造
※ 〃 〃 龍川郡 楊光面 龍溪洞 李東旻
※ 〃 〃 鐵山郡 西林面 化炭洞 金正恪
※1937年 7月 龍川郡 楊下面 東洞 金義純
1) 살밧줄, 즉 살로 꼰 밧줄

호랑이를 방아 찧게 한 어린이 |

넷날에 한 부체레 깊은 산골에서 살구 있었넌데 이 집은 그 아근에 집이라구는 하나두 없구 외딴 집이 돼 있었드랬넌데 하루는 十里밖에 일가집이서 잔채가 있다구 해서 부체가 항께 가게 됐다. 다서에 난 아와 여서에 난 체네가 저들두 항께 가갔다구 하는 것을 떡이야 고기야 많이 개저다 줄꺼이느꺼니 이 감자나 구워먹구 집이나 잘 보라 하구 감자를 내주구 갔다.

밤이 돼서 아덜은 감자를 구워 먹으멘서 이거는 내것 이거는 네것 하멘 구어먹구 있었다.

이때 범 한 마리가 어드메 먹을 거 없갔나 하구서 여기더기 돌아다니다가 이 집 앞에 왔다. 집 안에서 아덜 말소리가 나느꺼니 문틈으루 구둘 안을 디레다 봤다. 아덜은 빨가벗구 있어서 범은 야아 데거 맛있갔다 하구 구둘루 들어갈라구 문을 빽 긁었다.

아덜은 이 소리를 듣구 무서워서 니불을 뒤집어 쓰구 가만히 있었다.

범은 아덜이 없어데서 어드메 갔나 하구 얻어보다가 없으느꺼니 갈라구 했다. 그런데 아덜이 또 니불에서 나와 개지구 이건 네것 이것 내것 하멘 말을 했다. 범은 아덜 말소리가 나느꺼니 구둘 안으로 들어갈라구 들어갈 데를 찾아봤넌데 암만 찾아봐두 들어갈 데가 없어서 지붕으루 해서 들어갈라구 지붕에 올라가서 지붕을 뜯기 시작했다. 다 뜯구 나서 발을 아래루 디리밀었다. 그런데 발이 밑에꺼지 닿디 않아서 발을 올레봤다. 그리구 또 내레봤다.

범에 발이 턴당에서 내리왔다 올라갔다 하느꺼니 아덜은 이거 재미있다 하구서 범에 발에 덜구공이를 매달구 그 밑에 좁쌀을 갯다 놨다. 그러느꺼니 좁쌀이 잘 찌어뎄다. 아덜은 재미가 나서 좁쌀을 갯다 놓구 갯다 놓구 해서 하루에 석 섬밖에 찌티 못한 좁쌀을 하루밤 사이에 엿 섬이나 찌어 놨다.

다음날 아덜 오마니 아버지가 돌아왔넌데 오마니 아버지레 보느꺼니 지붕 우에 범 한 마리가 힘이 빠저 개지구 있어서 쉽게 때려 잡었다. 방 안에 들어가 보느꺼니 아덜은 상기두 감자를 구워먹구 있었다. 그런데 구둘 안에 좁쌀이 많이 허터데 있어서 이거 어드런 좁쌀인가 하구 물었다. 지붕에서 이상한 거이 내려왔다 올라갔다 해서 고기다 덜구공이를 매달구 찌어 논 좁쌀이라구 했다. 오마니 아버지는 이 말을 듣구 기뻐기는 했디만 어린 아덜만 놔 두다가는 큰일나갔다 하구서 고담보탄 아덜만 놔 두구 나드리 가디 않했다구 한다.

※1936年 7月 定州郡 郭山面 石洞 下端 金允相
※1937年 7月 龜城郡 梨峴面 吉祥洞 金道英

범 잡은 사람

넷날에 한 사람이 범 잡갔다구 수땅으루 바주를 엮구 있넌데 근체 사람이 지나가다가 보구서 범 잡으레면 수땅으루는 안 되구 나무 꼭다리루 해두어야 한다구 했다. 이 사람은 그렁가 하구 이자는[1] 나무 꼭다리루 바주를 역구 있넌데 또 한 사람이 보구선 범 잡을레면 망치를 개지구 산에 가야 한다구 했다. 그래서 이 사람은 망치를 개지구 산으루 올라갔다.

산에 올라가 보느꺼니 범에 대장에 생일날이 돼서 범이 많이 모여 있었다. 범들은 많이 먹구 많이 놀구 하넌데 범에 대장이 사람에 고기가 먹구푸다 했다. 그러느꺼니 다른 범들은 사멘[2]으루 흐터데서 사람을 얻어보구 있었다. 헌데 한 놈이 이 사람을 얻어서 잡아다가 대가리님한테 바텠다. 대가리님은 이거 맛있갔다 하구서리 이 사람을 통체루 먹었다.

이 사람은 범에 배속에 들어가 보느꺼니 캉캄하구 답답해서 견딜 수가 없었다. 이거 어텋게 해야 나가겠나 하구 궁리하다가 지갑[3]을 뒤테보느꺼니 조고마한 데비칼[4]이 있어서 이거를 꺼내 개지구 범에 배를 칵칵 찔렀다. 그러느꺼니 범에 대가리님은 아이구 배가 아파서 죽갔다구 하멘, 요넘덜 나 못 먹을 것 갔다 멕였다구 과테멘 다른 범들을 모주리 물어 죽였다.

바깥이 조용해데서 이 사람은 범에 배를 째구 가만히 내다본즉 수타 많은 범덜이 모주리 죽어 있어서 안심하구 나와서 그 범에 깍대기를 다 베께서 팔아서 아들 딸 낳구 잘 살았다구 한다.

※1935年 1月 新義州府 梅枝町 高昌造

1) 이제는　2) 사방　3) 호주머니　4) 접는 칼

미련한 자가 범잡다

넷날에 어드른 사람이 가이를 키우넌데 이 가이는 사납구 힘이 세서 동네 가이와 싸와서 저본 일이 없구 항상 이기군 했다. 그런데 하루는 이 가이레 밖에 나갔다가 깽깽 하멘 울구 있어서 나가 보느꺼니 원 조그마한 즘성한테 물리워서 깽깽하구 울구 있어서 데놈으 가이, 나[1] 잡아 죽이갔다구 뛔테 나갈라구 했다. 오마니가 이걸 보구 “야 미욱제기[2]야, 데건 가이가 아니구 범이야. 사람 잡아먹는 범이야" 하멘 나가디 못하게 했다. 그래두 이 너석은 나 범 잡갔다구 뛰테 나가서 제창 범에 꽁댕이를 잡아쥐구 휘휘 둘러서 따에다 둘러메텠다. 그러느꺼니 범은 죽었다.

이놈은 그 범에 깍대기를 베께서 당에 갲다 팔아서 돈을 많이 벌었다.

이 믹제기는 이거이 재미레 나서 그뒤보탄 범 잡갔다구 범이 많은 산꼴채기루 들어갔다. 가느라느꺼니 토까이 한 마리가 앞에서 가득가득 하멘 뛔 가구 있어서 이거를 잡갔다구 미욱제기두 뛨다. 자꾸 따라갔더니 범덜이 있넌 데꺼지 갔다. 미욱제기는 범을 보구 기뻐서 범을 잡을라 하넌데 볼세 범한테 물리우구 말았다.

이 믹제기가 범한테 물리느꺼니 다른 범들이 달라들어 빼틀어 먹갔다구 하느꺼니 이 범은 욕심 많은 범이 돼서 미욱제기를 통채루 먹었다.

미욱제기는 범에 뱃속에 들어가느꺼니 간이며 쓸개며 천엽이며 벨아벨거이 많아서 이걸 베어먹갔다구 게찝[3]에서 데비칼을 꺼내서 베어 먹었다. 그러느꺼니 이놈에 범은 아파서 견딜수가 없었다. "야 이놈덜아, 난 너덜꺄타나 사람을 통채루 먹어서 배가 아파 죽갔다" 하멘 다른 범덜을 물어서 죽엤다.

범덜이 다 죽은 담에 미욱제기는 범에 배를 째구 나와서 죽은 범에 깍대기를 베께서 팔아서 잘살았다구 한다.

※1935年 1月 宣川郡 山面 香山洞 劉準龍
※ 〃 〃 〃 〃 保岩洞 李熙洙
※ 〃 〃 義州郡 古寧面 西古洞 金文國
※1936年 12月 宣川郡 郡山面 長公洞 桂昌沃
※ 〃 〃 定州郡 玉泉面 文仁洞 金珽鴻
※1937年 7月 宣川郡 宣川邑 川南洞 金得弼
※ 〃 〃 昌城郡 昌城面 甲岩洞 姜學道

1) 내가　2) 미련한 놈　3) 저고리 안에 달려 있는 호주머니

해와 달이 된 남매

넷날에 어니 산골에 낸 하나이 살구

있드랬넌데 집이 가난해서 놈에 집이 가서 방아품두 팔구 베두 매주구 갸우갸우 살구 있었다. 이 낸은 젖멈이 애기와 대엿으 난 아덜과 딸이 있넌데 품팔레 갈 적에는 집이다 두구 갔다.

하루는 고개 넘어 부재집이 가서 하루 종일 방아품을 팔구 개떡을 얻어개지구 밤늦게 집이루 돌아오넌데 고개 하나를 넘으느꺼니 범이 나와서 길을 막구 그 개떡을 주문 안 잡아먹갔다구 해서 개떡을 주었다. 범은 개떡을 먹구 어데메루 갔다. 고개를 또 넘으느꺼니 아까 그 범이 나와서 머리에 쓴 수건을 벗어 주문 안 잡아먹갔다구 해서 수건을 벗어 주었다. 범은 그 수건을 개지구 어데메로 가삐렜다.

고개를 또 넘으느꺼니 그 범이 나와서 저고리를 벗어주문 안 잡아먹갔다구 했다. 낸이 저고리를 벗어 주느꺼니 범은 받아개지구 어데메루 가삐렀다. 또 한 고개를 넘으느꺼니 범이 또 나타나서 초매를 벗어주문 안 잡아먹갔다구 해서 초매를 벗어 주었다. 범은 초매를 받아개지구 가삐렜다. 또 한 고개를 넘으느꺼니 범이 나와서 속곳을 벗어주문 안 잡아먹갔다구 해서 속곳을 벗어 주었다. 범은 속곳을 받아가주구 갔다. 또 고개를 넘으느꺼니 범이 또 나와서 팔을 떼어 주문 안 잡아먹갔다구 했다. 낸이 팔을 끊어 주느꺼니 범은 팔을 개주구 갔다. 고개를 또 넘으느꺼니 범이 또 나와서 이 낸을 잡아먹었다.

범은 낸을 잡아먹구 낸에 수건을 쓰구 낸에 저고리와 초매를 입구 그 낸에 집이 가서 "아가야 오마니 왔다. 문 열라"구 했다. 목소리가 저에 오마니 목소리가 아니어서 우리 오마니 말소리 아니다 하멘 문을 열어주디 않으느꺼니 범은 내레 먼길을 오멘 바람을 많이 쐐서 목이 쉐서 그른다구 했다. 아덜은 "오마니 손좀 만져 보자. 문구넝으루 디리 밀어 보라"구 했다. 범이 손을 디리밀어 주느꺼니 맨제 보구 "우리 오마니 손은 보들보들한데 이 손은 깔깔하다. 오마니 아니다"구 했다. 범은 "내레 부재집이서 베를 매주느라구 손에 풀이 말라붙어서 깔깔하다. 날래 문 열라"구 과텠다. 아덜은 할 수 없이 문을 열어주느꺼니 범은 방으루 들어와서 언나 젖 먹이갔다구 언나를 안구서 웃굳에 가서 잡아먹었다. 언나를 먹느라구 오뚝오뚝 소리가 났다. 아덜은 "엄매야 머 먹어?" 하느꺼니 부재집이서 콩 닦은 거 먹넌다 했다. 나 좀 달라 하느꺼니 범은 언나 손가락을 던데 주었다. 아덜이 이걸 보구 더거넌 오마니 아니구 범이 같다 하구 도망할 생각으루 "엄매야, 나 똥 매리워" 했다. 거기서 누어라 하느꺼니 쿠린내 나서 안 된다 했다. 고롬 뜨락에서 누라, 밟으문 어카갔네, 고롬 재통[1]에 가 누어라. 그래서 아덜은 밖으루 나와서 멀리 뛔서 움물역[2]에 있던 나무에 올라가 있었다.

아이덜이 띠[3] 누레 나가더니 오디 안해서 범은 아덜을 얻어[4] 보갔다구 나와서 여기더기 얻어보다가 움물 역에 와서 움물 안을 들다봤다. 움물 안에 있어서 "야덜아 이리 나오나. 날래 나오나" 하멘 소리텠다. 그 아덜이 모양이 웃으워서 아덜이 히히 하구 웃었다. 범은 웃음소리를 듣구 나무를 테다보구 "너덜 어드렇게 거기 올라가 있네?" 했다. 사내아레 앞집이서 기름 얻어다가 나무에 발르구 올라왔다구 했다. 범은 앞집이 가서 기름을 얻어다 나무에 발르구 올라갈라넌데 미끄러워서 올라갈 수가 없었다. 범은 "너덜 어드렇게 해서 올라갔네?" 다시 물으느꺼니 어린 체네레 건넌 집이서 도꾸를 얻어다가 그걸루 나무를 떡구 올라왔다구 말했다. 범은 건넌집이 가서 도꾸를 얻어다 나무를 떡으멘 올라왔다. 범이 이 아덜 있넌 데까지 거이거이 올라오게 되느꺼니 아이덜은 급해서 하늘에다 대구 "하누님. 우리를 살릴라문 새 동애줄[5]을 내리주구 죽일라문 썩은 동애줄을 내리주시요" 하구 빌었다. 새 동애줄이 내리와서 아덜은 이 줄을 타구 하늘루 올라갔다.

범이 나무에 올라가 보느꺼니 아덜은 동애줄을 타구 하늘루 올라가서 범두 하늘에다 대구 빌었다. "하느님 나를 살리갔으문 새 줄을 내리보내주구 죽일라문 썩은 줄을 내리시오" 하구 빌었다. 썩은 줄이 내리와서 범은 이거를 타구 올라가넌데 올라가다가 줄이 끊어데서 아래루 덜어뎄다. 범이 떨어진 곳에는 쉬시대[6]를 비어낸 쉬시끄댕이[7]가 있었넌데 범은 쉬시끄댕이에 찔레서 피를 내구 죽었다. 그래서 쉬시대에는 지금두 범에 피가 묻데 있다구 한다.

아덜은 하늘에 올라가서 사내아이는 달이 되구 체네는 해가 됐다구 한다.

※1934年 7月 宣川郡 山面 香山洞 劉準龍
※ 〃 〃 〃 東面 路下洞 朱廷範
※ 〃 〃 〃 〃 〃 下多味里 金昌檝
※1935年 1月 龍川郡 外上面 停車洞 金成弼
※1935年 7月 義州郡 義州邑 弘西洞 金濟浩
※1936年 12月 宣川郡 深川面 東林洞 金宗權
※ 〃 〃 〃 〃 古軍黨洞 張翼浩
※ 〃 〃 〃 南面 汶泗洞 崔根模
※ 〃 〃 〃 台山面 丹峰洞 朴根葉
(단 末部에 남매가 승천하여 日月이 되는 부분이 없음)
※1937年 7月 義州郡 古津面 樂元洞 張俊植
※ 〃 〃 鐵山郡 西林面 化炭洞 金正恪
※ 〃 〃 龍川郡 楊光面 龍溪洞 李東昱
※ 〃 〃 定州郡 古德面 德元洞 韓昌奎
※ 〃 〃 〃 觀舟面 近潭洞 金英甲
(단 승천한 남매가 해와 달이 된 부분이 없음)
※1937年 7月 宣川郡 山面 保岩洞 李熙洙
(단 승천한 남매가 해와 달이 된 부분이 없음)
※1937年 7月 宣川郡 水淸面 嘉物南洞 車道豊
(단 승천한 남매가 해와 달이 된 부분이 없음)
※1937年 7月 宣川郡 水淸面 古邑洞 李庸逸
(단 승천한 남매가 해와 달이 된 부분이 없음)
※1938年 1月 宣川郡 新府面 淸江洞 洪永燦
(단 승천한 남매가 해와 달이 된 부분이 없음)
※1937年 7月 龍川郡 東下面 三仁洞 文履珏
(단 승천한 남매가 해와 달이 된 부분이 없음)
※1937年 7月 龍川郡 外下面 做義洞 張錫珪
(단 승천한 남매가 해와 달이 된 부분이 없음)
※1942年 12月 博川郡 德元面 南五洞 天原義夫

1) 변소 2) 우물가 3) 똥 4) 찾아 5) 동아줄 6) 수숫대 7) 수수를 베어낸 끌컹이

해와 달이 된 오누이

녯날에 어드런 골에 과부 하

나이 오누이 두 아를 대불구 살구 있드랬넌데 하루는 놈에 집에 배[1] 매주레 갔다가 저낙역게 집이루 돌아오넌데 범 한 마리가 얼음판에 꼬랭이가 깍 얼어부테 개주구 음즉하디 못하구 있었다. 범은 이 과부를 보더니마는 날 좀 살레달라구 애걸했다. 과부는 개지구 오던 뜨거운 국물을 얼음판에 부어서 얼음을 노케서 범을 살려 주었다. 그런데 이 범은 과부를 잡아먹구 과부에 집에 가서 뻭에 들어가서 오마이 왔으느꺼니 날래 문열으라구 했다. 그러느꺼니 방에 있던 오래비레 우리 오마이 말소리는 쉰 말소리가 아닌데, 하느꺼니 범은 배 매느라구 바람을 쐐서 목이 쉐서 그룷다구 했다. 체네아레 오마이 손 좀 딜밀어 봐, 하느꺼니 범은 문짬으루 손을 딜밀었다. 체네레 맨재 부구[2] 울오마니 손엔 털이 없는데, 하느꺼니 범은 배 매누라기에 손에 풀이 묻어서 그른다구 하멘 날레 문 열라구 했다. 아덜은 문을 열어 주딜 않으느꺼니 범은 증이 나서 바람벽을 뚫기 시작했다. 아덜은 이걸 보구 베켄으루 뛰어나와 움물 역에 있는 큰 느티낭구에 올라가 있었다.

범은 바람벽을 뚫구서 방에 들어가 보느꺼니 아덜이 없어데서 밖에 나와서 찾아 보느라구 여기더기 찾았넌데 움물가에 와서 움물을 들다보느꺼니 그 움물 아낙에 아덜이 둘이 있어서 움물 아낙으루 들어갈라구 하다가 우를 테다보구 아덜이 낭구 우에 있으느꺼니 낭구루 올라가기 시작했다. 오누이는 이거 야단났다 하구 하늘을 테다보구 살레 달라구 빌었다. 그러느꺼니 하늘서 쇠줄이 내리와서 아덜은 이 쇠줄을 잡구 하늘루 올라갔다. 범은 갸우갸우 해서 낭구에 올라와 보느꺼니 아덜은 볼씨 하늘루 올라가구 없어서 이걸 잡아먹갔다구 뛨넌데 뛰다가 고만에 떨어데서 움물에 빠테서 죽었다.

이 오누이는 하늘에 올라가서 오래비는 해가 되구 누이는 달이 됐다. 그런데 누이는 밤에 다니기가 미섭다 하멘 해가 돼서 낮에 다니구 싶다구 했다. 오래비는 달이 돼서 밤에 다니구 누이는 해가 돼서 낮에 다니게 됐넌데 오늘날 달보구 해오래비라 하는 거는 이 때문이라구 한다.

※1934年 8月 義州郡 古館面 上古洞 劉昌惇
※1934年 8月 新義州府 裵奉根
※1934年 8月 宣川郡 水淸面 牧使垈洞 金得鎬
※1936年 12月 朔州邑内 東部洞 李順柱
1) 베 2) 만져 보고

수수대 말타기

넷날에 한 정승이 있넌데 이 정승에 아덜은 공부를 하넌데 여간만 공부를 잘하디 않아서 애지둥지하넌데 하루는 원 중이 지나다가 이 아를 보구 정승과 이 아는 집에만 있으문 죽갔으느꺼니 다른 곳으루 멈살이[1]루 보내서 고생 좀 시키야 한다구 말했다. 정승은 이 중에 말을 듣구 깜짝 놀라멘 어디 다르케 하넌 방법이 없갔능가 하구 물었다. 중은 그렇게 하문 장래 좋을 거 같아서 그른다구 했다. 정승은 할 수 없이 아덜을 다른 정승에 집이루 멈둥이루 보냈다.

이 아넌 그 집이서 멈둥이루 가서 부즈런히 일두 하구 짬이 있으문 공부두 하구 하넌데 일할라 공부할라 하느꺼니 머리를 빗구 몸을 싯구 할 짬이 없어서 보기레 혹게 홍축하게[2] 됐다. 너머너머 홍축하느꺼니 하루는 정승에 딸한테 찾아갔다. 정승에 딸은 서이 있었넌데 첫번에 원 큰 딸한데 가서 머리레 개리우느꺼니 머리 좀 빗게 달라구 했다. 맏딸은 이 아를 한번 보구 "야 티겁다[3], 가라!" 했다. 그래서 두째딸한데 가서 머리가 개리우느꺼니 머리 좀 빗게 달라구 하느꺼니 둘째두 티겁다 가라 했다. 빗이라두 좀 주람, 해두 싫다구 했다.

세째한데 가서 머리가 개리우느꺼니 머리 좀 빗게 달라구 하느꺼니 세째딸은 방으루 둘오라 하구서 들어가느꺼니 머리를 곱게 빗어 주었다.

하루는 들리는 말에 따르문 왕이 아덜이 없어서 왕에 자리를 물레 줄 사람을 뽑넌데 쉬시깡으루 말을 만들어 놓구 이 쉬시깡 말을 타구 달리는 재간 있는 사람에게 왕에 자리를 물레 준다구 했다. 이 아는 그런 말을 듣구 한번 가 보갔다 맘먹구 세째딸 있넌 데 가서 머리를 곱게 빗게 달라구 하멘 그런 말을 해봤다. 세째딸은 그 말을 듣구 "난 어제 나즈 꿈이 이상하드랬넌데 남자가 큰 맘먹구 큰일 하넌데 네자[4]에 말을 듣구 하넌 거이 아니다, 말두 내디 말라, 날래 가보라"구 했다. 그래서 이 아는 제창[5] 왕 있넌 데루 갔다. 가보느꺼니 사방에서 많은 사람덜이 모여와서 쉬시깡말을 타구 달리군 하넌데 아무가이[6]두 달리넌 사람이 없었다.

이 아는 다른 사람덜이 하구 있넌 거를 보구 있다가 아무가이두 달리디 못하느꺼니 내레 한본 타구 달레 보갔다구 했다. 너같은 어린아는 못 달린다 하멘 타디 못하게 했다. 그래두 이 아는 자꾸 타구 달레 보갔다구 조르느꺼니 고롬 타보라구 해서 쉬시깡 말을 타구 채떡으루 말을 때리멘 이랴! 하느꺼니 쉬시깡 말은 오호호 하구 소리티멘 쏜살같이 달렜다. 왕은 이걸 보구 네레 재간 용타 하구 왕에 자리를 물레줬다. 그래서 이 아는 왕이 되구 세째딸을 색시 삼구 잘살다가 달구다리 뻣두룩 했다구 한다.

지금두 아덜이 쉬시깡 말을 타넌 거는 이렇게 해서 타게 됐다구 한다.

※1936年 12月 宣川郡 水清面 古邑洞 李鐵

1) 머슴살이 2) 흉칙하게 3) 더럽다 4) 여자 5) 곧바로 6) 아무개

제 복에 산다

넷날에 한 부재넝감이 딸 셋을 두었넌데 하루는 딸 셋을 앞에 앉히구 "야 너덜 누구 복에 잘먹구 잘입구 잘사네?" 하구 물었다. 큰딸은 아버지 복에 잘먹구 잘입구 잘살아요 했다. 넝감은 기뻐서 "오오 그래. 고롬 둘째 너는 누구 복으루 잘먹구 잘입구 잘사네?" 하구 물었다. 둘째 딸두 아바지 복에 잘먹구 잘입구 잘살아요 했다. "오오 그래. 고롬 세째야 너는 누구 복에 잘먹구 잘입구 잘사네?" 하구 물었다. "누구 복에 잘 먹구 잘입구 잘살갔이요. 내 복에 잘먹구 잘입구 잘살디요." 하구 말했다. 아바지 복에 잘먹구 잘입구 잘산다구 할 줄 알았넌데 이렇게 말하느꺼니 넝감은 고만 증이 나서 "네레 네 복에 잘먹구 잘입구 잘산다먼 너넌 날래 나가서 네 복에 잘먹구 잘살아 보라!" 하구서 세째딸을 내쫓았다.

세째딸은 쫓겨나서 발 거넌 데루 가다가 九峰山 옊에 꺼정 왔넌데 그 산 밑께 오막살이 집이 있어서 그 집이 들어가서 그 집에 총각하구 살게 됐다.

이 집 총각은 쑥구[1]를 구워서 갸우갸우 먹구 살아가넌 총각이었다.

하루는 이 세째가 쑥구 굽넌 데를 가봤다. 그랬더니 쑥구 굽는 가마에 니마돌[2]이 모두가 금덩이였다. 그래서 세째는 총각보구 이 가마에 니마돌을 다 빼서 집이루 개지구 가자구 했다. 총각은 니마돌을 빼문 쑥구를 굽디 못하구 우리는 망한다 하멘 안 된다구 했다. 세째는 더 잘살게 된다구 하멘 니마돌을 모주리 빼서 이거를 집으로 나루다 놨다. 그리구 총각보구 이거를 서울루 개지구 가서 제 값을 받구 팔아오라구 했다. 총각은 색시가 하라는 대루 쑥구가마 니마돌을 지구 서울루 올라가서 팔구 있넌데 어떤 사람이 와서 이거 파는 건가 하구 물었다. “예. 팔거이우다” 하느꺼니 천냥에 팔라구 했다. 총각은 “매랍니까, 살라문 제값대루 주구 사시구레” 했다. 이 총각은 여지껏 쑥구를 두푼 서푼에만 받구 팔았넌데 천냥에 팔라구 하느꺼니 장난말 하넌 거루 알구 이와 같이 말을 했다. 그 사람은 값을 적게 불러서 그러느 줄 알구 고롬 이천냥 주갔소 했다. 쑥구당시는 더 놀래서 그러디 말구 제값대루만 주구레 했다. 이 사람은 더 많은 값을 부르구 팔라구 했다. 쑥구당시는 그러디말구 제값대루만 달라구 하먼 그 사람은 자꾸 값을 더 많이 불렀다. 그래서 망판에 많은 값을 받구 팔았다.

세째딸은 이렇게 해서 제 복에 잘산다는 녯말이다.

※1937年 7月 昌城郡 昌城面 坪路洞 康顯檝

1) 숯　2) 숯 굽는 가마 앞에 붙인 돌

새의 말을 알아 듣는 사람

녯날에 한 사람이 길을 가드랬넌데 비가 너머너머 많이 와서 길녘에 있는 미럭당에 들어가서 비를 피하구 있었다. 이 사람은 비를 피하문서 미럭과 "나는 아무 것두 하는 재간이 없읍니다. 미럭님, 머이던디 재간 하나 있게 해주시요" 하구 빌었다. 그러다가 잠이 들었넌데 꿈에 너는 이자보탄 사이 목띰[1]을 하라는 말소리를 듣게 됐다.

잠을 깨서 가만 들어보느꺼니 미럭당 아근에 있는 낭구 우에서 가마구가 울구 있넌데, 그 가마구 우넌 소리레 더기 칼 맞아 죽은 사람 있다. 더기 칼 맞아 죽은 사람 있다 하는 소리루 들렜다. 그래서 가마구 우는 낭구 있넌 데루 가보느꺼니 과연 칼 맞아 죽은 사람이 있었다. 이 사람은 고만 깜짝 놀라서 거기서 뛰어나왔다. 이 사람이 뛰어나오는 거를 순사가 보구선 너는 사람을 쥑이구 달아나넌 놈이다 하구서 잡아 개지구 갔다. 이 사람은 나는 사람을 쥑이디 안하구 가마구가 칼 맞인 사람이 있다구 해서 가서 본 거뿐이라구 말했다. 순사는 "사람이 어드렇게 사이 말을 알아듣갔네. 너는 사람을 쥑인 놈이다" 하구 잡아 가갔다구 했다. 이 사람은 나는 사이 말을 알아듣는 사람이라구 자꾸 말하느꺼니 순사는 네레 정 그런디 안 그런디 알아야갔다 하구 밖에 나가서 베지[2] 새끼 한 마리를 잡아서 품안에 넣구 두루왔다. 그러느꺼니 엄지 베지레 와서 재재재 하구 울구 있었다. 순사는 이 사람과 밖에서 베지레 메라구 하네 하구 물었다. 이 사람은 베지 우는 소리를 듣구 "와 내 새끼를 잡아 넣구 있소. 날래 내 주시구레 하구 움으다" 하구 말했다. 순사는 이 말을 듣구 "님제레 정말 사이 목띰을 할 줄 아는 사람이구레" 하구서 나줬다구 한다.

※1935年 1月 鐵山郡 鐵山邑 東部洞 李壽榮

1) 새의 말을 알아들음 2) 제비

짐승 말을 알아듣는 사람

넷날에 초가막세리 하는 사람[1]이 있드랬넌데 이 사람에 아덜은 즘성 말을 알아듣군 했다.

이 아에 부모레 병이 났넌데두 집이 가난하느꺼니 약 한 텁 쓰디 못하구 해서 부모레 다 죽었다. 그러느꺼니 이 아레 화가 나서 집을 떠나서 발 가는 데루 가멘 어드메 절래살이[2]할 집이 없갔나 하구 얻어 보넌데 한 나투 써주딜 안했다. 가멘가멘 하다가 어늬 산골루 들어갔넌데 고기 가마구덜이 많이 모여서 울구 있었다. 가만히 들어보느꺼니 "더기 먹을 거 있다. 더기 먹을 거 있다" 하구 울어서 배레 고프느꺼니 글루루 가봤다. 가보느꺼니 먹을 거는 없구 남자 죽은 송장이 있었다. 송장을 보구서 끔직해서 거기서 다라뛔서 다른 길루 갔다. 가다가 날이 저물어서 한 집이 가서 자리 좀 붙자구 했다. 그 집에는 남자는 없구 낸만 있넌데 이 낸은 근심에 자빽[3] 차구 있었다. 어드레서 근심에 자빽 차 있능가 하구 물으느꺼니 낸은 저에 남덩이 당에 갔넌데 상기두[4] 돌아오딜 않아서 무슨 벤이나 당하디 않았나 걱정이 돼서 그런다구 말했다. 이 아는 낸에 말을 듣구, 이자 이리루 오넌 도둥에 가마구가 더기 먹을 거 있다, 더기 먹을 거 있다구 하멘 울구 있어서 가봤더니 남자 하나이 죽어 있어서 끔직해서 일루루 달라왔다구 말했다. 이 말을 들은 낸은 어데 하낭 보자 해서 이 아는 하낭 글루루 가봤더니 낸은 죽은 사람을 보더니만 "이건 우리 남덩이다. 네레 우리 남덩 죽인 거 아니가" 하며 과뎄다. "아니다. 가마구가 말한 거 듣구서 알았다" 하느꺼니 "사람이 어드렇게 짐성에 소리를 알아듣는가, 네레 우리 남덩을 쥑인거다" 하멘 사뚜한데 고소했다. 사뚜는 이 아를 잡아다가 살인한 놈이라구 사형에 처할라구 했다. 이 아는 사뚜과 내레 즘성 말을 알아듣나 못 듣나 한번 시험해 보구 쥑이라구 했다. 그러느꺼니 사뚜는 후원에 참대나무밭이 있넌데 그 참대나무 꼭두마리에 학이 둥지레 있넌데 그 둥지에서 학이덜이 당창 쌈질하구 있넌데 그 학이덜이 어드래서 쌈질하능가 알아보라구 했다. 그래서 이 아레 사뚜집 후원에 가서 들어보느꺼니 학이덜이 이 다루[5]는 내레 갖갔다, 아니다 내 거이다 하구 있었다. 이 아레 사뚜한데 가서 학이덜이 다루를 서루까락 개지갔다구 쌈질하구 있다구 말했다. 사뚜는 참대나무를 떡어보느꺼니 참대나무서 열대자나 되는 기인 다루레 나와서 이 아레 즘성 말을 알아듣는 아라구 죄가 없다 하구 놔주었다.

이 아는 거기서 나와서 가드랬넌데 한 곳에 오느꺼니 왕에 딸이 열대자 되는 다루를 힗었넌데 이 다루를 얻어오는 사람은 왕에 사우삼갔다는 광고가 써 붙에 있는 거를 보구 왕 있넌 데루 가넌데 가다가 어떤 산골을 지나넌데 그 산골에서 잿내비 서이서 이건 내레 갖갔다, 데건 너개지라, 아니다 이건 내레 개지갔다 하멘 쌈을 하구 있었다. 이 아는 잰내비덜한데 가서 너덜 멀 가지구 그렇게 쌈질하네? 하구 물었다. 잰내비 하나이 갓을 내보이멘 이걸 쓰구 산 즘성이던 사람이던 머이던 그 앞에 가서 고개를 끗덕하문 죽넌 갓인데 이걸 내가 개지갔다 하느꺼니 이 잰내비레 제가 개지갔다구 해서 쌈질한다구 했다. 그러느꺼니 다른 잰내비레 호무를 내 보이멘 이걸루 죽은 사람을 한번 빼얼 긁으문 다시 살아나는 호문데 이거를 서루가락 개지갔다구 하멘 쌈하구 있다구 말했다. 다른 잰내비레 채떡을 내보이멘 이 채떡은 험한 산이건 깊은 바다건 어쨌던 사람이 갈 수레 없는 데를 한번 후리티면 그 자리서 펭탄한 길이 돼서 잘 갈 수 있게 하는 채떡인데 이걸 서루까락 개지갔다구 쌈질한다구 했다. 이 아는 잰내비 말을 다 듣구서리 "야 너덜 쌈질할 거 없다, 내레 잘해 줄건 너덜 내 말을 잘 들으라" 하구선 갓을 쓰구 오른손에 채떡을 쥐구 왼손에 호무를 들구서 "너덜 여기서 데켄에 있넌 소나무꺼정 다라뛔서 갔다가 도루 와서 맨제 온 놈이 저 개지구픈 걸 개지문 되잔칸?" 하구 말하느꺼니 잰내비들은 그거 참 도흔 이사[6]다 하구서 이 아가 말한대루 다라뛔서 데켄 소나무꺼정 돌아왔다. 돌아올 적에 이 아는 잰내비과 너는 일등 너는 이등 너는 삼등하멘 고개를 끄덕끄덕 하멘 등수를 멕엤넌데 잰내비덜은 고만에 픽픽 쓰러데서 죽었다.

이 아는 잰내비덜으 보물을 얻어 개지구 왕 있는 데루 갔다. 가서는 왕과 왕에 딸이 힗은 다루를 얻어오문 정말 사우 삼갔능가 하구 물었다. 왕은 얻어오문 사우삼는다, 그런데 이십일 안으루 찾아와야디 이십일

넘우문 쥑인다구 했다.

이 아이는 다루를 찾으레 간다 하구 왕에 집에서 나와서 가넌데 가다가 어떤 해벤에 왔다. 해벤에 오느꺼니 바다에서 닝어 한 쌍이 나와서 가자구 했다. 이 아는 채떡으루 바다물을 탁 티느꺼니 탄탄한 길이 나서 그 길루 닝어를 따라갔다. 닝어는 큰 궁궐루 인도해갔다. 이 궁궐은 농궁인데 이 농궁에서 농왕이 나와서 맞아들이구 딸이 죽은 거를 살레달라구 했다.

이 아는 농왕에 딸에 시테를 호무루 줄 긁으느꺼니 살아났다.

농왕은 기뻐하멘 "너 머이 소원인가? 소원이 있이문 말하라. 다 주갔다"구 했다.

다루레 소원이라구 하느꺼니 다루를 너둔 큰 궤를 내주었다. 이 아는 그 궤에서 열 대자되는 다루를 하나 꺼내개지구 바다에서 나와서 왕 있는 데루 갔다.

그런데 다루를 개저오갔다는 이십 일이 볼세 다 지나서 왕은 이 아를 죽이갔다구 군벵을 많이 보냈다.

군벵들은 이 아를 보자 총을 쏠라구 했다. 이 아는 잰내비한데서 얻은 갓을 쓰구 군벵들한데 대구 고개를 끄덕끄덕 했다. 그랬더니 군벵들이 다 죽구 한 사람만 남았다.

너두 죽간? 하느꺼니 제발 좀 살레주구레, 잘못했수다 하구 빌었다. 이 죽은 군벵 살레 주문 어카갔네 하느꺼니 우리 모두 손으루 싱게를 무어서 왕한테루 가갔다구 했다. 그래서 이 아는 죽은 군벵에 시테를 모주리 호무루 뻘뻘 긁어서 다 살레놨다. 군벵들은 손을 모아 싱게를 만들어 태워서 왕한데루 갔다. 이 아레 열 대자 되는 다루를 받히느꺼니 왕은 기뻐서 사우를 삼았다.

※1935年 1月 龍川郡 外下面 靑龍洞 白基偉

1) 소작인 2) 머슴살이 3) 잔뜩 4) 아직도 5) 다리, 月子, 여자가 머리 숱을 많게 하기 위하여 붙이는 머리털 묶음 6) 의사, 생각

범의 말을 엿들은 사람

넷날에 한 형데레 있었넌데 이 형데레 항께 무넝당시루 집을 떠나서 가드랬넌데 어드런 고개길을 가다가 형은 저그니의 무넝을 다 빼틀구 낭구에다 꽁꽁 터매 놓구 함자서 가삐렀다. 저그니는 슬퍼서 울구 있으라느꺼니 웬 넝감이 와서 풀어 주었다.

저그나는 집이루 돌아가갔다구 가넌데 해가 데서 잘 곳이 없갔나 하구 얻어 보느꺼니 데켄에 빈 덜간이 있어서 글루루 가서 집 한 구세기에 누어 있었다. 밤이 되느꺼니 범이 모여와서 저덜끼리 메라구메라구 하구 있었다. 저그나레 들어보느꺼니 범 하나이 아무데 말에서는 물이 발라서[1] 고생하구 있넌데 그 말 앞으 큰 버드나무를 뽑아내문 물이 콸콸 마구 솟아날터인데 그 말 사람덜은 그걸 모르구 있다구 했다. 그러느꺼니 범 또 하나이 아무데서는 돈이 발라서 고생을 하구 있넌데 그 동네 앞에 있넌 큰 파우를 들테내문 돈이 무한덩 나오넌데 사람덜은 그걸 모르구 있다구 말했다.

날이 밝으느꺼니 범들은 가서 저그나는 범이 말한 물이 바르다는 말에 찾아가서 그 말 앞에 있는 큰 버드나무를 뽑아서 물이 많이 나오게 해 주었다. 동네 사람들은 기뻐서 저그나에게 돈을 많이 주었다.

저그나는 돈이 바르다는 말에 가서 말 앞에 있는 파우를 들티구 그 밑에 있는 돈을 꺼내서 동네 사람에게 주었다. 그랬더니 동네 사람들이 기뻐서 저그나에게 많은 돈을 주었다.

저그나는 이렇게 해서 수탄 돈을 얻어개주구 와서 부재가 돼서 잘살았다구 한다.

※1927年 2月 楚山郡 柄面 三臣洞 金宗赫

1) 귀해서

도깨비 말을 엿듣고

넷날에 한 아레 있넌데 집이 가난해서 날마당 새해다 팔아서 먹구 사넌데 하루는 새하레 산에 갔드랬넌데 날이 저물어서 할 수 없이 거기 있는 쓰러데 가는 집에 들어가서 자기루 했다.

오밤둥쯤 되느꺼니 도깨비들이 한물커니 모여와서 이 아는 미서워서 보땅[1] 우에 올라가서 숨어 있었다. 도깨비 한놈이 "세상에 사람들은 참 믹재기야요. 건너 말에서는 물이 발라서 고생이 이만데만이 아닌데 그 말 앞으 큰 나무 하나를 짤라내문 물이 많이 나오넌데 그걸 모르구 있단 말이야" 하구 말했다. 그러느꺼니 다른 놈이 "글쎄 말이야. 사람이란 거 참 믹재기야요. 건네 말에 큰 파우가 있넌데 그 파우를 들테면 금이 무한덩 나오넌데 그걸 모르구 있어" 하구 말했다. 도깨비 또 한놈이 "지금 왕에 딸이 벵이 나서 죽게 됐넌데 아 그 궁던에 있넌 재통에 큰 지네가 있어서 그러넌데 그 지네만 잡아 죽이문 벵이 제창 낫넌건데 그걸 모르구 있단 말이야" 하구 말했다.

이 아는 이런 말을 다 듣구 있었넌데 날이 훤하게 밝으느꺼니 도깨비덜은 다 가구 말았다. 도깨비가 다 간 담에 이 아는 보땅에서 내려와서 물이 발라서 고생한다는 말에 찾아가서 내레 물이 많이 나게 해주갔다구 했다. 말 사람덜은 그렇가라구 해서 이 아는 말 앞에 큰 나무를 짤랐다. 그랬더니 물이 많이 나와서 말 사람들은 기뻐서 수타 많은 돈을 주었다.

고담에 이 아는 건너 말 앞에 있넌 큰 파우를 들티구 그 밑에 있는 많은 금을 파서 개졌다.

고담에 이 아는 궁던 있넌 데 가서 왕과 왕에 딸에 병을 고티갔다구 했다. 왕이 그카라 해서 궁던에 재통에 있넌 지네를 잡아서 죽엤다. 그랬더니 왕에 딸에 병은 바루 낳았다. 왕은 기뻐서 이 아를 사우를 삼아서 잘살았다구 한다.

※1936年 1月 龍川郡 楊下面 市車洞 崔德用

1) 대들보

도깨비 말을 엿들은 사람

넷날에 한 사람이 있드랬넌데 이 사람은 가난해서 산에 가서 새를 해서 먹구 살았다. 하루는 산에 새하레 갔넌데 소낙비가 와서 근체에 있는 빈 덜깐에 들어가서 비를 피하구 있었넌데 이즉만 하더니 도깨비덜이 몰레와서 놀멘 저덜끼리 메라메라하구 말했다. 가만 들어보느꺼니 한놈이 "요 앞에 아무가이네 집에 벽아구리 니마돌은 금덩인데 그집 사람은 그걸 모르구 있단 말이야" 하구 말했다. 그러느꺼니 다른 도깨비레 "데켄 말에 부재집에 딸이 벵으루 앓아서 죽게 됐는데 그 집에 턴반에 있넌 왕지네와 구둘땅[1] 아레 있넌 큰 두터비 까타나 벵이 난 거이느꺼니 그 왕지네와 큰 두터비만 잡아서 가매다 넣구 기름을 부어서 튀게 죽이문 당당에 났넌 걸 모르구 있다 말이야" 하구 말했다. 또 한놈이 "아무데 말 앞에는 큰 진퍼리가 있넌데 이 진퍼리에 있는 파우에 구넝을 뚤루문 좋은 논이 되넌데 그걸 모르구 있단 말이야" 하구 말했다.

아침이 돼서 날이 밝으느꺼니 도깨비덜은 다 가삐렜다. 이 사람은 벽아구리으 니마돌이 금이라구 하는 집에 가서 그 니마돌을 사개지구 팔아서 큰돈을 벌었다. 그리구 딸이 병이 나서 죽게 됐다는 부재집이 가서 딸에 병을 낫게 하갔다구 해서 그 집에 턴반에 있는 왕지네와 구둘땅 아레에 있는 두터비를 잡아서 가매에 넿서 쥑이구 체네 병을 고테 주구 부재집 사우가 됐다. 그리구 쓸모없이 되어 있넌 진퍼리에 가서 거기 있는 파우에 구넝을 뚫어서 좋은 논을 만들어서 그걸 개지구 잘살게 됐다.

※1937年 7月 定州郡 觀舟面 草庄洞 鄭聲源
※ 〃 〃 〃 安興面 岩竹洞 朴浩信
※ 〃 〃 宣川郡 宣川邑 川北洞 李在瑄

1) 구들장

조 이삭 하나로 차차 성공했다가

넷날에 한 사람이 길을 가다가 말 번주쇠[1]를 하나 얻어 개주구 "얻은 쇠자박[2] 배릴라[3] 낫이나 베리자[4] 베린 낫 배릴라 버들이나 쯔자 쯘 버들 배릴까 삼태기나 엮자 엮은 삼태기 배릴라 개띠[5]나 줏자 줏은 개띠 배릴라 떡이나 빚자 빚은 떡 배릴라 집나니나[6] 보내자" 하멘 개띠루 떡을 많이 빚구서리 이거이다가 팍보생이[7]를 문테서 큰 보재기에다 싸서 집나니 집이루 보냈다.

집나니 집이서는 저그나덜이 떡 달라구 야단을 티느꺼니 집나니는 그 떡을 줬다. 아덜은 이 떡을 받아 개지구 먹을라 하넌데 띳내레 나느꺼니 "엄매야 이 떡에서 띳내레 난다. 못 먹갔다"구 하멘 팽개텠다. 엄매레 "거 너덜 메라구 하네, 어데 한자박 내오너라" 하구 한자박 먹을라구 하넌데 정 띳내레 나서 "야 이거 정말 띳내레 나는구나, 못 먹갔다" 하구서리 그 떡을 집 앞 채매앝[8]에다 내텠다. 그때 이웃집 노친네레 불 얻으레 오다가 떡을 내티는 거 보구 어드레서 데 집이선 떡을 내티누 하구서 그 떡을 모주리 줘다가 가매다 물을 두구 삶아서 먹을라구 했다. 그런데 이거이 개띠레 돼서 띳내레 혹게 심하게 나서 먹덜 못하구 이거를 저 집 채매앝에다 다 퍼다 내텠다. 그랬더니 그 다음해 봄에 거기서 큰 조때레 나서 홍두개만한 조이삭이 붙게 됐다.

그 집 아덜이 이걸 보구 "야아 이거 혹게 큰 조이삭이다. 이거 멀 하누" 하구 생각하다가 나라님한데 진상하야갔다 하구 그 조이삭을 메구 집을 떠났다. 하하 가다가 날이 저물어서 한집에 들어가서 쥔 좀 붙자구 했다. 그 집 쥔은 우리 집엔 쥐레 많아서 못 붙갔다구 했다. 그래두 이 아덜은 그래두 좀 붙읍쉐 하멘 그 집에 붙텠다. 그런데 그날 나쥐 쥐란 놈이 그 조이삭을 다 쏠아먹었다. 아침에 니러나 보느꺼니 조이삭이 쥐레 쏠아먹어서 없어데서 쥔과 쥐라두 잡아 달라구 했다. 그래서 쥐를 잡아개주구 길을 가넌데 가다가 날이 저물어서 한집이 가서 자리 좀 붙자구 했다. 우리 집엔 광이레 있어서 못 붙티갔다구 하넌데두 좀 붙자구 해서 그 집에 붙게 됐다. 그런데 그날 밤에 광이레 쥐를 잡아먹었다. 다음날 아침에 이 사람이 쥐를 달라구 하느꺼니 광이레 쥐를 잡아 먹었다구 해서 고롬 광이를 주구레 해서 광이를 개지구 갔다. 가다가 날이 저물어서 한 집에 찾아가서 쥔 좀 붙자구 했다. 붙으라 해서 붙어 개지구 자는데 밤 사이에 그 집 가이레 광이를 잡아먹었다. 그래서 이 사람은 쥔보구 가이를 잡아달라구 해서 이 가이를 끌구 가다가 날이 저물어서 한집에 자게 됐다. 그런데 그 가이는 그 집 말에게 채여서 죽었다. 이 사람은 쥔과 당신네 말이 나에 가이를 차서 죅엤으느꺼니 말을 주어야 한다구 해서 말을 줘서 이 사람은 말을 끌구 갔다. 가다가 날이 저물어서 한집에 들어가서 자게 됐다, 그 집에는 곤 딸이 있었다. 이 집에서는 이 곤 딸을 왕에 색시를 삼갔다구 하구 있었다. 이 체네가 이 사람에 말을 보갔다구 하구서 말을 보드랬넌데 고만 잘못해서 말을 죅엤다.

다음날 아침에 이 사람은 길을 떠나멘 말을 내노라 하느꺼니 딸이 죅엤다구 하멘 우리 집엔 줄 말이 없으느꺼니 딸이나 데불구 가라 했다. 그래서 이 사람은 체네를 큰 궁이통[9] 안에다 네서 이걸 짊어지구 갔다. 하하 가다가 사뚜님 행차를 만났다. 이 사람은 고만 놀라서 체네가 들어 있는 궁이통을 길가에다 내레 놓구 저 함자만 쉬쉬알 고랑이루 들어가서 숨었다.

사뚜가 지나가다가 길가에 큰 궁이통이 있는 거를 보구 하인과 데거이 머인가 보구 오라구 했다. 하인이 가서 보느꺼니 궁이통 안에 곤 체네레 있어서 사뚜한테 가서 곤 체네가 있다구 했다. 사뚜는 궁이통에서 체네를 꺼내서 데불구 가구 그 궁이통 안에다 조고만 범 새끼를 넣어 두었다.

사뚜행차가 간 담에 이 사람은 쉬쉬알에서 나와서 보느꺼니 체네를 넣어 둔 궁이통이 그대루 있어서 그 궁이통을 짊어지구 저에 집에 돌아와서 저에 오마니과 난 곤 색시 얻어왔다 하멘 큰 잔채를 하갔다구 했다.

밤이 돼서 이 아덜은 체네가 들어 있는 궁이통 안으루 손을 네 봤다.

그러느꺼니 궁이통 안에 있는 범이 이 아에 손을 칵 끌텠다. 이 아는 체네레 그러는 줄 알구 "야 첫날밤보탐 끌티긴 와 끌티네?" 하멘 떡개[10]을 열었다. 그랬더니 범이 나와서 이 아덜을 잡아먹었다. 왕에 색시를 삼갔다는 체네에 욕심내서 고만 벌받구 죽었다.

이 체네는 사뚜 색씨가 돼서 잘살다가 달구다리 뻬뚜룩 했다구 한다.

※1936年 12月 宣川郡 深川面 古軍營洞 張翼旲

1) 말 편자에 붙이는 쇠 2) 쇠조각 3) 버리겠느냐 4) 벼리자 5) 개똥 6) 집 나간이, 즉 시집간 딸에게나 7) 팥고물 8) 채마밭 9) 구유 10) 뚜껑

수수 이삭 하나로 차차 성공하다가

넷날에 한 사람이 쉬쉬 이삭 하나를 개지구 길을 가드랬넌데 날이 저물어서 한 집에 들어서 자리를 붙텠다. 자리를 부티멘 쉬쉬 이삭을 쥔에 주멘 이걸 두었다 달라구 했다. 그런데 그날 밤에 쥐레 그 쉬쉬 이삭을 다 먹어삐레서 줄 수가 없었다. 이 사람은 할 수 없으느꺼니 쥐를 잡아 달라구 했다. 그래서 쥔은 쥐를 잡아서 주느꺼니 이 사람은 그 쥐를 개지구 갔다. 가다가 날이 저물어서 한집에 가서 자리를 붙었넌데 자리를 붙이멘서 쥐를 매끼멘 잘 건새했다가 달라구 했다. 그런데 그날 나즈 이 집 광이레 그 쥐를 잡아먹어서 쥐를 줄 수가 없었다. 이 사람은 고롬 그 광이를 쥐 대신 주어야 한다구 했다. 쥔은 할 수 없이 광이를 주었다. 이 사람은 그 광이를 개지구 갔넌데 가다가 날이 저물어서 한집에 들어가서 자리를 붙텠다. 자리 붙이멘서 광이를 주멘 잘 건새했다가 달라구 했다. 그런데 그 집에 가이레 이 광이를 물어 줙엤다. 그래서 광이 대신 가이를 달라 개지구 그 가이를 개지구 갔넌데 가다가 날이 저물어서 한집에 들어가서 자게 됐다. 이 사람은 가이를 쥔에게 매끼멘 잘 건새했다가 달라구 해다. 그런데 이 집 당나구레 이 가이를 차서 줙엤다. 쥔은 가이를 줄 수가 없어서 당나구를 내주었다. 이 사람은 그 당나구를 몰구 가

넌데 가다가 죽은 체네 장세나 가는 거를 만났다. 이 사람은 죽은 체네와 당나구와 바꽈서 죽은 체네를 메구 가다가 어드론 말에 들어가서 어드른 집에 와서 죽은 체네를 대문 밖에 세워두구 집 안에 들어가서 밥 좀 달라구 하멘 대문 밖에 내 딸이 있으느꺼니 그 딸에 밥 좀 갯다 주라구 했다. 그 집 세째딸이 밥을 개지구 나가멘 대문을 벌깍[1] 여느꺼니 체네레 너머뎄다. 이 사람은 이걸 보구 딸을 쥑였다구 야단티멘 딸을 살콰내라구 했다. 그러느꺼니 그 집 쥔은 세째 딸을 데레가라구 했다. 이 사람은 안 된다, 큰딸을 줘야 한다구 야단뎄다. 그러느꺼니 쥔은 큰딸을 주었다. 이 사람은 큰딸을 데리구 집이 와서 색시를 삼았다.

※1934年 7月 宣川郡 山面 香山洞 劉準龍
※1936年 〃 〃 水淸面 古邑洞 李熙銓
※1935年 〃 龍川郡 內中面 香峰洞 李光鉉
(단 이 설화의 앞부분은 같으나 끝부분은 다음과 같이 되어 있다.
"이 사람은 체네를 싱게에 태워서 가드랬넌데 가다가 두부집에 들어가서 두부를 사먹구 있었다. 그때 두부집 쥔이 싱게 안에 있는 체네가 어드런 체넨가 하구 보느꺼니 일가집 체네가 있어서 이겅 어드런 노릇이가 물었다. 체네레 이러이러 해서 왔다구 하느꺼니 두부집 쥔은 체네를 꺼내구 싱게 안에 두부비지를 네두었다. 이 사람은 그런 줄을 모르구 집이 와서 잔채를 할라구 싱게를 열구 보느꺼니 체네는 없구 두부비지만 있어서 점적했다구 한다."

1) 벌컥

새끼 서발로 색시 얻다 |

넷날에 어늬 시굴에 믹제기레 있드랬넌데 이 믹제기는 하루는 새끼를 꼰다구 꼬넌데 하루 종일 꼰 거이 왼새끼 서발을 갸우 꼬았다. 오마니레 이걸 보구 "에이 이런 못난 놈, 너 겉은 거 데불구 살 수 없다. 나가서 빌어먹던디 죽던디 하라"구 과테멘 이넘을 내쫓았다.

믹제기는 내쫓기워서 그 새끼 서발을 개지구 가넌데 가다가 동애당시[1] 하나이 동애짐을 묶었던 새끼가 끊어데서 애먹구 있드랬넌데 동애당시는 믹제기레 새끼 개지구 있넌 걸 보구 동애 하나 줄건 그 새끼를 달라구 했다. 믹제기는 그카라 하구 새끼를 주구 동애 하나를 얻어개졌다. 동애를 개지구 또 가넌데 어떤 집이서 색시레 물동애를 니구 나오다가 너머데서 동애를 깨틀엤다. 믹제기는 색시한테 가서 쌀 서 말만 주문이 동애를 주갔다구 하느꺼니 색시는 그카라 하구 쌀을 서 말 줘서 동애를 주었다. 믹제기는 쌀 서 말을 메구 가넌데 어떤 집 담장엮에 죽은 말을 개지구 있넌 사람이 있어서 이 사람과 쌀 서 말 줄꺼니 그 죽은 말을 달라구 했다. 그 사람은 그카라 해서 쌀 서 말과 죽은 말과 바꽈서 죽은 말을 끌구 가다가 한집에 들레서 죽은 말을 그 집 말텅깐에 버테 세워 놓구 집 안에 들어가서 밥을 먹었다. 밖에서 말이 쌈하는 소리가 나서 믹제기가 나가 보구 자기 말이 까꾸러데 있으느꺼니 쥔과 "야 당신 말이 내 말을 쥑엤다. 내 말 살레놔라"구 과텠다. 쥔은 잘못했다 하멘 산 말을 주었다. 믹제기는 그 말을 끌구 가넌데 가다가 어떤 큰 기애집에서 딸이 죽었다구 울구 있어서 그 집에 들어가서 산말과 죽은 체네와 바꾸자구 했다. 그러느꺼니 기애집 쥔은 그카라 하구 죽은 체네를 내줬다. 믹제기는 죽은 체네를 업구서 가다가 어떤 집이서 자리를 붙게 됐넌데 죽은 체네를 바람벽에다 기대여 앉테 놓구 난 약지레 갔다 오갔으느꺼니 그동안에 죽을 쒀서 이 체네에게 멕에 달라구 그 집 낸과 부탁하구 나갔다. 이 집 낸이 죽을 쒀개지구 체네한테 가서 죽 먹으라 하는데두 체네레 암쏘리두 않구 앉아 있기만 해서 증이 나서 "이 에미나야, 죽 먹으라는데두 암쏘리 않네?" 하멘 발루 툭 찼다. 그러느꺼니 체네는 앞으루 꺼꾸레데서 넘어뎄다. 이때 믹제기레 와서 보고 어드래서 놈에 체네를 쥑엤능가 하멘 날래 체네를 살레내라구 과텠다. 쥔은 할 수 없이 저에 집 딸을 주멘 데불구 가서 살라구 했다. 믹제기는 새끼 서 발 개지구 색시를 얻어서 잘살았다구 한다.

※1932年 7月 宣川郡 宣川邑 川北洞 蔡信用
※1932年 12月 鐵山郡 站面 東川洞 李明善
※1935年 7月 博川郡 嘉山面 東文洞 李成德
※1936年 7月 昌城郡 昌城面 甲岩洞 姜學道

※1936年 7月 宣川郡 南面 三省洞 桂徹源
※ 〃 〃 〃 水淸面 古邑洞 李熙銓
1) 동이장수

이상한 수수께끼

넷날에 한 낸이 늙두룩 아를 못나서 애타다가 갸우 아들을 하나 낳넌데 이놈에 아레 아무것두 않구 먹기만 하는 믹재기드랬다. 그래서 하루는 오마니레 "야 다른 집 아넌 일두 잘하구 하넌데 넌 어드래서 아무 일두 않구 밥만 처먹구 놀구만 있네?" 하구 나무랐다. 그러느꺼니 이놈은 "고롬 새끼라두 꼬게 딮 한 단만 갲다 주구레" 했다. 오마니는 야 이거 그래두 쓸데레 있갔구나 하구 딮을 한 단 사다 줬다.

아덜녀석은 새끼 꼰다구 새끼를 꽜넌데 사흘을 걸레서 갸우 새끼 서 발을 꽈놨다. 오마니는 이걸 보구 기가 맥혀서 이걸 개지구 나가서 빌어먹든디 죽던디 하라 하구 내쫓았다.

이놈은 그 새끼 서 발을 개지구 집을 떠나서 가넌데 한곳에 가느꺼니 독당시레 독짐을 맨 새끼레 끊에데서 애먹구 있드랬넌데 이 믹제기레 새끼를 개지구 있넌 걸 보구 동애 하나 줄건 그 새끼 달라구 했다. 이넘은 그카라 하구 새끼를 주구 동애 하나를 얻어 개졌다. 동애를 개지구 가넌데 어드런 동네에 가느꺼니 엄물역[1]에서 낸 하나이 동애를 깨구서 어칼 줄 모르구 있었다. 믹제기가 그 낸한데 가느꺼니 쌀 한 말 줄꺼느꺼니 그 동애를 달라구 했다. 그카라 하구 동애를 주구 쌀 한 말을 얻었다. 믹제기는 쌀 한 말을 개지구 가넌데 가다가 체네 죽은 시테를 지구 가는 사람을 만났다. 이넘은 그 사람과 쌀 한 말을 줄꺼니 그 체네 죽은 시테를 달라구 했다. 그 사람은 그카라 하구 체네 시테를 줘서 이넘은 그 체네 시테를 업구서 가다가 어늬 동네에 왔다. 동네에 와서는 동네 뒷산에 올라가서 그 동네를 내리다봤다.

어떤 집이서 큰 체네 둘이서 왔다갔다 해서 어둡기를 기둘러 개지구 그 집이 가서 나는 나라에 진상가넌 체네를 데불구 가넌데 하루밤만 자리 좀 붙자구 말했다. 그 집이서는 자리붙일 방이 없으느꺼니 못 붙이갔다구 하넌데두 텅깐[2]이라두 일없다 하멘 텅깐에 자리를 잡았다. 그리구 죽은 체네 시테를 텅깐에 세워 놓구 잠깐 밖에 나갔다 오갔다구 하구 밖으루 나갔다. 그 집에 체네는 나라에 진상가는 체네레 어드렇게 생겠나 보갔다구 가서 본다구 보다가 체네 시테를 자빠띠렜다. 그때 믹제기레 와서 보구 나라에 진상가넌 체네를 쥑었다구 야단티멘 날래 살리노라구 했다. 그 집 사람은 잘못했다 하멘 저에 집 딸을 대신 진상하라구 했다. 이넘은 안 된다구 듣디 안아서 딸 둘을 줄 꺼이느꺼니 제발 좀 들어주구레 하구 사정했다. 이넘은 갸우 그카갔다 하구 그 집 딸 둘을 데불구 가넌데 하하 가누라느꺼니 웬 사람이 말에다 필목[3]을 한끗[4] 신구 가구 있었다. 이 필목을 신구 가던 사람이 믹제기 겉은 놈이 곤 체네를 둘이나 데볼구 가느꺼니 그 체네를 빼틀구파서 수시께끼 하자멘 "내레 지문 이 필목과 말을 다 주구 님제레 지문 그 체네 둘 다 내놔야 한다"구 했다. 믹제기레 그카자 하구 믹제기가 맨제 하기루 했다. "딮 한 단 새끼 서 발 동애 하나 쌀 한 말 죽은 체네 하나 산 체네 둘이 머이가?" 하구 말했다. 이 사람이 암만 생각해 봐두 알 수레 없어서 모르갔다구 하구 그 필목과 말을 내줬다.

이 믹제기는 필목을 한끗 실은 말을 끌구 체네 둘을 데리구 저에 집에 가느꺼니 믹제기라구 내쫓던 오마니레 보구 아이구 우리 아덜 이자 오네, 하멘 반가히 맞아들엤다구 한다.

※1936年 12月 鐵山郡 站面 蚕峰洞 金洛範
※1937年 11月 宣川郡 宣川邑 越川洞 深成熙
※1938年 11月 義州郡 古津面 樂淸洞 鄭利澤
1) 우물가　2) 헛간　3) 疋木, 綿布　4) 가득

이상한 수수께끼

넷날에 한 사람이 조이삭 하나를 개지구 길을

가다가 날이 저물어서 한집에 들어가서 자리를 붙게 됐넌데 그 집 쥔에게 조이삭을 주멘 이걸 잘 건새했다가 낼 아직[1]에 달라구 했다. 쥔은 그카라구 하구 그 조이삭을 맡아 주었넌데 밤 사이에 쥐레 이 조이삭을 다 먹어삐레서 아즉에 닐라 보느꺼니 조이삭이 없어데서 줄 수가 없게 됐다. 이 사람은 할 수 없으느꺼니 그 쥐나 잡아 달라구 했다. 쥔은 할 수 없이 쥐를 잡아 주었다. 이 사람은 쥐를 개지구 가다가 날이 저물어서 한집에 쥔을 들었다. 그리구 쥐를 잘 건새했다가 낼 아즉에 떠날 때 달라구 했다. 쥔은 그카라 하구 그 쥐를 받아 두었는데 광이레 이 쥐를 잡아먹어삐레서 쥐를 돌레 줄 수 없어서 광이를 주었다. 이 사람은 그 광이를 개지구 가다가 날이 저물어서 한집에 쥔을 들구 광이를 주멘 잘 건새했다가 낼 아즉에 달라구 했다. 쥔은 그카라 하구 광이를 받아서 잘 건새했넌데 그 집 가이레 이 광이를 물어 쥑엤다. 그러느꺼니 쥔은 가이를 잡아서 이 사람에게 줬다. 이 사람은 그 가이를 개지구 길을 가다가 날이 저물어서 한집이 가서 쥔을 들구 가이를 주멘 잘 건새했다가 낼 떠날 적에 달라구 했다. 그런데 그 집 당나구레 이 가이를 차서 쥑에서 쥔은 당나구를 이 사람에게 줬다. 이 사람은 그 당나구를 끌구서 가다가 날이 저물어서 한집에 자리를 붙구 당나구를 매끼멘 잘 건새했다가 낼 아직에 떠날 적에 달라구 했다. 그런데 다음날 아직에 보느꺼니 그 집 소레 뿔루 받아서 이 당나구를 쥑에서 쥔은 할 수 없이 소를 줬다. 이 사람은 그 소를 끌구 가드랬넌데 가다가 노친네가 죽은 새우[2]레 나가는 걸 만나서 이 사람은 소와 노친네 송장과 바꾸자고 했다. 그러느꺼니 그카라 하구 노친네 송장과 소와 바꿨다. 이 사람은 노친네 송장을 짊어지구 가다가 한 마을에 들어갔넌데 움물이 있어서 그 움물역께 노친네 송장을 세워 놓구 어드런 집이 가서 밥을 얻어먹으멘 우리 오마니레 움물역께 있으느꺼니 밥 좀 갲다 주구레 했다. 그러느꺼니 그 집에 체네레 밥을 개지구 가서 "여보시, 밥 가저왔수다" 하구 말했다. 그런데 노친네레 말을 하디않구 있으니꺼니 체네레 여보시, 밥 개지구왔수다 하멘 노친네를 밀티느꺼니 노친네레 고만 움물에 빠뎄다. 얼렁 꺼내 보느꺼니 죽어 있었다. 체네레 집이 돌아와서 그 사람과 그 말을 하느꺼니 그 사람은 과따티멘 우리 오마니 살레내라구 했다. 그 집이서는 "죽은 사람을 어드렇게 살레내갔소. 우리 체네를 데리구 가구레" 하멘 사정사정해서 이 사람은 체네를 데불구 갔다. 하하 가드랬넌데 말에다 멩디[3]를 한 바리 잔뜩 실은 사람을 만났다. 멩디 실은 사람은 이 사람과 수수꺼끼 하자 하멘 이기문 이 멩디를 다 주구 지문 그 체네를 주어야 한다구 했다. 그래서 그카자 하구 이 사람이 맨제 하넌데 "조이삭 하나이 쥐가 되구 쥐가 광이레 되구 광이레 가이가 되구 가이레 당나구레 되구 당나구레 소가 되구 소가 죽은 노친네가 되구 죽은 노친네레 산 체네가 된 거이 머이가?" 하구 말했다. 멩디당시레 아무리 생각해 봐두 알 수가 없어서 모르갔다 하구 그 멩디 바리를 이 사람에 다 주었다. 이 사람은 그 멩디를 받아 개지구 집이 와서 그 체네와 잘살았다구 한다.

※1937年 7月 宣川郡 宣川邑 川北洞 金得弼
※ 〃 〃 龍川郡 楊光面 龍德洞 金明甲
1) 아침 2) 상여 3) 명주

이상한 수수께끼

넷날에 한 넝감이 있드랬넌데 이 넝감은 부주런한[1] 사우를 얻갔다구 그런 총각을 얻어보구 있드랬넌데 하루는 총각 하나이 소를 타구 가멘서 새끼를 꼬구 있어서 야 데거 부주런헌 총각이 갔다 하구서 그 총각을 데레다 사우를 삼았다.

하루는 그 넝감은 딮을 많이 주멘 새끼를 꼬라구 했다. 그리구 큰 방서 둘으느꺼니 사우레 사랑방에서 새끼를 꼬넌데 얼매나 꽜넌디 온나주 한 발 두 발 서 발 하구 재구 있어서 사우레 새끼를 수타 많이 꼬구서 재구 있구나 하구 있었다. 그리구 다음날 아침에 사랑에 나가서 사우레 꼰 새끼를 보느꺼니 새끼는 한 서너 발 밖에 없어서 너 새끼 꼰 거 어드르케 했네? 하구 물었다. 사우는 "요거밖에 꼬디 안했이요. 요거이 다에요" 했다. 넝감은 이 말을 듣구 "에잇 빌어먹을 넘 같으니. 너겉은 넘 빌어나 먹어라! 나가라"구 과티구 사우를 내쫓았다.

이 사우는 그 새끼 서 발을 개지구 가넌데 가다가 동애당시 하나이 동애짐 맸던 새끼레 끊어데서 애먹구 있드랬넌데 이 동애당시레 이 사람이 새끼 개지구 있넌 걸 보구 그 새끼하구 동애 하나하구 바꾸자구 했다. 이 사람은 그카라 하구 새끼 서 발을 주구 찌끄러딘 동애 하나를 받았다. 그 동애를 개지구 어정어정 가드랬넌데 어떤 엄물가에서 낸 하나이 물동애를 깨트리구 어칼디 모르구 있드랬넌데 이 사람이 동애를 개지구 있넌 거 보구 쌀 한 말 하구 바꾸자구 해서 그카라 하구 쌀 한 말 하구 바꾸었다.

쌀을 개지구 또 어정어정 가넌데 죽은 말을 끌구 가는 사람을 만났다. 이 사람과 죽은 말과 쌀 한 말과 바꾸자 해서 바꿔서 이 죽은 말을 끌구 가다가 말 매는 마방에 와서 그 죽은 말을 말 가운데에다 매 놓구 말 끄는 말꾼덜이 모여 있넌데 가서 내 말은 피매[2]이느꺼니 님제덜 말을 바투[3] 매두구레 하구 말했다. 말꾼덜은 거 놔두어두 일없다 하멘 그대루 두어 두었다.

다음날 아침에 나가 보느꺼니 말이 죽어 넘에데 있으느꺼니 이 사람은 아 그만큼 말을 바투 매라 했넌데두 안 매더니 내 말을 차서 쥑에 놨다구 과톘다. 말꾼덜은 잘못했다구 빌멘서 좋은 산 말을 내주었다. 이 사람은 그 말을 끌구 갔넌데 가다가 죽은 체네 상예 나가는 것을 보구 그 죽은 체네와 산 말과 바꿔서 체네를 업구 갔다. 가다가 배레 고파서 어떤 말에 들어가서 죽은 체네를 동네 엄물 든덩[4]에 지태 세워 놓구서 한집이 가서 밥 좀 달랬다. 그 집 낸이 밥을 한상 차레 주느꺼니 난 나 함자가 아니구 내 색시과 같이 왔넌데 색시레 엄물 든덩에 있으느꺼니 그기두 한상 채레다 주구레 했다. 이 집 낸은 밥을 한상 채레 개지구 엄물에 가서 "밥 개저왔시다" 해두 색시레 암쏘리 않구 서 있기만 해서 "여보시 여보시 밥 자시라구요" 하멘 흔들었더니 색시는 고만에 엄물에 빠졌다. 이 사람은 와서 보구 색시를 엄물에 빠틀레 죽엤다구 과티멘 야단을 텠다. 야단을 티느꺼니 그 집이서는 저에 딸을 내주멘 데불구 가라 했다.

이 사람은 그 집 딸을 데불구 가넌데 가다가 웬 사람이 말에다 비단을 잔뜩 많이 싣구 가는 사람을 만났다. 비단 싣구 가던 사람은 이 사람이 데불구 가는 색시를 보구 탐이 나서 쉬시꺼니[5] 하자 하멘, 내레 지문이 말과 비단을 모주리 주구 님제레 지문 그 체네를 나 주어야 한다구 했다. 이 사람은 그카자 하구 맨제[6] 이 사람이 하기루 했다. "새끼 서 발이요 쭈그레딘 동애 하나요 쌀 한 말이요 죽은 말 한 마리요 산 말 한 마리요 죽은 체네 하나요 산 체네 하나가 머이요?" 하구 말했다.

비단 싣구 가던 사람은 그 말을 듣구 암만 생각해 봐두 알 수레 없어서 모르갔다 하구 말과 비단을 모주리 주었다. 이 사람은 그 말과 비단을 개지구 집이 와서 그 체네와 잘살았다구 한다.

※1936年 12月 定州郡 郭山面 造山洞 金鍾享

1) 부지런한　2) 암말　3) 바짝　4) 언덕　5) 수수께끼　6) 먼저

보리 한 되로 세계일주

넷날에 띠턴둥 이레 있었넌데 이 띠턴둥이는 보리 한 되 개지구 세계일주를 했다구 한다. 어드렇게 세계일주를 했능가 하문 보리 한 되루 밥을 지어서 통체루 먹는다. 보리는 통채루 먹으먼 고대루 띠[1]루 나온다. 이 띠를 시체서[2] 밥해서 먹구 다음에 띠루 나온 걸 또 시체서 밥해 먹구 이렇게 먹은 보리밥이 통체루 나온 거를 다시 시체서 밥해 먹구 해서 보리 한 되 개지구 세계를 일주했다구 한다.

※1932年 8月 定州郡 安興面 好峴洞 朴享來

※1934年 7月　〃　〃　安義洞 吳裕泰

(단 세계일주가 아니고 서울까지 올라갔다)

※1935年 1月 昌城郡 昌城面 坪路洞 姜英老

(단 吳裕泰의 것과 같음)

1) 똥　2) 씻어서

송아지하고 무하고 바꾼 사람 |

넷날에 농사꾼 하나이 채매밭 농사를 하드랬넌데 사람 몸집 만한 큰 무우 하나이 나와서 이런 희귀한 큰 무우는 니겉은 농사꾼이 먹어서는 안된다, 사뚜한테나 바티야 하갔다 하구 좋은 딮으루 좋은 섬을 엮어서 무우를 담아서 사뚜한테 가서 "저는 수십 넌 동안 채매농사를 하구 있넌데 금넌에는 사람 몸집만한 무우가 나왔십니다. 이거는 모두 다 사뚜님에 은덕이갔십니다. 그래서 이 무우를 사뚜님께 바티레 개지구 왔십니다" 하구 말했다. 사뚜레 이 말을 듣구 농사꾼에 맘씨가 고마워서 하인을 불러서 "거 요새 들어온 거 머이 있네?" 하구 물었다. "예에 송아지 한 마리 둘온 거이 있입니다" 하느꺼니 사뚜는 그 송아지를 이 농사꾼에게 주라 했다.

이 농사꾼은 무우 하나 바티구 송아지 한 마리를 얻어 개지게 됐다.

근체[1] 사람 하나이 무우 하나 바티구 송아지 한 마리 얻어 개졌다는 소문을 듣구 송아지 한 마리 바티문 논마디기나 얻어 개지갔다 하구서리 송아지 한 마리를 끌구 사뚜한테 갔다. "사뚜님 저는 수십 넌 소를 멕에왔넌데 금넌에는 이와 같이 좋은 송아지가 나왔십니다. 이것을 팔기가 아까와서 사뚜님한데 바틸라구 끌구 왔십니다" 하구 말했다. 사뚜는 이 말을 듣구 기뻐서 하인을 불러서 "여봐라 요사이 무어 들어온 거 없느냐?" 하구 물었다. 하인이 "요전에 들어온 무우밖에 없십니다" 하느꺼니 사뚜는 그럼 그 무우를 이 사람에게 상금으루 내주어라 했다.

이 사람은 그 말을 듣구 고만 가슴이 덜컥했다구 한다.

※1937年 7月 龍川郡 東上面 泰興洞 車寬善

1) 근처

쌍동 형제 무용담 |

예전에 형데가 있넌데 형은 좀 淳直하고 동생은 좀 불량기가 있고 형은 좀 돈이 있고 낫게 살았넌데 형님은 아덜 쌍동이를 났어요. 차츰차츰 자라넌데 한 아홉 살식 먹었넌데 보너까나 이놈덜이 어텋게 영리하던지 그 조카들을 두어두고는 형님 돈을 제가 쓸 도리가 없단 말이디. 동생은 가만히 생각해 보너까나 그놈덜이 하도 영리해서 게데 조카덜을 없애야갔다 하구 생각하구 그 형님보구 하넌 이야기가 메라하넌고니 "형님 데 아덜을 데리고 있이먼 평생에 못산다구 하넌데 데 쌍동이 둘을 갖다가 내부리야 잘산대요. 멀리 갖다 두어서 나가서 커게 해야 잘산대요." 그러느까나 순박한 사람이 동생으 말을 들었단 말이요. 그래 인자 삼춘이 데리고서 "자아 너덜 외갓집에 나하고 같이 놀라가자" 하구 데리구 간다고 갔넌데 외갓집에는 안 가고 저어 외딴 산둥으로 데리고 갔단 말이요. 산둥으루 데루구 가서 둘을 놔두구 한단 말이, "너 여기 잠깐 있거라. 나 좀 금방 갔다 올꺼내 너덜 여기서 기다려라."

그리고 외딴 산둥에다 내버려 두구 저는 집으로 와삐렀단 말이여. 아홉 살식 먹은 놈이 산둥에다 내부리구 왔이니 집으루 챚어 올 수가 있나. 그리서 둘이서 손목을 마주 잡구서 울며불며 있넌 참인데 그 산둥에는 어떤 사람이 살었넌고 하니 포수로 일생을 지내넌데 자식도 없이 영감할멈이 있었드래요. 새냥을 나갔다가 오너꺼나 애덜 우넌 소리가 나서 가보너까나 그런 애덜들이 손목을 잡구 울구 있거덩. 그래서 너덜 어텋게 해서 여기서 울구 있느냐 하느까나 그런 게 아니라 우리 삼춘이 여기까지 데루구 왔넌데 잠깐 나갔다 온다구 하구서 나가더니 다시 오디 안해서 그렇게 울구 있다구 했디. 그래 그럼 너덜 우리 집으루 가자 하구 데루구 갔넌데, 포수가 글두 읽구 유식하던 모양이요. 그 아덜을 데루구 글을 가르키며 인제 활쏘기두 가리키며 자식삼아 키우넌데 사람이 어찌 영리한지 글두 잘 배우구 총 쏘기두 일등 포수로 잘 쏘구 그러넌데 갖다 기른 게 토끼새끼 두 마리를 갖다 길렀어요. 또 곰으 새끼 두 마리를 기르구 또 산돼지새끼 두 마리를 기르구 이렇게 짐성새끼 세 쌍을 키우구 늘 데루구 기르구 있더랬넌데 그럭저럭 하다가 이 아이덜이 二十살이식 넘어가구 포수할멈 영감은 나이 많구 다 돌아가섰단 말이여. 다 장사를 지낸 후에 생각을 해보느까나 우리가 이 산둥에만 묻헤 있일게 아니라 세상 구경을 좀 해야 될 게 아니야. 형데서 짐성새끼를 한 마리식 농과[1] 개지구서 人家 막판에 나와 개지구, 제끼[2] 하넌 말이 머라하넌구 하니 낭기에다가 칼을 한 자루식 꽂이멘서 누구덩가 먼저 이기 와 찾아봐 개지구 칼이 만약에 죽었시문 죽은 줄 알구 칼이 죽디 안했이문 산줄 알아라구 이것을 표를 하구, 그러까나 인제 형데서 둘이 갈라서 갔단 말이지.

南道로 나온 동생이 이래야 저래야 댕기다 보너까나 하루는 한곳에 이상하게 사람이 설렁거리구 떠들구 그러넌데 그게 먼일이냐구 물으니까나 그게 다른 게 아니구 여그는 아주 숭악한 짐성이 있넌데 일 넌에 한 번식 처녀를 갖다 재물을 봉해야 나라가 편안하기 때문에 그래 나라 임금님이 말씀하기를 백성으 자식을 어찌 몬제 제물루 봉하느냐, 내자식 보틈 제물루 봉해야 된다, 그래 임금으 딸 공주를 갖다 거기다 제물로 봉한다는 참이란 말이여. 이 사람이 가만히 생각해 보너까나 세상에 짐성으루 생겨서 사람을 갖다 제물루 받는다는 짐성이 어디 있나, 내가 가서 잡갔다구 생각하구서 갔단 말이야. 가서 보니까나 참 기가 맥히지. 일국에 공주로서 짐성으 밥이 된다 생각하니 기가 맥힌 판인데, 그래 짐성 있넌 데 가서 숨어 앉어 있었단 말이지. 가만 숨어 앉아 보너라니까나 그 처녀를 갖다 놓구 내레온 뒤에 커다란 대가리가 얼마나 큰지 아조 무지무지한 대맹이가 구렝이가 나와서 세[3]를 널름거리구 나오너까나 총으루 쏘아뿌렜단 말이여. 총으루 쏘아 잡아서 이 사람이 칼루 모가지를 테개지구서 세를 빼개지구서 세는 한쪽 여꾸리에 차구 대가리 한짝은 또 한 여꾸리에 차구 떠억 있넌데, 그 처녀가 기절을 했단 말이여. 기절을 한 걸 깰 때를 기대리구 있느라니까나 이 사람두 드러누웠다 잠이 들었어. 조금 후 임금님은 하인들을 시켜서 네가 가봐라 어떻게 됐넌가 가봐라 했넌데 가보니까 웬놈인지 그 큰놈으 대맹이 대가리를 여꾸리에 차구서 자거던. 그리서 이 하인놈이 가만 생각하니 옳다 내가 공을 세울 때가 되었구나, 대가리를 떼어서 제가 차구서 공주를 업고서 왔단 말이여. 왜 아주 나라에서는 큰 경사가 났다구 억신하지.[4)]

이 사람은 자다가 깨보니꺼나 대가리두 떼어가구 공주두 없어지구 해서 그래 슬슬 내려와 보너까나 아 그 하인이 짐성을 잡아와서 부마가 된다구 모두 날치구 있거던. 그래 이 사람이 나라에 떠억 들어갔거던. 들어가서 "저 아뢸 말심이 있어 왔십니다" "거 멋 말이냐?" "짐성을 잡으면 짐성으 대가리 가진 사람이 제일입니까, 헤빠닥 가진 사람이 제일입니까?" 그렇게 물어보거던. 아아 그야 대가리를 취하고야 헤를 뺄티니까나 헤 가진 사람이 진짜지. 그댐에 구렝이 대가리를 내놓고 보니까나 헤빠닥이 없단 말이지. 이 사람이 사실 이야기를 떡 하니까나 아 그놈은 그만 거짓말한 죄로 대번에 옥에다 처옇구 그 사람이 부마가 됐단 말이야. 부마가 돼가지구 행복시레 잘 지내넌데 말을 들으느까나 아마 제주 할라산이든 모양이야. 제주 할라산이란 데가 있다넌데 할라산에는 포수고 무엇이고 한번 들어가면 다시 못 나온다던디 이런 소리가 들리거던. 내가 한번 가보갔다, 그래서 짐성 세 마리를 데리구서 이제 제주 할라산을 찾아갔단 말이지. 가서 산 입구에 처억 들어가느까나 노란 놈으 짐성이 크지도 않은 놈으 노란 짐성이 앞이서 알랑알랑해. 총을 한 방 쏘면 이놈이 없어졌다가는 또 내다보면 또 앞에 내다뵈곤 하니 이놈을 따라가넌기 저물도록 山上까지 쫓아 따라갔단 말이여. 쫓아가 날은 저물고 그래 할 수 없어서 화덕에 불을 해놓고 불가에서 날을 새울라고 이래 있넌 참인디, 밤이 이스륵하니까나 낭그 꼭대기서 노파가 하나 떡 앉아서 "아이구 추워 불 좀 쬐었으면 좋갔다"구 하거던. 내려와서 불 좀 쬐라구 하느까나 불 쬘래도 그 짐성 세 마리가 무서워서 내 불 쬐로 못 내려간다고 그러구 머 시커먼 대설캉 같은 거 하나 내리다 주며 요걸루 그 짐성 세 마리를 한번식 문질러만 주면 내가 내려가서 불 좀 쬐갔다구 하느까나 이 사람이 그 노파한테 쏵아 가주구 그 대설캉 같은 새카만 작대기를 가지구 짐성을 문지르니 그만 돌이 돼뻬렀단 말이여. 이놈으 노파가 후떡 내려오더니 그 대설캉 가지고 포수까지 문질러서 그것도 돌이 돼뻬렀지. 포수가 들어가면 그렇게 돼서 살아 나오는 사람이 없었어요. 그놈으 짐성 땜에 유인당해 가지고 이렇게 됐넌데 그 성이 북쪽에 돌아대니다가 몇 년이 지냈넌데 형이 동생 생각이 간절히 나서 야아 동생을 한번 봐야 되겠다 하구 칼 꽂힌 데 와서 칼을 보느까나 제 칼은 죽지 안했넌데 동생 칼은 죽었단 말이지. 동생은 남쪽으로 갔넌데 필시 어데 가서 죽었구나 하구 그 짐성 세 마리를 데리구 가넌데 그때 아마 고려시대던 모양이요. 아 고려가 아니고 실라시대든 모양이요. 실라 서울에 들어오니까나 아 웬 하인덜이 아이구 서방님 지금 오십니까 하고 떠받들고 가거던. 가만히 생각해 보너까나 얼큰[5] 머리에 떠오르거던. 아따 내 동생이 와서 있던 곳이로구나. 그래 인제 처음에 동생행사를 하구서 들어가보니 웬 궁궐 같은 대궐에다 들여다 모시넌데 들어가서 가만히 행동을 보니까나 女子가 들어오넌데 女子가 제수가 틀림없단 말이여. 그래도 발설을 못 내구 가까히 오지 말라구, 큰 산에 간 사람이 女子를 접촉을 하면 안 되느까나 오지 말라구 그러구 그 이튿날 나섰단 말이여. 나서서 가만히 들어보너까나 그 이야기가 들리거던. 할라산이란 데는 포수가 한번 들어가면 다시 못 나온다, 그 이야기를 듣구서 할라산을 찾아서 들어갔단 말이여. 가보너까나 역시 그것과 같은 놈으 짐성이 나타나서 쫓아가니 거기꺼지 쫓아갔어. 쫓아가니 거기꺼지 가면 날이 어두워요. 어두워서 또 화덕을 해놓고 밤을 새우고 있노라너까나 노파 하나가 낭기에서 떠억 나앉더니만 아이 추워 불 좀 쬐였시면 좋겠다구 하느까나 내려와서 불 쬐라구 하니 아 그 짐성이 무서워 못 쬐갔이니 그 짐성을 요곳으로 좀 문질러 달라구 험시 머 시커먼 대설캉 같은 거 하나 내리다 주었어. 사람으 새끼로서 짐성이 무서워서 불을 못 쬔단 말이 어디 있느냐고 그만 총을 들어대구 한 방 갈겼지. 들어 갈기니 맞았단 말이여. 맞아떨어지넌데 보너까나 꼬리 아홉을 털며 떠러지넌 것을 보니 피가 냅다 떠러지면서 피 뿌리넌데 보너까나 자기 동생이 데리구 다니던 짐성이 하나 살아나거던. 그 노파 피가 묻어서 그래 그놈으 피 가지구서 돌멩이 겉은 것을 돌아대니며 칠하니 말큼 살아났어요. 그 숫탄 포수덜이 들어가서 그렇게 해서 돌이 돼서 다시 못 나왔던 것인데 그놈으 피를 가지구 돌을 칠하니 맬큼 다 사람으로 살아났어요. 그래 다 살아나가지구 일행이 돼가지구 장안에 내려와 개지구서 인제 궁궐에 들구 그 동생은 나라에 부마가 돼서 잘 지내구 다른 포수덜은 정성판서 한 자리식 잘해먹다가 돌아가섰답니다.

※1936年 9月 江界郡 龍林面 南興洞 朴元植

1) 나누어 2) 자기들끼리 3) 혀 4) 크게 떠들었지 5) 얼른

九士 全剛童과 그 누이

우리 郭山에 望國峰이라구 하는 산이 있넌데 녯날에 이 산 밑에 全剛童이라는 사람이 살구 있었다구 한다. 이 全剛童이는 힘이 여간만 세딜 안해서 씨림[1]을 하문 아무두 당해날 사람이 없었다구 한다.

全剛童이는 어려서 집이 가난해서 글방에두 다닐 수 없구 해서 덜간에 가서 시굼불이[2] 해주구 글공부를 했다.

이 덜에 중덜은 모두 다 가릿대중[3]덜이 돼서 힘이 여간만 세딜 않아 百斤자리 털봉 같은 거를 막대기 휘둘으듯 휘둘렀다. 이런 힘센 중덜은 그 덜 아근에 있는 사람들을 여러 가지루 행패를 부려서 괴롭히기두 했다.

이 덜에 중덜이 어드래서 그렇게 힘이 센가 하구 全剛童이는 이심이 나서 가만 살페보느꺼니 오밤둥이 되문 이 중덜은 어드메론가 갔다가 오군 해서 하루는 가만가만 뒤따라갔더니 중덜은 앞산 골채기에 가서

큰 팡구를 들티구 그 팡구 밑에 있넌 샘물을 마시구 덜루 돌아왔다.

金剛童은 이걸 보구 아무래두 그 팡구 밑에 있넌 물이 힘세게 하넌 물인가 부다 하구 자기두 그 물을 마셔 보갔다 하구 그 팡구를 들틸라 하넌데 팡구는 옴짝달싹두 하디 안했다. 그래서 그대루 덜루 돌아와서 머 없갔나 하구 얻어보다가 긴 대막대를 얻어서 이걸 개지구 거기 가서 팡구 밑에 디리넣구 물을 빨아먹었다. 이렇게 하기를 한 보름 하느꺼니 힘이 세데서 그 큰 팡구를 들틸 수 있게 됐다. 그래서 그 후보타는 물을 마음대루 많이 먹을 수 있게 됐다.

金剛童은 힘이 어지간히 세디느꺼니 여기 더 있다가는 무슨 벤을 당할디 모르갔다 하구서 집이루 돌아왔다.

郭山에는 단오날이 되문 해마당 씨림판이 벌어디넌데 씨림판이 벌어디느꺼니 金剛童이는 씨림판에 나가서 씨림을 했넌데 金剛童이는 힘이 세어디는 물을 마셨기 때문에 힘이 여간만 세딜 안해서 달라붙는 사람마당 모주리 다 지웠다. 이래서 씨림판에는 金剛童이과 씨림하갔다넌 사람이 나서디 안했다. 그러느꺼니 金剛童이는 기고만장해서 누구던지 날래 나와서 덤비라구 으시댔다. 으시대구 있넌데 어떤 조고마한 아레 나와서 씨림하자구 했다. 金剛童이는 이걸 보구 요거 벨난 거이 다 나와서 씨림하자구 한다 하멘 깔보멘 씨림을 했넌데 고만에 지구 말았다. 이거 어드런 노릇이가 하구 다시 했넌데 또 졌다. 이상하다 하구 또 했넌데 또 졌다. 또 하문 또 지구 몇 번을 해두 지기만 했다. 그래서 金剛童이는 집이루 와서 한숨만 드립다 쉬구 있었다.

金剛童에게는 누이가 있었넌데 이 누이두 힘이 센 女子드랬넌데 평소에는 힘이 세다넌 거를 자랑하딜 안했다. 동생이 힘이 세다구 으시대다가는 무슨 벤을 당할디 몰라서 이 버릇을 고테 주어야 갔다구 맘먹구 있었드랬넌데 마침 단오날이 돼서 동생이 씨림판에서 이게서 으시대구 있어서 이 누이는 男服을 하구 나가서 동생과 씨림해서 몇 번이구 이기군 했다.

全剛童이는 씨림판에서 지구 와서 분해서 죽갔다구 칼을 갈구 있었다. 누이는 이걸 보구 어드래서 칼을 가능가 하구 물었다. 씨림판에서 쬐꼼만한 녀석놈한데 제서 분해서 죽을라구 칼을 간다구 했다. 누이는 이 말을 듣구 웃으멘 "男子가 돼서 씨림에 좀 졌다구 죽넌다넌 그런 민한 짓을 와 하갔다구 하네. 다시 힘을 길러서 이기문 되디 않간. 남을 얕보다간 지넌 법이야. 너 나하구 팔씨림 해보간?" "에에 누이 따위레 내 덕수레 되디 안해. 그만 두라구요." 누이는 "너레 얕봐서 탈이다. 어찌 됐건 한번 해보자구나."

이렇게 해서 全剛童는 누이와 팔씨림을 했넌데 도더히 당할 수가 없었다.

"고롬 아까 씨림판에 나온 아넌 누이드랬능가?" 하구 물었다. 누이는 그렇다구 하멘 "네레 힘 좀 쓴다구 너머 으시대서 그걸 고테 주갔다구 남복을 하구 나갔었다"구 말했다. 全剛童은 이 말을 듣구 그 후보타는 힘이 세다구 으시대디 않게 됐다구 한다.

그러구 있넌데 하루는 덜에 가릿대중덜이 한물커니 몰레와서 全剛童이하구 힘 겨루기 내기하자구 했다. 강동이 누이레 생각해 보느꺼니 이 가릿대중덜하구 힘 겨루기 내기하다가는 무슨 큰일이 날디 몰라서 강동이를 나가디 못하게 하구 나가서 "우리 강동이는 지금 외갓집에 갔넌데 강동이를 만나볼라문 한 사할 있다가 오구레" 했다.

중덜은 그 말을 듣구 돌아갔넌데 강동이는 이거이 못마땅해서 그놈덜과 힘내기하먼 내레 이길 수 있넌데 그냥 보냈다구 하멘 분해 하구 있었다. 누이는 이 말을 듣구 "야 분해 할 거 없다. 힘센 사람끼리 힘내기 하다가는 상하기두 하구 지던디 하문 더욱 분하다. 이런 거는 꾀를 써서 옴짝 못하게 하넌 거이 정작 이기는 거이다"구 타닐렀다. 그러구 큰 팡구를 하나 개저다가 대문간에 매달아 놨다.

사할 지나서 가릿대중덜이 와서 강동이 돌아왔능가 하구 물었다. 누이는 돌아왔다. 근데 지금 이웃집에 잠깐 갔다 온다구 하구 나갔다, 아메 곧 돌아올 거라구 말했다. 그래서 가릿대중덜은 강동이가 돌아오기를 기두르구 있넌데, 대문칸에 큰 팡구가 매달린 거를 보구 데 팡구는 어드래서 매달아 놨는가 하구 물었다.

누이는 "우리 강동이레 힘내기 넌습하넌 팡군데 매일 한번식 머리루 받아서 부시넌데 첨에는 혹게 큰 팡구드랬넌데 이저는 더렇게 작아뎄다"구 말했다. 그러느꺼니 이 말을 듣은 가릿대중덜은 우리두 한번 받아보자 하멘 서루 팡구에다 대구 머리를 들이받았다. 그랬더니 이넘덜은 머리가 깨데서 다 죽었다.

※1936年 12月 定州郡 郭山面 石洞下端 金相允

1) 씨름 2) 심부름 3) 힘이 무척 세고 험상궂게 생긴 중

젊어지는 물을 마셨더니

넷날에 한 사람이 산으루 새하레 갔드랬넌데 숲 사이에 늪이 있넌데 그 늪에 물이 너머너머 맑아서 그 물을 마셨다. 그랬더니 이 사람은 혹게 젊어뎄다. 새를 해개지구 집에 가느꺼니 이 사람에 낸이 원 남덩이 놈에 집에 둘오능가 하멘 내쫓을라구 했다. 이 사람은 "나야 나, 나는 님제 서나[1]야" 하구 말하느꺼니, "우리 서나는 그렇게 젊디 않다" 하멘 자꾸 나가라구 했다. 그래서 이 사람은 산에 새하레 가서 물이 맑아서 그 물을 마셨더니 이렇게 젊어뎄다구 말했다. 이 말을 듣은 낸은 저두 젊어데 보갔다구 산으루 올라갔다. 그런데 서나넌 아무리 기둘르두 낸이 돌아오디 안해서 서나는 이거 아무래두 벤난 게라구 하구서 동네 사람과 항께 산으루 올라가서 사방 찾아밨넌데 아무데두 없었다. 그래서 찾다찾다 못 찾아서 나무 아래 앉아서 쉬구 있누라느꺼니 어드매서 아 우는 소리가 났다. 이 사람은 소리 나는 데루 가보느꺼니 저에 낸에 입성이 있넌데 그 입성 안에 조고마한 계집아레 싸여서 울구 있었다. 네레 누구가 하구 물으니꺼니 그 계집아레 "난 아무가이우다. 젊어디갔다구 그 물을 너머너머 많이 마셨더니

이와 같이 조고만 애레 됐수다"구 말했다. 이 사람은 이 말을 듣구 조고마한 계집아가 된 저에 낸을 업구서 집으루 왔다구 한다.

※1933年 7月 定州郡 玉泉面 文仁洞 金淳明
※1936年 12月 〃 〃 上端洞 金一壽
※ 〃 〃 龍川郡 東下面 三仁洞 文履珏
※ 〃 〃 〃 外上面 郭車洞 李元春

1) 사내, 남편

힘이 센 사람

녯날에 힘이 센 사람이 있었드랬넌데 이 사람이 하루는 말을 타구 어니 덜에 가느꺼니 그 덜에는 가라도치중덜이 있넌데 이 가라도치중덜은 저덜 힘만 믿구 그 아근에 사는 사람들을 헤치군 했다. 어드래서 이 중덜이 힘이 센가 하구 보느꺼니 그 덜 넢에 가라수 물이라는 물이 있넌데 이 물을 먹으문 힘이 여간만 세어디디 안했다. 이 사람은 그 가라수 물을 그낭 두었다가는 안 되겠다 하구 백 사람이라야 들 수 있넌 큰 팡구를 개저다가 가라수 물이 나오는 데에 중들을 쓰레넣구 그 팡구루 덮어 삐렜다.

※1936年 12月 龜城郡 舘西面 造岳洞 金致載

千字풀이

올레다보니 하늘 턴, 내리다보니 따따디, 휘휘칭칭감을 현, 꺽 눌렀다 누루 황, 선생님 부랄 쪽을 안주합시다.

※1937年 7月 鐵山郡 扶西面 石山洞 鄭在則

공부시킬 소야

녯날에 어떤 집에 형데레 있었드랬넌데 형은 미런하구

글재간두 없어서 일만 시켔다. 그런데 저그나는 글재간두 있구 해서 서당에 보내서 글공부를 시키구 일은 하나두 시키디 안했다. 형이 가만 보느꺼니 자기는 힘빠지게 일만 하넌데 저그나는 일두 않구 펜안하게 공부만 하구 있어서 이거이 못마땅해서 저어 아바지과 "나두 공부하갔이요. 나 공부시케 주디 않으문 죽갔시요" 했다. 아바지는 그카라 하구 이놈을 상투를 깍 잡아매구 망건을 씨우구 곱보선을 신끼구 해서 서당에 보냈다. 그래서 이 형이란 게 서당에 가서 공부한다구 공부하넌데 상투를 깍 잡아매서 지망건으루 니마를 깍 졸리우구 곱보선으루 발을 졸리우구 한 거이 여간만 고통시러워서 겐딜 수레 없었다. 야아 공부하넌 거이 일하넌 거보다 더 힘든다 하구서 집이 와서 아버지과 세상에 데일 힘드는 거이 공부레 돼서 난 공부 않구 일하갔소, 하구 도루 일을 하넌데, 일할 적에 소가 말을 듣디 않으문 이넘에 소야 상투 칵 잡아매구 망건 씨우구 곱보손 신기갔다구 했다구 한다.

※1934年 7月 龍川郡 楊下面 五岩洞 鄭濟世
※1939年 12月 宣川郡 南面 汶泗洞 崔根柱

단숨에 십 리 가는 말

한 사람이 당에 가서 말을 살라구 하넌데 말 팔갔다넌 사람이 "이 말은 아주 좋은 말이우다. 한숨에 십 니식 가넌 말이우다" 하멘 자랑했다. 그러느꺼니 말 사갔다넌 사람이 "그 말 돟긴 돟수다만 난 그런 말 못 사갔소. 우리 집은 여기서 칠 리 밖에 안 되넌 데 단번에 십 니 가넌 말을 사문 삼 니 더 가느꺼니 어데 사갔슴메, 난 그런 말 안 사갔소."

※1935年 7月 宣川郡 深川面 五峰洞 金炳彬

모두 옳다

어떤 사람이 군수가 돼서 어떤 골에 갔드랬넌데, 어느 사람이 둘이서 쌈을 하구서 사뚜한데 재판하레 들어왔다. 사뚜는 한 사람보구 너는 어드르케 했능가 물으느꺼니 난 이러이러해서 잘못한 거이 없시요, 했다. 사뚜는 그 말을 듣구 네 말이 옳다구 했다. 또 한 사람이 나는 이러이러해서 난 잘못이 없어요, 했다. 사뚜는 또 네 말이 옳다구 했다. 사뚜 부인이 사뚜가 하넌 것을 듣구 "두 사람 둥에 옳은 사람과 글른 사람이 따루 있어야 하갔넌데 둘 다 옳다구 하멘 되갔소" 하느꺼니 사뚜는 "님제 말이 옳소" 하드래.

※1932年 8月 定州郡 定州邑 城內洞 金麟桓

맹나이

한 사람이 니를 잘 멕에서 큰 개지[1]만하게 키워서 이걸 걸머지구 항갑 잔채[2] 하는 집이 가서 맹나이 사우 맹나이 사우 하구 소리를 했다. 항갑 잔채 하는 사람이 나와 보구 "맹나이란 거이 머요" 했다. "예에, 뼈다구두 없은 고긴데 맛이 여간만 둏은 거이 아니우다"구 말했다. 고롬 삽수다 하구 돈을 많이 주구 샀다. 그리구 재비하는 사람[3]을 불러다가 멱을 따구 하드랬넌데 맹내이 판 사람은 이거이 너무너무 웃우워서 자꾸자꾸 웃다가 허리레 잘룩해데서 개미가 됐다구 한다.

※1935年 1月 宣川郡 山面 蓬山洞 金應龍

1) 강아지　2) 환갑잔치　3) 백정

作詩競合

넷날 글방 선생 하나이 어떤 덜깐에 갔넌데 그 덜에 중이 닐라서 인사두 않구 그대루 둔눠 있었다. 선생은 이걸 보구 중이 나서 님제레 어드래서 닐라디두 않구 누워만 있능가 하구 말했다. 그러느꺼니 중은 내레 뱃속에 글이 하나 가뜩 들어 있어서 몸이 무거워서 널날 수레 없어서 그런다구 했다.

선생은 "님제레 그렇게 글이 많이 뱃속에 들어 있으문 글 잘하갔군. 글이 많으문 우리 시를 지어 보간?" 했다.

중은 자신 만만하게 그카자 하구 "내레 맨제 한작을 지을 꺼니 선생님은 대꾸를 지으시요, 내레 지문 내 니빠디를 빼시구레" 했다. 그리구 石壁雖危花笑立[1]이라구 지었다. 선생은 인차 陽春佳節鳥啼歸[2]라구 대꾸를 지었다.

중이 보구 제가 지은 시보다 더 잘 대꾸를 지었다 하멘 니빠디를 하나 뽑으라구 했다. 그러구 또 짓자 하구 花笑欄前聲未聽[3]이라구 지었다. 선생은 鳥啼林間淚不見[4]이라구 대꾸를 지었다. 중은 또 젰다 하구 니빠디를 또 뽑으라구 했다.

※1937年 1月 鐵山郡 餘閑面 朝陽洞 朴炳哲

1) 절벽이 위태로운데 꽃은 피어 꼼작 않고 있다 2) 봄날 좋은 시절에 새는 울며 돌아오는구나 3) 난간 앞에 꽃이 웃고 있는데 소리는 들리지 않는다 4) 새가 수풀 사이에서 울고 있는데 눈물은 보이지 않는다

죽은 닭고기

넷날에 골에 사는 디주[1]레 촌에 사는 소작인 집에 갔더니 소작인은 달[2]을 잡구 해선 잘 대접했다. 디주는 사랑에 앉아서 상을 받구 먹구 있넌데 소작인에 조고마한 아래 나와서 보구 죽은 달고기를 먹구 있다구 말했다. 디주는 이 말을 듣구 죽은 달고기를 주능가 해서 달고기를 안 먹구 내났다. 그랬더니 이 아는 그 달고기를 개저다 우질우질 먹었다. 디주는 이상해서 와 죽은 달고기를 먹네 하느꺼니 아는 골 사람은 산 달을 줵이디 않구 산 채루 먹습니까 하드래.

※1936年 7月 朔州郡 外南面 清溪洞 李信國

1) 지주 2) 닭

성미 급한 사위

어떤 사람이 딸 하나 두구 성미 급한 사람을 사우 삼갔다구 했다. 한 사람이 찾아와서 자기레 성미 급한 사람이라구 말하멘 띠가 매리우느꺼니 바디를 벗을 짬이 없다구 하멘 바디를 벗디 않구 째구서 누었다. 아 고놈 셍미 급하다 하구 사우를 삼았넌데 다음날 아침에 이 사우레 색씨과 쌈을 하구 있었다. 와 싸우네 하구 싸우는 말을 들어보느꺼니 어저께 결혼했넌데두 어드래서 상기두 아를 낳디 않능가 하멘 싸우구 있었다구 한다.

※1932年 7月 定州郡 安興面 好峴洞 趙閏河
※1933年 7月 宣川郡 深川面 古軍營洞 桂基德
※1938年 1月 鐵山郡 餘閑面 朝陽洞 朴炳哲

며느리 넋두리

넷날 어떤 집 메느리가 달을 한 마리 잡아 개지구 하는 말이 "달에 모가지는 이래두 기울렁 데래두 기울렁 시아버지 주구, 달에 발은 이래두 빨빨 데래두 빨빨 시오마니 주구, 달에 지차구[1]는 이래두 덥퍽 데래두 덥퍽 시아주 주구, 달에 주둥이는 이래두 동동 데래두 동동 시누 주구, 달에 살고기는 이래두 살틀 데래두 살틀 새시방 주구……" 하더라구.

※1936年 7月 宣川郡 南面 汶泗洞 高日祿
1) 날개

귀머거리

구먹댕이 노친네레 남바우 하나를 사 쓰구 이거를 자랑하구파서 일가집에 찾아갔다. 일가집이서는 일가집 할마니레 오느꺼니 "할마니 오래간만이우다. 날레 둘오시라우요" 하멘 인사를 하느꺼니 이 노친네는 저에 머리에 쓴 남바우를 말하는 줄 알구, 이 남바우 새로 사서 썼다구 했다. 일가집 사람은 이 노친네레 와 데러누 하멘 할마니 앉이시라우 했다. 그러느꺼니 노친네는 "이거 얼마 주구 샀느냐고? 三円 주구 샀다"구 했다. 일가집 사람은 할마니레 딴 소리만 하느꺼니 우스운 거를 참구서 "할마니 진지상 개저올거으느꺼니 거기 앉이시라우요" 했다. 그러느꺼니 이 노친네레 "머 죷 먹으라구? 벨 소리 다 한다" 하멘 증을 벌칵 냈다.

※1936年 12月 宣川郡 水淸面 古邑洞 李庸逸

귀머거리

어느 집에 구먹뎅이레 다섯이 살구 있었다. 하루는 옆에 집 사람이 그 집에 가서 지끔 동네 사람들이 모이구 있으느꺼니 나오시구레 하느꺼니 구먹뎅이 넝감이 "응 가이를 잡았으느꺼니 와서 먹으라구" 하멘 나갔다. 노친네레 이걸 보구 "데놈으 넝감테기 두상 밥에 돌이 있다구 안 먹구 나간다"구 했다. 아덜이 "놈에 물동이를 깨트렀으문 물어 주어야디" 하느꺼니 색시레 "벨난 소리 다 한다. 내레 언제 옆집 김서방하구 입마추었다구 하네?" 하멘 증을 냈다. 그러느꺼니 머슴이 "이놈에 집이선 아무것두 아닌 걸 개지구 나가라 말라 한다"구 하멘 밖으루 나갔다.

※1936年 7月 宣川郡 南面 三峯洞 朴炳灝

짜구선달의 챙이

넷날에 어떤 너자[1]레 오래간만에 아럴 낳넌데 너머너머 기뻐서 동네 사람한데 돌아가멘 자랑했다. 이 아레 못나게 생겨서 아무가이두 잘생겼다거나 잘났다거나 하넌 친찬에[2] 말을 해주디 안했다. 그래두 이 너자는 사람만 보문 우리 애기 이뿌디요 잘생겠디요 하문 자랑했다. 하루는 웬 나가네[3]레 이집이 찾아와서 이 너자는 애기를 내보이멘 "우리 애기 잘생겠디요" 하구 자랑했다. 나가네레 그 애기를 보구 "거어 땅 짜구선달네 챙이 같수다"구 했다. 이 낸은 그 말을 듣구 무슨 말인디는 몰라두 칭찬해 주는 말인 줄 알구 너머너머 기뻐서 종지달[4]을 잡아서 잘 대접했다.

나가네레 간담에 나드리갔던 남덩이 돌아와서 이 너자는 어드런 나가네가 와서 우리 애기보구 칭찬을 해줘서 종지달을 잡아서 잘 대접해 줬다구 자랑했다. "나가네레 메라구 칭찬했읍마?" 하구 물으느꺼니 "거어 땅 짜구선달네 챙이같다구 합데다레" 하구 말했다. 남덩은 이 말을 듣구 "에이 이 에미나이 같으니라구, 그거이 머이 칭찬한 말이가 욕한 거이다. 짜구선달이란 멕자구[5]란 말이구 챙이란 올챙이란 말 아니가" 하멘 욕했다구 한다.

※1935年 1月 昌城郡 昌城面 坪路洞 姜英老
※ 〃 〃 宣川郡 宣川邑 川北洞 申光華
1) 여자 2) 칭찬의 3) 나그네 4) 종자닭, 씨암탉 5) 개구리

산중 사람의 제사

이거는 글 아넌 사람두 없구 쌀두 고기두 귀한 산골에 이야기우다.

산골에서는 제사를 지낼라문 축 부르는 사람이 귀허느꺼니 고개 넘어가서 데불구 와야 할 헹펜임우다. 그런데 이 축 부른다는 사람은 망치를 두드리멘 "올라갈 적 축 내리갈 적 축" 하구 불르넌데 이런 사람두 귀하느꺼니 한 날에 제사날이 되는 집이 둘이 있게 되문 한집은 불가불 제사를 다음날루 물리야 할 헹펜이우다. 이런 곳에는 닙쌀과 고기두 귀하느꺼니 참 벨스런 일이 많다구 하무다.

매를 지을 때는 아래에 좁쌀을 두구 우에는 실에 낀 닙쌀을 놔서 짓넌데 이 닙쌀이 좁쌀에 섞어 들어가디 않게 하느라구 닙쌀을 실에 꿰서 둔다구 합니다.

제사를 마치구 음북[1]을 할 때는 축 불은 사람한데는 실에 낀 닙쌀밥을 다스 알 주구 네네 사람은 세 알식 주구 낸덜은 닙쌀알 반식 주구 먹

넌데 반찬이라구는 턴당[2]에다 반디[3] 세 마리를 달아 놓구 밥 한 분 먹군 턴당을 테다보구 테다보구 한다구 합니다. 철없은 아레 밥을 한 분 먹구 턴당에 반디를 세 분 테다보멘 야야 그렇게 세 분 테데보문 짜서 물 쓴다구 한다구 한답니다.

※1934年 7月 鐵山郡 鐵山面 嶺洞 崔元丙

1) 음복 2) 천장 3) 청어 비슷한 고기. 젓갈용으로 쓰임

죽으려 해도 죽을 짬이 없다 |

넷날에 한 사람이 범 잡갔다구 단단한 밧줄을 개지구 깊은 산둥으루 들어갔다. 하하 가느꺼니 데켄 산둥턱 숲속에 산만큼이나 큰 범이 드르릉 드르릉 코를 골멘 자구 있었다. 이 사람은 발자죽 소리를 내디 않구 가만가만 가서 범에 꼬리를 밧줄루 단단히 매구 손에 잡구서 범에 잔덩을 테서 잠을 깨왔다. 범이 잠을 깨서 보느꺼니 사람이 있어서 잡아먹갔다구 고개를 둘렀다. 범은 등골이 외골루 돼 있으느꺼니 뒤를 돌아다보문 사람은 범에 뒤루 가게 된다. 범은 사람을 잡아먹갔다구 일루루 뛰구 덜루루 뛰구 하넌데 그때마당 사람은 뒤루 가군 해서 잡아먹디 못했다. 범은 한참 뛰다가 지테서 쉬구 있었다.

이 사람은 범에 꼬리를 잡구서 항께 수구 있넌데 이 꼬리를 놔 주었다가는 범에게 잽히워 먹히게 되갔으느꺼니 놓지두 못하구 있었다. 그때 중 하나이 지나가구 있었다. "여보시 여보시 거기 가는 중, 내레 뒤 좀 보구 오갔으느꺼니 그 짬에 이 범에 꼬리 좀 쥐구 있구레" 하구 말했다. 중은 그카라 하구 범에 꼬리를 꽁제맨 밧줄을 쥐구 있었다.

이 사람은 그 길루 다라뛔서 저에 집이루 갔다. 중은 이 사람이 오갔디 하구 범에 꼬리를 쥐구 이었다.

이 사람은 일 넌쯤 지나서 그곳에 가봤다. 중은 아매두 죽었갔디 하구 갔드랬넌데 중은 송구두[1] 범에 꼬리를 잡구서 있었다.

"여보시 님제레 송구두 죽디 않구 살아 있습메?" 하구 말했다. 그러느꺼니 중은 "죽을래두 죽을 짬이 없수다" 하구 말했다. 그러구 보니 중은 송구두 죽디 않구 범에 꼬리를 붙잡구 살아 있갔디.

※1936年 7月 定州郡 古德面 德元洞 韓昌奎

1) 아직도

이를 주먹으로 쳐서 죽이려는 장수 |

넷날에 한 장수레 힘이 여간만 세딜 않드랬넌데 쌈터에 나가서 니를 잡아 죽일라구 니를 돌팡구 우에 놓구 주먹으루 내리텠다. 그런데 돌팡구만 깨디구 말었넌데두 니는 죽딜 안했다. 이것을 보구 있던 부하 하나이 니를 손톱으루 눌러 쥑엤다. 장수는 이걸 보구 나는 주먹으루두 못 쥑이는 니를 너는 손톱으루 쥑이니 너는 여간만 힘이 세딜 않갔구나, 하멘 탄복했다구 한다.

※1935年 1月 宣川郡 水淸面 雁山洞 李榮培

※1937年 7月 〃 新府面 院洞 桂明集

성급한 사람, 우둔한 사람, 잊기 잘하는 사람 |

넷날에 성급한 사람하구 미런하디만 힘이 센 사람하구 닞어버리기 잘하는 사람 이렇게 서이서 길을 가드랬넌데 버리가 한 마리 와서 성급한 사람에 머리를 쏘았다. 그러느꺼니 성급한 사람은 증이 나서 버리를 잡아 쥑이갔다구 쫓아갔넌데 버리는 고목낭구 구세먹은 데루 들어갔다. 이 사람은 그래두 잡갔다구 구세먹은 구넝으루 머리를 타라밖았넌데 구넝이 좁아서 들어갈 수레 없었다. 그래서 나올라구 하넌데 이제는 나올 수가 없었다. 그래두 나올라구 하넌데 탁 타라박어데서 나올 수가 없어서 나오갔다구 발버둥이를 뒈다. 미련하구 힘센 사람이 이걸 보구 힘껏 잡아당기며 빼놨넌데 성급한 사람에 모가지레 떠러디구 몸뚱아리만 나왔다. 닞어버리기 잘하는 사람이 이걸 보구 이 사람 우리 같이 올 적에두 머리가 없었던가? 하구 말했다구 한다.

※1935年 1月 宣川郡 東面 路下洞 魯光默
※ 〃 〃 〃 南面 三省洞 桂徹源
※ 〃 〃 〃 三峰洞 朴璿圭

욕심쟁이, 미욱쟁이, 잊기 잘하는 사람 |

넷날에 욕심쟁이하구 미욱쟁이하구 닞기 잘하넌 사람하구 이렇게 서이서 강원도루 가드랬넌데 가다가 산둥에 오느꺼니 베랑으 팡구틈 사이서 버리 꿀이 줄줄 흘러나오구 있어서 욕심쟁이는 놈이 가서 맨제 먹을가 봐서 자기레 맨제 먹갔다구 달레가서 팡구 틈짬으루 고개를 쑤욱 디리밖구 꿀을 먹구 있었다.

미욱쟁이레 이걸 보구 너 함자만 다 먹간 하멘 욕심쟁이 다리를 잡구서 힘껏 잡아당겠다. 그러느꺼니 욕심쟁이 머리통은 팡구짬에 걸레서 모가지가 뚝 떠러데서 나왔다. 닞기 잘한 사람이 이걸 보구 이 사람 아까 올적에두 모가지레 없었던가 하더라구.

※1935年 7月 宣川郡 宣川邑 川北洞 張鳳漢
※ 〃 〃 定州郡 觀舟面 舟鶴洞 元義範

욕심쟁이와 미련한 놈 |

넷날에 먹기 잘하넌 놈과 미런하구 우둔한 놈과 둘이서 같이 길을 가드랬넌데 가다가 어떤 팡구 구넝에서 쳉밀[1]이 흘러나오느꺼니 먹기 잘하넌 놈이 얼능 가서 그 쳉밀을 자기 함자 먹갔다구 팡구 구넝에 모가지를 들에넣다. 그런데 그

구넝이 좁아서 잘 들어가딜 않는 거를 억지루 타라박구서 쳉밀을 먹구 있었다. 미런허구 우둔한 놈이 날래 가자 하멘 먹기 잘하는 사람에 다리를 힘껏 잡아다넸다. 그랬더니 먹기 잘하넌 사람은 모가지가 쑥 빠디구 말았다.

※1934年 7月 義州郡 加山面 玉江洞 金成渟
※1937年 7月 義州郡 古津面 孔上洞 盧永順
1) 청밀

잘 잊어버리는 사람 |

넷날에 닞어뿌리기 잘하는 사람이 손에 담뱃대를 쥐구 길을 가멘 손이 앒으루 나오먼 어 이거 담배대가 하구 손이 뒤루 가먼 아 이자 있던 담배대가 어느메 갔는가 하멘 갔다구 한다.

※1932年 7月 定州郡 安興面 好峴洞 趙閏河

잘 잊어버리는 사람 |

넷날에 닞어뿌리기 잘하는 사람이 있드랬넌데 하루는 길을 가다가 띠레 매리와서 나무 가지에 갓을 벗어 걸어 놓구 그 아래서 띠를 쌌다. 다 싼 담에 닐어세서 갈라구 하넌데 머리에 머이 걸리는 것이 있어서 올레다 보느꺼니 갓이 나무 가지에 걸레 있어서 "야 어떤 놈이 여기다 갓을 걸어 두구 갔다. 갓 하나 얻었다" 하멘 도와라구 그 갓을 쓰구 갔다구 한다.

※1932年 7月 義州郡 義州邑 金寬洙
※ 〃 〃 定州郡 安興面 好峴洞 趙閏河
※ 〃 〃 〃 臨海面 元下洞 李枝榮

잘 잊어버리는 사람

넷날에 한 사람이 있넌데 이 사람은 닞어삐리기 잘하는 사람인데 어늬 날 길을 가다가 띠가 매리워서 갓을 나무 가지에 걸어 놓구 그 아래서 띠를 쌌넌데 다 싸구서 니러스느꺼니 갓 하나가 머리에 닿았다.

"야아 어느 미친놈이 갓을 나무에다 걸어놓구 갔다" 하멘 갓 하나 얻었다구 그 갓을 쓰구 좋다구 춤을 추멘 돌았다. 그러다가 고만 띠를 밟았다. "에에 원 놈이 여기다 띠를 싸놨네" 하멘 욕을 했다구 한다.

※1932年 7月 宣川郡 南面 石和洞 桂枝榮
※1933年 〃 〃 深川面 古軍營洞 桂基德
※1934年 8月 朔州郡 朔州邑 東部洞 田種哲
※ 〃 〃 昌城郡 東倉面 大楡洞 金信雄
※1937年 7月 義州郡 古舘面 舘洞 白南斗
※1938年 1月 鐵山郡 餘閑面 朝陽洞 朴炳哲

잘 잊어버리는 사람

넷날에 닞어뿌리기 잘 하는 사람이 있넌데 하루는 길을 가다가 띠가 매리워서 나무가지에 갓을 벗어 걸구 그 밑이서 띠를 누었다. 다 누구서 니러서넌데 머리에 갓이 닿서 갓 하나 얻었다구 조와하멘 갔다. 가다가 중 하나를 만나서 자기는 갓을 하나 얻었으니 사라구 했다. 중은 이 사람이 어쩌리같이 보여서 그 갓을 눅게 샀다.

둘이서 하하 가넌데 닞어뿌리기 잘 하는 사람이 머리를 맨저 보구 갓이 없어서 중보구 그 갓을 팔라구 했다. 그래서 중은 니를 많이 냉기구 팔았다.

중과 이 사람은 또 항께 길을 가다가 밤이 돼서 같은 네관에 들었다. 중은 밤중에 니러나서 그 사람에 머리를 깎구 중에 옷을 입히구 그 사람 옷을 바꾸어 닙구 가삐렀다.

아침에 닞어뿌리기 잘 하는 사람이 니러나서 중은 여기 있넌데 나는 어데갔능가 하멘 자기를 찾구 있었다. 그런데 아무리 찾어두 없어서 건넌 산에서 새하는 사람과 거기 나 있네 있으먼 날래 오라하멘 과톗다구 한다.

※1933年 7月 宣川郡 宣川邑 川北洞 韓成國
※1935年 1月 〃 台山面 圖峰洞 朴圭昌

잘 잊어버리는 사람

넷날에 닞어삐리기를 잘하는 사람이 있었드랬넌데 이 사람이 하루는 나들이한다구 집을 나왔다. 하하 가다가 띠레 매리워서 어떤 낭구 밑에서 띠를 누갔다구 갓을 벗어서 낭구 가지에 걸어 놓구 뒤를 봤다. 뒤를 다 보구 니러서니 머리에 갓이 다느꺼니[1] 이 사람은 "어떤 놈이 여기다 갓을 걸어 놓구 갔구나, 갓 하나 얻었다" 하멘 돟와라구 하다가 띠를 밟았다. 그리구서는 "에이 어떤 놈이 여기다 띠를 싸 놔서 밟게 하누" 하멘 투덜거렜다. 그리구 가다가 길에서 중 하나를 만나 개지구 저낙에는 한 너관에서 자게 됐다. 중이 가만 보느꺼니 이 사람이 좀 얼띠기[2] 같아서 좀 놀레 주갔다구 밤에 잘 적에 이 사람에 머리를 깎구 중에 옷을 입헤 놓구 달아났다.

아침이 돼서 이 사람은 니러나서 바람벽에 걸레 있넌 쇠꼉[3]을 들다보구 중은 여기 있넌데 나는 어데 있나 하멘 나를 찾구 있었다구 한다.

※1936年 12月 龍川郡 楊下面 東洞 張龍起
1) 닿으니까 2) 미련한 사람 3) 거울

내년 봄에나 만납시다

넷날에 한 녕감이 뱃중[1]이 나서 재통에 가서 띠를 누갔다구 하넌데 띠는 나오디 않구 오종만 자꾸 나왔다. 그때는 추운 겨을날이 돼서 오좀이 눈 거이 발루 흘러가서 발을 깍 얼어부테 놨다. 넝감은 발을 뗄래두 발이 떠러디디 안해서 노친네를 불러서 발에 얼음을 녹여 달라구 했다. 노친네는 와서 손을 따에 딮구 얼음을 녹이 갔다구 입을 대구 호호 하구 불구 있었넌데 고만 노친네 손두 얼어 붙어서 일어날 수레 없게 됐다. 그러구 있넌데 누구레 와서 넝감을 찾았다. 넝감두 노친네두 얼어붙어서 나갈 수레 없어서 여보시 여보시 우리를 볼라문 멩넌 봄에 회춘한 담에나 보레 오시구레 했다구 한다.

※1935年 7月 宣川郡 宣川邑 川北洞 鄭雲鶴

1) 설사

허풍선이의 대화

넷날에 평북에 거즛말 잘하는 사람이 피양에 구경갔다 집으루 돌아오넌 길에 피양에 사넌 거즛말 잘하는 사람을 만났다. 어드메 갔다 오능가 물으느꺼니 피양 거즛말 잘하넌 사람은 "어드런 델에 갔더니 북이 혹게 큰 거이 있어서 그걸 보구 오넌데 그 북에 가를 사흘을 돌아두 다 돌디 못하구 온다"구 했다. 평북 거즛말 잘하는 사람은 "그렁가? 난 피양에 가넌 길에 동실넝에서 소 꼬리를 봤넌데 그 소가 피양 대동강에 입을 대구 물 마시는 걸 보구 온다"구 했다.

※1934年 7月 宣川郡 山面 下端洞 金國柄

허풍선이의 대화

넷날에 어느 말에 앞뒷집에 거즛뿌리 잘하는 사람이 살구 있었넌데 어느날 밤에 바람이 혹게 세과디 불었넌데 그 다음날 아침에 이 두 사람이 맨나개주구 서루가락 바람 분 말을 하구 있었다.

"어제 나즈 바람은 혹게 세과데 불어서 우리 집 뜰악에 있던 떡돌이 날라가서 없어뎄두만" 하구 말했다.

그러느꺼니 또 한 사람이 "아 고롬 그거이 님제네 떡돌이와? 우리 집 재통 모캉이 거무줄에 떡돌 하나이 매달레서 흔들흔들하구 있는 거이 님제네 떡돌이구만" 하더라나.

※1935年 1月 宣川郡 郡山面 蓬山洞 金應龍
※ 〃 7月 龍川郡 東上面 乾龍洞 李成萬
※1936年 12月 〃 龍川面 德峰洞 李錫泰
※1937年 7月 〃 東上面 泰興洞 車寬善

꼽꼽쟁이

어떤 시골에 고기당시가 와서 고기를 사라구 했다. 한 낸이 베 짜다가 내리와서 고기 버치를 열구 고기를 이리데리 들춰 보구 들춰 보구 하다가 물이 가서 안 사갔다구 했다. 고기당시가 간 담에 이 네자는 벡에 들어가서 가매다 물을 두구 고기 만진 손을 시처서 국을 끓에서 먹었다. 근체 낸이 와서 그 국을 줬더니 맛있다구 하멘 어드릏게 끓인 국인가 물었다. 이 낸이 이레이레 고기 만진 손을 시처 끓였다구 하느꺼니 이웃 낸은 "와 동네 엄물에 시처서 동네 사람이 골고루 먹게 하디 않구 함자 먹갔다구 가매에다 손 시쳤능가" 하드라구.

※1934年 7月 鐵山郡 鐵山面 嶺東 崔元丙

코 큰 형과 눈 큰 아우

넷날에 형데레 있넌데 형은 코가 크구 저그나는 눈이 컸다. 그래서 둘이는 서루가락 흉을 보넌데 형은 저그나보구 "넌 작넌에 떨어뜨린 눈물이 이자야 따에 떨어디는구나"구 했다. 저그나는 "형님 코는 커서 집에서 나가먼 코는 볼세 강을 건너가 있읍데" 했다.

※1927年 1月 楚山郡 江面 石桑洞 金達興

받기 잘하는 사람과 물기 잘하는 사람 |

넷날에 받기 잘하는 사람과 물기 잘하는 사람과 둘이서 쌈을 했넌데 받기 잘하는 사람이 맨제 달라들어서 받구서 데 놈이 죽어갔디 하구 보느꺼니 물기 잘하는 사람이 멀 질겅질겅 씹구 있어서 님재 멀 씹구 있음메 하구 물으느꺼니 물기 잘하는 사람이 님제 코가 있능가 보라구 해서 코를 쓸어 보느꺼니 코레 없어뎄다구 한다.

※1934年 7月 宣川郡 山面 下端洞 金國柄

게으른 사람 |

넷날에 한 사람이 있넌데 하루는 보따리 안에다 떡을 넿[1] 개주구 길을 가드랬넌데 가다가 배레 고팠넌데두 이 사람은 게으름뱅이레 돼놔서 떡을 꺼내 먹디두 않구 근낭 가넌데 데켄에서 한 사람이 와서 그 사람과 "여보시 내 잔등에 진 보따리서 떡을 꺼내서 내 입에 넿 주구레" 했다. 그러느꺼니 그 사람은 "내레 당신 보따리 안에 있넌 떡을 꺼내서 당신 입에 넿 줄만치 일을 할 것 같으문 내 갓끈 풀어딘 거 매구 가갔소" 하구 말하구 "아 내 갓 넘어가갔다, 내 갓 넘어가갔다" 하멘 갓 끈 풀어딘 것두 매디 않구 가구 있었다.

※1937年 7月 龍川郡 東上面 泰興洞 車寬善

1) 넣어

이제 봐야지요 |

넷날에 어느 촌에 한 사람이 있넌데 하루는 베를 비구 있넌데 동리 넝감 하나이 와서 "님제 이젠 니팝 먹게 됐구레" 했다. 이 사람은 "이제 봐야디요" 했다.

그 후 베를 띨 적에 이 넝감이 또 와서 "님제 니팝 먹게 됐구레" 했다.

이 사람은 "이제 봐야 알디요" 했다.

그 후 니팝을 해다 놓구 먹을라 하넌데 이 넝감이 와서 "님제 정 니팝을 먹게 됐구레" 했다. 이 사람은 상기두 "이제 봐야 알디요" 했다. 그러느꺼니 넝감은 증이 만당[1] 나서 "밥 숟깔을 차악 들구 있이멘서두 이제 봐야 알디요가 뭐가? 이놈에 두상 사람을 놀리네!" 하면서 밥그릇을 다 둘러메텠다. 그러느꺼니 이 사람은 "그거 보우다. 이제 봐야 안다구 안 그릅니까" 하더라구.

※1936年 7月 宣川郡 南面 三峰洞 朴炳灝

1) 굉장히 많이

참새 잡는 법

좁쌀을 술에 당가서 그거를 뜰악에다 뿌레 노문 참새들이 많이 와서 그 좁쌀을 주워 먹는다. 이 좁쌀을 주워먹은 참새들은 지붕 우에 올라가서 쉬넌데 참새들은 취해서 데굴데굴 굴러서 아래루 떠러디게 된다. 이때에 삼태기나 소쿠리루 받으믄 많은 참새를 잡게 된다.

※1938年 1月 宣川郡 水淸面 古邑洞 李庸逸

참새 잡는 법

가랑닢 같은 넓은 닢파리를 많이 긁어다가 그 가랑닢에 좁쌀풀을 발라서 뜨락에다 헤테 놓는다. 그러문 참새덜이 와서 닢파리에 붙은 좁쌀을 쪼아먹넌데 이 닢파리는 해가 쨍쨍 쪼이문 또루루 말리우게 된다. 참새들은 이것두 모루구 좁쌀을 쪼아먹넌데 닢파리레 또루루 말리문 참새는 닢파리에 말레서 날아갈 수가 없게 된다. 이렇게 됐을 적에 참새가 말리운 닢파리를 쓸어 모아서 불을 질른다. 닢파리가 타문 닢파리 안에 있는 참새는 잘 닉게 된다. 다 닉은 담에 이거를 키루 까불문 재는 다 나가구 익은 참새만 남게 된다. 참새 고기를 먹구푸문 이렇게 해서 참새를 잡아서 닉헤 먹는다.

※1937年 7月 宣川郡 水淸面 古邑洞 李庸逸
※ 〃 〃 義州郡 枇峴面 替馬洞 崔尙振

꿩 잡는 법

소잔뎅이다가 진흙을 짤짤 발르구 거기다가 콩알을 박아 두구 소 꼬랭이에 망치를 잡아 매달아서 산에 갲다 매놓문 꿩덜이 콩을 보구 수가 났다구 많이 내리와서 소장뎅이에 붙어서 콩알을 콕콕 떡어 파먹넌다. 그러먼 소는 잔뎅이가 갠지러워서 꼬랭이를 휘휘 잡아 내두른다. 그러멘 꿩덜은 소 꼬랭이에 매달린 망치에 맞아서 죽어서 떠러딘다.

※1938年 1月 義州郡 枇峴面 替馬洞 崔祥鎭
※ 〃 〃 宣川郡 水淸面 古邑洞 李庸逸

족제비 잡는 법

쪽제피[1] 다니는 길목에 간간히 따에 구넝을 파구 그 구넝 아낙에 반딧불 벌기[2]를 니 두구 그 우에 창애[3]를 놔두문 쪽제피란 놈은 반딧불 벌기를 먹갔다구 그 구넝으로 들어간다. 들어가서 벌기를 다 먹구 나올라 할 적에 고만에 창애에 티우게 된다. 이걸 잡아서 가죽을 베께 팔문 큰돈 번다.

※1938年 1月 宣川郡 水淸面 古邑洞 李庸逸
1) 족제비 2) 벌레 3) 덫, 짐승 잡는 기구

오리 잡는 법

가을이 되문 들오리들은 논이나 밭에 떨어딘 벼이삭이나 조이삭을 먹갔다구 밤에 많이 날라와서 내리 앉는다. 그리구 사람이 오나 안 오나 보기 위해서 한 마리를 논드렁이나 밭드렁에 내세우구 망을 보게 한다.

이럴 적에 사람은 가만히 회둥덩등을 개지구 가서 논드렁이나 어데메나 숨어서 던등을 잠깐 반작 하구 비친다. 그러문 망보던 오리는 머이 왔다구 깨깨 하구 소리를 낸다. 이삭을 주워 먹던 오리덜은 사람이 왔나 하구 사방을 둘러본다. 둘러봐두 아무것두 없구 하느꺼니 요넘에 새끼 거짓뿌리 했다 하구 여러 오리덜이 달라들어 망보던 오리에 털을 다 뽑아 죽이구 만다. 그리구 다른 오리를 망보게 하구 또 이삭을 주워 먹는다. 이럴 적에 사람은 또 던등을 빤짝하구 불을 비친다. 망보던 오리는 머이 왔다 하는 뜻으루 깨깨 하구 과틴다. 오리덜은 이삭을 주워 먹다 말구 사방을 둘러본다. 아무것두 보이디 않구 아무일두 없으느꺼니 요넘에 새끼 거짓뿌리 했다 하구 여러 오리들이 달라들어 망보던 오리에 털을 다 뽑아서 쥑이구 또 다른 오리를 망보게 하구 이삭을 주워 먹는다. 사람은 또 던등을 빤짝 하구 불을 휀다가 끈다. 그러문 망보던 오리는 깨깨 하구 과틴다. 이삭 먹던 오리덜이 놀라서 이삭 먹던 걸 멈추구 사방을 보구 아무것두 보이디 않구 아무일도 없으느꺼니 이놈에 새끼 거즛뿌리 했다구 달라들어 털을 다 뽑아서 쥑인다. 이렇게 해서 오리 백마리가 왔다문 아흔 아홉마리를 다 잡을 수레 있다.

※1938年 1月 宣川郡 水淸面 古邑洞 李庸逸

축문 읽어 주고 돈 번 사람과 못 번 사람

넷날에 가난한 사람 하나이 돈 좀 벌갔다구 소곰을 나구에 싣구 산골루 팔레 갔다. 하하 가느꺼니 한 고개가 있어서 그 고개에 올라갔더니 빨빨 하구 이상한 소리가 나서 소리나는 데루 가 보느꺼니 여우레 해골바가지를 긁구 있었다. 에끼놈! 하구 큰소리를 하느꺼니 여우는 그냥 달아났다. 이 사람이 그 해골바가지를 머리에 써 보느꺼니 글 아는 사람토롱 글이 줄줄 나왔다.

하하 가느꺼니 어드런 사람이 불러서 가보느꺼니 오늘 나즈 우리 집 제사날인데 축 좀 불러 주갔소? 하구 물었다. 그카지요, 하구 그 집이 들어갔다.

쥔 집이서는 젯상을 다 차레 놓구 축 좀 불러 달라구 했다. 이 사람은 해골바가지를 뒤집어 쓰구 젯상 앞에 가서 토시짝을 벗어 들구 유세차 기을 니은 디은 …… 하구 마감에 가서 이응 행 했다. 쥔은 참 잘 불렀다 하구 돈을 많이 주었다. 그래서 이 사람은 부재레 됐다.

이 가난한 사람이 갑재기 부재가 되느꺼니 이웃집 사람이 어드렇게 해서 부재가 됐능가 물었다. 이레이레 해서 부재가 됐다구 말했다. 그러느꺼니 이 사람두 나구에 소곰을 싣구 산골루 갔다. 가다가 고개가 있어서 그 고개를 넘갔다구 고개마루에 올라가느꺼니 빨빨 하는 소리가 들레서 소리나는 곳에 가보느꺼니 여우레 해골바가지를 긁구 있었다. 에께놈! 하구 소리티느꺼니 여우란 놈은 해골바가지를 고게[1] 두구 달아났다. 이 사람은 그 해골바가지를 줏어서 머리에 써 보느꺼니 글이 줄줄 나왔다. 됐다! 하구서리 제삿집이 들어가서 축문을 부르갔다고 했다. 쥔은 잘 왔다 하구 한상 잘 차레 먹엤다. 이 사람은 배가 고픈 김에 밥이야 술이야 잔뜩 먹구 고만 골아떨어데서 잤다.

쥔 집이서는 젯상을 다 차레 놓구 축을 부르게 됐넌데두 이 사람은 그대루 자구 있었다. 쥔은 급해서 이 사람을 깨워 개지구 잿상 앞으루 끌구 왔다. 이 사람은 술이 덜 깨개지구 몸을 비틀거리구 서서 토싯작을 벗어 들구 흥행홍행 쿵덩쿵챙챙 흥행홍행 쿵덩쿵챙챙 하멘 부르다가 몸이 흔들거리여 고만 젯상에 너머데서 젯상을 다 족테놨다. 쥔은 고만 증이 나서 에잇 못된 놈! 하구 죽디 않을 만큼 두둘게 패서 쫓아냈다.

※1938年 1月 鐵山郡 西林面 內山洞 金孝鎭

1) 거기에

축문 읽어 주고 돈 번 사람과 못 번 사람

넷날에 한 사람이 있넌데 이 사람은 소곰을 나구에다 싣구 소곰 팔레 산골루 가드랬넌데 한 고개를 넘어가느꺼니 갓을 쓴 사람 하나이 앞에서 춤을 추구 있었다. 이 소곰당시는 이걸 보구 이 깊은 산중에서 춤추는 사람을 보게 되느꺼니 이거이 사람이 아니구 구신인가 싶어서 무서운 생각이 들어 에깨놈! 하구 큰소리를 텠다. 그랬더니 그 사람은 갓과 동곳을 떨어트리구 도망갔다. 소곰당시는 동곳을 줏어서 저에 상투에 꽂으느꺼니 그저 말이 글 닐듯이[1] 줄줄 나왔다. 야 이거 밥벌이 되갔다 하구서 나구를 몰구 가드랬넌데 웬 집이서 여보시 여보시 하구 불렀다. 와 불르우? 하느꺼니 이리 좀 오구레, 해서 옳다 됐다 데 집이서 하루밤 자구 가자 하멘서 그 집이루 갔다. 쥔이 나와서 둘오라 하구서 한상 잘 채레다 주었다.

배 고픈 김에 눈 깜짝할 사이에 다 먹구 나느꺼니 쥔은 오늘 나즈 우리 집 제사날인데 축 부를 사람이 없어서 걱정이라구 했다. 소곰당시는 걱정할 거 없다멘 자기가 부르겠다구 했다. 쥔은 기뻐서 그카라구 했다.

밤이 깊어어가느꺼니 쥔은 축이나 발키라구[2] 했다. 소곰당시는 어서 젯상이나 차레노라구 하구 동곳을 꼽구 있었다. 쥔이 상을 다 차레 놨다구 하느꺼니 소곰당시는 제상 차레 논 데루 가서 제상 앞에 나가서 축을 부른다구 토시짝을 벗어들구 유우 세차 노루배꼽 꼬무신짝 하멘 좔좔 불렀다. 쥔은 참 축을 잘불렀다구 칭찬하구 나구에 실은 소곰섬으 소곰을 다 퍼내구 그 안에 많은 돈을 넣어 주었다. 그래서 이 소곰당시는 갑자기 부재가 돼서 잘살았다.

이 소곰당시가 갑자기 잘살게 되느꺼니 근체에 사는 사람이 찾아와서 어떻게 해서 부재가 됐넝가 하구 물어서 이러이러해서 부재가 됐다구 했다. 그러느꺼니 이 사람두 거기 찾아가서 돈 좀 벌어오갔다 하구 이 소곰당시에 나구를 빌레개지구 소곰을 싣구 그 산골루 갔다. 한 고개를 넘으느꺼니 갓을 쓰구 춤추넌 사람이 있어서 에께놈! 하구 과티느꺼니 그 사람은 갓과 동굿을 떨어트리구 달아났다. 이 사람은 그 동굿을 줏어서 허리춤에 끼구 제삿집에 갔다. 쥔은 이 사람에게 한상 잘 차레 먹이구 오늘 우리 집 제사느꺼니 축문 좀 불러 달라구 했다. 이 사람은 그카라 하구 젯상을 다 차레 논 담에 젯상 앞에 가서 토시짝을 벗어 들구 홍이행문 넘어간다 홍이행문 넘어간다 쿵덩챙챙 쿵덩챙챙 하멘 젯상을 캉캉 텠다. 그러느꺼니 젯상이 다 망티구 말았다. 쥔이 이걸 보구 화를 벌칵 내개지구 이넘을 죽디 않을 만큼 때리구 나구를 빼틀구 내쫓았다.

※1938年 1月 宣川郡 東面 仁谷洞 金鉉濬

1) 읽듯이 2) 쓰라고

도둑 쫓은 이야기

넷날에 소곰당시 하나이 소곰을 팔루 나가서 다 팔구 집이루 돌아오드랬넌데 돌아오다가 날이 저물어서 한 집에 자리붙게 됐다. 그 집에는 노친네 함자 살구 있넌데 이 노친네레 이 소곰당시과 넷말 하나 하라구 했다. 그런데 이 소곰당시는 넷말이라구는 아는 거이 없으느꺼니 나케[1] 밤이 되문 하갔수다 하구 있었드랬넌데 저낙밥을 다 먹구 나서 노친네레 또 넷말 하라구 했다. 소곰당시는 지금은 피곤해서 자야갔으느꺼니 낼 아침에 하갔수다 하구 잤다.

아침이 되느꺼니 노친네는 또 넷말하라구 했다. 소곰당시는 이자는 메라구 피할 수레 없어서 넷말을 할 수밖에 없었넌데, 가만히 밖을 내다보느꺼니 황새레 활활 논으루 날아왔다. 그래서 소곰당시는 활활 날아온다 했다. 노친네는 이거를 재미나는 넷말이갔디 하구 활활 날아온다구 외우구 있었다. 고담에 황새레엉기엉기 걸어가느꺼니, 소곰당시는 엉기엉기 걸어간다구 했다. 노친네는 이 말두 닞디 않캈다구 따라서 엉기엉기 걸어간다구 했다. 고담에 황새레 둘레둘레 보느꺼니, 소곰당시는 둘레둘레 본다 했다. 노친네는 이것두 외왔다. 황새레 머럴 집어 꿀걱 삼켔다. 소곰당시는 집어 삼킨다 했다. 노친네는 이것두 외왔다. 그리구선 소곰당시는 가삐렜다.

노친네는 소곰당시가 한 말을 닞디 않갔다구 활활 날아온다, 엉기엉기 걸어간다, 둘레둘레 본다, 꿀걱 삼킨다, 하구 소리내서 외우구 있었다.

그날 나주 이 노친네 집에 도죽놈 하나이 바주[2]를 뛰어넘어 들어왔다. 그때 노친네는 훨훨 날아 들어온다구 소리냈다. 도죽놈은 고담에 엉기엉기 걸어갔다. 노친네는 엉기엉기 걸어간다구 소리냈다. 도죽놈은 이 소리를 듣구 누가 어디메서 보구 하능가 하구 둘레둘레 봤다. 노친네레 둘레둘레 본다구 했다. 도죽놈은 이거 날 보구 하는 소리다 하구 도망티갔다구 돌아세서 보느꺼니 팎 삶은 거이 있어서 그거를 한줌 집어쥐구 입에 넣구 꿀걱 삼켔다. 노친네레 입에 넣구 꿀걱 삼킨다 했다. 도둑놈은 이 소리를 듣구 이거 날 보구 하는 소리다 하구 아무것두 채디 못하구 고만 다리뛔서 도망갔다구 한다.

※1936年 12月 宣川郡 深川面 付皇洞 桂勳梯
※ 〃 〃 〃 〃 東林洞 金宗權
※ 〃 〃 〃 山面 下端洞 金國柄
※ 〃 〃 〃 水清面 古邑洞 李庸逸
※ 〃 〃 義州郡 光城面 豊下洞 張炳煥
※ 〃 〃 定州郡 郭山面 石洞下端 金相允
※1937年 1月 〃 〃 造山洞 金仁杰
(단 '황새'를 '두터비'로 이야기 하고 있다)
※1937年 1月 宣川郡 宣川邑 川北洞 金得弼
1) 이따가 2) 울타리

도둑 쫓은 이야기

넷날에 소곰당시레 길을 가넌데 가다가 날이 저물어데서 한집이 들어가서 여보 쥔 좀 듭수다 하느꺼니 안 된다구 썩 그른단 말이디. 아니 여보 날이 저물어 그르넌데 좀 듭수다레, 하넌데두 안 된다구 하디. 그런데두 자꾸 들자구 하느꺼니 할 수 없었넌디 들라구 했디. 그래서 갸우해서 쥔을 붙게 됐넌데 쥔이 "여보 나가네, 넷말이나 하나 해주구레. 그르야디 안 그르문 우리 집이선 못 자무다" 이러거덩. 소곰당시는 이거 야단났단 말이야. "고롬 낼 아츰 갈직에 합수다" 하느꺼니 쥔두 고롬 그렇가구레 해서 그날 밤을 잤디. 다음날 아침에 가갔다구 하느꺼니 "아니 여보, 넷말 안하구 가갔소? 넷말 안하문 못 가무다" 그런데 소곰당시는 넷말을 하기는 하야갔넌데 넷말을 할 줄 알아야디. "내레 더기 가서 하갔시니 따라오우다" 하멘 나갔디. 그러느꺼니 쥔 노친네레 뒤따라갔어. 하하 가다가 보느꺼니 논바닥에 왁새레 멀거니 서 있더니 멀 기울기울 하구 있어서 소곰당시는 기울기울허무다 했거덩. 그러느꺼니 노친네레 그거이 넷말인 줄 알구 따라서 기울기울허무다 했어. 담에 왁새레 멕자굴 잡아서 흐물럭적해서 소곰당시는 흐물럭적 했거덩. 노친네두 또 따라서 흐물럭적 했디. 고담에 왁새 눈깔이 똥실해서 멀거니 테다보구 있어서 소곰당시는 고 눈깔이야 했단 말이야. 노친네두 고 눈깔이야 했디. 고담에 왁새레 날라가서 소곰당시는 자아 이젠 다 했수다 하구선 가삐렜어.

노친네는 집이루 돌아와서 넝감과 나가네가 한 넷말을 하느라구 기울기울허무다, 흐물럭적허무다, 고 눈깔이야, 하구 있었디.

그날 나즈 그 집이 도죽놈이 둘와서 벡에서 멀 먹을 거 없나 하구 기울기울 하구 있넌데 집 안에서 기울기울허무다 하는 말이 들레와서 깜작 놀라서 여기더기 구러밨넌데 아무가이두 없으느꺼니 가매솥에 팍 삶은 거이 있어서 그걸 한입 타라넣구 흐물럭적했디. 집 안에서 흐물럭적 하는 말이 나서 도죽넘은 자기 보구 그르는 줄 알구 정말 자기 보구 그러능가 하구서 샛문 구넝으루 집 안을 디리다 밨거덩. 그러느꺼니 고 눈깔이야 하는 소리가 난단 말이야. 도죽놈은 자기 보구 그런다구 고만에 다라뛰구 말았다구 한다.

※1937年 7月 龜城郡 天摩面 塔洞 朴承郁
※ 〃 〃 〃 梨峴面 吉祥洞 金道英
※1938年 1月 宣川郡 東面 仁谷洞 金鉉濬
※ 〃 〃 龍川郡 東上面 泰興洞 車寬善

※1938年 1月 新義州府 霞町 崔錫根
※ 〃 〃 鐵山郡 餘閑面 朝陽洞 朴炳哲
※ 〃 〃 義州郡 枇峴面 替馬洞 崔尙振
※1936年 12月 昌城郡 昌城面 甲岩洞 姜學道
(단 왁새의 여러 동작을 두꺼비의 것으로 하고 있다)
※1938年 1月 鐵山郡 扶西面 石山洞 鄭聖則
(단 소곰당시가 산골에 가서 글선생이 되어 아이를 글 가르치는 내용이 上記의 내용인데 아이 하나가 집에 가서 배운 내용을 복습하여 도적을 쫓은 것으로 되어 있음)

도둑 쫓은 이야기

넷날에 소곰당시 하나이 나구에 소곰을 싣구 산골루 팔레 갔다가 날이 저물어서 한 집에 쥔을 들었넌데, 그 집 노친네레 넷말을 하라구 했다. 소곰당시는 할 말이 없어서 밤에 해주갔다구 미루구, 밤이 돼서 하라 해서 아침에 하갔다구 미뤘다. 아침이 돼서 소곰당시는 소곰짐을 나구에 싣구 갈라 하넌데, 노친네레 넷말하구 가라 했다. 소곰당시는 할 넷말이 없어서 그전에 왁새가 논에서 여러 가지 한 것을 말해 주었다. 노친네는 그 말을 넷말이라구 잊지 않갔다구 늘 혼자서 말하구 있었다.

하루는 건넌집 사람이 이 노친네 집이루 도죽질하레 어정어정 들어갔다. 그때 노친네는 어정어정한다 하구 있었다. 도죽은 자기가 들어오는 걸 보구 그러는 줄 알구 기울기울했다. 그러느꺼니 노친네는 기울기울했다. 도죽은 깜작 놀라 갈라구 하다가 가매솥에 퐉 삶은 거이 있어서 그걸 입에 넣구 후물럭적했다. 노친네는 또 후물럭적 했다. 도죽은 이 소리를 듣구 자기를 보구 그러는 줄 알구 아무것두 채가디 못하구 근냥 도망테 갔다.

※1935年 1月 宣川郡 深川面 付皇洞 桂勳梯
※1936年 12月 〃 〃 東林洞 金宗權
※1935年 〃 〃 山面 下端洞 金國柄
※ 〃 〃 〃 水淸面 古邑洞 李庸逸
※ 〃 〃 義州郡 光城面 豊下洞 張炳煥
※1936年 7月 定州郡 郭山面 石洞下端 金相允
※1937年 1月 〃 〃 造山洞 金仁杰

(단 왁새는 두터비로 되어 있음)
※1933年 7月 宣川郡 宣川邑 朴忠炳
(단 이 이야기의 끝부분에 그 후 건넌집 사람은 이밥을 하고 닭을 잡아 노친네를 청해서 먹이며 전날 잘못했으니 용서해 달라는 말이 첨가되어 있음)

도둑 쫓은 이야기

넷날에 넝감 노친네레 둘이 살구 있드랬넌데 둘이만 사느꺼니 심심하느꺼니 노친네레 넝감보구 어드메 가서 넷말이나 사다가 이야기하문서 삽수다레 했다. 넝감두 그카자 하구서 넷말 사루 집을 나왔다. 나와서 동네 앞으 들루 갔더니 일하다가 논드렁에 앉아서 쉬구 있는 사람이 있어서 그 사람한테루 가서 넷말 하나 삽수다레 했다. 그 사람은 그럽수다레. 하나 하갔으느꺼니 사구레 했넌데 그런데 이 사람 할 넷말이 없어서 머뭇머뭇하다가 황새 한 마리가 훌쩍 날라와서 논에 내리앉는 거를 보구 훌쩍 내리앉는다구 했다. 넝감은 이거이 넷말이갔다 하구서 닞어삐리디 않갔다구 훌쩍 내리앉는다구 받아서 중얼거렜다. 고담에 황새레 기웃기웃하느꺼니 이 사람이 기웃기웃한다구 했다. 넝감은 따라서 기웃기웃한다구 했다. 황새레 머인가 집어먹으느꺼니 이 사람이 집어먹넌다 했다. 넝감두 따라서 집어먹넌다구 했다. 황새레 멀 디리다보느꺼니 디리다본다 했다. 넝감두 디리다본다 했다. 황새레 훌 날아가느꺼니 훌 날아간다 했다. 넝감두 훌 날아간다 했다.

황새레 날라가구 없으느꺼니 이 사람은 넷말 다 했수다, 하느꺼니 넝감은 넷말값 받구레 하구서 돈 두 냥을 주구 집으루 돌아와서 노친네과 넷말 사왔다구 했다.

저낙을 먹구 노친네는 사온 네말이나 하시구레 하느꺼니 넝감은 그카자 하구 넷말을 하기 시작했다.

이때 그 집에 도죽놈이 멀 채가갔다구 담을 훌쩍 뛰어넘어오구 있었다. 그때 넝감은 훌쩍 날어온다구 했다. 도죽놈은 이 소리를 듣구 누가 자기를 보구 하는가 하구 기울기울했다. 그랬더니 또 기울기울한다는 소리가 났다. 도죽놈은 돌아다봐두 보넌 사람이 없어서 살금살금 볍으루 들어가서 머 채갈 거 없나 하구 더듬어 보넌데 가매솥에 퐉 삶은 거이 있어서 퐉을 한주먹 집어서 먹었다. 그러느꺼니 집어먹넌다는 소리가 났다. 도죽놈은 이 소리를 듣구 방에 있는 사람이 도죽질하레 온 자기를 내다보문서 그러능가 하구 문구넝으루 방 안을 디레다봤다. 그러느꺼니 또 디레다본다구 한다. 도죽놈은 이 소리를 듣구 이거야말루 자기를 보구 하넌 소리다 하구 그만 도망테서 달아났다.

그런데 도죽놈은 이 집에서 자리레 도죽질하레 간 거를 알구 있나 없나 알구파서 다음날 아침에 고기짐을 지구 가서 고기 사라구 했다. 그러느꺼니 노친네레 나와서 고기 하나를 들구서 녕감과 이넘을 잡으람네까? 하구 물었다. 도죽놈은 이 말을 듣구 이거야 말루 이 집이서 자기를 도죽질하레 간 거를 알구 자기를 잡으라는 말루 알구 잡히기 전에 도망테야 하갔다 하구 고기짐두 내티구 고만 도망테 달아났다.

이 집 녕감 노친네는 그 고기를 잘먹었넌데 두 낭 주구 사온 넷말 개지구 많은 니[1]를 봤다넌 넷말이우다.

※1933年 7月 宣川郡 宣川邑 川南洞 崔宗虎

1) 利

도둑 쫓은 글

넷날에 소곰당시 하나이 소곰을 당나구에 싣구서 팔레 나갔드랬넌데 강을 건늘 적에 당나구레 너머데서 고만 소곰이 물에 빠데서 소곰을 다 녹이구 말았다. 그래서 돈 벌레 나갔다가 소곰을 다 휧구[1] "에이 몰에 가서 밥이나 얻어먹갔다" 하구 어떤 몰에 찾아갔다. 그러느꺼니 몰 사람들이 당신 글 아능가 물었다. 안다구 하느꺼니 "잘됐다. 우리 몰에 글 배와 줄 선생이 없어서 글 배와 줄 선상을 구하는 참인데 당신 우리 몰에서 글이나 배와 주구레" 했다. 소곰당시는 돈두 없어서 곤란

하던 참이라 잘됐다 하구 선생 노릇 하기루 했다.

몰 사람들은 아덜을 많이 모아 놓고 소곰당시과 글 배와 주라구 했넌데, 이 소곰당시는 아무 것두 모르는 무식쟁인데 글 배와 주갔다 했넌데 멀 가르쳐야 할디 알 수레 없어서 가만 밖으로 내다보느꺼니, 두터비란 놈이 한 마리가 엉금엉금 기어오구 있어서 "자아 글 배우자" 하멘, 엉금엉금 기어온다구 했다. 그러느꺼니 아덜덜은 모두 다 엉금엉금 기어온다구 큰소리루 따라 닐었다. 그담에 두터비레 기울기울하구 있어서 소곰당시는 기울기울하누나구 했다. 아덜이 또 따라서 기울기울하누나 했다. 고담에 두터비레 눈을 부러뜨구 멀뚱멀뚱했다. 그래서 소곰당시레 눈을 멀뚱멀뚱하누나 했다. 아덜은 눈을 멀뚱멀뚱하누나 하구 따라 했다. 고담에 두터비가 멀 먹넌디 입을 우물우물했다. 소곰당시는 이걸 보구 우물우물하누나 했다. 아덜은 따라서 우물우물하누나 했다. 고담에 두터비레 오종을 싸구 있으니꺼니 소곰당시는 실실 싸누나 했다. 아덜두 따라서 실실 싸누나 했다. 고담에 두터비레 가만 있어서 가르칠 거이 없어서 "오늘은 이만 배우구 낼 또 배우자. 너덜 오늘 배운 거 잘 닐러라" 했다.

아덜은 글 배왔다 하구 엉금엉금 기어온다, 기울기울하누나, 멀뚱멀뚱하누나, 우물우물하누나, 실실 싸누나 하구 닐렀다.

그날밤 한 아레 저에 집이서 글을 닐구 있넌데, 그 집에 도죽놈이 소를 채러구 엉금엉금 기어서 들어왔다. 그때 엉금엉금 기어온다는 소리가 나서 도죽놈은 누구레 보구 그러능가 하구 기울기울했다. 그러느꺼니 또 기울기울하누나 하는 소리가 났다. 도죽놈은 깜짝 놀래서 눈을 부리뜨구 멀둥멀뚱했다. 그러느꺼니 또 멀뚱멀뚱하누나 하는 소리가 났다. 어드메서 누가 그러능가 하구 보넌데 아무도 없으느꺼니 볍에 들어가서 밥을 한줌 입에 넣구 우물우물했다. 그러느꺼니 우물우물하누나 하는 소리가 났다. 도죽놈은 이 소리를 듣구 급해마자서 오종을 실실 쌌다. 또 실실 싸누나 하는 소리가 들레서 도죽놈은 그만 아무것두 채개지두 못하구 다라뛔서 도망텟다구 한다.

※1932年 12月 宣川郡 宣川邑 李英煥
※1936年 1月 鐵山郡 栢梁面 東倉洞 鄭潤學
※ 〃 7月 定州郡 古德面 德元洞 韓昌奎
※ 〃 12月 龍川郡 東下面 三仁洞 文奎參
※ 〃 〃 〃 內中面 社稷洞 池應模
1) 잃고

도둑 쫓은 글

넷날에 아이 하나레 글을 배우구파서 떡을 한짐 지구 글 배와 줄 선생을 찾으레 집을 떠났다. 길을 가다가 한 사람을 만났넌데 이 사람이 너 어드메 가능가 물어서 “글 배와 줄 선생 찾으레 떡 해개주고 가무다” 하구 말했다. 그러느꺼니 그 사람은 “글은 내레 배와 주갔으니 그 떡을 날 주람” 했다.

이 아는 그랗가라구 떡을 그 사람 주구 글을 배우게 됐넌데, 이 사람이란 거이 글두 아무것두 모르는 무식쟁이레 돼서 멀 배와 주갔노 하구 생각하구 있었드랬넌데, 그때는 마침 비가 멎은 후가 돼놔서 두터비 한 마리가 껑충껑충 걸어나오구 있었다. 그걸 보구 이 무식쟁이 선생은 껑충껑충 걸어두루오누나구 했다. 아는 그걸 듣구 껑충껑충 걸어두루오누나 하구 받아서 닐었다. 고담에 두터비레 기울기울하너꺼니 이 사람은 기울기울하누나 했다. 아는 또 기울기울하누나 하구 받아 닐었다. 고담에 두터비레 눈을 부러뜨구 멀뚱멀뚱 하느라느꺼니 멀뚱멀뚱하누나 했다. 아는 또 따라서 멀뚱멀뚱하누나 하구 닐었다. 두터비레 오종을 싸느꺼니 실실하누나 했다. 아두 실실하누나 했다.

이 아는 글을 배왔다구 저 집에 들아와서 당창 껑충껑충 걸어들어오누나, 기울기울하누나, 멀뚱멀뚱하누나, 실실하누나 하구 닐구 있었다.

이러구 닐구 있넌데, 그날 밤에 소 도죽이 이 집에 소를 채레 들어왔다가 껑충껑충 걸어두루오누나 하는 소리를 듣구 도죽은 깜작 놀래서 누구레 보구 있능가 하구 기울기울 했다. 그러느꺼니 또 기울기울하누나 하는 말소리가 들레 왔다. 도죽은 눈이 올롱해서 멀뚱멀뚱하구 있었다. 그런데 멀뚱멀뚱하누나 하는 말이 나서 도죽은 이거야 정 자기 부구 그러는 줄 알구 도망테 나가다가 대문깐에서 오종을 쌌다. 그러느꺼니 실실하누나 하는 말이 들레와서 고만 혼이 나서 다라뺏다구 한다.

※1934年 7月 龜城郡 舘西面 造岳洞 金致載

도둑 쫓은 방귀

넷날에 방귀 잘 뀌는 사람이 있었드랬넌데 이 사람은 잘 때두 쉬딜 않구 꿰서 다른 사람들이 잠을 자딜 못했다. 그래서 이 사람은 하루는 밑구넝에 무를 타라밖구 자드랬넌데 그날 밤 도적 하나이 돈 채레 들어왔을 적에 빵 하구 뀌느꺼니 타라막았던 무레 튀어나가 도적놈에 상판을 탁 때렸다. 도적은 아이쿠 총 쏜다 하구 달아났다구 한다.

※1936年 1月 宣川郡 新府面 院洞 金光俊

도둑 잡은 방귀

어떤 말에 방구 잘 뀌는 방구쟁이레 있었다. 그 동리에 부재 하나이 도죽맞았넌데 이 부재레 누구던지 도죽을 잡는 사람한데 자기 재산을 나누어 주갔다구 했다. 방구쟁이레 이 말을 듣구 부재한데 가서 자기레 도죽을 잡아 주갔다구 했다. 거카라 해서 이 사람은 볏에 가서 숨어서 밑구넝만 내밀구 있었다. 밤에 도죽이 와서 물건을 채갈라구 해서 방구를 빵 하구 꾸었더니 도죽은 놀래서 가매[1]만 빼개지구 도망텟다.

다음날 도죽은 가지를 가주구 와서 방구쟁이 밑구넝을 타라막구서 물건을 채갈라구 했다. 그때 방구쟁이는 빵 하구 방구를 뀌넌데 타라막 앉던 가지가 탁 튀 나가서 벡 문에 가 맞아 땅 하구 소리가 났다. 도죽놈은 이 소리에 깜작 놀래서 나가 자빠데서 잽히우구 말았다.

이렇게 해서 방구쟁이는 도죽을 잡았넌데 부재는 약속대루 재산을 많이 줬다구 한다.

※1933年 7月 宣川郡 宣川邑 韓鮮國

1) 솥

흰소리

어드런 사람이 어드런 곳에 갔더니 어드런 사람이 머인가 차구 있어서 당신 찬 거이 무엇이요 하구 물었다. 그러느꺼니 그 사람이 "찬 거는 찬물이외다" 했다. 고담에 당신 쓴 거 무어요, 하느꺼니 "쓴 거는 곰에 열[1] 아니갔소" 했다.

※1936年 7月 宣川郡 水淸面 古邑洞 李鐵

1) 쓸개

흰소리

어드런 사람이 길을 가다가 밭에서 김매는 넝감과 "개목[1]에 갈라문 어드렇게 가야 가깝소" 하구 물었다. 그러느꺼니 넝감은 "개목에 갈라문 가이 귀를 부테 잡구 가이 코에서 올라가문 가깝구 가이 꼬리를 붙잡구 앵둥이 쪽에서 가문 멈네다" 했다. 이 사람은 좀 증이 나서 넝감 대구리 쓴 거 머요, 했다. 그러느꺼니 넝감은 대구리 쓴 거 오이 갔디 했다. 이 사람은 더 화가 나서 "야 이 이런 놈에 넝감탱이 두상 어데메 있노" 했다. 그러느꺼니 넝감은 "벨난 소리 다 하누만. 내레 보다시피 이 밭 가운데 있디 않능가. 허튼소리 말구 갈 길이나 날래 가라우" 했다.

※1932年 8月 鐵山郡 站面 西部洞 安鳳麟

1) 나루터

싱거운 사람

넷날에 어니 골에 신검둥이레 있었넌데 이넘이 하루는 길가에 나가 있으느꺼니 어드른 사람이 소에다 배를 한 바리 싣구 지나가구 있어서 이넘은 배 싣구 가는 사람한데 가서 통성을 하구 나는 배먹어리우다구 했다. 그리구선 배 싣구 가는 사람과 항께 가드랬넌데 배를 싣구 가던 사람이 나 오종 좀 누구 올꺼이니 이 소좀 봐달라구 했다. 이 싱검둥이는 그 사람이 오종 누레 간 짬에 소를 빨리 몰구 갔다. 배 임제레 오종을 누구 와 보느꺼니 소두 없구 그놈두 없구 해서 배 먹어라 배 먹어라 하구 불렀다. 대답이 없어서 이 사람은 앞으루 가멘 배 먹어라 배 먹어라 하구 불으멘 갔다. 하하 가다 보느꺼니 그놈이 최뚜덩[1]에 앉아서 배를 먹구 있었다. 너 와 남에 배를 먹구 있네? 하느꺼니 배 먹어라 해서 먹구 있시요, 했다. 배 님재는 이 말을 듣구 증이 나서 "요 간나아 사끼!" 하구 귀쌈을 세과디 박아 주구 날래 가라구 과텟다.

※1938年 7月 龍川郡 外上面 南市洞 金載元

1) 밭두렁

싱검동이

어떤 승검둥이레 길을 가다가 보리앝에 다락을 매구 거기서 바누질하넌 낸을 보구 처억 다락에 올라가서 절을 껍벅 하구 "아주마니 그사이 펜안이 게셌습니까" 하구 인사했다. 그러느꺼니 낸은 테다보멘 "난 누군지 모르갔넌데" 했다. "날 몰라요, 난 내서방이우다" 하멘 조금 뒤루 물러앉았다. 그리구 낸이 쓰는 강애[1]를 들구서 "여기선 이걸 메라구 합니까" 하구 물었다. 강애라구 한다구 하느꺼니 "그래요? 우리 고장에서는 허구시께라구 합니다"구 했다. 그러구 슬그머니 강애를 멍석 밑에다 네놨다. 그 담에 멍석을 보구 "이건 여기서 메랍니까" 하느꺼니 낸은 멍석이라구 한다구 했다. 이 너석은 "그래요? 우리 집께서는 허던석이라구 합네다" 하구선 이런 말 데런 말 쓸데없는 말을 한참 하다가 나는 감무다 하구 갔다.

이념이 간 담에 낸은 강애를 쓸라구 보느꺼니 없어서 내서방! 내서방! 하구 불렀다. 승검둥이는 멀리서 와 부루우? 했다. 낸은 큰소리루 내서방 허구씨게 어트캤소 하구 말했다. 이 너석은 그건 허던석 아래 있수다 하구 큰소리루 대답하구 갔다구 한다.

※1935年 1月 昌城郡 昌城面 坪路洞 姜英老

1) 가위

똥 벼락 맞은 중

넷날에 한 사람이 있넌데 이 사람은 근체 덜에 가서 중덜이 재 올리갔다구 떡이며 밥이며 여러 가지 임석을 채레논 거를 채먹군 해서 중들은 이거이 지뚱무러워서[1] 하루는 중들은 떡 안에다 띠를 넿서 채레놨다. 이 사람은 그거를 모르구 떡을 채먹었넌데 고만 띠레 나와서 구역이 나서 먹딜 못하구 집으루 왔다. 집으루 와서 생각해 보느꺼니 중들이 괘씸해서 이놈덜 너덜 좀 혼나 보라 하구서 날콩죽을 한 버치 해먹구 고기 한 돈에치 사서 밑구넝에다 붙이구 덜에 가서 중덜과 내레 내 밑구넝에 헌디레[2] 나서 그러니 좀 봐달라구 했다. 중덜은 그카라 하구 이 사람에 밑구넝을 보갔다구 밑구넝에다 대구 거기 붙어 있넌 고기를 헌디 딱지루 알구 뗄라구 할 적에 이 사람은 아야 아야 하멘 물띠[3]를 탁 싸서 갈겼다. 그러느꺼니 중에 얼굴이며 입이며 옷이며에 물띠 베락을 맞게 됐다.

※1936年 12月 龍川郡 楊下面 東洞 崔德用

※ 〃 〃 義州郡 威化面 上端洞 黃昌煥

※ 〃 〃 朔州郡 外南面 淸溪洞 李信國

※1937年 7月 新義州府 老松町 金英豪

※1938年 1月 龍川郡 東下面 泰興洞 車寬善

1) 밉상스러워서 2) 종기 3) 물똥

실없는 선생의 봉변

넷날에 글방에 다니는 한 아레 당개가게 되느꺼니 선생이 조용히 불러개지구 당개갈 적에는 당개가는 전날에 오마니과 콩을 많이 닦아달라구 해서 이걸 먹구 가문 돟다구 말했다. 이 아는 선생이 한 말이느꺼니 콩을 많이 닦아서 먹구 당개갔다. 그런데 큰 상을 받게 되느꺼니 배가 아프기 시작해서 몸을 움직일 수두 없게 되구 또 색시과 신방을 차리게 되넌데두 눌 수두 없어서 가만히 있었다. 색시레 어드래서 그렁가 물었다. 새실랑은 선생이 당개가는 전날 콩을 많이 닦아서 먹구 가문 돟다구 해서 콩을 닦아먹구 왔더니 배레 아프구 해서 잘 수가 없어서 그른다구 했다.

이 말을 듣구 색시는 고놈에 훈당놈 혼 좀 나 봐라 하구 밖에 나가서 큰 병을 개지구 와서 이 병에다 띠를 싸라구 했다. 새실랑은 색시가 하라는 대루 병에다 물띠를 쌌다. 색시는 이 병을 잘 막구 돟은 보에다 싸서 선생한데 술이라구 하구 개저다 주라구 했다.

이 아는 집에 돌아와서 색시가 하라는 대루 그 병을 선생한데 갖다주멘 술 개저왔시다 하구 주었다. 선생은 도와라구 칭구덜을 불러서 술대접 하갔다구 병 마개를 열구 부었넌데 고만 띳내레 나서 이거 이거 하드래.

※1932年 7月 定州郡 觀舟面 舟鶴洞 全元翊

실없는 선생

넷날에 서당에 다니는 아레 당개간다구 하느꺼니 선생이 당개가는 전날에 날콩죽을 많이 먹구 찬방에 앉아 있으문 배탈이 나서 물띠를 싸게 되넌데 이거를 병에 너서 가싯집에 개지구 가문 잘살게 된다구 말했다. 이 아는 그 말을 곧이 듣구 날콩죽을 먹구 배탈이 나서 물띠 싼 거를 병에 네개주구 색시 집에 개지구 갔다. 색시 집이서는 새 사우레 술을 개저왔다구 먹을라구 따르느꺼니 아이구 쿠린내레 나서 아이구 아이구 하멘 벅작 고왔다[1]구 한다.

※1932年 7月 鐵山郡 站面 西部洞 安鳳麟

1) 소란스럽게 하다

좆 먹이다

넷날 어떤 해변에 서당이 있드랬넌데 이 서당에 능측하구[1] 망구지부리는[2] 추판[3]이레 있었드랬넌데 이 추판이레 당창 훈당보구 "좆 좀 자시구레, 좆 좀 자시구레" 하구 말했다. 훈당은 에께놈 티끼운 소리 말라구 나무라군 했다.

한번은 훈당은 접당[4]과 학생을 데리구 서울루 과개하레 가게 됐넌데 이 추판넘두 자기두 항께 가갔다구 했다. 훈당은 "너는 글두 모르구 하넌데 어드렇게 과개 보러 가는데 가갔다구 하능가. 너는 여기서두 늘 망신만 시키구 하넌데 서울 가서두 망신시키갔다구 가갔다구 하능거가. 안된다" 하멘 욕했다. 그리구 추판이 모르게 떠날라구 접당과 으논하구 추판이레 없는 짬에 떠났다. 한 구십 니쯤 가서 쥔을 들었넌데 추판이넘이 그걸 알구 뒤 멀직이 따라가서 밤둥에 훈당들이 자는 집에 들어가서 훈당님 게시우 저 왔수다 하구 찾았다. 그러느꺼니 훈당은 추판이 목소리를 듣구 증이 나서 에이 데놈에 새끼 어드렇게 알구 여기꺼정 왔네? 하멘 욕지거리를 하구 자구 낼은 집이루 가라구 했다.

다음날 훈당은 추판이 모르게 떠나서 한 구십 니 가서 쥔을 들어 자구 있었넌데 추판이 넘은 또 달레갔넌데 밤이 든 담에 훈당한데 가갔다구 하구 그 말을 여기더기 돌아다니구 있드랬넌데 한 집이서 거리굿을 하구 있어서 그 집이 찾아가서 살페보느꺼니 데켄에 집 한 채가 있어서 거기 가서 보느꺼니 한 방에 돗자리가 페어 있구 펭풍두 둘러테 있구 촛불두 헤 있구 해서 그 방에 들어가 평풍 뒤에 가 숨어 있었다. 그랬더니 이즉만 해서 한 곻은 네자가 들어오더니 상기두[5] 안 오셨구만 하멘 뭘 싼 보재기를 놓구 갔다. 추판이는 이거이 머이가 하구 보재기를 끌러 보느꺼니 과자랑 떡이랑 먹을 거이 많이 있었다.

이넘은 그거를 먹으멘, 아하 이 네재레 서방질하는 네재로구나. 아매두 한 너석이 오갔디 하구 있드랬넌데 이즉만해서 웬넘이 문을 뚝뚝 두들어서 추판넘은 네자 목소리루 "오늘 나즈는 우리집 거리굿이 돼서 나가네가 많이 와서 나갈 짬이 없수다레" 했다. 그러느꺼니 이놈이 고롬 거저 가야갔구만 하멘 갈라구 해서 추판이는 네자 목소리루 "심심하문 문구넝을 뜰어 놀건 그 구넝으루 좆이나 디리보내구레. 그러문 나는 그거를 거기다 마추갔소" 했다.

그넘은 당나구 좆만한 좆을 문구넝으루 딜이밀었다. 추판이는 당두칼[6]루 그 좆목뚱이를 싹 베었더니 그놈이 아이쿠 하멘 달아났다. 추판이는 그 베어낸 좆목뚱이하구 과자하구 떡하구를 개지구 훈당이 있는 집이루 갔다. 훈당이 추판이레 오넌 거를 보구 아 데놈으 새끼 또 왔다 하멘 욕지거리를 하넌데 추판이는 훈당님 이거 좀 자시보구레 하멘 과자 보재기를 풀었다. 모두덜 잘먹구 불을 끄구 자넌데 모두들 다 잠들었넌데 추판이는 훈당에 너꾸리[7]를 다티멘서[8] "내레 훈당님을 특별히 대접할라구 달구목뚱이[9]를 하나 개저왔읍니다. 잡수시갔소? 하멘 그 좆을 내놨다. 훈당은 달구목뚱이라구 해서 이걸 입에 물구 먹다가 그만 잠이 들었다.

날이 밝아서 아침이 됐넌데 접당과 학생덜이 일어나서 훈당이 뭘 입에 물구 있는 거를 보구서 깨와서 훈당님 뭘 자시구 있읍니까? 하구 말했다. 훈당은 잠을 깨개지구 어지 나즈 추판이레 달구목뚱이를 갲다 줘서 먹다가 잠이 들었다구 했다. 그러느꺼니 접당과 학생들은 "그거이 달구목뚱이가 다 머입니까. 좆이우다"구 하느꺼니 훈당은 물었던 거를 손에 들구 보느꺼니 달구목뚱이레 아니구 당나구 좆만한 좆이래서 "야 이넘 추판이레 당창 좆 자시구레 좆 자시구레 하더니 이넘이 결국 좆을 먹이구야 마누나"구 하더란다.

※1935年 12月 宣川郡 深川面 古軍營洞 張翼昊

1) 음흉하고 2) 망신스런 짓하는 3) 서당에서 심부름하는 사람 4) 접장, 훈장
5) 아직도 6) 장도칼 7) 옆구리 8) 다치면서 9) 닭모가지

망신한 사돈

넷날에 한 사람이 아덜을 당개 보내멘서 손우수[1]루 갔드랬넌데 사둔집이서 자게 됐다. 사둔집이에 금으루 만든 오강이 있넌데 이거이 탐이 나서 이거를 몰래 개지구 가갔다구 오강을 머리에 쓰구 천으루 보이디 않게 잘 싸 감추구 그 우에 갓을 쓰구 날이 아직 밝디두 않은 이른 새박[2]에 가갔다구 나섰다. 사둔은 "머 그리 서두를 거 있소. 천천히 있다 가시구레" 하넌데두 급한 볼일이 있어서 가야 한다구 하멘 방에서 나가넌데 고만 머리가 문지방에 걸레서 오강이 떨어데서 굴렀다. 사둔집 사람들은 이걸 보구 배꼽을 쥐구 웃어댔넌데 이 사람에 꼬락사니는 머이 돼갔소.

※1937年 7月 宣川郡 宣川邑 川北洞 金得弼
1) 후행. 신랑이 장가갈 때 따라가는 사람 2) 새벽

망신한 사돈

넷날에 한 사람이 사둔네 집에 갔데래요. 그 사둔집이서는 호박죽을 쑤어서 대접했넌데 이 사람은 자다가 출출해데서 잠을 깨개지구 가만히 방에서 나와 개지구 볘으루 들어가서 머이 먹을 거 없갔나 하구 캄캄한 볘 안을 더듬어 보느꺼니 당반[1] 우에 호박죽을 담아 둔 버치레 있어서 이걸 낭손으루 마주 들구 나올라구 하넌데 상투가 바람벽에 박힌 모다구에 걸레서 나갈 수가 없었다. 모다구에 걸린 상투를 빼낼라구 하넌데 손에 죽버치를 들구 있어서 손을 쓸 수 없구 버치를 내리놀라 하넌데 상투가 모다구에 걸레서 허리를 꾸부릴 수가 없어서 이카디구 못하구 더카디두 못하구 무척 애쓰구 있넌데 애쓰넌 바람에 고만 바디 허리띠가 허술하게 매어졌던디 바디가 홀랑 흘러내리갔다.

이 집 안사돈이 자다가 들으느꺼니 볔에서 무슨 소리가 나넌 거 같아서 불을 헤들구 볔으루 들어가 보느꺼니 아 사돈 넝감이 그러구 있어서 고만 놀라서 아이구 하멘 볔 밖으루 벌렁 넘어뎄다. 이 사둔 넝감은 이걸 보구 점적해서[2] 도망티갔다구 들구 있던 버치를 놨더니 버치레 안사둔 우에 떠러데서 안사둔은 호박죽 베락을 맞구 말았다구 한다.

※1934年 7月 碧潼郡 加別面 加下洞 士智里 李秉煥

1) 선반　2) 부끄럽고 챙피해서

상객의 망신

어떤 사람이 친척에 잔채집에 가서 잔채 음식을 많이 먹구 그 집이서 자게 됐넌데 자다가 띠레 매리와서 변소에 갔넌데 돌아올 적에 낸덜이 자는 방으루 들어가서 잤다. 이 사람은 그거이 낸들이 자는 방인 줄 모르구 근낭 자구 있었넌데 새박녁에 자든 낸이 그 사람에 좆이 나와 있는 걸 보구 자기 오마니가 자다가 띠를 싼 거루 알구 깨우먼 점적해 할가봐서 가만히 칠라구 하넌데 그 밑에 털이 있으느꺼니 저에 오마니레 어즈나즈에 털 뜯디 않은 돼지 발족을 잡수더니 돼지 발족을 싸났다 하멘 부젓깔루 집어낼라구 잡아챘다. 그랬더니 이 사람은 깜작 놀래서 밖으루 뛔 나오멘 이 집이서는 노무 부랄을 잘르는 집이라구 했다구 한다.

※1935年 1月 宣川郡 新府面 院洞 金光俊

망신한 상객

녯날에 한 넝감이 있었드랬는데 이 넝감은 후항[1] 가기를 도와해서 집안에 혼인 잔채 때는 후항을 가드랬넌데 후항 가서 술을 많이 먹구 자다가 망신만 했다. 이번에두 후항 가갔다구 해서 술 마시구 새사둔 집이서 망신하갔으니 안된다구 집안 사람이 말리넌데두 술 안 먹갔으니 후항 보내 달라구 해서 할 수 없이 후항을 보내게 됐다.

잔채집이서 술을 보구서 안 먹을 수레 없어서 한 잔만 한 잔만 하넌 거이 고만 많이 먹게 되어서 취해서 잤다. 잘 적에 옷을 다 벗구 자드랬넌데 재밤에 오종이 매리와서 변소에 나가서 누구 돌아와서 자기 자던 방으루 들어간다는 거이 어린 애를 대불구 자는 너자에 방으루 들어갔다. 그리구 방 웃굳에서 다리를 벌리구 잤다. 이 방에서 자던 낸이 어린 아레 띠를 싸서 띠를 칠라구 하는데 화리[2] 숫불에 비치우멘 띠를 치는데 웃굳을 보느꺼니 발가벗은 넝감에 부랄이 다리 사이루 느러데 있넌 거이 띠 같아서 불제까치[3]루 이거를 깍 집었다. 그러느꺼니 넝감은 뜨거워서 와당탕 뛔서 밖으루 나갔다. 낸은 혼이 나서 도죽이야 하구 과텠다. 그 집 사람들이 과티는 소리를 듣구 다 깨서 나왔다. 이 넝감은 급해서 자기가 타구 온 말에 발가벗은 채 올라타구 있었다. 사람들이 와서 보구 와 나와 있능가 해서 도죽이 왔다기에 말을 채갈까 해서 이러구 잡구 있다구 했다.

※1937年 7月 碧潼郡 加別面 加下洞 李秉煥

1) 후행　2) 화로　3) 부젓가락

망신한 상객

넷날에 한 아레 당개가게 됐넌데 이 아에 퀼방아바지[1]레 아들두 없구 해서 조캐[2]에 후행으루 가구파서 이번 조캐에 후행은 내가 가야갔다구 했다. 그러느꺼니 신랑에 아바지는 아덜이 당개 가넌 데는 신랑에 아밤이 후행으루 가야 한다구 하멘 자기가 가갔다구 했다. 형은 불쾌했지만 저근니보구 후행 가라 했다.

당개가는 날이 돼서 퀼방아바지는 조캐를 불러서 큰상 받을 적에 힌물을 먼저 마시구 큰상 받아야 잘산다구 말했다. 조캐레 힌물이 머이야요, 하구 물으느꺼니 퀼방아바지는 날콩을 물에 불커서 갈아서 만든 새한 물이라구 했다.

이 아는 당개가서 색시집이서 혼례식을 마치구 큰상을 받게 됐넌데 퀸방아바지가 하라는 대루 힌물을 달라구 했다. 색시집이서 힌물이 머이가 하구 물으느꺼니 날콩을 불커서 갈아서 만든 힌물이라구 했다. 색시집이서는 벨난 새실랑이 다 있다 하멘 날콩을 한 말 불커서 갈아서 힌물을 만들어다 주었다. 신랑은 이거를 다 먹구 큰상을 받았다.

새실랑은 밤에 자다가 배레 아파서 니러나서 껭낭[3]에 갈라구 하넌데 그만에 부루룩하구 물띠를 쌌다. 그러느꺼니 물띠는 색시에 머리며 입성이며 요며 방바닥이며 띠투셍이레 됐다. 손우수루 따라간 신랑에 아바지두 자다가 배레 아파서 물디를 싸서 이거 야단났다 하구 밖에 나와서 바디를 벗어서 굴뚝 옊에 걸어 놓구 머 입을 거 없나 하구 보느꺼니 벳섬 쌓아 논 우에 조그마한 게집아에 소곳이 있어서 이걸 입구 그 우에 두루매기를 입구 갸우 몸가림을 하구 있었다.

날이 새서 새메누리레 인사하레 나와서 절을 하구 보손을 내주멘 신어 보시라구 했다. 손우수는 투대[4] 신갔다구 하넌데 새메누리는 신어 보시라구 자꾸 권했다. 그래서 이 손우수는 신갔다구 발을 앞으루 내미넌데 고만 두루매기 자락이 벌레디멘 소곳가랭이레 나왔다. 그거를 색시에 어린 동생이 보구서 내 소곳을 입구 있네, 하구 말했다. 손우수는 이 말을 듣구 점즉해서 아침밥두 먹디 않구 가갔다구 하멘 말에 올라 탈라구 했다. 이때 두루매기자락이 벌레디멘 소곳 가래 사이루 좆이 델룽 나왔다. 색시집 사람덜이 냅나왔다가[5] 이걸 보구 낄낄대구 웃었다. 이 사람은 무안해개지구 말을 빨리 몰구 집이루 와서 형과 그런 말을 했다. 그러느꺼니 형은 "거 보라구. 손우수레 아무나 가능 거 아니야. 님재레 갔다가 수타 망신만 하구 왔구나야" 했다구 한다.

※1937年 7月 宣川郡 水淸面 古邑洞 李庸逸

1) 큰방아바지의 訛化 즉, 큰아버지　2) 조카　3) 변소　4) 이따가　5) 배웅나왔다가

퍁죽땀

넷날 어니 집에 시아바지와 메느리가 살구 있었드랬넌데 어니 날 퐉죽을 쑤어서 먹기루 했다. 메느리가 퐉죽을 다 쑤어 놓구 물 뜨레 밖으루 나갔넌데 시아바지레 메느리 없는 짬에 퐉죽 한 그릇 더 먹갔다구 퐉죽 한 그릇 퍼 개지구 남 안 보는 데서 먹갔다구 재통으로 들구 가서 먹구 있었다. 메느리는 물을 떠 개지구 와 보느꺼니 시아바지레 없어서 시아바지 없는 짬에 한 그릇 더 먹갔다구 퐉죽을 퍼 들구 아무도 안 보는 데서 먹갔다구 재통으루 갔다. 그런데 거기 시아바지레 있어서 급해서 아바지 퐉죽 드시라요, 하멘 퐉죽 그릇을 내밀었다. 시아바지는 퐉죽을 몰래 먹다가 메느리가 오느꺼니 얼릉 퐉죽 그릇을 머리에 썼다. 메느리가 퐉죽 드시라요 해서 "나는 퐉죽 말만 들어두 이같이 퐉죽땀이 난다" 하드래누만.

※1935年 7月 定州郡 定州邑 城內洞 朱東闢
※ 〃 〃 〃 南西面 寶山洞 鄭燦聖
※ 〃 〃 義州郡 廣坪面 上廣洞 尹載晙
※ 〃 〃 宣川郡 南面 汶泗洞 高日祿
※1938年 1月 〃 郡山面 長公洞 金龜煥

독장수 구구

넷날에 한 사람이 집이 가난해서 품팔이 해서 오마니와 갸우갸우 살아가드랬넌데 하루는 독 한 개를 성냥 받기루 하구 니웃 동리루 갔다. 가다가 짐이 무거워서 내리놓구 쉬구 있었넌데 이런 생각 데런 생각을 하구 있었다.

이자 이 독을 지구 가서 성냥을 벌구 내일 또 지구 가서 성냥 벌구 모레 지구 가서 또 성냥 벌구 그 다음날두 성냥 벌구 이렇게 날마다 성냥식 벌멘 엿냥 아홉냥 열두냥 열댓냥 버넌 돈이 불시에 큰 돈이 벌리운단 말이야.

야아 이렇게 큰 돈이 있게 되문 고흔 색시를 얻어서 아들 낳구 딸 낳구 재미있게 살갔구나. 그리구 사느라문 색시레 메라구 하갔디. 그러문 쌈이 돼. 쌈이 되면 내레 가만 있갔나. 작심이루 에이 하멘 때레… 하멘서 독짐 지게를 받헤 논 작심이를 쭉 빼서 때리는 지냥을 했다. 그러느꺼니 지게가 너머데서 독은 깨디구 말았다. 큰 돈은 커녕 성낭두 못 벌구 큰 손해를 봤다구 한다.

※1933年 12月 碧潼郡 雲時面 雲下洞 張錫溁
※1935年 7月 龍川郡 外下面 做義洞 張錫珪
※ 〃 〃 宣川郡 水淸面 古邑洞 李基植

독장수 구구

독당시 하나이 독을 지구 가다가 비를 만나서 독을 내리놓구 그 독 안에 들어가서 비를 그구[1] 있드랬넌데 비를 그멘 이런 생각 데런 생각을 하구 있었다.

이걸 팔아서 당개를 가. 당개 가믄 아를 낳아. 그 아 이름을 메라구 질가. 앵두라 질가. 그래 앵두가 돟다. 근체 집이서 한갑 잔채 하문 앵두 아바지 오시래라 앵두 오마니 오시래라 하갔디. 아이구 돟구나 아이구 돟와.

독당시는 이러구 혼자 말하멘 돟다구 발부둥질 했다. 그러느꺼니 독은 깨디구 말았다.

※1934年 7月 鐵山郡 鐵山面 嶺洞 崔元丙
1) 피하고

독장수 구구

허욕 많은 사람을 독당시 구구라 하넌데 그 니유는 이러하무다.

독당시 하나이 술이 얼근히 취해 개지구 독짐을 지구 가다가 한곳에 짐을 내리놓구 쉬멘 독짐을 체다 보멘 생각했습니다.

이걸 팔아 개지구 논두 사구 밭두 사구 고래당 같은 게아집두 짓구 첩두 얻구 무엇두 허구 이러먼 잘사는 거를 생각하넌데 생각하두룩새 마음이 싱숭상숭해지구 잘살게 되면 이까진 독이 다 무슨 소용이갔나 하구서 작심이루 그 독집을 내리부쉈십니다. 그러느꺼니 독이 다 깨디구 부자가 되기는커녕 큰 손해만 봤다구 합니다.

※1934年 7月 昌城郡 東倉面 大楡洞 金信雄

거울을 처음 본 사람

녯날에 시골 사람 하나이 볼일이 있어서 서울 가게 됐넌데 색시레 서울 가문 빗 하나 사다 주구레 했다. 빗이 어드러게 생긴 거이가 하느꺼니 그때 마침 초생달이 떠 있어서 그 초생달을 가르키멘 빗은 데 달같디 생겼수다 했다.

이 사람은 서울에 와서 이거 데거 여러 가지 일을 다 보구 집으루 돌아가게 됐넌데 색시레 빗을 사다 달라는 말이 생각나서 하늘을 테다봤다. 그때는 보름이 돼서 달이 둥굴게 떠 있었다. 이 사람은 달과 같이 둥군 거를 사갔다구 여기저기 가게를 찾아보느꺼니 둥군달 같은 거는 거울밖에 없었다. 그래서 이 사람은 거울을 사다가 색시를 주었다. 색시는 자기레 부탁한 것을 남덩이 잊디 않구 사다 준 거이 기뻐서 받아 개지구 보느꺼니 곧 젊은 색시레 있어서 고만 화가 나서 이놈에 첨디 서울 가서 첩을 얻어 개지구 와서 준다구 과티멘 쌈을 했다.

시오마니레 메누리가 과티멘 쌈을 허느꺼니 와서 "와 그러네?" 하구 물었다. 메누리레 서나가 사다준 거를 내보이멘 첩을 얻어와서 그런다구 했다. 시오마니레 그걸 받아 보느꺼니 늙어빠딘 노친네레 있어서 "야 메눌아가 이 노친네레 늙어서 곧 죽게 생겼다"구 했다구 한다.

※1932年 7月 龍川郡 外下面 栗谷洞 白明錫
※ 〃 〃 龜城郡 舘西面 造岳洞 朴泰弘

먼 것

어드런 사람이 메누리를 얻갔다구 여기더기 메누리감을 얻어 보드랬넌데 한곳에 체네레 있다 해서 둥매비[1]를 보내서 그 체네가 어드런 체넨가 알아보구 오라구 했다. 둥매비레 갔다와서 체네 생김새는 잘생겠넌데 먼 거이 험이더라구 말했다. 이 사람은 "체네레 잘생겼으문 됐디 먼 거이 일있간네" 하구 그 체네와 혼세하기루 했다. 그리구 혼세해서 메누리를 얻어와 봤넌데 메누리레 눈이 먼 참봉이드랬다. 그래서 중매비보구 잘생긴 체네라 한 거이 이거 눈먼 체네레 됐으느꺼니 이거 어드런 노릇이가 하멘 욕했다. 그러느꺼니 중매비는 "내가 메라든가. 머 거이 험이라구 안했네?" 했다.

이 사람은 먼 거를 먼 곳에 산다구 잘못 안 거이 돼서 그렇게 됐다구 한다.

※1934年 8月 宣川郡 水淸面 古邑洞 李熙銓

1) 중매장이

눈먼 처녀 시집가기

녯날에 어드런 집에 눈 먼 체네레 있넌데 이 체네레 시집갈 나이가 됐서두 시집을 가딜 못하구 있었다. 하루는 동네 장난꾸레기 총각 하나이 함자서 집 보넌 데 와서 "너 아모가이 집에 시집 안 가간?" 하구 물었다. 가갔다구 하느꺼니 고롬 아무 날 싱게 개지구 와서 태와가갔다구 하구 갔다. 그리구 그날이 돼서 이 총각은 동무 하나와 같이 와서 이 눈먼 체네를 들거[1]에다 태우구 집 안을 앞뒤루 멫 바쿠 돌구서 재통[2]에다 내리놓구, 자아 여기가 아무가이 네 집이다 하구 갔다. 이 체네는 시집왔다 하구 고기 가만히 앉아 있었다.

오마니레 일 나갔다가 돌아와 보느꺼니 체네레 없어서 어드메 갔나 하구 여기더기 찾다가 재통에 앉아 있넌 거를 보구서 "이 에미나야 와 고기 앉아 있네?" 하구 과텠다. 그러느꺼니 체네레 "오마니레 놈 아모가이 집에 시집 왔넌데 멀하레 여기꺼지 쫒아와서 과따티네?" 하구 말대답했다.

오마니레 이 말을 듣구 머이 어드레? 하멘 더 말을 못했다구 한다.

※1936年 12月 宣川郡 水淸面 古邑洞 李鐵
※ 〃 〃 〃 台山面 德峰洞 朴枝華
※ 〃 〃 博川郡 南面 孟中洞 李明赫
※ 〃 〃 龍川郡 龍川面 龍峰洞 李錫泰
※ 〃 〃 〃 東下面 三仁洞 文信珏
※1937年 7月 宣川郡 宣川邑 韓鮮國

1) 들것 2) 변소

시집가고 싶은 처녀

넷날에 어떤 넝감노친네레 이쁜 딸을 두구 이 딸이 시집갈 나이가 됐넌데두 시집을 보내디 않구 물레질과 베짜기만 시켔다. 그러느꺼니 딸이 역정이 나서 우덩[1] 실두 끈어티구 베실두 헝크러 놓군 했다. 그래두 오마니 아바지는 속두 모르구 시집보낼 생각두 안하구 있었다. 이 체네는 날레 시집가게 해달라구 속으루 빌군 하넌데 두 사람두 오디 않구 둥매비두 다네가딜 안했다. 그래서 이 체네는 제가 직접 나서서 총각을 얻어 보갔다 하구 여기더기 돌아다니멘 총각을 얻어 보넌데 아근에 어떤 집에 절게살이[2]하넌 총각을 보구 이 총각보구 "네레 온나주에 우리 집이 와서 광이 소리 하문 내 문 열어줄건 오라우" 하구 말했다.

그날 밤 이 절게살이 총각은 체네 집에 가서 "광이소리" 하구 소리텠다. 색시 아바지레 이 소리를 듣구 "거 어드런 놈이가!" 하구 큰소리루 과텠다. 이 총각놈은 고만 혼이 나서 다라뛨다.

다음날 체네는 그 총각한데 가서 "어제 나주 와 안 왔네?" 하구 말하느꺼니 "와 안 갔갔네, 갔었다. 가서 광이소리 광이소리 하느꺼니 문은 열어주디 않구 너에 아바지레 어드런 놈이가 하구 야단테서 고만 달라왔다"구 말했다. "야 광이 소리 하라문 냐옹냐옹 하야디 광이소리 광이소리 하넌데 뉘레[3] 문 열어 주간. 오늘 나주에는 잘해 보라우" 했다.

 밤이 돼서 총각놈은 체네 집에 가서 "냐옹내옹" 하구 광이소리를 냈다. 그러느꺼니 체네레 문을 열어 주어서 이놈은 들어가서 체네하구 항께 잤다.

구둘 아래굳에서 자던 넝감이 자다 들으느꺼니 언나 우는 소리가 나느꺼니 어드래서 우능가 보갔다구 성내가치[4]를 얻갔다구 손을 내저으멘 구둘안을 돌아갔다. 총각놈은 들켔다가는 야단나갔다 하구 닐나서 바람벽에 딱 부테서 서 있었다. 넝감은 방등[5] 있는 데를 더듬다가 총각놈에 좆에 손이 닸다. 넝감은 "야 이거 어칸 노릇이가. 바람벽에 밖은 모다구에다 아덜이 코를 발라 놨다" 하멘 걸레루 총각에 좆을 닦기 시작했다. 체네는 이거 야단났다 하구 문을 열구 광이 나가무다 하멘 총각을 내보냈다.

※1935年 1月 宣川郡 郡山面 長公洞 金燦建
※ 〃 〃 〃 宣川邑 越川洞 梁明相

1) 일부러 2) 머슴살이 3) 누가 4) 성냥개비 5) 등잔

아흐레 아니고 열흘

체네 하나이 시집가게 돼서 시집가는 날두 덩해구 한 열흘만 있으문 실랑 집이서 네장두 온다느꺼니 기뻐서 어칼 줄 몰랐다. 그런데 이 기쁜 맘을 놈한데 말할 수두 없넌데 재통에 가느라느꺼니 가이레 따라와서 앞에 앉았다. 그래서 체네는 "야 난 열흘만 있으문 실랑 집이서 네장이 온단다" 하멘 자랑했다. 가이는 입을 벌리구 아앙 하구 짖었다. 그러느꺼니 체네는 아아으레레 아니구 열흘이야 했다. 그래두 가이레 아앙아앙 하구 짖으느꺼니 "아아으레 아니구 열흘이야 내레 너보담 더 잘 안다이" 했다구 한다.

※1935年 1月 鐵山郡 鐵山面 東部洞 鄭元河

주인을 속인 하인

녯날에 어드런 사람에 집에 하인이 하

나 있더랬넌데 이 하인은 능측해서 쥔을 쐭에먹이기를 잘했다.

어니 해 쥔은 서울루 과개보루 말을 타구 가넌데 이넘에 하인보구 말을 끌구 가게 했다. 서울에 다 와서 쥔이 과개 보루 가멘 하인에게 말을 매끼구 서울이란 곳은 산 사람에 눈두 빼가는 곳이느꺼니 말을 힗디 않투룩 하라구 말하구 갔다. 이 하인은 쥔이 보이디 않게 되니꺼니 말을 팔아먹구 고뻥이[1]를 쥐구 두 손으루 두 눈을 웅케쥐구 있었다. 쥔이 와서 보구 말이 없으느꺼니 말 어드룹게 했능가 물었다. 하인은 짐짓 놀란테 하멘 쥔님이 서울은 산 사람 눈을 빼먹넌 곳이라 해서 눈을 웅케쥐구 있었넌데 어드런 놈이 고뻥이를 끊구 말을 채개구 말았다구 했다.

※1936年 12月 新義州府 梅枝町 崔得徹
※1938年 1月 義州郡 古津面 樂清洞 鄭利澤
1) 고삐

十七字 詩

어니 곳에 열닐곱 재루 詩를 잘 짓는 사람이 있었다. 오래간만에 삼촌집이 찾아가서 이런 말 데런 말하다가 돌아오게 됐넌데 삼촌은 작벨하기가 아쉬워서 동네밖 다리목꺼지 따라나왔다. 삼춘은 이 사람에 손을 잡구 눈물을 흘리멘 작벨을 아쉬어 하넌데 이 사람도 눈물이 나서 흘렀다. 이 사람은 그 광경을 17字詩로 읊펐다.

春風石橋上에 叔父送我情 兩人相對泣하니 三行(항)이라고 (봄바람에 나부끼는 돌다리 우에서 삼춘은 나를 보내는데 정겨워서 두 사람이 마주우니 눈물은 석 줄이더라). 이 사람에 삼춘은 눈이 한짝 멀은 외퉁이느꺼니 눈물두 한눈에서만 나오느꺼니 둘이 울어두 석 줄밖에 나디 않는다는 말이다.

어니 해 비가 안 와서 혹게 가무느꺼니 사람덜은 농세레 안 된다구 야단이느꺼니 그 골 사뚜레 비 오라구 기우제를 지내넌데 비는 안 오구 햇빛만 쨍쨍 비첬다. 그러느꺼니 이 사람은 太守祈雨祭하니 黑雲蔽白日

이라 精誠猶不足인가 日出(사뚜레 기우제를 지내느꺼니 먹구름이 해를 가리우더니 정성이 부족했던디 해가 나왔다)이라구 지었다. 사뚜레 이 말을 듣구 이런 괘씸한 놈을 가만 두어서는 안 되갔다구 잡아다가 매를 열닐굽대 때렜다. 그러느꺼니 이 사람은 每作十七字하야 笞得十七度라 若作十七句면 打殺(열닐굽 자 글을 지었더니 매를 열닐굽 대 맞았다. 만일에 열닐굽 구를 지었더라면 맞아 죽겠군) 하구 또 열닙굽 자 글을 지었다. 사뚜는 이걸 보구 이런 놈 할 수 없다 하구 놔 줬다구 한다.

※1933年 5月 宣川郡 宣川邑 川北洞 張奎明

문자쓰기

넷날에 한 껍적한[1] 놈이 있었드랬넌데 저 색시과 말하기를 나가네가 왔을 때 밥이 다 됐으문 人良比白이라 하구서 내레 개오라문 개저오구 月月山山 하문 개저오디 말라구 했다. 이거는 人良比白이라는 거는 食皆로 밥이 다 됐다는 말이구 月月山山은 朋出이느꺼니 벗이 나갔다는 뜻이라구 한다.

※1936年 12月 龍川郡 外上面 做義洞 張錫寅

1) 성질이 음흉한

문자쓰기

넷날에 글을 배운 낸이 있드랬넌데 이 집에 손이 와서 저낙 때가 됐넌데두 가딜 않구 있어서 저에 서나과 人良比白하구 말했다. 그러느꺼니 서나는 月月山山 하구 말했다. 손은 이 부체끼리 하는 수작을 보구 丁口竹天이라구 했다.

人良比白이라는 거는 食皆인데 밥이 다 됐넌데 어카갔소 하는 뜻이구 月月山山은 朋出 즉 벗이 나가거든 개오라는 뜻인데 손은 이걸 보구 너에덜 하는 수작이 可笑롭다구 丁口竹天이라구 했다구 한다.

※1938年 1月 定州郡 郭山面 鹽潮洞 卓炳珠

무식쟁이의 편지

넷날에 어드런 형데가 있드랬넌데 형과 저그니는 멀리 떠러데서 살구 있었다. 하루는 형이 누룩이 필요해서 저그니한테 누룩을 보내라는 펜지를 써서 보내야갔넌데 형은 무식해서 글루루 쓸 수가 없어서 종이에다 누룩을 그리구 그 밑에다 손에 먹을 묻헤서 딱 박아 보냈다. 저그나는 형에 펜지를 받아 보구 아하 형님이 누룩을 보내 달라구 펜지했구나 하구 누룩을 보내야 하갔다구 얻어 보넌데 누룩이 없어서 보낼 수가 없었다. 그래서 못 보내갔다구 답장을 써야 하갔넌데 이 저그나두 무식해서 글루루 쓸 수가 없어서 형에 누룩 그린 편지에다 작대기 하나를 거어서 보냈다. 형이 받아 보구선 "이놈 봐라 누룩이 없다구 보내디 않는구나, 이넘 가만 안 두갔다" 하구서 종이에다 빨간 덤 파란 덤을 여기더기 떡어서 보냈다. 저그나레 받아 보구 야아 누룩을 보내라는 거를 안 보냈더니 형이 증이 나서 불그락 푸르락하구 있구나 하구 다시 누룩을 얻어서 보냈다구 한다.

※1936年 12月 定州郡 古德面 德元洞 韓昌奎

무식쟁이의 그림 편지

넷날에 어떤 정승이 있드랬넌데 이 정승에 아덜은 정신이 똥지 못해서 공부두 못하구 또 아바지 정승을 수타 성화멕에서 어떤 골루 원노릇으루 내 보냈다. 그런데 정승은 이렇게 아들을 멀리 내보내 놓구선 근심이 돼서 여러 가지루 훈게하는 펜지를 써서 보냈다. 그랬더니 아들이 답장을 써보냈넌데 아들은 무식하느꺼니 글루루는 못 쓰구 비짜루 하구 죽 사발하구 그려서 보냈다. 정승이 이 펜지를 받아 보구 무슨 말인디 알아볼 수레 없어서 어떤 대신과 알아보라구 하느꺼니 그 대신은 자세히 들다보더니마는 "비짜루 그린 거는 정승님 제 앞 씨리나 잘 하시구레 하는 거이구, 죽사발 그린 거는 노무 말은 식은 죽 먹기와 같다는 거이우다"고 해석해 주었다구 한다.

※1935年 7月 宣川郡 宣川邑 金永弼
※1936年 12月 〃 山面 保岩洞 李熙洙

천자 한 장 읽고

千字冊을 갸우 한 당 닐구서 글짓는 사람 보구서 저두 글 짓갔다 하멘 日月盈天地하니 辰宿列字宙라구 지었다구 한다.

※1936年 1月 宣川郡 山面 下端洞 金國柄

천자 3년 讀

넷날에 千字를 三年이나 닐은 사람이 詩를 지었는데 뭐라구 지었넌구 하멘 天地玄黃 三年讀하니 焉哉乎也何時終고 라구 지었다구 한다.

※1936年 1月 宣川郡 山面 下端洞 金國柄

버들버들 꼿꼿

넷날에 글이라는 것이 없은 때 니애긴데 그때 한집이서 넝감이 죽어서 이걸 사둔네 집이다 알리야 해서 버들닢 두 닢과 꽃 두 송이를 보냈다. 사둔집이선 그걸 받구 무슨 뜻인디 알 수 없어서 동네 사람과 물어 보느꺼니 웬 사람이 "그건 버들 버들 꽃꽃이느꺼니 버들 버들하다가 꼿꼿해 버렸다는 뜻이외다. 아메두 사둔이 죽었다는 기별인 거 같소" 하구 말했다구 한다.

※1937年 7月 義州郡 古津面 孔上洞 盧永順

무식한 신랑의 글

어떤 사람이 딸을 살리갔다구[1] 새시방을 구하드랬넌데 한 총각이 이 집으루 당개 오게 됐다.

당개 간 날 밤에 색시레 새시방보구 "우리 집에서는 당개 온 사흘 만에 문자 쓰라구 하느꺼니 잘 준비해 두구레" 하구 말했다.

사흘이 돼서 가시 아바지레 이 새사우과 문자 한본 써 보라구 했다. 그런데 이 실랑은 글자라군 아무것두 모르는 무식쟁이드랬넌데 문자를 쓴다구 "우무러딘[2] 낭게 숙컹사이" 하구 말했다. 또 쓰라구 하느꺼니 처남이 들어오는 걸 보구 "짝새" 했다. 그리구 가시 오마이가 들어오니 볼콩내라구 했다. 가스 아바지레 이걸 보구 우리 사우 문장이다 하멘 도와했다구 한다.

※1932年 7月 宣川郡 宣川邑 川南洞 田尹敬

1) 시집보내겠다고　2) 구부러진

무식쟁이의 글

녯날에 어니 사람이 글 잘하는 선비 사우를 얻갔다구 글 잘하는 총각을 얻어 보넌데 글 잘하는 총각이 있어서 그 총각을 사우 삼기루 했다. 그런데 이 총각은 글이라구는 아무것두 모르는 무식쟁이드랬넌데 당개 가서 첫날밤에 색시와 자게 됐넌데 색시레 우리 집이서는 글 잘하는 사우 얻었다구 낼은 글 지어 보라구 하갔으느꺼니 잘해 보라구 했다. 이 신랑은 속으루 이거 야단났다 하구서리 색시과 님제 이름이 머이가 물었다 올콩네라구 하느꺼니 가시오마니 이름은 무언가구 물었다. 불콩네라구 대줬다.

다음날 일가 친척과 동네 사람이 많이 왔넌데 가시오마니는 글 잘하는 사우에 글 재간을 자랑하구파서 종이와 붓을 개저다 놓구 글 잘하는 새사우야 글 좀 지어 보라구 했다. 이 새시랑은 당개 올 적에 고목낭구에 꾀꼬리가 앉아 있는 거이 생각나서 고목낭구에 꾀꼬리 하구 말했다.

가시오마니레 이걸 듣구 우리 새사우 참 글 잘하누만 하멘 또 지으라구 했다. 실랑은 올 적에 해벤에 황새가 있넌 거이 생각나서 해벤에 황새 하구 말했다. 가시오마니는 참 글 잘짓는다 하구 또 지라구 했다. 동켄 창 밑에서 괭이레 냐웅냐웅 하구 있어서 동켄 창 밑에 냐웅괭이 하구 말했다. 가시 오마니는 잘 짓는다 하멘 또 지라구 했다. 사우는 더 지을 거이 없어서 올콩네 불콩네 하구 말했다. 가시 오마니는 이 말을 듣구 "우리 새사우 참 글 잘하누만. 딸에 이름두 글루 짓구 내 이름두 글루 짓구 그라기에 글 잘하는 사우 얻었다" 하멘 혹게 좋와라구 했다구 한다.

※1932年 7月 宣川郡 深川面 古軍營洞 桂基德

무식한 사위의 詩

한 사람이 글 잘하넌 사우 얻갔다구 하구서 사우를 얻었넌데 이 사우라는 거이 글이라군 아무것두 모르는 무식쟁이드랬다.

당개 간 날 이 사우레 큰 상을 받구 물린 담에 가소마니레 글 잘 짓는 새사우 보갔다구 와서 글 좀 지라구 했다. 그런데 이 사우레 무식해 노니 어드릏게 글을 지어야 할디 모르구 있다가, 당개 올 적에 바다 가운데 왁새가 있든 거이 생각나서 "바다 가운데 뎅겅사이" 하구 일렀다. 그거이 무슨 말이가 하느꺼니 바다 가운데 왁새레 있어서 그걸 글루 이렇게 진 거라구 했다. 가소마니는 잘 짓넌다 하구 또 지라구 했다. 새실랑은 "챙 바주에 앵궁원이"라구 했다. 그게 무슨 글인가 하느꺼니 무앝 챙 바주에 광이가 바르르 올라 간다는 글이라구 했다. 또 지라구 하느꺼니 "호박 짝짝이 콩광장이"라구 했다. 그건 무슨 글인가 하느꺼니 쪼글쪼글 얽은 가소마니가 장지문 구넝으루 디리다 보넌 거라구 말했다. 가소마니는 이걸 보구 우리 사우 얻었다구 도아했다구 한다.

※1936年 12月 龍川郡 內中面 松山洞 金承寬

무식쟁이 선생 |

넷날에 한 사람이 길을 가다가 한 동네에 들어가느꺼니 그 동네 사람들은 이 사람과 당신 글을 아능가 하구 물었다. 안다구 하느꺼니 고롬 우리 마을 아덜 글좀 배와 주라구 했다.

그런데 이 사람은 글이구 좆이구 아무것두 모르는 사람인데 글을 안다구 했으느꺼니 이자 와서 모른다구 할 수두 없어서 배와 주넌데 아덜덜이 펠테 논 책을 보느꺼니 어드렇게 일구 배와 줄디 알 수레 없었다. 이 사람은 하늘텬재를 보니꺼니 달구 발자구 같아서 달구 발자구 하구 배워 줬다. 그러구 따디재를 보느꺼니 가이 발자구 같아서 가이 발자구 하구 배워 줬다.

다음날 더 배와 줄 수레 없어서 갑자기 병이 나서 집에 가야 하갔다구 하느꺼니 말 사람들은 글 배와 준 값이라구 하멘 돈을 줬다.

이 사람은 그 돈을 집이루 개지구 와서 달구 발자구 가이 발자구 하구 배와 줘두 돈을 벌었다구 자랑했다구 한다.

※1936年 12月 定州郡 玉泉面 文仁洞 金珽鴻

무식쟁이 선생과 유식쟁이 선생 |

넷날 어니 해변 사람이 산골루 소곰을 팔레 가서 날이 저물어서 한집에 자리를 붙게 됐다. 그 집에는 낸과 아덜만 살구 있던 집인데 낸은 아덜과 웃간에 나가네레 와 있으느꺼니 너 그 사람한데 가서 글 좀 배와라 하구 말했다. 이 소곰당시는 그 말을 듣구 야 이거 야단났다, 내레 일재무식인데 어카문 돟간? 에라 이렇게 된 바에야 어드룧게던 해보갔다 하구 집 안을 살페보느꺼니 대통 재털이 바람 뚝이 눈에 띠어서 이거나 배와 주갔다 하구 있었다. 이즉만 해서 아레 웃간으루 들어와서 글 배와 달라구 했다. 소곰당시는 눈에 띠우는 대루 대통통 재털이리 문풍풍 하구 배와 줬다. 그러느꺼니 이 아레 재미레 나서 돌아가멘 대통통 재털이리 문풍풍 하멘 외우구 있었다. 쥔 낸은 이걸 보구 글을 잘 배와 주었다구 돈을 많이 주었다.

이 사람은 집에 돌아와서 이런 말을 했다. 그러느꺼니 글재 좀 아는 사람이 자기두 거기 가서 글 배와 주구 돈 좀 벌어 봐야갔다 하구 그 산골 말을 찾아갔다.

그 집 낸은 아덜과 웃간에 든 나가네한데 가서 글 좀 배와 달라구 하라구 말하느꺼니 아레 웃간으루 들어와서 나가네과 글 좀 배와 달라구 했다. 이 사람은 하늘턴 따디 감을현 누루황 하구 배와 줬다. 그런데 이 아는 그거이 무슨 말인디 알 수레 없어서 일디두[1] 외우디두 못했다. 오마니레 이걸 보구 이번 나가네는 글두 아무것두 모르는 거이 와서 글을 배와 준다구 한다 하멘 욕만 드럽다 하구 돈두 주디 않구 내쫓았다 글 좀 아는 이 사람은 돈을 벌기는 커녕 욕만 잔득 얻어먹구 상대기가 부이해서 왔다구 한다.

※1936年 7月 定州郡 郭山面 石洞下端 金相允

1) 읽지도

며느리 방귀

넷날에 어니 집이서 새색시를 데레왔넌데 인물이 잘나구 絕色이 드랬넌데 몇 달 안돼서 이 색시레 점점 패래 가구 시집 오든 때 곻은 얼굴이 없구 보기 싫게 돼서 하루는 시아바지레 이 메늬리레 무슨 벵이 있는가 물었다. 메늬리는 속에 벵이 있어서 그런다구 대답했다. 무슨 벵인가 물으느꺼니 말할 수레 없다구 했다. 시아바지는 "야야 시아바지 앞에서 못할 말이 머이 있간, 날래 말해 보라" 했다. 메늬리는 자기는 시집 오기 전에 집이 있을 때는 맘놓구 방구를 뀌드랬넌데 시집 와서는 시집 사람까타네 어려워서 맘대루 방구를 못 꿰서 그런다구 말했다. 시아바지는 그 말을 듣구 "그거 머이 어려울 것 있갔네. 어려워하디 말구 맘대루 뀌어라" 이렇게 말했다. 그러니까네 메늬리는 "고롬 아바지는 문 돌또구[1]를 잡구, 오마니는 벡에 나가서 가매 떡가이를 잡구, 서나는 기둥을 받히구 시아들은 지붕에 올라가서 넝덜을 다 잡구 있시래요" 했다. 그래서 집에 사람들은 메늬리가 하라는 대루 하구 있었넌데 메늬리는 한방 뿌웅하구 꿨다. 그랬더니 집이 모두 톡 찌그러디구 한번 더 뿡하느꺼니 일루루 찌그레디군 했다. 고담에 또 뿡뿡 하구 근낭 계속해서 뀌느꺼니 집이 일루루 찌글 델루루 찌글 가매 떠까이가 쟁글쟁글 했다. 시오마니는 고만에 혼이 나서 "아 젊은아, 오전 좀 구만 두라" 하멘 죽갔다구 과텠다. 그런데두 메늬리는 오래 참았던 방구라 뿡뿡뿡 계속해서 꿨다. 그러느꺼니 가매떵이 올라갔다 내리왔다 하구 지붕이 올라갔다 내리왔다 해서 지붕에 올라간 시아들은 상이 쌔해 개지구 죽갔다 하구 문 돌또구 잡은 시아바지랑 기둥을 번티구 있던 서나는 이리 데굴 데리 데굴 하멘 죽갔다 하구 있었다.

메늬리가 방구를 머지느꺼니 모두 와서, 야야 우리 집이서 날래 나가라 하멘 농을 까구루 실레서 메늬리를 돌려보냈다구 한다.

※1935年 1月 宣川郡 深川面 古軍營洞 金鼐用

1) 돌쩌귀

며느리 방귀

넷날에 한 체네레 시집을 가서 사넌데 자꾸 뽀디뽀디 말라가서 새시방이 와 그렇게 말라가능가 물었다. 색시는 허구픈 노릇을 맘대루 못해서 마른다구 했다. "허구픈 노릇이 머이가. 무슨 노릇이든 허구픈 대루 하라우. 허구픈 노릇이 머이가 말해 보라우." 새시방이 이렇게 말해서 색시는 자기는 집이 있을 적에 맘대루 방구를 꿨드랬넌데 시집 와서는 점적해서 못꿰서 이와 같이 마른다구 했다. 새시방은 "그까짓거야 멀 맘대루 못하간? 점적해 할 거 없이 어서 뀌라"구 했다. 그러느꺼니 색시레, "고롬 큰아바지[1]는 데 기둥, 클마니[2]는 이 기둥, 시아바지는 데켄 기둥, 오마니는 이켄 기둥, 서나는 이 기둥" 하멘 시집 사람을 기둥

하나식에 가서 깍 붙테 잡구 있이라 하구서리 방구를 삐앙허구 꿨다. 그러느꺼니 집이 들석하멘 허물어딜라구 했다. 메니리는 참았던 방구레 돼서 뽕뽕뽕 하구 계속해서 꾸었넌데 기둥이 일루루 쓰러디구 델루루 쓰러디구 해서 기둥을 부테잡구 있는 사람이 정신을 차릴 수가 없었다.

시오마니 사아버지레 "아아이 이 화낭간나야, 그만 그만 뀌라 집 다 허무러디갔다" 하멘 나가라구 과텟다. 그래서 이 색시는 내쫓기우구 말았다. 색시는 할 수 없이 시집을 내쫓겨서 나가는데 가다가 동실넝 고개를 너머가드랬는데 원 사람들이 말 아홉 필에다 비단을 가뜩 싣구 큰 나무 아래서 쉬구 있었다. 그 나무는 동이만식헌 배가 많이 열려 있는데 쉬는 사람들은 그 배를 따먹구파두 너머너머 높아서 못 따먹구 올레다 보구만 있었다. 색시가 이걸 보구 자기가 데 배를 따줄건 비단 아홉 바리를 다 주갔능가 하구 말했다. 그 사람들은 주갔다 만일에 못 따주먼 색시는 우리와 같이 살아야 한다구 했다. 색시는 그렇가갔다 하구서리 밑구넝을 우루 올레대구 방구를 빵하구 꾸었다. 그러느꺼니 열매가 다 떨어뎄다.

그 사람들은 비단 실은 아홉 바리를 줘서 색시는 그 비단 말을 끌구 가넌데 이 색시에 새시방이 멀직이 따라와서 보다가 이걸 보구 쫓아와서 다시 돌아가서 살자구 했다. 색시는 "멀 나가라 들오라 하능가" 하멘 안 살갔다구 했다. 새시방은 그러딜 말구 어서 가자구 자꾸 그래서 색시는 도루 시집으루 돌아가서 잘살드랬넌데 무진넌 회통에 달구다리 뺏두룩 했다구 한다.

※1938年 1月 義州郡 枇峴面 替馬洞 崔尙振

1) 할아버지 2) 할머니

며느리 방귀

넷날에 어드런 집이서 메니리를 데불러왔넌데 시집온 후보타는 몸이 패리해지구 상이 아주 볼 수가 없게 돼서 하루는 시오마니가 "너 와 우리 집에 온 후루는 몸이 패리해 가구 곱던 상두 볼 수 없게 됐네?" 하구 물어봤다. 그러느꺼니 메니리레 방구를 맘대로 뀌덜 못해서 그런다구 했다. 시오마니는 이 말을 듣구 정 그렇다멘 맘대루 꿰보럼으나 했다. "고롬 오마니는 볔에 가서 가매를 부테잡구 아바지는 기둥을 깍 붙잡구 게시우." 메니리가 이렇게 말해서 시아바지는 기둥을 붙에 잡구 오마니는 가매를 붙잡구 있었다. 메니리가 뿡 하구 방구를 뀌느꺼니 시오마니는 가매를 뽑구 가매 뚜겅을 쓰구 정신없이 넘어지구 시아바지는 기둥을 뽑구 정신없이 넘어뎄다. 메니리는 시아바지와 시오마니를 흔들어 이리켰넌데 시아바지와 시오마니는 갸우 갸우 정신을 차리구 일어나서 "야아 우린 그런 줄 몰랐다. 어드르케 기둥을 뽑았넌디 모르갔다. 근데 이젠 네 맘은 쌔완하네" 했다. "예에 여간만 쌔완하달 아나요" 메니리는 이렇게 대답했다넌데 그 뒤로는 메니리는 살이 찌구 첨 올때같이 이뻐뎄다구 한다.

※1932年 12月 碧瀧郡 雲時面 雲下洞 九音里 崔錫濼
※1938年 1月 宣川郡 郡山面 長公洞 金龜煥

방귀살

새색시가 시집에 들어오느꺼니 시집에 일가친척 사람이며 동네 사람들이 많이 모여와서 새색시를 보기두 하구 말두 부테 보기두 했다. 그런데 이 색시는 새루 시집왔으느꺼니 실수 없이 말두 하구 행동두 하갔다구 긴장하구 있넌데 고만 방구가 나올라구 했다. 이거 야단났다 하구 방구가 나오디 않게 하누라구 발뒤꿈치루 밑구넝을 깍 막구 방구가 나오디 않게 왼 정신을 방구에만 쏟구 있었다. 이러구 있넌데 한 어른이 색시 예뿌다 얌전하다 하멘 멫 살이가 하구 물었다. 색시는 방구에만 정신이 쓰이던 참이라 고만 방구 살이예요 하멘 방구를 뿡 하구 꾸었다. 이러구 보니 이거 이거 참……

※1936年 12月 定州郡 古德面 德元洞 韓昌奎

방귀 경합

넷날에 방구 잘 뀌던 사람이 있었드랬넌데 이 사람이 다른 곳에 방구 잘 뀌는 사람이 있다는 말을 듣구 방구 뀌기 내기하레 그곳에 찾아갔다. 그런데 방구쟁이레 없어서 이 집에다 방구를 꿰 두구 왔다간 표나 해 두갔다구 그 집에다 대구 방구를 가만히 뀌었다. 그랬더니 그 집은 절반 끊어뎄다. 이 집 방구쟁이가 돌아와 보느꺼니 저에 집이 떠러데 있어서 방구를 꿰서 똑바루 마춰 놓구 아매두 데켄에 사는 방구쟁이레 와서 그랬갔다구 생각허구서 요놈 맛 좀 봐라 하구 밑구넝에다 덜구꽁이를 대구 그놈 있는 곳으루 방구를 꿰서 날레 보냈다. 덜구꽁이는 공둥을 날라서 이켄 방구쟁이네 집으루 날라오넌데 이켄 방구쟁이가 그 날라오는 덜구꽁이를 보구 이거 야단났다 하구선 말 안장을 밑구넝에 대구 방구를 꿰서 공둥으루 날레 보냈더니 이 말안장과 데켄에서 날라오는 덜구꽁이와 공둥에서 마주테서 쌈을 하다가 따루 떨어뎄다. 그런데 덜구꽁이는 숭에가 되구 말안장은 가우리가 됐다구 한다.

※1933年 7月 宣川郡 深川面 古軍營洞 文炳斗
※ 〃 12月 鐵山郡 站面 東川洞 李明善
(단 또 하나의 방구쟁이는 여자 방구쟁이로 되어 있다)

방귀 냄새

한 사람이 길을 가다가 체네들이 나물을 캐구 있넌데서 고만 방구를 뿡뿡 꾸었다. 이 사람은 점적해서 내레 단 엿을 먹구 꾼 방구레 돼서 단내레 난다했다. 체네들은 띳내레 나는 걸 보느꺼니 아무레두 띠를 먹구 꾼 방구 같다구 했다구 한다.

※1935年 1月 宣川郡 宣川邑 魯炳端
※1936年 7月 龍川郡 内中面 堂山洞 李汝櫶

꿀똥

넷날에 어떤 말에 형데가 살구 있드랬넌데 이 형이 저그니 보구 산에 가서 해오라구 해서 저그니는 산으루 올라갔다. 가다가 보느꺼니 데켄 큰 팡구짬에 쌔하게 흘러나오는 거이 있어서 먼가 하구 가서 보느꺼니 버리 꿀이 흘러나오구 있었다. 그래서 이 저근니는 그 꿀을 맘끗 먹었다. 그리구 나서 좀 있다가 방구를 꾸느꺼니 단내레 나구 트림을 하느꺼니 단내가 났다. 야 이거 잘됐다 하구 골에 나가서 사뚜집 앞에를 왔다갔다 하멘 단방구야 단방구야 하구 소리텠다. 사뚜레 벨난 소리다 하구 이 아를 불러서 네레 메라네 했다. 단방구 팔아요 하느꺼니 사뚜는 어데 사자 하구 단방구를 한바리 사서 먹어 봤다. 먹어 보느꺼니 참 맛이 있구 달아서 또 한바리 또 한바리 하구 여러 마리 샀다. 그래서 이 저근니는 돈을 수타 벌었다.

형은 저그니레 갑재기 돈을 많이 번 거를 보구 어드렇게 해서 돈을 많이 벌었능가 물었다. 저근니는 댕가지[1] 가루 한 말하구 콩 닦은 거 한 말하구 먹구 물을 한 말 먹구 밑구넝을 마개루 깍 막구 사뚜한테 가서 단방구 사라구 해서 사뚜레 사갔다문 밑구넝 마개를 빼구서 물띠를 싸문 돈 많이 번다구 했다.

형은 저근니가 대준 대루 댕가지가루 한 말하구 닦은 콩 한 말을 먹구 물 한 말을 먹구 사뚜레 집 앞에서 단방구야 단방구야 하구 소리텠다. 사뚜가 나와 보구 너는 일전에 온 아레 아니구나 했다. 형은 나는 그 아에 형이우다. 단방구 사시구레 했다. 사뚜는 그런가 하멘 사갔다구 바리를 냈다. 형은 단방구 내갔다구 밑구넝을 막은 마개를 빼느꺼니 물띠레 나오넌데 마치 탕구물[2]이 나오듯이 호께 많이 쏟아데 나와서 고만 사뚜는 띠 속에 파묻혔다. 사뚜는 하인을 불러 날래 꺼내라 해서 하인이 사뚜에 상투를 잡구 꺼내넌데두 띠레 너머너머 많아서 모두 다 띠에 빠자 죽었다구 한다.

※1935年 1月 宣川郡 郡山面 長公洞 金燦建
※ 〃 〃 〃 宣川邑 魯允根

(단 '형'은 한마을 사람으로 되어 있고 장에 가서 단방구를 팔려고 하다가 똥을 싸서 사람

들한테 얻어맞았다고 되어 있다)
※1938年 1月 鐵山郡 扶西面 石山洞 鄭聖則
(단 아우가 '벌꿀'을 먹었다고 하는 것과 달리 '무슨 과실'을 많이 따먹었다로 되어 있다)
1) 고추 2) 홍수

꿀똥

넷날에 한 사람이 있드랬넌데 이 사람은 가난해서 밤에 벌어서 아침 해먹구 아침에 벌어서 저낙 해먹구 하드랬넌데 그래두 너머너머 배레 고파서 하루는 부재집에 가서 밥 좀 주시요 했다. 부재넝감은 그카라 하구 한상 차레 주었다. 이 사람은 그걸 다 먹구 나는 식퉁이레 돼서 밥은 한 낭푼 찔게[1]은 한 독 먹어야 낭이 차느꺼니 좀더 멕에 주구레 했다. 부재넝감은 그카라 하구 밥과 찔게를 많이 갲다 주었다. 이 사람은 그걸 다 먹구 집으루 돌아간다구 가넌데 가다가 길가에 돌배낭구가 있넌데 그 낭구에 돌배가 혹게 많이 달레 있어서 이것두 먹갔다구 낭구에 올라가서 돌배를 실컨 따먹었다. 다 따먹구서 졸음이 와서 따에 둔눠 잤다.

한숨 잘 자구 니러나 보느꺼니 무슨 단내레 나서 둘러보느꺼니 자기레 돌배 따먹구 싸논 띠에서 단내가 나구 있었다. 그래서 그 띠를 손가락으루 떡어서 맛보느꺼니 아주 단맛이 났다. 야 이거 됐다, 이거 팔문 큰 돈 벌갔다 하구서리 그 띠를 담아서 메구서 팔레 나섰다. 한 말에 가서 단띠 사시요 단띠 사시요 하구 소리티멘 돌아다넸다. 어드런 부재집 넝감이 이 소리를 듣구 단띠란 말을 첨 듣는 거이느꺼니 그 사람한데 가서 "님제 멀 사라구 하네?" 하구 물었다. "예 단띠 사라구 했시요. 좀 자시 보구레" 하멘 띠를 쪼금 디어 주었다. 넝감이 맛을 보느꺼니 꿀맛이 나서, 야 이거 벨난 거 다 있다 하구 한 병에 백 원 주구 샀다. 넝감은 그 자리서 다 먹구 또 한 병 사자구 했다. 이 사람은 이자는 천 원 주어야 팔갔시요 했다. 부재넝감은 천 원두 일없다, 천 원에 한 병 주람 하구 천 원을 내주었다. 이 사람은 병을 밑구넝에다 대구 꿀띠를 쌀라구 하넌데 잘 나오디 않구 물띠만 나왔다. 한 병 채워서 천 원 받구 넝감에게 주었다.

부재넝감은 벨난 거 샀다구 도와하멘 이거를 집안 식구덜에 먹이갔다구 모두 다 뎁시[2] 하나식 들구 오라구 했다. 집안 식구가 뎁시 하나식 들구 넝감한데 가서 내밀구 있넌데 넝감이 병마개를 열구 뎁시에다 하나 하나 쏟아 주었다. 집안 사람은 이거를 먹을라 하넌데 쿠린내레 너머 너머 나서 먹을 수가 없어서 팽개티구 다 달아났다구 한다.

※1935年 1月 宣川郡 南面 三峰洞 朴炳敦
※1937年 7月 〃 郡山面 長公洞 桂昌沃
1) 반찬 2) 접시

단똥

쳉밀당시 하나이 당나구에다 챙밀을 한짐 싣구서 팔레 가드랬넌데 가다가 얼음판에서 당나구레 나가 자빠데서 고만 쳉밀을 다 쏟아테거덩. 그래 할 수레 있나. 쳉밀당시는 엎드레서 그 쏟아딘 쳉밀을 다 핥아먹었디. 그리구 좀 있다가 방구를 꿰구 방구를 먹어보느꺼니 달콤하거덩. 야 이거 좋은 수레 났다. 이거를 팔문 돈 벌갔다 하구서 방구 팔레 나갔단 말이야.

어떤 말에 가서 “단 방구 사시요 단 방구 사시요” 하멘 돌아다니느꺼니 말 사람덜이 나와서 “단 방구레 머이가 단 방구레 머이가” 하멘 달레든단 말이야. “단 방구레 기맥힌 거우다. 떡에다 발라 먹던디 떡어 먹으문 기맥히디요. 날래 집이 가서 떡이나 많이 테놓구 기다리우다” 한단 말이디. 기러느끼니 말 사람덜은 제각기 집이루 가서 떡을 테놓구 있었디. 쳉밀당시는 집집마당 돌아가멘 떡에다 대구 방구를 뿡뿡 꿰놨단 말이야. 말 사람덜이 먹어 보느꺼니 참으루 달구 맛이 있거덩. 기래서 말 사람덜은 쳉밀당시한데 돈을 수타 많이 주었어.

기래서 이 쳉밀당시는 갑재기 잘살게 됐넌데 이런 말을 들은 이웃 사람 하나이 이 사람한데 와서 어드렇게 해서 갑재기 돈을 많이 벌었능가 하구 물어서, 이레이레해서 돈을 벌었다구 사실대루 말했단 말이야. 이 사람은 그 말을 듣구 자기두 단 방구 팔갔다 하구 나구에다 쳉밀을 한짐 싣구 가다가 얼음판에 가게 됐넌데 당나구레 넘어디디 않해서 뒷다리를 테서 우덩 넘어뜨리게 해개지구 쏟다딘 쳉밀을 엎데서 다 핥아 먹구 그리구서 방구를 꿰서 먹어보느꺼니 달거덩. 됐다 하구서리 말에 가서 단 방구 사시요 단 방구 사시요 하멘 돌아다넸단 말이디. 기랬더니 이 말 사람들이 너께[1] 왔던 단 방구당시레 또 왔다 하멘 떡을 테 놓구 저마당 맨제 저 집이 와서 떡에다 방구를 꿰달라구 야단 법석을 해서 이거 큰돈 벌갔다구 신이 나서 집집마당 돌아가멘 방구를 꿰 주넌데 고만에 방구는 나오디 않구 띠레 나와서 이놈으 새끼 방구 꿰달랬디 띠 싸 달랬네? 하멘 때리구 티구해서 이 사람은 돈두 못 벌구 매만 죽두룩 맞았다누만.

※1934年 7月 宣川郡 深川面 古軍營洞 金熏用
※1935년 1월 〃 東面 路下洞 魯光默
※1938년 〃 〃 深川面 東林洞 朴忠範
1) 저번에

단똥

넷날에 한 사람이 산에 새하레 갔다가 팡구의 사이서 쳉밀이 흘러나오는 것을 보구 이 쳉밀을 실컨 먹구서 트림을 하느꺼니 단내레 났다. 방구를 꿰 보느꺼니 이것두 단내레 났다. 손꾸락으루 밑구넝을 후베서 띠를 꺼내서 맛보느꺼니 이것두 달았다. 야아 이거 똫은 수가 있다. 이 단띠를 팔문 돈을 벌갔다 하구 당에 가서 단띠 사시요 단띠 사시요 하멘 돌아갔다.

당에 나온 사람들이 많이 모여와서 "나 좀 단띠 좀 삽수다레, 나 좀 단띠 좀 삽수다레" 이래서 이 사람은 단띠를 팔아서 돈을 수타 많이 벌었다.

건넌집 사람이 이 사람이 갑재기 돈을 많이 번 거를 보구 어텋게 해서 돈을 많이 벌었능가 하구 물었다. 이 사람은 날콩 한 말을 바서 먹구 댕개지 가루두 한 말 먹구 물을 한 말 먹구 하멘 뱃속에서 이거이 끓어서 단띠레 되느꺼니 밑구넝을 마개루 딱 막구 당에 가서 팔문 된다구 대주었다.

건넌집 사람은 그 사람이 대준 대루 날콩가루 한 말과 댕개지 가루 한 말과 물을 한 말 먹었다. 그랬더니 뱃속이 부글부글 끓었다. 됐다 하구서 당에 가서 단띠 사시요 단띠 사시요 하구 돌아다녔다. 사람덜이 많이 모여와서 나두 나두 하멘 단띠를 달라구 했다. 이 사람은 밑구넝 마개를 쑥 뽑으느꺼니 물띠가 주루럭댕댕 하멘 솟아나와서 사람덜으 얼굴이며 입성이며를 띠 투생이를 해놨다. 그러느꺼니 사람들은 증이 나서 달라들어 두들게 팼다.

※1935年 1月 宣川郡 宣川邑 魯允根

꿀 강아지 산 사람

녯날에 한곳에 한 사람이 있드랬넌데 이 사람은 개지를 한 마리 얻어다가 밥은 먹이디 않구 꿀만 멕엤다. 그러느꺼니 이 개지는 꿀띠를 싸게 됐다. 그리구 뜨락에 있는 낭구 가지에다가 떡을 많이 꽂아 놓구서 손님이 오문 떡 낭구서 떡을 따오라, 꿀띠 싸는 개지 개오라 해개지구 떡을 따오구 꿀띠 싸는 개지를 개오문 개지 배를 눌러서 꿀을 나오게 해서 그거루 손님에게 대접했다.

하루는 한 부재넝감이 찾아왔드랬는데 이 사람은 “야 떡 나무서 떡 따오라, 꿀띠 싸는 개지 개오라” 해서는 그 떡과 개지 꿀띠루 이 부재넝감을 대접했다. 부재넝감은 이걸 보구 그 개지가 개지구파서 팔라구 했다. 그러느꺼니 이 사람은 “아 그거 안 팔아요. 내레 그걸루 먹구 사는데 그 귀한 개지를 팔문 난 멀 먹구 살갔소. 안 팔아요” 했다. 그러느꺼니 부재넝감은 그 개지를 개지구푼 생각이 더해서 자꾸자꾸 팔라구 했다. 그래두 이 사람은 안 팔갔다구 해서 부재넝감은 자기 재산 절반을 줄꺼이느꺼니 팔라구 했다. 그러느꺼니 이 사람은 “고롬 할 수 없수다. 고롬 재산 절반 주구 개저가시라우요” 하구서 넝감한데 개지를 비싸게 팔았다.

부재넝감은 꿀띠 싸는 개지를 사개지구 집이 돌아와서 개지에게 밥을 많이 먹이구서 손님을 많이 청해다가서 떡을 주구 개지 배를 눌러서 꿀을 먹일라구 했다. 그런데 개지 배에서 꿀은 나오덜 않구 쿠린내만 나는 네네[1] 가이띠레 나와서 부재넝감은 고만 망신만 하구 말았다구 한다.

※1935年 12月 鐵山郡 西林面 化炭洞 金景龍

1) 여느

여자와 게

녯날에 어니 여자레 길을 가다가 오종이 매리워서 갈밭에서 오종을 싸구 있느라느꺼니 그 오종이 갈궈이에 구넝으루 술술 들어갔다. 더운 물이 들어오느꺼니 갈궈이는 무슨 일인가 하구 나와서 보느꺼니 여자에 공알이 있어서 갈궈이는 그걸 깍 물었다. 그러느꺼니 낸은 깜짝 놀래서 갈궈이레 공알을 물어서 아프대는 소리를 너머 급해서 공게 공게 하멘 과텟다.

그때 한 남자가 그곳으루 지내다가 낸이 과티는 소리를 듣구 구해 줄라구 거기 가서 입으루 궈이 발을 깍 물었다. 그랬더니 갈궈이는 다른 엄지발루 이 사람에 헷댁일 깍 물었다. 이 사람두 아파서 헤에헤에 하구 있었다구 한다.

※1938年 1月 定州郡 古德面 德元洞 韓昌奎

쌍동이 시아재

한곳에 쌍둥이래 있넌데 이 쌍동이레 한날 한시에 당개들어서 색시를 대불구 왔넌데 어니 날 형이 아우네 집이 갔다. 그때 데수레 화장하구 있다가 내레 곱디? 하구 말했다. 형은 이 말을 듣구 난 모르갔소, 저그니보구 물어보구레 하구 나갔다구 한다.

※1934年 7月 宣川郡 山面 下端洞 金國柄

망치를 샀다가

넷날에 한 사람이 있드랬넌데 이 사람은 어드런 곳에 늙은 쥐레 사람으루 둔갑해서 새실랑이 돼서 색시집이루 갔다는 말을 듣구 망치 하나를 들구서 색시집이루 갔다.

가느꺼니 쥐레 새실랑으루 둔갑해서 큰 상을 받구 있어서 이 사람은 다짜고짜루 새실랑을 망치루 머리통을 때레 쥑엤다. 죽은 거 보느꺼니 새실랑은 사람이 아니구 늙은 큰 쥐가 돼 있었다. 고게 모여 있던 사람들은 이걸 보구 이거 어드런 일인가. 당신은 어드룷게 데 새실랑이 쥐인 줄 알았능가 하구 물었다.

이 사람은 이 망치는 조화붙은 망치레 돼서 이 망치루 티문 새실랑은 쥐가 돼서 죽는다구 말했다. 부재넝감이 이 말을 듣구 그 망치를 팔라구 해서 이 사람은 돈을 많이 받구 팔았다.

부재넝감은 그 망치를 사개지구 어떤 혼세집이 가서 큰 상 받구 있는 새신랑을 그 망치루 머리통을 테서 쥑였다. 그런데 그 새실랑은 쥐가 아니구 네네 사람이 돼서 이 넝감은 고만에 사람을 쥑인 사람이 되구 말았다구 한다.

※1935년 12월 鐵山郡 西林面 化炭洞 金景龍

철없는 새신랑

새시방망태 골망태 이주[1] 벙거지 날라리 노랑두대가리 물레줄 망건줄 벵문에 앉아서 누렁지 달라구 앙앙.

색시레 누렁지 한무큼 긁어 주멘 날래 받아라, 요놈에 종자 누렁지 달라구 와 성화멕이네, 밥주걱으루 한데 딱 때리느꺼니 아이구 아야 도망테 간다.

※1934年 7月 鐵山郡 鐵山面 嶺洞 崔元丙

1) 義州

바보신랑

넷날에 믹제기레 당개 가서 첫날밤에 자다가 오종이 매리워서 밖에 나가서 누구 방에 들어가서 잤다. 아침에 날이 밝아서 보느꺼니 그 방은 색시방이 아니구 가시오마니 방이드랬다. 점적해서 나가갔다구 벗어논 바디를 입는다는 거이 어린 처남에 바디를 입었다. 어린 처남이 이거를 보구 데 사람이 내 바디를 입었다 하멘 울었다. 새실랑은 더욱더욱 점적해데서 고만 색시두 안데불구 도망해 갔다구 한다.

※1934年 7月 定州郡 安興面 安義洞 吳裕泰

바보신랑

넷날에 믹제기 새실랑이 가싯집이 가서 고기서 준 송펜을 먹구서 맛이 있으느꺼니 이거 머이가 하구 물었다. 송펜이라구 하느꺼니 저에 집에 가서 오마니과 송펜을 해달라갔다구 송펜 송펜하구 외우구 그리구 집으루 돌아갔다. 돌아가드랬넌데 도둥에 돌채기가 있어서 이걸 건너 뛰다가 고만 발이 물에 빠데서 에 차과 했다.

이 믹제기는 고만 송펜이란 말을 닞구서 에 차과란 말만 기억하구 가멘서 에 차과 에 차과 하구 가서는 저에 집에 돌아와서 저에 오마니과 에 차과를 해달라구 했다. 오마니레 에 차과가 머이가, 하구 물으느꺼니 에 차과가 에 차과디 뭐이 에 차과야 하멘 야단티멘 날래 에 차과를 만들라구 했다. 오마니레 멀 말하는 거인디 알 수레 없구 증이 나서 부디깨루 니마빼기를 탁 때렜다. 그러느꺼니 이 믹제기 니마빼기에 송펜만하게 부어올랐다. 오마니레 이걸 보구 송펜만하게 부었다구 했다. 그러느꺼니 믹제기는 올티 송펜 송펜 해주구레 했다구 한다.

※1933年 7月 龍川郡 外上面 停車洞 申正均
※1937年 〃 宣川郡 深川面 五峰洞 金炳彬
※ 〃 〃 昌城郡 昌城面 甲岩洞 姜學道

잃은 것 찾기

넷날에 한 새시방이 가싯집에 갈라구 하넌데 가싯집 동네 이름을 몰라서 색시과 물어봤다. 넘통골이라구 하느꺼니 이 이름을 닞어뻐리디 않갔다구 넘통골 넘통골 하멘 갔다. 가다가 쪼고만 개천을 건네뛰다가 고만 넘통골이란 동네 이름을 닞제뻬렜다. 새시방은 개천에서 동네 이름을 얻갔다구 개천을 막구 물푸구 있었다. 지나가던 사람이 멀 찾구 있능가 하구 묻넌데 이 새시방은 대답두 않구 물만 푸구 있었다. 이 사람은 아매두 값진 거 잃어서 얻갔다구 데레구 있갔디 하구 저두 개천물을 같이 펐다. 해는 저서 어둑어둑하게 돼두 아무것두 나오디 않으느꺼니 증이 나서 "이 넘통골 같은 놈, 멀 얻갔다구 그라구 있네" 하구 욕했다. 새시방은 이 말을 듣구 "야 이자야 얻었다, 넘통골 넘통골" 하멘 갔다.

※1927年 2月 楚山郡 板角面 坂幕洞 河麟三
※1935年 7月 定州郡 觀舟面 舟鶴洞 元義範

식충장군 도둑 잡다

넷날에 한 사람이 있드랬넌데 이 사람은 글넉은 한나투 없으멘서두 밥만은 너머너머 많이 먹어서 씩퉁장군이라구 사람들이 부르드랬넌데 이 사람이 하루는 어드메 가느꺼니 한 부재집이 있넌데 이 부재집이서는 도죽이 여러 날채 들어서 야단이드랬넌데 이 집 사람이 이 씩퉁장군을 보더니만 힘깨나 쓸 사람 같아서 우리 집에 있으멘서 도죽들을 막아 달라구 했다. 씩퉁장군은 그카라 하구 그 집에 있기루 했넌데 이 씩퉁장군은 그 집 사람과 뜰악에 솔뿌리를 앞산만큼 높이 싸 놓구 고 옆에다가 무쇠 지게를 놔두구 도죽덜이 오멘 "여보 니 장군 날레 지게 지구 가시요 하구 말해주구레" 하구 말했다.

그런 후 도죽덜이 들어왔다. 쥔은 씩퉁장군이 말한 대루 "여보 니 장군 날레 지게 지구 가시요" 하구 소리텠다. 씩퉁장군은 그 소리를 듣구 방에서 문을 열구 나왔다.

도죽들이 이 씩퉁장군을 한번 힐끗 보구서 저덜보다 힘쓰게 생게서 잘못하다가는 큰일 날 거 같아서 고만 겁이 나서 모주리 씩퉁장군 앞에 무릎을 꿇구 잘못했으느꺼니 용사[1]해 주시요 하구 빌었다. 씩퉁장군은 내레 이자보탄 너덜 대장이 되갔넌데 너덜 내가 하라는 대루 하간? 하구 말했다. 그러느꺼니 도죽덜은 모주리 예예 듣갔시요 했다. 그러느꺼니 씩퉁장군은 "너덜 모주리 섬 하나에 하나식 들어가 있이라. 그러구 무슨 일이 있어두 음쪽말구 가만히 있어야 한다"구 말했다. 도죽덜은 예예 하구 모주리 섬 하나에 하나식 들어가 있었다. 다 들어가느꺼니 씩퉁장군은 도죽이 들어 있는 섬을 꽁제서[2] 줜에 주어서 이렇게 해서 그 몹쓸 도죽을 다 잡아 줬다구 한다.

※1935年 1月 鐵山郡 雲山面 嶺洞 金景龍

1) 용서 2) 묶어서

식충이가 호랑이 잡다

넷날에 한 넝감 노친네레 있넌데 아레 없어서 덜간에 가서 아 나달라구 빌었더니 빌은 덕인디 아를 낳게 됐다. 이 아레 잘 자라넌데 이놈에 아레 밥을 서너 낭푼이나 먹으멘서두 일두 않구 아무것두 하질 못하는 식퉁이레 됐다. 그러느꺼니 부모레 이거 집안에 두었다가는 집안 망하갔다 하구서 너 나가서 빌어먹던디 하라 하구 내쫓았다.

이놈은 이 말 데 말 돌아다니멘 밥 얻어먹구 갸우갸우 살아가넌데 한번은 어드런 산골에 들어가서 한 집에 가서 밥좀 주시요 했다. 그 집에 노친네레 나와서 보구 이 식퉁이레 몸이 뛩뛩하구 키두 크구 하느꺼니 힘깨나 쎄보여서 밥을 많이 주구 우리 집에 있어 달라구 했다.

이 집은 백호레 와서 이 집에 남덩을 잡아가서 그 집에 아들이 아바지 원수 갚갔다구 날마당 백호와 싸우구 있는 집이드랬넌데 이 사람을 두구 아덜과 항께 백호와 싸워서 잡아 보갔다구 이 식퉁이를 집에 두기루 했다.

다음날 이 집 아덜은 이 식퉁이를 데불구 백호를 잡으레 산으루 올라갔다. 산에 올라가서 식퉁이를 여기만큼 세워두구 아덜은 델루루 올라가서 백호와 싸우멘 백호를 식퉁이 있는 데루 몰아내렜다. 백호는 아덜한데 몰레서 앙앙 큰소리루 과테며 뛔서 식퉁이 있넌 데루 달레갔다. 식퉁이는 백호레 앙앙 소리티멘 쏜살같이 달레오느꺼니 고만에 급해 마자서 아악 하구 큰소리를 텠다. 그 소리가 어찌나 컸던디 백호레 그 소리에 혼이 나서 뛰어 도망가다가 고만에 고목나무 가지에 걸레서 죽었다.

그 집 아덜이 내려와서 원수 갚았다 하멘 기뻐하멘 님제레 어드렇게 해서 그 사납구 억센 백호를 잡았능가 하구 물었다. 그러느꺼니 이 식퉁이레 "고까짓 넘에 범에 새끼 뛰어오넌 걸 귀때기를 잡아서 홱 팽개테서 나무 가지에다 걸레 놨다"구 말했다. 이 말을 듣구 그 집 아덜은 "당신 참 힘센 장수외다" 하구 잘 대접해 줬다구 한다.

※1936年 12月 龍川郡 外下面 做義洞 張錫珪
※ 〃 〃 定州郡 定州邑 城内洞 卓時德
(단 산중의 집은 절간으로 되어 있음)

보리밥 장군

넷날에 한 사람이 있드랬넌데 이 사람은 한끼에 보리압[1]을 두 말이나 먹군 해서 사람덜이 보리압 장군이라구 불렀다. 이 사람은 몹시 몸이 뛩뛩허구 배두 뛩뛩해서 보기에는 힘깨나 써보이는데 사실은 밥 한 알두 테들디 못하리만큼 힘이 없었다.

하루는 어니 산골에 들어가서 한 집에 가서 밥 좀 달라구 하느꺼니 그 집에 노친네레 나와서 보드니만 이 사람이 뛩뛩한 거이 힘깨나 쓸 거 같아서 밥을 많이 주구 우리 집에 있이라구 했다. 이 집은 그 넝감이 범에게 잡헤 멕헤서 아덜 삼형데가 원수 갚갔다구 날마다 산에 가서 범과 쌈하넌데 잡을 수레 없어 누구 하나 더 있으문 잡을 수 있갔다 하던 참인데 이 사람이 오느꺼니 범 잡는데 도와 달라구 했다. 이 식퉁이는 그카라 하멘 그까짓 범 같은 거 한 손으루두 잡아줘일 수 있다구 했다.

밤이 돼서 아덜 삼형데가 산에서 돌아오느꺼니 오마니레 너덜 범 잡넌데 도와 줄 장군님 한분 모셌으느꺼니 가서 인사하라구 했다. 삼형데레 식퉁이를 와서 보구 그럴 듯한 장군이 있으느꺼니 절을 하구 원수 갚는데 도와 주시요 하구 말했다.

다음날 아침에 밥을 두어 말 해먹구 범 잡으레 산으루 갔다. 식퉁이는 이만큼 세 있구 삼형데는 산 우루 올라가서 범을 몰았다. 범은 삼형데에게 쫓기워서 산 밑에루 뛰어왔다. 보리압 장군은 범이 뛰어오는 걸 보구 고만 죽을 것 같아서 갸우갸우해서 거기 있는 고목낭구 우루 올라가 있었다. 범은 한참 뛰어오다가 낭구 우에 큰 고기덩이레 있으느꺼니 데거나 잡아먹갔다구 커단 입을 넉적넉적 하멘 낭구 우루 뛰여올라왔다. 식퉁이는 이걸 보구 고만에 혼이 나서 바디다 띠를 한무데기 싸멘 아악 하구 큰소리를 텠다. 범은 뛰여오다가 너머나 큰소리에 고만 놀라서 낭구 가장구에 코를 끼워서 옴짝 못하구 매달레 죽었다. 삼형데가 와서 보구 "장군님 어드렇게 범을 잡았십니까" 하구 물었다. 식퉁이는 "머 고까지것 한 손으루 모가지를 잡아서 홱 팽개텠더니 나무가지에 걸레서 죽구 말았다"구 했다. 삼형데는 이 말을 듣구 "장군님 힘이 쎄우다. 우리 원수를 갚아준 은인이우다" 하멘 많은 금과 인삼을 주었다. 그런데 이 식퉁이는 그 많은 금과 인삼을 지구 갈 만한 근력이 없으느꺼니 개지구 갈 수레 없어서 금은 우리 집에두 많다, 인삼만 하인에 지워서 개저가갔다구 했다.

이래 개지구 인삼을 하인에게 지워서 집이루 돌아오넌데, 오다가 한 아레 울구 있어서 어드래서 너는 울구 있느냐구 물었다. 그 아는 우리 집에 도죽이 둘와서 우리 재산을 모주리 빼틀구, 가디 않구 우리 집에서 자구 있어서 그런다구 말했다. 식퉁이는 그 말을 듣구 드떨매[2]를 개지구 가서 문턱을 베구 자구 있는 장수도죽놈을 탁 힘껏 내리티구 그 매를 얼능 감추구 서 있었다. 매를 맞인 장수도죽놈은 깜짝 놀라 눈을 뚜구 니러나서 보느꺼니 원 뗑뗑하구 키가 큰 장군이 서 있어서 겁이 나는데 "이넘! 못된 놈! 네놈이 멀하넌 놈이가? 내레 새끼손틉으루 튕겠기에 길디[3] 엄지 손틉으루 튕겠드라문 너는 죽었을거다!" 하구 과텟다. 그러느꺼니 장수도죽놈은 고만 혼이 나서 "예 예 죽을 죄를 젰입니다. 살레 주시요" 하멘 절을 백 번이나 했다. "고롬 네레 이 집이서 챈 재사을 다 내놓구 가라!" 하구 큰소리루 호령했다. 그러느꺼니 도죽들은 찍소리두 못하구 다 가삐렀다.

이 집이서는 장군님 고맙쉐다, 고맙쉐다 하멘 크게 대접했다구 한다.

※1936年 12月 宣川郡 郡山面 長公洞 金燦建
※ 〃 〃 宣川郡 宣川邑 川北洞 李在瑄
※ 〃 〃 水淸面 古邑洞 李鐵
(단 '보리압장군'은 '띠턴둥이'로 되고 이 사람은 밥을 한 섬 한 말 한 두를 먹는다고 했다)
※1938年 1月 宣川郡 宣川邑 川南洞 高鳳虎
(단 '보리압장군'은 '식장수'로 되고 밥은 보통 사람의 50배를 먹는다로 되어 있다)
※1936年 12月 定州郡 郭山面 鹽潮洞 桂昌沃
(단 '보리압장군'은 '믹제기'로 되어 있다)

1) 보리밥 2) 나무뿌리째 붙어 있는 매, 즉 몽둥이 3) 그렇지

퉁장군

넷날에 어드런 곳에 한 총각이 있었드랬넌데 이 총각은 몸은 뗑뗑하구 키가 커서 먹는 거는 보통사람에 열 배나 많이 먹었다. 그래서 사람들은 퉁장군이라구 했다. 이 퉁장군은 보기에는 힘깨나 써보이디마는 사실은 밥그럭 하나두 제대루 들디 못할 만큼 힘이 없었다. 그래서 아무 일두 못하구 밥만 많이 먹기만 해서 부모는 이따우 아덜을 두었다가는 집안 망하갔다구 나가서 빌어나 먹으라구 내쫓앗다.

퉁장군은 집을 내쫓기워서 덩체없이 가다가 어드런 산골 말에 가게 됐다. 한 집에 가서 자리 좀 붙자구 하느꺼니 노친네가 나와서 이리 보구 델루 보구 하더니 둘오라구 했다.

이 집은 그 집 넝감이 범한데 물리워 가서 죽어서 그 아덜 삼형데가 아바지 원수 갚갔다구 매일 산에 가서 범을 잡갔다구 하넌데 잡디 못하구 애를 쓰넌 집인데 노친네레 퉁장군을 보느꺼니 몸이 뚱뚱허구 키두 크구 하느꺼니 힘깨나 써서 이 사람과 같이 범을 잡으먼 범을 잡아 원수를 갚게 되갔다 생각하구 둘오라구 했다. 퉁장군은 이리 해서 그 집에 자리붙게 됐다.

밤이 되느꺼니 그 집 아덜 삼헹데레 산에서 내리왔다. 오마니는 아덜 보구 범 잡넌데 도와 줄 장군이 와 있으느꺼니 가서 뵈라구 했다. 삼헹데는 퉁장군한데 와서 보구 그럴 듯한 장군이 있으느꺼니 절을 하구 인사하구 우리 아바지 잡아먹은 범 잡는 데 도와서 원수 갚게 해달라구 말했다. 퉁장군은 그까짓 범이야 내 한 손으루두 잡아줘일 수 있다구 장담했다.

그날밤은 자구 다음날 아침에 삼헹데는 퉁장군과 함께 산으루 갔다. 가서는 퉁장군을 산 아래 골짜기에 세워 두구 우에서 몰아내레오는 범을 잡아줘이두록 했다. 삼헹데는 산 우루 가서 범을 모넌데 이 범은 쫓기워서 달아뛰멘 빨간 입을 크게 벌리구 어헝어헝 큰 소리티멘 퉁장군 있는 데루 달레왔다. 퉁장군은 이 범이 달레오는 거를 보구 고만 미섭구 혼이 나서 갸우갸우 고목낭구에 올라가 있었다. 범은 한참 뛰어오다가 낭구 우에 큰 고기덩이레 있으느꺼니 글루루 입을 넉적넉적 하멘 뛰여 달라들었다. 퉁장군은 이걸 보구 고만에 혼이 나서 바디다가 띠를 한무데기 싸멘 아악 하구 큰소리를 과텟다. 그러느꺼니 범은 그 소리에 놀래서 뛰다가 낭구 가지 끄르테기에 코를 끼우구 죽어 매달렜다.

삼형데가 내려와서 이걸 보구 "장군님 어드르케 잡았입니까?" 하구 물었다. "머 고까짓거 한 손으루 모가지를 쥐구서 홱 팽개텟더니 데 낭구 가지에 코를 뀌구 죽었다"구 했다. 삼헹데는 웬수를 갚아 준 은인이라멘서 장군님 장군님 하구 극진히 대접했다.

퉁장군은 고기서 떠나서 가넌데 하하 가다가 어떤 덜깐에 오게 됐다.

그 덜깐에서는 중덜이 왔다갔다 하멘 맛있넌 임석을 많이 준비하누라 분주히 굴구 있었다. 어드래서 임석을 준비하누라 분주히 구능가 물었다. "이 덜깐에 가라도치중이 늘 와서 성와멕이구 해서 그 중을 대접할라구 이렇게 임석을 준비하구 있어요" 했다. 퉁장군은 그 말을 듣구 그 임석을 날 다 주문 그 가라도치중을 다시는 못 오게 하갔다구 말했다. 그러느꺼니 중덜은 그카라 하멘 그 숱한 임석을 다 주었다. 퉁장군은 그 임석을 다 먹구 그러구 나서 중덜보구 뒷산에다 장재기를 산더미만큼 해다가 무쇠 지게에다 지워 노라구 했다. 중들이 그렇게 해노느꺼니 퉁장군은 그 지게 밑에 앉아서 졸구 있었다.

얼매만큼 있다가 가라도치중이 와서 어드래서 오늘은 임석을 쟁멘해 놓지 안했는가 하멘 욕을 했다, 중덜은 임석을 많이 쟁멘해 놨넌데 어드런 장수레 와서 당신 줄 임석을 다 빼틀러 먹구 데 뒷산에 장작짐 지어논 무쇠지게 밑이서 졸구 있다구 말했다. 가라도치중은 이 말을 듣구 요놈에 새끼 죽어 봐라 하멘 뒷산으루 올라갔다. 가보느꺼니 장재기를 산더미만큼 해서 무쇠지게에다 지워 놓구 그 밑에서 졸구 있넌데 힘깨나 쓰게 생긴 장수레 돼서 서뿔리 뎀베들었다가는 빼두 못 추릴 거 같아서 고만 옴짝 못하구 주린 배를 움케쥐구 덜간으루 와서 아무데구 쓸어데잤다. 이즉만해서 퉁장군은 덜간에 와서 가라도치중놈이 자는 걸 보구 도꾸 등으루 그놈에 니마빼기를 칵 티구 얼릉 도꾸를 감촤 두구 세 있었다. 중이 놀라서 눈을 뜨넌데 퉁장군은 "내레 새끼손가락으루 튕겼기 길디 주먹으루 텟더라면 네놈은 죽었갔다"구 말했다. 가라도치중놈은 이 말을 듣구 고만에 놀라서 다라뛔서 도망갔넌데 그 후보타는 다시 이 덜간에 오디 안했다구 한다.

※1936年 12月 龜城郡 舘西面 造岳洞 金致載

힘 없는 장군

넷날에 어떤 집에 형데레 사넌데 형은 하루에 밥을 서 말식이나 먹넌데두 힘은 베리디만큼두 못썼다. 그래서 일이라구는 한나투 못하구 밥만 많이 먹어서 저그나는 저 함자 일해서 형을 멕에 살리기에 힘이 들었다. 그래서 하루는 형과 내레 형 멕에 살리기에 너머너머 힘이 들어 못살갔으느꺼니 나가서 빌어먹던디 하라 하멘 내쫓았다. 그러느꺼니 형은 아무 말 없이 집을 나와서 발 가는 대루 긴낭 가드랬넌데 배레 고파서 국시[1]집이나 없갔나 하구 국시집을 얻어 보넌데 마침 국시집이 있어서 그 집에 들어가서 국시 한 서른 그릇 디리오라구 했다. 국시집에서는 손님이 많이 오나부다 하구 국시를 눌러서 서른 그릇 마련하구 있넌데 사람은 오디 안했다.

국시집 쥔은 손님은 와 안 오능가구 물으느꺼니 손님은 여기 있디 않는가 날래 개저오라구 했다. 국시 서른 그릇을 갯다 주느꺼니 이 사람은 다 먹구 송구두[2]배레 부르디 안으느꺼니 열 그릇 더 개오라구 했다. 쥔이 가만히 보느꺼니 국시를 단번에 마흔 그릇이나 먹는 사람이문 힘깨나 쓰는 사람이갔디 하구 생각했다.

이 국시집에는 웬 대장이라는 놈이 와서 재산두 빼틀러가구 행패두 부리구 해서 성화를 멕이군 하넌데 이넘까타나 살 수가 없었다. 그래서 이 사람과 그 못된 대장을 옴쪽 못하게 혼내 달라구 했다. 그러느꺼니 이 사람은 그카갔다 하구 그넘이 어드메 있능가 물었다. 웃굳에서 자구 있다구 하느꺼니 이 사람은 장도리를 땀을 뻘뻘 흘리멘 갸우갸우 들구서 웃굳에 들어가서 구러르렁구러르렁 하멘 자는 그 대장놈에 니마빼기를 탁 테서 피를 내구 장도리를 얼능 문밖으루 팽개티구 새끼손꾸락을 차악 내들구 버티구 세 있었다. 이넘은 자다가 니마빼기를 얻어맞구 구넝이 뚫레서 피가 나서 아프느꺼니 잠을 깨서 눈을 떠 보느꺼니 넢에 웬 뚱뚱하구 키가 큰 힘깨나 쓰게 생긴 사람이 세 있어서 겁이 왈칵 났다. 근데 그 사람이 "이넘! 내레 요 새끼손꾸락으루 뚕겠기에 길디 엄지손꾸락으루 튕겠으문 너 같은 거는 죽었겠다" 하는 말을 듣구 "예예 거저 잘못했수다. 엄지손꾸락만 튕기디 마시구레" 하멘 빌었다. "너 이 국시 집이서 재산을 빼틀어가구두 그거이 모자라서 삼 넌이나 하루 국시 수무 그릇식 먹구 돈두 내디 안했다디? 너놈 빼틀어간 재산을 도루 물레주고 삼 넌간 먹은 국시값 다 호게[3]해서 내놔야 용사하갔다!"구 호령했다. 그러느꺼니 대장이란 놈은 "예예 그카갔이요 그카갔이요 거저 엄지손꾸락만 버터 주디 마시요, 빼틀어간 재산두 삼 넌간 먹은 국시값두 다 내갔이요. 그런데 장군님 나 원하넌 거 하나 있넌데 그 원 들어주시갔소?" 하구 말했다. "님제 원이 뭐가?" 하구 물으느꺼니 "이 뒷산에 큰 백호레 있넌데 이 백호레 사람을 많이 잡아먹군 해서 나라서 그 백호를 잡은 사람에게 많은 상금을 주갔다구 해서 나는 그 백호를 잡으레 여기 와서 이 집에서 삼 넌이나 묵으멘 잡갔다 했는데두 송구두 잡디 못했으느꺼니 장군님과 항께 잡아 보능 거이 어터갔소" 하구 말했다. 이 사람은 그러하자 하구서 둘이는 뒷산으루 올라갔다. 산에 올라가서는 이 사람은 그 대장과 산 아래 있이라 하구 저 함자 맨손으루 올라갔다. 올라가기는 올라갔넌데 범이 나올가봐 미서워서 큰 나무를 깍 붙에잡구 우들우들 떨멘 범 나오디 말라 범 나오디 말라구 소리티구 있었다.

범은 배레 고파서 잡아먹을 거 없갔나 하구 있드랬넌데 어데메서 사람에 소리가 나느꺼니 그 소리를 듣구서리 그켄으루 공굴났다 뛨다 하멘 앙앙 하멘 뛰어오드랬넌데 고만에 베랑탕에 떨어데서 죽구 말았다. 이 사람은 범이 뛔오는 걸 보구 고만 혼이 나서 어쯜어쯜하다가 기절했드랬넌데 한참 있다가 가우 정신이 들어개지구 범이 베랑탕 알루루 떠러데 죽은 걸 보구 대장 있는 데루 대구 범을 잡아서 베랑탕 알루 떨궈놨으느꺼니 가서 개오라구 소리텠다. 대장은 "장군님이 힘이 세느꺼니 장군님이 가서 개저오시구레" 했다. 그러느꺼니 이 사람은 "범 잡은 거만 해두 수구했넌데 그걸 또 개저와야 하네!" 하멘 호령했다. 그러느꺼니 대장은 "예예 내레 가서 개저오갔소" 하멘 베랑탕 알루루 가서 범을 지구왔다.

이 사람은 그 범을 왕한데 갲다 바쳤다. 그랬더니 왕은 금이양 은이양[4]을 수타 주었다. 이렇게 해서 이 사람은 저그나보다 더 부재레 돼서 둔너서 밥만 먹다가 달구다리 빠뜨룩 했대.

※1937年 7月 宣川郡 水淸面 古邑洞 李庸逸
1) 국수 2) 아직도 3) 회계, 셈 4) 금이랑 은이랑

작은 신랑 |

녯날에는 나이레 어리디 어린 아레 댕개가군 하드랬넌데 그런 녯날에 언[1] 아래 당개를 갔드랬넌데 첫날밤에 밤을 주어서 이 쪼그마한 어린 실랑이 새색시와 같이 밤을 까서 먹드랬넌데 다 까먹은 담에 새색시는 밤 깍데기를 쓸어서 오강 오종 있넌데다 쓸어 넿다. 그리구 니불[2]을 페구 잘라 하넌데 새실랑은 보이디 않구 어드메서 허이야지야 하멘 뱃노래가 들레왔다. 색시는 이거 무슨 뱃노래가 하구 가만히 들어보느꺼니 그 뱃노래는 오강 안악이서 들레나왔다. 그래서 오강을 들에다 보느꺼니 새시방이 밤 깍데기를 타구 그걸 젓느라구 소리하구 있었다. 색시는 이걸 보구 고만 증이 나서 오종을 오강에다 대구 쌌더니 실랑이 야아 소낙비가 오누나 사람 살리라구 과텠다. 색시는 더욱더욱 증이 나서 새시방을 집어서 삳자리를 들리구 그 밑에다 늬 뒀다. 좀 있느라느꺼니 야아 넘어간다 넘어간다 하멘 벅작고는 소리가 났다. 색시가 삳자리를 들테 보느꺼니 새시방은 베리디 허구 맛붙에서 씨럼을 허넌데 아낙씨 걸리워서[3] 지게 됐다. 색시는 이걸 보구 베리디 뒷다리를 잡아서 새시방을 이기게 해줬다구 한다.

※1938年 1月 龍川郡 東下面 三仁洞 文信珏
※ 〃 〃 〃 內中面 松山洞 金承寬
※ 〃 〃 義州郡 古津面 樂元洞 張俊根
※ 〃 〃 宣川郡 南面 三峰洞 朴璿圭
1) 어떤 2) 이불 3) 다리 안쪽으로 다리를 걸어서

작은 신랑 |

넷날에 한 적은 새시방이 색시와 자멘 입을 마춘다는 거이 배꼽에다 대구 마추었다. 색시는 쪼고만 시랑이 그따우 짓을 하느꺼니 증이 나서 신랑 다리를 잡아서 팽가텠다. 그랬더니 신랑은 방 구세기 베리디 잔덩에 가 떨어데서 둏은 상마를 탔다구 이리 이리 하멘 횟둑질[1]을 하구 있었다. 색시는 이걸 보구 더욱 증이 나서 신랑 다리를 잡아서 팽개텠더니 이번에는 오강 속에 빠뎄다. 신랑은 오강 속에서 밤 깍데기를 타구서 순풍에 돗 달구 뱃노래하기 둏다 하멘 어야듸야 어야듸야 하구 있었다구 한다.

넷날에는 색시는 크구 신랑은 작아서 이런 넷말이 생겼다구 한다.

※1936年 12月 宣川郡 郡山面 長公洞 金燦建

1) 회초리로 말을 채찍질 함

작은 신랑 |

어떤 나이 어린 새시방이 키레 혹게 큰 색시한데루 당개 들었다. 첫날밤에 둘이서 자넌데 새시방은 색시 배꼽이 입인 줄 알구 거기다 대구 입을 마추구 배꼽 밑이서 아물거리구 있었다. 색시는 이 꼴이 너머 웃으워서 히히허구 끼드럭그리멘 웃었다.

그랬더니 새시방은 "어떤 놈이 자넌 머리맡에 와서 웃구 있네? 에이끼 놈" 하구 과텠다구 한다.

※1934年 8月 義州郡 古舘面 上古洞 劉昌惇

하늘을 날 수 있는 조끼 |

넷날에 한 총각이 있더랬넌데 이 총각에 오마니레 죽어서 홋오마니[1]레 들어왔다. 이 홋오마니는 이 총각에 밥에 왼 아레는 조팝[2]을 담구 고 우에 구더기를 두구 왼 우에 니팝을 한불 착 세워서 담아서 주었다. 이 총각이 그 밥을 먹다가 구역이 나서 먹디 못하느꺼니 아버지레 보구서 "이거 안돼갔다, 너 집 나가는 수밖이 없다" 하구 나가라 하멘 떡을 많이 싸서 주었다.

이 총각은 집을 나와서 덩체없이 가드랬넌데 가다가 중 하나이 만냈다. 이 중은 배레 고파서 죽을라구 하구 있어서 이 총각은 개지구 가던 떡을 다 주었다. 그러구 또 가드랬넌데 이번에넌 자기레 배가 고파서 어떤 부재집에 가서 밥좀 주시요, 했다. 그 부재집에 맏딸이 보구선 에이 티껍다 하구 대문을 닫구 들어가구 둘째 딸두 아무것두 주디 않넌데 세째 딸은 불상하다멘 제가 먹넌 밥을 갲다 주었다.

이 총각은 그 밥을 다 먹구 어데 잠잘 데가 없갔나 하구 뒷동산으루 올라갔다. 올라가느꺼니 토깽이 두 마리가 멀 개지구 서루 쌈을 하구 있었다. "너덜 어드래서 쌈질하네?" 하구 물으느꺼니 쪼깨[3] 하나를 내보이멘 이걸 서루가락 개지갔다구 쌈한다구 말했다. 그러느꺼니 이 총각은 "야 너덜 그걸 개주구 쌈질할 것 없이 그걸 나 주구 쌈하딜 말라" 하느꺼니 그카라구 하멘 그 쪼깨를 주었다. "그른데 이 쪼깨는 멀 하넌 쪼깨가?" 하구 물으느꺼니 그 쪼깨는 입구서 달마구[4]를 채우문 하늘루 올라갈 수 있구 달마구를 빼구 쪼깨를 벗으문 다시 알루루 내레오는 쪼깨라구 말했다.

총각은 이 쪼깨를 얻어개지구 가다가 어떤 부재집에 갔다. 가서는 부재넝감과 나는 하늘을 날으는 벨난 쪼깨를 개지구 있다구 말했다. 그러느꺼니 넝감은 고롬 한번 하늘을 날라 보라구 했다. 그래서 이 총각은 쪼깨를 입구 달마구를 채우구 하늘에 날랐다가 다시 따에 내레왔다. 부재넝감은 그거이 욕심이 나서 팔라구 했다. 이 총각은 안 팔갔다구 하느꺼니 돈을 많이 주갔으느꺼니 팔라구 자꾸 졸라서 팔았다. 이 넝감은 자기두 날라보갔다 하구서리 쪼깨를 입구 달마구를 채우구 하늘루 올라가 날았다. 그런데 이 넝감은 내레오는 방법을 배우디 않아서 따에 내레오디 못하구 하늘루만 날아다니다가 솔개미레 돼서 송구두 하늘을 날구 있다구 한다. 이 총각은 그 부재넝감의 재산을 차지하구 부재레 대서 먼

저 밥주던 부잿집 셋째 딸을 데불러다가 색시 삼아서 잘살았다구 한다.

※1937年 7月 定州郡 郭山面 鹽潮洞 桂昌沃

※ 〃 〃 新義州府 霞町 崔錫根

(단 '솔개미'를 '가마구'로 하고 있다)

1) 계모 2) 조밥 3) 조끼 4) 단추

요괴에 홀린 사람

넷날에 호래비 하나이 있었드랬넌데 이 호래비는 자나깨나 호래비 생활을 한탄하구 어카야 호래비 생활을 면하갔나 하구 생각하구 있었다.

하루는 아침 일직 일어나서 집앞 뜨락을 쓸구 있누라느꺼니 웬 낸이 머리에 광지를 니구[1] 갔다. 호래비는 으쓱한 맘이 생겨서 그 뒤를 가만가만 따라갔넌데 낸은 산에 올라가서 큰 팡구 우에다 광지를 내리놓구 임석을 꺼내여 채레놓구 손을 싹싹 비비멘, 서낭님 이 과부를 불상히 여기시구 서방을 만나게 해주시요 하구 빌구 있었다. 호래비는 팡구 뒤루 가서 숨어서 보구 있다가 "네레 간절히 비는 거 다 들었다. 요아래 말루 내리가문 뜨락을 쓸구 있는 사람이 있을터이느꺼니 그 사람이 너에 서방 될 사람이다"구 말했다. 그리구 인차 다라뛔서 집으루 와서 뜨락을 쓸구 있었다. 조꼼 있으느꺼니 그 낸이 와서 저에 집으루 가자 했다. 이 사람은 안가갔다구 하느꺼니 낸은 자꾸 가자하멘 잡아끌어서 호래비는 마지못하넌 테하구 끌려갔더니 고래등 같은 기와집이루 들어가서 돗자리를 깔구 평풍을 쳐 놓은 방에다 앉히구 자기는 과분데 자기하구 살자구 했다. 호래비는 그러자 하느꺼니 과부는 농 안에서 비단 옷을 꺼내여 입히구 달을 잡아 주구 해서 잘먹구 그 과부와 한니불 속에 들어가서 잤다. 그런데 조금 있으느꺼니 지붕 우루 달구지를 끌구 가느라구 왈카당거리멘 지나가구 있어서 이거 웬 밸 빠진 놈이 지붕 우루 달구지를 끌구 가네! 하멘 큰 소리루 과텠다.

달구지를 끌구 가던 사람은 다리 아래서 과티는 소리가 나느꺼니 다리 아래를 내리다봤다. 어떤 놈이 개뼈다구를 한아름 안구 누어서 과티구 있어서 내리가서 발길루 한대 차구 어드런 놈이 어드래서 과티구 있네! 하구 큰 소리루 과톘다. 그러느꺼니 호래비는 그제야 정신이 들어서 자기레 귀신한데 홀리운 걸 알구 암쏘리 않구 다라뗐다구 한다.

※1937年 7月 定州郡 古德面 德元洞 韓昌奎

1) 이고

요괴에 홀린 사람

옛날 놈으 막간살이[1] 하는 사람이 있드랬넌데 이 사람은 매일 산에 가서 새를 하넌데 하루는 해가 다 진 담에 돌아왔넌데 두 새는 죄꼼밖에는 해오딜 안했다. 그러더니 그담부터는 늘 늦게 오면서두 새느 죄꼼밖에 안해 개지구 와서, 쥔은 이상하게 생각하구 하루는 그 사람 몰래 따라가 봤다.

막간살이하는 사람은 산꼭대기으 돌팡구에 올라가더니 사람 죽은 두골을 개지구 웃기두 하구 입두 맞추구 끼구 눕기두 하구 했다. 쥔은 이걸 보구 이거 야단났다 하구 가까히 막간살이하는 사람에 귓쌈을 세과디 때렜다. 그러느꺼니 막간살이하는 사람은 정신이 들었넌디 내레 지금 머 하구 있었소? 하구 말했다. 쥔은 님재레 아 새를 하디 않구 돌팡구 우에서 멀 하구 있었네? 하구 물었다. 막간살이하는 사람은 내레 새하레 산에 왔넌데 하루는 이 돌팡구 있넌데 오느꺼니 왼 곤 색시레 나와서 자꾸 저에 집에 가자 해서 갔더니 맛있는 임석을 주구 입두 맞추구 끼구 자기두 해서 그담보타는 재미가 나서 당 체네한데 갔었다구 말했다.

※1938年 1月 宣川郡 深川面 東林洞 洪永燦

1) 행랑살이

도깨비 도움 받은 군수

넷날에 서울 이

정승이라는 정승대감이 있었드랬는데 이정승은 아들이 삼형데 있었다. 그런데 그 가운데 아들은 성질이 고약하구 난잡해서 매일 말 타구 돌아다니멘 사람 치기 쌈하기가 일수여서 이정승에 속을 썩구기만 했다. 그래서 이정승은 이 아덜을 어데루 보내서 없애버리야 하갔다구 하구 있었드랬넌데 그때 마침 옥천에 군수자리가 나서 글루루 보낼라구 했다. 옥천이란 골은 군수가 가문 간 지 삼일 만에 죽구 죽구 해서 그 골 군수루 갈 사람이 없었다. 이정승은 속을 썩이는 가운데 아들놈을 옥천에나 보내야갔다 하구서리 하루는 이 아들을 불러서 너 옥천군수루 가간? 하구 물었다. 이 아들은 가갔다구 두말없이 대답했다. 그래서 이 아들을 옥천군수로 내리보냈다.

이 아들은 이렇게 해서 옥천군수가 돼개지구 옥천으루 가드랬넌데 가다가 날이 저물어서 어떤 빈 집에 들어가서 자게 됐다. 그래 자구 있누라느꺼니 자밤이 됐넌데 도깨비가 나와서 옥천군수를 깨워 개지구 옥천에 군수루 가멘 삼일 만에 죽는다구 말했다. 그리구 안 죽을라먼 나하란 대루만 하라구 했다.

옥천에 가먼 군수가 자는 집으 농말기에 있넌 지네레 밤둥에 내리와서 죽일라구 할 거이느꺼니 자기 전에 지께를 준비해 놔 두었다가 지네가 내리오먼 지께루 집어서 둘러메티구 기름에 튀어 죽이라구 대줬다. 그리구 고 다음날에는 성 안에는 큰 배나무가 있는데 이 배나무는 몹쓸 즘성이 살구 있넌데 이 즘성이 군수를 잡아먹는 즘성이느꺼니 이 배나무 역게 배나무 높이만큼 새를 높이 쌓구 불을 놔서 태와 죽여야 한다구 말했다. 그리구 군수가 자는 방으 문 돌또구[1]가 한밤중에 도구야 도구야 하구 부르거던 와 그러능가 하구 묻구서 돌또구가 "앞집에 무당이 와서 굿하멘 사뚜넝감 나오시래요" 하거든 거기 가서 무당과 항게 춤을 추구 하다가 구둘골을 뜯어 놓구 몰래 방문을 걸어잠구구 살재기 볘에 나가서 좃딮을 때서 구둘 안에 연기를 가득 들어가게 하시요. 이 무당이란 게 참말 무당이 아니구 구미호가 둔갑한 거이느꺼니 좃딮 연기를 쪼여서 죽여야 합니다. 이런 구미호를 죽이디 않구 살레 두먼 사뚜가 죽습니다 하구 말했다.

이정승 아들은 이 도깨비 말을 듣구 고맙다구 하구 이형데를 맺구 이후에도 많이 도와 달라구 했다.

이정승 두째 아들은 옥천에 가서 사뚜가 됐는데 간 뒤 삼일 만에 밤에 불을 환하게 헤놓구 지께를 들구 지네가 나오기를 기두루구 있었다. 한밤둥쯤 되느꺼니 농말기레 우슬렁 우슬렁 하더니 곱새 같은 왕지네가 내리왔다. 사뚜는 지께루 왕지네에 머리를 집어서 둘러메티구 이거를 기름가마에 넿서 끓여 줶엤다.

다음날 이침에 이 골으 향당좌수레 관을 짊어디구 들어왔다. 사뚜는 이거를 보구 원 관이가 하구 물었다. 향당좌수는 사뚜를 보구 깜짝 놀래멘 사뚜 앞에 업데서 말했다. "사뚜 잘못했읍다. 이저꺼지는 사뚜가 이 골에 오는 삼일 만에 죽어서 이번 사뚜두 그런 줄 알구 관을 개지구 왔수다" 새로 온 사뚜는 향당좌수에 이 말을 듣구 이저꺼정 사뚜가 죽은 것은 이 골에 나쁜 괴물들이 있어서 그렁 거라구 말하구 어제 나쥐 왕지네를 잡아줶인 말을 하구 왕지네를 보여주었다. 그리구 또 다른 괴물을 잡아 없애야갔다 하구 향당좌수를 데불구 나갔다. 골 안에 큰 배나무가 있는 데꺼지 와서 이 배나무 둘레에 배나무 높이 만큼 샛단을 높이 싸올리구 불질러 태우라 했다. 향당좌수는 사뚜에 명대루 샛덤이를 높이 쌓구 불질렀다. 그랬더니 그 배나무에 살던 몹쓸 즘성이 캑하구 이상한 소리를 지르멘 타 죽구 말았다.

다음날 밤에 사뚜가 자구 있누라느꺼니 문 돌또구가 도구야 도구야 하멘 찾는 소리가 났다. 사뚜가 와 하구 대답하느꺼니 앞집에 굿을 하는데 사뚜님 오시래요 했다. 그래서 사뚜는 그 집으루 갔다. 가느꺼니 무당이 굿을 하구 있어서 사뚜는 무당과 함께 춤을 추다가 몰래 구둘골을 뜯어 놓구 볔에 들어가서 좃딮을 태왔다. 그랬더니 구둘 안에는 좃딮 연기가 다뿍 차서 무당은 내를 쐬구 죽었다. 죽은 거 보느꺼니 꼬리 아홉

달린 구무호드래.

사뚜는 도깨비가 알려 준 대루 옥천 골 안에 있는 몹쓸 괴물을 모주리 다 잡아쥑이구 군수노릇을 잘했다구 한다.

※1927年 1月 楚山郡 江西面 龍星洞 李甲禧

1) 돌쩌귀

도깨비를 죽인 사람

넷날에 넝감 하나이 당에 가서 술을 많이 사서 마시구 밤늦게 집이루 돌아오드랬넌데 오다가 도깨비를 만났다. 도깨비는 이 넝감한데 와서 아바지 어드메 갔다 오십니까, 하구 말을 부티더니 "아바지 딸이 있지요. 그 딸을 나 주어야디 안 주문 죽이갔소" 하구 말했다. 넝감은 고만 무서워서 주갔다 하구 네장 보내는 날과 잔채날과를 다 덩하구 헤어뎄다.

네장 보내는 날 도깨비는 이 넝감에 집이루 이름 모를 천이며 비단을 숱한 많이 보내오구 그날보탄 들와서 살멘 잔채날을 기두루갔다구 했다. 넝감은 할 수 없이 그카라 했다.

도깨비는 넝감과 항께 자구 먹구 하멘 지내는데, 재밤이 되문 밖에 나갔다가 돌아올 적에는 숫탄 돈을 개지구 왔다. 그런데두 넝감은 도깨비한데 딸을 주기가 싫어서 이놈을 죽에 없애야겠다 하구, 하루는 님제가 미서운 거이 뭐이가 하구 물었다, 그러느꺼니 도깨비는 황가이국[1]이델루 미섭다구 했다. 그래서 넝감은 도깨비레 밖으루 나간 짬에 황가이를 잡아 국을 끓에서 대문간에 숨어 있다가 도깨비레 둘올 적에 끓는 가이국을 머리서보탄 끼트렀다. 그러느꺼니 도깨비는 에케케 소리를 지르구 어데메론가 갔넌데 그 뒤보타는 도깨비레 통 오딜 안했다.

이자는 그놈에 도깨비 죽았갔다 하구 생각했디만 그래두 잘 알 수레 없어서 도깨비덜이 많이 모이는 대동강가에 다리 밑께 가봤다. 다리 밑께 가서 들어갈라구 하느꺼니 문깐직이레 못 들어가게 막았다. 우리 사우 만나레 들어가갔다 하느꺼니 문직이레 감투 하나 주멘 쓰구 들어가라구 했다. 넝감은 그 감투를 쓰구 들어가 보느꺼니 숫한 도깨비덜이 모여 있넌데 괴수도깨비레 아모가이 도깨비 왔네 하멘 하나 하나 이름을 부르구 있었다. 그런데 이 넝감에 사우 되는 도깨비 이름을 부르는데 대답이 없었다. 괴수도깨비레 어드래서 아무가이는 대답이 없능가 하구 물으느꺼니 다른 도깨비들은 그놈은 황가이국을 뒤집어 쓰구 죽었다 하구 대답했다. 넝감은 그 말을 듣구 그 도깨비레 정 죽은 걸 알구 안심하구 집이 돌아와서 딸은 다른 사람과 잔채하구 잘살았다구 한다.

※1937年 7月 義州郡 古津面 樂元洞 張浚植

1) 누런 개로 끓인 국

도깨비를 죽인 사람

넷날에 한 사람이 가을밤에 냇물에 가서 거이를 잡구 있드랬넌데 거이는 한나투 내려오디 않구 말띠[1]만이 내리왔다. 그래서 그만두구 다음날 다시 거이를 잡넌데 이번에두 거이는 내레오디 않구 또 말띠만이 자꾸 내레왔다. 그래서 증이 나서 집으루 돌아갈라구 하넌데 데켄 멀리서 불이 왔다갔다 하멘 쩜부덩쩜부덩 하구 물소리가 났다. 이 사람은 이거 아매두 도깨비레 장난하구 있어서 거이레 내리오디 않구 말띠만 내리보내서 그러넌 거이 갔다 하구서 다음날 나즈에는 밥을 한상 잘 채레서 개지구 냇가루 가서 "여부시 도깨비님, 이 밥상이나 한상 자시구레" 하구 말했다. 그러느꺼니 "잘 먹갔슴메" 하구 먹는 소리는 쩝쩝 나넌데 몸은 보이디 안했다. 도깨비는 다 먹구 나서 잘먹었다구 인사말을 했다. 이 말을 듣구 이 사람은 "어디 날 좀 봅세. 거 잘먹었으문 거이나 많이 내리보내 주시" 하구 말했다. 도깨비는 어데봅세 하구는 우루 올라가더니 거이를 자꾸자꾸 내리보냈다. 그래서 이 사람은 거이를 많이 잡았다.

그담보타는 이 사람은 밤이문 밥을 한상 잘 차레서 냇가루 개지구 나가서 도깨비를 대접하구 거이를 많이 잡았다.

이런 일이 여러 날 계속해서 이 사람과 도깨비는 친하게 됐다. 그래서 하루는 이 사람이 도깨비과 말했다. "님제레 그렇게 들판으루만 돌아다니기 힘들갔으느꺼니 우리 집 사랑에 와 있으라."

도깨비는 이 말을 듣구 그렇가갔다 하구서 인차 그 사람에 집에 와 있었다. 그 사람은 도깨비와 하낭[2] 자구 먹구 하드랬넌데 한번은 돈 좀 갲다 달라구 하느꺼니 어드메서 개저오넌디 돈을 한섬 두섬 섬으루 갲다 주었다. 이래서 이 사람은 큰부제레 됐다. 그런데 이 사람은 도깨비는 자기가 모아 준 돈은 자기가 다 써버린다는 말을 들었기 때문에 도깨비를 그대루 뒀다가는 야단나갔다 하구서 이 도깨비를 죽에 없애야디 하구서 저에 색시과 하루는 썰렁썰렁 끓는 국을 한 버치 끓여오라구 하구서 도깨비과 술 먹자 하구 붙테잡구 술을 먹다가 그 끓는 국을 도깨비에 우에서보탄 쓸어부었다. 그랬더니 도깨비는 앉은 자리에 꼬창비자루만 남게 놓구 없어뎄다. 그리구 그 후보타는 오디 안했다.

그런데 이 사람은 그 도깨비레 정말 죽었넌디 어쩐디 몰라서 도깨비레 모인데루 가서 숨어서 도깨비들에 동정을 살페봤다. 도깨비덜이 모이기 시작하넌데 숱한 도깨비들이 모여드러서 쭈욱 늘어앉구 가운데에 괴수도깨비란 놈이 앉아서 출석을 불렀다. 아무가이 도깨비 왔네? 하문 예 아무가이 왔수다. 아무가이 도깨비 왔네? 예 아무가이 왔수다. 이렇게 낱낱이 대답하넌데 왼 마감에 아무가이 도깨비 왔네? 하넌데두 대답이 없었다. 괴수도깨비레 아무가이 도깨비는 "어드래서 대답이 없은가" 하느꺼니 한 도깨비레 "그놈은 아무데에 심술머리 사나운 놈허구 다니더니 그놈에 끓는 국버치를 뒤집어 쓰구 죽었수다"구 말했다.

이 사람은 그 말을 듣구 그 도깨비레 정 죽은 걸 알구 안심하구 집이 돌아와서 잘살았다구 한다.

※1938年 1月 宣川郡 深川面 古軍營洞 金援角
※ 〃 〃 龍川郡 東下面 三仁洞 文信珏
1) 말똥 2) 함께

도깨비를 속인 사람 |

넷날에 한 넝감이 도깨비와 친하게 지내드랬넌데 한번은 이 도깨비를 쇠게서 부재가 되구푼 맘이 나서 하루는 도깨비과 "님제레 세상에서 델루 무서운 거이 머이가?" 하구 물었다. 그러느꺼니 도깨비레 즘성에 피레 델루 미서워, 하구는 "넝감과 넝감은 델루 무서운 거이 머이가" 하구 물었다. 넝감은 "나는 돈이 델루 무섭다. 돈 앞에는 음쪽 못한다"구 했다.

그러한 담에 넝감은 푸줏간에 가서 소 피를 한 바가지 개저다가 윈 집 안에 뿌레놨다. 도깨비레 놀레왔다가 소 피레 뿌레데 있어서 놀래서 도망갔넌데 그놈에 넝감 너두 혼나 보라 하구 돈을 개저다 그 집에다 마구 뿌렜다. 넝감은 우덩 무서운데 하멘 벌벌 떨구 있었다. 그러다가 도깨비레 간 담에 돈을 줏어서 착착 싸놓구 좋아라구 했다. 그런데 도깨비레 숨어서 이걸 보구 데놈에 넝감 날 쐬게서 돈을 많이 얻어개졌다구 분이 나서 이번에는 망치루 때레서 뱀같이 기다맣게 해놨다구 한다.

※1936年 12月 宣川郡 宣川邑 川南洞 金熙德

도깨비를 속여서 부자가 됨 |

넷날에 백두산 아근에 총각 하나이 살드란넌데 이 총각은 가난해서 당개두 가디 못하구 살았다. 하루는 이웃집 넝감에 집에 놀라갔다가 인삼을 대국에 개지구 가서 팔문 돈을 많이 벌 수 있다는 말을 듣구 그날부터 백두산을 돌아다니멘 인삼을 많이 캐서 이걸 짊어지구 대국으루 들어갔다. 그런데 인삼은 하나투 팔디 못하구 도죽한데 다 뺏기구 말았다. 그래서 가디두 오디두 못하게 돼서 거기에 주저앉아서 앙앙 큰소리루 멫 날 메칠이구 울구 있었다. 그러구 있넌데 하루는 도깨비레 와서 님제 우는 소리에 우리 대장이 잠을 자딜 못하느꺼니 님제는 그만 울으라, 안한다문 님재를 죽이갔다구 했다. 총각은 우는 니유를 말하구 나는 집이루 가디 못하갔으느꺼니 도깨비 부하가 돼서 살게 해달라구 했다. 도깨비는 그거 안 된다구 했다. 그래두 총각은 자꾸 졸랐다. 도깨비는 할 수 없이 이 말을 도깨비 대장한테 말했다. 도깨비 대장은 그럼 부하가 되라구 했다. 이렇게 해서 총각은 도깨비 부하가 됐넌데 차차 신용을 얻어서 서루 머이던지 터놓구 말하게 됐다. 총각은 대장과 "대장님은 이 세상에서 미서운 거이 머인가" 하구 물었다. 그러느꺼니 대장은 가이고기국이라구 했다. 총각은 나는 돈이 데일 미섭다구 했다.

그러한 후에 메칠 지나서 도깨비들이 자구 있는 짬에 가이고기국을 끓에서 그 국물을 도깨비들에게 뿌리구 저에 집이루 돌아왔다. 도깨비 대장은 호께 증이 나서 이넘을 죽이갔다구 돈을 많이 개지구 가서 총각에 집에다 뿌렜다. 그런데 이 총각은 그 돈으루 부재가 돼서 잘살았다구 한다.

※1932年 7月 義州郡 月華面 午川洞 崔奎炯

갑자기 부자된 소금장수 |

넷날에 해변 사람 하나이 소곰짐을 지구 산골루 소곰 팔레 갔드랬넌데 암만 가두 집이 없어서 여기더기 허방디방 가다가 해가 저서 자리붙을 데를 얻어보구 있느라넌데 데 멀리 불이 빤짝빤짝하는 집이 보여서 그 집이루 찾아가서 하루밤만 자구 갑시다레 하구 말했다. 그러느꺼니 쥔이 나와서 그카라 해서 그래서 들어갔다. 들어가서 쥔과 이런 말 데런 말 하다가 세상에 미서운 거를 말하게 됐는데 쥔은 담배진이 델루루 무섭다구 했다. 소금당시는 이 말을 듣구 이 쥔은 사람이 아니구 뱀이갔다 하구 생각했지만 겉으루는 아무러티 않은 테하구 나는 세상에 데일루 미서운 거이 돈이라구 했다. 밤이 깊어서 자게 됐넌데 소곰당시는 잠두 자디 못하구 밤을 새구 아침에 일어나서 담배를 많이 피우구 담배진을 많이 모아서 그 집에다 뿌리구 떠났다. 그랬더니 쥔은 증이 나서 뱀이 돼서 이 사람에 뒤를 쫓아와서 소곰장시에 집에다 돈을 마구 뿌렜다. 소곰당시는 그 돈으루 갑자기 부재레 돼서 잘살았다구 한다.

※1932年 7月 定州郡 臨海面 元下洞 李枝榮

도깨비 감투 얻은 사람과 못 얻은 사람 |

넷날에 한 사람이 당에 가서 술을 잔뜩 사먹구 집으루 가넌데 큰 벌판을 지나다가 너머너머 취해서 자구 있었다. 밤이 돼서 도깨비덜이 투덜거리멘 한물커니 몰케 오더니 이 사람이 자구 있넌 거를 보더니 야아 사람 하나 죽어 있다. 우리 장세나 잘 지내주자 하멘 좋은 새우[1]를 개저오더니 그 우에 이 사람을 올레싣구 아이구 아이구 소리하멘 갔다.

이 사람은 잠을 깨서 이런 거를 보구 놀래서 경문[2]을 왓짝 일렀다.[3] 그랬더니 도깨비덜은 놀라서 띠를 찔찔 갈기멘 달아났다. 도깨비덜이 다라난 담에 보느꺼니 도깨비 감투가 버러데 있어서 이 사람은 그거를 개지구 집이루 왔다.

도깨비 감투라는 거는 그거를 쓰문 쓴 사람은 다른 사람 눈에 보이디 않는 조와붙은 감투이다. 이 사람은 그 감투를 쓰구 당거리에 나가서 여기더기 돌아다니멘 돈이며 비단이며 개지구푼 건 머이던지 채다가[4] 잘살았다.

건넌집 사람 하나이 이걸 보구 자기두 도깨비 감투 하나 얻어서 잘살아 보갔다 하구서 하루는 술을 잔뚝 먹구 그 큰벌 가운데 가서 자넌 테 하구 있었다. 밤이 되느꺼니 도깨비덜이 한물커니 오더니마는 야아 사람 하나 죽어 있다. 우리 장세나 잘 지내 주자 하멘 좋은 새우를 개저와서 이 사람을 새우에 올레 실었다. 그런데 도깨비 한놈이 말했다. "너덜 이놈에 배때기 다티디 말라. 이놈에 배때기서 경문이 나오문 야단이다. 마낙에 경문이 나오문 뛰어달아나야 하갔넌데 뛸적에 우리 서루 항께 뛔야 하갔으느꺼니 새우에다 몸을 토매 매야갔다." 그리구서 도깨비덜은 제각끔 새우에다 몸을 토매구 새우를 메구 갔다. 하하 가넌데 이 사람은 경문을 나르기 시작했다. 그랬더니 도깨비덜은 모두 다 뛰기 시작했다. 이 사람은 그래두 경문을 쉬디않구 닐었다. 도깨비덜은 새우를 끌구 다라뛰어 한없이 가더니 어떤 산에 와서는 새우를 팽개티구 달아났다.

이 사람은 고기서 이러서서 사방을 둘러보느꺼니 통 모르는 곳이 돼서 저으 집으루 찾아가디두 못하구 고기서 병들어 죽었다구 한다.

※1933年 8月 博川郡 北面 長新洞 張炳學

1) 상여 2) 주문 3) 읽다가 4) 훔쳐다가

여우 감투 쓰고 도적질하다가

여우란 여러 가지루 벤하는 재간이 있는 짐승이라구 한다.

한 사람이 길을 가드랬넌데 색시 하나이 나와서 밥을 주멘 먹으라구 했다. 이 사람은 이 색시레 옌네 색시가 아니구 여우가 둔갑한 거이갔디 하구 딮구 가던 디팽이루 그 색시를 냅다 내리텠다. 그랬더니 색시는 여우레 돼서 죽어 나자빠뎄다. 여우가 죽은 넢에는 여우가 썼던 감투가 있었다. 여우 감투는 이거를 쓰문 보이디 않는 거이 돼서 이 사람은 그 감투를 줏어 개지구 집으루 왔다. 와서는 그 후보타는 이 여우 감투를 쓰구 부재집에 가서 돈이구 머이구 개지구픈 걸 채오군 했다. 그런데 하루는 담배를피우다가 이 여우 감투에 구텡이를 타텠다. 그래서 그 타텐데를 붉은 천자박으루 기워 개지구 이거를 쓰구 부재집 가서 돈이구 머이구 채군 했다.

부재집이서는 돈이구 머이구가 자꾸 없어데서 이거 조화다 하구 있드랬넌데 가만 보느꺼니 조그마한 붉은 천자박이 왔다갔다 하넌데 그거이 왔다 가문 돈이 없어디군 해서 이거 이상하다 하구 그 붉은 천자박을 붙잡아서 처뜨레 보느꺼니 그 밑에서 사람이 나왔다. 부재는 이넘과 이놈 네레 우리 돈 채갔구나 하멘 때레서 쥑엤다구 한다.

※1933年 7月 宣川郡 山面 香山洞 劉準龍

보이지 않는 의장

넷날에 한 사람이 안개가 보얗게 낀 길을 가드랬넌데 한 곳에 가느꺼니 웬놈덜이 벅짝고멘 쌈질을 하구 있었다. 이 사람은 가까이 가서 와들 쌈질하능가 하구 물었다. 그러느꺼니 쌈질하던 사람덜은 우리는 부모가 돌아가서 부모가 냉긴 기쁘[1]를 나누어 개질라구 하넌데 서루가락 돟은 거 개지갔다구 쌈질한다구 하멘 당신이 좀 갈음을 잘 해주시구레 했다. 이 사람은 그카갔다 하구 기쁘레 머이가 하구 물었다. 그러느꺼니 그 사람들은 이 갓은 쓰문 머리가 보이디 않구 이 두루매기는 입으문 온몸이 보이디 않구 이 신은 신으문 발이 보이디 않구 이 디팽이[2]는 딮으문[3] 손이 보이디 않는 거라구 했다. 이 사람은 그 말을 듣구 정 그렁가, 내가 한번 시험해 보자 하구선 갓을 쓰구 두루메기를 입구 신을 신구 디팽이를 딮구 그리구선 거기서 다라뛨다. 쌈하던 사람덜은 보이디 않으느꺼니 이 사람 어드메 있네? 하구 찾구만 있었다.

이 사람은 이런 보물을 얻어 개지구 와서는 이거를 쓰구 입구 신구 딮구선 부재집이구 상뎜이구 가서 돈이며 물건이며 개지구푼 거를 맘대루 채다가 살았다 그러다가 서울루 올라가서 나라님 있넌 데루 나라님에 방에 들어가 서 있었다. 나라님은 신내[4]과 어드런디[5] 기분이 이상하구 방 안에 험한 거이 있는 거 같다구 말했다. 그러느꺼니 신내들이 검을 휘둘으멘 돌아다넸넌데 이놈은 보이디 않으느꺼니 아무 일 없갔디 하구 한곳에 가만히 서 있었다. 그런데 신내가 휘둘으는 검 끝에 감투가 다시 베께뎄다. 그러느꺼니 이놈에 머리가 보이게 돼서 신내덜이 또 머리 아래를 검으루 줄줄 겄다. 두루매구레 짝짝 찢어데서 이놈에 몸이 다 나와 보엿다. 신내덜은 이놈 웬 놈이 여기가 어데라구 둘왔네 하구서 잡아다 쥑엤다구 한다.

※1936年 12月 宣川郡 台山面 仁岩洞 金興善
1) 유산 2) 지팡이 3) 짚으면 4) 산하 5) 어쩐지

도깨비가 가져다 준 돈

넷날에 의주골에 두 사람이 살구 있었드랬넌데 한 사람은 부재구 또 한 사람은 가난했드랬넌데 그래두 형데같이 친하게 지냈다. 부재는 조상 때부터 부재가 아니구 가난하게 살았드랬넌데 이 사람이 하루는 꿈을 꾸느꺼니 도깨비를 잘 모시먼 부재가 된다는 꿈을 꾸구서 집 앞에 있넌 고목나무 밑에 도깨비당을 짓구 도깨비를 잘 섬겼더니 도깨비레 돈을 많이 개저다 줘서 당당에 큰부재가 됐다. 가난한 친구는 부재 친구보구 도깨비라는 것은 돈을 많이 개저다 주디마는 그 돈을 도루 다 빼틀러 간다는 말이 있으느꺼니 돈을 빼틀러 가기 전에 그 도깨비를 죽에 없애야 한다구 말했다. 그러느꺼니 부재 친구는 나를 부재 되게 한 거이 도깨비인데 그 도깨비를 내레 어드렇게 죽이간네 하멘 듣디 안했다. 가난한 사람은 부재 친구가 자기 말을 듣디 않구 도깨비를 죽이디 안하갔다 해서 집이 돌아왔넌데 도깨비를 거저 두었다가는 안 되갔넌데 어드렇게 해야 도깨비를 쥑에서 부재 친구으 돈을 빼틀러가디 않게 하는 방법이 없갔나 하구 여러 가지루 생각해 봤다. 그러다가 한 좋은 수가 생각나서 부재한데 가서, 여부시 내레 가이 고기가 먹구푼데 님제네 집이 황가이를 잡아 주구레 했다. 부재 친구는 그카라 하멘 황가이를 주었다. 가난한 사람은 그 황가이를 잡아서 가이고기를 도깨비당에 받히구 그리구 설설 끓는 가이국을 퍼다가 도깨비당에다 탁탁 끼얹었다. 그랬더니 도깨비는 끓는 가이국을 뒤

집어쓰구 죽구 말았다. 도깨비레 죽구 말아서 가난한 사람은 부재 친구한데 가서 내래 끓는 황가이국을 도깨비당에다 끼얹데서 도깨비를 죽였으느꺼니 이제는 님제 재산은 도깨비에게 빼틀릴 넘네가 없으느꺼니 안심하구 그 재산을 영구히 유지할 수 있다구 말했다. 부재는 이 말을 듣구 깜짝 놀래구 기절했다. 그리구 그거이 원인이 돼서 심화병이 돼서 이약 데 약 많이 썼넌데두 낫딜 않구 누어만 있었다. 동무레 와서 여러 가지루 말을 해두 낫딜 안했다.

가난한 친구는 이거 안 되갔다 하구 어카야 동무 병을 낫게 하갔넌가 하구 여러 가지루 생각하드랬넌데 마침 사월초파일이 다가왔다. 그래서 동무한데 찾아가서 여보시 그렇게 누어 있디만 말구 우리 사월초파일날 피양에는 구경할 거이 많으느꺼니 피양이나 가자, 그리구 병두 낫넌 방법두 알아보자구 말했다. 부재 동무는 그카자 하구 피양으루 가서 사월초파일날 하루 종일 피양을 구경하구 저닉때 대동문 앞을 지나가다가 가난한 사람은 부재 친구과 오늘 나즈는 이 대동문 옊에 들어앉일 만한 구뎅이를 파구 그 안에 들어앉아서 밤을 새워야 병이 낫갔다구 했다. 그러느꺼니 부재 친구는 그캐 보자 하구 구뎅이를 파구 그 안에 들어앉아서 밤을 새기루 했다.

부재레 구뎅이 안에 들어앉아서 밤을 새구 있넌데 재밤둥 되느꺼니 대동문 우에서 무슨 소리가 들레와서 가만히 듣구 있느라느꺼니 이제부터 피안두 도깨비 회를 연다 하더니 아무가이 아무가이 하구 각 골에 도깨비 이름을 부르는데 이름 부를 적마다 예 예 하구 대답하넌데 이주 도깨비 아무가이 도깨비 하구 부르는데두 대답이 없었다. 어드래서 이주 도깨비는 대답이 없능가 하느꺼니 한 도깨비레, 이주 도깨비는 황가이국에 뒤집어 쓰구 즉사해서 안 왔수다구 말했다. 그래 그놈 참 잘됐다. 그놈이 늘쌍 우리 말에 반대하구 제멋대루 하더니 잘 죽었다. 그런데 너덜은 이제껏 사람한데 모아 주었던 돈을 모주리 뺏아서 시월상달 회이할 때 다 개주구 오라 하는 말이 들렜다. 이런 말을 부재가 듣구 도깨비가 개저다 준 돈을 빼틀리디 않게 된 거를 알게 돼서 혹게 기뻐했다.

달이 울구 날이 밝아디자 대동문에 모였던 도깨비들은 모두다 헤어데서 어드룬가 가삐렜다.

가난한 친구는 이제는 돈두 도깨비한데 빼틀릴 것두 없게 됐으느꺼니 병두 다 낫갔다, 날래 집이루 가자 하구 이주루 돌아왔다.

그른데 부재레 가만히 생각해 보느꺼니 가난한 친구 때문에 도깨비를 죽이구 도깨비가 모아다 준 돈을 빼틀리우디 않구 잘살게 됐으느꺼니 가난한 동무가 혹게 고마워서 가난한 친구에 손을 잡구 눈물을 흘리멘 님제까타나 난 잘살게 됐다 하구 고마와 하구 재산 절반을 나누어서 가난한 친구에게 주구 둘이서 잘살게 됐다구 한다.

그른데 말이우다. 도깨비가 개저다 주는 돈은 다른 사람에 돈을 채다주넌 것두 아니구 나라에 돈을 개저다 주는 것두 아니구 물에서 건데다 주는 돈이라구 한다. 바다에는 녯날부터 큰 배덜이 돈을 싣구 가다가 풍낭에 만나서 배가 가라앉아서 바다 밑에는 숱한 돈이 많이 가라앉아 있넌데 도깨비는 이런 돈을 건데다가 사람에게 주군 한다구 한다. 그래서 도깨비가 주는 돈은 물에 젖어 있다구 한다. 도깨비는 이러한 돈을 사람에게 주었다가는 한 삼 넌 후에는 도루 빼틀어 간다구 한다.

녯날에는 배가 바다에 많이 가라앉았넌데 요즈음에는 물에 가라앉으는 배레 없어데서 요즈음은 도깨비가 돈을 건데다 주딜 못하게 됐다구 한다.

※1936年 8月 龍川郡 府羅面 中端洞 金一熹

포수와 도깨비

녯날에 유명한 포수가 새낭을 갔다가 그날은 즘성 한 마리두 못 잡구 빈손으루 집이루 돌아오드랬넌데 오던 길에 날이 저물어서 어두운 길을 허벙더벙 걸어오넌데 머이 앞을 떡 가루막구 있넌 거이 있어서 너는 머이가, 어드래서 사람이 가는 길을 막구 있네? 하구 큰소리루 과텠다. 그러느꺼니 나는 도깨비다, 씨림 한판 하자 했다. 포수레 그카자 하구 씨림을 했넌데 포수레 졌다. 도깨비는 또 한판 하자 해서 했넌데 이번에두 포수레 졌다. 도깨비레 씨림에 이기넌 거이 재미가 났넌디 자꾸 하자 해서 했넌데 번번이 졌다. 이렇게 한 서너 시간 계속해서 씨름을 했넌데 포수는 아즈바니 좀 쉬었다가 합시다레, 하느꺼니 도깨비는 아즈바니라는 말이 듣기가 좋았던디 그카자구 하구서 쉬구 있었다. 포수는 쉬멘서 이놈을 어카야 이기갔나 하구 생각하다가 다시 씨림을 할 적에 데비칼을 꺼내 개지구 도깨비에 둥동[1]을 찔렀다. 그랬더니 도깨비는 죽구 말았다.

포수는 집이루 와서 자구 다음날 아침에 히뚝[2] 밝자 씨림하던 곳에 가 보느꺼니 불탄 빗자루에 칼이 꼬테 있었다. 포수는 칼을 뽑을라구 하느꺼니 빗자루에서 두툼한 책이 나왔다. 포수는 그 책을 펠테[3] 보구 첫당을 일러보느꺼니 예예 왔습니다 하는 소리가 났다. 둘러보느꺼니 아무것두 보이디 않구 소리만 들렜다. 둘째 당을 일르느꺼니 다른 목소리루 예예 왔습니다구 소리가 났다. 또 다음 당을 일르느꺼니 예예 왔습니다구 했다. 이렇게 해서 끝에 당까지 일렀넌데 한 당식 일를 적마다 예예 왔습니다 하더니 마감에 당을 일르느꺼니 무엇을 갰다 머리에 씨우멘 대왕님 금관을 쓰시요 했다. 머리를 맨제 보느꺼니 금관이 씨여 있었다. 그러더니 오늘은 서울 구경을 갑시다 하더니 노래를 하멘 이 포수를 떠메구 공둥으루 올라가서 서울루 갔다. 서울구경을 다 하느꺼니 또 떠매구 집이루 왔다.

다음날 포수는 그 책을 한당 한당 일르느꺼니 또 예예 왔습니다 예예 왔습니다 하구 소리가 나더니 왼 마감에 당을 일르느꺼니 금관을 씨우고 오늘은 피양구경을 갑시다 하구 떼메서 공둥으루 높이 올레서 피양에다 갲다 내리놨다. 피양구경을 다 하느꺼니 집이루 갲다 놨다. 다음날 그 책을 일러서 어드메를 구경하구 다음날에는 또 어드메를 구경하구 날마다 여기더기 구경했다. 이렇게 해서 여러 곳을 구경했넌데 일헤 날

째가 돼서 공둥으루 올라가서 가드랬넌데 머리에 쓴 금관을 맨제 보다가 그 금관이 베께데서 따루 떠러뎄다. 그랬더니 떼미구 가던 것덜이 보구서 야 이거이 우리 대왕이 아니구 예네 사람이다 하면 떠메구 가던 것덜이 탁 노느꺼니 포수는 따에 떨어데서 죽구 말았다.

※1936年 8月 龍川郡 府羅面 中端洞 金一燾

1) 중간　2) 조금 훤하게　3) 펼쳐

쥐구멍에서 금을 얻은 사람과 못 얻은 사람

넷날에 한곳에 넝감 노친네가 살구 있드랬넌데 하루는 넝감이 새하레 산에 갔다. 노친네는 넝감에 덤심밥을 해개지구 산으루 올라가다가 고개길에서 너머뎄넌데 그때 밥이 돌롱돌롱 굴러서 내리가다가 어떤 구넝으루 들어갔다. 넝감이 이걸 보구 광이루 파 보느꺼니 구넝이 차차 커가구 있어서 그 아낙으루 들어가 보느꺼니 고래등 같은 기애집이 있구 해서 이거 조와다 하구 더 들어가서 집 대문께서 집 안을 들다보느꺼니 웃간에서 쥐새끼덜이 그 밥을 먹구 있구 엄지쥐는 뜰악에서 금방애를 찧구 있었다. 넝감은 광이소리를 한 마디 야웅 해봤다. 새끼쥐덜은 엄매야 광이 왔다구 놀래멘 말하느꺼니 엄지쥐는 방애를 찧다 멈추구 한참 엿보구 있다가 일없다 밥이나 먹어라 하구 방애를 찌었다. 넝감은 또 야웅 하구 광이소리를 해봤다. 새끼쥐덜은 엄매야 광이 왔다 하구 소리티느꺼니 엄지쥐는 대문밖으루 나와서 살페보구 있었다. 넝감이 야웅야웅 하구 광이소리를 하느꺼니 엄지쥐는 정말 광이가 왔다 하구 다라나느꺼니 새끼쥐들두 다 다라났다. 넝감은 집 안에 들어가서 거기 있는 금을 모주리 다 개저다가 잘살게 됐다.

이런 말을 들은 넝감 하나이 자기두 그 쥐구넝을 찾아가서 금을 개와야갔다구 하구 밥을 해개지구 산에 올라가 우덩 밥을 굴러서 구넝에 들어가게 하구서 그 구넝을 파서 들어갔다.

그때에 쥐는 큰쥐 작은쥐 손주쥐 다 모아 놓구 그 집에 대문은 큰 대문 작은 대문 다 닫아 놓구 대문 하나만 열어 놓구 있었다. 이 넝감은 쥐으 집에 들어갈라구 그 대문으루 들어갈라구 하넌데 모여 있던 쥐덜은 모두 다 이 넝감에게 달라들어 물어뜯었다. 넝감은 금두 얻어오디 못하구 그만 쥐덜한테 물어 뜯기기만 하구 집이루 도망테 왔다구 한다.

※1932年 7月 宣川郡 郡山面 蓬山洞 金淑鉉

중이 준 이상한 쌀

넷날에 어니 곳에 넝감하구 손주하구 사넌데 이 넝감과 손주는 집이 가난해서 날마당 강에 가서 고기를 낚아다가 먹구 살구 있었다.

하루는 넝감과 손주가 강에서 고기를 낚구 있넌데 중 하나이 지나가다 보구서 어드래서 당신은 날마당 강에 나와서 고기를 낚구만 있능가 하구 물었다. 넝감은 집이 가난해서 먹을 거이 없어서 고기나 낚아서 먹을라구 그른다구 말했다. 중은 그 말을 듣구 동냥해서 얻은 쌀을 서 되 서 홉을 주멘 이걸 먹구 살라 하구서 갔다.

넝감과 손주는 그 쌀을 받아 개주구 집이 돌아와서 밥을 지어서 먹었다. 그런데 중이 준 쌀은 아무리 먹어두 없어디디 않구 그대루 서 되 서 홉으루 있었다.

이웃집 부재넝감이 이걸 보구 그 쌀이 욕심이 나서 자기 집과 재산과를 다 주갔으니 그 쌀을 달라구 했다. 가난한 넝감은 그카자 하구 중이 준 쌀 서 되 서 홉하구 부재넝감에 집과 재산과 바꾸었다. 부재넝감은 그 쌀을 개지구 와서 먹었넌데 사흘 만에 다 없어뎄다. 이 부재넝감은 가난해지구 가난한 넝감과 손주는 잘살게 됐다구 한다.

※1927年 2月 楚山郡 江面 石桑洞 金達興

가난한 총각 장가들기

어떤 부재집에 딸이 하나 있넌데 이 딸은 곱게 생긴 체네드랬넌데, 이 부재집 넢에는 가난한 총각이 살구 있었다. 이 총각은 부재집 체네에 맘이 있어 당개들구푼데 집이 가난하느꺼니 말두 내디 못하구 말을 부테 보디두 못했다. 그런데 이 총각이 당개 가넌 게구를 꾸메 봤다. 어니 날 부재집 체네레 밖에 나와서 오종을 싸구 들어간 담에 총각은 그 오종 싼 구넝에다 제 좆을 박앗다. 그리구 그 후보탄 날마당 좆을 박구 박구 했다. 그랬더니 이 체네레 그걸 보구 증이 나서 저에 오마니과 데 넢집 총각너석이 내 오종구넝에다 당창 좆을 박구 박구 한다구 말했다. 오마니는 이 말을 듣구 분이 나서 사뚜한데 가서 송사를 했다. 사뚜레 송사 말을 듣구 보구 "총각이 체네 오종구넝에다 좆 박넌 거는 常事인데 이런 常事으 것으로 訴事할 거 없다. 총각이 체네 오종구넉에 좆을 박구 박구 했으느꺼니 너이덜은 나가서 항께 살 수밖에 없다" 하고 판결을 내렸다. 그래서 이 가난한 총각은 부재집 딸과 결혼해서 잘살았다구 한다.

※1935년 1월 宣川郡 宣川邑 越川洞 梁明相

村婦와 가축의 소리

시굴 촌낸 하나이 소 여물을 주구 소 구유 앞에 앉아서 오종을 쌌다. 황소레 이 낸 오종 싸넌 거를 물끄러미 테다보멘 눈을 꿈벅꿈벅 꿈벅거리멘 새김질하느라구 씹씹했다. 그때 벵아리떼레 멍이[1]를 주으레 왔다가 이 소리를 듣구 털이 송송 털이 송송 했다. 암달기레 알을 낳구 내리오멘 그어대 그어대 하구 우넌데 숫탉기 될 쫓아와서 고대 고대 했다. 오리가 넢에 있넌 돼지우리에 목을 휘휘 내두르멘 바가 바가 하느꺼니 돼지는 꾹 꾹 했다. 이런 소리를 듣구 있던 게사니[2] 점잔한 즘성이 돼나서 에끼놈 에끼놈 하멘 꾸짖구 있었다구 한다.

※1935年 1月 宣川郡 宣川邑 越川洞 梁明相

1) 모이 2) 거위

클 것은 적고

어드런 말에 한 부체레 살구 있넌데 이 낸은 저에 서나에 발맵시를 곱게 하갔다구 보손[1]을 작게 지어서 주었다. 서나는 이 보손을 신을라 하느꺼니 발은 크구 보손은 작아서 발이 들어가디 않구 신을 수가 없었다. 그래서 증이 나서 "야이 이 에미나야! 님재는 작을 거는 크구 커야 할 건 와 적네!" 하구 과텠다. 그런꺼니 낸은 "에이 이 두상,[2] 머이 어드래! 님재는 커야 할 거는 적구 적어야 할 거는 어드래서 크네!" 하멘 쌈을 했다구 한다.

※1935年 1月 昌城郡 東倉面 大楡洞 金信雄

1) 버선 2) 남자를 멸시하는 말

딱 죽고 싶다

총각 한 너석이 사랑방에서 자드랬넌데 색박넉게 돼서 니불을 잡아끌어 니불을 콱 뒤집어 쓰구 잤넌데 날이 새서 밝았넌데두 이 너석은 니불 속에 있으느꺼니 날이 샌 줄두 모르구 있었다. 그런데 이 너석 좇이 꼴레서 니불 속에서 용두나 타갔다구 니불을 맘껏 잡아끌어올리구 용두를 텠다. 그런데 니불을 어찌나 많이 끌어올렜던디 아랫두리는 니불이 덮히딜 안했다. 이 너석은 그것두 모르구 신이 나서 용두를 타구 있었다.

날이 샜으느꺼니 다른 사람들은 니러나서 있었다. 이 너석이 그짓을 하느꺼니 모두 그거를 물끄럼이 보구 있었넌데 이 너석이 다 하구 나서 니러나서 보느꺼니 사람덜이 자기 하는 거를 다 보구 있었던 거를 알구서 고만 점적해서 에이 딱 죽구 푸다! 하멘 도루 니불을 쓰구 드러누었다구 한다.

※1935年 1月 宣川郡 宣川邑 越川洞 梁明相

상가치 식으로

계집에 주린 중놈 하나가 참다 참다 견딜수레 없어서 여승 있넌 데루 찾아가서 네중[1] 하나하구 눈이 맞아서 일을 하게 됐넌데 이 중놈이나 네중이나 모두 수도하넌 놈이 되느꺼니 법계를 깨트릴 수 없다 하구 하넌데 네중이 맨제 중한데 말하기를 맨제 보지 가장자리를 좆대구리루 열번 탁탁 티구 나서 상까치식으루 한번만 구넝에 넣어라구 했다. 중은 그라갔다 하구서 네중이 말하넌대루 일을 시작했넌데 이 일이 회수가 거듭해 가느꺼니 홍이 돋인 거이 중보다구 네승이 더 해서 내중에는 네승이 열 번 두들으는 거이 안타가와서 상가치식으루만 자꾸 하라구 두들길 거 없이 상가치식으루만 상가치식으루만 하드래.

※1932年 5月 宣川郡 宣川邑 川北洞 李英學

1) 여승

너 볼 낯 없다

계집 맛을 한번두 못 본 노총각놈이 벌덕그리는 자식놈을 내리다보구서 한숨을 길게 내쉬멘 "참으로 불상하기 짝이 없다. 내가 너 볼 낯이 없구나" 하구 중얼거리느꺼니 자식놈은 그렇다는 듯이 눈물을 툭툭 떠러트리멘 끄덕끄덕 했다구 한다.

※1932年 5月 宣川郡 宣川邑 川南洞 金天吉

감자나 자시요

한 낸이 산골 감자밭에서 업데서 감자를 캐구 있넌데 낸에 소곳가래 사이루 그 무엇이 뾰쪽주름하게 보였다. 고기를 지나가넌 넘이 이걸 보구 그냥 지나갈 수레 없어서 가만 가만 가서 그 낸에 거기다 자기 그거를 밀어넣다. 그러느꺼니 네자는 깜짝 놀래개지구 도죽이야 도죽이야 날 죽인다 하구 소리텠다. 그래두 산둥이 돼놔서 오넌 사람이 아무가이두 없었다. 남자는 놓디 않구 야단을 티구 있넌데 재미가 막 나느꺼니 네자는 눈을 흘기멘 이 도죽놈아 감자나 자시 감자나 자시 했다구 한다.

※1935年 7月 宣川郡 宣川邑 越川洞 梁明相

발명 자랑

아덜놈이 득이양양해 개지구 와서 애비한데 자랑했다. "저는 산 돼지를 넣문 곧 순대가 돼서 나오넌 기게를 발명했읍니다." 이 말을 들은 애비는 코웃음티멘 "그거이 머이 장한 발명이네? 난 네에 어미 구넝에 순대를 집어넿서 산 돼지 만든다"구 했다구 한다.

※1932年 5月 宣川郡 宣川邑 越川洞 梁明學

한잔 먹자

어드런 믹제기레 당개가서 색시를 데빌다 놓구두 아무것두 몰라서 거저 지내구 있었다. 색시는 이제나 데제나 하구 아무리 기둘리 봐두 소식두 없어서 하루 나주는 색시레 이러이러 해보라 하구 한판 했다. 그런데 그거이 이 넘한데는 혹게 재미가 나서 그 후보타는 밤이구 낮이구 누가 있던 없던 한번 하자 한번 하자구 하멘 대들었다. 색시는 이거이 남 보기가 부끄럽구 점적해서 그러넌 거이 아니다. 남 보넌 데서는 그러디 말라 하멘 정 하구푸문 한잔 먹자구 하라구 대줬다.

그런데 하루는 가시 아바지레 오래간만에 와서 딸은 아바지 잘 대접하갔다구 벡에 나가서 밥을 짓느라 허리를 굽히구 일을 하넌데 이 믹제기레 와서 한잔 먹자 한잔 먹자구 했다. 가시 아바지레 방 안에 앉아서 가만 들으느꺼니 한잔 먹자 한잔 먹자 해서 에이 괘씸한 넘덜, 어른을 대접할 줄 모르구 저덜끼리만 맨제 먹넌 놈 같으니라구 하구 증이 벌컥 내개지구 그낭 가삐렜다구 한다.

※1935年 1月 定州郡 定川邑 越川洞 梁明相

한좆으로 만들다

넝감 하나이 새를 사 갔다구 새를 파는 새당에를 갔다. 촌에서 새를 소에다 싣구 온 새당시덜이 쭈욱 줄을 지어 늘어세 있넌 데루 가문서 이 새 얼매가 하구 물었다.

암만이요, 하느꺼니 혹께 싼[1]거 같아서 다음 새당시한데루 가서 얼매가 물었다. 이 새당시두 암만이요, 했다. 고담에 새당시한데 가서 얼매가 하느꺼니 이 새당시두 암만이요, 했다. 고다음 고다음 이렇게 여러 새당시한데 물어두 다 한결같이 똑같은 값을 불렀다. 이 넝감은 화가 나서 이놈으 쌔기덜 한좆으루 맨들었나 다 한값을 부른다구 꽥 과테멘 말했다. 그러느꺼니 새당시 하나가 "우리는 한좆으루 맨들었수다. 그런데 넝감은 여러 좆으루 맨들었슴메?" 이래서 이 넝감은 암쏘리 못하구 다라왔다구 한다.

※1932年 5月 宣川郡 宣川邑 川南洞 金天吉

1) 비싼

20年이 넘어도 나오지 않는 아이

넷날 어떤 사람이 당개를 가서 색시를 데불구 와서 아 낳기를 원하드랬넌데 이 색시는 아를 개졌다 해서 여간만 기뻐서 아 낳는 날만 기두루구 있었다. 그런데 열 달이 다 돼두 아레 나오딜 안했다. 열한 달 열두 달

열석 달 넘어두 아레 나오디 안했다. 일 넌이 지나구 2넌 3넌 5넌이 지나두 아레 나오디 안했다. 10넌이 지나구 11넌이 지나두 안 나왔다. 이거 무슨 조화야. 어드렇게 된 노릇이야 하구 하루는 색시를 발가벗기구 두 다리를 짝 벌레 놓구 색시에 거기를 들다봤다. 들다 보느꺼니 그 안에 쌔헌 넝감이 앉아 있었다. 쌔한 넝감이 있으느꺼니 이넘은 고만 황송해서 무릎을 딱 꿇구 "거 어드런 넝감입니까?" 하구 물었다. 그러느꺼니 그 안에서 "아무가이로다 —— (아무가이의 이름을 넷말하라구 조르는 사람에 實名을 내세우면 더욱 재미나구 크게 웃게 된다) ——" 그래서 이넘은 또 "거기서 멀하구 계십니까?" 하구 물었다. "맹근[1]을 뜨구 있음메" 했다. "말총이 어드메 있어서 맹근을 뜹니까?" 하느꺼니 "거 백켄에 손만 내밀문 얼매던지 있디 않읍메" 했다. 이 너석은 또 물었다.

"맹근은 멀 할레 뜹네까?" 그러느꺼니 "머리에 털두 없넌 맨대구리 개진 놈이 가끔 들랑날랑 해서 그놈에 대구리에 씨워 줄라구 뜸메."

※1932年 5月 宣川郡 宣川邑 川南洞 金天吉

1) 망건

귀신 성한 집에는 |

넷날에 한 과부레 귀신 사귀기를 조와해서 이 귀신 데 귀신 여러 귀신이란 귀신을 모주리 사귀구 매달 귀신을 위하넌 제사를 지내군 했다. 그런데 한번은 도깨비과 친하게 됐넌데 그 담보타는 귀신을 위한 제사를 통 지내디 안했다. 그야 그럴수밖에. 도깨비를 사귀문 도깨비는 금이랑 은이랑 돈이랑 보물이멘 무엇이던디 귀한 물건을 다 개저다 주느끄니 여기에 정신이 빠데서 다른 거 생각할 여디가 없었기 때문이다.

하루는 도깨비레 밤에 과부 있넌 방 안에 들창문으루 머인가 던데 주었다. 과부는 이거 머이가 하멘 그거를 집어 보느꺼니 방추[1] 같은 큰 순대레 돼서 이거를 썰어서 먹을라구 하다가 자세히 보느꺼니 말좆이 돼서 호기심으루 이거를 슬그머니 사채기에다가 딜이밀어 넣어 봤다. 그랬더니 이것이 저 함자 들락날락 하멘 한바탕 잘해 주었다. 야아 이거 큰 보물이다 하구선 이거를 잘 간딕하구 밤마다 재미를 보구 있었다.

과부와 사귀던 귀신덜은 멫 넌을 제사를 얻어먹디 못해서 고기솟증이 나서 머 없갔나 하구 과부집을 왼 집 안을 뒤데 봤넌데 이놈에 말좆이 나오느꺼니 귀신덜은 야아 먹을 거 있다 하구 모두 달라들어서 그 말좆을 다 먹이삐렜다.

과부는 그런 줄 모르구 밤이 돼서 그 귀물을 찾아보느꺼니 없어서 백방으루 찾아봤넌데두 없어서 할 수 없이 무당한데 가서 물어봤다. 무당은 한참 흥을흥을 흥을 거리더니 여러 해 굶은 귀신들이 고기솟증이 나서 그거이 순댄 줄 알구 다 먹었다구 했다. 그랬더니 이 과부레, 에이 귀신 사나운 집엔 말좆두 번뜻 못한다구 했다. 그래서 그때보탄 귀신 사나운 집엔 말좆두 번뜻 못한다는 말이 생겼다구 한다.

※1932年 7月 義州郡 古舘面 上古洞 劉昌均

1) 방망이

시어머니와 며느리

어니 시오마니하구 메니리하구 나드리를 가드랬넌데 어니 냇가에 와서 그 냇물이 깊은디 얕은디 알 수가 없어서 건네가디 못하구 서 있었넌데 한 젊은이가 와서 이 냇물이 깊은 거 같아서 낸들은 건네기가 어려울 거 같으니 젊은이가 업어 건네 주갔소 하구 말했다. 젊은이는 그카디요 하구서 건네 주기루 했넌데 메니리를 맨제 건네 주라구 했다.

이 젊은이는 메니리를 업구 냇물을 건네서 고기에 누페 놓구 한바탕 일을 시작했다. 시오마니레 데켄에서 이거를 보구서 야 메닐아가 야 메닐아가 돌아누라 돌아누어 하멘 괐다.

이 젊은이는 이번에는 시오마니를 업어 건네 개지구 와서 또 엎어 놓구 일을 시작했다. 그런데 시오마니는 돌아눞디두 않구 그대루 가만 있었다.

메니리는 이걸 보구 입을 삐쭉거리멘 날보구는 돌아누라구 생 야단하더니 오마니는 어드래서 돌아눕디 않구 가만히 있넌 거야요 하멘 투덜거렜다구 한다.

※1935年 7月 宣川郡 郡山面 蓮山洞 金應龍

고양이가 끄릉끄릉 소리내는 이유 |

어떤 사람이 있넌데 이 사람에 연장이 너머너머 커서 색시하구 잠자리를 항께 할 적에는 매번 애를 먹어서 할 적에는 그거를 깎아내구 했다. 그런데 그거를 깎아낸 부스러기를 괭이레 있다가 집어먹군 했다. 이렇게 지내구 있넌데 내중에는 네자는 남덩으 그거이 작아뎄다 불평하게 됐다. 그래서 이거를 도루 크게 할라구 하넌데 깎아낸 부스럭이를 광이레 집어먹어서 이거를 토해내두룩 광이 목을 세과디 눌렀다. 그런데 한번 집어먹은 고기부스러기가 나올리가 없다. 광이는 목이 눌리느꺼니 숨이 가빠서 고롱고롱 소리를 냈는데 그 후보타는 광이는 모두다 고롱고롱 소리를 하게 됐다구 한다.

※1935年 1月 宣川郡 宣川邑 越川洞 梁明相

盲夫와 啞婦 회화 |

어떤 곳에 부체레 사넌데 서나는 쇠경이구 낸은 버버리드랬넌데 하루는 근체에서 불이 나서 불이야 소리가 났다. 서나인 쇠경이 이 소리를 듣구 낸과 불이 났다넌데 뉘 집이서 났나 나가 보라구 했다. 낸이 나갔다 보구 와서 서나하구 입을 쭉 마췄다. 그러느꺼니 쇠경은 응 몸서방 집이서 불이 났어. 고름 어떤 몸서방 집이서 났네 하구 다시 물으느꺼니 낸은 서나에 왼켄 부랄을 맨젰다. 응 呂佐郞 집이서 불이 났어 하구 말하구 얼마나 탔네? 하구 또 물으느꺼니 낸은 남덩으 좆을 맨젰다. 서나는 응 다타구 기둥만 남았어 하더라구 한다.

※1934年 8月 義州郡 古舘面 上古洞 劉昌惇
※1936年 12月 宣川郡 山面 保岩洞 李熙洙

陰陽經文

淫事에 능난한 잡넘 잡넌이 대낮에 빨가벗구 일을 할라구 하넌데 거저 하넌 거보다 재미나넌 거 맨제 해보자 하구서 잡넘이 잡넌의 다리를 짜악 벌레놓구 玉門關을 들다보멘 줏어섬긴다.

"아따 그넘에 에미나 그 구넝 이상하게두 생겼구나. 늙은 중으 입이런가. 털은 돋아 있어두 입은 없구나. 소나기를 마잤능가, 언덕지레 패여 있다. 콩밭 팎밭 지났던가, 동배 꽃이 비추었다. 도끄[1] 날루 떡히원넌디 금 바트게 터뎄구나. 生水處 沃畓인디 물이 항상 고였구나. 무슨 말을 하각기에 움절움절 하구 있네. 千里行龍 내리오다 주먹방구 奇觀이다. 萬頃蒼波 조개등인가, 허때기[2]를 삐쯤 빼였구나. 萬疊山中 黃栗인가 제라 절루 벌레 있다. 軟鷄陽을 먹었넌디 달에 베슬 비체 있다. 破明堂 하였는디 더운 김이 나는구나. 꼬깜[3]있구 黃栗 있구 조개 있구 軟鷄 있으니 祭祀床은 걱정없다……" 잡넘이 이러구 하느꺼니 잡넌이 다 듣구 나서 빙긋 웃구 저두 지디 않갔다구 지끼린다.[4]

"그놈에 물건 괴상히두 생겼구나. 무슨 베슬 할 셈인디 쌀 걸랑[5] 느츠하게두 메었구나. 五軍門軍奴인디 붉은 벙거디 눌러 썼구나. 냇물가에 돌팡이인디 떨구덩떨구덩 잘두나 끄덕이네. 송아지 말뚝고삐를 둘렀구나. 감기가 들었넌디 맑은 콧물 웬일인가. 성질두 급하시디 번듯하문 눈물이구 벵든 아기인디 걸핏하문 젖을 기어내네. 뒷덜 큰방 노승인디 민대가리 둥구리구 있다. 少年 인사 배웠넌디 꼬박꼬박 절두나 잘두한다. 고추 찧던 덜구공이인디 검붉기두 검붉도다. 물방아 덜구대 쇠고삐 乞

囊 등물 세간살이 걱정 없다. 이만하문 부족할 게 머이 있나. 자아 어서 어서 시큰시큰 해보시구레. 벨르디두 말구 꾹꾹 박아 주소. 하늘이 무너데두 만수교 다리가 떠나가두 우리 둘이 알게 뭐가.”

빨갛게 달은 놈에 쇠공이 잡넨에 玉門關을 뚫으레 뎀베든다.

※1932年 5月 宣川郡 宣川邑 川北洞 李英學

1) 도끼 2) 혀 3) 곶감 4) 지껄인다 5) 부랄

보지 종류 |

一. 자궤보지 二. 삼짝보지(縮口性) 三. 뚜정된 보지(腔內肉縮伸自在) 四. 물보지(多液) 五. 된 보지(液少) 六. 더운거(溫) 七. 찬 거(冷)

※1932年 5月 宣川郡 宣川邑 川北洞 李英學

보지 종류 |

치붙은 보지는 서서 하기 돟구, 내리붙는 보지는 뒤루 하기 돟구, 민펭한 보지는 앉아 해야 맛이 나구, 털복숭아 보지는 바루 해야 신이 나구, 뚜껑보지는 어드르카문 돟은구 하문, 뚜껑보지를 첨 하넌 사람은 그 네자레 고네루 알구 당황하는 법인데 그런 보지를 만났을 때는 배꼽을 꼬옥 눌르문 뚜껑이 발랑 제께데서 나온다.

※1932年 6月 宣川郡 宣川邑 川南洞 金天吉

閼 장군 |

閼將軍이 大怒 하야 欲伐凹國호대 閬丞相이 諫曰 凹國은 强國이라 石角立地하고 樹木이 旺盛하여 難伐이오니 癈하소서. 閼將軍은 大怒하야 伐凹國하였으나 終不勝하고 吐白血而 死하다.

※1936年 12月 宣川郡 台山面 丹峰洞 朴圭昌

閉 장군

閉將軍이 大怒하야 欲伐凹國호대 左右閬丞相이 諫曰凹國은 强國이이요 外有松栢之高하고 內有 有碣石之嶮이라 (또는 石角立地하고 樹木이 鬱昌이라) 難伐이오니 癈하소사. 閉將軍은 不聽하고 入伐하니 終 不勝하고 吐白血而死하다.

※1938年 1月 義州郡 古館面 上古洞 劉在元

깨좆

넷날에 한 능축한 너석이 길을 가다가 어떤 주막에 들었넌데 이 주막에 다른 나그내두 둘이 있어서 이 능축한 넘은 그 나그내와 서이서 웃간에서 항께 자게 됐다. 그 주막에 쥔내 부체는 아르간에서 잤다.

자다가 가만 보느꺼니 쥔남자레 밖에루 나가서 이 능축한 넘은 쥔남자 없는 짬에 들어가서 한판 해보갔다 하구 슬그머니 아르간으루 들어가서 쥔네자와 한판하구 다시 웃간으로 둘와서 자넌 테하구 있었다.

쥔남자는 밖에서 돌아와서 저 색시과 한판 하갔다구 하느꺼니 색시는 이지 막 하구서 뭘 또 하자능가 하멘 못하게 했다. 남자는 이거 아무래두 웃간에 든 나그내레 나 없는 짬에 했구나 하구 불을 헤들구 웃간으루 들어와서 나그내덜 좆을 검사해 보갔다구 했다. 능축한 놈은 얼른 거기 있넌 깨통에다 좆을 타라박구 좆에다 깨를 훔뻑 무테놓구 있었다. 쥔이 좆을 보자 하느꺼니 다른 두 사람은 아무소리 않구 보여주었넌데 이 너석은 보여줄 수 없다구 하멘 보여주디 안했다. 쥔이 어드래서 안보여주넌가 하느꺼니 내 좆은 깨좆이 돼서 나라서 보호해 주넌 특별한 좆이 돼서 함부루 내보이문 안 되는 좆이 돼서 내보일 수 없다구 했다. 그래두 쥔은 봐야 한다 하구 날래 내보이라구 자꾸 다구텠다. 그러느꺼니 이 넘은 너 정 보구푸문 보라마넌 깨좆이문 큰 벌 받을 줄 알구 봐라! 하멘 내보였다. 보느꺼니 정말 깨좆이 돼서 쥔은 암쏘리 못하구 도리어 용서

해 달라구 빌었다구 한다.

※1936年 12月 鐵山郡 鐵山面 嶺洞 崔元丙

무상쫄네비

넷날에 해벤 소곰당시레 말에다 소곰을 싣구 산골루 팔레 가드랬넌데 어떤 비탈길을 가다가 앞이 가던 말이 발을 삐드럭하더니 비탈 아래루 떠러딜라구 해서 말이 떠러디디 않게 하갔다구 인차 말을 잡는다는 거이 말 몸을 잡디 못하구 말좆을 붙잡았다. 그랬더니 말좆이 쭉 빠디구 말은 소곰짐을 진 채 밑이루 떨어디구 말았다. 소곰당시는 말두 힗구 소곰두 힗어서 이거 야단났다, 이거나 팔아서 손해나 덜 보갔다 하구서 말좆을 개지구 산골 말루 가서 무상쫄네비 사시요 무상쫄네비 사시요 하구 큰소리루 외티멘 돌아다녔다. 그랬더니 서답하던 네자 둘이서 이 소리를 듣구서 "여보 무상쫄네비레 뭐요?" 하구 물었다. 이 흉측한 소곰당시 "이거요? 이건 서나 없은 과부에게 소용되넌 귀한 거우다" 하구 말했다. 그러느꺼니 한 네자레 "고롬 형님이나 사시구레, 형님 과부이느꺼니" 했다. 그러느꺼니 과부는 과부에 소용되는 귀한 거라구 하느꺼니 달라는대루 값을 주구 샀다. 그리구 이거 어드렇게 쓰는 거요 하구 물으느꺼니 소곰당시는 "이걸 당즉에다 참지[1]를 깔구 잘 담아 넣구 웃간 실겅[2] 우에다 올레놔 두었다가 밤에 니불을 깔구 이불귀야 들석귀야 오광에 저티이 무상쫄네비 내리오라구 하멘 좋은 수레 있수다" 하구 대줬다.

이 과부는 서답을 다 해개지구 집에 돌아와서 그거를 소곰당시가 하라는 대루 당즉에다 참지를 깔구 담아서 웃간에 실겅에 놔두었다. 그리구 밤이 돼서 니불을 깔아 놓구 니불귀야 들석귀야 오광에 저티이 무상쫄네비 내리오라구 했다. 그랬더니 그거이 당즉에서 나와서 엉청엉청 걸어서 니불 안으루 들어와서 과부하구 항께 자구 아침이 되니꺼니 당즉 안으루 올라갔다.

과부는 이렇게 해서 그거과 재미를 보멘 살드랬넌데 한 십사오넌 사넌 동안에 딸꺼지 한 서너이 낳게 됐다.

하루는 이 과부는 일가집에 잔채가 있어서 가게 됐넌데 가멘서 딸덜과 "야덜아 너덜 데 웃간 실겅에 있는 당죽 개구[3] 장난질하디 마라. 장난질 절대루 하디 마라!" 하구 단단히 닐러두구 갔다. 그런데 딸아이덜은 당즉에 호기심이 나서 밤에 저에 오마니 하던 대루 니불 깔구 니불귀야 들석귀야 오광에 저티이 무상쭐네비 내리오나 했다. 그러느꺼니 고거이 어정어정 걸어서 니불 안으루 둘와서 그럴라구 해서 체네덜은 고만 놀래서 급해서 망치루 두둘게서 도루 당즉 안으루 쫓아넣었다.

다음날 오마니는 돌아와서 밤에 니불을 깔구 니불귀야 들석귀야 오광에 저티이 무상쭐네비 내리오나 했넌데 웬일인디 그거이 내리오디 안해서 이거 조화다 이거 야단났다 이거 어드렇게 된 노릇이가 이거 이거 하멘 잠두 못 자구 날이 새느꺼니 지나가는 쇠경을 불러들에서 앉히구 상우에 무상쭐네비를 내놓구 점 좀 테보라 하구 벡에루 항불 피울 불을 뜨레 나갔다. 그런데 그 짬에 이 쇠경은 상우에 있넌 거이 순대인 줄 알구 장이 없넌데두 먹갔다구 들구서 우적우적 깨밀구 있었다. 과부레 벡에서 불을 떠개지구 둘와보느꺼니 쇠경이 그러구 있어서 증이 벌칵나서 에이! 요놈에 두상 잘은 한다 하멘 망치루 두둘겨 내쫓았다구 한다.

※1934年 7月 龜城郡 沙器面 新市洞 元禧斗
※1936年 12月 義州郡 光城面 豊下洞 張炳煥
※ 〃 〃 宣川郡 深川面 古軍營洞 張翼昊
※1937年 7月 龍川郡 內中面 堂嶺洞 李汝檝
1) 백지 2) 시렁 3) 가지고

처녀 병 고치기

넷날에 소곰당시 하나이 소곰 팔레 어니 산골에 갔넌데 가느꺼니 넝감 노친네레 밭에서 김을 매구 있었다. 이 넝감 노친네레 소곰당시를 보더니만 "여보시 소곰당시 더기 데 우리 집에는 지금 가야 아무가이두 없구 우리 딸밖에 없으느꺼니 그 집에 들어가디 말거나" 하구 말했다. 소곰당시는 예예 대답하구 갔넌데 이 소곰당시레 그 집에 체네 함자 있다넌 말에 구미가 당게서 제창[1] 그 집이루 찾아갔다. "쥔 있소?" 하느꺼니 체네레 나와서 아무가이두 없이요 했다. 그런데 이 소곰당시는 소곰짐을 벗어 놓구 집 안으루 들어가서 "너 외삼춘 몰라 보네? 나 너에 외삼춘이다"구 했다. 그러느꺼니 체네레 예 외삼춘 오시요 하멘 반가와하멘 방 안으루 들어가라구 했다. 이 너석은 방에 들어가서 "이자 내레 오다가 너에 아바지 오마니를 만났넌데 너에 아바지 오마니는 밭에서 김을 매멘서 맨제 들어가 있이라구 해서 내레 맨제 왔다" 이러구 말하구서 한참 체네를 테다보더니 "너 무슨 병이 있구나" 하구 말했다. 체네는 아무 병두 없다구 하느꺼니 "너 모르는 소리. 너 밥 많이 먹으문 배가 담뿍 불르디?" "예 담뿍 불러요" "그리구 고개를 올라가문 숨이 차디 않든?" "예 숨이 차요" "또 해를 보문 눈이 쐬리쐬리하디 않든?" "예 쐬리쐬리해요" "그거 봐라 그게 다 큰 병이 들어서 그렇다. 네 속에 고롬이 담뿍 들어서 그러는 거야. 내 그 고롬을 다 빼서 고테 주어야갔다. 그런데 침을 놔서 고테야 하갓넌데 동침을 맞갔네 가죽침을 맞갔네. 동침을 맞이문 아푸구 가죽침은 아프디 않다. 어니거 맞겠네?" 이렇게 말하느꺼니 체네레 가죽침을 맞갔다구 했다. 고롬 너 수건으루 눈을 가리우구 반뜨시 누어 있거라 하구서 체네가 하라는 대루 누으느꺼니 소곰당시는 체네 초매 끈을 풀구 바디를 버끼구 가죽침을 한 대 놔주군 닐라서 어드레 속이 시언하디 하구 물었다. 체네는 예 시언해요. 체네는 조와라 하구 종지달을 잡아서 니팝을 해서 잘 대접했다.

소곰당시는 달고기에 니팝에 잘 대접받구선 기운이 동하느꺼니 "네레 이같이 외삼춘을 잘 대접했으느꺼니 침 한대 더 놔 주갔다" 하구선 또 한대 놔줬다. 그리군 종바리를 개오라구 하구선 거기서 나온 쌔한 국물을 종바리에 다 씰어 담아서 주멘 "오늘은 바빠서 너에 아바지 오마니 올 때까지 기두루구 있을 수 없어 난 가갔다. 좀 있다가 아바지 오마니 오거던 이걸 상에 나서 들이라" 그러구 갔다.

이즉만 해서 아바지 오마니가 오느꺼니 체네는 외삼춘이 와서 가죽 침을 놔서 병을 고테 주구 아바지한데 대접할 반찬이라구 이걸 주구 갔다구 하멘 종바리에 들은 국물을 내놨다. 아바지는 딸에 말을 듣구 또 종바리에 들은 국물을 보구 "에잇! 고놈에 쌔끼 가디 말라구 했넌데 기예[2] 와서 우리 딸을……" 하멘 씹했네 소리는 입안에서만 중얼대기만 했다구 한다.

※1927年 2月 義州郡 吳文錫
※1936年 7月 鐵山郡 鐵山面 東部洞 鄭元河
※ 〃 12月 宣川郡 郡山面 蓬山洞 金應龍
※ 〃 〃 〃 深川面 古軍營洞 金尉角
※ 〃 〃 〃 宣川邑 川北洞 李在瑄
※1938年 12月 義州郡 古舘面 上古洞 劉宗根
1) 곧장 2) 기어이

곪은 데 터트리는 법

넷날에 한놈이 있넌데 이 너석이 이웃집 낸과 본남펜 몰래 재미를 보구 있드랬넌데 본남펜 몰래 재미보넌 거보다 본냄펜 보넌 앞에서 재미보문 더 재미나갔다 하구서 둘이서 게구를 꾸몠다.

하루는 이 네자레 갑재기 아파 죽갰다구 몸부림티멘 꿍꿍거렜다. 서나가 이걸 보구 어드래서 그러능가 하멘 물었다. 낸은 "글세 말이우다 이거 이거 놈부끄럽구 챙피해서 어카게 말하갔소. 글세 말이우다 보지 아낙이 아파서 겐딜 수 없이 죽갔수다" 하멘 꾸불탕꾸불탕했다. 서나는 이 말을 듣구 급해마자서 어데 한번 보자 하구 색시에 거기를 들다봤다. 그런데 아무리 봐두 알 수가 없었다. 이거 모르갔넌데 어카야 하간, 하느꺼니 네자는 이런 데를 아무보구 봐달라구 할 수 없구 그렇다구 그대루 둘 수두 없구. 아이구 정 죽갔다 하멘 죽넌 소리를 했다. 그리구 할 수 없으느꺼니 서슴없이 이웃집 아무가이보구나 와서 좀 봐달라구 해보라구요 했다. 서나는 그것두 그럴 듯해서 그놈을 불러왔다. 이 넘은 능청맞게 네자으 거기를 이리 보구 데리 보구 하더니만 데 안 깊숙히 골마서 그러느꺼니 거기에 약을 발라서 골문디를 테트러야 하갔넌데 이거 어드렇게 하간 하구 함자말터럼 중얼거렜다. 서나넌 어카던지 낫게만 해달라구 사정했다. 이넘은 자기 좃대구리에다 무슨 약같은 거를 발르구 좃 둥간쯤에는 금을 그어 놓구 이만큼 들이보내야 한다 하구 네자에 거기에다 딜이보냈다 아이쿠 너머 들어갔다 하구 뺐다. 아이구 너머 뺐다 하구 또 딜이보냈다. 아이쿠 너머 들어갔다 아이쿠 너머 나왔다. 이렇게 하문서 좃을 들이넣다 뺐다 했다. 그러더니 이거 한두 번으루는 터딜 거 같지 않갔다, 여러 번 해봐야 하갔다 하구 네자에 배 우에 올라앉아서 있는 힘을 다해서 박았다 뺐다 했다. 이렇게 멫 십 번 하느꺼니 쌔한 물이 나왔다. "이제야 골문 거이 터뎄구나, 보구레 고름이 이같이 많이 테데 나오디 않했습마."

※1938年 5月 義州郡 古舘面 上古洞 劉吉用

그 안에 약을 발라야 | 어떤 놈이 이웃집 낸하구

본남펜 몰래 재미를 보드랬넌데 한번은 본남펜 보넌 앞에서 해보문 얼마나 더 재미나갔나 하구 그렇하기루 둘이서 게구를 꾸멨다.

하루는 이 낸이 몸이 아파 견딜 수 없다 하구 니불쓰구 드러누어서 끙끙거리멘 아푼 지낭[1]을 하구 있었다. 남펜이 보구서 어드렇게 아파서 그러능가 하구 물었다. 낸은 "글세 말이우다 놈부끄러워서 말하기가 멋한데 글써 말이우다 보지 속이 아파서 겐딜 수 없이 죽갔소" 하구 말했다. 서나는 이 말을 듣구 어데 보자 하멘 거기를 들에다보넌데 아무리 봐두 어드래서 아푼디 알 수가 없었다. 나는 모르갔넌데, 하느꺼니 낸은

"이런 데를 함부루 아무한데나 봐달라구 할 수 없구 그렇다구 그대루 놔두다가는 내레 죽갔구 어드렇게 해야 되갔소. 아아 나 죽갔소" 하멘 몸부림텟다. 그러멘 서슴없이 이웃집 아무가이보구 좀 봐달라구 하넌 거이 어텋건능가 하구 말했다. 서나는 그것두 그럴듯해서 이웃집 그넘을 불러다 저에 마누라 병을 보였다.

이넘은 능청맞게 네자에 거기를 이리 보구 데리 보구 하더니만 "데에 안이 곪아서 그러느꺼니 약을 발라야 하갔넌데 약 발르기가 참 어렵갔넌데" 하구 말했다. 서나는 이 말을 듣구 "어렵겠디만 이왕 본 김에 낫게만 해주구레" 했다. 이 너석은 그카라 하구 제 좆대가리에다가 무슨 약 같은 거를 발르구 좆에다 금을 그어 놓구 가만가만 그 네자에 보지에다 들어넿다. 그리구 좆에 그어 놓은 금을 넘게 딜어넣구선 아이구 너머 들어갔다 하멘 도루 뺏다. 빼다가 금이 그어딘 데가 훨씬 나오느꺼니 아이구 넘어 뺏다 하구서 다시 들이밀었다. 이렇게 들이박았다 뺏다 하멘 서방 있는 앞에서 한판 잘했다구 한다.

※1937年 9月 定州郡 五山面 古邑洞 金桂仙

1) 시늉

밤 줍는 것이

넷날에 한넘이 이웃집 색시하구 그 남펜 몰래 재미를 보구 있드랬넌데 한번은 이 너석이 그 본남펜 눈앞이서 그루구파서 하루는 그 색시과 그 본남펜과를 대빌구 밤 따레 가자 하구 뒷산으루 올라갔다. 올라가서는 이 너석은 밤나무에 올라가서 밤을 떨구구 이 부체는 아래서 줍구 있었다. 한참 떨구구 줍구 하드랬넌데 이 너석이 밤을 떨구다가 갑재기 밤나무 우에서 아래를 내리다보구 아하하하 하구 크게 웃었다. 밑에서 밤을 줍던 너석이 올레다보구 와 웃네 하구 물었다. 그러느꺼니 "야 너덜 밤 줍는다멘 멀 하구 있네?" 했다. "뭘 하긴 뭘 해. 밤 줍구 있디" "그거 참 조화다 너덜 정말 밤 줍구 있넌 거야? 여기서 내리다 보느꺼니 너덜 딱 그거 하는 거 같구나, 내 말이 옳은가 그른가 너 여기 좀 올라와서 보라무나"

그러느꺼니 색시에 서방너석이 미욱재기레 돼노느꺼니 올라가 보갔다구 밤나무루 올라갔다. 이 너석은 알루 내리와서 그 색시하구 한판 하구 있었다. 그러느꺼니 미욱재기 서방너석은 나무서 내리다보구 아하하하 웃으멘 "야 님제 말대루 밤 줍구 있넌 거이 딱 그거 하는 거 같구나야" 하드래.

※1937年 9月 定州郡 五山面 古邑洞 金桂仙

쉰 씹

어떤 사람이 소 두 마리를 매워 개지구 밭을 갈구 있넌데 그때 곱게 생긴 낸 둘이서 떡 보퉁이를 니구서 그 넓길루 가구 있었다. 밭 갈던 이 사람이 보구서 생각이 나서 "여보 아주마니네 아즈마니 둘 둥에 누구레 됐던 좋은데 나하구 잠 좀 한번자 주문 이 소 한 마리 주갔소. 어드렀소?" 하구 말을 건네봤다.

낸들이 이 말을 듣구 가만 생각해 보느꺼니 잠깐 눈 딱 감구 지나기만 하문 소 한 마리가 생기게 될 거 같으느꺼니 그거 큰 수 나갔다 하구 낸 둘이서 서루 황눈하구서[1] 좀 젊은 낸이 그 사람한데루 가서 그카자구 했다. 이넘은 그 낸을 숲속으루 끌구가서 한판 잘했넌데 이넘이 생각해 보느꺼니 그까짓 씹 한판 하구 황수 한 마리 주넌 거이 아까와서 한 게구를 내개지구 자기 사채기를 부둥케 안구서 아이구 죽겠다 아이구 죽겠다구 과테멘서 재수레 없게시리 쉰 씹을 해서 나 죽갔다구 때글때글 굴렀다. 낸덜이 이걸 보구 가만 생각해 보느꺼니 데 사람이 죽던디 하문 살인한 거 같아서 혼이 나서 소를 받을 생각두 않구 마구 다라뺐다. 다라빼서 하하 가다가 그 사람이 안 보이넌 데까지 와서 좀 나이 먹은 낸이 "여보시 저그니 내 메랍데까 내 그렇게 아룻굿테만 있딜 말라구 그렇게 말했넌데두 듣딜 않구 아룻굳에만 앉아 있어서 그거이 쉰 게 아니갔소? 이거 야단났소 날레 갑세" 했다구 한다.

※1936年 12月 宣川郡 郡山面 蓬山洞 金應龍

1) 의논하다

부랄진이 약

넷날에 어떤 미욱재기 총각너석이 당개를 가서 색시를 데빌다 놓구 사넌데 이 너석이 미욱재기레 돼서 도무치[1] 씹할 줄 몰라서 그냥 지나느꺼니 색시레 혹게 안타갑드랬넌데 하루는 새시방을 대빌구 외딴 샛뚝[2]에 가서 항께 김을 맸다. 색시는 초매를 닙디 않구 새시방 앞에서 꺼끕세서 매구 있드랬넌데 새시방이 뒤에 따라가문서 매문서 가드랬넌데 보느꺼니 색시에 사채기 사이에 씹이 뚝 불거데 나온 걸 보구서 깜짝 놀래멘 여보시 님제 사채기에 째린 거이 있넌데 어드래서 그렇게 됐능가? 하구 물었다. 색시는 헌데레 나서 그렇다구 했다. 그러느꺼니 새시방이와 고롬 약을 쓰디 않구 그대루 두능가? 무슨 약이 듯능가? 하구 물었다. 색시는 그 헌데 약이란 벨거 없구 부랄진을 발라야 낳넌데 누구레 발라 줘야디 하구 말했다.

부랄진을 어드르케 바르능가? 해서 색시는 이렇게 발은다 하멘 새시방을 나무 아래루 끌구 가서 씹하넌 거를 대줬다. 그랬더니 이 너석이 부랄진 발르는 거이 재미가 나서 그 후보타는 얼듯하문 부랄진 발르자구 대들구 밥지을 때두 얼뜬 밥짓구 부랄진 발르자구 성화 멕였다구 한다.

※1933年 7月 義州郡 義州邑 崔在赫

1) 도무지　2) 산비탈

백호의 놀람

넷날에 한 사람이 길을 가다가 어떤 산골 산고개를 넘어가구 있넌데 백호 한 마리가 나와서 이 사람과 장그[1] 한판 두자구 했다. 이 사람은 그카자 하구서 둘이서 장그를 두드랬넌데 두다 보느꺼니 이 사람이 지게 됐다. '이거 젰다가는 백호는 잡아막갔다구 달라들터이니 이거 야단났다. 이거 어카누' 하멘 사채기에 손을 넿서 좆을 꺼내서 바디 우에다 덜렁 놨다. 백호레 이걸 테다보멘 장그를 두다가 그만 젰다. 이 사람은 "님제 장그에 졌으느꺼니 어카간?" 하구 물었다. 백호는 그 말에는 대답 않구 "님제 사채기서 내논 거 머가?" 하구 물었다. "응 이거? 이거는 대줄 수 없는 거인데" 하구 말을 얼버무렜다. 그러느꺼니 백호는 "그거 머가? 머 하는 거가?" 하구 자꾸 물었다. 이 사람은 할 수 없이 대주넌데 하멘 "이건 말이다. 백호 쏘넌 쾌총[2]이란 거야" 하구 말했다. 백호는 이 말을 듣자 다라뛔서 도망텠다.

백호는 도망테서 하하 가다가 개천에서 서답하구 있넌 노친네를 만났다. "여보시 노친네. 내레 요 고개 넘어 어떤 사람이 있넌 거 봤넌데 그 사람에 사채기에 백호 쏘는 쾌총이라구 하멘 이만한 거 개지구 있넌데 그거이 정말 그런 무서운 거요?" 하구 물었다. 노친네는 "거야 정말 무서운 총이디" 하멘 자기 사채기를 꺼내 보이멘 "이거 보라우요. 내레 그 쾌총한데 맞은 지가 벌세 4,50넌이 됐넌데두 그 상채기가 상기두 아물디 못하구 이렇게 째지구 진물이 흘러나오구 있다"구 말했다. 그랬더니 백호는 더 놀래서 뒤두 돌아보디 않구 마구 다라뛔서 도망텠다구 한다.

※1935年 1月 宣川郡 新府面 院洞 桂學模
※1935年 7月 龍川郡 東上面 東部洞 崔希鳳
※ 〃 〃 〃 外下面 做義洞 張錫珪
※ 〃 〃 〃 内中面 香峰洞 李光鉉
※1936年 12月 宣川郡 山面 保岩洞 李熙洙
※ 〃 〃 定州郡 郭山面 鹽潮洞 卓炳珠
1) 장기 2) 위력 있는 총이라는 뜻인 것 같다.

과부와 병아리

어니 곳에 부재집 과부레 있었드랬넌데 이 과부레 너무 너무 서나가 그리워서 하루는 달걀 개지구 거기 넣구 장난하다가 고만에 달걀이 그 안으루 들어가서 뽑아낼라 해두 나오딜 안해서 그대루 뒀다. 그랬더니 한 이십일쯤 지나느꺼니 그 안에서 벵아리레 까뎄넌데 이놈에 벵아리레 나오딜 않구서 그 안에서 쫏구 있었다. 첨에는 그 쫏넌 맛이 그럴듯이 돟았넌데 이넘이 커서 쫏느꺼니 연한 살이 아파서 견딜 수가 없게 됐다. 그래서 이웃집에 사넌 호래비한데 가서 내 그것 안에 들어 있넌 벵아리를 잡아내주문 한판 주갔다구 했다. 호래비레 그가짓 한판 하먼 멋 하갔소. 님제 재산을 다 준다문 잡아내 주갔다구 했다. 과부는 할 수 없이 그카라 하구 해서 호래비는 그 안에 들어 있던 벵아리를 잡아서 꺼내갔다구 과부를 마루 우에 쪼구리구 앉아서 씹을 짜악 벌리구 있으라구 하구서 주주추 하구 벵아리를 불렀다. 벵아리는 뾰요뾰요 하멘 나와서 호래비는 과부에 재산을 다 받았다. 이거는 말하자멘 그 놈에 달걀이 과부에 재산을 먹은 셈이 된 거이라구 하겠다.

※1938年 1月 義州郡 古舘面 上古洞 劉宅烈

과부와 병아리

넷날에 부잿집에 과부레 하나 있넌데 이 과부레 오래 혼자 살아서 남자 생각이 너머너머 나서 하루는 다리를 쩍 벌리구 달갤를 타라박았다 뽑았다 하멘 재미를 보드랬넌데 어카다가 달갤이 들어가서는 나오딜 안했다. 이거 야단났다 하구 뽑아낼라구 하넌데 달갤은 뽑히디 않구 자꾸 그 안으루 들어가기만 했다. 그래서 할 수 없이 그대루 두었넌데 한 수무날쯤 되느꺼니 달갤은 그 안에서 벵아리레 돼서 삐약삐약 하구 있었다. 과부는 이 벵아리를 잡아 꺼내갔다구 가래를 벌리구 보지 앞에다 좁쌀을 페 나두구 벵아리레 나와서 쪼아먹으멘 잡갔다구 했다.

그러구 베루구 있넌데 벵아리레 나와서 모이를 줏어먹어서 잡을라느꺼니 벵아리는 날쌔게 들어갔다. 조금 있다가 나와서 모이를 줏어먹어서 잡을라 하느꺼니 또 날쌔게 들어갔다. 잡을라 하문 들어가구 잡을라 하문 들어가구 해서 이거 안되갔다 다른 수를 써야갔다 하구서 넢에 집에 형데가 사넌데 그 집이 가서 그 집 큰아한데는 두 닢 주구 저근아한데는 한 닢 주구 너덜 내 말대루만 하라구 말했다. 형데는 멀 하라능가 물었다.

"내레 사실인즉 달갤이 씹 안에 들어가서 벵아리레 돼서 —— 너덜 놈과 글디 말라 —— 이 넘을 잡아낼라 하넌데 잡아낼 수레 없구나. 그러느꺼니 큰아는 좁쌀을 내 씹 앞에 뿌리멘 주주주 하구 저그나는 그 벵아리레 모이 주어먹갔다구 나오문 얼릉 잡아라" 그러느꺼니 저그나는 "일을 같이 하넌데 나는 한 닢 주구 형은 두 닢 주넌데 누가 그런 일 하간, 난 싫어요" 하멘 나오넌 벵아리를 잡디 않구 도루 디리보냈다. 과부는 "야아 너 그럴 거 없다. 한 푼 더 줄건 글디 말구 내 말대루 하라"구 하멘 돈 한 닢을 더 줬다. 그러느꺼니 이번에는 형이 "나는 큰데 어드래서 저그나와 같이 받구서 하갔소. 난 안하갔소." 하멘 나오넌 벵아리를 도루 몰아넣다. 과부는 고롬 너 서 푼 줄건 하라 하구 형한데 세 닢 줬다. 그러느꺼니 저그니레 난 두 닢만 받군 안하갔소 해서 고롬 너 한 닢 더 주갔다 하멘 한 닢 더 줬다. 그러느꺼니 형은 저그나와 같이 받구 난 안하갔소 했다.

과부는 이렇게 형데레 안 하갔다 하느꺼니 한 닢 더 주갔다 하멘 한 닢 한 닢 차츰차츰 더 주다가 마감에는 그 재산을 다 빼틀리구 말았다구 한다.

※1935年 1月 宣川郡 宣川邑 越川洞 梁明相

총각과 쥐

한 낸이 밥광지를 니구 들루 나가다가 오종이 매리와서 무거운 밥광지를 내레 놀 수레 없구 해서 닌채 발 하나를 팡구에 올레 놓구 오종을 싸넌데 팡구 밑에 있던 쥐가 놀래서 튀어나온다는 거이 고만에 낸이 보지 구넝으루 쑥 들어갔다. 낸은 이거 야단났다 하구 쥐를 잡아뺄라구 하넌데 아무리 애를 써두 나오딜 안해서 애를 먹구 있었다. 그때 마침 데켄 언덕에서 새를 하구 있던 총각이 있어서 이걸 보구 불러서 오라구 했다. 오느꺼니 밥 한 그릇을 먹이구 총각에 귀에다 대구 너 씹할 줄 아네? 하구 가만히 물었다. 몰은다구 하느꺼니 이렇게 이렇게 하는 거라구 대주구 하넌데 총각에 좆대구리가 낸에 보지 않에 들어가느꺼니 보지 안에 있던 쥐가 총각에 좆을 깍 물었다. 총각은 놀래서 아프구 급해서 얼릉 좆을 쑥 뺏다. 그랬더니 좆 끝에 쥐가 달레서 나왔다. 총각은 네자에 보지 안에는 쥐가 있는 거루 알았다.

그런 후에 이 총각은 당개를 가게 돼서 당개가서 첫날밤에 색시하구 자게 됐넌데 네자 보지 안에는 쥐가 있갔다구 생각하구 씹하다가는 또 물리문 야단나갔다 하구서 쥐를 나오게 하느라구 넢에 놔둔 과자를 하나 들구서 색시 보지 우에다 놓구 쥐야 날래 나와 먹어라 날래 나와 먹어라 하구 있었다. 색시는 이걸 보구 웃으워서 웃었다. 웃으느꺼니 보지가 흔들흔들 했다. 총각은 이걸 보구 나온다 나온다 하멘 있넌데 암만 기둘러두 쥐레 나오디 안해서 주먹으루 보지를 탁 텠다. 색시는 급해마저서 띠를 한목 쌌다. 총각은 이걸 보구 야아 고놈에 쥐 앞으루 못나오구 뒤루 나온다구 했다구 한다.

※1935年 宣川郡 台山面 圓峰洞 朴圭昌

냄새로 범 잡은 여자

산골에는 물이 귀하느꺼니 세수두 잘 못할 디경이어서 목욕 같은 거 한다는 거는 생각두 못한다. 평생 가야 몸 한번 싯을디 말디 한다. 그런 산골에 외딴 집이 있넌데 여기서 부채레 살구 있넌데 이런 산골은 범두 많이 있다.

하루는 서니는 일나가구 집에 없구 낸 함자만 집에 있었넌데 범 한 마리가 사람 잡아먹갔다구 어슬렁어슬렁 내리오구 있었넌데 낸이 이걸 보구 이거 야단났다. 도망가두 잡히여 먹히갔구 가만 있어두 잡혜먹히갔구 이거 야단났다. 이거 게구를 써서 쫓아야디 안 되갔다 하구 게구를 쓰넌데 어드렇게 쓰는구 하면 초마와 옷을 다 벗구 꺼끕 세서 사채기 사이루 머리를 푼 얼굴을 내다보멘 뒷걸음질 해개지구 벽문 앞에까지 가서 떠억 버티구 세서 있었다. 범이 한창 내리오다가 이걸 보구 이거 이거 머이가? 생전 첨 보는 거이 다 있다. 데거이 머이가 이상한 거이 다 있다. 세상에 있넌 거는 머이던지 입이 가로 째데 있넌데 데놈으 세루 째데 있다. 눈이 둘이 있어야 하넌데 데놈은 하나밖에 없다. 게다가 앞발은 여간만 크딜 않구나. 머리는 길게 나 있구 머를 잡아 먹었넌디 입에서는 피가 흘러나구 있다. 나를 보문 웬만한 즘성은 다 달아나넌데 데놈은 도망가디 않구 떠억 버티구 있넌데 아무래두 힘두 셀 것 같다. 섣불리 달라들었다가는 혼날디 모르갔다. 글타구 도망가넌 건 산둥 왕인 나로선 테멘이 깎길 노릇이다 하멘 그자리에 가만 세서 경우만 보구 있었다. 그런데 그 벨난 즘성두 음즉 않구 있어서 범은 데놈이 어드렇게 나오나 보자 하구 가만가만 그놈으 앞으루 한발 한발 걸어 갔다. 그놈은 여전히 움지기디 않구 그대루 서 있었다. 범은 그놈에 앞에까지 가서 코루 냄새를 맡아 보구 입으루 그 이상한 즘성에 입을 핥아 봤다. 아까 말한 거와 같이 물이 귀한 산골에서 이 네자는 세수두 못하느꺼니 언제 거길 싳갔능가. 잘 싳넌다 해두 거기서 나는 냄새레 지독한데 몇 십 넌 두구 한번두 싳딜 않구 지냈으느꺼니 그 냄새레 어떻갔소. 범이레 한번 맡아보구 고만 메시꺼워서 께께 하구 게웠다. 게우구 게우구 하다가 내중에는 게울 거이 없어서 오장육부꺼지 다 게우구 속이 왈칵 뒤집헤서 죽었다.

이 네자는 아무것두 안 개지구 무서운 범을 잡았다는 이야기우다.

※1932年 3月 宣川郡 宣川邑 川北洞 李英學

숫 벼락

해벤 사람 하나이 당나귀에다 소곰을 싣구 소곰 팔레 산골루 갔넌데 날이 저물어서 한 초막에 찾아가서 하루밤만 자구 가갔다구 했다. 그런데 그 집 낸이 나와서 우리 집엔 잘데레 없어서 재울 수가 없다 하멘, 지금 우리 남덩이 없으느꺼니 이따가 오거덩 물어보라구 했다. 소곰당시는 다른 데루 갈수두 없구 해서 그 집 남자가 오기를 기두루구 있었다. 조금 있으느꺼니 남자레 꼴을 한짐 지구 와서 소곰당시는 하루밤만 자구 가갔다구 했다. 남자는 재울 데레 없어서 재울 수가 없다구 하넌 거를 꼴 안에라두 자구 가갔으느꺼니 재와 달라구 사정했다. 쥔은 그렇다문 꼴 안에서라두 자구 가라구 해서 그래서 그 집이서 자게 됐다.

야밤둥쯤 되느꺼니 우레[1] 소리가 나멘 비가 오기 시작했다. 그 집 낸이 자다가 빗소리를 듣구 여보 여보 하멘 저 서나를 불렀다. 서나가 와 그럼마? 하느꺼니 비가 오넌데 장독을 못 씨웠었넌데 어카갔소 했다. 서나는 님제레 나가서 씨우갔디 뭘 그럼마 했다. 그러느꺼니 낸은 쭉 발가벗은 채 문을 열구 밖으루 나와서 장독대루 장독을 씨우레 갔다. 소곰당시는 꼴 아낙에서 자다가 우레 소리에 잠을 깨서 눈을 뜨구 바깥을 보구 있넌데 번개가 번적번적하넌데 새빨건 네자에 앵둥이가 보여서 야아 데거 수레 있구나 하구서 오양간 넢에 왜짝 넉가래 있넌 거를 들구서 낸 뒤루 따라가서 장둑을 씨우구 돌아서넌 거를 작근하구 세과디 갈겠다. 낸은 벼락이 내린 줄 알구 고만에 놀래서 장독 목에 나가 나자빠뎄다. 소곰당시는 댑새 달라들어 낸에 허리춤을 눌루구 댑새 한판 하구 다라뛔서 꼴 안으루 들어가서 숨었다.

낸은 집 안으루 들어가서 저으 서나과 "여보시 베락두 씹허우?" 하구 물었다. 그러느꺼니 서나는 "어어 그 베락 아매두 숫베락인 거이디" 하두라구.

※1935年 1月 宣川郡 郡山面 蓬山洞 金應龍

1) 우뢰

陰毛가 긴 탓으로

씹털이 많구 긴 낸이 있드랬넌데 이 낸이 여름날 밤에 더우느꺼니 동네 움물에 가서 맥을 감구서 집으루 돌아가넌데 씹털에 젖어 있넌 물이 줄줄 흘러서 집에 다 오두룩 흘러서 따에 떨어뎄다. 그런데 다음날 아침에 한 사람이 움물가에다 담가 뒀던 삼베실이 없어뎄다구 누구레 채갔넌가 찾아보갔다구 이집 데집 찾아 돌아다니는데 가만 보느꺼니 움물서보탄 그 네자네 집에꺼지 물 흘린 자구가 있어서 그 집에 가서 어드래서 노무 삼베실을 채갔넌가 날레 내노라구 야단텠다. 이 낸은 안 개저왔다구 말할 수두 없구 해서 삼베실 값을 물어줬다. 그런데 이 낸은 화가 나서 요거 까타나 채오디두 안한 삼베실 값을 물어 주었다구 그 긴 씹털을 밴밴이 다 깎아서 두엄자리에다 팽개텠다. 그랬더니 일이 안 될 때라 어떤 사람이 돼지를 힗구서 이걸 찾갔다구 이 집 데 집 돌아다니다가 이 낸에 집에 두엄에서 털을 보구 이 집이서 돼지를 채다 잡아먹었다구 돼지 값을 내라구 성와멧겠다. 그래서 이 낸은 할 수 없이 돼지 값을 내줬넌데 이 낸은 그 길구 많은 씹털까타나 애매하게두 삼베실 값 돼지 값을 물었다구 한다.

※1938年 1月 定州郡 古德面 德元洞 韓昌奎

문자 썼다가

넷날에 어니 점디않은 내우[1]가 살드랬넌데 하루는 이 집에 낸이 넝감에 사랑방 옆을 지나느라느꺼니 사랑에 놀레온 동무덜이 여러이 메라메라 하멘 웃구 있었다. 가만 들어보느꺼니 요분질이니 용두질이니 빽이니 하는 말을 하구 있넌데 이런 말은 전에 한번두 들어 보디 못한 말이 돼서 이따가 넝감한데 물어보아야갔다 했다.

동무덜이 다 간 담에 넝감이 안방으루 들어와서 아까 들으꺼느니 요분질이니 용두질이니 빽이니 하는 말을 하멘 웃구 있었넌데 그런 말이 무슨 말인가 하구 물었다. 쥔넝감은 그런 쌍스런 말을 그대루 대줄 수레 없어서 그건 남자덜만이 쓰는 문잔데 질싹하넌 거를 요분질이라구 하구 담배 먹는 거를 용두질이라구 하구 술먹는 거를 빽한다구 하는 거라구 대줬다.

그런 후에 사우레 이 집에 다니레 왔다. 가시 오마니는 남뎡덜이 쓰는 문자를 한본 써보갔다구 오래간만에 온 사우보구 개레[2] 요지음 요분질 잘 하능가? 하구 물었다. 사우레 가시 오마니레 무슨 말을 이렇게 하능가 하구 채 대답두 하디 못하구 있넌데. 가시오마니는 내레 나가서 가시 아바지를 찾아오갔으니 그동안에 용두질이나 하구 있으라. 오래간만에 왔으느꺼니 가시아바지과 빽이나 해보라우 하구 말했다.

사우는 이런 말을 듣구 이거 어드런 노릇인가, 가시 오마니레 어드래서 그런 쌍스런 말을 하능가. 에잇! 하멘 증이 나서 집이루 돌아와서 그따우 집 에미나이를 색시 삼을 수 없다구 그만에 본집이루 돌레보냈다구 한다.

※1938年 1月 義州郡 古舘面 上古洞 劉宅洙

1) 내외　2) 아이가

코 큰 사람

넷날에 어떤 낸이 있었넌데 저에 서나에 그거이 적어서 재미를 보디 못해서 당창 그거이 큰 사람하구 자봤으문 하구 있었다. 코 큰 사람은 그것두 크다는 말을 듣구 코 큰 사람을 얻어 보넌데 하루는 당에 갔더니 새 팔레 온 사람에 코가 여간만 크디 안해서 이 사람에 새를 사갔다 하구서 저에 집이루 대빌구 와서 새를 부리워 놓구 이런 말 데런 말 일없은 말을 자꾸 해서 해가 디게 되느꺼니 자구 가라구 했다. 새당시는 나뿔 거이 없으느꺼니 그카라 하구 자기루 했다. 정작 일을 시작하구 보느꺼니 이 너석 코는 그렇게 큰데 정작 중요한 건 보잘것없이 작아서 저에 서나에 것보다두 헹펜없었다. 그래서 이 낸은 증이 나서 에잇! 하멘 새당시를 탁 찼다. 그러느꺼니 이 너석은 쓸 미끄러 내리가넌데 내리가다가 그 큰 코가 낸에 고기에 쑥 들어박혔다. 코레 어찌나 크던디 그 안에 쑥 들어간 거이 어찌나 맛이 나던디 이 낸은 이거 참 맛 좋다 하멘 새당시 낭 귀를 잡구서 이거 좋다 이거 좋다 하멘 잡아다 넸다 놨다 하멘 재미봤다구 한다.

※1932年 5月 宣川郡 宣川邑 川北洞 李英學
※1936年 12月 〃 郡山面 蓬山洞 金應龍

淫女와 淫僧

넷날 어떤 곳에 한 집이 있었넌데 이 집에 낸이 뒷덜 중놈하구 눈이 맞아서 도와하드랬넌데 저에 남덩까타나 일을 이루디 못해서 안타까와 하드랬넌데 하루는 뒷덜 중놈이 이 낸에 남덩과 돈 삼백 낭 대줄꺼느꺼니 먼데 가서 당사해서 돈을 많이 벌어 보구레 했다. 그러느꺼니 이 남덩은 그카갔다 하멘 좋아했다. 그래서 돈 삼백 낭을 중한테서 얻어서 당사 나가갔넌데 저에 에미나이레 자기레 없는 사이에 필경 뒷덜 중놈하구 일낼 거 같아서 이거 어카야 못하게 하갔나 하구 여러 가지루 궁리해봤다. 그리구 중보구 "참 우리 집 에미나이는 거기에 니빠디가 있어서 일하기가 참 힘든다"구 했다. 그리구 저에 색시보구는 "아 거 뒷덜 중놈은 벨난 놈이드라. 아 고놈은 좆이 두 개나 돼서 한꺼번에 둘이 들어가문 여자레 욕보갔더군" 했다. 그리군 당시를 떠났다.

남편이 당시를 떠났으느꺼니 뒷덜 중은 이 낸과 재미보갔다구 찾아왔넌데 둘이 자갔다구 자리를 깔구 드러누었넌데 중은 낸에 씹에 니빠디가 있다구 해서 좆을 들이밀었다가는 니빠디에 깨밀리가 봐서 맨제 무릎으루 딜이밀어 넣갔다구 무릎으루 갖다 댔다. 그랬더니 낸은 중에 좆이 둘이라느꺼니 둘이 들어왔다가는 야단나갔다 하구서 맨재 들어오넌 거를 들어오디 못하게 하갔다구 한손을 사채기 사이루 넣구 있다가 좆이 들어오넌 거를 손톱으루 깍 집어뜯었다. 중놈은 아이쿠 하구 그만 달아뛰어 덜루갔다. 네자에 씹에 니빠디가 났다구 하더니 정 그렇구나 하구 다시 낸한데 가디 안했다.

네자는 중과 재미보갔다 했넌데 중이 달아나구 다시 오딜 안해서 이거이 안타가와서 하루는 조반이나 항께 먹갔다구 아침밥을 잘 차레 놓구 어린 딸아이를 보내서 조반 자시레 오라구 했다. 이 어린 딸아이는 밥먹다 밥알을 보지에다 두 날 붙테드랬넌데 중이 이걸 보구 어미네 씹에 니빠디가 돋아 있다더니 이 어린 딸아이에 보지에두 니빠디가 돋아 있구나 하멘 놀래서 가딜 안했다.

이 네자 남덩은 이렇게 해서 중과 저 색시가 놀아나디 못하게 했다구 한다.

※1936年 7月 鐵山郡 鐵山面 東部洞 鄭元河

욕심 많은 여자와 異僧

넷날에 어떤 부재집에 중이 와서 밥좀 달라구 하느꺼니 그 집 낸이 나와서 벨넘이 다 와서 성화시킨다. 날래 나가라구 욕지거리하멘 내쫓았다. 중은 할 수 없이 거기서 나와서 그 넢에 있넌 협막[1]에 가서 밥좀 주시요, 했다. 그 집 낸이 나와서 우리 집에는 조팝밖에 없넌데… 하느꺼니 중은 조팝두 좋수다 하구 말했다. 그래서 조팝을 주었넌데 중은 그 조팝을 다 먹구 그날 밤은 그 집이서 자게 됐다.

밤에 중은 심심하느꺼니 딮이나 한단 갲다 주구레 했다. 낸이 딮을 한단 개저다 주었더니 중은 조구만한 딮독을 하나 엮어 놓구 그 안에 돈을 한푼 넣어 두었다.

다음날 아침에 중은 갔넌데 이 집 낸이 그 조고마한 딮독 안을 보느꺼니 돈이 한 닢 있어서 꺼냈더니 또 돈이 한 닢 있었다. 이거를 꺼냈넌데 또 돈이 있어서 이거를 꺼내느꺼니 또 있었다. 도능 꺼내문 또 있구 꺼내문 또 있구 암만 꺼내두 돈이 자꾸 나와서 그래서 이 낸은 큰 부재가 됐다.

부재집 낸이 이 소문을 듣구 그 중을 찾아개지구 억지루 집으루 끌구 와서 밥을 한상 잘 해먹이구 자구 가라구 했다. 그리구 딮단을 개저올가요 하구 물었다. 중이 개저오라구 하느꺼니 딮을 열댓단 개저다 주었다. 중은 그 딮으루 딮독을 커다맣게 엮었다. 낸은 이걸 보구 기뻐서 중보구 항께 자자구 하먼 중은 돟와라구 더 많은 돈을 나오게 해주갔디 하구서 중보구 항께 자자 하멘 끌어당겼다. 중은 좀 나갔다 오갔다 하구 밖으루 나가서 죽은 가이 좆을 얻어다가 엮어 논 딮독 안에 넣어 두었다. 다음날 아침에 중이 갔넌데 이 부재집은 낸은 딮독 안을 들다보느꺼니 가이 좆이 있어서 이이구 망측하다 하멘 꺼냈더니 또 가이 좆이 있었다. 이거를 꺼내느꺼니 또 있었다. 꺼내문 또 있구 꺼내문 또 있구 해서 방 안에 가이 좆이 가득하구 마감에는 토방에꺼지 넘쳐 나가게 됐다구 한다.

※1936年 7月 鐵山郡 西林面 化炭洞 金正恪

1) 오두막집

淫婦의 버릇을 고치다 |

넷날에 한 곳에 샛서방질을 잘하는 낸이 있드랬넌데 이 낸에 서나는 그 못된 버릇을 고테 보갔다구 여간만 애쓰딜 안했다. 하루는 색시과 "나 메칠만 나드리갔다 오갔으니 집 잘지키구 있구레" 하구 말하느꺼니 색시는 돟은 닙성을 내주멘 "될 수 있는대루 날래 돌아오시구라요" 하멘 말했다.

남덩이 멀리 가구 나느꺼니 샛서방과 재미나게 먹갔다구 떡을 할라구 했다. 남덩은 산에 올라가서 저에 집에 샛서방넘이 들어가능가 보구 있었다. 해가 져서 어두어 가느꺼니 웬 사나이레 저에 집으루 들어갔다. 이걸 보구 이 사람은 몰래 집으루 돌아와서 방으루 들어갔다. 들어가 보느꺼니 웬놈이 니불을 덮구 아랫굳에 자구 있었다. 네펜네는 떡 하누라 물 끓이누라 벡에서 일하구 일하구 있었다. 서나는 샛서방 목소리루 벡에다 대구 "나 발 좀 씻게 더운물 좀 주구레" 하구 가만히 소리쳤다. 그러느꺼니 네펜네레 더운물을 한 대야 떠 디리밀었다. 서나는 이 더운물을 새섯방에 끼어얹어 줘이구 살짝히 나갔다. 그리구서 이츰만해서 나드리서 돌아오는 거토롱 집이루 돌아왔다. 네펜네는 서나를 보구서 볼세 돌아오네 하멘 마지못해 맞아들헀다. 서나는 "웅 가다가 데켄 집이서 초상났다구 해서 가다가 돌아왔다"구 하멘 "그런데 님제 멀 하네?" 하구 물었다. 떡을 하구 있다구 하느꺼니 "거 마침 잘됐다. 내레 배가 고파서 그러느꺼니 떡 좀 개지구 둘오라" 하멘 방으루 들어갔다. 그리구 불을 헤구 떡을 먹넌데 아루굳을 보구 더기 누어 있는 사람 누군가? 일나서 같이 떡 먹자구 하라구 댁네보구 말했다. 네펜네는 서나가 하라는 대루 아랫굳에 누어 있는 샛시방을 흔들멘 닐나서 떡 먹으라구 했다. 닐나디 않으느꺼니 큰소리루 과테멘 닐나서 떡 자시라구요 하멘 힘차게 흔들었다. 죽은 사람이 닐나갔소? 안 닐나느꺼니 네펜네레 가까히 가서 보구 죽어 있으느꺼니 깜짝 놀라멘 사람이 죽었다구 저에 서나보구 말했다. 서나는 이 말을 듣구 "머이 어드래? 사람이 죽었어? 이거 야단났군만. 님제는 어드래서 놈에 남덩을 불레들에서 죽게 하누? 이거 야단났구만. 그런데 이거 어카누. 야 자오간 죽은 사람을 님제레 아무두 모르게 갲다 버리라구" 하구 말했다. 네펜네는 "나 혼자 어드렇게 갲다 버리갔네 좀 도와 주구레" 하구 낸이 말했다. 서나는 "님제레 한 노릇이느꺼니 님제가 처치하야디 멀 그라네" 하멘 싫다구 했다. 네펜네는 도와 달라구 사정사정했다. 서나는 사테를 광지[1]에 담아 주멘 이걸 니구 산이나 해지[2]에다 버리구 오라구 했다.

네펜네레 사테를 광지에 담아서 니구 나갔넌데 서나는 몰래 뒤따라 갔다. 네펜네가 시테를 산에다 버릴라구 하느꺼니 서나는 나무 뒤에 숨어서 점딘[3] 소리루 "산에는 산신령이 계시는데 얼래서 더러운 시테를 개지구 왔네!" 하고 과텠다. 그러느꺼니 낸은 깜짝 놀라 사테를 버리디 못하구 니구서 하지에 가서 버릴라구 했다. 서나는 풀숲에 숨어서 도 점딘 소리루 "하지에는 농왕이 계시는데 어드래서 더러운 시테를 개지구 왔네!" 하멘 고았다. 그러느꺼니 낸은 버리디 못하구 다시 집이루 돌아와서 저 사나과 이젠 그런 나쁜 짓 안할꺼이느꺼니 제발 좀 도와 주구레 하구 빌었다. 서나는 고롬 이자보탄 절대루 서방질하디 말라구 딴딴히 닐러 두구 샛시방에 한 손에 떡을 쥐우구 또 한 손에 비짜루를 쥐우구 그넘에 본집으루 메구 갔다. 그 집 문이 닫테 있으느꺼니 이 사람으 목소리루 문 좀 열어 주구레 하구 과텠다. 그러느꺼니 그 집 안에서 아넘에 댕내레 "머라구 과대티네. 데넘으 집 서나레 나드리 나갔는데 그놈에 화냥넌과 실컨 놀디 않구 와 와서 문 열라구 과티네!" 하멘 욕질했다. 그러느꺼니 "야아 그만 고구 문 좀 날래 열라우. 아이 추워 아이 추워" 했다. 그러넌데두 에미나이는 "그칸다구 문 열어 줄까 봐서? 안 열어 준다 안 열어 주어!" 하구 있었다. 그러느꺼니 "정 님제레 문 안 열어 주갔으문 내레 여기서 죽갔다!" 하구 과테구 시테를 문 밖에 세워 두구 이 사람은 집이루 왔다.

다음날 아침에 그 집 낸이 문을 열구 나가 보느꺼니 저에 남덩이 한 손에 비짜루를 들구 또 한 손에 떡을 쥐구 죽어 있는 시테가 돼 있는 거를 보구 "아이구 아이구 맘을 고테먹구 집안살림 잘하갔다구 비짜루를 사개지구 오구 아덜 주갔다구 떡 사개지구 왔넌데 내레 그걸 모루구 문을 열어 주딜 안했더니 고만에 얼어 죽었구나 아이구 아이구" 하구 울었다.

샛서방질하던 낸은 고담보타는 샛서방질 하디 안했다구 한다.

※1935年 1月 鐵山郡 鐵山面 邑內 鄭元河
※1936年 1月 朔州郡 朔州面 西部洞 張錫元
※ 〃 〃 龍川郡 楊下面 東洞 崔德用

1) 광주리 2) 늪 3) 점잖은

淫男 淫女 버릇 고치다

넷날에 한 낸이 있더랬넌데 이 낸은 서방질을 난당으루[1] 하드랬넌데 밤이 돼서 샛서방이 울타리 밖에서 '팽댕그르' 하멘 이 낸은 그 소리를 듣구 껭[2] 낭간에 가넌데 하구 밖으루 나와서 울타리 터딘 구넝으루 엉댕이를 내밀구 밖에 있넌 곤남준이[3]하구 재미를 보군 했다. 이러구 지내는데 하루는 어드런 사람이 글루루 지나가다가 이런 꼴을 보구 이런 못된 넌놈 봐라 하구 결이 나서 그 담날 그 시각보다 좀 이르게 글루루 가서 '팽댕그르' 하구 소리했다. 그러느꺼니 낸이 이 소리를 듣구 얼런 뛔나와서 오늘은 일쯔가니 오셨수다레 하멘 앵둥이를 내밀었다. 이 사람은 개지구 있던 몽둥이루 낸에 볼기짝을 세과데 내리텠다. 낸은 난데없는 매를 맞구서 앞으루 꼬꾸라뎄넌데 두 본서나가 알가봐서 아뭇쏘리두 못하구 근낭 집 안으루 기어들어갔다. 고담에 좀 지나서 곤남지니레 와서 팽댕그르 했다. 울타리 안에 허연 앵둥이레 보이느꺼니 이 너석은 빳빳한 좆을 울타리 구넝으루 딜이밀었다. 살작 미끈하게 들어갈 줄 알았넌데 난데없이 무슨 손이 나와서 좆을 꽉 웅궤쥐구 "이넘! 이따위 짓 어니 때부텀 했네 이넘 죽어봐라!" 하멘 과티멘 좆을 잡아뺄라구 했다. 그러느꺼니 그 곤남진이레 혼이 나서 다시는 이런 짓 안캈소 한번만 용사하시요 하멘 빌었다. 이 사람은 다딤을 딴딴히 받구서 가라했다구 한다.

※1935年 7月 宣川郡 郡山面 蓬山洞 金應龍

1) 거침없이　2) 변소　3) 샛서방, 間夫

金指一 |

아무가이 목사레 우수개소리 잘하구 또 쌍말두 잘하디 않소. 내레 일전에 그 목사를 만나서 쌍쏘리 한마디 하라느꺼니 "에이 내레 목사레 됐넌데 어드렇게 점잔티 않게 쌍소리를 다 하갔소. 그럼 말 마우다" 그런단 말이다. 그래두 나는 하라구 자꾸 졸랐다. 그랬더니 고람 한마디 하갔소, 하멘 하넌데 "아 녯날에 과부가 있드랬넌데 청산과분데 어드레 서나 생각이 없갔읍메. 당 손가락 하나루 쑤세서 재미를 보드랬넌데 어드렇게 된 노릇인디 아가 생겨서 알를 낳단 말이야. 그래 이 아를 니름을 지어 주어야갔넌데 메라구 지어야 할가 하구 생각하다가 손가락 하나루 만들었으느꺼니 지일(指一)이 라구 지었단 말이다. 내레 이 소리를 듣구 에이키! 그거 무슨 소리야구 괐디. 아 내 니름 志一이 아니가. 그래두 내레 호기심이 나서 그래 姓은 메라구 했네 하느꺼니 金哥라구 했디, 한단 말이야. 어드래서 金가여 하느꺼니 그 과부가 금가락지 낀 손으루 만들었으느꺼니 金개라 했디."

※1932年 9月 宣川郡 宣川邑 川北洞 金志一

趙啓達의 逢變

義州에 趙啓達이라는 사람은 재간이 많구 우스개 말 잘하구 해서 놈한데 실수하거나 챙피당하넌 일이 없은 사람인데 한번은 어니 낸한데 혼난 일이 있었다.

어니 날 조계달이 의주 거리를 지나구 있넌데 앞에서 어니 네인이 가구 있넌데 그 네인에 뒤 초매 자락이 벌레 있어서 놀레 주구푼 맘이 나서 "앞에 가넌 아주마니요. 뒷문이 열렜넌데 들어가두 일없갔소?" 하구 말했다. 그러느꺼니 그 낸이 뒤를 힐끗 돌아다보구선 "아이구 뒷집 가이 아니더먼 도죽마질번 했수다"구 말했다. 이 말을 듣구 조계달은 암쏘리 못하구 그낭 가삐렜다구 한다.

※1934年 7月 宣川郡 山面 下端洞 金國柄

趙啓達의 奇智

이주 衙前 조계달이라는 사람은 기지가 많구 우스개 말두 잘하넌 사람이드랬넌데 한번은 신천군수가 이 사람을 보구푸다구 이주군수에게 펜지를 보냈다. 이주군수는 조계달을 세천[1]군수한데 그낭 보내기가 싱거운거 같아서 보낼 적에 세천에 身彌島 삼각산에는 마이[2]레 많이 살구 있넌 곳이느꺼니 그 마이 한 마리를 구해서 보내 달라구 펜지를 써서 주었다.

세천군수는 그 펜지를 받아 보구서 세천군수는 조계달보구 자네 골성주가 마이를 한 마리 구해 보내라구 했넌데 그건 에럽겄다구 했다. 어드래서 에럽겠읍니까 하느꺼니 세천군수는 그거야 마이를 보내문 이주군수는 마이 값으루 본마누라나 작은 마누라를 보내 줘야 하갔으니 말이다구 했다. 조계달은 "그건 안 될 말씀이우다" "어드래서 안 될 말이가?" 그러느꺼니 조계달은 "그거야 사뚜께서 본값을 받으실라구 하느꺼니 어드렇게 흥정이 되갔습니까" 하구 말했다. 세천군수는 이 말을 듣구 무릎을 탁 타구 조계달에 기지에 감탄했다구 한다.

※1934年 7月 宣川郡 山面 下端洞 金國柄

1) 宣川　2) 매

키가 큰 장길산

넷날에 장길산이라는 사람이 있었드랬넌데 이 사람은 키가 너머 너머 커서 입성을 해입을 수가 없어서 발가벗구 살았다. 그래서 나라서 이 사람에 입성을 한볼 해서 입헤 주갔다구 서울 남대문으루 들어오는 무넝베를 하루 에치를 다 사들여서 줬다. 장긴산은 그 수탄 무넝베를 개지구 가서 입성을 지었넌데 갸우 저고리밖게 짓덜 못했다. 그러나 장길산은 이거라두 첨 입어 보는 입성이 돼 놔서 이걸 입구서 도와서 종남산에 올라가서 춤을 추었다. 그랬더니 고만에 바람이 일어나구 그림재가 온 따를 덮어서 농세레 안돼서 온 나라가 흉년이 들었다. 나라서는 이거 안디갔다 하구서 장길산을 잡아다 벌기[1]를 틸려구 둘러메테 놨더니 앵둥이레 간데가 없었다. 그래서 앵둥일를 찾으레고 나졸이 천리마를 타구 하루 종일 달레가 봤넌데두 앵둥이가 나타나딜 안아서 할 수 없이 종딴디[2]을 티구 말았다구 한다.

※1936年 12月 宣川郡 山面 下端洞 金國柄

1) 볼기　2) 장딴지

金先達과 과부

봉이 김선달이란 사람은 혹게 지체스런[1] 사람이드랬넌데 이 사람이 호래비레 돼서 밤이 되문 그거 생각이 나서 겐딜 수가 없었다.

하루는 건넌집 과부네 집 아근에 가서 왔다갔다 하구 있드랬넌데 그 집 과부레 짠디[2] 내레 짠디우리루 허리를 꾸부리구 들어가서 닝큼 달레가서 과부에 바디를 헤집구 한판 하구 나왔다. 나와 보느꺼니 마츰 가이레 달라와서 좆을 내놓구 쪼구리구 있어서 그걸 보구 딴데루 가서 숨어서 경우만 보구 있었다. 과부는 짠디우리서 나왓서 보느꺼니 가이레 좆을 빼티구 쪼구리구 앉아 있어서 "아 요넘에 가이레 씹을 다 한다. 사람 좆맛이나 가이 좆맛이나 같구만" 하멘 가이를 데리구 있었다. 그때 김선달이 튀어나와서 그 말을 듣구 "머 어드레? 가이하구 씹했어? 나 소문 놓겠다" 하멘 고느꺼니 과부레 씹 한번 줄거이느꺼니 글디 말라구 빌었다. 그래서 김선달은 또 한판 잘했다구 한다.

※1936年 12月 朔州郡 朔州面 張錫元

1) 주착스러운　2) 짠 김치

김선달의 꾀

넷날에 봉이 김선달이란 사람이 있었넌데 그 골 사뚜가 베루 하나를 서울 나라님한데 갲다 바티라구 해서 그 베루를 받아 개지구 저네 집 당반우에다 놔두었다. 그런데 이 베루레 떨어데서 깨트리구 말았다. 그런데 김선달은 무슨 수레 있넌디 그 깨딘 베루를 보따리에다 싸서 메구 서울루 떠났다. 하하 가다가 어떤 사람이 感은 옷을 입구 백마를 타구 가는 거를 보구 가까히 가서 맹탕 힌소리하멘 놀레 댔다. 그러느꺼니 그 사람은 말에서 내리와서 이놈 안된놈이라 하멘 때리구 티구 했다. 김선달은 베루를 진채 따에 굴러 너머디멘 아이구 아이구 이거 큰 야단났다. 나라님한테 갲다 받티는 베루를 님재 때문에 깨틀었다 너두 죽구 나두 죽게 됐다" 하멘 과티멘 울었다. 그러느꺼니 그 사람은 깜작 놀래며 돈을 많이 줄건 살레 달라구 빌었다. 김선달은 이렇게 해서 돈을 많이 받아개지구 서울에 가서 나라님한데 그 깨진 베루를 내놓구 오다가 어떤 놈이 맹탕 떼레서 깨틀어 놨다구 했다. 나라서는 그놈을 잡아다가 벌주구 김선달을 용서했다구 한다.

※1936年 7月 鐵山郡 鐵山面 東部洞 李壽榮

김삿갓의 詩

넷날에 김삿갓이라는 아주 글 잘하는 사람이 있었드랬넌데 이 사람은 턴하를 두루 돌아다니멘 누랑생활을 했읍니다. 한번은 嘉山에 들레서 尹씨 집에서 머물게 됐읍니다. 며칠을 머물다가 떠나게 됐넌데 윤씨는 배웅하느라구 따라나와서 牧牛山에 있넌 데까지 왔읍니다. 목우산 밑에는 넓은 풀밭이 있구 소덜이 꼬리를 휘둘으멘 풀을 뜯어먹구 있었읍니다. 김삿갓은 이런 광경을 보구 牧牛山春草綠 大丑小丑擇長尾 五月端午愁裏過 八月秋夕變可畏 라구 시 한 수를 지어서 윤씨에게 주었읍니다. 윤씨는 이 시를 받어보구 배꼽을 쥐구 웃었다구 합니다. 이 시를 우리 말루 풀어서 보문 '牧牛山 아래의 풀밭은 푸른데 큰소 작은소가 꼬리를 휘두르며 풀을 뜯구 있네. 오월단오 때 잡히워 먹히디 않을가 근심하면서 지났디만 팔월 추석에는 잡헤 먹힐가 걱정이네' 가 됩니다. 그런데 이 시 속에는 여러 가지 다른 뜻두 있읍니다. '大丑小丑' 은 윤씨네 집안 사람을 은근히 말하는 것이구 '愁裏' 는 오월단오를 수리날이라구 해서 단오를 말하는 것이구 可畏는 팔월추석을 가위라구 하느꺼니 추석을 뜻하는 것입니다.

※1933年 7月 博川郡 西面 長新洞 張炳學

굼벵이 등

넷날에 굼벵이레 들시우살이[1]루 갔드랬넌데 가싯집이서는 이 사우를 부레먹이기만 했다. 오누월이 돼서 모밀밭 갈게 됐넌데 모밀밭 갈기가 너머너머 힘이 들어서 난 뒷잔등이 부레데서 못 갈갔수다 하구 등을 구부리구 드러누었다. 그래서 굼벵이 등은 구부레뎄다구 한다.

※1935年 7月 宣川郡 宣川邑 川北洞 鄭雲鶴
1) 데릴사위같이

밑도 끝도 없다

녯날에 증헌[1] 낸이 있드랬넌데 말에 굿이 있어서 굿 구경 갈라구 하넌데 입구 갈 소곳이 없어서 소곳을 빨리 댕체[2] 입갔다구 댕치넌데 증헌 낸이 돼서 시간이 많이 걸렜다. 다 댕체서 가보느꺼니 굿은 끝나구 없었다. 소곳을 보느꺼니 밑이 없었다. 그래서 밑두 굿두 없다는 말이 생겼다구 한다.

※1935年 7月 宣川郡 宣川邑 川南洞 鄭雲鶴
1) 게으른　2) 꾸며

찰밥 문답

녯날에 어떤 집이서 찰앏[1]을 하넌데 근체집 낸이 그 집이서 찰앏하넌 눈치를 알구 그 집에 몰을 갔다. 찰앏하던 집이서는 근체 낸이 와서 먹을 수레 없어서 낸이 가기만 기두루넌데 통 가디 안해서 할 수 없이 찰앏을 조금 담아 줬다. 이 낸은 먹으멘 거 무슨 찰앏인디 맛이 참 도수다레 했다. 이 집 사람은 그 낸이 밉살스러워서 "이른둥 데른둥 철 몰으기 찰앏이우다"구 했다. 그러느꺼니 그 낸이 증이 나서 "그래요? 난 이 찰앏이 오르멘 내리멘 또 와라 찰앏같수다"구 했다구 한다.

※1935年 7月 宣川郡 山面 保岩洞 李熙洙
1) 찰밥

호랑이도 새끼를 귀여워 한다

봄날에 촌에 낸덜이 나물하레 산으루 갔더랬넌데 범에 새끼덜이 놀구 있어서 그거이 너무나 귀엽구 곱다랗게 생겨서 낸덜은 각기 범에 새기 한 마리식 안구서 그거 참 곱게두 생겼다 그거 귀엽다 하멘 머리를 쓸어 주기두 하구 끼어안기두 했다. 그리구 있넌데 낸 하나이 난 이걸 하나 개저갈가부다구 말을 하느꺼니 데켄 큰 팡구 사이서 큰 범이 아앙! 하구 소리텠다. 낸덜은 고만 혼이 나서 나물 바구니를 내티구 신발 베께딘 채 다라뛔서 집으루 왔다. 그런데 다음날 아침에 보느꺼니 내티구 온 바구니멘 신발을 범이 다 각각 낸네 집이다 갲어다 줬다.

범 같은 무서운 즘성두 제 새끼를 귀여워해 주문 기뻐서 아앙 하구 기쁜 소리를 했넌데 사라들은 놀라서 다라뛨넌데 범은 내티구 온 바구니멘 신발을 다 각각 님제를 찾아다 준 거라구 한다.

※1933年 12月 碧潼郡 雲時面 雲下洞 九音里 張錫滐

忍之爲德

넷날에 한 사람이 있드랬넌데 이 사람은 가난한 집에서 태어나서 글두 배우디 못하구 혹게 고생만 하구 살드랬넌데 부지런히 일을 해서 차차 돈두 모으구 세간도 불어나서 잘살게 됐다. 그래서 사람들한테서 대접두 받구 하드랬넌데 글을 배우먼 더 대접받갔다 해서 글 좀 배우갔다구 건너 마을 황진사한데 가서 글 좀 배와달라구 했다. 그러느꺼니 황진사레 글을 배울라문 글 배울 값을 개저와야 하잖겠네 하느꺼니 이 사람은 인차 집이루 돌아와서 닙쌀을 소 열 바리에 싣구서 글값이라구 하멘 쌀을 주었다. 그래서 황진사는 이 사람에게 글을 배와 주넌데 忍之爲德이라는 글을 배와 주었다. 참는 거이 큰 덕이 된다는 말이라구 배와 주었다.

하루는 이 사람은 몰 가서 놀다가 달기 우는 색박녘에 집이 돌아와서 방에 둘와서 불을 헤구[1] 보느꺼니 저예 색시레 어떤 놈과 항께 자구 있어서 고만에 화가 벌칵 티밀어서 장두칼을 빼들구 넌놈을 떨러 죽일라구 했다. 그런데 황진사한데서 배운 忍之爲德이라는 글이 생각나서 참구서 색시를 깨워서 데 사람이 누구가 하구 물었다. 색시는 데 사람은 나에 오래빈데 오랫동안 헤뎄다가 찾아와서 너머너머 기뻐서 항께 자게 됐다구 말했다. 이 사람은 황진사가 배와 준 忍之爲德이라는 글까타나 생사람 하나 죽이는 거를 안 죽이게 돼서 너머너머 기뻐서 동은 글 배와 준 황진사한데 또 닙쌀 열 바리를 실어다 줬다구 한다.

※1935年 1月 宣川郡 山面 香山洞 劉準龍
※1938年 1月 龍川郡 外上面 西石洞 金昌根
1) 켜고

仙藥을 먹은 사람

넷날에 한 사람이 새하레 산으루 갔넌데 새레 없어서 자꾸 산으루 들어가서 험한 깊은 산에꺼지 들어갔다. 그래두 새레 없어서 더 들어갔넌데 볼쎄 해가 저서 어두어데서 어드메 잘 집이 없갔나 하구 사방을 둘러보느꺼니 데 먼 곳에 불이 보에서 글루루 찾아갔다.

그 집에는 쌔한 넝감이 있어서 그 집에 들어가서 자리좀 붙자구 했다. 쌔한 넝감은 이 사람을 보더니만 구신[1]이가 사람이가 하구 물어서 나는 새하레 온 사람인데 날이 저물어서 하루밤 자구 갈라구 왔수다 하구 말했다. 넝감은 고롬 둘오라 하구 들어오라구 해서 들어갔더니 저낙 밥이라구 주넌데 보느꺼니 무슨 가루허구 물 한 시덥[2]하구드랬넌데 이 사람은 그걸 받아서 먹었더니 맘이 쌔원허구 눈이 올디 바람이 불디 하넌 거를 알 수 있게 됐다.

이 사람은 거기서 한 메칠 그런 밥을 먹구 지내다가 집에 가갔다구 하느꺼니 쌔헌 넝감은 무슨 가루를 주멘 이제보탄 이 가루를 물에 개서 닙쌀만큼 해서 먹구 밥가튼 거 먹디 말라구 했다. 이 사람은 그카갔다 하구 집이루 내레왔드랬넌데 이 사람에 집이서 이 사람이 새하레 산으루 가더니 여러 날 돌아오디 안으느꺼니 죽은 거라구 떡을 해서 제사를 지내구 그 떡을 먹구 있었다. 그런데 이 사람이 들어오느꺼니 사람덜이 반가워하멘 이 떡을 먹으라구 했다. 이 사람은 넝감이 말해준 거를 잊구서 떡을 받아먹었넌데 먹다가 목에 걸레서 죽구 말았다구 한다.

※1935年 1月 鐵山郡 站面 龍堂洞 白天福

1) 귀신 2) 사발

요술을 남용했다가

넷날에 한 사람이 있더랬넌데 이 사람은 나이 스물이 넘두룩 당개두 못 가구 총각으루 지내던데 이넘이 어드렇게 해서 배왔넌디 요술을 배와 개지구 사람을 깜작깜작 놀라게 하드래. 하루는 이 넘이 길 가넌 낸이 업구 가넌 아에 모가지를 뚝 떼가 버리느꺼니 낸은 울멘 허둥지둥하멘 있넌 거를 보구 도와라구 웃구 있었드랬넌데 이거를 형이 보구 괘씸해서 요넘 혼 좀 나보라 하구서 진술[1]을 페서 저그나를 불러서 오늘 너 선보레 사람이 왔으느꺼니 날래 세수하구 몸단장 잘 하구 오라구 했거덩. 그러느꺼니 이넘이 좋다구 세수하구 몸단장하구 들어갔더니, 웬 사람이 와 있넌데 이 사람이 보구서 새시방 잘났다하구 가더니 펜지레 하더니 당개날을 잡아서 당개가게 되구 했넌데 당개가는 날 이넘은 말을 타구 왈랑졸랑 가서는 고래 같은 기애집에 들어가서 색시과 네를 지내구 밤이 돼서 불을 끄구 잤넌데 한잠 자구 눈을 떠보느꺼니 해레 둥턴에 떠 있구 자기는 조 갈 다 한 조밭에서 건넌 숫카이[2]를 안구서 자구 있드래.

이넘은 그제야 자기레 요술을 써서 장난티넌 거를 형이 보구 혼내 주갔다구 진술을 써서 이렇게 한 거를 알구 형한데 가서 잘못했다구 사과하구 그담보타는 요술을 못되게 쓰딜 안했다구 하넌데 잘살다가 호박죽 열 다슷 사발 먹구 달구다리 빼뚜룩 했대.

※1936年 12月 宣川郡 水淸面 古邑洞 李基植

1) 眞術　2) 수캐

뽕나무·대나무·참나무

뽕나무하구 대나무하구 참나무하구 이렇게 서이서 항께 사넌데 뽕나무가 뽕하구 방구를 뀌느꺼니 대나무가 방구수리를 듣구 결이 나서 떽끼놈 떼끼놈 하구 과테느꺼니 참나무는 참아라 참아라 했다구 한다.

※1935年 1月 昌城郡 東倉面 大楡洞 金信雄

침착지 못한 사람

녯날에 덤베넌[1] 사람이 있었드랬넌데 당에 가갔다구 우산하구 줴깃밥[2]하구 개지구 갔넌데 당에서 덤심때가 돼서 덤심을 먹갔다구 싸 개지구 온 줴깃밥을 펠테 보느꺼니 밥이 아니구 목두기[3]레 돼서 "이거 에미나이레 이따우 싸 줬다. 집이 가문 때레주어야 갔다"구 투덜거렜다. 비가 와서 우산을 받을라구 보느꺼니 그건 우산이 아니구 빗자루레 돼서 증이 나서 "요놈에 에미나이 우산은 아니주구 빗자루를 줬다. 집이 가문 박아 줘야갔다" 하멘 답세[4] 뛔서 집이루 오넌데 온다는 거이 놈에 집에 들어가서 놈에 집 낸을 이넘에 에미나이 이넘에 에미나이 하멘 때렜다. 그 낸이 역정을 쓰느꺼니 이넘에 에미나이 덤심 밥에 목두기를 싸주구 우산에 빗자루를 준 에미나이 멀 잘했다구 역정이 무슨 역정이야! 하멘 자꾸 때렜다구 한다.

※1936年 12月 定州郡 玉泉面 文仁洞 金斑鴻

1) 성급한　2) 주먹밥　3) 목침　4) 빨리

말하는 것으로 장래를 점칠 수 있다

넷날에 서당 아덜이 밤에 글 일다가 출출하문 놈에 집에 가서 달을 잡아다 먹어두 달 님제레 멜하디 않았넌데 어니 서당 아덜이 달 잡으레 갔다.

달구 홰레 높이 메어데 있어서 한 아는 꺼꿉세구 또 한 아는 그 우에 올라세서 달을 꺼내구 또 한 아는 넢에 세서 꺼낸 달을 받군 하드랬넌데 넢에 세 있넌 아래 문재루 鷄數若何 했다. 그러느꺼니 꺼내는 아레 紅官大鷄가 不知其數라 했다. 꺼꿉센 아레 大鷄者로 速出速出했다. 이런 말을 이집으 달 님제레 다 들었다. 이 아덜이 서당으루 돌아와서 그 달을 다 먹었넌데 달 님제레 서당으루 와서 이자 누구누구 달 잡으레 갔었네 하구 물었다. 예 우리들이 갔었읍니다, 하느꺼니 달 님제레 "鷄數若何 한 아레 누구이가" "예 제레 그랬읍니다" "오오 그래" "紅官大鷄 不知其數란 아레 누구이가?" "예 제올시다." "응 그래 大鷄者로 速出速出한 아레 누구가?" "예에 제올시다" "응 그래" 하더니 "내레 너덜이 문재루 말한 거 개지구 너덜이 장차 머이 되갔능가 말해보갔다. 鷄數若何라구 한 아넌 과개나 할거이구 大鷄者루 速出速出한 아는 동랑이나 하갔구 紅官大鷄가 不知其數라 한 아는 郡守 한자리 하갔다"구 말했다.

그런데 그 후 이 아덜이 커서 달 님제가 말한 대루 됐다구 한다. 사람이란 그가 맘먹은 대루 말하게 되는 거이 돼서 말하는 거를 보구 듣구 해서 그 아레 장래 무어이 될디 짐작할 수가 있다구 한다.

※1938年 1月 宣川郡 郡山面 延峰洞 金治淳

말조심

넷날에 나무나 즘성이나 말할 줄 알던 시대에 인데 그 시대에 한 사람이 거북이를 잡아 개지구 이거를 삶넌데 아무리 불을 때두 삶아디디 안해서 거북이를 도루 바다에다 넣갔다구 개지구 가다가 뽕나무 밑에 앉아서 쉬구 있었다. 가만히 듣구 있누라느꺼니 거북이와 뽕나무레 하는 말이 들렜다.

거북이레 하넌 말이 사람이 나를 잡아서 삶을라 해두 삶아디디 안해서 도루 바다에 넣게 간다구 했다. 그러느꺼니 뽕나무레 나를 떡어다가 삶으문 잘 삶아딘다구 했다. 이 사람은 그 말을 듣구 그 뽕나무를 떡어 개지구 와서 거북이를 삶았더니 잘 삶아뎄다.

뽕나무와 거북이레 그런 말을 하디 안했더라문 둘 다 살았갔넌데 쓸데없는 소리 했다가 둘 다 죽구 말았다구 한다.

※1932年 8月 定州郡 定州邑 城内洞 趙尙伯

말은 조심해야 한다

넷날에 어떤 사람이 산길을 가드랬넌데 범은 칼을 무서워해서 칼 든 사람한데는 달라들디 못한다는 말을 들었기 때문에 이 사람은 큰 날즘성에 날개를 얻어 개지구 이거를 칼터럼 메구 갔다. 범이 나와서 이 사람을 잡아먹을라 하넌데 이 사람이 칼을 들구 있으니꺼니 잡아먹디 못하구 이 사람에 뒤만 따라갔다. 이렇게 해서 이 사람은 집에꺼정 다 왔넌데 색시레 나와서 당신 어드래서 그따우 날개쭉지를 들구 오능가 하구 말했다. 범은 이 말을 듣구 그거이 칼이 아니구 아무것두 아닌 날개구나 하구서 이 사람에게 달라들어 물구 갔다. 낸이 차부없이[1] 입을 놀리다가 서나를 힗게 됐다구 한다.

※1932年 7月 鐵山郡 雲山面 椵島洞 張明翰

1) 주책없이

음덕 쌓은 사람

넷날에 한 큰 부재레 있드랬넌데 이 부재는 인정이 많아서 어떤 사람에게던디 돈두 옷두 주구 먹을 것두 주구 그 집이서 키우는 광이 가이까지두 밥 먹을 적에는 맨제 밥 한 술식 떠주구 먹군 했다.

어니 날 이 부재넝감이 광이한테 밥을 줄라구 하느꺼니 광이레 어드렇게 된 노릇인디 넝감에 손을 칵 할켔다. 그래서 넝감은 야 이놈에 괭이쌔끼 내레 밥 먹을 적마다 맨제 밥을 주군 했넌데 어드래서 이렇게 할퀘서 상채기를 내 놓네 하멘 대통으루 대구리를 세과디 때렜다. 그랬더니 광이는 그날보탄 나가서 통 둘오딜 안했다. 이상한 일두 다 있다 하구 있드랬넌데 하루는 중이 와서 동냥을 달라구 해서 동냥을 주구 이렇게 다니멘 동냥을 하먼 한달에 얼매나 되능가 하구 물으니꺼니 잘해야 한 오십전에치 밖에 안 된다구 했다. "그런 거 같으문 어드렇게 살갔능가. 그러디 말구 우리 집이서 일해 주구 사는 거이 어떠한가" 하구 말하느꺼니 중은 그카갔다구 했다. 그래서 중은 그 부재넝감에 집이서 일해 주구 사넌데 중은 넝감과 가이 백 마리만 키우라구 했다. 쥔넝감이 어드래서 백 마리나 키우라능가 하느꺼니 다 소용이 있어서 그런다구 했다. 그래서 가이를 백 마리를 키우넌데 하루는 중이 넝감과 뒷산에 올라가 있으라 했다. 쥔은 중이 하라는 대루 뒷산에 올라가서 있드랬넌데 중이 바다를 보라 해서 보느꺼니 하이한 물곌이 물레오멘서 넝감에 집이루 달라들었다. 넝감은 겁이 나서 데거이 어드렇게 된 노릇인가 하구 물으느꺼니 중은 당신이 먹이던 괭이레 당신한데 얻어맞구 그거이 분해서 나가서 바다 가운데 있넌 섬으루 가서 거기서 새끼를 많이 처 개지구 원수 갚으레 오는 거라구 말했다. 이렇게 말하는 사이에 광이떼는 부재넝감에 집에 몰레 들어갔넌데, 이때 기르던 가이 백 마리레 광이떼에 달라들어 싸우멘 물어뜯구 할키구 해서 광이떼를 모주리 다 죽에 놨다. 중은 이걸 보구 이젠 나 할일은 다 했으느꺼니 가야 하갔다구 하구 나갔넌데, 집밖에 나가자마자 중은 온데 간데 없이 없어디구 말았다. 이건 이 부재넝감이 인정이 많아서 불상한 사람을 많이 도와 주어서 하느님이 도와주기 위하여 중을 보냈다구 한다.

※1934年 7月 定州郡 郭山面 石洞下端 金相允

부은 물은 다시 담을 수 없다

넷날에 한 부부레 있더랬넌데 남덩이 다른 나라루 공부레 가 갔다 하멘 8넌 반 만에 돌아올 꺼이느꺼니 참구 살아 달라구 했다. 그래서 낸은 함자서 그렁그렁 살구 있넌데 6넌 되던 해에 근체 노친네레 와서 "님제 날래 옹가앉이시라구요. 내레 들은 대루 다른 나라는 돈두 많구 살기두 돟은데 님제 새시방은 다른 색시 얻어 개지구 산다넌데 멀라 여기 오갔슴마. 날레 다른 데루 옴가앉으시라우요" 하구 권했다. 당 와서 이러느꺼니 열번 띡어서 안 넘어가는 낭기 없다구 이 색시는 그 노친네 성화에 못 겐데서 다른 사람 한데루 시집을 갔다.

그런데 그 후 8넌 반 만에 이 색시에 서나는 집이 돌아왔다. 와서 보느꺼니 집은 쾡하구 색시는 없구 해서 근체 사람보구 물어보느꺼니 다른 사람한테루 시집갔다구 해서 글루루 찾아가봤더니 저에 색시는 배초매를 닙구 가난하게 살구 있었다. 색시는 서나를 보더니만 달레와서 다시 살갔다구 했다. 서나는 쏟힌 물은 다시 줘 담을 수 없다 하구 가삐렜다구 한다.

※1936年 7月 鐵山郡 余閑面 蓬水洞 鄭龍澤

쏟은 물은 다시 담을 수 없다

넷날에 주매신이라는 사람이 있드랬넌데 이 사람은 글 닐기를 돟와해서 소를 타구 갈 적에두 소에 뿔에다 책을 테매구 글을 닐군 했다.

하루는 주매신에 색시레 날기몽석을 페 놓구 달을 보라 하구 김매레 나갔다. 그런데 소나기가 와서 날기몽석이 다 떠내리가두 주매신은 모르구 글만 닐구 있었다. 색시레 집에 와서 보구 화가 나서 "비가 와서 날기몽석이 다 떠내리가두 모르구 글만 닐넌 사람과는 멀 믿구 살갔능

가. 나는 다른 데루 가갔다"구 했다. 그러느꺼니 주매신은 가갔으문 가구 싶은 대루 가서 살라구 했다.

그 후 몇 넌 안 가서 주매신은 과개에 급데해서 베슬을 해서 길에서 전에 저에 색시레 돌피를 훑구 있넌 거를 만났다. 색시는 전에 새시방이 잘된 거를 보구서 쫓아와서 다시 살자구 했다. 주매신은 물 한동이를 쏟아 놓구 이 물을 다시 줘 담아서 한동이를 채우먼 다시 살갔다구 했다. 한번 쏟은 물이 어드렇게 다시 한동이가 돼갔능가. 색시는 할 수 없이 다시 살디 못하게 됐넌데 전에 새시방을 버리구 나온 거를 후회하구 밥두 먹디 않구 있다가 고만 길모캉에서 죽구 말았다. 지금 길모캉에 돌을 모아 놓구 국수당목이라구 해서 길 가는 사람마다 티건 사람 죽은 거라구 침을 뱉구 돌을 던지는 거는 이렇게 해서 생긴 거라구 한다.

※1937年 7月 宣川郡 郡山面 長公洞 金龜煥
※ 〃 〃 博川郡 博川面 東部洞 張信英

쏟은 물은 다시 담을 수 없다

넷날에 가난한 선배가 있넌데 당창 공부하느라구 글만 닐구 있었다. 하루는 색시가 뜰악에 피를 널어 놓구 쌊일하레 나가문서 비가 오거덩 날기몽석을 걷어들이라구 하구 갔다. 그런데 소낙비가 와서 날기몽석이 다 떠내리갔넌데두 이 선배는 글을 닐루느라구 비오넌 것두 모르구 해서 날기몽석이 다 떠내리갔다.

색시레 집에 와서 보구 기가 매케서 난 당신과 같은 사람과 항께 살 수 없다 하구 나가삐렜다.

그 후 몇 해 안 가서 이 선배는 공부를 잘해서 과개에 급데해서 감사가 됐다.

이 색시는 다른데루 가서 사넌데두 가난해서 고생시리 살구 있더랬넌데 하루는 감사가 지나가는 행차가 있어서 나가 보느꺼니 전에 저에 새시방이 감사가 돼서 가구 있어서 쫓아가서 다시 살자구 했다. 감사는 물을 한동이 길러오라 하구 길어오느꺼니 그 물을 따에 붓구 다시 주어 담으라 했다. 색시레 주어담으레 하는데 아무리 주워담아두 안 됐다. 감사는 한번 쏟은 물은 못 주어담는 거이느꺼니 다시 살 수 없다 하구 가삐렜다구 한다.

※1934年 7月 博川郡 南面 孟中里 李明赫
※1938年 1月 宣川郡 東面 仁谷洞 金鉉濬

돌부처의 지시

넷날에 오마니하구 아들하구 살드랬넌데 이 아덜은 오마니 말에 잘 순종했다. 하루는 오마니레 이 아들한데 비단을 주멘 이거를 말하디 않는 사람한데 팔라구 했다. 아덜은 비단을 당으로 팔레 갔넌데 말 안하는 사람이 하나투 없어서 팔디 못하구 집이루 돌아오넌데 오다가 길넉게 돌부체레 있넌데 이거 보구 말을 붙에 봐두 말을 하디 안해서 이 사람한데 팔갔다 하구 그 비단을 돌부체에다 주구 집이루 왔다.

그런데 그날 나즈 자넌데 꿈에 돌부테레 와서 나에게 비단을 줘서 고맙다하멘 낼 와서 내 밑에 있넌 구렝이 쌔끼를 때레 죽이라구 했다. 이 아덜은 다음날 돌부테한테 가서 부테 밑에 있넌 구렝이 쌔끼를 때레 죽엤넌데 한 마리는 도망테 갔다.

그날 나즈 이 아레 자넌데 꿈에 돌부테레 와서 구렝이 쌔끼레 새실랑으루 벤해개지구 아무데 혼인잔채집이 가서 큰 상을 받구 있갔으니 박달나무 몽둥이를 해개지구 가서 때레 잡아 죽이라구 했다. 다음날 이 아는 박달나무 몽둥이를 해개지구 그 잔채집이 가서 큰상을 받구 있넌 새실랑을 때레 죽엤다. 새실랑이 죽은 걸 보느꺼니 사람이 아니구 구렝이 쌔끼드랬다.

그 집이서는 이 아에게 고맙다구 하구 그 박달나무 몽둥이를 팔라구 했다. 그카라구 팔았넌데 이 집 사람은 그 몽둥이를 개지구 다른 집에 잔채집에 가서 새실랑을 때레 죽였넌데 그 실랑은 구렝이가 아니구 정작 사람이여서 그 집 사람한테서 매띰만 크게 당했다구 한다.
※1936年 12月 宣川郡 深川面 東林洞 金宗權

貞女

넷날에 선배 하나이 길을 가다가 산둥에서 날이 저물어 어떤 외딴집이 있어 거기 가서 하루밤만 자구 가겠다구 했다. 그 집에는 젊은 낸이 살구 있었넌데 이 낸이 나와서 우리 집에는 남자는 없구 나 함자 살구 있으느꺼니 자리붙일 수 없으느꺼니 다른 데루 가라구 했다. 이 사람은 날은 저물구 산길을 더 갈 수레 없으느꺼니 어카갔소 하루밤만 재와 주구레 하구 자꾸 사정했다. 그러느꺼니 낸은 고롬 둘오라구 해서 거기서 자게 됐다. 그런데 그 집은 방이라구 하나밖에 없어서 한 방에서 자게 됐넌데 쥔 네인은 웃굳에서 자구 이 선배는 아루굳에서 자게 됐다.

이 선배는 쥔 네인을 보느꺼니 참 참하구 예뿌게 잘생게서 우리 인넌을 맺자구 했다. 그러느꺼니 쥔넨은 "당신은 보아하니 선배 같으니 글을 지을 수 있갔소? 내레 시를 하나 지을 꺼이느꺼니 당신이 그 시에 맞는 거를 지으문 당신 말을 듣갔소. 그러나 짓디 못하문 못 듣갔소" 했다. 그리구 新人結於今夕이라구 지었다. 이 선비는 그 글을 보구 그에 맞넌 대구를 지을라구 하넌데 아무리 생각해두 알맞넌 글이 나오디 안했다. 그래서 "나는 대구를 지을 수가 없읍니다. 대구를 어텋게 지문 되갔읍니까?" 하구 물었다. 그러느꺼니 낸은 舊郎哭於黃泉이라구 했다. 이 선비는 그 글귀를 듣구 자기에 잘못을 부끄러워 하구 그 낸한테 잘못했다구 백 번이나 사과하구 떠났다.

이 선비는 거기서 떠나서 가넌데 가다가 날이 저물어서 어떤 너관에 자게 됐다. 밤이 깊어서 잘라구 하넌데 방문이 가만히 열리더니 젊은 색시가 들어왔다. 이 선배는 깜짝 놀라 "너는 사람이가 구신이가. 구신이

문 날래 나가라!" 했다. 그러느꺼니 색시는 "나는 사람이우다. 나는 이 집에 딸인데 시집을 갔다가 새시방이 죽어서 청상과부레 돼서 친뎡에 와 있읍니다. 오늘 손님이 와서 보느꺼니 그리운 맘이 나서 둘왔읍니다." 하구 말했다. 이 선배는 당신은 글을 아능가 물었다. 안다구 하느꺼니 내레 글 한구를 지을터이느꺼니 거기에 맞는 대구를 지어 보라, 만일 맞는 구를 지문 내 그대 소원을 들어주갔디마는 짓디 못하문 들을 수 없다구 말했다. 그리구 新人結於今夕이라구 했다. 색시는 그 글구를 듣구 한참 동안 생각하다가 못짓갔다 하멘 메라구 하멘 되갔능가 하구 물었다. 선배는 舊郎哭於黃泉이라구 했다. 그러느꺼니 이 색시는 눈물을 흘리멘서 나가구 말았다구 한다.

※1937年 7月 鐵山郡 扶西面 石山洞 鄭聖則

貞女의 교훈

넷날에 한 선배가 있드랬넌데 이 선배는 집이 가난해서 나이 수물 여섯이 되었어두 당개두 가디 못했넌데 글 재간은 있어서 공부를 잘해서 과개를 보갔다구 서울루 올라가넌데 가다가 길은 멀구 다리두 아푸구 해서 길넢에 머이 있넌데서 쉬갔다구 앉아서 쉬구 있었다. 그러다가 고만 잠이 들었다.

자문서 꿈을 꾸었넌데 꿈속에서두 길을 가구 있었다. 가넌데 해는 서산으루 넘어가구 저낙때가 가까와와서 빨리 걸음을 걷구 있누라느꺼니 움물에서 물을 길넌 젊은 낸이 보였다. 이 사람은 날두 저물구 하느꺼니 데 낸을 따라가서 그 집이서 하루밤 자리 좀 붙갔다 하구 그 낸에 뒤를 따라서 그 집이 가서 자리 좀 붙자구 했다. 그러느꺼니 그 낸은 나는 혼자 사넌 과분데 우리 집에는 방두 하나밖에 없어서 자리붙일 수 없다구 했다. 이 사람은 날이 저물어서 멀리 갈 수 없으느꺼니 재와 달라구 자꾸 말하느꺼니 이 낸두 할 수 없다 하멘 자리붙으라구 했다. 저낙을 먹구 잘 때가 되느꺼니 낸은 손님은 방에 자라 하구 자기는 볔에서나 자갔다 하구 나갔다. 선배는 "그럴 수가 있갔넝가, 쥔이 볔에서 자서야 쓰갔능가, 내레 볔에서 자갔수다" 하구 밖으루 나갈라구 했다. 쥔 네자는 "우리 집에 둘온 나가네를 어드렇게 볔에서 자게 하갔능가, 내레 볔에서 자갔다"구 하멘 서루가락 볔에서 자갔다 방에서 잘라 하멘 도투었다.[1] 글다가 쥔 네자두 방이서 자기루 하구 선배는 아루굳에서 자기루 하구 낸은 웃굳에서 자기루 했다.

쥔네는 선배과 어드메 사는 사람인데 어드메 가능가 물어서 선배는 자기는 집이 가난해서 수물 여섯이 되두룩 당개두 못 갔넌데 공부는 많이 해서 과개보루 서울루 올라가는 길이라구 했다. 이렇게 말하구 "우리가 이같이 만나서 한방에서 지내게 된 거는 텬운이 아니문 될 수 없는 일이 아니갔능가, 우리 둘이 부부가 되넌 거이 어떠한가" 하구 말했다. 그러느꺼니 네자는 "그대는 글을 많이 했다 하느꺼니 글을 지을 수 있을꺼니 우리 글이나 한구식 지어 봅시다. 내레 맨제 질거느꺼니 거기 맞넌 대구를 지어 보구레" 하멘 "兩人親情結" 하구 불렀다. 이 선배는 "夫婦成一體"라구 대구를 불렀다. 그랬더니 네자는 어드메서 그따우 글을 배웠능가 하구 증을 내멘 말했다. 선배는 고롬 어드렇게 지여야 맞갔능가 하구 물었다. 그러느꺼니 네자는 "亡夫黃泉哭" 이라구 하멘 우리 둘이 정을 맺이문 죽은 새시방이 황텬서 곡하디 않갔소. 쓸데없슨 수작말라구 타니르구[2] 이번 서울 가서 과개 보문 급데할 수 있구 대신도 될 수 있다구 말했다. 선배는 고만 부끄러워서 잘못했다구 하멘 용사하라구 했다.

다음날 아침에 그 집을 떠나올라 하멘 뜰악을 보느꺼니 큰 팡구레 있넌데 그 팡구에는 황우로 하야금 이 팡구를 들리우라구 씨여 있었다. 네자는 그걸 가리치멘 데것두 닞디 말아 달라구 했다.

선배는 잠에서 깼넌데 이상한 꿈두 다 꾸었다 하멘 서울을 향해서 가넌데 "兩人親情結" "亡夫黃泉哭" "황우로 하야금 팡구를 들티라"라는 말이 똑똑하게 떠올랐다.

서울에 다 와서 어떤 대신집에 누하게 됐넌데 과개 보기 위해서 밤깊이까지 글을 닐렀다. 이렇게 밤늦게까지 글을 닐르구 있던 어니 날 밤에 방문이 소리 없이 열리더니 곱게 생긴 젊은 네자가 방으루 들어왔다. 선배는 깜작 놀라 구신이냐 사람이냐 구신이문 날래 나가라!구 소리텠다. 그러느꺼니 네자는 나는 구신이 아니구 사람이요, 하멘 재통에 갔다가 보느꺼니 다른 방에는 불이 다 꺼데 있넌데 이 방만은 불이 혜데[3] 있구 글 닐느는 소리가 나서 어드런 선배레 데렇게 공부하능가 보루 왔수다, 하구 말했다. 당신 누구요 하느꺼니 이 대신집으 딸인데 덩혼해 놓구 새실랑이 죽어서 시집두 가보디 못하구 과부레 돼서 사는 사람이라구 했다. 그리구 이렇게 만났으느꺼니 우리 항께 자리해 보자구 했다. 선배는 "당신두 글을 배왔을 꺼이느꺼니 글 하나식 지어 봅세다. 내레 맨재 지을 꺼이느꺼니 대구를 지어 보시요" 하구 "兩人親情結" 하구 불렀다. 그러느꺼니 대신에 딸은 "夫婦成一體"라구 했다. 선배는 어드래서 고따우 글을 배왔능가구 꾸짖구 "亡夫黃泉哭"이라구 했다. 그러느꺼니 네자는 아무 말두 않구 나갔다.

이때 이 집 대감은 밤둥에 집 안을 살페보누라구 집 안을 돌아다니다가 이 선배에 방에서 사람 말소리가 나서 가만히 엿들어보느꺼니 자기 딸을 잘 타닐르는 말에 고만 탄복하구 데런 사람을 과개급데 시키야갔다 하구 방에 들어가서 이번 과개에 글데는 이러이러하다구 대주구 갔다. 이 선배는 과개날 제창[4] 글을 써내서 장원급데를 하구 대신이 됐다. 그리구 왕에 둥매루 그 대감에 딸과 혼사하게 됐다. 그리구 어사레 돼서 민정을 살피레 각디루 돌아다니게 됐다.

하루는 한곳에 가느꺼니 한 사람이 술을 받아 개지구 황우네 집이 가서 잘 얻어먹자구 하넌 말을 듣구 전에 꿈이 생각이 나서 그 골 사뚜한데 가서 황우란 사람을 잡아오라구 했다. 황우를 잡아왔넌데 보느꺼니 그놈에 코는 팡구 같구 눈깔은 소눈깔 같구 보기만 해두 무섭구 힘두 세어 보였다.

어사는 이넘을 끌구 전에 쉬멘 잤던 곳으루 와서 그 큰 팡구를 들티라구 했다. 이넘은 이런 큰 팡구를 어드렇게 들티갔소 하멘 들티디 않을라구 했다.

어사는 어드래서 못 들티갔다구 하능가 날래 들티라구 호령호령했다. 황우는 할 수 없이 들티느꺼니 그 큰 팡구 밑에는 네자에 시테가 있넌데 어사가 보느꺼니 그 시테는 꿈에 보던 네자와 꼭 같았다. 어사는 황우과 "이거 어드렇게 된 시테인가 너는 알갔디 바른대루 말하라" 하멘 호령호령하구 때렜다. 황우는 할 수 없이 산수보레 온 네자를 욕보이레다가 듣디 안해서 쥑이구 팡구 밑에 쓸에넣다구 자백했다. 어사는 이놈을 죽이구 그 팡구 넢에 있넌 머이 앞에 비석을 세웠다구 한다.

※1933年 7月 博川郡 北面 長新洞 張炳學

1) 다투었다 2) 타이르고 3) 켜져 4) 대번에

忠犬

넷날 어니 집이서 가이를 기르는데 이 가이는 쥔한데 잘 따르구 더우기 이 집 큰딸을 더 잘 따라서 이 가이를 큰애기 가이라구 불렀다.

이 집으 큰 딸이 어떤 부재집으루 시집을 가게 됐넌데 이 부재집 앞에는 큰 구세먹은 향나무가 있구 이 향나무 구세먹은 굴 안에는 굼여우가 살구 있드랬넌데 이 굼여우레 야심을 먹구 이 집에 당개갈 새시방을 잡아먹구 자기레 새시방이 돼서 시집올 색시를 제 색시루 삼을라구 하구 있었다.

체네레 시집가는 날 이 가이두 따라가서는 새시방집꺼지 오느꺼니 이 가이는 향나무에다 대구 자구 짖기 시작했다. 새시방집이서는 짖디 말라구 떡두 주구 지짐두 주구 고기두 주멘 하넌데두 가이는 먹디 않구 근낭 짖기만 하구 있었다.

색시에 아바지는 저에 집이서 자구 있었드랬넌데 꿈에 가이레 와서 찬깐[1]에서 밥과질[2]를 꺼내다가 저에 새끼에 주멘 너덜 이걸 먹구 잘 자라라. 나는 큰애기 시집간 집 앞으 큰 향나무 구세통에 있넌 구무여우레 큰애기를 해틸라구 해서 이놈과 싸와서 죽이야 하갔다구 하는 꿈을 꾸었다. 색시에 아바지는 잠에서 깨어서 이상한 꿈두 다 있다, 어드렇게 됐건 아무래두 사둔집에 무순 벤이 생긴 것 같다 하구 밤둥으루 말을 타구 사둔집이루 달레갔다. 가이는 상기두 짖구 있었다. 색시 아바지는 사둔과 꿈에 본 네기를 하구 아무래두 데 향나무에 무슨 벤이 있갔다구 말했다. 사둔두 그 말을 듣구 인차 막세리 사람들을 불러서 향나무 둘레루 섓단을 하늘 높이 쌓구 각기 활 하나식 들리우구 둘레세서 섓담머리에다 불을 붙에 놓구 향나무서 나오넌 거는 머이 됐던 쏴 죽이라구 했다. 불이 활활 타구 있넌데 이즉만해서 웬 새실랑이 향나무서 나오멘 사람 살리라구 벅작 고구 있었다. 막세리 사람들은 이걸 보구 활을 쐈넌데두 화살은 맞디 않구 섓단 불을 뛰어넘어 도망틸라구 했다. 가이레 이걸 보구 불속으루 뛰어들어가 그 새실랑을 물어줶엤다. 새실랑이 죽은 걸 보느꺼니 그거는 사람이 아니구 구무여우였다. 그런데 가이는 구무여우를 물어죽이레 불에 뛰어들어가서 고만 불에 타서 죽었다.

사둔집이서는 가이까타나 벤을 당하디 안했다구 가이를 고맙게 여기구 가이 비석을 해 세웠다구 한다.

※1934年 7月 昌城郡 東倉面 大楡洞 金信雄

1) 반찬을 넣어 두는 곳 2) 누룽지

고양이를 죽인 쥐

넷날에 부재 한 사람이 있으랬넌데 어드렇게 된 노릇인디 고만 재수가 없어서 패가하게 돼서 살 수가 없어서 고향을 떠날라구 했다.

그집에는 골간[1]에서 여러 해를 두구 그 집에 곡석을 먹구 큰 큰쥐레 있었다. 이 사람은 집을 떠날 때 이 큰쥐를 자루에 넣서 메구 갔다. 덩체

없이 발 가넌 대루 가드랬넌데 가멘서 밥을 얻어먹군 하넌데 밥을 얻으문 쥐한데두 주구 주구 했다. 수넌 동안 이렇게 지내드랬넌데 하루는 어니 큰 부재집이서 자리를 붙게 됐넌데 밤에 쥔과 이런 말 데런 말 하다가 광이 잡아먹넌 쥐레 있다는 말을 했다. 쥔이 이 말을 듣구 "쥐레 어드렇게 광이를 잡아먹갔네? 그런 쥐란 절대루 없다"구 하멘 그런 쥐레 있으문 내 재산을 다 주갔다구 했다. 이 사람은 나는 광이 잡아먹는 쥐레 있다구 했다. 쥔은 당신 쥐레 우리 집 광이를 죽이문 내 재산 다 주갔다, 어디메 당신 쥐하구 우리 집 광이하구 쌈을 부테 보자, 당신 쥐레 우리집 광이를 지우멘 내 재산 다 주갔다" 하구서 광이를 가저왔다. 이 사람은 자루에서 큰 쥐를 꺼내놨다. 쥐는 나오자마자 광이 머리통을 물어서 쥑엤다. 부재는 할 수 없이 약속한 대루 저에 재산을 다 이 사람을 줬다. 이 사람은 그 재산을 개지구 다시 부재루 살게 됐다구 한다.

※1933年 12月 碧潼郡 雲時面 雲下洞 九音里 崔錫濚

1) 광

東이 머냐 中天이 머냐

한 사람이 길을 가구 있드랬넌데 한곳에 이르느꺼니 아이 둘이서 다투구 있었다. "너덜와 다투구 있네?" 하구 물으느꺼니 한 아레 "나는 동쪽이 둥턴보다 멀다구 하느꺼니 애레 둥턴이 동쪽보다 더 멀다구 해서 서루가락 자기레 말이 옳다구 다투구 있이요" 하구 말했다. 이 사람은 그 아 말을 듣구 "너는 어드래서 동켄이 둥턴보다 멀다구 하네?" 하구 물었다. 그러느꺼니 그 아레 "아침에 해가 뜰 때는 춥디만 낮이 되문 더우느꺼니 그걸 보문 둥턴은 가깝구 동켄이 멀다는 거이 이 때문 아니갔소?" 하구 말했다. 다른 아레 "이레 보시라구요. 해가 뜨는 거 보문 해레 동켄에 있을 적에는 크디만 둥턴에 있을 때는 적어요. 그걸 보문 둥턴이 동켄보다 멀어서 그렁거 아니갔소" 하구 말했다. 길 가던 사람은 이 말을 듣구 메라구 판덩을 내리야 할 디 알 수가 없어서 너덜 말이 다 옳다구 하구서리 근낭 가뿌렜다.

※1932年 7月 定州郡 安興面 好峴洞 趙閏河
※ 〃 〃 義州郡 義州邑 金寬洙

공자와 아이의 문답 |

孔子레 말을 타구 길을 가넌데 길 가운데에 한 아레 놀구 있으멘서 孔子가 지나가넌데두 빌을 비케설라구 하디 안했다. 孔子는 벨난 아래 다 있다 하구서 이 아레 재간을 좀 보갔다구 "야 너 내가 묻는 말에 대답하간?" 하구 말했다. 그러느꺼니 그 아레 "대답하갔이요 물어보시라구요" 했다. 그래서 공자는 밤에 내리왔다 아직에 올라가는 거 머이가? 하구 물으느꺼니 이 아레 그거는 니불이디 머이갔소 했다. 공자는 고롬 가지 없는 낭구는 머이가 하구 물었다. 그거는 통나무디요 했다. 공자는 겨울에는 빨가벗었다가 여름이 되문 옷을 많이 닙는 거이 머이가? 하구 물었다. 아이는 그건 낭구디 머이갔소 했다. 이 아레 묻는 거 묻는 쪽쪽 다 잘 마치므로 더 물어보디 않구 있었다. 그러느꺼니 이 아레 고롬 내레 물어보넌 거 대답해 보시구레, 했다. 공자가 그카갔다 하느꺼니 이 아레 하늘에 벨이 멫이나 됩니까 하구 물었다. 공자는 대답할 수가 없어서 하늘으 것을 묻디 말구 따우에 있는 거 물어라 했다. 그러느꺼니 고롬 따우에 집이 멫 채나 됩니까 하구 물었다. 공자는 그렁 거 말구 내 몸 가까이 있는 거 물으라 했다. 그러느꺼니 이 아레 아주바니 눈섭이 멫 개야요 하구 물었다. 공자는 또 이것도 대답 못했다구 한다.

※1934年 7月 宣川郡 宣川邑 川南洞 李贇基

강대골 강서방

강대골 강서방이 당에 갔다 오다가 강도놈을 만나서 강도놈에게 부뜰레서 커다란 몽둥이루 엉둥이를 강하게 맞아서 올똥갈똥 하가가 눈깔이 멀뚱말뚱해서 이리 데굴 데리 데둘 굴러다니다가 두 다리 뻣구서 죽었다.

※1936年 1月 龍川郡 外上面 良軍洞 白泰龍

태자로 태어난 사람

넷날에 한 사람이 있드랬넌데 이 사람은 높은 산에서 물을 길러다가 놓구 길가는 사람이 물 먹구푸문 그 물을 주어서 먹게 하군 했다. 이렇게 하기를 한 삼 넌 한 담에는 이번에는 신을 많이 사다가 신이 업슨 사람한테 한 컬레식 나나 주군 했다. 이런 일을 한 삼 넌 한 다음에는 이번에는 밭에다 차무[1]를 많이 심어 놓구 밭가에다 원두막을 세우구 길 가는 사람에게 돈을 받디 않구 원두막에 앉데서 거저 차무를 먹이군 했다. 이런 일두 한 삼 넌 하구 있었드랬넌데 삼 넌 하던 어니날 암행어사레 여기를 지내가다가 이 원두막에서 차무를 먹구 가멘서 차무값을 주느꺼니 이 사람은 차무값을 받디 않았다. 어사레 이상해서 어드래서 차무값을 받디 않능가 물었다. 이 사람은 석삼 넌 아홉 해를 놓은 일을 할라구 그른다구 말했다. 어사는 어드래서 돟은 일을 석삼 넌 아홉 해를 할라구 하능가 하구 물었다. 그랬더니 그 사람은 돟은 일을 석삼 넌 아홉 해를 해서 살아서두 태자 죽어서두 태자가 되구파서 그런다구 말했다. 어사는 이 말을 듣구 이것 봐라 시골놈이 엉뚱한 생각을 다 하구 있구나 하구 메시껍나서 게릅댕이 세대루 이 사람에 손바닥을 때렜다. 그랬더니 이 사람은 고만 죽구 말었다.

이 사람이 죽은 뒤에 왕은 아덜을 하나 났던데 왕은 기뻐서 태자에 생일날에 많은 신하를 불러서 잔채를 베풀었다. 신하덜은 제각기 태자를 안아 보기두 하구 얼러 보기두 했다. 이 어사두 태자를 안아 보구 얼러보갔다구 태자 앞에 가서 안아 볼라구 하느꺼니 태자는 울구 안키디 안할라구 했다. 왕이 이걸 보구 어드래서 태자레 안 안기갔다구 울구 하능가 하구 물었다.

어사두 어드래서 그러넌디 알 수레 없다구 했다. 그리구 나서 가만 생각을 해보느꺼니 어니해 어니 시골에 암행어사루 갔을 적에 태자가 되구푸다는 차무당시 생각이 나서 왕보구 제레 암행어사레 돼서 어니 시골에 갔드랬던데 차무당시한데서 차무를 사 먹구 차무값을 주느꺼니 차무값을 받디 않아서 어드래서 차무값을 안 받능가 물으느꺼니 자기는 태자가 되구파서 돟은 일을 하각기에 차무값을 안 받는다구 해서 그놈이 하두 밉살스러워서 게릅댕이루 손바닥을 때렸더니 죽었넌데 아매두 그 사람이 태자루 태어나서 그러능가부다구 말했다. 왕은 이 말을 듣구 태자에 손바닥을 페보느꺼니 손바닥에 게릅댕이 자죽이 있었다. 왕은 이걸 보구 돟은 일을 한 사람을 때레서 죽게 한 거이 머이가 하구 어사를 매를 때렜다. 그랬더니 그 후에는 태자는 어사한데 가기두 하구 안아 줘두 울디 않했다. 돟은 일을 석삼 넌 아홉 해를 한 그 사람은 태자루 태어난 걸 알게 됐다구 한다.

※1936年 12月 宣川郡 台山面 圓峰洞 朴根葉

1) 참외

아랫 세상에 갔다온 사람

녯날에 한 사람이 있었드랬넌데 이 사람은 일을 하기 싫어서 아무 일두 하딜 않구 맹탕 놀구만 있어서, 이 사람에 부모는 당개를 보내서 세간을 따루 내주문 일두 하구 잘살갔디 하구 당개를 보내서 세간을 내주었다. 그런데 웬걸 이 너석은 여전히 아무 일두 않구 놀구 먹기만 해서 저에 부모가 준 쌀을 다 먹구 굶게 됐다. 그래서 굶다 굶다 못하느꺼니 저에 색시레 증이 나서 "여보시 님제레 당창 이라갔스문 어카갔소. 결딴을 봅수다레. 정 일하기 싫으문 우리 살기를 그만 두든가 합수다레" 이렇게 말하느꺼니 이 너석은 "그만두갔으문 그만두자꾸나. 그런데 나 콩 한 말만 닦아 주구레. 난 그 콩을 개지구 나가갔다"구 말했다. 그러느꺼니 색씨는 놈으 집에 가서 콩 한 말을 꾸어다가 닦아서 주었다. 이 너석은 그 콩을 짊어메구 그냥 발 가는 데루 가넌데 가멘 그 닦은 콩을 빼작빼작 깨밀멘 갔다. 하하 가느꺼니 어드렁 베랑땅이레 나서서 그 알루루 내리다 보느꺼니 그 베랑땅 아래서 옥작복작 소리가 나서 거길 가보갔다구 베랑땅을 갸우갸우 내레가 봤다. 내레가 보느꺼니 배꾼덜이 여러이 밥을 지어 먹누라구 삥 둘러앉아서 멀주절거리구 있었다. 이 너석은 고기 가까히 가서 밥 좀 주구레 하구 말하넌데두 배꾼덜은 못 들었넌디 그냥 저덜끼리만 밥을 먹구 있었다. 이 너석은 또 밥 좀 주구레 했넌데두 그냥 먹구만 있었다. 이 너석은 배레 혹께 고파서 그넘덜 가운데 들어가서 밥을 퍼먹었다. 그러넌데두 그넘덜은 말리디두 않구 암쏘리두 하디 않했다. 밥이 다 없어지게 되느꺼니 배꾼덜은 서루까락 테다보멘, 너 배 부르네? 너 배 부르네? 아니 난 안 불러. 나두 안불러 하멘 야아 이거 조화다. 어제는 그만큼 했넌데두 배 부르게 먹었넌데 오늘은 웬일야 하군 다시 밥을 지었다. 밥이 다 돼서 먹넌데 이 너석은 또 달라들어서 퍼먹었다. 그런데두 배꾼덜은 아무가이두 말리디 않했다. 밥을 다 먹구 나서 배꾼덜은 이전 가자 하멘 모두 다 배에 올라탔다. 이 너석두 뒤에 따라서 배에 올라탔넌데 아무가이두 네레 웬놈이가 하구 묻디두 않구 내레가라는 말두 안했다. 하하 가다가 배꾼 하나이야 난 어드렇게 된 노릇인디 배레 고파서 배를 저을 수가 없구나, 하느꺼니 다른 배꾼두 나두 나두 하멘 배가 고프다구 말했다. 그리군 날래 더기 가서 밥해 먹자 하멘 배를 저었다. 하하 가느꺼니 눅디가 나왔다. 배꾼덜이 배에서 내레가서 이 너석두 내레갔다. 고기에는 말이 있어 사람두 많이 살구 있었다. 이 너석은 말에 들어가서 한곳에 가느꺼니 큰 체네가 있어서 이 너석은 그 체네를 잡아서 끄느꺼니 체네는 아야아야 하멘 과티멘 저에 집으루 들어갔다. 체네 오마니레 보구서 어드래서 과티네 하구 물었다. 머이 나를 갑재기 세과디 잡아끈다 하멘 야단텠다. 오마니는 이걸 보구 이 에미나이레 미치광이 났다 하멘 무당을 불러다가 보라구 했다. 무당이 체네를 보더이만 우에 사람이 내리와서 체네한테 붙어서 그런꺼니 굿을 해야 낫갔다구 했다. 그래서 그 집이서는 소 잡구 떡 하구 술을 빚어서 잘 채레 놓구 쿵덩쿵덩하멘 굿을 했다. 이 너석은 잘 채레논 임석상[1]에 올라앉아서 배가 고픈 김에 이것 데것 와짝와짝 집어먹구 있었다. 무당이 한차 쿵당쿵당하다가 멀 오라구 하느꺼니 어데서 무섭게 생긴 넘이 날라들어오더니 이 너석을 척 집어 개지구 소용[2] 아낙에 쓸레넣구 나오디 못하게 하구 모다구[3]루 마개를 칵 막아서 밭에 갲다 파구 깊이 묻었다. 이넘은 소용 아낙에 갇히워서 살재간이 없으느꺼니 몸을 음적음적 흔들멘 빠져나갈라구 하넌데 소용이 조금식 우루 올라갔다. 그때 밭을 갈구 있던 쟁기에 보씹[4]에 맞아서 깨데서 이 너석은 다시 밖으루 뛰어나오게 됐다. 그래 개지구 다시 말로 들어갔넌데 한곳에 가느꺼니 조그마한 새시방이 오종을 누구 있어서 이 너석은 그 새시방에 자지를 잡아뜯었다. 그러느꺼니 새시방은 죽갔다구 과티멘 저에 색시과 봐달라구 했다. 색시레 보느꺼니 아무것두 없어서 없다구 했다. 그래두 아파서 죽갔기에 저 오마니과 봐달라구 했다. 저 엄메두 보구 암것도 없는데 와 그레네 했다. 새시방은 아파 죽갔다구 자꾸만 팠다. 오마니레 가만 생각해 보느꺼니 언젠가 건너집 체네레 까닥 없이 아프다구 과테서 굿하구서 낫다는 거이 생각나서 굿을 하야갔다 하구서 쇠경[5]한데 가서 물어봤다. 쇠경이 와서 보구 우에 사람이 내리와서 붙어서 그른다, 굿을 해야 낫갔다구 해서 이 집에서는 임석을 많이 채레 놓구 굿을 했다. 이 너석은 또 잘 차레논 상에 올라앉아서 잘 먹구 있었다. 쇠경이 메라구메라구 하느꺼니 무섭게 생긴 놈이 척 나타나더니 이 너석을 잡아서 공둥으루 휑 팽개텠다. 얼마 후에 이 너석이 눈알을 떠보느꺼니 저 살던 집에 와 있었다. 도루 저에 집에 왔넌데 이 너석은 일하기 싫어서 맹탕 놀구만 있다가 고만에 동내치[6]레 돼서 마감에는 개창구리[7]하구 말았다구 한다.

※1938年 8月 宣川郡 東面 仁谷洞 金鉉濬

1) 음식상 2) 병 3) 못 4) 보습 5) 소경 6) 거지 7) 구렁에 빠져서 진흙투성이가 됨

순진한 처녀를 욕심냈다가

넷날에 어니 곳에 넝감 하나이 있드랬는데 이 넝감에게는 딸이 하나 있었다. 인물이 곱구 맘씨가 착하구 재간두 많구 해서 돟은 데루 시집보내갔다구 매일 매일 뒷산에 올라가서 구세먹은 고목낭구에다 대구 딸이 돟은 데루 시집가게 해달라구 빌구 빌구 했다.

그런데 이 동네에 한 흉측한 총각 하나이 이걸 알구 하루는 그 구세먹은 낭구통 아낙에 들어가서 숨어 있다가 이 넝감이 딸 돟은 데루 시집가게 해달라구 빌 적에 "네에 딸은 왕에 색씨레 되갔으니 나무통으루 궤를 잘 짜서 그 아낙에 너에 딸을 넣서 아모데다 놔 두구 한번도 뒤돌아보디 말구 너에 집으루 퉤가라"구 말했다. 넝감은 이 말을 듣구 산실령이 그렇게 말하는 줄 알구 기뻐서 나무통으루 궤를 짜서 그 아낙에 딸을 넣구 산실령이 말한 곳에다 놔두구 뒤두 돌아보디 않구 집이루 왔다.

이 흉측한 총각넘은 데 두상 나한데 잘두 속았다 하구 그 궤를 짊어지구 저에 집으로 갔다. 가는데 하하 가느꺼니 웬 사람덜이 한물커리 몰케 오구 있어서 이넘은 고만 겁이 나서 체네가 든 궤를 길옆에 내리놓구 어디메 가서 숨었다. 한물커리 오던 사람덜은 글루루 지나가다가 이상한 궤레 있어서 이 궤를 개지구 왕궁으루 가서 궤를 열어 봤다. 궤 안에 곤 체네레 있으느꺼니 이거 조화다 하구 그 체네를 왕한데 받혔다. 왕은 기뻐서 그 체네를 왕후루 삼았다. 그리구 그 궤 안에 곰을 한 마리 집어넣구 그 궤를 그 전에 있던 자리에 갲어다 놓게 했다.

그 후 이 총각너석은 궤를 놔둔 곳에 와보느꺼니 궤레 그대루 있어서 그 꿰를 짊어지구 집이루 와서 밤이 돼서 체네를 볼라구 궤 뚜껑을 열라구 하느꺼니 궤 안에서 빨빨 긁넌 소리가 났다. 이넘은 체네레 부끄러워서 그르는 줄 알구 "야 너 멀 그러네? 가만 있이라우" 하멘 궤 뚜껑을 열구 손을 디리 밀었다. 그랬더니 난데없은 곰이 나와서 이넘을 잡아먹었다.

※1934年 7月 宣川郡 東面 路下洞 朱廷範
※1936年 1月 龍川郡 外上面 做義洞 張錫寅

순진한 처녀를 욕심냈다가

넷날에 과부 하나이 있드랬넌데 이 과부는 저에 딸이 피양감사에 색시가 되게 해달라구 날마다 덜에 가서 부테님한테 빌군 했다. 그런데 이덜 중 하나이 이걸 보구 그 과부에 딸을 저에 색시를 삼구파서 하루는 부테 뒤에 가만히 숨어 있다가 과부레 와서 빌구 있을 적에 "아뭇쏘리 말구 너에 딸을 이 덜 돌중에 주라"구 부테님 목소리같이 했다. 과부는 이 말을 듣구 고만 맥이 풀렀디만 부테님 말이라 어칼수레 없어서 그 중을 저에 집에 데불구 와서 딸을 데릿구 가라 했다. 중은 체네를 농 안에 네서 이걸 메구서 덜루 가드랬넌데 가다가 도둥에서 피양감사에 행차를 만났다. 중은 이거 야단났다 하구 체네가 들어 있넌 농을 길에 내리놓구 고만 멀리 달아나서 숨었다.

피양감사레 가다가 길에 농이 노여 있으느꺼니 하인과 그 농을 열어 보라구 했다. 하인이 열어 보느꺼니 곤 체네레 들어 있어서 감사는 그 체네를 자기 색시 삼갔다구 신게에다 태우구 그 농 안에는 개지구 가던 갈범을 네 두었다.

감사가 지나간 담에 중은 숨었던 곳에서 나와서 농을 내리논 곳까지 와봤다. 와보느꺼니 농이 그대루 있어서 중은 도와라구 농을 짊어지구 덜꺼정 왔다. 덜에 와서 저에 방으루 들어가멘 난 곤 색시를 데불구 왔다구 다른 중에게 자랑했다. 그런데 이 중이 방에 들어간 후 나오디 안해서 다른 중덜이 이거 어드렇게 된 노릇인가 하구 그 중으 방에 들어가 볼라구 하넌데 문이 잠겨서 열을 수가 없어서 문구넝을 뚫어서 방 안을 들이다보느꺼니 중두 없구 색시두 없구 웬 갈범 한 마리가 사람에 뻬다구를 오작오작 깨미러 먹구 있었다.

※1933年 7月 宣川郡 深川面 古軍營洞 桂基德
※1937年 〃 定州郡 郭山面 造山洞 金仁杰
※ 〃 〃 宣川郡 宣川邑 川南洞 金炳彬
(단 처녀는 왕후가 되었다고 함)

왕이 될 팔자의 사람

넷날에 왕건이라는 사람이 있었드랬넌데 이 사람에 손바닥에는 王재란 글재로 된 손금이 있었다구 한다. 이 사람은 힘두 쓰구 재간두 많구 공부두 잘했다구 한다.

하루는 어드메 나들이가다가 점배치를 만나서 점을 처보느꺼니 당신은 왕이 될 사람이라구 했다. 이 사람은 이 말을 듣구 내레 왕이 될 사람이라문 이 조그마한 되센[1]에 왕이 되는 거보다 대국에 들어가서 대국에 텬자[2]레 되갔다 하구서리 대국으로 들어갔다. 가다가 점배치레 있어서 그 점배치한데 가서 점을 쳐 봤다. 그 점배치는 이 사람을 한참 보더이만 당신에 손바닥에는 왕재가 있어서 왕이 될 사람이지만 대국에 큰 나라에 들어가 봤자 큰 나라에 왕은 될 수 없갔소. 그러느꺼니 되센 같은 작은 나라에서 왕이 돼 보구레, 하구 말했다. 왕건은 이 말을 듣구 도루 되센으루 나와서 되센에 왕이 됐다구 한다.

※1934年 8月 定州郡 郭山面 造山洞 閔鳳植
1) 조선 2) 천자

왕이 될 팔자의 사람

넷날에 이주[1]에 큰 부재레

살구 있었넌데 이 부재에 아덜은 서울루 공부하레 갔다. 그런데 이 집에 메느리는 새시방이 없넌데두 애를 갯어서 시부모는 깜짝 놀래서 이거 어드렇게 된 노릇이가 하구 물었다. 메느리는 눈물을 흘리멘 밤이 되문 당나구 같은 이상한 즘성이 와서 억지루 자구가구 자구가구 해서 그리 됐다구 말했다. 시아버지는 이 말을 듣구 멩디실[2]을 한 꾸리 주멘 온 나주 그 당나구 겉은 즘성이 와서 자구 아직에 갈 적에 그놈에 발에다 이 실을 자매구 해 기울 때까지 풀어 주라구 했다.

메느리는 시아버지가 하라는 대루 그 당나귀 겉은 거이 와서 자구 갈 적에 그놈에 발에다 멩디실을 자맸다. 실은 그놈이 가는 대루 풀레나갔다. 다음날 아직에 시아바지는 사람을 많이 데리구 실가는 데루 따라갔다. 실은 산 넘구 고개 넘구 어드런 큰 게수를 들어가 있었다. 게수물을 다 퍼내구 밑바닥에 숨어 있넌 그 즘성을 잡아 쥑엤다.

그 후 메느리는 아를 낳넌데 이 아레 잘생기구 해서 잘 키우드랬넌데 커서는 공부두 잘하구 여간만 재간이 놓디 안했다. 그런데 이 아는 오마니한데 아무 말두 않구 집을 나와서 북으루 북으루 누걸래치토롱[3]하구 갔다. 가다가 한곳에 이르느꺼니 점배치레 점을 치구 있어서 점 좀 쳐 보자구 했다. 점배치레 책을 내밀구 무슨 재던 맘대루 짚어 보라구 해서 하늘 天재하구 빛 光재를 짚었다. 그러느꺼니 점배치는 당신은 왕이 될 사람이라구 했다. 이 아는 그 말에 이심[4]이 나서 다른 누걸레치보구 데 점배치한데 가서 점치갔다 하구서 하늘 天재와 빛 光재를 짚어 보라구 했다. 그 누걸래치레 점배치한데 가서 점 치갔다 하구 하늘 天재하구 빛 光재를 짚었다. 점배치는 님제는 암만해두 밥 얻어먹기 밖에 못할 팔재다구 말했다. 이 아는 그 말을 듣구 자기는 저엉 왕이 될 팔잰가 하구 살드랬넌데 내중에는 대국왕이 됐다구 한다.

※1936年 12月 鐵山郡 鐵山面 嶺洞 崔元丙

1) 의주　2) 명주실　3) 거지처럼　4) 의심

꿈

넷날에 두 사람이 항께 앉아서 이야기를 하다가 한 사람이 아아 난 졸린다 하구 누어서 잤다. 넢에 있던 사람이 가만 보느꺼니 자는 사람에 코구넝에서 딱쟁이 하나이 기어나오더니 문턱을 기어넘어서 밖으루 나갔다. 넢에 있던 사람은 이상한 일두 다 있다 하구 그 딱쟁이를 따라갔다. 딱쟁이는 그낭 가더니 물이 졸졸 흘러가는 데 와서는 건너가딜 못하구 일루루 갔다 덜루루 갔다 해서 이 사람은 조그마한 나무재박지루 다리놔서 건너가게 했다. 딱쟁이는 그 나무재박지를 넘어서 여기더기 돌아다니다가 돌아와서는 그 자는 사람에 코구넝으루 들어갔다. 딱쟁이가 들어가느꺼니 자던 사람은 잠을 깨구 일어나서 난 꿈을 꾸었다구 했다. 어드런 꿈을 꾸었능가 물으느꺼니 높은 고개를 넘어서 가느꺼니 혹게 넓은 들이 있어서 거기를 가느꺼니 큰 강이 나타났넌데 그 강을 건늘라 해두 다리가 없어서 건네딜 못하구 있넌데 웬 사람 하나가 나타나서 다리를 놔줘서 그 다리를 건너서 여기더기 돌아다니다가 왔다구 말했다. 넢에 있던 사람은 자기가 본 거를 다 말하구 사람이 잘 적에는 혼이 나와서 돌아다닌다는데 혼이 돌아다니멘 겪은 거이 꿈이 되는 거 같다구 말했다.

※1933年 12月 碧潼郡 雲時面 雲下洞 九音里 張錫濼

팔자가 좋으면

넷날에 어늬 곳에 한 부체레 살구 있드랬넌데 하루는 댕내레 고기를 저리게 해변에 가서 소곰을 사오라구 했다. 남덩은 그카갔다 하구 해변에 가서 소곰을 사개지구 집으루 오드랬넌데 오다가 어드런 게수에 왔넌데 그 게수 안에 고기레 혹게 많이 있어서 이걸 저리갔다구 그 소곰을 다 게수물에 쏟구서 집으루 갔다. 댕내레 소곰은 어드랬능가 물어서 게수에 고기가 많이 있어서 그 고기를 저리갔다구 거기다 다 쏟구 왔다구 했다. 댕내레 이 말을 듣구 고만 증이 나서 님제 같은 믹제기하군 못살갔다 하멘 욕질을 했다.

그런 후 이 남덩은 또 해벤에 가서 소곰을 사오게 됐넌데 소곰짐을 지구 집이 와서 벌테 보니꺼니 소곰섬 안에 보배가 많이 있어서 그걸 팔아서 잘살게 됐다.

사람이란 아무리 미런해두 팔자에 복이 있으문 잘살 수 있다구 한다.

※1936年 7月 鐵山郡 鐵山邑 東部洞 鄭元河

제사는 친자손이 지내야 한다

넷날에 어늬 곳에 앞뒷집에 사이 좋게 사는 넝감이 있었다. 앞집에 넝감에 집에는 딸 칠형데에 아들 하나를 두구 살구, 뒷집에 넝감은 아덜만 칠 형데를 두구 살았다. 그런데 이 두 넝감은 한날 한시에 죽어서 이 앞뒷집이서는 한날에 제사를 지내군 했다.

제사날 앞집이서는 제상을 잘 차레 놓구 제사를 지내는데 저에 아바지 혼이 토당에두 올라오디 못하구 있넌데 뒷집 넝감에 혼이 올라와서 젯상에 임석을 첩첩 먹구 있었다. 뒷집에 가보느꺼니 뒷집 넝감에 혼은 차악 올라와서 젯상에 임석을 먹구 앞집에 넝감은 나타나디두 안했다. 앞집에 아덜은 이상해서 저에 오마니과 그런말을 하구 이거이 어드렇게 된 노릇인가 하구 물었다. 오마니는 "글세 말이다. 전에 너 낳기 전에 너에 아바지레 하루나즈 같이 자드랬넌데 자다가 문밖으루 나가는데 보느꺼니 좀 이상해서 그에 옷자락을 잡으느꺼니 아바지레 탁 나꾸채구 그냥 나갔넌데 그 옷자락이 좀 찢어데서 내 손에 쥐어 있었다. 조금 있다가 아바지레 다시 둘와서 내레 오좀이 매리워서 나가는데 어드래서 옷자락을 나꾸챘네? 하구 물어서 옷자락 째딘 거를 대보느꺼니 틀림없이 맞았넌데 이상하다문 그거이 이상하다. 그런데 그 후 딸만 닐곱을 낳던 내레 아덜 너를 낳게 됐다" 하구 말했다.

그런데 사실은 이러했다.

앞집 넝감은 딸만 닐굽을 두구 아덜이 없어서 아덜을 얻구파서 뒷집으 넝감에게 저에 입성을 입헤 개지구 저에 댕내 방에 들어가서 자게 하구 이 넝감이 나와서 입성을 갈아입구 다시 댕내 방에 들어가서 오종 누레 나가는데 와 옷자락을 잡았능가 하구 물었다. 앞집 넝감과 뒷집 넝감은 비밀이 황논해 개지구 앞집 넝감에게 아덜을 낳게 했넌데 이런 비밀은 아무가이두 모르는 일이었다.

앞집이서 아덜이 제사 지내는 것을 둥지하구 다시 젯상을 차리며 딸덜이 지내느꺼니 뒷집 넝감에 혼은 나가구 앞집 넝감에 혼이 둘와서 제사 임석을 먹었다구 한다.

※1936年 7月 龜城郡 沙器面 造岳洞 金致載

제사 음식은 깨끗이 |

넷날에 한 사람이 말을 타구 길을 가드랬넌데 날이 저물어서 자구 갈 집을 찾아보넌데 거기는 산둥이 돼서 집두 없었다. 더 가문 집이 있갔디 하구 말을 몰구 갈라구 하넌데 어떤 머이[1] 있넌데 오느꺼니 말은 발을 멈추구 더 갈라구 하디 안했다. 그래서 할 수 없이 말에서 내레서 머이 넢에서 자갔다 하구 머이 앞에 가서 "오늘밤 여기서 쉬구 가갔수다 잘 살페주시요" 하구 인사를 했다.

밤이 어두어서 잘라 해두 잠이 오디 않아서 그대루 앉아 있넌데 재밤둥[2]이 되느꺼니 데켄에서 아무가이 아무가이 하구 부르는 소리가 났다. 그러느꺼니 이켄 머이서 와 그룸마 하구 대답했다. 그러느꺼니 데켄에서 온나즈 아무데에 제사지내는 집이루 제사 먹으레 갑세 하구 말했다. 그러느꺼니 이켄 머이서 "우리 집에 나가네레 와 있어서 난 못가갔슴메. 님제나 갔다옵세" 하구 말했다. 그리구 한참 있더니 데켄에서 "내레 갔다 왔습메. 그런데 그 집에 메그릇에 뱀이 두 놈이나 있어서 티꺼워서 먹디 못하구 그 집에 당손에 손을 국가매[3]다 쓸레넣구 왔습메" 하구 말했다.

이 사람은 그런 말을 다 듣구 날이 밝아서 아무가이 동네루 찾아가서 제사지낸 집으루 찾아갔다. 그리구 쥔과 어제 나즈 당신네 당손이 국가매에 손을 뎄넝가 하구 물었다. 그렇다구 하느꺼니 고롬 메그릇을 개오 보라구 했다. 메그릇을 보느꺼니 그릇 안에 머리카락이 두 개 있었다. 이 사람은 지난 나즈 머이에서 들은 말을 하구 구신이 메를 먹으레 왔다가 머리카락이 들어 있어서 티꺼워서 먹디 못해서 증이 나서 아에 손을 디게 한 거이라구 말하구 제사 지낼 때에는 임식에 티꺼운 거이 들어가디 않게 장멘하야 한다구 말했다.

※1935年 1月 定州郡 郭山面 石洞下端 金相允
※1936年 12月 〃 〃 鹽潮洞 卓炳珠
※1938年 1月 新義州府 霞町 崔錫根
※ 〃 〃 鐵山郡 扶西面 石山洞 鄭聖則
※ 〃 〃 宣川郡 深川面 五峰洞 金炳彬
1) 뫼 2) 한밤중 3) 국가마, 국솥

수명을 고치다

넷날에 한 아레 집 앞 바깥 떠락[1]에서 놀구 있넌데 어드런 사람이 지나가다 보구 아까운 아레 낼모레 죽갔다 하구 말했다. 이 아는 그 말을 듣구, "여보시요 어르신네 이자 메라구 했입니까?" 하구 물었다. 그러느꺼니 그 사람은 "아니다. 난 이땅마다[2] 노망해서 헛소리한다. 아무말두 아니다" 하멘 더 말하디 않구 갈라구 했다. 그런데 이 아는 그 사람을 부테잡구 말 좀 자세히 해주구레 하구 졸랐다. 그래두 이 사람은 말을 하디 안해서 이 아는 집으루 들어가서 아바지과 어드런 사람이 날보구 낼 모레 죽갔다구 했다구 했다. 아바지는 이 말을 듣구 쫓아나와서 그 사람에게 달레가서 "당신은 우리 아레 죽을 거를 알문 살리는 것두 알디 않갔소. 어드렇게 하문 살리갔소. 그거를 말해 주구레" 하구 간절히 말했다. 그러느꺼니 그 사람은 "어드런 일이던디 내가 하라는 대루 하갔능가" 하구 물었다. "예 머이든디 하갔시요. 날래 대주구레" 하구 대답했다. 그러느꺼니 그 사람은 "이제 여기서 동으루 한 십니쯤 가문 과부레 술을 파는 집이 있을 거이요. 고기서 술을 한병 달라는 대루 돈을 주구 사개지구 남으루 가시요. 남으루 가문 노루고기를 파는 집이 있을 터이니 그 집이서 노루고기를 달라는 대루 돈을 주구 사서 동남쪽으루 가문 큰 산이 있구 그 산에 빨간 옷 입은 넝감과 까만 옷 입은 넝감 둘이서 장그를 두구 있을터이니 그 앞에 술병과 노루고기를 놓구 우리 아를 살레 달라구 빌문 무슨 수레 있을 거요" 하구 말했다.

이 아에 아바지는 그 말을 듣구 인차 술과 고기를 사개지구 산으루 가서 빨간 옷 입은 넝감과 까만 옷 입은 넝감 둘이서 장그 두는 앞에다 놓구 꿇어앉아서 우리 아를 살레 달라구 빌었다. 빨간 옷 입은 넝감은 사람을 살리는 사람이구 까만 옷 입은 넝감은 사람 죽이는 사람인데 빨간 옷 입은 넝감은 까만 옷 입은 넝감과 여기 술과 고기가 있으느꺼니 우리 술 먹자 하구 말했다. 까만 옷 입은 넝감은 난 안 먹갔다구 하넌데 빨간 옷 입는 넝감은 그러디 말구 우리 술 먹자 하멘 자꾸 먹자 하느꺼니 까만 옷 입은 넝감은 님제 송화[3]에 늙어죽갔구만 하멘 술과 고기를 먹었다. 그리구 검은 옷 입은 넝감이 취해서 자넌데 빨간 옷 입은 넝감이 까만 옷 입은 넝감이 개지구 있는 책을 펠티구 낼 모레 죽갔다는 아에 나이를 디우구[4] 八十八로 고테 썼다.

이 아에 아바지레 빌다가 니러세서 보느꺼니 쌔한 학이 하늘서 내리와서 이 두 넝감을 태워서 하늘루 올라갔다.

아바지는 집이루 돌아와서 그 사람과 빨간 옷 입은 넝감과 까만 옷 입은 넝감이 이러이러하더라구 말했다. 그러느꺼니 그 사람은 "그럼 이자는 일없다. 당신 아덜은 오래오래 살갔다"구 말했다구 한다.

※1937年 7月 龍川郡 東下面 三仁洞 文信珏

1) 뜨락 2) 이따금 3) 성화 4) 지우고

그림자 없는 사람 |

넷날에 한 낸이 길을 가다가 길가에 있는 머이 우에 앉아서 쉬다가 비몽사몽간에 한 남자를 보게 됐넌데 아를 개저서 十朔만에 아덜을 났다. 그런데 이 아는 그림재가 없었다. 구신하구 붙어서 난 아는 그림재레 없다구 한다.

※1935年 1月 朔州郡 朔州邑 東部洞 田種哲

어떤 선비의 歷經 |

넷날에 어떤 시골 사람이 서울루 과개하레 올라가드랬넌데 한곳에 이르느꺼니 앞 못보넌 쇠경이 바람에 갓을 날리웠넌데 글방 아이가 이거를 집어개지구 주디 않구 놀리며 쇠경을 애먹이구 있었다. 이 사람은 이걸 보구 글방아를 책망하구 갓을 빼틀어서 쇠경에게 주었다. 그러느꺼니 쇠경은 이 사람에게 고맙다는 말을 수없이 하구 "당신은 어데루 무엇하루 가는 사람이요, 어디 신수나 한번 보아들입시다" 하구 말했다. 이 사람은 "그만 일에 뭘 고맙다구 하시요. 뭘 수고시리 봐주갔다구 합니까" 하멘 그대루 갈라구 했다. 쇠경은 이 사람을 붙잡구 점을 처보더니 "이번 길에 돟디 못한 일이 세 번이나 일어나서 고난을 당하갔수다. 첫번에는 마음을 정딕하게 쓰문 무사하갔소. 두번째는 보물이 있이야 고난을 멘하갔소. 세번째는 이거 왼 어러운 일인데…" 하더니 주머니서 멀 내개지구 종우[1]에다 싸서 주멘 첫번째에도 풀어보디 말구 두번째에두 풀어보디 말구 세번째에는 왼 우엣 사람을 주어서 풀어보게 하시요" 하구 말했다.

이 사람은 쇠경한데서 종우에 싼 거를 받아 개지구 서울루 가는 길을 갔다.

하하 가다가 날이 저물어서 너관에 들어서 자게 됐넌데 이 너관집이 낸이 이 사람을 붙잡구 같이 자자구 했다. 이 사람은 쇠경이 마음을 정딕하게 쓰문 고난을 멘한다구 해서 낸이 붙잡는 거를 뿌리티구 밖으루 뛔테나왔다. 그랬더니 그 집에 남덩이 나타나서 "참 당신은 마음이 정딕하우다. 당신이 만약에 그 네자과 한방에서 잤드라문 난 이 집이다 불을 지르구 당신과 그 네자를 단칼루 찔러 죽일라구 했소" 하구 말했다.

이 사람은 그 너관에서 나와서 다른 집이서 자갔다구 잘만한 집이 어데메 있능가 하구 이집 데집 기웃기웃하멘 돌아다녔다. 기웃거리구 다니느라느꺼니 윈 사람이 나와서 보재기루 씨워서 어드런 집이루 끌구 가서 탁 팽개티구 나갔다. 보개기를 벗구 보느꺼니 웬 훌룽한 방 안에 있었다. 이거 어찌 된 노릇인가 하구 있넌데 방문을 열구 좌켄엔 해가 돋구 우켄엔 달이 돋은 예쁜 체네레 들어왔다. 이 체네는 이 사람을 한참 보더이만 "참 아깝다. 시골서 났기 그르디 서울서 났드라문 왕노릇 두 할 사람인데 보쌈으루 잽헤 와서 죽게 돼서 참 아깝다. 조금 있으문 당신을 죽이레 올 사람이 오갔넌데 이거 어카노?" 하멘 혼자말을 했다. 그러더니 학갑을 열구 인삼을 한보따리 싼 거를 내주멘, 이따가 당신 잡으레 온 사람한데 이거를 내주멘 난 이제 죽는 몸이 돼서 소용없게 됐으느꺼니 이 인삼이나 개지라 하멘 내주먼 무슨 수가 있을 거라구 말하구 나갔다.

체네가 나간 담에 니어 사람이 둘와서 보에다 싸개지구 나갈라구 했다. 이 사람은, "여보시 난 이제 죽는 몸이 됐으느꺼니 개지구 있는 인삼이 무슨 소용이 있갔소? 당신이나 이걸 개지시요" 하구 인삼보따리를 내주었다. 잡으레 온 사람은 인삼보따리를 보더이마는 날래 여기서 도망테 나가라구 했다.

이 사람은 고기서 뛰테나와 개지구 메칠 있다가 과거를 봐서 장원급데를 했다. 그러느꺼니 李정승이 사우삼갔다구 했넌데 고만에 세럭이 밀리워서 金정승이 이 사람을 사우삼게 됐다.

이 사람은 金정승의 딸과 결혼하게 됐넌데 이 金정승으 딸은 체네 때보탄 곤남진이[2]레 있었드랬넌데 이 곤남진이레 새실랑을 죽이갔다구 신방으루 들어와서 새실랑을 죽인다는 것이 잘못해서 김정승으 딸을 죽이구 달아났다.

다음날 김정승은 결혼한 날 밤에 딸이 죽은 거를 보구 이거는 새실랑이 죽인 거라구 하구 옥에다 가두었다. 이 사람은 이거 꼼짝없이 죽게 됐으느꺼니 이거야 말루 윈 곤난한 거라구 생각하구 쇠경이 준 종우에 싼 거를 윈 웃사람인 님금님한테 보내서 이거를 펠테 보문 아는 도리가 있갔다구 했다. 님금님이 종우에 싼 거를 펠테 보느꺼니 누렁 종우 한 당과 흰 종우 석 당이 들어 있었다. 이거이 머이가 하구 그거를 해득할라구 하는데 아무리 생각해두 알 수가 없었다. 그래서 이거를 니정승한데 주구 해득해 보라구 했다.

니정승두 해득할래두 그거이 무슨 뜻인디 알 수가 없었다. 집이 돌아와서 밥두 먹디 않구 둔눠 있었다. 니정승에 딸이 이거를 보구 어드래서 그러능가 물었다. 니정승은 그 종우 뭉치를 내보이멘 이거이 무슨 뜻인디 몰라서 그른다구 했다. 딸은 그거를 보더니 그거는 黃白三이라는 사람에 이름을 뜻한거라 하구 金정승에 딸을 죽인 자는 黃白三이란 놈이라구 했다. 니정승은 딸에 말을 듣구 딸에 말이 그럴듯해서 黃白三이란 놈을 잡아들이라구 하인에게 명넝을 내렸다.

黃白三이는 니정성에 딸까타나 자기 죄가 탄로하여 죽게 돼서 칼을 개지구 밤에 니정성에 집에 들어가서 니정승 딸을 죽일라구 했다. 그런데 니정승 딸은 미리 그럴 줄 알구 자기 방문 앞에 함정을 파두었다. 黃白三이는 니정승에 딸을 죽이갔다구 밤둥에 둘오다가 고만에 그 함정에 빠젔다. 이렇게 해서 黃白三이를 잡아서 도사해 보느꺼니 과연 金정승에 딸을 죽였다구 자백해서 이놈을 사형에 처했다.

이 사람은 무사히 풀레나와서 니정승 딸과 결혼해서 잘살았다구 한다.

※1937年 7月 義州郡 古津面 樂元洞 張浚植

1) 종이　2) 샛서방

來客을 好待하여 죽을 목숨을 구하다

넷날에 쇠경 서이서 길을 가다가 날씨가 저물어서 한 집에 들어서 자게 됐다. 그 집 쥔은 저낙상을 잘 채레서 주었다. 쇠경들은 잘먹구 나서 우리 이 쥔네 신세를 많이 졌으느꺼니 점이나 테주자 하구서 서이서 각각 점을 텠다.

쇠경 하나이 점괘가 고약하군, 하구 말하느꺼니 다른 쇠경두 나두 점괘가 고약하게 나왔다, 나두 점괘가 고약하게 나왔다 하구 말했다. 쥔이 이 말을 듣구 어드런 점괘가 나왔기 점괘가 고약하다구 하능가 말해 보시라구요, 하구 말했다. 그래두 쇠경은 입맛만 쩌억쩌억 다시멘 말을 하디 안했다.

"여보시, 무순 점괘가 나왔기에 말하디 않소? 아무러턴 말 좀 하시구레" 쥔이 이렇게 말하느꺼니 쇠경들은 "우리 서이서 점을 테봤더니 모두 똑같이 났넌데 온나즈 쥔이 죽을 괘레 나와서 그러무다"구 말했다. 쥔은 이 말을 듣구 깜작 놀라서 고롬 안 죽을 방도는 없갔능가 하구 물었다. 쇠경들은 또 점을 테보더니 말이던 망이[1]던 妾이던 그 서이 둥에 아무거이거나 하나를 활루 쏴 쥑이문 살 수레 있다구 말했다.

쥔은 활을 개지구 말한데 가서 쏠라구 하느꺼니 말은 꽁뎅이[2]를 슬슬 두르멘 오호호 하구 소리질렀다. 말이 그러느꺼니 차마 죽이디 못하구 망이한데루 가서 쏠라구 하느꺼니 망이는 꼬리를 내저으멘 방울을 달랑달랑 소리내멘 손에 와서 앉았다. 그래서 이것두 차무[3] 죽이디 못하구 妾이 있는 방으루 가서 활로 쏠라구 했다. 그러느꺼니 妾은 새파라데서 벌벌 떨멘 눈깔을 헬끗헬끗 하구 있었다. 쥔넝감은 이걸 보구 "말이며 망이며 즘성덜은 쥔을 보구 반가와하넌데 너는 어드래서 새파래 개지구 벌벌 떨구만 있네" 하멘 활을 쐈넌데 화살이 빗나가서 뒤에 있는 농에가 맞았다. 그러느꺼니 농 안에서 어구어구 하는 소리가 났다. 쥔넝감이 가서 농을 열구 보느꺼니 농 안에는 사내놈 하나이 화살에 맞아 죽어 있었다.

※1938年 1月 州定郡 古德面 德元洞 韓昌奎

1) 매　2) 꼬리　3) 차마

귀신을 이긴 사람

넷날에 한 사람이 새로운 집을 사개지구 그 집이루 이사를 갔다. 그 집 앞에는 오래된 큰 나무가 있넌데 이 나무에는 구신이 살구 있어서 전에 살던 사람은 이 나무 앞에 여러 가지 임석을 차례 놓구 거기 있는 구신을 위하여 제사를 지내군 했넌데, 이 사람은 구신이 머이가 그따우 제사 지낼 필요 없다 하구 통 제사를 지내디 안했다. 그랬더니 하루는 그 구신이 와서 "전에 살던 사람은 많은 임석을 채레 놓구 제사를 지내드랬넌데 너는 어드래서 제사두 지내지 안능가, 내레 배가 고파서 살 수가 없다. 이제라두 제사를 지내문 몰라두 지내디 안으문 너에 아덜을 잡아가갔다" 하구 말했다. 이 사람은 "네가 우리 아덜을 잡아가갔으문 잡아가라. 나는 제사 못 지내갔다"구 했다. 그랬더니 다음날 이 집에 아덜이 죽었다. 이 사람에 댁네는 구신한데 제사를 지냈으문 아덜이 안 죽았간넌데 제사를 지내디 안해서 죽었다 하멘 슬피 울었다. 이 사람은 "구신이 어드래서 산 사람을 잡아가간? 죽을 자식이기에 죽었디" 했다.

그담에 구신이 또 와서 "님제레 제사를 지내디 안해서 너에 아덜을 잡아갔다. 이제라두 제사를 지내문 몰라두 안 지내문 또 너에 아덜을 잡아가갔다"구 했다. 이 사람은 "구신이 어드렇게 산 사람을 잡아가간? 잡아가갔으문 잡아가 보라" 하구 구신에 말을 듣디 안했다. 그런데 다음날 두째 아덜이 죽었다. 댁네는 또 울멘 구신 제사를 지내자구 했다. 그런데두 이 사람은 듣디 않았다.

다음날 구신이 와서 제사 지내디 않으문 너에 아덜을 또 잡아가갔다구 했다. 이 사람은 또 "잡아가갔으문 잡아가라. 난 너한데 제사지내디 않갔다"구 딱 잘라 말했다. 그러느꺼니 구신은 "그럼 할 수 없다. 나는 다른데루 간다" 하멘 "구신이 어드렇게 산 사람을 잡아가간, 죽은 너에 아덜 둘은 죽을 아레 돼서 죽은 거이다"구 하구서 어데론가 갔다구 한다.

※1932年 7月 龍川郡 外上面 南市洞 安志亭

귀신을 이긴 사람

넷날에 한 집이서 구신을 사궤 놓구 푸닥거리두 하구 굿두 하구 하드랬넌데 이 집에 손주[1]는 이러는 거이 마땅티 안해서 이거를 없애야갔다구 늘 생각하구 있었다. 그러던 둥 이 사람이 세간을 차디하게 되자 구신 사귀는 당지기[2]를 다 버리구 푸닥거리 굿 같은 것두 하디 안했다. 그러느꺼니 구신들은 이거 야단났다 하구 꿈에 이 손주한테 가서 "너에 조부쩍보탄 우리를 성기구 왔넌데 어드래서 너는 우리를 버리능가? 우리를 전과 같이 잘 성기라. 그렇디안으문 큰일 난다" 하구 말했다. 그래두 이 손주는 구신에 말을 무시하구 구신을 성기디 안했다. 그랬더니 지붕 우에 가이레 올라가서 밤낮 먼디 않구 컹컹 짖구만 있었다.

이 집 어른들은 이걸 보구 걱정이 돼서 손주보구 "네레 구신을 성기디 않구 당작이를 버리구 하더니 이런 괴상한 일이 생겼다. 다시 날래 구신을 성기도록 하라"구 말했다. 그래두 손주는 가까운데 도죽을 다 쫓구 이젠 먼데 도죽을 쫓으레 하넌데 와 그러능가 하멘 걱정 말구 두구 보라구만 했다.

구신은 그렇게 했넌데두 손주는 구신을 성길라구 하디 않구 집안 어른들 말두 듣디 않구 해서 이번에는 가매솥을 모주리 빼서 여기더기 굴러 돌아다니게 했다. 어른들은 또 걱정이 돼서 구신을 성기디 안해서 또 큰벤 났다 날래 구신을 성기라구 손자를 성와멕엤다. 손주는 술을 한버치 들구 다니멘 구신을 쫓아다니멘 퍼멕엤다. 그러느꺼니 구신들은 혼이 나서 달아났넌데 그 후보타는 다시 오디 안했다.

※1927年 2月 龍川郡 東下公立普通學校 文履植

1) 손자 2) 도시락, 고리짝

불 켜지 않고 밥 먹다가

녯날에 한 사람이 길을 가다가 날이 저물어서 어떤 집에 찾아가서 길 건너 나가넨데 날이 저물어서 그러니 하루밤만 자리 좀 붙읍시다구 말했다. 쥔은 반갑디 않은 나가내가 와서 자리붙자구 하넌 거이 싫었디만 안 된다구 할 수 없어 마지못해서 하루밤 자리붙게 했다.

저낙이 돼서 저낙밥을 먹게 됐넌데 쥔은 아랫굳에 앉구 나가네는 웃굳에 앉아서 먹게 됐넌데 쥔은 반갑디 않는 사람과 항께 밥 먹게 되느꺼니 어두운데두 불을 헤디두 않구 캄캄한 데서 그냥 먹구 있었다. 나가네는 쥔에 하는 행동이 두뚱무러워서[1] 골레 주어야갔다 하구서 밥을 한술 크게 떠개주구 쥔에 입에다가 칵 퍼넣었다. 쥔은 깜작 놀라서 이거 어드렇게 된 노릇이가 했다. 나가네는 머이 어드래서 그럽니까 하구 물었다. 쥔은 어드래서 내 입에다 밥을 퍼넣넌가 했다. 나가내는 "내 입에 밥을 퍼넣는 거이 하두 어두어서 쥔네 입으루 퍼넣게 된 모양이우다"구 했다. 이 말을 듣구 쥔은 할 수 없이 불을 헤구 밥을 먹었다구 한다.

※1935年 1月 朔州郡 朔州邑 東部洞 田種哲

1) 밉상스러워서

남의 복으로 사는 사람

녯날에 한 총각이 있드랬넌데 이 총각은 집이 가난하느꺼니 매일 산에 가서 브즈런히 새를 해서 집에다 싸놓구 부재되기를 바라구 있었다. 그런데 한밤을 지구 나먼 그 샛단이 없어디군 없어디군 했다. 이거 참 조화다 하구서리 한 나즈는 샛딴 안에가 들어가서 머이 개저가능가 하구 지키구 있었다.

재밤쯤 되느꺼니 난데없이 돌개바람이 불더니 샛딴이 공둥으루 올라가서 하늘에 옥항상데에 뜰악에 가서 떨어뎄다. 거기에는 이 총각이 해다 논 샛단이 즐비하게 놓여 있었다. 이 총각은 옥항상데 앞에 나가서 어드래서 내가 해다 논 샛단을 이렇게 갯다 놨능가 하구 물었다. 옥황상데는 너에 복은 샛단 한단 복만 개진 거이 돼서 나머지 샛단은 여기루 갲어다 논 거라구 말했다. 총각은 그 말을 듣구 "난 오마니를 모시구 잘 살라구 브즈런히 새를 했넌데 샛단 한단밖이 복이 없다문 난 어드렇게 살라구 샛단을 다 개저갑니까?" 하멘 울멘 말했다. 옥항상데는 이 총각에 말을 듣구 불상했던디 "그러문 복동이에 복이 있으느꺼니 그 복을 빌레 주갔다. 그 복동이 복으루 살다가 복동이가 태어나문 도루 내주어야 한다"구 말했다.

총각은 옥황상데에 말이 무슨 말인디 잘 몰랐디만 그카갔다 하구서 집이루 내리왔다. 그리구 날마당 새를 열심히 해서 많이 쌓아서 잘살게 됐다.

하루는 이 총각이 어드메 나들이를 나가드랬는데 가분재기 소나기가 와서 거기 있는 넌짓간[1]에 들어가서 비를 피하구 있었다. 그때 누걸래치 부체[2]두 길을 가다가 비를 맞구선 그 넌짓간에 들어와서 비를 피하구 있었다. 그러더니 누걸래치 낸이 가분재기 아를 낳았다. 누걸래치는 이 아에 이름을 짓갔다구 하멘 가문때 소내기가 왔으니꺼니 이거는 복비이느꺼니 이 아에 이름을 복동이라구 지야갔다 하멘 복동이라구 이름을 지었다. 총각은 이 말을 듣구 옥황상데레 한 말이 생각나서 이젠 복동이레 태어났으느꺼니 복동이 복을 돌레 주어야 하겠는데 돌레 주문 난 도루 가난하게 되갔다. 이를 어카문 둏갔나? 가만, 데 복동이를 내 집에 두구 함께 살문 되갔다 하구서리 그 누걸래치와 복동이를 저에 집이루 데불구 와서 항께 잘살았다구 한다.

※1936月 7月 宣川郡 宣川邑 川南洞 崔順國

1) 연자방아간　2) 거지 부부

借福

넷날에 한 가난한 사람이 죽어서 저승으루 갔더랬넌데 저승에 념나대왕이 문세를 펠테보더니마는 너는 잘못 왔다 도루 나가라구 말했이요. 이 사람은 이 세상에서 혹게 가난하게 살아서 고생만 하구 살아서 도루 이 세상에 내보내디 말구 이 저승에 있게 해달라구 념나대왕과 말했이요. 그러느꺼니 념나대왕은 너는 죽을 때가 아지그는 안됐으느꺼니 이 세상으루 나가야 한다. 나가서 살기가 곤란하갔다문 복을 잠깐 빌레 줄 거이느꺼니 그 복으루 잘 살아보라. 이 복은 아지그는 태어나디 않은 차복이으 복이느꺼니 차복이가 태어나문 도루 차복이한데 돌레 주어야 한다구 말했시요. 그래서 이 사람은 이 세상에 나와서 차복이 복을 빌레서 잘살았시요.

하루는 밤에 비가 혹게 많이 오드랬넌데 어떤 낸이 이 사람에 집 문밖에 와서 그 집에 수레에서 아를 났시요. 이 사람은 그 낸이 불상해서 집 안으루 대빌구 와서 잘 구완했시요. 이 낸은 그 집이서 묵으멘 이 아넌 수레서 났으느꺼니 이름을 차복이라구 짓갔시요 하구 말했시요. 이 사람이 그 말을 듣구 가만 생각하느꺼니 차복이 복을 빌레서 여지껏 살아왔넌데 이자 차복이가 태여났으느꺼니 차복이 복을 돌레 주어야 하갔거던요. 복을 돌레 주문 도루 가난하게 되갔기에 그 낸과 여보시 다른 데루 가디말구 우리 집이서 그냥 살구레 했시요. 낸은 집두 없구 갈데두 없구 떠돌아다니는 사람이 돼서 그카갔다구 했이요.

이렇게 해서 이 사람은 차복이와 그 오마니와 한집이서 잘사넌데 이 사람은 차복이 복 때문에 잘사는 거루 알구, 차복이와 차복이 오마니는 이 사람 덕으루 잘사넌 거루 알구 살았대요.

※1933年 7月 碧潼郡 松西面 大西洞 李枝洙

天福

넷날에 한 부부가 있넌데 이 부부는 아덜두 없구 재산두 없구 혹게 가난하게 살드랬넌데 하루는 언제나 잘살갔능가 하구 점배치한데 가서 점을 테봤다. 점배치는 점을 테 보더니 아무 달 아무 날 텬복을 받갔다구 했다. 이 부부는 그 말을 듣구 집이 돌아와서 그 날이 오기를 기다리구 있었넌데 하루는 기두루구 있다가 고만 낮잠을 자구 말았다. 낮잠을 자구 있넌데 꿈에 신령님이 나타나서 아무데 가문 보물이 묻혜 있으느꺼니 날래 가서 파서 개지라구 말했다. 이 사람은 잠을 깨개지구 꿈에 신령님이 말해 준 데루 가서 파보느꺼니 커다란 금덩이가 여러 개 나왔다. 이 사람은 그 금덩이를 보구 이거는 따에서 나온 거이느꺼니 디복[1]이다, 점배치레 말한 거는 텬복[2]이라구 했으니꺼니 이 디복은 천복이 아니다. 집이 가서 텬복이나 받갔다 하구 그 금덩이를 모주리 도루 따에 파묻구 집이루 돌아왔다.

이웃사람이 이 사람이 따에서 금덩이를 파냈다가 도루 묻구 가넌 거를 숨어서 보구 있다가 밤에 가서 그 금덩이를 모주리 파내 개지구 자루에 넿서 집이루 와서 방바닥에다 쏟아 놨다. 아 그랬더니 금덩이는 나오디 않구 뱀만이 많이 나왔다. 이웃사람은 깜짝 놀래서 데넘 때문에 뱀을 개저왔다 하구서 그 뱀을 자루에 넣어 개지구 그 사람으 집으 지붕에 올라가서 뱀을 다 쏟아놨다. 그런데 뱀들은 모두 다 금덩이가 돼서 텬당을 뚫구서 구둘 안으루 쏟아데 떠러뎄다. 이 사람은 이걸 보구 텬복을 받게 됐다구 하구 그 금덩이를 개지구 잘살았다구 한다.

※1933年 7月 碧潼郡 雲峙面 雲下洞 九音里 張錫滐

1) 地福　2) 天福

복 얻으러 간 사람

넷날에 절개살이 하는 총각이 있었드랬는데 이 총각이 가만히 생각하느꺼니 '이러구 절개살이하다가는 죽두룩 절개살이만 하갔다. 내레 절개살이만 하다 죽갔다. 그라느문 무슨 수레 있갔나 어데 한번 바다 속에 있넌 돌부테한데 가서 물어보아야갔다' 하구서 집을 떠나서 갔다.

가다가 날이 저물어서 한 집이 가서 자리 좀 부타구 했다. 그 집 쥔이 붙으라 하구서, 님제 어드메 가는 사람이가? 하구 물었다. 나는 절개살이하는 총각인데 죽두룩 절개살이만 해야 되는가 아닌가 바다 속에 있는 돌부체한데 물으러 가무다 하구 말했다. 그러느꺼니 그 집 쥔이 고롬 우리 집에 열야듭에 난 딸이 있넌데 이 딸이 벵이 나서 당창 앓구만 있으느꺼니 어드래서 앓능가 물어봐 달라구 했다. 이 총각은 그카디요 하구 그 집에서 자구 다음날 떠나서 갔다. 가다가 날이 저물어서 또 한집이서 자게 됐다. 그 집 쥔이 어드메 멀하레 가는가 물어서 바다 속에 돌부테한데 자기 신세가 어떤가 물어보루 간다구 했다. 그러느꺼니 쥔은 고롬 우리 집 문 앞에 심은 소낭구레 십 넌이 돼두 자라디 않구 고만하구 있으느꺼니 어드래서 그렁가 물어봐 달라구 했다. 이 총각은 그카갔다 하구 자구 다음날 떠나서 가넌데 가다가 바다 엮에[1] 오느꺼니 물이 굼실굼실하더니 큰 구렝이레 나와서 어드메 가능가 물었다. 바다 속에 돌부체에게 신수 물으레 간다구 하느꺼니 구렝이레 고롬 내 신수두 좀 물어다 주구레. 나는 이렇게 큰데두 어드래서 농이 되디 못하구 여기서 구렝이루만 있능가. 총각은 그카갔다 하구서 거기서 바다 속으루 들어가서 돌부테한데 열야듭에 난 체네레 벵이 나서 당창 앓구 있는데 와 앓능가 물었다. 돌부테는 구해 주는 남자레 없어서 앓른다구 했다. 고담에 소나무레 어드래서 자라디 않능가 물으느꺼니 뿌레기 밑에 큰 金 동애레 있어서 그른다구 했다. 큰 구렝이레 어드래서 농이 못되구 구렝이루만 있능가 물으느꺼니 그 구렝이레 머이던디 나오라문 나오는 돌멩이를 개저서 그런데 그 돌멩이를 버리문 농이 돼서 올라간다구 했다. 총각은 그런 말을 다 듣구 바다서 나와서 가넌데 구렝이레 나와서 돌부테레 메라든가 하구 물었다. 네레 머이던디 나오라문 나오는 돌멩이를 개지구 있어서 농이 못 되넌데 그걸 버리문 농이 된다구 합데 했다. 그러느꺼니 구렝이는 그 돌멩이를 이 총각에게 주멘 네레 개지라 하구서 인차 농이 돼서 하늘루 승텬했다.

총각은 가다가 소나무 있는 집에 갔다. 쥔이 어드래서 소낭기레 안 자란다구 하던 하구 물어서, 뿌레기 밑에 큰 금동애레 있어서 그걸 파내문 잘 자란다구 합데다 하구 말했다. 쥔은 그 말을 듣구 소낭구 밑을 파보느꺼니 큰 금동애가 나왔다. 쥔은 이 금동애를 이 총각에게 주멘 개지라구 했다. 총각은 그 금동애를 받아 개지구 가다가 체네 벵 앓는 집에 왔다. 체네 아바지레 어드래서 당창 앓구만 있다구 하던? 하구 물었다. 총각은 구해 주는 남재레 없어서 앓는데 남자만 얻으문 낫넌다구 합데다 하구 말했다. 그러느꺼니 체네 아바지레 고롬 님제레 구해 주구레 하멘 그 딸을 줬다. 이렇게 해서 절개살이하던 총각은 머이던디 나오라문 나오는 돌멩이와 금동애를 개지구 체네를 색시 삼아서 잘살았다구 한다.

※1936年 12月 龍川郡 外上面 停車洞 崔秉根
※ 〃 〃 碧潼郡 加別面 加下洞 李秉煥
1) 근처에

이무기 잡은 효자

넷날에 한 아레 있넌데 이 아는 저에 친오마니는 죽구 홋오마니[1]하구 사넌데 이 홋오마니는 이 이붓자식을 미워해서 죽일 게구를 여러 가지루 피우구 있드랬넌데 하루는 뫕시 앓는 지낭[2]을 하구서 이시미 머리를 보문 낫갔다구 했다. 이거는 이 아를 이시미한데 보내서 이시미한데 잽히워먹히게 하넌 거이디만 이 아넌 홋오마니 말을 듣구 이시미 머리를 잘라떼루 갔다. 이시미가 있넌 해지에 갔더니 이시미는 나와서 이 아를 통채루 잡아 삼켰다. 이 아는 이시미 뱃속에 들어가서 여기더기 더듬어 보느꺼니 애가 있어서 이거를 베서 먹었다. 그랬더니 이시미는 이리 꿈틀 데리 꿈틀 하다가 죽었다. 그래서 이 아는 이시미 뱃속에서 나와서 이시미 머리를 베내서 훗오마니한데 갲다 주었다. 훗오마니는 이시미한데 잽히워먹힌 줄 알았던 이붓아덜이 살아서 오구 이시미 머리꺼정 개저와서 고만 놀라서 죽었다.
동리사람덜은 이 아를 하늘이 낳은 효자라구 칭찬을 했다.

※1935年 1月 宣川郡 深川面 古軍營洞 張翼昊

1) 계모　2) 시늉

용한 점

넷날에 배를 부리는 사람이 있드랬넌데 이 사람이 먼 곳으루 돌아올 적에 점배치한데 신수점을 테 봤다. 그러느꺼니 점배치는 "巖下에 下繫舟하라. 油頭를 不洗하라" 하고는 담에 또 하나 있넌데 고거는 대주디 안했다.

이 사람은 점배치한데서 점괘를 받아 개지구 배를 저어서 집으루 오드랬넌데 한곳에 오느꺼니 배덜이 많이 맨데가 있어서 거기에다 배를 맬라구 하는데 고기는 큰 팡구가 있어서 점배치의 점괘가 생각나서 배를 풀어서 거기서 나왔다. 그랬더니 큰 팡구레 굴러내레와서 거기 매어 논 배들은 모주리 망가뎄다. 이렇게 해서 이 사람은 점 때문에 손해를 보디 안했다.

집에 돌아와서 자넌데 벽에 걸어 논 기름병이 내레데서 이 사람에 머리에 맞아 머리가 기름투셍이가 됐다. 기름을 닦을라 하다가 점괘 생각이 나서 머리를 씻디 않구 근낭 두구 자구 있었다. 그런데 이 사람이 먼데 간 사이에 이 사람에 낸은 다른 남덩과 정분이 나 있드랬넌데 본서나[1]가 돌아왔으느꺼니 곤남진이레 본서나를 죽이갔다구 몰래 둘와서 자넌 사람에 머리를 맨제 보구 머리에 기름이 없는 사람이 본서나루 알구 그 사람을 죽엤다. 그런데 죽은 사람은 이 집에 낸이드랬다. 이렇게 해서 이 사람은 머리에 묻은 기름을 씻디 안해서 살 수가 있었다.

다음날 이 사람은 나리님한데 가서 점괘 때문에 두 번이나 곤난한 거를 면했다구 하느꺼니 나라님은 그 점배치를 불러다가 나라일을 보게 했다구 한다.

※1937年 7月 義州郡 古津面 樂元洞 張浚植

1) 본남편

용한 점

넷날에 한 사람이 당사하레 먼곳으루 가드랬넌데 가다가 한곳에 가느꺼니 점 한번 티넌데 삼만 냥하구 쎄붙힌 데가 있어서 복채가 혹게 싸[1]기는 하디만 어데 한번 테보갔다 하구서 점티레 들어가서 삼백 냥 내놓구 점 좀 테보라구 하느꺼니 점바치는 "巖下不繫舟" "油頭不櫛梳" "糠一斗米三升"이라구 글귀 서이귀만 써주구 아무 말두 안했다. 이 사람은 삼백 냥이라는 많은 돈을 주구 점틴 거이 겨우 이거이여서 후회했디만 할 수 없이 이 글귀를 받아 개주구 나와서 당사하레 갔다. 당사하레 나가서 당사 물건을 많이 사서 배에다 싣구 집으루 돌아오넌데 날이 저물어서 배가 많이 매어 있넌 데루 가서 거기에다 배를 맬라구 하넌데 보느꺼니 큰 팡구 밑이 돼서 巖下不繫舟라는 점괘가 생각나서 팡구 없넌 데에다 배를 맸다. 그랬더니 그날 밤 갑자기 폭풍이 몰아닥티구 큰비가 와서 팡구가 굴러 떨어데서 그 아래에 매어 놨던 배덜은 모두 다 부서디구 떠내레가구 했넌데 이 사람에 배만은 무사했다.

이 사람은 집이 와서 방으루 들어갈라구 하넌데 당반에 있던 기름병이 떨어데서 이 사라에 머리에 기름을 뒤집어 쓰게 됐다. 이 사람은 기름을 닦아낼가 하다가 油頭不櫛梳라는 점괘가 생각나서 근낭 두구 밤에 색시하구 잤다. 아침에 일어나 보느꺼니 색씨레 칼에 맞아 죽어 있었다. 이 사람은 골에 가서 사뚜한데 이런 말을 했다. 사뚜는 여러 가지를 묻구 점괘 적은 거를 보자 했다. 사뚜가 점괘를 보구 糠一斗米三升이라는 점괘를 보구서 이것이 무슨 뜻일가 하구 여러 가지루 생각해 봤다. 그리구서 이거이 이 사람에 아내를 죽인 범인으 이름을 말해 주는 것이라구 보구 그 점괘를 여러 가지루 풀이하구서 강칠승이란 것을 알아냈다. 그래서 강칠승을 잡아다가 문초하느꺼니 이놈은 자기가 범인이라구 자백했다. 어드래서 糠一斗米三升이란 점괘가 강칠승으루 풀이하게 됐능가 하문 날알 한 말을 찧문 쌀이 서 되가 되구 게레 닐곱 되가 되느꺼니 그래서 게(糠)는 康으루 보구 닐굽되를 七升으루 보구 이렇게 해서 범인에 이름을 알아낸 거이다.

이 당시의 에미나는 서나가 멀리 당사하레 간 사이에 곤남진이를 두구 저이 서나가 당사해서 돈을 많이 벌어오문 죽이구 둘이 항께 잘살기루 하구 서나가 돌아온 날 밤에 죽이기루 했다. 곤남진이 이 당시를 죽이레 깊은 밤에 갔넌데 방 안이 어두우느꺼니 손으루 더듬더듬해서 머리에 기름이 있넌 거이 네자구 없넌 거이 남자인 줄 알구 머리에 기름이 묻디 않은 사람을 죽엤다.

※1933年 7月 碧潼郡 雲峙面 雲下洞 九音里 張錫澯

1) 비싸다

名相匠

넷날에 어떤 점배치레 길을 가다가 날이 저물어서 너관에 들어서 쉬구 있넌데 사람 하나이 들어왔다. 그 사람을 보느꺼니 상이 똥게 생겨 큰 부재상인데 그 사람으 옷 입는 거며 채림새를 보느꺼니 가난이 줄줄 흐르구 있었다. 세상에 괴상한 일두 있다. 내 눈이 틀리디는 않을턴데 데 사람이 어드래서 가난할까 하구 혼자서 맘 속으루 말했다.

그날밤 이 점배치는 그 사람과 같이 그 너관에서 자게 됐넌데 점배치는 데 사람이 어드래서 가난뱅이가 됐을가 하구 자세히 보갔다구 그 사람을 여러 모루 살페 보구 있었다. 그 사람은 이상한 데라구는 아무것도 없었넌데 잘 적에 다리를 벌벌 떨멘 자구 있었다. 이것을 보구 점배치는 그러문 그렇디. 다리를 떠느꺼니 가난하게 지나겠디 하구 혼자 말을 했다 — 사람이 잘 적에 다리를 떨며 자던가 밥 먹을 적에 밥숟가락을 떨멘 밥 먹으문 가난하다구 한다 — 그리구 데 사람을 잘 살게 하야갔다 하구 그 사람으 다리를 도꾸루 테서 끊구서 다라났다.

그 후 몇해가 지나서 어드런 부재집에 들어가서 자리붙게 됐다. 그 집 쥔을 보느꺼니 다리 하나가 없어서 어드래서 다리 하나가 없능가 하구 물었다. 그러느꺼니 "아 세상에 벨일두 다 있수다래. 멫 해 전에 길을 가다가 어드런 너관에서 자드랬넌데 항께 자던 놈이 고만 내 다리를 끊구서 달아났시요. 그래서 다리 하나레 없수다레. 그런데 다리를 끊겠디만 그 후보탄 재수가 티어서 이렇게 부재가 됐수다레" 하구 말했다.

이 점배치는 그 말을 듣구 그랬구만이요 하멘 혼자서 고개를 끄덕거렜다구 한다.

※1934年 1月 碧潼郡 雲時面 雲下洞 九音里 崔錫濼

無憂翁

넷날에 한 넝감이 있었드랬넌데 이 넝감은 아무런 근심 걱정 없이 아주 페난히 잘살구 있었드랬넌데 나라 닌금이 넝감을 불러서 님제는 아무 걱정 근심 없이 잘 지낸다넌데 내레 귀둥한 구슬을 줄꺼이느꺼니 이거을 잘 건새해 두었다가 내레 개오라는 날에 개오라구 말했다. 이 넝감은 그 구슬을 받아 개주구 집에 돌아와서 비단보에 싸서 잘 건새했다. 나라 닌금님은 시내를 몰래 보내서 이 구슬을 빼다가 한강에다 던데삐렜다. 얼마 후 이 넝감은 닌금이 준 구슬을 보갔다 하넌데 없어데서 고만 근심이 돼서 이거 야단났다 하구서 밥두 먹딜 않구 꿍꿍 앓구 둔눠 있었다. 아덜덜은 아바지레 앓구 둔눠 있으느꺼니 고기나 사다가 올리야갔다 하구서 한강에 가서 큰 고기를 사다가 고기에 배를 쨌다. 그랬더니 고기 배아낙에서 그 구슬이 나왔다. 그런 후에 닌금님이 이 넝감과 그 구슬을 개오라 해서 이 넝감은 구슬을 개지구 궁정에 들어가서 닌금에게 받혔다. 닌금님은 그걸 보구 놀라멘 이 구슬을 어드메서 얻었능가 하구 물었다. 넝감은 이러이러해서 힗었던 거를 다시 얻었다구 말했다. 그랬더니 닌금님은 그 말을 듣구

"나는 닌금인데두 근심이 많은데 님재는 예네[1] 백성인데두 근심 걱정없이 살아가넌 사람이느꺼니 정말 無憂翁이라구 하갔다"구 부러워하멘 칭찬했다구 한다.

※1927年 2月 楚山郡 江面 石桑洞 楊基浩

1) 여느, 일반

장승 동무해 주고 인삼 얻은 사람 |

넷날에 화당시[1] 하나이 산골루 들어갔넌데 가다가 해가 데서 집을 찾아보넌데 집이 없어서 할 수 없이 길 넢댕이에 서 있는 당승 겥에서나 밤을 새야갔다 하구 당승곁에 보찜을 내리놓구 있었다.

자밤이 돼서 모든 만물이 잠이 들어 고요한데 당승이 승승 하멘 소리를 내구 있었다. 이 화당시두 심심해서 같이 따라서 승승하구 있었다. 그러다가 잠이 와서 잠을 잤다. 그랬더니 꿈에 신선이 나타나서 "당신은 참 고마운 사람이요. 지금껏 내 동무 해준 사람이 하나두 없드랬넌데 오늘 나즈이 첨으루 동무해 주어서 심심티 앙케 지냈소. 고맙소. 이제 날이 새면 일어나서 덜루루 가다가 큰 고개를 하나 넘어가문 큰 굴이 있넌데 그 굴 앞에 인삼밭이 있을터이니 거기서 인삼을 마음대루 캐가시요" 하구 말했다. 잠을 깨서 보느꺼니 꿈이 돼서 이상한 꿈두 다 꾸었다 하구 있었다. 그러다가 날이 밝아서 꿈에 신선이 말한 대루 고개를 넘어서 큰 굴 앞에까지 와 보느꺼니 인삼밭이 있었다. 그래서 마음껏 인삼을 많이 캐서 집이 와서 팔아서 부재가 됐다.

이웃집 사람 하나이 이 사람이 갑재기 부재가 된걸 보구 찾아와서 어드렇게 해서 부재가 됐는가 하구 물었다. 화당시는 이러이러해서 부재가 됐다구 다 말했다. 그러느꺼니 이 사람은 저에 아덜 네장할 무명 다섯 필과 멩디 두 필과 그의 멫 가지를 싸개주구 그 당승있넌 데꺼지 와서 자기루 했다.

자밤이 돼서 만물이 고요하게 되느꺼니 당승이 승승 하구 소리냈다. 그래서 이 사람두 같이 따라서 승승했다. 그러다가 잤넌데 꿈에 신선이 나타나서 동무해 주어서 고맙다하멘 아침에 일어나서 고개 하나 넘어가문 큰 굴이 있갔넌데 그 굴 앞으 인삼밭에서 맘대루 인삼을 캐 가라구 했다.

이 사람은 그런 꿈을 꾸구서 너머너머 기뻐서 날이 새기도 전에 일어나서 고개를 넘어서 굴 앞에 와 보느꺼니 노란 범이 왁짝해서 잡아먹갔다구 큰 입을 벌리구 달라들어서 이 사람은 그만 혼이 나서 죽구 말았다구 한다.

※1933年 8月 博川郡 北面 長新洞 張炳學

1) 방물장수

뜻하지 않은 名對句

넷날에 한 사람이 己未年에 武弁이 되갔다구 서울루 올라가서 어떤 대감에 집에 찾아갔다. 그 대감에 집 앞에는 무우밭이 있구 무우꽃이 한참 많이 피여 있었다. 이 집 대감은 戊午花發己未年이라는 글귀를 써서 대문 앞에다 부테 놓구 누구던디 이 글귀에 잘 맞는 글을 짓는 사람에게는 베슬을 주갔다구 했다. 이 사람은 글이라구는 아무것두 모르느꺼니 그 글귀에 맞는 글을 지어 볼 생각두 못하구 있드랬넌데 그때 병을 지구 가는 중에 뒤에 낸이 하나이 따라가구 있어서 이 사람은 "병진자후에 이미년" 하구 큰소리루 중얼거렸다. 대감이 이 소리를 듣구 "丙辰者後壬寅年"라 참 잘 지었다 하구 벤장[1]에 임명했다구 한다.

※1936年 12月 宣川郡 南面 汶泗洞 高日祿

1) 邊將

나이를 漢詩로 대답하다

녯날에 한 사람이 글방에 다니는 아 보구 몇살이냐구 물으느꺼니 그 아레 南山有田四面落 鳩座頂上鳥獨飛라구 대답했다. 이거는 十九살이라는 뜻이라구 한다.

※1934年 7月 宣川郡 郡山面 下端洞 金國柄

胡地無花草

녯날에 글방에서는 글을 배우기두 하지만 글짓기두 배우구 짓기두 했다.

하루는 선생님이 글데를 胡地無花草라구 내구서 이 글데루 글을 지어 보라구 글방 아덜과 말했다. 글방 아덜은 각기 글을 지어서 선생님한데 바텠다. 한 아넌 胡地無花草 胡地無花草 胡地無花草 胡地無花草이와 같이 글데 胡地無花草란 것만 네 구 써 내놓아서 선생은 이거를 보구 너는 어드래서 글을 짓디 않구 글데만 너이나 써 내놓았능가 하구 야단텠다. 그러느꺼니 이 아넌 “이거넌 글데만 쓴 거이 아닙네다. 글을 쓴 거입네다.” 이거이 무슨 글이가 하느꺼니 이 아는 胡地에 無花草 하니 胡地에 無花草로다 胡地엔들 無花草리요 胡地라서 無花草로다구 일렀다. 선생은 이렇게 일는 것을 글루 잘 지었다구 했다구 한다.

※1936年 12月 碧潼郡 加別面 加下洞 士智里 李秉煥

名醫 아닌 名醫

넹벤[1] 쑥구쟁이[2] 녯말이나 한 마디 해보갔습니다.

지금부텀 한 二百넌 전에 넹벤디방에 申氏 姓을 개진 쑥구쟁이레 있었읍니다. 이 쑥구쟁이는 집이 가난하구 딸린 권숙[3]이 많아서 멕에 살레나가기가 힘들어서 늘쌍 한탄하구 있었습니다.

그때 대국에서는 턴자[4]에 공주레 병이 나서 차차 심해데 가서 턴자는 공주에 병을 고티갔다구 각국에 광고를 내서 명이를 부르구 있었습니다. 넹벤에 쑥구쟁이레 이런 말을 듣구 나는 천재[5]두 모르는 무식쟁이 디만 텬자에 공주 병을 고티갔다구 가기만 하문 고티는 동안은 펭상에 원하던 비단 입성을 입구 이팝에 고기반찬을 실컨 먹갔으느꺼니 그렇게 되문 죽어두 한이 없갔다 하구서 대국 텬자에게 되센에 명이레 공주 병 고티레 가갔수다 하구 펜지를 보냈습니다. 그랬더니 대국 텬자는 싱교[6]와 비단옷과 하인을 보내서 이 쑥구쟁이를 잘 모세오라구 했습니다. 사지[7] 풀이두 못하는[8] 쑥구쟁이레 삼동에 삼승포옷[9]두 멘하디 못하던 몸에 비단옷을 입구 싱교를 타구 여러 하인에 호위를 받아가멘 대국으루 갔습니다. 일가 친척과 동네 사람들은 데따우 무식쟁이를 멜 할라구 데 불러 가누 하멘 비웃었습니다.

쑥구쟁이는 싱교를 타구 가드랬넌데 어떤 산골에 오느꺼니 白虎 한 마리가 나타나서 길을 막구 가디 못하게 했읍니다. 쑥구쟁이는 속으루 내레 글재두 모르는 쑥구쟁인데 대국 텬자에 공주에 병을 고티레 가느꺼니 하느님이 미워해서 데 白虎를 보내어 해티게 할라는 거인가 부다구 생각했읍니다. 그러나 맘을 굳세게 먹구 "야 白虎야 우리 무리둥에 잡아먹을 인간이 있어서 그라구 있네?" 하구 물었읍니다. 白虎는 그렇다는 듯이 고개를 앞으루 끄덕끄덕 했읍니다. "그러문 우리레 각기 신을 한짝식 너에 앞에 던디갔넌데 네레 잡아먹구푼 사람에 신짝을 깨밀어 보라."

이렇게 말하구 하인덜으 신짝을 白虎에 앞에 던뎄습니다. 그런데 白虎는 아무가이으 신짝두 깨밀디 안했읍니다. 그래서 이번에는 쑥구쟁이레 신짝을 덴데 봤읍니다. 그러느꺼니 백호는 이 쑥구쟁이에 신짝을 깨밀었읍니다. 쑥구쟁이는 싱교서 내레서 백호 앞으루 가멘 하인덜과 "너덜 가거던 텬자한데 되센에 명이는 오다가 급한 일이 있어서 이삼일 있다가 간다구 말하라" 하구 말했읍니다. 하인덜은 이 말을 듣구 갔읍니다. 하인덜을 보내놓구 쑥구쟁이는 백호 앞으루 가느꺼니 백호는 쑥구쟁이를 잔등에다 업구서 마구 뛰어서 어떤 베랑 앞에까지 와서 내레 놨읍니다. 가만 보느꺼니 앞에는 큰 백호레 한 마리 앉아 있넌데 사람을 잡아

먹구서 비네가 목에 걸레서 고생하구 있었읍니다. 쑥구쟁이는 이걸 보구 아하 데 비네를 뽑아 달라구 나를 여기에 업구 온 거이구나 하구 백호에 입에 손을 네서 비네를 뽑아 줬읍니다. 백호는 고맙다는 듯이 몇 번이구 머리를 수겨 절을 하더니만 굴 안으루 들어가더니 銀針 한 대와 매캐배[10] 같은 거 열 자를 개저다 주멘 텬자에 공주에 벵을 고티라구 했읍니다. 쑥구쟁이레 그걸 받아 개지구 갈라구 하느꺼니 백호는 쑥구쟁이를 잔등에 둘러업구 달레서 순식간에 대국 텬자에 대궐 문 앞에 내리놨읍니다. 쑥구쟁이는 대궐 문 앞이서 “되센국 멩이 도탁했수다!” 하구 큰 소리루 웨티느꺼니 대국 텬재레 딕접 나와서 맞우들이구 좋은 방에다 모시구 한상 잘 차레다 줬읍니다. 그리구 메칠 잘먹구 지내다가 공주에 병을 고티게 됐넌데 이 사람은 아무것두 모르느꺼니 걱정이 됐디마는 어쨌던 고테 보갔다구 공주에 병을 봤읍니다. 공주에 병을 보느꺼니 공주는 몸이 뚱뚱 붓구 배가 몹시 붓구 어둥어둥하게 돼있었읍니다.

쑥구쟁이는 공주를 백호한데서 얻은 매케배를 칭칭 감구 물을 체운 큰 독에 걸테앉디우구 백호가 준 은침으루 공주에 배를 여기더기 두문두문 찔렀읍니다. 그랬더니 공주의 배에서 구렝이 새끼가 수없이 나와서 물독 안에 가득 찼넌데 공주에 병은 씻은 듯이 완전히 나었읍니다. 대국 텬자는 혹게 기뻐하멘 이 쑥구쟁이 이술[11]에게 수심만금을 주었습니다.

각나라 각국에서 온 이술덜은 이 쑥구쟁이한데 구름같이 모여와서 선생님 선생님 하멘 “공주에 병은 벽사침[12]과 메락멘[13]이라는 메케배가 있어야 고티는 거인데 그런 보물을 아무데으 白虎窟밖에는 없넌 거인데 선생님은 어드렇게 해서 그런 보물을 구하셨십네까?” 하구 물었읍니다. 쑥구쟁이는 이레이레 해서 얻었다구 말했읍니다.

일본에서 온 이술은 그 벽사은침과 滅惡棉이 욕심 나서 여러 가지루 공넉을 써서 드디어 그 침과 배를 빼틀어 갔읍니다. 쑥구쟁이는 이렇게 해서 대국 텬자에 공주에 병을 고테 주구 수심만금을 받아 개지구 넹벤

본집으루 돌아오느꺼니 갈 적에는 비웃던 동리 사람이나 일가친척덜이 우러러보구 존경했읍니다. 이거야 넹벤에 일자무식 쑥구쟁이 신서방이 가째 명이레 돼서 대국 텬자에 공주 병을 고테 주구 큰부재가 됐다넌 넷말이우다.

※1927年 1月 楚山郡 板面 劉澤龍

1) 寧邊　2) 숯을 굽는 사람　3) 식구　4) 天子　5) 千字文　6) 가마　7) 四肢　8) 즉, 제 한 몸도 감당 못하는　9) 아주 거칠게 짠 베로 지은 옷　10) 木綿布　11) 醫員　12) 僻邪針　13) 滅惡棉

거짓 점장이

녯날에 성은 高가구 이름은 먹자구라는 사람이 있었시요. 이 사람이 하루는 길을 가드랬넌데 어떤 집이서 벅짝고구 있었어. 그 집이루 들어가서 어드래서 그렇게 벅짝고능가 하구 물으니꺼니 바늘을 힗어서 그런다구 했이요. 고롬 내레 점테서 얻어 주갔다 하구서리 멀 흥얼흥얼 하더니 고 바늘은 더기 고개 넘에 밭 가는 사람이 개저갔다구 했이요. 그러느꺼니 그 집 사람은 인차 그 고개루 달레가서 밭 가는 사람과 내 바늘 내놓구레 했이요.

이 사람은 난 당신 바늘 개저온 일 없넌데 어드래서 바늘 내노라는가 했이요. 아 우리 집에 온 용헌 점배치레 점테보구 당신이 개저갔다 그러무다 하느꺼니 이 사람은 할 수 없이 바늘을 주었이요. 그런데 이 사람은 개오디 않은 바늘을 개왔다구 해서 바늘 하나를 빼틀린 거이 분해서 고놈에 점배치레 용한가 안 용한가 한본 가서 만나봐야갔다 하구서리 고멕자구 있는 데루 달레갔이요. 갈 적에 손에다 멕짜구 한 마리를 쥐구 가서는 고멕자구 앞에 내밀구 "여보 님제레 용헌 점배치라문 뭐던지 다 잘 알갔수다레. 내 손아낙에 쥔 거 머이가 알아맞헤 보구레" 하구 말했이요. 그런데 이 고멕자구는 실은 허튼 수작으루 말한 거인데 일이 이렇게 되구 보느꺼니 이거 야단났거던요. 그래서 "아 아 고멕자구 오늘 죽겄다"구 했이요. 그러느꺼니 그 사람은 님제 참 용쉬웨다 잘 맞헤시요 하멘 손에 쥐었던 멕자구를 놔줬다구 합니다.

※1934年 7月 宣川郡 深川面 古軍營洞 金鼏用

거짓 名人

넷날에 고멕자구라는 사람이 있넌데 이 사람이 하루는 길을 가드랬넌데 어떤 마을에 한 집이서 벅짝고구 있어서 그 집에 들어가서 와 그렇게 벅작고 능가 하구 물었다. 그 집 사람은 소용[1]이 없어데서 그런다구 했다.

고멕자구는 내레 점테서 찾아 주갔다 하구서리 앉아서 멀 흥흥 하더니마는 더기 고개 넘에 밭 가는 사람이 개저갔다구 했다. 그러느꺼니 이 집 사람은 그 고개를 넘어가서 밭 가는 사람과 내 소용 개저간 거 내노라구 했다. 밭 갈던 사람은 난 님제네 소용 개저온 일없다. 누구레 그따우 말하던가 하구 물었다. 우리 집에 와 있넌 용한 점배치레 그러더라구 하느꺼니 밭 갈던 사람은 그 말을 듣구 고놈에 새끼 죽어봐라 하멘 달레갔넌데 가문서 멕자구 한 마리를 잡아서 쥐구 갔다. 가서는 점배치 앞으루 손을 내밀멘 "님제레 용헌 점배치라문 내 손에 쥔 거 알갔다. 머이 있능가 알아맡헤 보구레" 했다.

고멕자구는 괜시리 한본 한 거인데 일이 이렇게 되구 보니 야단났구 그 사람이 손에 머이 들어 있넌디 알 재간이 없었다. 그래서 "아아 오늘은 고멕자구 죽갔다!" 하구 말했다. 그랬더니 그 사람은 "님제 참 용쑤다레. 참 잘 맡헤수다" 하구선 손에서 멕자구를 내놨다.

그 후보탄 고멕자구레 점을 잘 틴단 소문이 널리 퍼저서 나라 왕한데꺼지 알리우게 됐다.

그때 왕은 귀한 항아리를 잃구서 이 항아리를 찾갔다구 점배치라는 점배치를 모주리 불러다가 점을 테봤넌데 아무가이두 알아내딜 못했다. 그래서 마감에는 고멕자구를 불러다가 점테보게 했다.

고멕자구는 점티는 재간두 아무것두 없으느꺼니 항아리를 찾아내디 못할 거 같아서 안 가갔다구 할 수두 없어서 할 수 없어서 가기는 가넌데 왕이 보낸 싱게를 타구서 가넌데 이 싱게레 이궁이찌궁이하멘 소리가 났다. 고멕자구레 이 소리를 듣구 이궁이구 찌궁이구 오늘 죽겠다구 혼자말을 무심코 했다.

이 싱게를 메구가는 사람에 이름이 이궁이구 찌궁이들이드랬넌데 이 넘덜이 왕에 항아리를 채간 넘덜이드랬넌데 이넘덜이 이 소리를 듣구 깜짝 놀래서 야아 이거 야단났다. 이 점배치레 볼세 알구 있다 하구서 고멕자구 앞에 와서 "잘못했읍니다. 그 항아리는 궁던 앞으 늪[2]에다 네두었읍니다. 목숨만 살레 주시요" 하구 빌었다. 고멕자구는 "응 그렇가디. 내레 볼세 다 알구두 너덜이 자복[3]하나 안하나 하구 여짓껏[4] 잠잣구 있었더랬넌데 너덜이 말하느꺼니 살레 주갔다" 하구 말했다. 그리구 왕 앞에 가서 점테 보넌 테하구서 궁던 앞에 누펑[5]이 물을 다 말리워 보라구 했다. 누펑이 물을 다 퍼내구 보느꺼니 읋었던 항아리레 있어서 왕은 기뻐하멘 참 멩인이다 하멘 많은 상금을 주구 궁둥에 있이라 하구 크게 대접했다.

그런데 고멕자구레 가만 생각해 보느꺼니 요담에 또 무슨 어려운 일이 생기문 그때에는 큰일일 거 같아서 하루는 이궁이 찌궁이과 너덜 밤에 와서 나에 코를 잘라서 먼 곳으루 뛔가라구 말했다. 이궁이 찌궁이는 하루밤에 와서 고멕자구에 코를 잘라서 먼곳으루 달아났다. 그러느꺼니 고멕자구는 왕 앞에 가서 나는 코루 냄새 맡아서 머이던디 알아맞히군 하드랬넌데 어느 넘이 내에 코를 잘라가서 이전 아무것두 알아맞히디 못하게 됐십니다, 하구 말했다. 왕은 이 말을 듣구 그거 참 아깝게 됐다 하멘 돈을 많이 주구 궁던 밖에 나가 살으라구 했다구 한다.

※1937年 7月 宣川郡 郡山面 長公洞 桂昌沃

1) 병, 瓶　2) 늪, 沼　3) 자백　4) 여태까지　5) 늪

거짓 名人

넷날에 떡돌이라는 아와 두터비라는 아레 있었드랬넌데 이 아덜 둘이는 여간만 친하딜 안했다. 떡돌이네 집은 부재구 두터비네 집은 가난해서 떡돌이는 항상 두터비를 여러 모루 도와 주군 했넌데 어카던디 두터비를 돈을 많이 벌어 부재되게 해주구푼 마음이 있었다. 그러하구 있드랬넌데 하루는 떡돌이레 저에 집에 가시[1]를 모주리 따 속에 묻어 두구 두터비한데 가서 내레 우리 집 가시를 아무데 묻어 두었으느꺼니 너는 우리 집이서 불러서 찾아달라구 하문 냄새 맡은 것토롱 하멘 여기더기 돌아다니다가 아무곳에 가서 여기 가시가 묻혜 있다구 하라구 말했다.

떡돌이 집이서는 가시레 모주리 없어데서 야단났더랬넌데 떡돌이는 우리 동무 두터비레 쇠냄새를 잘 맡는 아이레 되느꺼니 그 아를 불러다 찾아보게 하자구 말했다. 그러느꺼니 오마니는 두터비한데 찾아가서 날레 우리 집에 와서 가시를 찾아달라구 했다. 두터비레 부재집이 가서 여기더기 냄새 맡으멘 돌아다니다가 한곳에 와서 여기 파보라구 했다. 파보느꺼니 가시레 나와서 떡돌이 오마니는 기뻐서 돈을 많이 줬다.

두터비는 쇠냄새를 잘 맡는 아라는 소문이 쫙 퍼뎄다. 그때 대국 텬자는 금으로 만든 보화를 힗어서 이거를 얻어 보넌데 아무리 얻어 봐두 얻어내디 못했다. 되센에 쇠냄새를 잘 맡는 아레 있다구 해서 이 아를 대국으루 보내라구 되센 왕한데 펜지했다. 되센 왕은 이 아를 불러서 서울루 오게 했다. 온담에 이 아레 정말 머이던디 잘 아는 아인가 아닌가 알구파서 한 시험관이 밖에 나가서 텬기를 보구 있드랬넌데 그때 두터비 한 마리가 뛰여나와 시험관 앞에 왔다. 시험관은 떡돌루 이 두터비를 깍 눌러 놓구 들어와서 두터비보구 더기 떡돌 밑에 머이 있능가 물었다. 두터비레 머이 떡돌 밑에 있넌디 알 수가 없어서 이거 알아맞히디 못하문 죽갔다. 이렇게 죽게 되는 거는 떡돌이 때문이라 생각하구 떡돌이까타나 두터비 죽갔다구 말했다. 그러느꺼니 시험관은 이 말을 듣구 참 잘 알아맞혔다. 이만하문 대국에 보내두 일없갔다 하구서리 대국으루 보냈다.

두터비는 대국에 들어가서 대국 텐자가 힗은 보화를 찾아달라 하멘 아무날꺼정 찾아내라 하멘 기한을 주었다. 그런데 두터비는 쇠냄새 맡는 재간두 없구 아무것두 모루구 하느꺼니 그리 날만 보내구 있었다. 기한이 낼이문 다 되는 날 밤에 두터비는 낼이문 나는 죽갔구나 하구 앉아 있넌데 문풍지가 부들부들 떠렀다. 그래서 두터비는 문풍지야 낼이문 죽갔다 하구 혼자말을 했다.

이때에 보화를 채간 도죽놈이 어케 돼 가나 알아 보갔다구 두터비 있는 방문 앞에 와서 있었다. 방 안에서 문풍지야 낼이문 죽갔다 하는 소리가 들렜다. 이넘은 깜짝 놀라서 두터비 앞에 가서 부들부들 떨멘 잘못했습니다 목숨만 살레주시요 하구 빌었다. 보화를 채간 도죽놈에 이름이 문풍지드랬넌데 두터비는 문풍지 떠는 걸 보구 한 말인데 이넘은 저에 이름을 알구 하는 말루 알구 이렇게 빌었다.

두터비는 이렇게 해서 힗었던 보화를 찾아 주구 많은 상금을 받았다구 한다.

※1935年 1月 宣川郡 宣川邑 川南洞 李賛基
※1936年 1月 〃 南面 三峰洞 朴璿圭
※ 〃 7月 鐵山郡 鐵山面 東部洞 鄭元河
※ 〃 〃 〃 扶西面 化炭洞 金正恪
※ 〃 12月 義州郡 枇峴面 賛馬洞 韓命三
※1937年 7月 定州郡 觀舟面 草在洞 鄭聲源
1) 놋그릇

거짓 名人

넷날에 소곰당시 하나이 있드랬넌데 이 소곰당시는 가난하느꺼니 입성 한 벌 개지구 수십넌 입구 다네서 그 입성이 소곰에 쩌를 대루 쩌러서 비가 올거 같으문 축축해디구 날세가 들거 같으문 빠작빠작해데서 그래서 이 입성 개지구 오늘은 날세가 개이갔다 오늘은 비가 오갔다 하구 미리 말할 수레 있었다. 그런데 이 소곰당시가 말한 대루 날세가 개갔다 하문 개구 비가 오갔다 하문 꼭꼭 그대루 마티느꺼니 세상 사람덜은 데 소곰당시는 멀 아는 멩인이라구 해서 이 소곰당시는 멩인으루 소문나게 됐다. 이 소문은 당나라꺼정 나게 됐다.

그런데 당나라에서는 왕이 귀한 보배를 힗어서 이거를 찾넌데 아무리 찾아두 찾아내딜 못했다. 되센국에 멩인이 있다구 해서 이 멩인을 불러다가 찾아보갔다구 이 소곰당시를 불러디렀다. 그런데 이 소곰당시는 아모것도 몰라서 당나라에 가문 힗은 것두 찾아내디 못하구 죽을 것만 같아서 여간만 불안하디 안했다. 싱게를 타구 당나라루 가넌데 이 싱게레 이궁찌궁하멘 소리가 났다. 소곰당시는 이 소리를 듣구 이궁찌궁 나 죽갔다 하구 함자 투덜거렜다. 그런데 싱게를 메구 가는 사람 중에 이궁찌궁이란 사람이 있었드랬넌데 이 사람이 왕에 보배를 채갔드랬넌데 이 사람이 그 말을 듣구 야아 데 멩신 용타 볼세 내레 채간 걸 알구 있다구 생각하구 고만에 소곰당시 앞에 와서 죽을 죄를 졌으느꺼니 목숨만 살레 주시요 하구 빌었다. 소곰당시는 살레 주갔다 하구 그 보배를 어드메다 두었능가 물었다. 대궐 안에 있는 늪에 있다구 했다.

소곰당시는 당나라에 들어가서 왕보구 힗은 보배를 찾을라문 데 늪에 물을 다 말리워 보라구 했다. 왕은 소곰당시 말대루 늪에 물을 말리우느꺼니 늪 밑바닥에 힗었던 보배가 있어서 왕은 기뻐서 소곰당시에게 많은 상금을 주었다구 한다.

※1936年 1月 定州郡 郭山面 鹽潮洞 卓炳珠

거짓 名人

넷날에 어드런 곳에 두 아레 있넌데 이 두 아덜은 한 글방에 다니멘 같이 공부하드랬넌데 사이두 퍽 도왔다. 그른데 한 아는 집이 부재구 한 아는 집이 가나했다. 부재집 아는 늘쌍 가난한 집 아에게 붓두 사주구 먹두 사주구 종이두 사주구 하멘 도와주었다.

하루는 이 부재집 아레 가난한 동무에게 돈 좀 벌게 해주갔다 하구 저에 아바지 두루매기를 샛단머리에다가 감추어 두구 이 동무과 내레 우리 아바지 두루매기를 샛단머리다가 감춰 두었으느꺼니 네레 와서 코루 냄새 맡는 토롱 해서 찾아라 했다.

그리구 집에 가서 이 아는 저에 아바지 두루매기를 샛단머리에다 감추어 놨다. 아바지레 나드리 나갈라구 두루매기를 입을라 하넌데 없어서 이거 야단났다 하구 얻어 보넌데 아무리 얻어봐두 얻어볼 수레 없었다.

이 아는 우리 글방에는 냄새 잘 맡는 아가 있으느꺼니 이 아를 데불러다 찾아보능 거이 어텋갔소? 하구 말했다. 아바지는 고롬 그 아를 날래 데불구 오라 했다.

그 아를 데불러 오느꺼니 이 아레 이리 데리 집 안을 냄새 맡으멘 돌아다니다가 샛덤머리에서 두루매기를 찾아냈다. 부재 영감은 기뻐서 그 아한테 많은 돈을 주었다.

이 아는 그 후보타는 냄새 맡아서 힗은 거를 찾아낸다는 아라넌 소문이 널리 났다. 그때 대국에서는 대국 턴자레 옥쇄를 힗어서 아무리 찾아두 찾아낼 수가 없었다. 되센에 냄새 맡아서 힗은 거를 찾아내는 멩인이 있다구 해서 불러들이기루 했다.

그래서 이 아는 대국 턴자에 불리워서 싱게를 타구 가드랬넌데 그 싱게레 어드런 노릇인디 이국지국하멘 소리가 났다. 이 아는 사실은 냄새 맡아서 힗은 거 찾아내는 재간이 없어서 대국에 들어가기만 하문 죽각기에 싱게레 이국지국하는 소리가 나느꺼니 야아 이국지국 너 죽었다 하구 혼자말을 했다.

대국 턴자에 옥쇄는 이국지국이라는 자가 채갔드랬넌데 이자가 되센서 잃은 거 잘 찾아낸다는 멩인이 온다느꺼니 마주 나왔드랬넌데 이 아레 이국지국 너 죽었다 하넌 것을 듣구 고만 깜작 놀라서 멩인이 볼세 내레 채간 걸 알구 있다 하구서리 고만 겁이 나서 어카야 살갔나 하구 살아날 게구를 꾸미구 있었다.

대국 턴자는 이 아보구 힗은 옥쇄를 찾아 달라구 했다. 이 아는 사할

겨틀을 달라구 하구서리 외딴방에서 지내기루 했다. 낼이문 찾갔다는 날인데 그날 밤에 이국지국이가 찾아와서 "죽을 죄를 졌수다. 목숨만 부테있게 해주시요" 하구 업데서 빌었다. 이 아는 그카갔다 하구서 옥쇄레 어드메 있능가 물었다. 궁궐 안에 늪 안에 뒀다구 했다.

찾갔다는 기한날이 와서 이 아는 궁궐 안을 여기더기 돌아다니멘 냄새를 맡다가 늪 있넌데 와서는 이 늪 안에 있다구 했다. 턴자는 하인을 시켜서 늪에 물을 모주리 퍼내느꺼니 늪에 왼 밑바닥에 옥쇄레 있어서 찾아냈다. 그리구 많은 상금을 줬다.

이 아는 그 상금을 개지구 집에 돌아왔넌데 이러한 일이 또 일어나문 큰일 나갔다 하구서 코를 베여 버렸다구 한다.

※1936年 7月 宣川郡 郡山面 長公洞 安龍檝
※1937年 7月 義州郡 威遠面 白馬洞 崔錫根

왕을 만나 벼슬한 사람

넷날에 피양[1]에 黃하영이라는 사람이 있었다. 이 사람으 집은 대대로 큰 부재루 내레왔넌데 이 사람은 글공부도 잘해서 그래서 外方守令이나 하나 얻어볼가 하구 서울루 올라가서 어떤 정승을 찾아갔다. 이 정승집에다 돈을 수타 받히구[2] 대감이 잘해 주갔디 하구 오눅넌을 지나봤넌데 이 대감은 초시 하나두 시케주디 안했다. 이자는 재산만 다 없어디구 더 받힐 것두 없구 베실 하나 못하구 하느꺼니 죽는 수밖에 없다 하구 독한 술을 들구 서울에 종남산에 올라가서 떠오르는 멩월[3]를 바라보멘 함자 부멘 마시멘 하구 있었다. 그러구 있넌데 그때 숙종대왕이 微服을 하구 巡行하다가 이 사람 있넌 데꺼정 와서 "어드래서 이 높은 산에 올라와서 밤이 깊두룩 술을 마시구 있능가" 하구 물었다. 그러느꺼니 이 사람은 "자기는 피양 사는 부재구 글두 많이 일러서 베실이나 하갔다구 어드런 정승집에 가서 오눅넌이나 있이멘서 돈두 수타 뱉헸넌데 초시 하나 시케주디 않구 이자와선 재산두 없세디구 베실두 하디 못해서 죽을라구 죽기 전에 독한 술이나 실컨 마시구 죽갔다구 이렇게 술을 마시구 있읍니다" 하구 말했다. 왕은 그 말을 다 듣구 나서 고롬 당신은 무슨 베슬을 시케 주문 잘 할 수 있갔소? 하구 물었다. 이 사람은 "무슨 벼슬을 시케주어두 잘하갔이요. 정승을 하라문 정승두 잘할 수 있이요" 하구 말했다. 왕은 고롬 왕자리를 줘두 잘하갔소? 하구 물었다. 黃하영은 이 말을 듣구 증을 내개지구 왕을 한대 멕이구 "님제레 미쳤네? 어드메서 그따우 말하능가?" 하구 큰소리루 과텠다.

숙종대왕은 이 사람에 남자다운 기상과 나라에 대한 통성심을 알구서 "여보시요 내레 잘못했수다. 용사하시구레. 당신 같은 사람이 와 베슬 못하갔소. 베슬하갔디요. 내 들으느꺼니 낼 아침에 알성과[3]가 있다던데 되던 안 되던 한본 가서 보구레. 이 알성과는 왼 맨제 온 사람을 급데시킨다느꺼니 아침 일쯔가니 가보시구레" 하구 말했다.

黃하영은 다음날 아침 일쯔가니 대궐 문밖에 가서 왼 앞자리에 서 있었다. 대궐 문이 열리멘서 알성과 보이다구 급창[4]하넌 소리가 나서 이 사람은 대궐문 안으루 델 맨제 들어가서 급데했다. 급데한 담에 베슬을 하게 되여 마감에는 우의정까지 올라갔다구 합니다.

※1927年 2月 楚山郡 板面 板坪洞 金龜鉉

1) 평양　2) 바치고　3) 謁聖科　4) 及唱

틀린 답에도 급제하다 |

녯날에 한 사람이 과개를 멫 번이나 봐두 당창 떨어디기만 했다. 그래두 과개급데할 때꺼정 공부는 해야 하갔다 하구 밤늦게까지 글을 일렀다.

하루는 왕이 밤에 암행하다가 이 사람으 집 앞을 지냈넌데 글 일는 소리를 듣구 그 집에 들어가서 당신은 어드래서 이렇게 밤늦두룩 글을 일능가 하구 물었다. 이 사람은 자기는 과개하느 게 소원인데 멫 번이나 과개봐두 당창 낙방만 하구 했지만 어드렇게 하던디 급데할 때까지는 글을 일러야 하가끼에 이러구 글 일는다구 했다. 왕은 그 사람과 통성하구 글 얘기를 여러 가지루 해봤다. 그런데 이 사람으 지식은 상당히 많아서 훌룽한 인재라는 것을 알았다. 그래서 이런 사람을 과개에 급데시케서 도흔 베실자리를 주구푼 생각이 나서 “낼 별과[1]를 낸다는 말이 있으느꺼니 가서 시험보는 거이 어떠갔소” 하구 말했다. 이 말을 들은 이 사람은 나는 그런 말을 못 들었넌데 당신은 어드렇게 아능가 하구 물었다. 親한 試官이 있어서 그 사람한데서 들었넌데 이번에 과개시험은 학에 그림을 내놓구 그 학을 학이라구 대답만하면 급데시킨다구 합데다. 그러느꺼니 낼 꼭 가서 시험봐서 급데해보구레 하구서 갔다.

다음날 이 사람은 과개보루 갔더니 과연 그림을 내놓구 이 그림은 무슨 그림인가 하구 물었다. 그런데 이 사람은 학치라구 말했다. 시험 보이는 사람은 틀렜다 나가라 해서 이 사람은 나왔넌데 나와서 생각해 보느꺼니 학이라구 할 거를 당티두 않게 학치라구 해서 고만 또 급데 못하게 돼서 그거이 분해 아아 맥난다[2] 아아 맥난다 하멘 한숨디구 있었다. 지나가던 사람이 보구서 어드래서 그렁가 하구 물었다. 오늘 벨과를 보넌데 학에 그림을 보이구 이거 무슨 그림인가 하넌데 학이라구 할 것을 당티두 앙케 학치라구 해서 고만 낙방해서 분해서 그른다구 했다. 이 사람은 그 말들 듣구 과개시험보넌데 들어가서 시험 보이는 사람이 내논 그림을 보구 학치라구 말했다. 그러느꺼니 시험 보이는 사람이 틀렜다 나가라 했다. 이 사람은 “그 그림은 학에 그림인데 우리 골서는 학치라구 해서 학치라구 말한 거외다”구 했다. 그러느꺼니 시험 보이는 사람은 고롬 맞았다. 근데 아까두 원 사람이 학치라구 했넌데 그 사람두 급데 시키야갔다 하구서 그 사람을 불러서 급데시켔다.

이렇게 해서 두 사람 다 급데하게 돼서 잘 살았다구 한다.

※1936年 12月 宣川郡 南面 汶泗洞 高日祿

1) 별과 2) 분하다

틀린 답에도 급제하다

넷날에 한 사람이 배나무를 하나 심었넌데 이 배나무에 맛있는 배가 많이 열레서 이 배를 따 개주구 왕한데 갖다 주갔다구 서울루 올라가서 왕에 집에 들어갈라구 하느꺼니 왕에 집을 디키는 군사가 들어가디 못하게 했다. 그러느꺼니 이 사람은 왕이 나오문 주갔다구 하구 왕에 집 담밖에 앉아 있었다.

밤이 됐넌데 왕은 사람들이 어드렇게 사는가 알아보갔다구 네네 사람과 같은 입성을 입구 집을 나왔다. 나오다가 이 사람을 보구 어드런 사람인가 물었다. 나는 왕한데 배를 주갔다고 온 사람인데 왕에 집을 디키는 군사레 못 들어가게 해서 왕이 나오문 이 배를 줄라구 여기에 있다구 말했다. 왕은 이 말을 듣구 그 배 하나 맛보자구 했다. 그랬더니 그 사람은 이 배는 왕한데 줄라구 개조온 배레 돼서 줄 수 없다구 했다. 그런데두 왕은 자꾸 하나만 달라구 했다. 이 사람은 할 수 없이 왼 못된 찌꺼딘 배 하나를 골라서 줬다. 왕이 이거를 받아서 먹어 보느꺼니 여간만 맛이 돟디 않아서 이런 사람을 베슬을 시케 주야갔다는 생각이 나서 낼 과개를 본다는데 그 시험에는 그림을 보이구 머이가 물으면 학이새끼라구만 하문 급데한다구 말하구 갔다.

다음날 과개 본다구 해서 이 사람은 과개시험 보레 들어갔넌데 시험 보이넌 사람이 그림을 보이멘 이거이 머이가 물었다. 이 사람은 고만에 움부이라구 말했다. 그러느꺼니 틀렜다 하구 나가라 했다. 이 사람은 할 수 없이 나와서 길가에 팡구 우에 앉아서 아아 맥난다 아아 맥난다 하멘 한숨딮구 있었다. 한 사람이 지나가다가 보구 어드래서 한숨딮는가 물었다. 이자 과개보러 가서 과개시험문데레 학이새끼라구 하먼 되는 거를 움부이라구 해서 고만 과개 못보게 돼서 그른다구 했다. 지나가던 사람은 그거 정말이가, 내레 가서 과개 보갔다구 하구서 갔다. 가서는 시험 보이넌 사람이 학이새끼 그림을 보이구 이거 머이가 물었다. 이 사람은 움부이라구 했다. 시험 보이넌 사람이 움부이가 머이가 해서 학이새끼를 움부이라구 합니다구 말했다. 그러느꺼니 시험 보이는 사람이 "고롬 맞았다. 그런데 아까 움부이라구 한 사람두 맞게 말했으느꺼니 그 사람두 급데시키야갔다" 하구 불러다가 급데시켔다. 이 사람은 과개에 급데해서 잘살았다구 한다.

※1936年 12月 定州郡 定州邑 城内洞 卓時德

悲戀

넷날에 한 아레 서당에를 다니넌데 서당에 갈 적 올 적 한 체네가 길옆으 동네 엄물에서 물을 길구 있었다. 이 아는 그 체네과 한본 만나보구파서 말을 건네밨넌데 체네는 아무 말두 않구 가심을 세 번 티구 동으루 세 걸음 가더니 허리춤에서 세껑[1]을 내서 세껑 등을 한 번 보이구 또 세껑 앞을 한 번 보이구 도루 허리춤에 넣구 물동이를 니구 갔다. 이 아는 그걸 보구 그게 무슨 뜻인디 알 수가 없어서 그 뜻을 알아보갔다구 애써 밨넌데 도무디 알 수 없어 마감에는 근심이 돼서 피골이 상접하게 됐다. 서당 훈당이 보구서 넌 어드래서 그렇게 말라 가구 있느냐구 물었다. 그래서 이 아는 엄물 가에서 체네가 한 즛을 다 말했다. 그러느꺼니 선생은 그 말을 다 듣구 한참 생각하더니 체네레 가심 세 번 틴 거는 제 나이 十五세 났다는 거이구 동으루 세 번 걸은 거는 저에 집은 동켄에 세 채 집이라는 거이구 세껑을 앞뒤루 보인 거는 보름달 밤과 그믐날 밤에 오라는 거이다 라구 해득해 주었다. 이 아는 선생의 말을 듣구 체네에 뜻을 알구 기뻐하구 오늘이 그믐날이느꺼니 오늘 밤에 가갔다구 하구 선생님이 잠들기를 기두루구 있었다. 그런데 이 아는 고만 잠이 들어 버렜다.

선생님은 그 체네네 집이를 제가 가고푼 마음이 나서 이 아레 잠들기를 기둘렀다. 그래서 잠든 거를 보구서 그 체네네 집을 찾아가서 담장을 넘어 체네 방에 들어갔다. 체네는 선생보구 구신인가 사람인가 날래 나가라구 했다. 선생은 그뭄날 밤에 오라구 하디 안했능가, 그래서 왔다구 했다. 체네는 그런 일 없다, 어서 나가라구 하멘 선생을 내쫓을라구 하느꺼니 선생은 결이 나서[2] 칼루 체네 가심을 찔르구 다라뛔서 서당에 와서 자넌 테하구 있었다.

이 아는 잠을 한숨 자구서 깨보느꺼니 선생이 자구 있어서 체네네 집으루 가서 담장을 넘어서 체네 방으루 들어가봤다. 방 안에는 피가 흥근히 고여 있구 체네 가심에는 칼이 꼳헤 있어서 고만 혼이 나서 담장을 뛰어넘어 왔다. 그런데 그때 너무나 급해서 갓신 한짝을 떨어트리구 왔다.

체네 집이서는 체네가 칼을 맞구 죽어서 쥑인 사람을 찾넌데 갓신 한짝이 떠러데 있으느꺼니 아매두 이 갓신 님제레 쥑인 거라구 그 갓신 님제를 찾이레 돌아다니다가 서당에 와서 이 아를 잡아서 관가루 끌구 갔다.

이 아는 제가 쥑엤으니꺼니 저를 쥑에 주시요 하구 말해서 관가서는 이 아를 쥑일라구 하넌데 그때 가마구가 날라가다가 버들닢파리를 사뚜 앞에 떨어트리구 갔다. 사뚜는 이걸 보구 이거 아무래두 무슨 곡절이 있갔다 하구서 다시 도사하멘 사령[3]을 불러서 이 아를 옥에다 가두구 "너는 체네 입성을 입구 한밤둥에 체네 모이[4]에 가서 '나는 원통하게 죽은 원혼이 됐다. 내가 말하기 전에 너는 여기 와서 내 원혼과 동무나 해달라' 구 슬프게 에누다리[5]하라구 닐으멘 고기 원놈이 와서 서성거리문 그 놈을 잡아오라"구 했다. 사령은 사뚜가 하라는 대루 체네 모이에 에누다리를 했다. 사흘재 되는 날 밤에 선생이 와서 모이 앞에서 서성거려서 이놈을 잡아서 사뚜한테 끌구 갔다. 사뚜는 이 선생을 문초하느꺼니 성은 柳가구 체네를 찾아갔넌데 말을 듣디 안해서 쥑엤다구 자백했다. 이 아는 죄가 없어 놔주구 선생은 사형에 처했다.

※1927年 2月 楚山郡 板面 板坪面 富幕洞 李京松

※1936年 12月 義州郡 義州邑 東外面 金潤南

1) 거울　2) 화가 나서　3) 使令　4) 묘　5) 젊은 여자가 묘 앞에서 신세타령하며 슬피우는 것

悲戀

넷날에 추판이라는 아레 있더랬넌데 이 추판이는 글방에 다니멘 글공부를 하넌데 여러 동무들이 때리구 괴롭히구 해서 할 수 없이 글방에 다니는 거를 그만두구 집에서 공부하구 있었다.

그런 후루 여러 해가 지나서 글방 아덜이 과개보레 서울루 간다구 해서 추판이두 과개보레 가갔다구 여러 동무덜과 하낭 갈라구 다라나섰다. 그런데 동무덜은 하낭 못간다 하멘 쫓아서 추판이는 멀리 떨어데서 뒤따라갔다. 하루 이틀 지나느꺼니 동무덜은 네레 정 따라오구프문 데 켄에 메캐[1] 줍는 체네 입성 한 가지만 베께오문 하낭 가갔다구 했다. 추판이는 할 수 없이 메캐 줍는 체네 있는 밭으루 가서 이 고랑 데 고랑 다니멘 체네 동정을 살피구 있었다. 체네가 이걸 보구 어드래서 그러능가 하구 물어서 추판이는 동무덜과 하낭 과개보루 가넌데 체네 입성 하나 베께와야 하낭 가게 해준다구 해서 그른다구 말했다. 그러느꺼니 체네는 그렁가 하멘 속적삼을 벗어 주었다. 추판이는 그걸 개지구 가서 동무덜과 하낭 서울 가서 과개를 봤다. 그런데 다른 동무덜은 하나투 과개에 못 붙구 추판이만 과개에 붙었다.

추판이는 과개하구 집에 돌아와서 고만 벵이 나서 앓구 둔눠 있었다. 뉘[2]레 오라비[3]레 둔누어 있으느꺼니 어드래서 그렁가 하구 물었다. 과개보레 갈 적에 만난 체네 말을 하구 돌아올 적에 체네 집을 멀리서 보구 왔는데 그 체네레 보구파서 벵이 났다구 말했다. 그러느꺼니 뉘레 올 적에 체네에 집에서 무슨 일이 없던가 하구 물었다. 추판이는 과개 보구 오는 길에 그 체네네 집 앞을 지내오넌데 체네는 쇠껑을 이리 번적 더리 번적 비치우더라구 말했다. 그러느꺼니 뉘는 오라비는 그만큼 글자나 닐었으문서두 그런것두 모르능가. 그거는 그달 마즈막날하구 첫날 하구 만내자는 거인데 그걸 알디 못했능가 하구 말했다. 이 말을 듣구 추판이는 이제 늦었어두 가보아야 하갔다구 했다. 뉘는 이자 가문 안 된다구 말렜넌데두 추판이는 간다구 갔다. 가서는 체네 방에 들어가 보느꺼니 체네는 가심에 칼을 꽂구 죽어 있었다. 추판이는 깜짝 놀라 급히 뛔서 돌아왔넌데 그만 급한 바람에 신 한짝을 힗구 왔다. 그래서 추판이는 체네 쥑인 범인으루 잡혜 가서 옥에 가티게 됐넌데 후에 체네 쥑인 놈이 잡헤서 추판이는 풀레나왔다.

체네레 부모는 체네를 묻을라구 시테를 들을라 하넌데 도무디 떨어지디 않았넌데 추판이레 가서 손을 대느꺼니 스스르 떨어뎄다. 그래서 잘 장세지내 주었다.

※1937年 7月 鐵山郡 扶西面 石山洞 鄭聖則

1) 木花, 棉　2) 누이, 姉·妹의 두 가지 뜻이 있음　3) 여자가 남자형제를 지칭하는 말. 연상·연하 두 경우에 다 쓰인다.

怨魂의 복수

넷날에 한곳에 한 부체레 살구 있었드랬넌데 이 집에 하루는 뙤놈[1] 당사꾼 둘이 찾아와서 하루밤 자리를 부텠다. 이 뙤놈은 돈두 많이 개지구 있구 값진 물건두 많이 개지구 있어서 이 부체는 그거이 욕심이 나서 그 뙤놈을 다 쥑이구 돈과 물건을 빼틀구 그 시테는 마구간 판자 밑에다 묻었다.

그러한 후루 이 부체는 잘살게 되구 아덜 형데를 두어서 재미나게 잘 살았다. 아덜 형데는 공부두 잘해서 마감에는 서울루 과개보러 가서 대과급데를 해서 말을 타구 왈랑철랑하멘 집에 돌아오다가 집 문밖에서 고만 갑재기 죽었다. 그러느꺼니 이 부체레 너머너머 이거이 원통해서 그 골 사뚜한데 가서 이런 원통한 일이 어드레 있갔소. 우리 아덜을 살레 놓던가 염나대왕을 잡아다가 벌을 주던가 해달라구 했다. 사뚜는 이 미치광이레 무슨 소리 하능가 한본 죽은 사람을 어드렇게 살리며 염나대왕을 어드렇게 잡아다 벌을 주갔네 날래 물러가라! 하구 내쫓았다. 그런데두 이 부체는 이런 원통한 꼴을 당하구 물레갈 수 없다 하멘 자꾸 자꾸 원통을 풀어 달라구 했다. 부체레 자꾸 그러느꺼니 사뚜도 할 수 없이 염라대왕을 잡아다 벌주갔다 하구 부체를 내보냈다.

사뚜는 염라대왕한데 늙은 사람두 아닌 젊은이를 와 잡아갔능가 날레 보내라는 펜지를 써서 보내기루 했다. 그리구 나졸덜을 모두다 불러서 이 펜지를 염라대왕한데 개지구 갈 넘은 나서라 했다. 염라대왕한데는 죽은 사람이나 가는 곳이구 산 사람은 가디 못하는 곳이 돼서 아무가 이두 나서딜 안했다. 사뚜는 이 펜지를 개지구 염라대왕한데 가서 답장을 받아 개지구 오는 사람에게는 갈 적에 삼천 냥 주구 갔다 오문 삼천 냥 주갔다구 했다. 그러느꺼니 나졸 하나가 제가 갔다오갔다구 하멘 나섰다.

나졸은 돈 삼천 냥을 받아 개지구 집이 와서 이천 냥은 집에 두구 천 냥을 개지구 염나대왕한데루 갔다. 가다가 어드런 심산유곡에 들어가서 주막에서 술을 사먹구 산꼭대기에 올라가서 술김에 잤다.

그때 염라대왕에 사자가 돌아다니다가 곤해서 이 나졸이 자구 있는 녚에서 쉬었다. 가만 보느꺼니 나졸에 몸에는 염나대왕전이라구 쓴 펜지레 있어서 이 사자는 그 펜지를 빼내 개지구 저승으루 가서 염나대왕한데 받혔다. 염나대왕은 그 펜지를 보구 '죽은 젊은 두 사람에 부모는 저에 집에 자리붙은 뙤놈 당사 두 사람을 쥑이구 돈과 물건을 빼틀었넌데 죽은 뙤놈 두 사람은 원수를 갚갔다구 우덩 그 사람에 아들루 태어나서 일직 죽은 거이느꺼니 다시 살레서 내보낼 수 없다. 죽은 뙤놈 두 사람으 시테는 그 집 마구간 판자 밑에 묻혜 있으느꺼니 얻어 보라'구 답장을 써서 사자에게 주었다. 사자는 이 답장을 개지구 나와서 잠자는 나졸에 손에 쥐어 주구 갔다.

나졸은 한잠 자구 깨서 눈을 떠 보느꺼니 염나대왕한데 가는 펜지는 없구 아무곳에 사또 전이라구 쓰여 있는 펜지가 있어서 이걸 개지구 가는데 이틀에 온 길을 하루에 가구 사흘 온 길을 하루에 가서 날레 돌아와서 사뚜에게 염나대왕에 답장을 주구 돈 三千냥을 받았다. 사뚜는 염나대왕에 답장을 받아보구 그 사람에 집에 가서 마구간 판자를 뜯어봤다. 판자 밑에는 뙤놈 두 사람에 시테가 있어서 이 부테 두 사람을 옥에 가두구 둥벌을 내렜다구 한다.

※1937年 7月 義州郡 古津面 樂元洞 張俊植

1) 淸國人, 中國人

강기리

강기리라는 거이 있대요. 이 강기리레 있는 곳에 베락이 내리틴다구 해요. 이 강기리라는 거는 새파란 입성을 입은 체네모양을 하구 있대요. 비가 오구 뇌성병넉이 심하문 이 새파란 입성 입은 체네레 집으루 둘오넌데 그 집에는 베락이 틴대요. 그래서 비가 오구 우레질을 심하게 하는 날은 이 강기리레 집에 들어오디 못하게 해야 한대요. 강기리는 연기를 싫어 한다구 해서 비오는 날에는 벽에 들어가서 불을 때서 연기를 많이 나게 해야 한다구 해요. 강기리레 집 안을 둘왔다가두 연기가 나문 밖으루 나가넌데 밖으루 나가문 그때 베락은 강기리에게 내리틴다구 해요.

※1938年 1月 義州郡 古舘面 上古洞 韓命三

구렁이의 복수

어떤 집에 베지[1]레 둥지를 틀구 새끼를 쳤넌데 거기에 큰 구렝이레 올라가서 베지새끼를 잡아먹을라구 해서 이 집 넝감이 보구서 창으루 이 구렝이 대구리를 찔러서 쥑옜다. 그런데 창끝이 불거데서 구렝이 대구리에 박혔다.

그런 일이 있은 후에 당에서 니어 한 마리를 사다가 국을 끓에서 먹을라구 하넌데 니어 대구리서 창에 끝부치레 나왔다. 이거 아무래두 원젠가 구렝이를 창으루 찔레쥑옜넌데 그때 창끝이 붉어데서 박힌 일이 있었넌데 그 죽은 구렝이레 니어로 벤한 거이갔다 하구 먹디 않구 그 국을 퍼서 가이에게 주었다. 가이느 그 국을 먹구 죽었다. 남은 국을 파서 따에다 묻었다. 그랬더니 거기서 딸기낭구가 나서 주먹 같은 딸기가 많이 열렸다. 넝감은 이 딸기가 맛이 있어 보여서 하나 따 먹었더니 고만 인차[2] 죽구 말았다.

※1935年 7月 龍川郡 東上面 東部洞 崔希鳳

1) 제비 2) 이내, 곧

쓸모없게 된 명당

넷날에 어늬 말에 큰 부재넝감이 나이 칠십이 넘어서 자기 머이를 쓸라구 재산 절반을 내놓구 명당자리를 구하구 있었다. 그래서 이 집에 풍수란 풍수가 많이 모여왔다. 하루는 바디당시 낸이 찾아와서 우리 집 넝감은 명당을 잘 아는 풍수이느꺼니 우리 넝감한테 부탁해서 명당을 잡아 보라구 말했다. 부재넝감은 이 말을 듣구 바디당시 넝감을 찾아가서 명당자리 하나 잡아 달라구 하느꺼니 난 바디당시이디 명당 같은 거 모른다구 했다. 부재넝감은 그런 말 말구 명당 하나 잡아 달라구 자꾸 간절히 빌멘 말했다. 그러느꺼니 바디당시 넝감은 "당신이 정 그렇게 간절히 말하느꺼니 명당을 하나 잡아 줄꺼이느꺼니 내가 하라는 대루 하갔능가" 하구 다시 다딤해 물었다. 부재넝감은 당신이 잡아 준 멩당이라문 두말 없이 쓰갔다구 했다.

그렇게 해서 부재넝감과 바디당시 넝감은 산으루 올라갔다. 바디당시 넝감은 여기더기 돌아다니멘 좋은 머이자리를 다 두구 보기에두 께름칙한 감탕밭을 잡아주멘 여기다 쓰라구 말했다. 부재넝감은 맘에 들디 안했디만서두 바디당시 넝감이 잡아 준 자리느꺼니 할 수 없이 그 자리를 덩하구 파 봤다. 파보느꺼니 재갈과 더러운 흙이 나왔다. 따라갔던 가족덜은 이걸 보구 이렇게 몹쓸 땅에다 어드렇게 머이를 쓰갔능가, 데놈으 바디당시 넝가이 우리 집을 망하게 할라구 그런다 하멘 야단텠다. 부재넝감두 이따위 땅에다 어드렇게 머이를 쓰간 하멘 쓰디 않갔다구 했다. 그러느꺼니 바디당시 넝감은 하늘을 우러러보구 길게 한숨을 쉬구 따를티멘 "아아 나는 하늘에 죄를 젔다. 하늘이 낸 멩당을 고만 미런해서 버레놨다"구 하멘 울었다. 그리구 부재넝감을 보구 "님제레 내 말대루 쓰갔다 해서 하늘이 낸 멩당을 잡아 줬넌데 안쓰갔다 하니 나는 하늘에 큰 죄를 젔다"구 말하구 호무[1]를 개지구 따를 두어 자 파느꺼니 깨끗한 黃土가 나오구 또 한 자쯤 파느꺼니 재갈두 물두 나오디 않구 白鶴이 두 마리 나왔다. 한 마리는 날라서 하늘루 올라가구 한 마리는 날라 갈라구 나래를 펠라구 하다가 사라뎄다. 만고에 없는 돟은 멩당을 잡아주었넌데두 부재넝감은 이거를 모루구 파다가 안썼기 때문에 아깝게 돟은 멩당이 쓸모없게 됐다구 한다.

※1935年 1月 昌城郡 東倉面 大榆洞 金信雄

1) 호미

달래나보지 강

넷날에 뉘레 친덩에 왔다가 시집으루 돌아가넌데 오래비레 데불구 갔다. 가다가 큰 강이 있어서 강이 깊어서 오뉘레 옷을 벗구서 건넜다. 오래비는 앞에 가넌 뉘에 벗은 몸을 보구 이상한 맘이 동했다. 오래비는 이거 안되갔다 하구서 자기으 그거를 돌루 탕 테서 피를 흘리구 죽었다. 뉘는 강을 건느구서 오래비 오넌 거를 볼라구 뒤돌아보느꺼니 오래비레 그렇게 돼서 아이구 달래나보디나 한마디 하멘 울었다.

그 후보탄 이 강을 달래나보디 강이라구 부르게 됐다구 한다.

※1932年 7月 鐵山郡 雲山面 椴島洞 張明翰
※1940年 7月 定州郡 定州邑 城內洞 卓時德

거짓말 잘하는 父子

넷날에 어니 골에 속임질 잘하는 아바지와 아덜이 있었다.

어니 날 아덜이 부재집이 가서 맛있는 과자를 얻어 개지구 와서 아바지에게 주었다. 아바지는 이걸 먹어 보구 맛이 있으니꺼니 이거 어드메서 얻어온 거가 하고 물었다. 아들은 "요 앞에 해지에 나갔다가 구녕이 하나 있어서 고기가 있나 하구 손을 쑤세 보다가 고만 빠저서 하하 들어갔넌데 농궁[1]에까지 갔시요. 그런데 거기는 농왕[2]에 회갑이 돼서 들어오라구 해서 들어갔더니 이런 과자를 많이 줘서 나두 먹구 아바지두 드리갔다구 깉테서[3] 개저왔수다" 하구 말했다. 아바지레 이 말을 듣구 그럴듯해서 자기두 한번 농궁에 가보갔다 맘먹구 있었다. 그러구 있드랬넌데 아덜이 어드메 나가서 가만히 집을 나와서 앞에 해지에 갔다. 구녕을 얻어 보느꺼니 조그마한 구녕이 있어서 거기다가 상투를 박구 어야차 어야차 하멘 광대질을 하넌데 몸은 들어가디 앉구 상이 째데서 흉축하게 됐다. 이거 안 되갔다 하구 상을 싯구서 어슬렁 어슬렁 집에 돌아왔다. 아덜이 보구 아바지 어드메 갔다가 오십니까 하구 물었다. 아바지는 "응 나두 해지 농왕네 잔채에 갔더니 농왕이 부재[4] 거렁방이가 왔다 하멘 종들을 시켜서 바가내서 이렇게 상을 째우구 왔다"구 했다.

※1933年 1月 龍川郡 外上面 南市洞 金載元
※1936年 12月 定州郡 玉泉面 文仁洞 金珽鴻
1) 용궁 2) 용왕 3) 남겨서 4) 父子의

동생에게 속은 형

넷날에 한 사람이 메느리를 얻었넌데 집이 가난해서 메느리 온 디 삼일 만에 먹을 거이 없어데서 시아바지레 자리에 눕게 됐다. 새메느리는 이것을 보구 근심 말라 하구선 부재루 사는 저에 형네 집에 가서 먹을 걸 좀 달라구 했다. 형은 몇 넌 묵은 피를 한섬 줬다. 메느리는 그걸 싣구 와서 산에 가서 구렝이 하나를 잡아다가 그 피섬에다 네서 그 피섬을 웃간에다 놔 두구 저에 친덩오마니한데 가서 형네 집이서 피 한 섬을 얻어왔넌데 그 아낙에 복구렝이가 들어 있어서 좋은 날을 택해서 굿을 하갔으니 돈 좀 대달라구 했다. 친덩오마니레 이 말을 듣구 인차 큰 딸네 집이 가서 네가 저그나에 준 피섬에 복구렝이레 들어 있어서 날을 택해서 굿하갔다더라구 말했다. 이 말을 듣든 큰딸은 저그나네 집이 가서 베 몇 달구지 줄건 내가 준 피섬을 돌레 달라구 했다. 저그니는 안 된다구 하멘 그 복구렝이는 "내 팔재 태와 온 거인데 어드룧게 도루 주간, 안 된다"구 하멘 돌레주디 안갔다구 했다. 그러면 서두 정 그 피섬을 개지가갔으문 형에 재산 절반을 주구 개저가라구 했다. 그러느꺼니 형은 그랗카라하구 저에 재산을 절반을 주구 그 피섬을 개저갔다. 그리구 굿을 하갔다구 피섬을 풀어보느꺼니 죽은 구렝이가 들어 있어서 어칼줄 몰랐다구 한다.

※1935年 1月 鐵山郡 鐵山面 東部洞 鄭元河

깨를 볶아서 심다 |

넷날에 미욱한 사람이 있드랬넌데 이 사람이 하루는 건넌집이 가서 닦은 깨를 먹었넌데 그 맛이 고소하구 맛이 있어서 이거이 머이가 하구 물었다. 그러느꺼니 날 깨를 가매에다 넣구 불을 때서 살살 닦으문 이렇게 고소해딘다구 말했다. 이 말을 들은 미욱재기는 당에 가서 깨를 사개지구 와서 이것을 닦았다. 깨를 닦넌데 힘두 들구 시간두 오래 걸레서 닦은 깨를 심으문 닦은 깨가 날거 같아서 이 믹재기는 닦은 깨를 심었다구 한다.

※1935年 1月 昌城郡 昌城面 坪路洞 姜英老

음흉한 소금장수 |

어떤 해변가에 사는 소곰당시레 당나귀에다 소곰을 싣구 골루 소곰 팔레갔다. 하루 종일 돌아다네두 소곰 사는 사람이 없어서 야단났넌데 해는 저가구 배는 고파가구 해서 이거 야단났다 하구 근낭 가드랬넌데 산밑게 집이 있어서 거기 찾아가서 자리 좀 붙자구 했다. 쥔 넝감이 나와서 못 붙는다 하는데 소곰당시는 이렇게 밤이 다 됐는데 어드메 가갔소, 자리 좀 붙읍세다 하구 사정하느꺼니 붙으라 하멘 웃간으루 들어가라구 했다.

이 집에는 체네가 있넌데 소곰당시는 이걸 보구 구미가 나서 자다가 갑재기 배가 아프다구 꼬불랑꼬불랑 했다. 쥔 넝감이 이걸 보구 걱정이 돼서 어드르카문 낫갔능가 하구 물었다. 능측스런 소곰당시는 나는 이런 벵을 자주 앓런데 체네 배꼽을 맛대문 낫군 했시요 하구 말했다. 쥔 넝감은 그 말을 듣구 저에 딸과 너 가서 소곰당시 배꼽 마춰 주어 벵 낫게 해 주라 했다. 체네는 어드르케 그러간, 난 싫다구 했넌데두 넝감은 딸을 얼레서 웃간으루 디리 보냈다구 한다.

※1936年 12月 鐵山郡 鐵山面 嶺洞 崔元丙
※ 〃 〃 新義州府梅枝町 高昌浩
※1937年 7月 龍川郡 文學範

싸움한 부부

어니 집이서 부체끼리 쌈을 드렙다 크게 했넌데 낸은 혹게 분이 나서 목매 죽갔다구 뒷산에 올라가서 큰 나무에 올라갔다. 서나레 이거 그대루 두었다가는 정 죽을 거 같은데 하멘서두 그렇다구 내리오라구 할 수두 없어서 이거 어카노 하구 있다가 한 게구를 페개지구 댁네레 올라가 있넌 낭구 밑에 가서 빨가벗구 좆을 내서 꾸둘럭꾸둘럭 하구 둔눠 있었다. 그랬더니 낸은 슬그머니 나무를 내리와서 서나에 배우에 올라앉았다구 한다.

※1935年 7月 宣川郡 郡山面 蓬山洞 金應龍

밥값 떼어먹다

넷날에 여러이서 길을 가드랬는데 날이 저물어서 한 집에 들어가서 밥을 시케서 잘먹었다. 그런데 다음날 밥값을 낼라구 보느꺼니 돈 개진 사람이 하나두 없어서 이거 어드르카나 하구 걱정만 하구 있었다. 그런데 한 사람이 "님제네들 맨재들 가시. 밥값은 내레 채대하갔음메[1]" 하구 다 보냈다. 그리구나서 집 쥔과 이런 말 데런 말 하다가 하기벌날음이라는 춤을 아능가 하구 물었다. 모른다구 하느꺼니 고롬 내레 한번 추어 볼건 보시간? 하구 물었다. 보갔다구 하느꺼니 베 초매를 입구 우쓸우쓸 추었다. 그러느꺼니 그 집 사람덜이 모두 다 나와서 구경했다. 그 집 어린 체네 아이레 쭉 발가벗은 거이 앞에 나와서 구경하느꺼니 이 사람은 춤을 추다가 담배대를 테들더니 그 빨가벗은 어린 체네아이으 ××를 가리키멘 "애개 그 에미나이 어린 거이 ×이 곱구두 하다. 데 에미나이 엄매 ×은 얼마나 곱갔노" 했다. 쥔 남뎅이 이 말을 듣구 결이 나서 "머이 어드래" 하멘 때릴라구 뎀버들었다. 그러느꺼니 이 사람은 날새게 밖으루 다라뛰어 나갔다.

쥔이 가만 생각한즉 밥값을 안 받아서 밥값이나 내구 가구레 하멘 밖으루 나가느꺼니 그 사람은 근낭 도망텠다. 쥔은 안 때리갔으니 일루루 돌아오시 하구 말하넌데두 그 사람은 이이 그러구 거기 가멘 때릴라구 하멘 근낭 도망테 갔다구 한다.

※1935年 1月 昌城郡 昌城面 坪路洞 姜英老

1) 치르겠다

任 晳 宰

1903년 5월 1일 출생
1929년 3월 京城帝國大學 法文學部 哲學科 心理學 專攻
1946~1958년 韓國心理學會 會長
1947~1968년 서울大學校 師範大學 敎授
1958~1968, 1984~1986년 韓國文化人類學會 會長
1959~1969년 大韓精神健康協會 會長
1981년 굿학회 會長
1998년 5월 2일 作故

著書 : 『팔이영감』, 『이야기는 이야기』, 『옛날이야기 선집』(전5권),
『날이 샜다』, 『봄아 어서 오너라』, 『씨를 뿌리자』(이상 3권 동요집),
『任晳宰全集 韓國口傳說話』 (전12권)
論文 : 「韓國巫俗硏究序說」, 「우리 나라 天地開闢神話」 外

任晳宰全集 ②

韓國口傳說話 · 平安北道 篇 II

초판 1쇄 발행일 1988년 6월 7일
초판 3쇄 발행일 1994년 3월 20일
2판 1쇄 발행일 2011년 4월 20일

엮은이 임석재
펴낸이 이정옥
펴낸곳 평민사
서울시 서대문구 남가좌 2동 370-40
전화/ 02 · 375-8571(代) 팩스/ 02 · 375-8573
평민사 블로그에 다양한 도서가 소개되어 있습니다
http://blog.naver.com/pyung1976
e-mail : pyung1976@naver.com

등 록 제10-328호
값 22,000원